U0501951

蒋子龍文集

龐志亞 題

第9卷

灵山的灵感

人民文学出版社

前言

我完全不记得是怎样开始写散文的，仿佛是一件自然而然、水到渠成般必定会发生的事情。远没有初写小说时那么引人注意和记忆深刻。

但我感谢散文。在整理文集书稿的过程中，对散文、随笔比对小说更有自信，这类文字对生活、对自己具有一种更直接的真实意义，从中可清晰地看出我思想脉络的走向。

“天地者万物之逆旅，光阴者百代之过客。”生命从诞生的那一刻直至终结，不过就是一场旅行。既然每个人都是天生的旅行者，不写游记岂不是对不起自己?！旅行是人生经历，更是文学不可缺少的经历。作家在精神上永远是个“行者”，当他真正有了“家”，并舒服地躺了下来，那就是他的全部旅行都结束了。

我的视野、境界、文字，似乎就是随着写游记一点点地打开、扩充。一九七九年出访南斯拉夫，是第一次写游记。那时出国还是新鲜事，临行前《天津文学》主编叮嘱我，到了外边要好好看、好好记，回来给大家讲一讲。我努力记下一些印象深刻的东西，并陆续整理成篇，发表后有的篇目反响不错，如《生的艺术》就被多次转载、编进中学课本和各种各样的散文选本。这对第一次写游记的我来说，自然是“莫大的鼓舞”。但后来看这些文字，其拘谨和稚拙却令自己汗颜。

一九八二年应美国新闻署之邀，从东到西在美国走了一遍，历时一个多月，入乡随俗不可能不放开，所见所闻均放胆说出。有时检点自己似又觉得还不够成熟，回国后写成《过海日记》，自然也难免青涩。

后来去日本，看俄罗斯，游历东南亚一些国家，所获得的感悟及形成的文字，加上在国内旅行所得到的文章，构成了我文学活动举足轻重的一部分。

这一卷的编排分为三个板块。第一板块是一组不太规范的散文作品，说景致、论“风水”，为现代城市招魂，可视为游记的“前序”。第二板块是“国内游记”。第三板块是“旅外游记”。

整理好了这一卷的文稿，我忽然对自己的写作生涯有了一种少有的欣慰感。命运待我不薄，让我走过了那么多地方，见识了那么多风物，散文也没有给我惹过太大的麻烦。

蒋子龙

2012年5月30日

目　录

下卷　旅外游记

上卷

城市散章

彩色的夜

高空蒙蒙，寒风瑟瑟，飘来火药的清香——这是最强烈的“年味儿”！

了不起的大年三十！最古老又最新鲜的节日，重复的次数越多就越具吸引力的一天。这一天不是存钱的节日，而是花钱的节日。人们在这一天，不心疼钱，不爱惜钱，大把撒钱为的是图个吉庆有余，万事如意。就连夜晚也是流动的、跳跃的，有生命、有感情的。黑暗已包不住生活中那欢乐的一部分，寒气也冻不住人们生命中的热力。

爆竹纷洒着吉祥的瑞气，烟火弥漫着蓬勃的生机，温热的酒杯注满喜悦，家家户户相邀幸福一块入席。微醉的心，放松的意志，发热的神经，似乎在等待……等待什么呢？除夕夜最勾人的东西是什么呢？

“女儿要花，小子要炮”，恐不是主要的了。这一阵，偌大一个天津城的鞭炮声不就明显地稀落了吗！若是在过去，年三十晚上的鞭炮从黑响到天明，单讲音响效果不亚于淮海战役发起总攻后的枪炮声。现在，我敢说大多数人家都坐在了电视机旁，今晚的电视节目也许是一年中最精彩的哩！人们不是喜欢说世界要进入“空间时代”、“信息时代”和“电子时代”吗？那就让我们不客气地享受一下先进时代的实惠吧。现代传播工具为我们民族的传统节日，增添了一种特殊的气氛。这气氛虽有些特殊，却被人们自然而又合理地接受了。

我的眼睛盯着电视机屏幕，心里却老走神儿。除夕夜本来就是个触景生情，让人多思多虑、多愁善感的夜晚。辞旧怎能不怀旧，不回首人生？怎能不想想生活的苦乐，不摸摸在今夜显得活生生的民族的历史？怎能不尽情领略一下几千年民族传统的神韵呢？

那是哪一年？也是大年三十的子夜，家里正张罗着放鞭煮饺子呢。我偷偷地跑到村外，怀着下地狱的恐惧和上天堂的神圣之感，开始爬菜畦。堂哥告诉我，谁敢在年三十的夜里爬过一百个菜畦，他想要什么就能够得到什么。不过当你爬过五十个菜畦以后，四周就会有许多断腿、少胳膊和没有脑袋的恶鬼凶魔向你扑来，你如果害怕，喊叫，起身逃跑，肯定就会没命了。如果不回头，咬牙往前爬，魔鬼决不会伤害你。在第一百零一个菜畦里，有你心里想要的一切。我想得到一种仙药，能治好妈妈的喘病，还想得到一个铁皮铅笔盒，盒盖上画着"张飞夜战马超"。

我爬到了一百零二个菜畦，既没有鬼魔也没有铅笔盒。又站起身围着整个菜地走了一圈儿，叫着堂哥的名字大骂三声，气哼哼地回家去吃饺子。

不知长到什么年龄，兴趣发生了变化，过年不再迷恋鞭炮。除夕夜陪着爸爸守岁，在明亮的灯光下可以看完一本像凡尔纳的《从地球到月球》那样的小说。以后来到天津，除夕夜喜欢从这家剧场跑到那家电影院，看通宵的戏或连场电影。如果戏票没有搭配好，有空余时间，就到甲级浴池再泡上两个小时。总之，这一夜要独来独往，彻底放松。参军以后，每逢年三十晚上，我都毫不费力地抢到值班的任务。头枕"五四"式手枪，旁边放着电话机，听着营房外的鞭炮声，一个人可以自由自在地想入非非：神与魔，天与海，光与影，美与丑，人与地，心与物，童年与未来……

"爸爸快看，你喜欢的国际新闻。"小女儿专治我看电视愣神儿的毛病。

可不是吗，我们在过年，这个地球上还有人在办丧事，在打架。当然也会有人在办喜事。世界上任何一个角落发生的事情都清清楚楚地摆在了我们的眼前。人的本事大了，地球显得小了。也许真有一天世界会成为"环球一村"。现代科学技术使历史像高速公路一样，清清楚楚地展现在我们面前，从遥远的过去穿过现在，通向未来。历史不是个脚步蹒跚的老人，它在自己迂回曲折的历程中，不断轻装，不断更新。它在农村的大地上跋涉了数千年，而走进工业文明之后还不足三百年，就发展成今天的样子。历史的行进速度不是越来越慢，也不是“等速度”，而像巨石从高空落下，是“加速度”。

我心里那股过年的轻松突然一扫而光，代之而来的是一种莫名其妙的紧迫感。在这辞旧迎新的年关，生活不只对我们说了一声“新春快乐”，还提出一个要求：人们应该清醒地跟历史一同前进，文学艺术也不应该被历史甩下！

时间也不再是画圆圈儿，一年到头，周而复始。不，时间如流水，如直线，一去不返。时易逝，岁将零……

进入子时，外面反倒安静下来，偶尔才能听到从远处传来零星的爆竹声。也许是由于我住在市郊，听不到市内的热闹。也许是电视节目太精彩，全国的明星大亮相，把老老少少都吸引到屋子里去了。看来，我们的生活，连同过春节的习惯，都正在进入“标准化”、“同步化”、“直线化”。同一个时候，千家万户都在看同一个节目。

我站到阳台上，吸一口清馨辣寒的空气，顿觉神清气爽，心境怡悦。放眼闹区夜景，灯火灿灿，楼影巍巍，珠玉灼烁，多姿多彩。我忽然发觉，天津的夜景有了一种立体感，很有点像山城重庆的夜晚。几年前，天津城的制高点是百货大楼顶端那个大锥子上的灯。今天，一幢幢新的高大建筑争相拔高，举手相庆，楼顶的彩灯照耀天际，闪闪不息，与星空连成一片。建筑物高低不等，起伏蜿蜒，使节日的灯火也似海浪般颠簸摇荡。我们楼前不远的南运河，在灯影里冰光泛冷，静如白练。想不到年夜竟是这般温柔、美丽、宁静、矜持，飞烟软雾，色彩缤纷。这是一种狂欢前的沉寂。平时我们感觉不明显，除夕夜凝望星天，面对着这个立体感很强的“不夜城”，看着节日的彩色之夜，猛地感受到了生活的深厚和多彩，生活在变，旧城天津也在变。

噔——嘎！一个二踢脚脆生生地划破除夕夜的宁静，这两声响把两个年头分开了。它像大战场上发起总攻的信号弹，立刻引起一片枪炮齐鸣。零时到了，天津城沸腾了，空气爆炸了，举国上下到了一年一度的狂欢的时辰!

炮声震耳,烟花腾空,如电闪雷鸣,似花团锦簇。带响的“钻天猴”直飞到迷乱的夜空的星光之间,如紫电经天,光影明灭,火花飞旋。吉祥的火药提前把黎明送给了天津人,在城市上空形成了一片片绯红色的云层。五彩的烟霭,忽而似芳姿绰约的玫瑰,忽而像雍容华丽的牡丹,忽而又变成馥郁妖娆的罂粟花。有火爆、热烈、浓香、艳丽之美,也有清秀、平淡、雅洁、闲适之美……

邻居们都走出房子,我也被孩子拉着走下楼,加入狂欢的行列。

“大伙儿看着,谁的二踢脚打得高,谁今年的运气就好!”这是六层楼上阚师傅的高嗓门。

“为咱们不再喝咸水放一炮。”街道代表吴大爷的声音。

“为咱们早日使上煤气。”连一向风度端凝的二楼徐老师也出来了,这一夜无论男女老幼都变成了孩子。

“为我们住上了新房子。”

“咳,我们这楼不如西青道的楼好!”

“人心不足嘛……”

“为我们都涨了工资。”

“您拿到钱啦,我们还没拿到哪!”

还是吴大爷的话服众:“为今年市里头再给老百姓办几件大好事,放!”

“放!”噔——嘎!嘎,嘎嘎!劈劈啪啪……

鞭炮年年放,今年大家的情绪似乎不同于往年,人人心里充满活力,对生活、对明天寄予希望。“愿望是半个生命,淡漠是半个死亡。”一束束烟花,一个个响炮,带着人们的理想和欢乐,飞向高空,响彻云霄。这多么像人们把智慧连同燃烧的火箭一起发射到宇宙空间去的景象啊!生活充满了创造的渴望,运动得太快,再也不允许传统的耽误了。我们必须试着改变自己的生活节奏,去适应新的明天的节奏。在通向未来的赛跑中,人类都站在同一条起跑线上,有谁会甘居落后呢?

除夕是一年中最长的一天，它肩挎两个年头。

又是一年中最短的一天，团圆和欢乐给时间涂上了润滑剂，在喜气洋洋的鞭炮声中，不觉天色放亮。

新的一年的第一个早晨，降临了，带着新鲜的朝气，喷薄着力和美……

1981年2月5日

环 之 光

人住在城里，城市在人的下面。人眼习惯于平着看街道，横着看街景。非特殊需要不会扭脖子仰头上看。在天津住了几十年，应该说对这座城市十分熟悉了。一到了空中，总不能很快地认出它，熟悉的城市变得陌生了。位置颠倒，方向错乱，天津城失去了立体感，只是一片由不同色块组成的平面图。

乘客们的脑袋都挤到小小的舷窗前。外地人想得到看见天津第一眼的感觉，天津人想满足从高空找到自己家的快乐，所有的人都想感受低头俯视城市的滋味。

飞机喜欢兜弯子，我起飞的城市上海，明明在天津的南面，却绕到北面进入天津的上空。机翼倾斜，缓缓盘旋，仿佛有意让人们对天津看个够。

这是天津？外地人问天津人。

天津人尴尬，正着急找不到门儿呢。鼓楼、炮台、铃铛阁，是天津古老的标志，怎么找不到？百货大楼的楼尖也曾经是天津城的制高点，七十年代以前作为天津的象征印在各种画册里和图片上，在飞机下只是一个灰点，淹没在纷乱的色块里。古文化街、食品街、服装街……也不能很快地辨认出来。

飞机如鸟。人不是鸟。想鸟瞰却没有鸟的眼睛。下面的色团在旋转，不辨东西，失去了方位感。天津人要在天津降落，却认不出天津。突然机翼下闪烁出一条银白色的长带，中间挽着一个蝴蝶结——中山门立交桥，中环线！

天津城活了。方位感和立体感都有了。

道路，是城市的目录。它引导你看到城市的内容。找到三环十四射（外环、中环、内环和十四条由市中心向城外呈放射状的街道）就可以进入天津市任何一个角落。在这张交通网上，中环线是中心，是纲。它连接着地上和地下，平交和立交，市内和市外，撑起了使天津市成为一个现代化大城市的框架。

有了中环线，天津市才凝聚起来，流动起来。中环线包围着的天津城，形状很像心脏——是一团最富弹性、最有活力的“肌肉”，收放自如而强韧。无论白天黑夜，都在律动、恒动。

路的欢畅抚慰着城市。

路是河，流走了车辆、货物、人欲。路是墙，挡住了噪音、污染，把清静还给城市人。人们穿过中环线，心总惴惴，变得小心而守规矩。高速公路车高速。中环线是高速度的宠儿，对高速度格外优待。速度赶着中环线，中环线赶着车辆，车辆赶着人，人享受高节奏的韵律。“紧张毕竟比麻痹健康”。

先有路，后有城。路为城修。河是水路。老天津位于九河下梢，俗称“水陆码头”。没有这九条小路不会建起一座天津城。城市是一点点建起来的，街道也是一点点地铺设。城市大，街道就多。街道是城市的命脉。城追路，路养城，追追赶赶，天津市成了现在的规模。中环线是它的一圈光明，欢畅搏动，像不尽的生活。

多少人为这条路感到骄傲？路成城也变，路是城的象征，城因路而提高了品位。外地人开始羡慕天津，打听天津，关心天津。路不仅养城也养人。天津车从外地回来，一上中环线就算到家了。它优美，它壮观，它奇特新巧，它可入诗入画，都不及它方便。

最好的路是最方便的路。

它永远裸露着，承受着冬的冷酷，夏的热烈，重力的打击，车轮的剥蚀。

它饱餐人间的色彩，阅尽生活的深厚。

它载负着生活，是重复的人生。一代又一代的人生在光环似的路上重复,如同车辆驶过。路懂人,人的脸是最容易读懂的。因为人修筑了它,爱护它,离不开它。它也离不开人。可是——

人懂路吗?

多拉快跑在路上,车祸出在路上,历史在路上,未来在路上……

我们毕竟有了路,有了值得自信的路。永恒是由短暂铺设的。

1982年4月

若明若暗风水学

——读《风水理论研究》

近二十年来,中国房地产大热,将“土木不可擅动”的古训忘得干干净净,到处建房子,全民搞装修。城市普遍变高了,变大了,也变得彼此相像,大同小异。同时还多了另外一种景观:“烂尾楼”和“鬼楼”——空空荡荡,阴气森森,面目古怪,无人问津,如同城市裸露的伤口。

无论多么高档的住宅区,建成后只要被人说成风水不好,房子就很难再卖得出去了。人们对风水这玩意儿是宁信其有,不信其无。倘若再被说成是“凶宅”,那就躲之唯恐不及。这是一种世俗心理,祛祸求福,趋吉避凶。有些不信邪的愣头儿青开发商,就因忽略了这种固有的文化心态,栽了跟头,赔了大钱。

风水学就是这样若明若暗地却是深刻地影响着建筑业。明在民间,暗在官场;明在心里,暗在嘴上;明在南方,暗在北方;明在农村,暗在城市。百姓们可以公开信风水,任何一个建筑单位,在施工前大都要请风水师堪舆一番,至少也要在开工的时候放几挂鞭炮,或烧几张纸钱。但官员们在桌面上则对风水之说噤若寒蝉,这并不是因为他们官职大、地位高就不信风水,甚至恰恰相反,凡活得好的人都是活得在意的人,权势越大越怕出事,就更在乎风水的好坏,时时事事处处都渴望能逢凶化吉、福寿满堂。所以,有钱人比穷人更信风水,富裕地区比贫困地区更讲风水,南方比北方更注重风水,城市比农村更在意风水。

而建筑界公认的事实是:从世界建筑文化的大背景下来比较,中国传统建筑文化有一个极为显著的特点,即各种建筑活动,无论都邑、村镇、聚落、宫宅、园囿、寺观、陵墓,以至道路和桥梁等等,从选址、规划、设计到营造,无不受到风水理论的深刻影响。例如中国古代建筑对空间环境的整体处理,包括人文景观和自然景观的有机结合,大规模建筑群的空间布局和组织,都有着极高的艺术造诣和实践成就。像有口皆碑的北京紫禁城,往细里看,一点一滴都无比精美。往大处瞧,整个建筑群的空间组合在体量、尺度、造型形式乃至质地肌理等方面的大小高卑、远近离合、主从虚实、阴阳动静的变化,其艺术效果臻于完美。而且非常符合人的生理和心理要求,在感受效果,特别是在视觉感受效果上,能引起强烈的精神震撼和审美愉悦,故为中外学者所折服。

中国人无论懂不懂风水,看到一处好地方,见到一片好房子,最容易发出口的一句感叹词就是:“这儿的风水真好!”那么到底怎样解释“风水”这两个字呢?

晋人郭璞著《葬经》谓:“气乘风则散,界水则止,古人聚之使不散,行之使有止,故谓之风水。”“风水之法,得水为上,藏风次之。”郭璞还简明扼要地概括出风水的选择标准:“来积止聚,冲阳和阴,土厚水深,郁草茂林”,“深浅得乘,风水自成”。

后人解释说,所谓风者,取其山势之藏纳,土色之坚厚,不冲冒四面之风。所谓水者,取其地势之高燥,无使水近肤亲肤而已。南京的明孝陵和中山陵,其建筑设计独具一格自不必说,环境设计就更为高妙,成就了优越的生态小气候和自然景观。以北障陵寝为底景的后龙能挡风,迎纳阳光;夏季则招来凉意,使天际远景有个悦目的收束。左右阜丘环护,“以其护卫区穴,不使风吹,环抱有情,不逼不压,不折不窜,故云青龙蜿蜒,白虎驯俯”。(尚如《葬经翼》)而陵寝的南面,有峰峦成对景,“易野一望无际,有近案,则易野之气为之一收”。风水是义理之术,其生死观为:人是自然生态链上的一环,“万物不能越土而生,人亦万物中之一物”;“人由五土而生,气之用也,气息而死,必归葬五土,返本还原之道也”。所以风水极为重视“养生送死”、“慎修追远”和“事死如生”的传统观念,对陵墓的修筑是极为讲究的。如唐高宗李治和武则天的乾陵,北京的明十三陵,以及清东陵、西陵等,凡亲临其境者,无不为奇佳的建筑环境所感染,抚膺叹绝。

这就是好风水的魅力！

《青乌先生葬经》对风水的解释则更简练易懂："内气萌生，外气成形，内外相乘，风水自成。"所谓内气萌生，是指穴暖而生万物；外气成形，是指山川融结而成象。气之来，有水以导之；气之止，有水以界之；气之聚，无风以散之。无风则气聚，得水则气融，故要得水藏风。北京的四合院就是一个围合封闭空间，典型地采用了"藏风"理论，而且是多重封闭，加强了封闭的层次。

苏州城，是春秋时通过伍子胥"相土尝水"而决定的位置，城址千年不变，显示了风水相地的意义和优越性。处于"金城环抱"的四川阆中古城，现址乃唐宋时的格局：水随山而行，山界水而止，山主静，水主动，山为阴，水为阳，山水交会，动静相宜济，阴阳合和，为情之所钟处。还有云南的丽江城，山包水，水包城，城包水，有山有水有城，得水聚气藏风，千多年兴盛不衰！

风水学认为，吉地不可无水，地理之道，山水而已。水就是生态环境所必需的"地气"、"生气"。能构成现代城市环境美的最突出的个性因素就是水，设若没有黄浦江，上海还能成其为上海吗？当年也是"九河七十二沽"造就了天津。相度风水须观山形，亦须观水势。有俗谚云："未看山时先看水，有山无水休寻地"，"山管人丁水管财"。古人将水比为山之血脉，草木为山之皮毛，石为山之骨，土为山之肉。有水便如血脉贯通，气血调宁，骨肉强壮而精神发越。"水飞走则生气散，水融注则内气聚；水深处则民多富，浅处民多贫；聚处民多稠，散处民多离。"至今也还是如此，沿海地区发达，长江三角洲、珠江三角洲富庶，相对来说缺水地区往往贫穷。

风水学甚至认为水"能移人形体情性"，即水与人的疾病夭寿有着种种密切的关联。风水学中"相土尝水"，以鉴别水土质量而断吉凶之说，竟从近几年国家对克山病、大骨节病等地方疾病的调查中得到证实。在同一地域却分成有病区、重病区和无病区，原因就在于地貌和水土质量不同，用现代科技手段分析的结果，恰与传统的风水学相合。可见风水学成为古代一门实用的学术，被长期倚重是有原因的。

甚至在国家机关中,也有钦天监专设官员职守风水事宜。如《大清会典》载:“凡相度风水,遇大工营建,钦天监委官,相阴阳,定方向,诹吉兴工,典至重也。”

天津大学著名建筑学家王其亨教授,在《关于风水理论的探索与研究》(天津大学出版社1998年版)一文中写道:“风水在科学上的价值,不仅涉及古代中国,而且惠及整个人类文明进程,有目共睹的要属指南针的发明和磁偏角的发现。已有的研究成果业已清晰揭示出,这一伟大的历史贡献,正是中国古代的风水家完成的。他们是在体国经野、辨方正位的长期职业活动中,即在建筑选址规划及经营时,为选择最佳方位以臻天时地利人和的完善统一,经过不懈地追求和探索而发明的。”原来指南针竟是古代风水大师的创造,它的迅速传播和广泛应用,深刻影响了人类社会的发展历史。

马克思说:“罗盘打开了世界市场并建立了殖民地。”英国伟大的自然哲学家培根在《新工具》一书中说:“印刷术、火药和指南针的发明,将世界事物的面貌和状况都改变了,又从而产生了无数的变化:印刷术在文学;火药在战争;指南针在航海。历史上没有任何帝国、宗教或显赫人物能比这三大发明对人类的事物有更大的影响。”所以,素有“子不语怪力乱神”和“敬鬼神而远之”传统的中国古代士人,每每会涉入风水理论,欣赏并弘扬其所包含的哲学思想。自汉以来,如张衡、王景、郭璞、萧吉、李淳风、吕才、一行、王洙、朱熹、蔡元定、刘基,以及晚清的魏源、翁同龢等等大学者,都曾致力于风水学,促进了风水理论的发展。

由于风水的美学成分极其明显,也格外为文人所瞩目,古代留下了大量的“风水诗”。《诗经·小雅》:“秩秩斯干,幽幽南山。”描述建筑面对青山,靠近涧水。谢灵运《山居赋》:“抗北顶以葺馆,瞰南峰以启轩。罗曾崖于户里,列镜澜于窗前。因丹霞以赪楣,附碧云以翠椽。视奔星之俯驰,顾飞埃之未牵。”杨万里《东园醉望暮山》:“我居北山下,南山横我前。北山似怀抱,南山如髻鬟。怀抱冬独暖,髻鬟春最先……”孟浩然《过故人庄》:“绿树村边合,青山郭外斜。”杜甫:“卷帘唯白水,隐几亦青山。”李渔:“才情者,人心之山水;山水者,天地之才情。”

毋庸讳言，在中国的传统风水学中不乏迷信内容，有渲染神秘和宿命的色彩，常常鱼龙混杂，泥沙俱下。因此古人才有“达者玩之，愚者信之”之说。特别是近半个多世纪以来，对风水这一指导中国建筑活动的基本观念和实践方法，在它发源的国度里却一直欲言还止，羞羞答答，成了“神圣或邪恶的禁地，或不能触犯，或不屑研究，或不敢探析，使风水经历了正反两个方面的禁锢，或其迷信得不到有力的批判，或其科学内涵得不到合理发掘”。

倒是外国的科学家和学者，怀着浓厚的研究兴趣，深入探索，取得了令人惊异的成果。如英国学者帕特里克·阿伯隆比说：“在乡村问题上，中国风水的处理，已较欧洲任何国家都前进甚多。在风水下所展开的中国风景，在曾经存在过的任何美妙风景中，可能是构造最为精美的。”美国城市规划权威开文·林奇在其代表作《都市一象》一书中写道：“风水理论是一门前途无量的学问，教授们应组织起来，予以研究推论……专家们正在向这方面谋求发展。”剑桥大学的科学史家李约瑟称：“中国风水理论实际是地理学、气象学、景观学、生态学、城市建筑学等等一种综合的自然科学。重新考虑它的本质思想和它研究具体问题的技术，对我们今天来说，是很有意义的。”

这真是没有想到，当下中国建筑业正在经受西方建筑文化的强烈冲击，而西方建筑学却转而向中国的传统风水理论汲取营养。这就是世界的多元性，个性和差异最值得珍贵。你不可能不吸纳世界，也不可能不被世界吸纳。风水之说本来深深植根于中国传统文化，却长时间笼罩在迷信的阴影下，造成想和说、说和做不统一的“两层皮”现象。

现代社会的发达，足以让现代人傲慢张狂。但现代世界的种种困境，如“三P危机”：人口爆炸、环境污染、资源枯竭，又使现代人开始重视人与自然的有机关系，懂得尊重古人，而不是苛求古人，从而能真正认识和发掘风水的奥秘。

——这真应了一句老俗话：“风水轮流转。”

1983年5月

天都情

对黄山向往已久。人都是对自己没有见过而别人又说好的事物心向往之,有了向往就要为这向往付出代价。

我们从淮北市乘大客车,晓行夜宿,紧赶了两天才到达黄山市。第三天又坐了两个多小时的车才真正进入黄山。终于可以摆脱那辆浑身上下无处不嘎嘎作响的大客车了!带着一身长途颠簸睡眠不足的疲惫,头晕目眩,口干舌燥,投入清秀清幽的黄山怀抱,再惬意不过了。在山道边排了一个多小时的队,登上空中缆车,十分美妙地一下子就飞上了黄山顶部。怀着一种对名山的饥渴,下午便把排云亭、始信峰、猴子观海、丹霞峰等山上的主要景点都看完了。晚饭后站在白鹅岭上赏月,由于耐不住寒冷,早早地就回到在黄山不算高级但也不算低档的简易木板房旅馆,和衣钻进被窝。躺了一会儿,只觉得寒气侵身,起身把带来的所有衣服都穿上,到服务台租了一条毛毯压在身上。又躺了一会儿,还是抵挡不住从上下左右两头中间袭来的阵阵寒意,又起来到服务台租了一件脏兮兮的棉大衣,总算凑合了一夜。

第二天早晨五点钟登上光明顶看日出。偏赶上太阳拿架子,磨磨蹭蹭,拖泥带水,最后总算亮了一次相。令我感兴趣的是人们对日出为什么百看不厌?天天看,到处看,老也看不够,难道太阳真的是一天一个样子?还是寻求那种强劲的生命感?拥挤着,呼唤着,人人都想找到最好的立脚点、最佳的角度,抬着脚跟,仰起脸,抱着双肩,耐心地等待着捕捉那辉煌的一瞬,让自己刹那间飞腾融入那新生的"至大至刚至善至美"的境界。人对新的生命总是充满了敬畏和期待。

日出之后光明顶矮了一截，人的山峰又移动到餐厅门前的坡地上。旅游者像“文化大革命”中野营拉练的民兵队伍，餐厅太小，需分期分批用餐。我们是第三轮，匆匆吃了点东西已经快九点钟了，开始步行下山。

大家心里似乎有一句话，但谁也不愿意说出来，这就是黄山吗？我们真的看到了黄山吗？“名山留好句”——我们没有见到“好句”、古迹、石刻，那黄山有自己值得骄傲的文化吗？中国名山都跟宗教密不可分，这里却没有庙堂，黄山的历史和传统是什么呢？它靠什么闻名于世呢？难道就靠那几棵因名气太大反而让人看了感觉不太新鲜的迎客松？

名山欺客。说名山的坏话要谨慎，身在山中未必真正了解此山。山的名气是人吹起来的，即使名不副实，也不是它的过。游山最怕说泄气话。也许是自己感觉不对，心情没有进入最佳状态，“景以情合，情以景生”嘛。

来到天都峰脚下，路分两条：一条躲开天都峰直通山下。另一条几乎是直上直下地插进白云深处，窄窄的，只能通得过一个正常人的身躯。旁边有缆索，轻云淡雾缭绕其间，看不到尽头，真像从九重霄垂挂下来的一架天梯。朝拜天都峰的勇敢者变成一个个黑点，黏附在天梯上，缓慢地向上移动。看上去令人眼晕，天都峰果真是天上的都城？

我们这支二十多人的旅游队伍，只有七个人决定上天都峰。我是坚定的“上天派”。好不容易有了这样一个平步登天的机会，为什么要放弃？很可能真正的黄山就在云彩上面，此次黄山之游全靠这一登了！

上天之难不亚于下地狱，不敢上瞧，不堪回首。步步高，步步险。阵阵心跳，阵阵眩晕，阵阵惊悸。每每仿佛要被吞噬，终未被吞噬，反渐渐被奇幽峻险所融合。平步天梯是岁月的浓缩，越攀越有一种洁净拔俗的感觉。奇石、秀松、云海、野花，俯拾皆是，始终陪伴你左右，满眼都是胜景妙处。

这才是黄山！

用笔墨怎样描绘它都不为过，都不会像它。此时，我想起一些描写黄山的文字和绘画，跟真实的黄山相比显得造作、苍白、浅俗、小家子气。黄山之秀奇在于它一下子控制了你的想象力,这才是大自然的完美。

站在绝险的鲫鱼背上,放眼四周的万丈深谷,如雾海中漂浮着座座仙岛,顿生“遗世独立,与天为徒”之感。世间的一切,包括生生死死,都不值一提了。

鲫鱼背是一条天街,走过去便是天都峰顶,我忽然呆住了——再怎样敢想也想不到会有这样的奇景:是锁的博览会,是锁的陈列馆。

峰顶四周的栏杆和铁索上挂满了大大小小花花绿绿各式各样的锁:铁的、铜的、方的、圆的、老式的、新式的、中国制造的、外国制造的、大得惊人的、精美绝伦的……这叫同心锁——锁同心。

结了婚或未结婚以及不能结婚的恋人们、情人们,经过千难万险,登上天都峰,用一把冷冰冰的铁锁把两颗滚烫的心锁在一起,钥匙抛下万丈深涧。意思是说此锁再也不能打开了,两颗心也就永远紧连在一起。天都峰作证,永生永世永结同心。

——两个人的心真要那么容易就锁在了一块,可真是太妙了!

这是谁发明的呢?恋爱中的人总是充满创造力,爱情最不需要教导。人世间最奇特、最深刻、最古老又最花样翻新的就是男女恋情。这“天都锁”又给爱情增加了一份神秘、一份浪漫,一份通神的高峰体验。让两个人的感情达到体力、胆魄乃至命运允许达到的最高度。

这周围的铁锁阵是那样的强烈、真挚、壮观,令人感动。好一座沉重的天都峰,它是一座情人峰,有爱的磁场。站在峰顶,廓除烟雾,扫涤尘埃,感情得到净化和升华。

爱情是高尚的,心里装着一个渴望,天都峰便成全了这“渴望”。难怪黄山上没有寺庙,人们到这里来不是为了拜佛敬仙。这是一座年轻的山,活生生的凡人世界。人们来是朝拜爱神,朝拜生命。

可我们这几个半老头子,无一人带锁上山,显得与天都峰氛围有点格格不入。但很庆幸冒险游了天都峰,才算没有白来黄山。

1984年8月4日

运河厄运

中央电视台要拍摄《话说运河》的特别节目，约我写南运河一段的解说词。理由很简单：我是沧州人。我也未加考虑就答应了。南运河的主要河段在沧州境内，它的各种神话、故事同样重要地占据着我童年的记忆。尽管沧州很穷，在“度荒”的年月和“文革”时期，沧州人讨饭的很多，但我的意识深处仍然为自己是沧州人而自豪，这恐怕跟运河不无关系。

历史是在河边长大的，是水养育了人类文明。

没有人告诉我，我很小的时候就知道了：离运河近的村子就富，离运河远的村子就穷。运河边的地有灵气，庄稼长得水灵，萝卜格外脆，白菜格外绿。住在运河边的人也有灵气，长得水灵，见多识广，聪明善良。对那些过往的纤夫，饿了有饭，渴了有茶。人们不叫它运河，都叫它“御河”——皇帝的河。

相传明朝第九代皇帝朱枯樘，派人到沧州选美，闹得鸡飞狗跳。一个长着满头癞疮的傻丫头骑着墙头看热闹，顺手还把惊飞了的花公鸡揽在怀里，这时恰恰被选美的钦差一眼搭上，认为她就是“踏破铁鞋无觅处”的“骑龙抱凤”的贵人。傻丫头进宫前总要洗洗头，打扮一番，便提来“御河”水，从头到脚洗了个痛快。满头癞疮竟不治而愈，长出浓密的黑发，可见运河水真是“神”啦！

夏天发大水的时候，南运河突然增宽了好几倍，水流浑浊，高出地面一丈多，恶浪排空，吼声震天，像一头斗红了眼的牤牛。人们在堤岸上搭起帐篷，日夜守护着像皇帝老子一样暴躁的突然翻脸不认人的“御河”。如果有谁看见一条水蛇或一只乌龟，立刻大呼小叫，敲锣报警，大家一齐冲着水蛇、乌龟烧香磕头。水蛇自然就是“小白龙”，可以率领着惊涛骇浪淹没任何一个对它孝敬不周的地方。至于乌龟嘛，据说它的头指向哪里，哪里就决口。而河堤决口以后非得请来王八精才能堵上。

当时我还小，不懂得替大人分忧，只觉得热闹，看护河堤比过年、比春天赶庙会还有劲儿。特别是到了晚上，河两岸马灯点点，如银河落地，更像刘备的七百里连营大寨。田野一片安静，间或有蛐蛐或虫子之类的小东西唧唧啾啾一阵，唯有那瘆人的涛声，一传十几里，令人毛骨悚然，每哗啦一声，人们就把心提到了嗓子眼儿。我依偎在那些心宽胆壮的汉子们身边，听他们讲那神魔鬼怪的故事，更增添了恐怖气氛。

我最喜欢春秋季节的南运河，它恬静、温柔，我可以下河摸鱼、掏蟹，可以在河边玩儿得忘了回家，忘了吃饭。那时我没见过海，没见过黄河、长江，以为“御河”就是天下最大的河、最好的河。我童年的许多梦想都是在南运河边的树荫下构思成的，这些好梦也往往离不开运河。直到五十年代，我考进天津市的中学，每逢寒暑假回老家，看着南运河里的船队，才知道在津浦铁路修筑以前，京杭大运河是沟通我国南北的大动脉。南运河是贯穿河北省的主要航道，流域近五千平方公里，不仅养育着沧州市周围的人民群众，每年还向天津市提供优质水十亿立方米以上，运货百万吨之多。

南运河乃生命之河、兴旺之河，为介绍这样一条河流配写解说词，是我的荣幸，令我激动。我竟一连几天，常常梦到南运河，梦见家乡，梦见自己的童年……

火车、汽车、直升机是我的双脚的延长，摄像机代替了我的眼睛，看得更广、更远、更细。我可以游遍古城沧州市及其所管辖的县、镇、村庄。我可以从南到北地仔细考察我最亲近的河流——带着我童年的梦想和欢乐的南运河。

我久住城市，对季节的变化的反应是很迟钝的，一见到真正裸露的土地，看到燕赵大地独有的色调，便激动不已。大道两旁拥挤着老杨树，已见疏落的黄叶，无可奈何地竖起了秋天的旗帜。金风吹金秋，放眼望去都是收获的旱庄稼，满场满院，堆堆垛垛。各村各户那如墙如城的玉米棒子，简直就是沧州平原的骄傲！

我越走越感到有点不对头。枝柯飘摇，秋声激越，满树的黄叶在燃烧、在私语，大自然似乎想告诉我什么……北风，白云，天高，地阔。公路上有不断舞动的长鞭，一辆辆胶皮轱辘大车，各种肥瘦不一的大牲口，马驾辕驴拉套，牲口脖子上挂着小铃铛，走一路响一路，显示了农民的富足和知足。赶集的、上店的、走亲的、拉货的，全靠这大车了。

唯独不见南运河，不见小桥流水，不见河上船队。要知道，秋后正是河上运输最忙的时候呀，莫非我们搞错了，运河在沧州境内变成了大马路？

没错，从直升机上望下去，这干涸的长满荒草的带状洼地就是南运河。如果割掉荒草，铺上柏油，岂不就是一条现成的公路？

我刚想到这儿，果真就看见河心里跑马行车，当地乡亲还真把河道当成了大道。聪明的羊倌把羊群赶到河心放牧，河心里长出的草想必更鲜嫩，营养更丰富一些。有些勤快的农民把河心的野草用耙子搂到一起，捆成牛腰粗的草捆，背回家去，既可喂牲口，又能当柴烧。连鸡也跑到河里来觅食，有的河段干脆成了晒谷场，有位摊晒粮食的老兄，躺在河床上，用草帽遮住脸，呼呼大睡。他可真是“高枕无忧”呀，不必担心河里会突发大水，连他带粮食一块冲走。

昔日的南运河在哪里？

我们访问了沧州市河道工程处的专家，还访问了许许多多的人，没有人对南运河无水感到惊讶。似乎南运河若不干涸，倒仿佛是该奇怪的。

是啊，近几年华北干旱是实，可我们人为的失误也是实！各打自己的算盘，谁在河的上游谁沾光，分流抢水，都想在运河身上砍一刀、咬一口。那一条条连着运河的排灌沟渠，那一个个紧咬着南运河的扬水站、抽水机，就像无数根吸管，把南运河的乳汁都吸干了。

一九六三年冬，开始了“根治海河”的浩大工程。治海河先要治南运河，仅沧州地区就开挖、疏浚了近三万条排灌沟渠，修建了三万个桥、闸、涵、站（扬水站、点），构成了一个庞大的防洪排涝体系。人们豪气满腔地说,“即便龙王把东海的水全部搬到南运河,也会很快再把大水送回渤海”,“纵观历史,哪朝哪代出现过这样的新局面?哪朝哪代能完成这般宏伟的工程?历史上没有一个朝代能做到,历史上各个朝代加在一起也不行”。

是的,历史上南运河从来没有干涸过。一九六三年开始“根治”,一九六五年夏天南运河便第一次干涸,真是“立竿见影”。人们一心想驯服洪水,根治涝灾,唯独没有想到干旱,没有想到滔滔南运河这么快就滴水皆无。

修挖了许多朝代,流淌了一千多年的南运河,就这样在我们的手上消失了。是大自然开了个残酷的玩笑,还是我们陷入了谬误之中?

我们又是怎么走到这一步的?

走出沧州城,来到一大片灰黄的芦苇地前,这里最有古沧州的味道。芦苇摇曳,它是见证,沧州历来多涝,何曾缺过水?

这里曾是九河下梢、老黄河的故道,洪荒遍野,古漠苍凉。每逢洪水涌来,一片汪洋;大水退后,遍地盐碱。久负盛名的“沧州铁狮”,建造于一千多年以前,就是为了镇住对沧州百姓危害极深的洪水海潮,所以又名“镇海吼”!

“曾经看百战,唯有一狻猊。”(顾炎武)铁狮子身长一丈八尺,高一丈六尺,体阔近丈,重约四十吨,是我国现存的最大的铁狮。它雄踞于土坡之上,向南而立,身披障泥(防尘土的褥子),背负莲盆,胸阔腰圆,翘首侧望大海。清人李之峥这样形容它的神威:“飙生奋鬣,星若悬眸,爪排若锯,牙列如钩,既狰狞而蹀躞,乍奔突而淹留。昂首西倾,吸波涛于广淀;掉尾东扫,抗潮汐于蜃楼。”

铁狮陪着沧州古城历经沧桑,它栉风沐雨,伤痕累累,连积蓄着万钧之力的狮爪,也被盐碱吞蚀掉了。但它“吼”了千余年,终于把大海给镇住了,连运河的水都给它吓没了。现在,人们倒真希望铁狮不要再冲着龙王振鬣长吼了,还是把龙王请来为南运河注满清水吧。要吼,也应该对着现代文明大吼:“不要毁掉运河,人类不一定会毁于核大战,也许会毁于生态环境的破坏。”

从前，沧州确是十年九灾，可算穷乡僻壤。不然，施耐庵怎会把这里称作“远恶军州”？又怎会把林冲发配到这儿来？看看林冲庙，站在昔日草料场的遗址上凭吊一番。除去南运河，沧州人值得骄傲的东西还有不少。《话说运河》的节目总不能跳过南运河这一段不提，对实际已不存在的南运河无话可说，我是否可以说一点别的呢？

就说这林冲的遗风吧。也许正因为过去沧州是专门收留犯人的地方，绿林好汉、侠客武师便云集此地，素有“小梁山”之称，一代代留下尚武的风气。击败沙俄大力士、受康熙嘉奖的丁发祥，宣统的武术教官、八极拳师霍殿阁，大枪一抖能点落窗纸上的苍蝇而窗纸无损的神枪李树文，张学良的武术教练、燕青拳拳师李雨三，双刀李凤岗，大刀王五，神弹子李五，饮誉中外的“神力千斤王”、多次打败美英俄法的所谓“万国竞武场”上的王牌武士的王子平……他们都是沧州人。沧州武林可谓名师辈出。过去有“镖不喊沧州”一说，不论何方来的镖车镖船，不论货主是富户豪门还是势力浩大的官家，路过沧州必须卷起镖旗，不得显武逞强。

当今的沧州一带，也还有百分之七十四的农民练武。城里人口二十万，习武的倒有四万多，有十七个武术社、六十多个拳房。人称“沧州十虎”的通臂拳拳师韩俊元父子，全家二十四口，个个习武。老三、老八是连续三届的全国武术比赛的金牌得主。真可谓“武健泱泱乎有表海雄风”！

读者看到这儿也许会说：“瞧这个蒋子龙，多么为他的沧州得意呀！”其实我心里藏着深深的忧虑，失去了南运河，沧州这个“武术之乡”还能维持多久呢？水、食物和空气，是人类生存的必不可少的三样东西。地表无水，只好向地下找水，井越打越多，越打越深，平地打井见不到水，只好到南运河的河床上来钻眼儿。河心里打井，也算是当今一段奇事吧！

人们哪里知道，这是在饮鸩止渴。

由于地下水超采量过大，造成地下水位逐年迅速下降，形成以沧州市为中心的深层地下水下降漏斗。照此下去，再过几年，地下水位可降至百米以下，国产的深井泵将再也吸不上水来。即使买来大批的外国高级水泵，地下水也并不是无穷无尽的，深层地下水循环一次需要六百五十年。这就是说，它的补充是非常缓慢的。据科学家测算，河北全省的深层地下水资源共有一百亿立方米左右，现在每年则开采十三亿立方米。再这样干它十来年，岂不要盆干碗净了吗？我们这些所谓的现代文明人类，却不得不大声疾呼：水、水，水！就差跪地向老天求雨了。

何况，沧州的深层地下水含氟量极高，对人体危害很大。你随处都可以碰到这样的情景：一群可爱的孩子或几个韶华灿烂的姑娘，他们正在玩耍或正在说笑，像其他地方的姑娘一样聪明，一样秀丽。当你走近向她们问路的时候，她们立刻都紧紧地闭住嘴。因为她们不愿意让生人看到自己那一嘴发黄变质的坏牙，这是氟斑牙病。

根据还是六年前沧州市的调查，成人氟中毒者是百分之七十四，小学生竟是百分之百，无一幸免！这些有着氟斑牙的儿童，即使消除了高氟水的危害，牙齿也不会变好了。牙齿生锈仅是表面的，高氟水还严重损害人的内部肌体，骨质松脆，易折易碎。每逢冬季下雪之后，路面溜滑，跌跤的人多，医院的骨科病房就会人满为患。

已经有几万几十万的人氟中毒，如不解救水的危机，还会有几十万几百万的人继续中毒。南运河在我们这一代人手上丢失了，真是愧对后世子孙，无颜见列祖列宗。

沧州还有一些驰名中外的特产，我担心也会受到缺水或高氟水的威胁。

金丝小枣是我国的名贵果品之一，和栗子、桃、杏、李子并称“五果”。金丝小枣皮薄肉厚，汁多核小，剥开来有金黄蜜丝牵连，入口香甜如蜜。此枣还是度荒的食品，赠亲友的礼品，待客的佳品，祭祖的供品，健身的补品，治病的药品。俗语说：“五谷加小枣，胜似灵芝草。”用现代语言就叫做“活维生素丸”。古医书上说它能“安中养脾，助十二经，平胃气，通九窍，补少气、少津，和百药”。

沧州金丝小枣最高年产量可达三万吨左右，占全国红枣总出口量的二分之一。

沧州另一名扬中外的特产就是大鸭梨了。此梨状似鸭头，把儿如鸭嘴，皮薄汁多，质地雪白，咬一口香甜脆嫩。沧州年产鸭梨九亿斤，占全国鸭梨总产量的百分之九十以上。

但是，沧州鸭梨一装进出口的箱子，就变成“天津鸭梨”。海内外只知有“天津鸭梨”，并不知它本是沧州货。天津并不出产鸭梨，但它出过许多聪明的商人。

一方繁荣，跟水土好坏有很大的关系。不论是“巍巍雄峙齐燕际，北镇京津居上游”的沧州市，还是这里许多珍贵的特产，都离不开水质优良的南运河。南运河断水，它们还能保持自己的优势吗？

近三年来，沧州市的工业产值停滞不前，原计划在这个地区建立的工厂只好迁到别处修建。连自来水厂都断了流儿，杂草丛生，一片荒芜。这不仅给人们的生理上造成极大的危害，在心理上也造成一种压力和威胁。

人们都在盼水，在怀念南运河。成千上万的水利设施废弃一边。干涸的河沟，像大地胸脯上一道裂开的伤口，冀东平原在呻吟。

如果说南运河曾流淌着我童年的美梦和幻想，现在面对这条干涸的河道真像做了一场噩梦！还是再引用一遍“文革”中的豪言壮语吧：“纵观历史，哪朝哪代出现过这样的新局面？”我倒要说，面对这种“局面”，我们还有资格把自己称作现代文明人吗？世界著名思想家莫蒂默·阿德勒提出下一个世纪有四个全球性的课题，他把环境的退化或恶化摆在头一个！

人类创造了文明，要驾驭它却更加困难。大自然并不像我们想象得那么温驯和简单，毁了生存的环境，就等于毁了人类自身。错误总是在人类一边，大自然是无辜的。

木叶飘摇，秋声悲壮。南运河真的就这样进入自己生命的晚秋了吗？站在干涸的河道上，看看我自己的内心，我总觉得缺少了一点什么。是什么呢？……

1986年12月21日

路的联想

我在少年时代很羡慕“旅行家”。如果自己有幸将来能成为“旅行家”,那真是太妙了！探险、猎奇、览胜,只有这一种职业才能把爹娘给的每个器官都充分地派上用场;足走、足背、足累、足看、足闻、足思、足吓、足忧、足喜、足吃、足饿、足喝、足渴……生命可谓波澜壮阔,丰富多彩。然而近几十年来“旅行家”却像恐龙一样从地球上消失了,很少再从人们的嘴里听到或从文字中看到“旅行家”这三个字了。仿佛七十二行里已不再有旅行这一行,旅行者更不会成“家”了。

盖因当今世界旅游业发达,人人都是“旅行家”,外出旅行是很简单的事情,专职“旅行家”自然就失去了原有的神秘感。当今世界旅游业之所以发达,是因为道路发达了。旅行也叫行路、上路,旅游就是游路。当年鲁迅先生曾给路下过一个著名的定义:“世上本无路,走的人多了便成了路。”如今却是你把路修好了,人家才会来。在报纸上经常看到这样的新闻:某城市、某地区或某单位,好不容易请来一位国外投资者,刚走了一半路,因道路不畅或交通阻塞,人家便掉头而去。

路是发达的条件,也是发达的标志,路就是时间。美国的发达得益于四通八达的高速公路网。马来西亚经济的起飞得益于一条贯穿整个马来半岛的高速公路,人称“南北大道”。这样的例子太多了,你随便指出一个经济发达的国家,必有发达的道路。在欧洲从一个国家到另一个国家比我们从一个省到另一个省还要方便——除去我们的路不如人家的好以外,还因为我们在自己的路上不知什么时候就会被拦阻、被盘查、被罚款。根据路况可以看到一个国家的经济和文化,同样在国内也可以根据道路八九不离十地了解一个省或一个地区的经济和文化。当你乘汽车从山东省北上或西进的时候,感到汽车开始颠簸了,路由宽变窄,由平整光洁而变得坑坑洼洼了,不用问就知道进入了河北或河南地界。路不好人的心情就不一样,而且越是路不好的地方“路霸”越多……

我虽然没有成为“旅行家”,但外出旅行却不少。去的地方多了对路的感触就格外深。乘飞机要挑航空公司和航班,乘火车要挑车次,乘汽车就要挑道路,路不好乘多高级的车子都会受罪,不是万不得已就会打退堂鼓。有些地方穷就穷在路上,因为穷而不修路,越不修路越穷。嫩江县城内的某些胡同都如同深翻过的黑土地,高高低低,坎坷不平,晴天尘土飞扬,雨天黑泥毁鞋。所以有人把修桥补路视为善举,而“积德行善必有好报”——这“好报”就是经济富裕,群众安居乐业。事实也如此,如今人们都知道“山东的路多,广东的桥多”,其实桥多也是因为路多,为了路通才在河上架桥,广东河流多,为了使公路网状化,必然要多架桥。有形的路多,且宽阔通畅,就很难闭关自守,就会视野阔大,思想开放。信息丰富而迅捷,自然会影响到无形的路:发展经济可供选择的路多了,生财的路多了,机会多了,前进的步子会迈得更大更快。

人们喜欢说“走改革开放的道路”、“走上经济发达之路”、“奔小康”以及用多少多少年“赶上经济发达的国家”等等。可见没有路则难以改革开放,经济发达也是有一条路的,只能在大道上才谈得上向“小康”奔跑,或追赶前面的国家。若没有路或路不好只能磕磕绊绊、跌跌撞撞,还能谈得上速度吗?实际上近十几年来中国改革开放的成果都反映在公路上了。当初修建京津塘高速公路的时候,外国人着实把我们吓唬了一气,说中国人没有修建高速公路的技术和经验,必须由他们设计和指挥,接受他们的监督和检查,说白了也许就是要让他们赚一笔——这也无可厚非,外国商人到中国来原本就不是为了学雷锋的。但是,高速公路在中国很快就变得不再神秘、不再新奇了,沈阳到大连、昆明到石林、济南到青岛、广州到珠海等高速公路相继修成,而且越修越快,越修越好。我在这几条路上都跑过,那份车飞身轻的感觉很像清人黄景仁的一首诗：

大道入云平，高槐夹道生。
出山惊马瘦，行野觉身轻。

我们终于在现实的道路上有了和发达国家相同的速度，感受到了速度的魅力和收获。

只是这样的公路还太少，不能在全国联成网。当高速公路联网之日，就是中国的经济达到发达水平的时候。

路不只是陆地上有，天空也有路，海上也有路。正是这不计其数的海陆空立体交叉大道构成了现代社会，决定着现代社会的健康和强大。道路不通达，就不可能有经济和文化的发达，著名的丝绸之路证实了这一点：它是一条历史通道、文化古道，更是一条经济大道——“丝绸”是一种物质，可以以物易物，也可以变成钱，它的兴兴衰衰反映了经济的起起落落。艰苦卓绝的青藏公路使西藏不再封闭，运送物资的车队进进出出，实际上汽车载负的是现代文明，大山内外在同步前进。蜿蜒如龙蛇的国道横穿茫茫无际的灰色沙砾，使千里戈壁有了人烟，有了生机，有了希望……每条路都有一串动人的故事，比如一条路救活一方人、救活一个地区乃至打赢了一场战争的故事太多了。人和路的关系如同现实和未来、生命和方向的关系一样。人们用“迷路”来形容头脑错乱、失去了目标。“我走过的桥比你走过的路还多”——这里的“路”代表了人生的阅历和经验。

贫穷荒僻的地区需要路的解放。富裕的现代大城市被拥挤、嘈杂和污染捆住，更需要路去解放。君不见当前中国哪个大城市的人没吃过塞车的苦头？通畅的大道碰上城市，如同一根绳子碰上了死结。经济的起飞往往先从城市开始，路不解放城市，又怎能带动经济的起飞？

人们天天都在走路，抬脚动步离不开路，唯有现在迫于经济发展的需要，不得不认真思索路了：路该怎样修？修什么样的路？通向哪里？

1987年4月8日

摘星星

好一个铁弓岭，真像一张直立的巨弓！绿葱葱、翠微微像长虹一样弯成弧形，把半爿天遮成了月牙。左拳山和右拳山，一东一西是铁弓岭的两只弓脚。山下一条弓弦河，淌着一湾碧绿碧绿的清水，缓缓东流。我见惯了城市里的河，真想不到天下还有这么清、这么美的河流。我忘掉了从上小学起就养成的不喝生水的习惯，禁不住跳下河滩，捧起河水喝了几口，好甜哪！凉浸浸非常痛快。

我和钢铁烟尘打了二十几年交道，见过各种各样的大工厂，像这样醉人的山区景色，却很少见。我不着急赶路了，沿着弓弦河一边走，一边观赏景色。这里的山不是我以前见过的那种秃山，远眺山上，密层层的树木，绿波起伏，弥天皆翠。山脚下、山崖上一簇簇的野花，红、黄、蓝、白，千娇百媚。金秋季节的大森林，活鲜鲜像一幅巨大的色彩斑斓的壁毯！

我信步游逛，渐渐忘了时间，猛抬头见太阳下了山。这一来我慌了，前不着村后不着店，到哪儿去投宿……

我从文学讲习所毕业归来，去看望电研所程所长。他告诉我孙潜已经从美国回来了。孙潜？电研所和我们厂同属一个系统，怎么从未听说过这人？程所长简单地向我讲了孙潜的情况：你怎么会听说过他呢？他本是个默默无闻的人。几十年来，好事找不到他，坏事也找不到他。他选的研究课题是小水电站设备，也不是尖端、时髦的学科。谦逊是他内在的禀赋，一副不聪明、甚至有些呆气的外表，谁也不拿他当回事。前不久，因为一个很偶然的机会，让他跟着一个水电技术考察组到美国去访问，因为他对小水电站的专门研究，美方特意留他两个月，到各地去讲学，这一来，很是轰动。美国一个水电专业的女教授，看中了这个四十七岁还没接触过女人的老光棍，非要嫁给他。这件事，着实把孙潜吓了一跳，他赶紧请示电研所，程所长请示了部，同意他们结婚。这才打算在国庆节的时候举行婚礼。美国的新娘子就要来了，可是新郎又跑进了铁弓岭。

孙潜和他的美国对象引起了我的兴趣。对文学，特别是对古典文学很有研究并在创作上给过我很大支持的程所长，看出了我的心思："怎么，心里又痒痒啦？我给你提供一个机会，跑一趟铁弓岭，把孙潜找回来，该做些结婚的准备工作了。所里抽不出人，你权当采访，替我们跑一趟吧！"我何乐而不为？

可是，铁弓岭这么大，他在哪个山村里呢？

月亮出来了，铁弓岭朦朦胧胧，神秘莫测。我顾不得欣赏山区的夜景，顺着沿河小路拼命往前赶，生怕被丢在这荒山野岭过一夜。山区的小路我走不惯，一脚踩深，一脚踩浅，跌跌撞撞，心里紧张，倒不觉得累了。突然，听到弓弦河里有啪啪的击水声。我的头皮顿时一奓一奓的，更加快了脚步。击水声越来越响，我忍不住轻轻走到岸边想看个究竟。月光下，河面上波光粼粼，在靠近河滩的浅水处，猛地蹿起一个人，抡起一只没有底儿也没有盖儿的荆条筐，朝着翻水花的河面罩下去。我问了这个老大爷的名姓，和他攀谈起来。当他听说我是来找孙潜工程师的，非常高兴，便领着我走上了一条上山的小路。并且告诉我孙潜正给他的村子安装水电站，他下山捉鱼就为的是慰劳这个"摘星星"的大能人。

我十分惊奇："他一个人能安装水电站？"

在前头领路的老大爷神秘地冲我一笑："你到了山上一看就明白了。"

曲曲弯弯走了近一个小时，来到了山半腰的一个小村子，这个村子只有六七户人家。老大爷叫老伴儿赶紧去做鱼，然后领我去找孙潜。孙潜正给最后一户装电灯，他相貌极其普通，几乎没有一处可以提一笔的特征。穿着一身工作服，腰里系着一个电工的工具兜子。唯有脸上那股文静气、说话时那种慢声细语的样子像个知识分子。但又没有某些技术人员扬眉吐气后的那种清高和傲慢，更没有刚从国外讲学归来的人那种洋洋得意和自命不凡。这真是一个大老实人。但是他干起活来手脚利索，我以一个工人的眼光看他，他有解决实际技术问题的才干和魄力，有一个深刻而丰富的搞事业的头脑！我帮着他三下五除二就把电灯装好、电线架好了。随即，他又领我来到村后检查发电站。

天哪，这是什么样的发电站！发电机总共只有一个饭盒那么大，功率也只有一百二十千瓦。从山顶流下一股碗口粗的泉水，这股泉水的力量正好能带动一百二十千瓦的发电机，这一百二十千瓦的电量却足够这个小村子用，即使是每家买上一台电视机，也绰绰有余。真是妙不可言！

农民们有的提着马灯，小孩子们举着松明火把，围着孙潜团团转。他走到哪里，孩子们就高高地举起火把替他照亮。孙潜从下午来了以后就紧忙乎，没有吃晚饭。全村人也都不吃晚饭，等电灯亮了以后全村人好好热闹一番。

我看看手表，到九点十分，孙潜一合闸，小山村突然一片通明。大人、孩子又惊奇又高兴，村里人不多，却也围着电灯又说又笑，孩子们又唱又跳，一片欢腾。女人们把山珍酒菜和早就煮好的饺子端出来，放在村中央一块大青石板上，要好好招待这位给他们摘来星星的人。不善应酬的孙潜窘红了脸，只好把每一家的酒都喝上一口，每一家的菜都吃上一点，每一家的饺子都吃几个。吃完饭，他掏出一张很大的中国地图，在青石板上铺开。这是他自己绘制的，上面详细地标出了中国的山形和水脉，别的什么城市、道路等等一概没画。每一个可利用的水源上都画着一个小五角星。已经被利用了的资源，就拿红笔把五角星涂红。我看着他把一个写有松树屯的小五角星涂红了。松树屯显然就是这个小山村的名字啦。

整个世界都为能源担心，孙潜研制的这种微型发电机是多么宝贵呀！难怪美国人对他这么感兴趣。谁说他选的课题不时髦、不尖端、不起眼？老实人走老实路，他的成果也是实实在在的。

我把程所长叫我来找他的目的告诉了他。孙潜却傻愣愣地朝我眨着眼睛:“结婚有什么好准备的,这儿还有三个村没装完呢!这都是九月份的计划。”看来这个老单身汉对即将来到的这件喜事紧张多于高兴,甚至心里还有几分发憷。

我突然来了灵感,想把这段奇妙的姻缘再推向一个高潮,以便将来好把这件事写成一篇有意思的小说。我给他出主意:“孙工,你那位对象不也是研究发电设备的吗?你看要是把她接到这个美丽的小山村来举行婚礼怎么样?一定别有风味!你要是同意,就留在铁弓岭继续安装你的小电站,我明天一早就回去,和程所长商量,九月三十日准把新娘子送到这儿来。”

不等孙潜点头,老大爷首先表示欢迎,而且表示让出自己的屋子做新房,从明天就开始布置。孙潜对老大爷这片盛情美意只好答应。事情一谈妥,老大爷拿出一个小布包递给我:“这是五百块钱,请你受累给我买一台电视机,国庆节的晚上我要看上电视节目哩!”

我一口答应给老大爷挑一台质量最好的。

孙潜忙着替我铺床整被,我打算等躺下后好好问问他,比如:他和那个美国女教授是怎么对的象?将来两个人怎么生活?他的妻子到不到中国来落户?

但是老大爷走进来打岔,一会儿问电线被风刮断了怎么接,一会儿问发电机出了故障怎么修理,老人对电发生了兴趣。摸着黑过了大半辈子不失眠,现在有了电灯,反而睡不着了。

夜深了,我隐约听到一种奇特的琴声,走出房子循着琴声找去,在村后小电站旁边坐着几个人,一个小伙子拉着一种用蟒皮和枣木心自制的两弦琴。琴声悠扬,伴着皎洁的月光、哗哗的泉水,实在是美极了。我反身进屋想把孙潜叫出来,这样的夜晚实在不应该睡觉,也不会睡着。但是,孙潜这个能摘星星的人,就在天上和人间的星星交相辉映的时候却睡着了,他发出了轻微而香甜的鼾声。

他太累了……

1988年夏

海底坐垫

生活在这样一个千奇百怪的世界上，想能见怪不怪，非有足够的定力不行。让自己静下来，能够静得住。

静——可比动难多了。

步兵战士都知道，开步走和跑步，要比立正容易得多。因为，我们的灵魂里几乎不会有完全的寂静。

《荒漠甘泉》里讲了一个“海底坐垫”的故事：谁都知道海洋是永不止息的，风从不会平，浪从不会静。但在海底深处，却有一个风吹不到浪打不到的地方，叫做“海底坐垫”。任狂风暴雨搅翻大海，任龙吟海啸波涌浪滚，那个地方从来不会被搅动。当科学家挖掘海底，把“海底坐垫”上的动植物遗骸拿上来检测时，证实这些遗骸一动不动地被存放了数千年之久，从未受到过打扰。

据说台风的中心也是平静的。

我们在生活中，又何尝不是如处于大海之中或台风之中？到处都是声音，人的声音以及各种物体发出的声音。甚至当我们越是想安静的时候，就越有一种大吵大闹的声音传到耳中，里里外外的喧嚷声不下上千种，烦你，扰你，推你，拉你，以致除了这种喧嚷声之外，你再也听不到别的声音，更听不到自己灵魂里的声音。

这时候你要继续静下去，也必须在嘈杂中有时间让自己独个安静在一个地方，让外界的噪音达不到，也让能进到你心里的每个闯入者不做声，如同安静的日落。当你对外面的一切噪音充耳不闻时，渐渐地那些噪音就会消失，会听到从自己的心灵深处发出一种极微小的神秘音调,有无法形容的温柔和安慰的能力,那就是从你自己灵魂里发出的声音。

越是嘈杂的生命、忙乱的生命,越应该找到这种内在的静,倾听自己生命的歌唱。那才是自己的声音,才是真实的自己。

认识自己乃是真知识的基石:人永远无法自己满足自己,人在绝望中也无法解脱自己,认识自己的软弱才能坚强,体验过惧怕才会勇敢。

生活并不是单纯的经济行为,生命的更新才是一切改革的根基。历史是我们自己的影像,在历史和别人的错误里能看到自己的责任,才是真智慧中的开明。在有强光的地方必有暗影,但在阴暗的地方更容易获得丰富和珍贵的启示。

在倾听自己的过程中,沉思默想,整理自己的思路,靠近自己,充实自己,会认识自己的命运,恢复自己所有的能力,然后才可能调动全部精力去做好应该做的事情。

这种“静”之所以能给人改变生活的力量,是因为它能医治痛苦和沮丧。

然而,痛苦和沮丧这两样东西,是人生中不可能不遇到的。逆风能使船舶进港,沉重的钟摆能使指针移动,世上许多美好的事物都是能通过眼泪和痛苦得到的。通过静思反观这些痛苦,才会使人深刻和丰富,有可能成为灵性上的伟人。

而沮丧,却是一种危险的引诱,使人的心脏收缩、衰弱,把困难扩大,给世间描绘上一层凶险的颜色。能够静下来跟自己对话的人,不是没有痛苦,而是从不沮丧。

“静”还出于一种心灵的渴求。吮吸生命的气息,让心里体验到一种不可诠释的感情,超然有世外感;静谧,清畅,会找到人同外部世界的连带感,找到与灵魂相熨帖的东西。

让疲惫的身心重新投进生命之中,让生命本性的渴求得到满足,这是心灵的拯救。

人人都是地球上的匆匆过客,生而不知从何而来,死而不知去向何方。因此，生存就需要思考。“海底坐垫”是给海洋以静力和智慧的地方。心里有这样一个“海底坐垫”的人，必有海洋般的性格和胸襟，堪称大气。

愿善良的人们心里都有这样一个“海底坐垫”，用以对付世事的凶狠。

1990年元旦

夏　说

到目前为止，天津人对今年的夏天没有什么好抱怨的，“头伏”基本上是在摄氏二十多度的气温下度过的，可谓“凉夏”。“头伏雨，伏伏雨”，但愿“头伏凉，伏伏凉”。

夏天不热真是好事吗？农民又嘀咕了：该冷不冷，该热不热，农作物会不会减产、闹灾？可见夏天就该热，不热是不正常的。

我也曾跟天津市供水办公室的人长谈过，一年四季他们就盼着过夏天，世界缺水，天津缺水，就指望夏天下几场大雨，把大小水库、河道注满，够天津市一千多万人吃用到来年夏季。但雨水也不要大得失去控制，闹出灾害——这火候不是人能控制的。

长沙一朋友来电话，湖南继大汛之后，半个月滴雨未下，“红日贴中天，乾坤如火燃”。近几天，长沙人在摄氏四十度的高温里蒸熬，半天工作，半天泡在江水里，湘江变成一口煮饺子的热锅。

可见不同地区、不同的人，对夏天的感受也不一样。有钱、有地位、有特殊贡献或有好运气沾单位光的人，能到凉快的地方去避几天暑，对夏天的感受自然不同于那些要守在岗位上和家里度过夏天的人。受灾地区的人对夏天的感受也自然另有不同。家里有空调和没有空调的人对热的感受更不会一样……

地球的南半部，此时不是夏季。北半球的东南亚一带，夏季也不是最热的，频繁的雨水调节了气温，在干燥的春末，才是一年中最热的。北半球的北部，夏天则是最舒服的黄金季节。

只有中国，一年四季分明，对夏天的感受最强烈。甚至可以说，夏天是中国人的季节。正巧，中国人喜欢以夏自称，以华夏古国自慰，对这个“夏”字既熟悉，又有感情。

古往今来，文人骚客不厌其烦地写春、写秋、写冬天的雪景、蜡梅。很少有人写夏天，偶尔写到也是“苦夏”、“苦热行”、“夏灾”，“头痛汗盈巾，连宵复达晨，不堪逢苦热，犹赖是闲人”（白居易）。因为春天动情，秋天收获，冬天有韵。“春华秋实”——一句话就把夏季给省掉了。或者只厌其热，不计其功。

其实，一切艺术不过是“大自然的附属物”，不管人们喜欢与否，大自然都按照自己的规律进行运动和变化。没有夏天威猛的生长，哪有秋天的收获？冬天不过是为夏天养精蓄锐，春季的万物复苏是夏天的准备、序曲。农民都知道，“百谷秋”要在“暑中结”。夏季如人的青壮年期，正处于生命力旺盛的阶段，“万物于此皆假大而至极”。“假”即大也。大得把春挤得一闪而过，人们还来不及认真感受春意，春天就消失了。秋天也短促得像兔子尾巴，农民们不得不“抢秋”，秋不抢就过去了。经人们的感觉似乎是天气刚不热了就冷，刚不冷了就热，自然界只突出冬夏两季。

于是人们在天冷的时候盼天气快点暖和过来，在天热的时候盼天凉，老是不满意眼前的季节，在抱怨和企盼中人一天天老了，生命走向了终结。

现代人不是喜欢说享受吗？享受生命，享受孤独，享受痛苦，享受这，享受那，为什么不认真享受一下夏天呢？享受炎热，体味酷暑不怕出汗——对了，汗水是夏天的灵魂。

现代医学公布了当今人类四大毛病之一，就是不出汗。因一年年的不出汗，各种麻烦和疾病折磨着享受着高度物质文明的现代人。不出汗是因怕热和躲避夏天造成的。

出汗是人类的特长，而不是上帝对人类的折磨。根据“盗汗”，可以断定一个人得了什么病，“发汗”又可以治病，“吓出一身冷汗”——

还可以缓解精神上的恐惧和紧张，如此等等，可见出汗对人类有许多好处。古人有“夏练三伏”之说，夏天必须出汗，出汗才能抗暑。对此我深有体会，“文革”十年，我是在三吨和一吨的锻锤上度过的，车间里一年四季是高温，到夏天气温更是高上加高，工作场地被几个一千多摄氏度的大炉子围着，红钢从炉子里掏出来就要猛砸快锻，否则不能按工艺要求变成锻件，倘若双手稍一含糊，红钢砸飞，重者要你命，轻了让你致残。厚厚的帆布工作服几分钟就被汗水湿透，八小时就一直是湿的。

事先想起来发憷，别人看着可怕，真干起来没有想象的和别人感觉的那么可怕，大汗出透了就不再怕热，而是有一种轻松感。“改造”得我至今不怕出汗，有非出汗不可的机会决不躲避。

文明程度愈高，离大自然越远，是文明的不幸。夏天属于大自然，不属于有空调机的房间。

有条件的城里人，到夏天都想跑出去，已经成了世界性的潮流。跑出去名为避暑，其实更累、更热，避暑应该往有空调机的房间里钻。但跑出去离大自然近了，到海边，到乡间，听蛙声作管弦，看蜃气为楼阁，摇新荷泛水，逗燕舞轻风。最后皮肤晒红了、晒黑了，健康而满足地过了一个夏天。

一味地抱怨天气太热，你将过一个苦夏、酷夏；干脆热个痛快，你将过一个活夏、富夏。

热爱生活、热爱生命的人，一定也会珍惜夏天。尽管夏季的灾害比较多，但给人们的警策也多。夏天的色彩极为丰富，不可让酷热和局部地区的灾害影响你饱餐整个夏天的色彩。

1995年8月6日

论 城 市

1. 灵魂安在？

城市是不是应该有灵魂？有肢体，有记忆，可遗传，可延续……

城市的灵魂是文化。由历史风俗和地理特点所铸造。甚至可以说，城市的存在本身就是巨大的文化现象：地理风貌、建筑特色、历史遗迹、文化景观、众生心态、市井沉浮，以及生产和交换、扬弃和诱惑、生机勃发的繁衍发展、博大恢宏的无穷蕴藉……构成了一个城市的强势生命。

但养育文化的，却是人的心灵。是人的心灵不断对城市加工翻新，心灵是印章，城市不过是印迹。反过来，现代人的心灵所能得到的最重要的感染，也首先来自城市。由此可见，城市丢了魂儿，人的精神就会涣散，城市很可能就将变为卢梭所说的"人类的垃圾堆"！

这就是说，有些城市有灵魂，而有些城市没有灵魂。或者曾经有过灵魂，后来搞丢了；或者过去没有灵魂，现在有了……我们每个人只要认真想一想，就可以知道自己的城市或自己所熟悉的城市，哪些是有灵魂的，哪些是没有灵魂的。即使一下子不能条畅缕析地说出理由，心里却像明镜般地清楚。灵魂这个东西，常常是可以感知、可以意会，却很难名状。

比如，眼下我们似乎还不敢称自己是经济大国、军事大国，却可以说是一个历史大国,我们确曾有过悠久而灿烂的文化传统,有过称誉世界的发明和创造。或许正因为我们的历史太长久,传统资源太丰厚,反而对历史不够那么重视。这是人的一个习性:不太看重已经拥有的,眼睛老盯着自己所没有的。

而大量的现代城市建设,正是以失去历史感和砍断文化根脉为代价,换来的是一些不伦不类、半土半洋的玩意儿,或者是在重复西方几十年前的错误。如果说历史是一个城市的记忆,城市开始患上失忆症,甚至到了不能不为之招魂的地步。有些灵魂散失严重,已经无法找回的,就得考虑重新为城市铸造灵魂。

历史之所以要在这样一个地方产生这样一个城市,是因为每一个城市都是不可替代的。差异即美,有差异才有丰富,每个城市的自然条件不同,界定的空间不同,城市理念和行为形象也不同。建筑构成了城市的视觉景观,是城市的精神最直观的表达,是一个地域、一个时代的风格、时尚及技术条件在建筑上的反映。抛弃了这一切,完全不顾自己城市的历史文化底蕴,"天下建筑一大抄",粗制滥造,俗不可耐,轻而易举地就抹杀了城市的灵魂。

没有灵魂的城市就没有精气神,没有主心骨,丧失了信心之源。城市的魅力取决于城市的灵魂,只有城市的魂魄才能体现本地人的意识和性格。城市的灵魂来自有灵性的建筑,而建筑的灵性是从生命内部放射出来的,是从灵魂里自然而然流露出来的东西。

灵性也是一种思想,是经过深思熟虑而形成的成果,它反映了一个城市的文化基因及价值取向。给建筑艺术下任何定义,都必须从这个灵性出发,否则就与艺术不符,跟创作无关。真正的建筑艺术是决不重复,一切都独一无二。正因为建筑有灵性,城市才有活力,会形成自己的氛围,使整个环境显得独一无二。

彼得·波特所说的,在宇宙的中心回响着的那个坚定神秘的音符"我"——就是创造的灵性。没有灵性的建筑就是死建筑,塞满了死建筑的城市就不可能有灵魂。即使第一眼看上去很现代,第二眼就看出了它的呆板和僵硬,显得失魂落魄。因为建筑体现的不是文化的品位，而是权力的意志，掌权者是什么水平，建筑就是什么水平……

可见，好建筑是城市的品质，形成好城市的标志。建筑很糟糕，城市也好不到哪儿去。是建筑构成了城市的形态和风格，塑造了城市的灵魂。想想我们的城市遭遇，经过了长期的沉睡之后突然惊醒，头脑热乎乎的还没有经过清晰的思考和过滤，又没有足够的理论武装，就开始“大跃进”般的大兴土木，房子越建越多，却在某一天突然发现，城市的魂儿不知被埋在什么地方了？

2. 城市的历史感

中国历史博物馆以及北京天文馆等一批著名建筑的设计者，九十二岁的张开济老先生，至今还清清楚楚地记得第一次进北京的感觉：“先进入眼帘的是宏伟的东南角楼，角楼上面是碧蓝碧蓝的天空，下面是城墙和城楼，一队骆驼正缓缓行进，真是好一派北国风光！到北京后看了那么多美不胜收的文物古迹，一下子傻了，我这个上海人才头一次晓得我们中国有多么伟大！有这种感觉的并不是我一个人，有一次我正在天坛欣赏祈年殿，旁边有位外国妇女情不自禁地说，我能站在这里看上三天三夜也看不厌。”

城市的建筑就应该像树的年轮，一圈一圈凝固住不同时期的历史和文化。一个国家或一个城市，要靠它的历史和文化所浸润、所托显。真正的繁荣应该是重建多于毁灭，像北京城，曾是世界上最伟大的艺术贡献，其当年的老城墙、老城楼，不动脑子就被稀里哗啦地都拆掉了，却把钢铁、化工等大工厂建在了上风头，让污染慢慢地覆盖全城。幸好当年还没有把紫禁城也一块给拆了，否则，没有故宫的北京还能成其为北京吗？就像埃及没有了金字塔，法国没有了大教堂、博物馆……我们已经大拆大建了半个多世纪，现在还在大拆大建，往好里说是某些官员想在自己的任上大有作为，把能看得见抓得住的好事、大事都做完，不给后人留下一点空间，企图有口皆碑、功德圆满地被载入史册。结果是拆了建，建了拆，先是建起一片片的“工人新村”、

“干打垒”，随后又拆掉“新村”建“大板楼”，改革开放之初是拆掉“大板楼”建小区，眼下是看着早几年建的小区又过时了，拆掉重建更时髦的豪华住宅区……谁知眼下的豪华又能时髦多久？正如同前任官员题的字，后任就得铲掉，铲掉前边的后边还照样有人再往上题。城市老是尘土飞扬，处于地道战状态。

这里有一个很奇怪的现象，新建的住宅区甚至是样板小区，不消几年就变乱变脏，成了又一种“棚户区”或“三不管”。而天津有个过去的“英租借地”，所辖五条大道，又称“五大道”，已经有七八十年的历史了，至今仍能闹中取静，保持着一种特有的文化氛围，被政府辟为旅游观光的重要景点，叫“欧洲风情街”。这里面有什么奥秘呢？在欧洲人的眼里，似乎房子越老就越宝贵，越是有钱人或贵族越要住老房子，而收入低的工薪阶层才住在新式的多层公寓里。如爱丁堡引以为荣的是十三世纪的古堡，至今仍是一年一度的国际民族文化节的中心会场。还有建于十三世纪的神学院大教堂、十四世纪落成的英王夏宫，以及诸多二三百年或四五百年以前的老建筑，有的因年代久远已经变黑，这反而成了更为靓丽的风景。

这些优美的古老建筑提升了城市的文化品位，让生活在其中的人们有意无意地接受了历史和文化的熏陶。我不相信他们会不盖新房子，只不过是把现代房子建造得和爱丁堡古老的整体城市风格相协调，决不让它遮挡和破坏了珍贵的古代建筑的美感。我不解，英国历史上战乱也不少，但古建筑却保护得非常好，从南到北各地都有自己完整而连贯的历史和文化遗迹。比如曾经出任过英国首相的丘吉尔家族的庄园，这个家族的祖上是英国的公爵，丘吉尔一世公爵率英军第一次打败了法国军队，安妮女王便给他划了一块地，拨了两千四百镑，让他建一个庄园。一世和二世两代公爵共用了二十八年的时间才建成拥有巨大城堡的庄园，然后就一代一代地传了下来，今天里面住着的是丘吉尔十世公爵。城堡巍峨壮观，富丽堂皇，里面完好无损地存放着一代代传下来的珍贵文物，如一世公爵战胜法国后法军投降的白旗……这让人感觉到这个国家的历史和文化就从来没有中断过！

许多驰誉世界的名城，其辉煌正是来自历史文化的投光，那些各个时期的代表性建筑，给人们一种走进历史的感觉。靠历史和文化的长期积淀，培养出城市的精神气质，反映出城市的本质。所以人类文明越是现代化、国家越是发达，就越重视自身的历史。而不研究历史，缺少文化品位，却急功近利、喜新厌旧地毁坏城市文脉，正是经济和文化落后的标志。

3. 城市和塔

有位广东学者在一次聚会上语惊四座，调侃上海浦东的“东方明珠”是“上海的睾丸”。我当时却以为这是对上海很好的恭维，至少说明“东方明珠”给人印象深刻。不然也不会让人能讲出如此生动的比喻，这是多少要动些脑子的。

请问，当今国内还有哪一个电视塔能给人这般深刻的印象呢？各大城市几乎都有自己的高塔，却千篇一律地用一根钢筋水泥的柱子支着一个钢筋水泥的球，都属于“烟筒类”，造型单调，用途单一，毫无创见。于是你不能不承认上海的“东方明珠”从一开始设计就千方百计要出新，在造型上拓展了塔的涵义，张扬了上海的城市个性，一落成便成为上海不可或缺的标志性建筑景观，似也可以排进世界现代名塔之列。

倘若那位广东学者的比喻能流传开来，就更会成全“东方明珠”，使它声名大噪，将吸引如潮水般的参观者。因为现代人（无论男女，或许女子尤甚）都格外崇尚阳刚，各大名山上的阳刚石无不被游人抚摸得溜光水滑。甚至连悉尼名人蜡像馆里的克林顿的裤链，从展出的那一天起就不停地被参观者拉开，眼看老克蜡像的中段将要被弄坏，管理人员不得不用尼龙线把他的裤链缝死。

上海美学学会会长蒋冰海曾引用别人的批评，说上海城市的性格是“香、软、肥、腻”（《社会科学报》2004年9月2日）。那么，“东方明珠”岂不正好雪中送炭，给上海的城市性格注入一股阳刚之气，其意义自是非同一般了。

由此可见,塔对于一个城市来说是非常重要的。在中国几乎没有无塔的城市,即便没有知名的塔也会有不知名的塔,没有大的塔也会有小塔。塔的存在不只是一种形式,它还融合了一个城市的历史、地理和文化。

据传世界上最早的塔建于公元前三世纪中叶,为佛教建筑,是印度僧侣为了存放佛祖的舍利,所以又名“舍利塔”。凡塔多以佛家七宝(佛经中的说法不一,大致有金、银、琉璃、玛瑙、珍珠、砗磲、琥珀)装饰,故人称“宝塔”。渐渐地凡大德高僧圆寂火化后的舍利或遗骸,也都可建塔埋葬。后来扩而大之,僧侣的墓葬群也建成塔林,比如,有“佛国”之誉的缅甸,又称“千塔之国”。

塔的建筑样式一经传开,特别是随同佛教流入中国后,形状结构便花样翻新,用途也随之扩大:如福州马尾的罗星塔,成了世界航海图上的导航标志。杭州的六和塔是钱塘江入海转折处的重要导航标志。河北定州的瞭敌塔,高八十四米,是我国现存的最高的古塔,虽然也供奉舍利,却主要用来瞭望、观察敌情。当然,古塔一个最普遍的功能是用来登高览胜,以及画龙点睛般的装点风景……如北京玉泉山上的玉峰塔、泉州双石塔、苏州虎丘塔、西安大雁塔、开封铁塔、太原双塔等等。人们向往登高远眺的境界,即使没有塔的地方也要建一座楼来代替,如武汉的黄鹤楼、天津的望海楼等。

现代城市极度膨胀,只有几十米高的古塔,完全被骄横跋扈而又冰冷的钢筋混凝土的森林所淹没,人们必须要建更高的塔,在塔上下大功夫,除去满足电视讯号的接收和发射的需要之外,更要能美化城市,满足人们鸟瞰全城的兴趣……

由是,世界上的许多名城大都有一个非同一般的塔。如巴黎的埃菲尔铁塔,几乎成了法国的象征;纽约的自由女神像,不是塔胜似塔,无疑成了纽约的旗帜;美国首都的华盛顿纪念碑,以碑作塔,以塔作碑;伦敦泰晤士河上的塔桥,将塔和桥巧妙地结合起来;还有东京塔、多伦多塔等,无不是所在城市的标志,是造访的游客都想“登高一望”

的去处……

名城配上名塔,名塔成全名城。

塔是一种文化的发射和接收,是城市精神的提升和凝聚。只可惜,在我们一窝蜂地建电视塔的时候太匆忙、太草率了,或长官意志,或急功近利,或目光短浅,或因陋就简,建了一批单调的电视讯号的收发台,没有想到扩展与美化塔的概念和意义,现在怎么办?拆了重建是极大的浪费,不拆也是一种浪费……

为什么我们的许多建筑一建成就是过时的、落后的、甚至是垃圾,就像我们的马路,老是拆了建,建了拆,总不得消停。而埃菲尔铁塔已建成一百一十五年了,"直到今天仍然是新鲜的和讨人喜欢的,能让所有看到它的人都大为震惊。每年可吸引六百万人来参观"。

现在不是正时兴"眼球经济"吗?有人来参观就是有人来送钱,我们可以问问自己,当地的塔一年有多少参观者呢?或者说你自己是否看得见自己的塔?塔本该是一个城市的制高点,是最醒目的标志,当人们对自己的塔视而不见,甚至把它当成风水学上的"黑煞",见还不如不见,这个塔就失去了存在的意义。

4. 草的对话

现在城市里最娇贵的东西是什么?答曰:草。

不信可到一个个的现代住宅小区里去看一看,越是豪华的富人聚集区,或是标榜什么"美国风情"、"欧洲格调"的小区,都在中央的脸面部位——即整个住宅区最好的地方,不建房子不修广场,像捧着珍珠宝贝似的养护一块草坪。

既然富贵体现在草上,有钱的必须要养草,没钱的也都想有钱,就更得养草。有钱的养好草,如美国草、澳洲草、加拿大草等等(真是邪门儿,国家要是发达了连草也高贵),没钱的就养点本地草或野草。因此看一个城市,根据草的状态就能判断出哪儿是高级地段,哪儿是平民区。

过去我上班经常路过的一片居民区，现在就出现了“斗草”的景观。第一期工程先拆掉了几千户老房子，建成一个新式小区，自然也少不了弄上一块装门面的草坪。第二期工程却出了变故，房子刚拆了一半就停下来，不知是开发商出事了还是筹集不到资金，将一片空地一撂两三年没人管，于是便长成一大片半人多高的野草：芦草、稗草、狗尾草、灰菜、艾蒿、野青麻等等。

过去这儿几十年甚或上百年都住着人，怎么人一走草就疯了？这些野草籽和野菜籽又是从哪儿来的呢？难道它们有土就能自生并随风而长？还是原本就埋伏在房子底下，只要上面没有东西压迫，就会破土发芽，争相往高里拔节，往四下里伸枝？它们长势凶猛而密集，有缝就钻，有空就占，探头探脑、横七竖八地越过栏杆侵占到新式小区的草坪上面。

而有专人看管，并定时浇水、修剪的小区草坪，竟长得癞啦吧唧、半死不活，有的地方绿，有的地方黄，还有的地方草已经枯死或快要死了，呈现出斑斑驳驳的灰秃。我每次从那儿经过都要驻足看上一会儿，总觉得这两种不同的草势很有意思，好像要告诉人们一点什么……

有一次分明听到了两种草在对话。

小区草坪上的洋草已经奄奄一息，气喘吁吁地跟野草交涉：“老野，你们是不是太霸道了，从上面遮住了阳光，在旁边挡住了流通的空气，从地下吸走了我们的养分，还叫我们活吗？”

野草哈哈大笑：“洋少爷，看你病得不轻我过来看看你，怎么不懂好歹？阳光、空气是大家的，取之不尽，怎么能说是我夺了你的？我除了阳光、空气什么都没有，看看你得到的是什么待遇，有几千户人家天天呵护着你，直恨不得把你顶在头上、搂在怀里，就差给你浇牛奶、喷维生素了，可瞧你长得这份德行，对得起谁呀？是水土不服、还是被娇惯坏了？”

洋草深深地叹口气：“你是不知道啊，我宁愿像你一样没人管没人问，自由自在，自生自灭。灭了也不怕，春风吹又生。当初我在自己的国家里也是这样，只是草。自从被移栽到这个地方，就不再是简单的草了,小区的人把我当成了空调机、净化器、吸尘器、解毒丸、清肺抑火膏、心脏起搏器、健康长寿草……小区里的人比草还多,每天早晨和晚上都有千八百人围着我吐气、练功,他们的健康找我要,身上的种种病气要靠我给吸收,什么结核菌、肝炎病毒、感冒病毒、大肠杆菌,甚至梅毒、艾滋病毒,不断地往我身上喷吐,你说我能好得了吗?”

野草听到这儿一激灵,身子赶紧往后一缩:“谢天谢地,这么说多亏城里人不喜欢我。”

洋草说:“现代人活得脆弱而胆怯,你长得那么茂盛高大,什么都混杂在一起,让人怀疑里边会藏着怕人的东西,像长虫、刺猬、黄鼬、狐狸等等,蚊子、小咬就更甭提了,谁敢靠近哪?说也怪了,你天天都吃什么呀,哪来那么大的劲呢?”

野草昂起头,神情傲慢:“那是当然了,这就叫自然。顺其自然,自自然然,里面什么都有,相互竞争,相互依赖,所以才强大。你倒霉就倒在太单薄、太单调,优胜劣汰,必然是一年青,二年黄,三年头上见阎王。”

洋草神色黯然,垂下头不再出声。

5. 圆的图腾

一九七六年唐山大地震后,在天津市中心的一块三角地上竖起一座纪念碑,是个裂开的坟状雕塑,里边站立着工、农、兵三座雕像。市民称它为“开花坟”。奇怪的是这座“开花坟”至今还矗立在那块黄金三角地上,并阴错阳差地在城市的建筑和雕塑上,形成了一种“圆”的图腾,凡标志性的重要建筑都要弄成个圆球:平津战役纪念馆是个地雷样的黑色铁球;体育馆是个鼓胀的飞碟,同样是圆乎乎;新建的历史纪念馆以及前面的大广场,应该说非常漂亮,却又是个滚圆的大银球,北面有一个扁而长的把柄,像一个倒扣着的马勺。后来听说,设计者的原意是一只卧着的天鹅,天鹅卧着不还是圆的吗?还有周恩来邓颖超纪念馆……

当然,圆的也没有什么不好。我随口就能列数出许多关于圆的好处:人类赖以生存的地球就是圆的,人类所有跟外界接触的部位也都是圆的,头顶、眼珠、鼻头、嘴唇、手指肚、膝盖、脚后跟、脚趾肚、屁股等等。只有圆的东西才能强韧、圆滑、不怕碰撞,且能钻能挤能飞能转……很好,圆的纵然有这么多好处,可城里人也不能光生活在圆里,若走到大街上满眼都是球,那会有怎样的感觉?而现在的城市雕塑恰恰就喜欢跟球玩儿命:《奔向未来》是一堆不锈钢顶着个圆球,《托起新世纪》是两双手举着个球,《花开新千年》是钢片上挂满球,《腾飞》是抱着球,《光华》是顶着球,还有夹着球、咬着球、转着球、抛着球……现代人气势大,一表达雄心壮志或规划未来就拿地球说事,自然也就老在圆上做文章了。

这就无怪乎专家们评定了上海的一千零三十四座城市雕塑后得出结论:其中百分之八十是平庸之作,好的和极为低劣的各占百分之十。一窝蜂地赶时髦,暴发户式地附庸风雅,必然表现为概念化、套子化,假大空。表现现代用不锈钢加圆球,表现传统是龙、狮子、牛、神仙、老虎、狗,批量订货,大同小异。还要加上长官意志,拍马奉迎。有些城雕是领导授意搞的,为个人树碑立传,有些是下边为了让头头高兴搞的,甚至就是为了刻上领导的题字而再搞个蹩脚的雕塑。有个企业家,在工厂大门外竖起了他和他老婆以及几个共同创业的哥们儿的雕像,成了当地轰动一时的景观。兴奋之余竟托人拉我去看,想从作家嘴里听到两句好话。我看后沉吟半天,却只能说实话:惨了,你们这几个人今后恐不得安生了,塑像代表着你们没黑没白地就站在这里了,风吹雨打,冰天雪地,雷电袭击,鸟还要往你们头上拉屎,你们得罪了哪个员工他会往你们身上啐唾沫、甚至撒尿……这些信息都会传递到你们身上,能好受得了吗?世界上有些非常强硬的人物,在大建塑像之后却迅速地或神秘地倒台了。

现代城雕平庸俗媚的另一个原因,是抄袭、模仿、生搬硬套。布鲁塞尔的《撒尿的男孩》,是世界著名的雕塑作品,它的粗劣的仿制品却出现在中国的许多街道上,在有些场馆挂着禁止小便的牌子的地方,却可以看到这个比利时男孩正痛快淋漓地撒尿。由此还影响到中国的影视作品,里面只要有男孩的戏,多半会给他一个对着镜头撒尿的特写。看一个男孩在特定的环境下撒尿或许很有意思，让那个外国孩子跑到中国来到处撒尿，又成何体统？还有，到处建罗马柱，北方的城市里大造假椰子树……也够让人恶心的。

城雕难看，人家不看或少看两眼也就是了，为什么竟到人见人骂、让人难以容忍的程度？这是因为它见缝插针，粗制滥造，昏昏然、昭昭然，给城市添堵添乱。城市里本来就够拥挤了，好不容易有一点余地，你还弄个俗不可耐的雕塑填上，跟人争空间。雕塑是一种艺术创作，能够创造出灵感，雕塑出思想和感情的空间，非常不容易。世界上出现过那么多的雕塑艺术大师，千百年来才留下多少件有口皆碑的雕塑珍品？现在的中国可倒好，几乎没有人不能搞雕塑：政府可以搞、城建部门可以搞、市容办可以搞、园林局可以搞、开发商可以搞、企业可以搞、街道可以搞、小区的物业可以搞……惹急了老百姓也可以搞，搬个板凳往马路上一坐，就是活雕塑。

许多年前旧金山的美洲银行大厦落成时，花重金请一位知名的雕塑家为大厦创作一件相称的作品。艺术家是个重实惠的人，既不想放弃这笔丰厚的酬金，又不愿拍银行的马屁，于是就用黑色大理石雕塑了一个巨型的心肝，隐喻资本家的心肝都是黑的。而美洲银行欣然接受了这件奇特的作品，并把它摆放在大厦的前面。不想此“黑心肝”很快就成了旧金山的著名景观，人们蜂拥而至，一睹为快。这非但没有给美洲银行带来晦气，反而作为故事流传开来，“黑心肝”变得强大而宽容，门庭若市，人气鼎盛。

这显示了一种肚量和品位。自知搞不出惊世之作，结合自己的环境和文化背景，塑造出特殊的个性也好。一个单位如此，一个城市也如此，城市摆放城雕，城雕也在雕塑城市。走进一个城市，只要看到它的雕塑品就大致可以掂量出这个城市的品位。

6. 现代都市病

古希腊的哲学家说，幸福的第一要素就是出生在有名的城市。应该说我们也享有过这样的幸福，中国曾经是世界上城市最发达的国家，在十九世纪中叶以前，包括唐代的长安、宋代的汴梁和临安、明代的南京、清代的北京，都是当时世界上最大最繁华的城市。

那么现在呢？由世界著名旅游杂志《CONDENAST TRAVELER》评选出的“世界现代新建筑奇观”的排名榜上，没有一座中国建筑。相反，建筑学界倒有一种颇为流行的观点：一种现代城市病正在蔓延，自八十年代开始，建筑设计规划领域还没有准备好就开始了大规模建设，城市化缺乏理想的模式，在建设中丧失自我，失魂落魄，致使许多城市变得很难从外观辨别它的历史和文化了。

比如：贪大求多，城市像摊煎饼一样向四外蔓延。马路比鞋子破得还快，楼比草长得还快，见缝插针有块空地就盖成房子，时时处处都能感到建筑物对人的挤压和蔑视，城市像注水的肉一样肿胀起来。现代人喜欢这种浮肿式的膨胀，什么都要大，单位大、权力大或者资产多，房子就得大，就喜欢当老大。财大气粗，也要在建筑上体现出一种霸气，楼要又高又大，台阶要多，高高在上，傲视群民。

别看现代城市建筑表面上张狂，骨子里却有股子穷气，谁有钱谁就是大爷，想在哪儿建楼就在哪儿建，房地产开发商就是设计师，他们想盖个什么奶奶样的玩意儿谁也管不着……于是规划和建筑上的城市病，又带来了城市人口剧增、就业困难、环境污染、能源紧张、热岛效应、交通拥挤、社会财富分配不公、贫富差距拉大、犯罪率上升……

我在城市里生活了半个多世纪，骨子里却从没有把城市当成自己的家，潜意识老觉得城市不是自己的。这或许跟我确实来自农村有关，于是就有意识地询问一些在本市出生的人，没想到他们的回答也很迟疑：城市这么大，这么杂，什么人都有，怎么可能认为是自己的？这就怪了，外来人和土生土长的城里人都不觉得城市是自己的，那城市是谁的呢？

城市属于欲望。现代人的各种欲望都想通过城市实现，是人的欲望的膨胀导致了城市病态般的膨胀，它集中体现了现代工业社会的品质：激烈地竞争，疯狂地追逐，冒险的机会和偷懒的机会一样多，成功的可能性和失败的可能性一样大。

当今世界上最富有的阶层居住在城市里，可是据联合国难民署公布的数字，目前全球十亿赤贫人口中的七点五亿，是生活在居无适宜住所也无基本福利设施的城市地区。

你看看，“大”的东西暗影也多。任何“大”，也必有其“小”的一面。

现代城市病还有一显著症状：急功近利，照抄照搬，彼此相像，个性消失。

前不久天津一位朋友乔迁新居，请我去温居，进门后感到非常熟悉，细一看才发现跟珠海我儿子的房子一模一样。这令我恍然大悟，原来中国的建筑设计是批量生产的，从南到北，无论城市大小，建筑是用标准件、复制品组装起来的。难怪现在的城市面孔都差不多，楼房差不多，街道差不多，广告招牌差不多，连那个惨白的麦穗灯都大同小异……

一个位于大兴安岭腹地的新建的县级市，有着绝佳的自然环境，却盖了一些在哪里都能看得到的俗楼，令人无比痛惜。“养在深闺人未识”，至少最宝贵的东西还保留着，保持着自然的清新、美妙、纯洁和质朴。在经济利益的驱动下，没有规划好就急于开发，如同把一个少女丢进了欢场，涂脂抹粉，忸怩作态，世面是见过了，可自身最大的优势、最宝贵的东西也丢掉了，而且再也找不回来了。还有一些著名的古城，也弄得面目全非……城市的特色在一个个地消失，成了“拙劣的堆积物的拙劣复制品”。

冰冻三尺，非一日之寒。要医治现代城市病还要从根上来，切忌大轰大嗡地猛下虎狼药，重蹈覆辙掀起新一轮的大拆大迁热。

1996年5—7月

百善文明为先

人们为什么喜欢把天堂想象成在上边，把地狱理解为在下面，而且还是十八层？如果你只爬过山、登过高，窃以为还算不得是完全的经历。完全的经历是，既登过高山，也钻过地心，哪怕只下到一千米，甚或只有几百米深的地下。钻进地心里的感受，自然跟站在地面阳光里喘气大不一样。你不见这些年来，接二连三地发生小煤窑爆炸吗？少则死几个十几个，多则几十个。

我第一次下矿是在唐山大地震之后，跟着一个抗震救灾的军人钻到了地下七百多米深的巷道，里面巷壁迸裂，木桩折断，那是一次真正的探险，或者叫玩命。第二次下井是在西北的一个小煤矿，那真是煤井，给了我终生难忘的井的感觉，直的横的，斜的弯的，连泥带水，又脏又黑，顺着井下去，沿着井摸索，大部分时间须弓着腰，干活儿也像连滚带爬，想直直腰就得坐在湿乎乎的煤矸石上。用工人的话说："高了碰头，低了碰蛋！"

二〇〇四年暮春，我们在参观了老子故里涡阳之后，来到淮北百善煤矿。百善，因当地一位著名的孝子而得名。善是心灵的，要体现在行动上却需要勇气。这行动是不是就指挖煤？煤被誉为"光明使者"，给人间提供热能。在这里善和煤结合，善在热流中升华，大妙！

我站在矿区花坛前，眼前一片清亮，绿色掩蔽着建筑物，湖水托映着蓝天，空气湿润而洁净。大道畅阔，横平竖直，两旁柳树成林，垂丝飘拂，整个矿区非常安静，角角落落都打扫得非常干净，干净得甚至有点不像矿区。煤矿煤矿，煤哪？怎么不黑不脏呀？

矿长严洪泉似乎觉察出了我的疑惑，问：想下矿看看吗？我说当然。来到煤矿不下井等于没来，我对下井有着异乎寻常的兴趣，地面上这么漂亮，更应该看看他的井下会怎么样。看煤矿主要是看它的井，煤矿的品质和内涵全藏在井下，有井才有矿，煤井是煤矿的主体。我们跟着矿长来到更衣室，一切都装束停当，然后乘升降机直下到地心三百多米深的巷道，速度极快，却很稳，没有发生强烈的失重感。走出升降机恍若进入一个地铁车站，迎面墙上赫然印着一行红色大字："母想妻念儿女盼"！

我心里凛然一震，这么温情脉脉的话出现在地下的工作面上，竟如炸雷般让人警觉。有句老话叫"百善孝为先"，而"孝"字是儿子头上顶着个"老"，想到头上的老人就更要注意安全。我观察眼前的这个转运平台，宽敞，明亮，干干净净，没有我印象中的巷道应有的丢弃物和横七竖八的破烂工具。我们由此换乘小火车，选中一条巷道向采掘面驶去，每隔几步就会在巷道两侧的白墙上看到一条醒目的大标语："条条规章血染成，不可再用血验证"、"放炮开车不防尘，慢性放毒害死人"、"严是爱，松是害，出了事故害三代"……

厉害，我不过是个下井来参观的，脑子里有根弦也突然间绷紧了。问身边的严矿长：出过事吗？他说出过，那是许多年前了，我当作业区区长，晚上冒顶埋住了三个人。我带人冲到井下，疯了一样挖呀，挖到凌晨四点多钟，听到里边有动静，知道他们还活着，就大声喊叫他们的名字，急鼻子快脸地掏透了一个窟窿，把里边的三个人拽出来，我们抱头大哭。哭完了想抬他们向外走，我自己的两只脚却挪不动步了，脱下靴子一看，里面全是血水。就在那一刻我发了狠，这是第一次，也要叫它成为最后的一次事故。

煤井里无小事，出事就是人命关天。采煤的一年到头能见到阳光的日子不多，往往天不亮下井，等上得井来天已经黑透了。井下又永远都是阴的：阴暗，阴冷，阴湿，阴气重重。所以过去都说矿工吃的是阳间的饭，干的是阴间的活，行走在文明与野蛮之间。于是采煤工自己也凑合自己，环境黑、脏、乱、差，人也差、乱、脏、黑，养成一身坏毛病，随地乱吐，随手乱丢，进嘴的东西不干不净，从嘴里说出的话也不干不净，生活中一身坏毛病，生产上就不可能不出事故。

坏就坏在习惯上，文明是很容易被自己吐出来的东西弄脏的。于是百善矿启动了“美化、亮化和净化”百善人和百善矿的工程，告别陋习，清洁矿区，美化环境，彻底改造老矿区和老的采矿观念，培养起新的矿区文明和人文生态环境。改变人的坏习惯须里应外合：“外”，是改变生活和工作环境；“里”，是提高矿工的内在素质。文明的行为产生于文明的心智，这就要完善规章制度，严格管理，严格教育，发挥“百善”这两个字的传统优势。

有一招格外让我感兴趣，有些煤矿不喜欢让女人下井，说女人不吉利。而百善矿却组织家属下井检查，世界上再没有比这样的检查更仔细更认真负责的了，家属们知道了男人们工作的环境以及是怎么工作的，她们就会成为自己男人的文明督导员。矿工们若想通过自己家属的检查，不让她们成天提心吊胆，就得下大力气把矿井收拾好。凡文明都必须借助女性的力量，因为文明的目的就是种植幸福。出了事故再有意义的工作也不是文明。

渐渐地，文明变成百善人的习惯和使命。它不是一阵风，不是为了给别人看，而是一种状态，是整个矿区的精神面貌。它教会了矿工们自己管理自己，自己爱惜自己的生命。

我现在就置身于这样的矿井之中，快接近采掘面的时候下了小火车，可以更真切地打量井下的情形。想不到百善的煤井里竟一片雪白，因为巷道两侧以及顶部喷了一层坚硬的白色涂料，在明亮的灯光照耀下，显得异常洁净耀眼。最令我不解的是巷道里还刮着不大不小的自然风，清凉舒适。几百米深的地下，风是怎么刮进来的呢？严洪泉细致地讲解了最先进的井下通风设施，我却没有完全听懂，但能闻得出井下没有一点异味，空气似乎比城市的地铁里还要新鲜得多，干燥，清新，吹到身上很爽快。

我们很快就到达了采煤现场，雪白的巷道突然变得乌黑发亮，两边是切割整齐的煤墙，星星点点，光芒闪烁，往前深不可测，左右厚不可量。我虽然以前下过煤井，这一回才算理解了人们为什么要把煤称作“乌金”。煤在地下没有被采掘以前，是非常干净漂亮的，真的像金子一样闪闪发光。只有被开采下来运到地面，才有了煤末、煤粉，随即也变得脏了，谁碰了谁黑，染到哪儿哪儿污。乌变污，掩住了原有的光泽。但品质还在，以金子类比仍不为过。当年国家为百善煤矿只不过投资三千多万元，二十五年来却为国家上缴了十七亿元。

文明产生效益，而且一劳永逸。多年来在国家、部、省、厅、市、局授予的二百多项荣誉中，百善人最看重的是“安徽省文明单位”的称号。

因为，文明就是矿工的尊严。

2001年5月26日

雪　魅

阴沉沉的下午,开着沉闷的会议。冬天的干冷变成了阴冷。

下雪啦!有人心思飘到窗外,竟叫出了声,带着抑制不住的惊喜和兴奋。开会的人一下子都来了精神,有人离座走到阳台上去,会议不得不暂时中断。

我抬起头,窗外果然开始飘洒精盐一般的东西,心里不觉为之一动,原来大家都这么盼着下雪。我放下手中的杂志,全身心地盯着窗外,企盼着雪花越下越大,越下越急,越下越密……一位风头正健的年轻朋友兴致高涨,居然大声背诵起李世民的《望雪》:"入牖千重碎,迎风一半斜。不妆空散粉,无树独飘花。"

随着他的朗读声,细雪越下越慢,雪粉越下越稀,地面还没有白,更没有湿,渐渐地那些落在地上的类似雪花的东西便消失得无影无踪了。

实在让人扫兴,人们又从阳台上回到屋里。那位年轻才子说:"我小时候听了那么多关于雪的故事,可长这么大还没有见过真正的大雪呢!"

我心里一震:有这么多年没有下过大雪了吗?在我童年的记忆里,冬天是白色的,土地被冻得裂开一道道口子,我的手上和脚上也常常带着裂口。用带着裂口的手在场上玩弹球,一不小心玻璃球就会掉进裂缝里。在野地里打鸟,只要选一块地方把厚厚的积雪清理掉,撒上粮食,因雪封大地觅不到食的鸟便会飞扑过来自投罗网……这样的冬天不知什么时候悄悄地改变了,变得温温吞吞,灰不溜秋。

无雪的冬天让人们烦躁不安，四季也变得模糊、混沌了。夜风阴冷，从沉沉暗空中又开始飘落星星点点似雪似雨的颗粒，落地便融化。我没有太注意，确切地说是对下雪已不抱太大的希望了。

第二天早晨五点半钟，闹钟按惯例把我叫醒。当我出门准备去游泳馆的时候，门外的世界大变了，灰暗、肮脏的城市被层层叠叠的洁白所包裹，白得透彻，白得清亮，连被清洗过的空气都凉沁沁地带着一股清香。高高低低的建筑、树木、线路、管道……城市分出多少层横面，就有多少层洁白，足可称得上“银色三千界，瑶林一万重”。

马路上积雪没脚面，人很少，车也很少，有些街段雪如处子，我的自行车在上面轧出了第一道辙印，破坏了雪的平整和宁静，既有些不忍，又有一种独享刺激的快乐。市区主要大道上洒了盐水，被汽车轮子反复轧过之后如同新翻过的土地，雪花洗净了车轮自己却变黑了，脏兮兮的雪泥堆出了一道道垄沟，自行车已无法再骑，我推着它碾出了嘎嘎的声响，一如心的欢快。

每天在游泳馆里的一个多小时，常常是我一天当中最轻松愉快的时候，大雪之后更有一种异样的兴奋，游泳完了仍不想回家，便推着自行车向郊外走，想看看雪后的东湖景色。郊外一片皑皑，被大雪刚刚洗过的晴空蓝得透亮，连初升的太阳似乎也清晰了许多。大地上各种部位各个层面上的积雪，反射出五彩光束相互回绕，天地间变得明亮而辉煌。

老远就听到东湖上笑语喧闹，冬泳者把靠近码头的坚冰砸破，清理出一块十几米见方的水面，一赤裸老人站在码头的高台上，做英勇就义状，振臂高呼：“中国共产党万岁！”然后纵身跳入水中，激起一串笑声。其他人也纷纷仿效，呼喊着各种滑稽口号跃入水中。破冰垂钓者则远离嘻嘻哈哈的冬泳者和看热闹的人，在湖的深处星星点点布开阵势，像白棋盘上的黑子一样均匀。

城里的街道上车多人多，碰撞的多，摔跤的多，却很少有生气吵架的，挨摔的人乐乐呵呵，看摔跤的人也乐乐呵呵。一场大雪居然使紧张、烦躁、牢骚满腹、火气旺盛的城里人变得和善了。洪水滔天的时候企盼晴朗干燥,暴风雪肆虐的时候希望大自然施舍丽日和风。一旦取得了跟大自然的和谐,人们又感到多么幸运、多么快乐。

也许是为了保存这场难得的大雪,雪后气温一直很低,把松散的雪花变成坚固的整体,抗拒着来自外力的摧残和阳光的融化。于是,一个多月以后,城里的背阴处、人们较少踩踏的地方,仍然保留着一层光滑结实的残雪,记录着天地间曾经有过的洁白。

有白雪,人们自然就会有希望,有梦想……

2001年冬

年为什么是新的?

谁都知道“年”是旧的。循环往复,无穷无尽,想不过都不行。年年都是老套子:过年的程式、过年的氛围、过年的色彩、过年的食物、过年的习俗、连过年的文艺节目都差不多……可人们还是年复一年地称呼它为“新年”,大唱“正月里来是新年……”

正月年年有,新年年年新。

给年加上个“新”字,学问可就大了,年的全部魅力都在这个“新”上了。原本是永不停止、了无尽头的重复,变成了万象更新的新开始、新纪元、新禧、新春、新正……人类生性好奇,生活中不可以没有新的东西,不能没有企盼,没有规划,没有向往。

人的本质不喜欢循环,不喜欢重复,不喜欢倒退。也正是这种永不满足、喜新厌旧的通性,才构成了人类文明进步的动力。用“过年”的话说,这叫“除旧迎新”、“总把新桃换旧符”。过去有些地区,便把“旧年”裱糊成一个巨大的傀儡,当街焚烧或用爆竹炸碎。然后人们大笑大闹,相互祝贺。

人嘴两层皮,心随势利逐高低,每到新旧交替之际,就贬旧颂新,拼命说新年的好话,总以为新年会比旧年好,困难和灾难少一些,最好是没有;而好运多一些,最好是鸿运当头……

对了,这就是新年的“新”字的核心。

“新”便充满悬念。因为没有人能看得见运气,更不能随心所欲地把运气抓在自己手里,可是没有人不企盼自己能有好运气,财运、官运、赌运、桃花运……

然而运气就像“年”。

“年”就像运气。只能烧香磕头、作揖拱手地求它、哄它、讨好它。谁惹恼了它，让厄运找上你，那你就惨了。这就是数千年来“年”的魅力不衰的原因。

年之所以老是“新”的，还因为它是百节之首，是时间的灵魂。因为有了年，时间才有轮廓、有概念，变得可以感觉。因此，它才能给人以希望。

爱默生说：“年”给了我们许多“日”所不懂的东西。人类因“年”学会了回顾和总结、设计和规划；以智慧和勇敢祈望，求吉纳福、驱凶辟邪。于是便随着十二生肖轮番夸赞，到了哪个年就大拍哪个年的马屁。

目的当然还是为了一个“新”字：在新的一年里能有新气象。

劝君今夕不须眠，且满，满泛觥船。
大家沉醉对芳筵，愿新年胜旧年。

新年，还新在正赶上大气阴消阳长，春回日暖。天地交合，万物更生，天地间充塞着浩浩荡荡的祥和之气。这种时候，人的心气自然就不一样，精神头也不一样，也就有了那份情致要祝福一番，企盼一番，说说拜年话，候望来年。

但，新年真要有幸赶上大“新”，那就是在过年的时候下一场大雪。大雪覆盖，给人间换一个新天地，过一个洁白的新年。这就是所谓的“瑞雪兆丰年”，以前过年下雪人们会大喜大庆，到雪地里欢呼：“下麦子了”、“下稻子了”。

可惜，现在只能在电视新闻上看到外地或外国下大雪，雪甚至大到成灾的地步。而我生活的地方，想要在雪中过年可太不容易了，城市里不得不在公园里弄一点人造雪应景。有些厂家深知人们由于长期缺雪缺雨被干透了、干坏了，便在过年的时候大声祝福：“过年送礼送湿润！”

——原来是加湿器的广告。

于是,在讲了一通关于新年之“新”的理由后,我决定像原始人那样祈祝老天:在新的一年里风调雨顺,四季分明,该冷的冷,该热的热。夏天下大雨,下得透透的;冬天下大雪,下得厚厚的。

谢天谢地!

2009年元月

虎年寅月人日

古代历法称新正月为寅月，此所谓“正月建寅”。“寅”的本义含有协恭、和衷、亲善，最适合用于过大年。安乐祥和，驱邪辟凶。但跟“虎”联系在一起，“眼光射日夜不眠，威势扬风喜亦怒”，便有了敬畏、钦肃之意。

——致使二〇一〇年的春节虎上加虎，“虎虎生威”！

东汉思想家王充在其名著《论衡·物势》中说：“寅，木也，其禽，虎也。”很显然，古人在制定十二生肖的时候，参照了动物的活动规律。虎排第三，“寅时”即三到五时，此时老虎到处游荡觅食，最为凶猛。其后的李长卿在《松霞馆赘言》里进一步解释道：“子何以属鼠也？曰：天开于子，不耗则其气不开。鼠，耗虫也。于是夜尚未央，正鼠得令之候，故子属鼠。地辟于丑，而牛则开地之物也，故丑属牛。人生于寅，有生则有杀。杀人者，虎也，又寅者，畏也。可畏莫若虎，故寅属虎。”

——这也正是“年”的本质。

太古时期，“年”被视为一种凶猛的怪兽，体貌狰狞，生性凶残，贪食一切飞禽走兽、鳞介虫豸，而且一天换一种口味，从磕头虫直吃到大活人。平时散居在深山密林，每隔三百六十五天就要窜到人群密集的地方大快朵颐。所以称年为“年关”，过年如过关，是一件非常凶险的事。

人们历经数千年，创造出了丰富多彩的春节文化，希望能藉此逢凶化吉。

这正是“虎年”的优势。“猛虎凭其威”，虎年有虎气。

那么，人该怎样跟这只“虎”打交道，让虎年“如虎添翼”呢？首先要有一份敬重，像对待“百兽之王”、“白额将军”、“山君”一样，小心翼翼，礼貌恭谨。必要时甚至学习佛陀，“舍身饲虎”，也就是说为了有个好的虎年，宁可牺牲自己。千万不要虐待虎年，激怒虎年，免得被它吃掉。这并非危言耸听，回头看看历史，有多少年关时候发生大灾、大祸！即便进入现代社会也一样，年关临近，并不影响媒体连续报道“反腐打黑”的庭审新闻，虎年真的变成了“双睛睒睒射惊电，耸尻竖尾如竿枪”。其中一个原因是这些人曾对“年”缺乏应有的敬畏，利用过年行贿受贿，最终身陷囹圄，被“年兽”吃掉。

对“年”的敬重，实际上是敬重传统的春节文化。过年需要喜气洋洋，开怀畅饮，但过年又不光是嘻嘻哈哈，吃吃喝喝。为什么现代春节越搞越热闹，而人们却普遍抱怨“年味”越来越淡？“年味”——就是过年的文化品位。甲骨文的“年”字，像人和一棵庄稼，即“人负禾”。汉语汉字有条规律，“同音往往同义，音近往往义连”。“年”与“念”，音节相同，意义相关，“年”即“念”：怀念逝去的亲人，祭奠祖宗，祭祀神灵，感念大自然所赐予的收获，祈祝来年还有好的收成。

顾土先生曾有高论：过年的核心，就是祭祀文化，这也是中华民族的核心文化——“礼”的基础。丢了这一块，就丧失了传统春节的文化本义，搞得越热闹，就显得越肤浅、单薄。只有表皮的疯张、鼓噪、狂欢、奢侈，没有沉淀和陶冶、回顾和升华、肃穆和祈拜，过年就缺少了传统年文化的浸润，那“年味”又从何而来呢？“年味”没了，春节的魂儿也没了，过年的乐趣就少了。这正是许多年来，国人总是对春节议论纷纷的缘故。

除去敬畏，中国人对虎年还有另外一种更强烈的感情——喜欢和钦慕。请看民间风俗：生个男孩喜欢叫他“虎娃”，是女孩则希望她是“虎妞”，愿意他们“虎头虎脑”，穿“虎头鞋”，戴“虎头帽”，睡“虎头枕”。当兵要当“虎将”，调兵要用“虎符”、“虎节”，走路要“龙行虎步”，精神风貌要“生龙活虎”、“虎虎有生气”！连现在的单身母亲们，凡真正懂得老虎的人都愿意做个“母老虎”。虎被尊为“神兽”，从来都是独往独来，每只虎都有自己的领地，不进入交配期绝不与其他虎交往，孤独而高格。母老虎尤其值得骄傲，它们都是独自生产和喂养孩子，当幼虎成年后，便将领地留给孩子，自己出走再去寻找新的领地。这样的“母老虎”岂不令人高看！

对虎说了这么多，但“虎年”并不是老虎过，而是人在过“虎年”。祖先早就为我们想好了，在“虎年寅月”中还安排了一个“人日”——即虎年春节的最后一天、正月初七。每个民族都有自己的“创世记”，中华民族信奉的是女娲创世：“正月初一造鸡，初二造狗，初三造猪，初四造羊，初五造牛，初六造马，初七创造了万物之灵——人！”因此古人定初七为“人日”，又称“人胜节”、“人庆节”、“人口日”。这一天要吃七种不同的蔬菜，剪纸人做装饰，登高赋诗——也可见任何节日的核心，都有一种雅文化在支撑。正是有了这个雅文化的内核，才使节日延续至今。《圣经》里也有创世记，上帝在一片混沌中第一天造光明、分黑暗，第二天造空气，第三天造花草树木、水和土地，第四天造星星、分昼夜，第五天造飞禽，第六天造野兽和人，第七天神休息，于是留下了过“礼拜天”的习俗。

东西方的创世记故事有个共同点，都是先造动物，最后才造人。这是神们预先设计的和谐地球，动物是人类生存的前提条件。而人类的“奋斗史”，却是一步步地战胜动物，驯化动物，食用动物，不能被驯化和食用的，就渐渐地要赶尽杀绝……以至于闹到了今天这种不可收拾的地步，动物正以每天一种的速度灭绝，在纽约、北京等许多世界级的大城市动物园里都设有“动物公墓”，墓碑上刻着：“当地球上最后一只老虎在林中孤独地寻找配偶，当最后一只没有留下后代的雄鹰从天空坠向大地……人类就等于看到了自己的结局！”

我们有幸，老祖宗早有预见，留下了十二生肖，至少让我们每年会格外爱护和尊敬一种动物。过去农村在过春节的时候，都要在牲口棚、猪圈、羊圈、鸡窝上贴红纸吉语：“六畜兴旺”！这就是对动物的尊重和礼拜。只有让动物们过好年，人才能过得好。

虎年更是如此，因为虎还有个别名叫“李耳”——此本老子之名。

相传老虎正是由李耳所化，就益发增加了虎的神秘和神圣。从前人们一呼“李耳”，便如“抬头见喜”一般，会除祟驱凶，大吉大利。还有人称老虎为“李父”，也把此“百兽之长”人性化。由此可见，古时的观念是人虎合一，人过虎年，虎年即人，人借虎威，虎助人势。

我们应以全部的真诚和热望，祝福虎年如虎，虎跃龙腾！

2010年1月23日

雪后“吃春”

春从哪儿来？一说是东风吹来，“风含和气满谷春”；一说是由鸭子的羽毛带来，“春江水暖鸭先知”；一说是大雪送来，“飞雪迎春到”……我欣赏这最后一种说法。

在我童年的记忆里，冬天是白色的。雪给大人们带来希望，即“瑞雪兆丰年”，下雪就是“下粮食”、“下好运”，即便围在热炕上扯闲篇，心里也是踏实的、温暖的。大雪还极大地激发了孩子们的想象力，给他们带来只有冬天才能玩的各种游戏和无尽的欢乐，甚至可以选一块地方把厚厚的积雪清理掉，撒上粮食，在粮食后面布好机关，因雪封大地而觅不到食的各色的鸟儿们，便会飞扑过来自投罗网……

雪是大自然的精神，是冬天的福音，滋补和呵护天地万物，洁净和拢住人们的灵魂。

这样的冬天不知什么时候悄悄地改变了，变得枯燥干冷、灰不溜秋。无雪的冬天让人们烦躁不安，甚至会拖累年节变得模糊、混沌。然而，就在我对下雪已经不抱太大希望的时候，有一天早晨按时被闹钟叫醒，收拾好泳具准备去游泳馆，一开门陡然发现门外的世界大变了。

灰暗而拥挤的城市被层层叠叠的洁白所包裹，白得透彻，白得清亮，连被清洗过的空气都凉沁沁地带着一股清香。高高低低的建筑、树木、线路、管道……城市能分出多少层横面，就有多少层洁白，足可称得上“银色三千界，瑶林一万重”。

马路上积雪没脚面，人很少，车也很少，有些街段雪如处子，我的自行车在上面轧出了第一道辙印，破坏了雪的平整和宁静，既有些不忍，又有一种独享的快乐。自行车已无法再骑，只能推着它碾出嘎嘎的声响，一如心的欢快。

每天在游泳馆里的一个多小时，常常是我一天当中最轻松愉快的时候，大雪之后更有一种异样的兴奋，泳友们说的全是雪，脸上挂着雪花般的笑容。游泳完了我仍不想回家，要饱览这难得的雪景，便推着自行车拐进堆山公园，山上山下一片皑皑，清绝幽香，纤尘不染。白雪同阳光相辉映，熠熠耀眼，天地间变得明亮而辉煌，原本冰凉的雪，却成了欢乐的温床，奇异而迷人。来山前赏雪的人很多，所有人在雪地上都变成了孩子，大家都想在未被踩踏过的白雪上留下自己的脚印，都想摸一摸雪或将雪攥成雪球……

我绕到山的背后，人却很少，只有一老者在山坡上弯腰寻觅着什么东西。我以为他掉了钥匙或手机之类的物件，白雪上落黑物，应该很容易找到，便上前帮忙寻找，他却提醒我道：“小心别踩了！”我顺着他的手指看去，在一块石头下面，洁白的一层薄雪上面托着两片翠绿的嫩叶，水灵灵、肉嘟嘟，格外喜人，真是“动人春色无须多”。老者蹲下身子，小心翼翼地扒开雪层，将这颗神奇的小植物拔出来，十分珍爱地托在掌心上，比一根手指长不了多少，大小一共四片叶。我大为惊奇：“这是草啊还是菜？这么冷的时候还能钻芽长叶？”

老者一笑，甚为得意：“对了，它稀贵就稀贵在最冷的时候冒头，喜欢长在石缝里、断崖下，或不被人注意的角角落落，平时紧贴着地皮，一下雪就支棱起来，好像给春天报信。”

“好一个春嫩不惧寒！”

“你如果拿它当草，那也是仙草，实际上它是一种野菜，土名叫‘吃春’。”

“吃春？”我咂摸着老者话里的韵味，吃到它就等于吃到春天了？还是春天想吃它才乘雪来到人间？这正应了古人的名句：“春色先从草际归。”有了这样一场雪，春天就开始发芽，渐渐会变得芬芳。这样的春，才是新春，年也才称得上是新年。

老者掰了两片“吃春”的嫩叶递给我，我放进嘴里慢慢品尝，微甜、多汁，后味还有一丝淡淡的清香。老者告诉我，明天早晨来可能会多找到几株钻出雪层的“吃春”。于是我们约定，明早继续到这儿来“吃春”，然后分头下山。

我走到堆山的东侧，从远处东湖的湖面上传来阵阵喧闹声，冬泳者把靠近码头的坚冰砸破，清理出一块十几米见方的水面，一赤裸老人站在码头的高台上，做英勇就义状，振臂高呼口号，然后纵身跳入水中，哄然激起一阵大笑。其他人也纷纷仿效，呼喊着各种各样的滑稽口号跃入水中。破冰垂钓者则远离嘻嘻哈哈的冬泳者和看热闹的人，在湖的深处星星点点布开阵势，像白棋盘上的黑子一样均匀。

我推车走出堆山公园，市区主要大道上洒了盐水，被汽车轮子反复轧过之后如同新翻过的土地，雪花洗净了车轮自己却变黑了，雪泥堆出了一道道垄沟。街道上车多人多，碰撞的多，摔跤的多，却很少有生气吵架的，挨摔的人乐乐呵呵，看摔跤的人也乐乐呵呵。一场大雪居然使紧张、烦躁、牢骚满腹、火气旺盛的城里人变得和善了。人们一旦取得了跟大自然的和谐，会感到幸运和快乐。未春先有思，人们的心里已经有了春意。

也许是为了保存这场难得的大雪，雪后气温一直很低，把松散的雪花变成坚固的整体，抗拒着来自外力的摧残和阳光的融化。在城里的背阴处和人们较少踩踏的地方，仍然保留着一层光滑结实的残雪，记录着天地间曾经有过的洁白。

并以此迎接热热闹闹的新春。

2011年早春

年要慢

二〇一二年的春节，来得特别快，整个社会似乎还没有准备好，阳历年就匆匆而过，阴历年也随即拍马赶到。年催、年赶，“年”——真的又犹变回一头凶兽，直把人追赶得有点喘不过气来。年来得快，走得也快，放几天假，大吃大喝一通，一个年就这样过去了吗？

其实对每个诞生到这个世界上的人来说，无论老幼都是过一年少一年。为什么非要这么赶罗呢？皆因现代人过快日子过惯了，什么都讲求一个“快”字：上学要快，成才要快，出名要快，赚钱要快，猪上膘要快，鸡长肉要快，西红柿要红得快，水果要熟得快……快快快，连年也快来快过，快得大家都抱怨过年没年味了。

年味从哪儿来？要慢下来，至少过年要慢。慢了才是年，慢与快对年的诸多细节会感觉大不一样，也只有慢下来才能咂摸出年味。怎样让年慢下来呢？先要心慢下来，体味传统春节文化的核心——敬畏和感恩。有敬畏就得祭祀，祭神祭祖、祭天祭地、祭祀对人类有帮助的世间万物。祭祀是因为有禁忌，有所禁忌才生出敬畏之心，于是便有了“礼”——这也是中国传统民族文化的基础。过年的过程大致分两段，在除夕之前多禁忌，其后讲感恩。

记得小时候，一入冬就盼过年，时间过得那个慢呀！好不容易盼到冬至，大年在望，春节一系列的祭祀也随即展开。《后汉书》记载：冬至前后，君子安身静体，百官绝事，家无大小，悬挂祖先画像，必市食物以享先。诸凡仪文，加于常节，故有“冬至大于年”一说。而腊八节一到，春节传统习俗的序幕才算拉开，这一天是佛陀悟道成佛日，祭祀、纪念都在一锅腊八粥里，要文火慢熬，家家户户都在熬。过年也要这样慢慢地熬，同是一锅腊八粥，各家熬的火候不一样，稀稠不一样，味道也不一样。如果再仔细咂摸热腾腾的腊八粥的滋味，除去供奉佛陀外，还另有一种原始的意义：驱除寒气，扶助生民。因为腊八之后，大寒就到了，正是一年中最冷的季节，《史记·天官书》记述了西汉时过腊八节的情形："腊明日，人众卒岁，一会饮食，发阳气。"

终于熬到了腊月二十三，糖瓜祭灶，灶王爷上天，他在人和神的世界里上传下达，互为沟通，俗称"小年"。至此春节的连台大戏，才算正式开场。然后是"二十四扫房子，二十五磨豆腐，二十六割块肉，二十七杀只鸡，二十八把面发，二十九蒸馒头，三十贴挂门神包饺子。"这些事若放在平常一天就全干完了，为什么过大年就非得慢条斯理地有那么多讲究？因每一步都有重要的文化内涵，有诸多礼仪，用一整天的时间都够忙活的。

比如腊月二十四的扫尘，"尘"的谐音"陈"，年前要为年后的新春扫尘，有除陈布新的含义，把晦气、霉运统统清扫出门。人类自身也要洗澡理发，"有钱没钱，剃头过年"，焕然一新迎新春。另外，还有一种传说，人的身上都附有"三尸神"，这是个喜欢阿谀奉承、搬弄是非的神界小人，它会在一些人家的门口做上记号，然后到天庭打小报告，等到除夕夜诸神下凡时好惩罚这些人家。凡人不知道谁家门口被做了记号，干脆家家户户大扫除，把家具都搬出来，仔细擦洗，将房子的角角落落都打扫干净。等到大年三十晚上，灶王爷与其他诸神一同下界察看人间，家家窗明几净，灯火辉煌，正团聚在一起欢欢乐乐地包饺子。上界不仅不会惩罚凡间百姓，反而会处罚造谣生事的"三尸神"。

——此谓"接神"。人间有那么多好吃的东西，三十晚上为什么非得包饺子？有几种传说，我最喜欢的一个版本是：相传女娲捏泥造人，不想让人类太孤单，就尽量多捏多造，所以至今中华民族还人丁兴旺。但时间一长女娲娘娘也累了，便甩动泥池中搅拌泥浆的柳枝，用以驱赶睡意，不料溅出许多泥点子，这些泥点子也立刻化作人，走散在大地上。当时正是寒冬腊月，小泥人们的耳朵有的冻烂了，有的冻掉了。女娲很内疚,便用泥专门制作了“娇耳”,重新为那些小泥人装上好耳朵。为纪念女娲的恩德,人类按娘娘捏“娇耳”的办法,开始在除夕夜包饺子。

春节之所以称“大年”,至少有三个功能:祭祀祖宗、驱鬼和庆祝丰收。《说文解字》里解释“年”字就是谷子熟了。前两项到除夕达到高潮,然后转为以庆祝丰收为主。为什么说中华民族是“礼仪之邦”,其核心文化是“礼”,也表现在春节大团圆、大欢乐的同时,不忘感恩,人类除自己相互“拜年”外,还要借过大年之机,虔诚感谢所有对人类有帮助的生灵。不仅自己过年,也给它们过年,在给自己的房子扫尘的同时,也将牲口棚、猪圈、鸡舍等清扫得干干净净,该铺土的换上新土,该铺草的换上新草。为自己贴对联的同时,也会在生灵们栖身处贴上“六畜兴旺”、“槽头兴旺”的大红喜帖,并隆重地为它们排出日子。

大年初一是“鸡日”。伏羲老祖称其为“五德之禽”:头上有冠,是文德;足后有距能斗,是武德;敌在前敢上敢拼,是勇德;有食物招呼同类,是仁德;守夜不失时,明报晓为信德。后面依次是:初二为狗日,初三为猪日,初四为羊日,初五为牛日,初六为马日……可见春节是大节里套小节,“大年”里包含着许多“小年”。人们所谓的“年味”也往往藏在这许许多多的小节、小年里,倘若一味地心急图快,忽略了这些小节、小年,春节就被掏空了,只剩下一个没有文化内含的外壳。匆匆走个过场不算过年,当然就缺少了应有的年味。

过年的真谛是在一个“过”上,慢慢地每次只“走”一“寸”,仔仔细细地体味每一个过程,年的全部味道也就在其中。现代世界是慢不下来了,社会也慢不下来了,只有让自己慢下来。自己一慢,年就慢了,感觉丰富,享受也多了,过一个年像一个年,生命会增加许多色彩。若稀里糊涂过了许多年,却一个没记住,岁月岂不变得苍白而单薄?!

2012年元月

中卷

国 内 游 记

鼓浪屿宾馆晤仙

一九八四年初夏，湖南、湖北、江西、福建省作家在鼓浪屿举办笔会，也请了我和北京几位编辑参加。

大队人马住在鼓浪屿中部一个有着现代文明气息的宾馆里。为了照顾我们几位“特邀的客人”，让我们住到建在鼓浪屿东部山顶上的省委招待所里，那是岛上较为高级的地方。大门口有警卫，履行职责颇为认真。进了大门还要高高低低地走十五分钟山路到我们住的那座小楼。《人民文学》的主编李清泉和女编辑向前分别住在楼上的两间屋里。楼下两房我和崔道怡各占一间，湖北作家张祖慰向往“高级”，搬来跟崔道怡同住。这是一座年代久远的旧房，房间高大却空空荡荡，弥漫着一种旧木头散发出来的霉味。欧洲古典式的百叶窗，高而宽的木门，一张厚重的老床，一张旧写字台，一把高靠背的旧木椅。卫生间里更是古色古香，所有的铜截门上都挂着厚厚的绿锈。

这个房子不知有多长时间没人住了。

好处是极其幽静。我放下行李考察了一番周围的环境。我们住的这座小楼坐落在山坡的后部，临近小山的制高点，我的窗户外面是数丈高的断壁，断壁上面长满野草和古树。往东不足五十米便是悬崖，下面是大海。南面是陡峭的山坡，长着浓密的半人高的杂草和遮天蔽日的大树。只有西面一条窄窄的石板小路可通往山下人烟稠密的地方。

真是个写作的好地方。

住在这样的房子里也只能写作。最容易激发想象力，神驰万里，思接八荒，除去跟笔交流以外还能干什么呢？

被火车和汽车摇荡了三四天,实在太累了。晚上十点多钟我便从朋友们的高谈阔论中抽身,回到自己的房间倒头就睡了。

一睡便睡得又深又沉,连梦也被疲乏赶跑了。真正抛弃了一切或被一切所抛弃,进入一种“睡死过去”的状态。不知过了多久,在沉沉睡意中听到了野猫的号叫,一声接一声,一声高似一声,凄厉瘆人。不像是发情叫春,倒像是被其他野兽追赶撕咬,做垂死哀嚎。声音愈来愈近,最后似乎爬上了我的窗台,叫声越发令人毛骨悚然。我从地上抓起一只拖鞋向窗户砸去,听到百叶窗边叽里嘎啦响了一阵,猫叫声停止了。我很快又“睡死过去”。

不知又过了多久,依稀听到风声雷声雨声。大风在山崖和我的窗户之间的夹道里穿过,发出哞哞的牛一样的吼叫声。我好像清醒了一点,好邪乎的大风,不会是台风登陆吧?可别把这栋小楼的楼顶给掀了……

尽管这样想着,仍然又睡着了。

等我被人叫醒的时候已经是早晨七点多钟了。天亮前的这一大觉睡得最香甜,外界也最安静。

吃早饭的时候李清泉老先生问我:

“夜里睡得怎么样?”

“很好。”

“看得出你睡得不错。”

“您睡得怎么样?”

“不好……”

向前接过话茬儿:

“除了你,其他人几乎一夜没睡!”

“为什么?”我以为出了什么事情,看他们的脸色确是一副倦容,好像比昨天刚下火车的时候还难看。

向前问我:

“你夜里就没听到什么,看到什么?”

“噢,是猫叫吧?”

“猫叫?”

“你们没听到猫叫?”

“没有。”

不可能,猫的号叫那样凄厉刺耳,别说是住在同一个小楼的人,就是整个小山上都会听得见。他们一夜没睡为什么没有听到猫叫呢?莫非是我做梦?不对,起床后我的另一只拖鞋的确是在窗户下找到的。

“夜里是不是刮风下雨了?”

他们认真而又莫名其妙地摇摇头。

屋外晴空万里,地面干燥,我无法证实自己的话。真是活见鬼了!不,是睡见鬼了!不是他们见了鬼,就是我见了鬼。

张祖慰首先宣布,晚上不再和崔道怡做伴,要搬到山下去和大队人马住在一起。

我怀着一种急切的好奇的还有几分紧张的心理盼着第二个夜晚快点降临。小的时候听过许多关于鬼的故事,有过极端恐怖的深刻感觉。长大后再看关于鬼的小说,已经找不到那种恐怖的感觉了。近几年也曾看过几部所谓恐怖电影,并未引起真正的恐怖。年近“不惑”,如果能在鼓浪屿碰上鬼,也是一件幸事。

白天的节目安排得很多很丰富,时间过得很快,想要阻止夜晚的降临都不可能。

夜渐渐深了。

人安静下来,山却开始活跃。我真切地感受到黑暗的躁动和威压,动物和昆虫一起忙碌起来。白天是人的世界,夜晚就是它们的天下。

我振作精神等待奇迹出现,或鬼或仙或神却又迟迟不肯驾临。我终于打熬不住,昏昏欲睡。在似睡非睡间又猛然惊醒,屋里有了响动。与其说是我听到某种声音,不如说是我感觉到屋里有了某种声音。

一团白色的东西在我蚊帐外面游动。是一个人,一个女人,衣裙飘曳,身态轻若飞天,却看不清面目。我感到头皮发麻,每根汗毛和每根头发都奓起来。心里提醒自己:“你可不要叶公好龙!”

我拼命想睁大眼睛,眼睛已经在睁着,就是看不清。她像人,更像是人的影子,如同一团白雾,在屋里飘来飘去,不靠近我,也无意伤害我。

无论是声音还是这白色物体是不是确实存在着,我始终不敢肯定。莫非是我的幻觉?因为我们知道这座小楼过去是德国修女的住所。

我想伸手去摸一摸,又怕惹恼女鬼或女仙。如果真是德国修女作祟,那还是洋仙。不知烧香管不管用?最好是找一本《圣经》来……

我听到了确确实实的声音:“嘀嗒嘀嗒……”

而且愈来愈急,愈来愈重。

我打开灯,白色的人影不见了,屋顶却湿了一大片,水珠成串地砸下来,而且愈流愈快。我放在椅子上的衣服和地上的提包都打湿了。

我赶紧跑到楼上,猛敲李清泉的房门:

“清泉同志,您的屋里怎么发大水了?”

老先生蹚着水为我开了门。

我先冲进卫生间关了截门。山上不经常有水,昨天晚上李先生想洗澡,打开水龙头,见没有水就忘记再关上了。夜里来了水,自然会成全我们来一番“抗洪抢险”。

我问李先生:

“您今晚睡得怎么样?”

“很好。太累了,真对不起!”

“没有再闹鬼?”

“没有。”

我回到自己的房间,严肃认真地在胸前画个十字,轻声说:

“修女,谢谢你的提醒,不然我真会成了水龙王,大水也会损坏这座可爱的小楼。”

我擦干身子钻进蚊帐,一觉睡到大天亮。

此后再也没有发生类似的故事,其他人也一样。到离开的时候我们都有点舍不得那座小楼。我住过各式各样的宾馆,至今仍怀念鼓浪屿山坡上的那幢小洋楼。

1984年6月

好 景 门

白藤湖——我们这次广东之行的最后一站。原计划并无这个参观项目，我到了珠海才知道有个白藤湖。杨干华兄极力怂恿：

“你们一定要看看岭南的水乡，开完了洋荤尝野味，白藤湖绝不比你们河北的白洋淀差，那里有中国第一个农民度假村。”

白洋淀几近干枯，芦草摇曳，一片荒寂，即使跟它一样或比它更好些，又有什么可看的呢？在深圳、珠海已经看了几个度假村，特区时兴“度假”，大概特区人钱多，需建设一些能扔大钱的地方。岭南的农民莫非也都腰缠万贯，需建个度假村才能减轻钱包的负荷？我想这农民度假村终不会超过西丽湖或香蜜湖度假村吧？我担心看到一片附庸风雅、不土不洋、不伦不类的建筑，与特区的格调不协调，破坏了我们对整个特区的印象。

无奈客随主便，只好登程。车过中山县，土道高低不平，面包车如浪上飞舟，颠簸摇荡，暴土扬场。干华兄坐在前面声色不露，他有农民的幽默、机智和狡猾，我们八成是上了他的“贼船”。来特区是为了“开洋荤”，如果想吃这种“野味”，不如去钻云南的大山！

车到江边，排着大队等候上轮渡，我们的面包车挤在队尾。我心里暗暗着急，想起“文化大革命”中发生的一件曾轰动一时的大事故，一辆救护车最后一个开上轮渡，由于司机和轮渡工人抢着分西瓜，忘记给车轱辘打掩儿。等到轮渡到达彼岸，救护车却不见了，连同车里的病号一块落入了河底。这南方的轮渡也许要牢靠些。

我口干舌燥，下车买了几根甘蔗，每根一分为二。卖甘蔗的大嫂手操砍刀，三下五除二就把甘蔗皮削净，只在根部留出一截带着皮，便于手握。我手握甘蔗的一端，伸直胳膊才勉强把另一端送进嘴里。想起童年在庄稼地里偷吃玉米甜秆，还真感觉到了一种野味——这轮渡，这大江，这江两岸的垂柳、渔舟、茅舍……

终于看见白藤湖了。水域平阔，群鸟低旋，虽是“渔舟唱晚”的时分，可惜天气阴沉，没有晚霞，水面上浮动着纱缦般的轻雾。右侧则是一片翠绿色的陆地，在绿树掩映之中露出斑斑点点的黄、橙、白、蓝等五彩琉璃瓦和飞檐翘脊，那想必就是农民度假村了。后面有一溜如黛的矮山，像白藤的围墙，果然是一块风水宝地！

我们在一座牌坊前面下了汽车，那牌坊虽称不上有多么巍峨堂皇，倒和这里小楼流水的格局十分协调。上书“好景门”三个大字，朱漆重彩，富丽热闹，还真有一片紫气蒸腾的味道。

我端详着“好景门”，问干华：

“这是哪位名人题的名？”

“这儿的老总——钟华生。”

农民度假村的首领并不叫“村长”，而是“白藤湖联合开发总公司”的总经理，俗称“老总”。

好，“好景门”也罢，“门景好”也罢，通俗易懂，体现了农民的风格和气派！当我知道此地共有八大门：磨刀门、鸡啼门、坭湾门……县城叫斗门，东走十一海里还有个澳门。我感到钟华生给自己的事业命名为“好景门”，既贴切又意味深长，颇有“风景这边独好”的气魄。这是个人物，他引动了我的好奇心。我的毛病是：对人的兴趣往往大于对风景的爱好，有景无人难以动情，有人有景才能浮想联翩，发人深省。

我向干华打听这位“好景门”的设计者是何等样人。干华是这样形容他的——

“钟华生原先是个农民，十五岁当了干部，曾任公社办公室副主任，‘大四清’之后留在斗门县工作，当地把这批人叫做‘漏斗干部’，不知是褒是贬？我看过他不少照片，衣裤或黑或蓝，裤裆宽大，常常鼓满清风。又听说他常打赤脚，一条中头短裤穿了又穿。上衣更特别，是取材于麻包或尿素袋。在布票缺乏的年月，珠江三角洲的农民都有这样的上衣，有的在前胸、后背赫然可见‘中粮’、‘尿素’的字样。讲究一点的，顶多把这些字样隐蔽在胳肢窝里。”

看来钟华生是个土生土长的农村干部，这种人熟悉农村，了解农民，又有一般农民所没有的组织能力和领导才干。我所知道的当代几个干出了一番事业的农民企业家，大都是这样的人物……

经理办公室主任钟锦泉出来接待我们：

“老总正陪着副省长开会，他晚上跟你谈。趁天还没黑，咱们先去玩儿。”

“玩儿？玩儿什么？”

“来到白藤湖当然是玩儿水，这是农民度假三部曲的第一部：‘玩水面’。回来咱们‘食水鲜’，晚上让你们‘住水边’。”

钟锦泉身材高瘦，背微驼，白衬衣外面套件细线薄毛衣，一双薄唇善讲，语气中掩饰不住自豪感，讲话有激情，潇洒自如。这是我接触的第一个白藤湖人，他身上没有一点农民的影子，从穿戴到谈吐完全像个城里大公司的办公室主任，接来送往，侃侃而谈。也许我的观念需要改变，农民就应该是这个样子……

一群群外国游人和港澳来客从我身边走过。我真想问问他们，是抱着什么样的心情来白藤湖农民度假村旅游的？对这里的印象如何？

钟锦泉不给我思想开小差的机会，他滚瓜烂熟地介绍着白藤湖的情况，快步领我们来到水上游乐场。这里有游泳池、天鹅舟、碰碰船、摩托艇、游艇，乘游艇不仅可以泛游湖内景色，还可驶出白藤湖，饱览珠江口的海光山色，环览珠海、澳门风光。

我眼下感兴趣的只是白藤湖，与其说为了“玩赏”，倒不如说是想了解它，想看到它的全貌，知道它的历史。我们选择了摩托艇，钟锦泉递给我一件杏黄色的救生衣。湖风温软清爽，略带咸腥味，四周垂柳依依，纤尘不染，一路风尘顿然消失。

摩托艇越开越快，水星飞溅，疾风贯耳，多亏钟锦泉的救生衣替我挡住了骤然袭来的寒意。他不停地回答我提出的各种问题，向我们介绍白藤湖的过去、现在和未来,还要不停地调整自己的嗓门,以压住风声、水声、马达声。

白藤湖原来是海不是湖,珠江入海口的坭湾门和鸡啼门在此分流。如果说早先这儿曾有过陆地,那只不过是一把伸向大海的剪刀,在太平洋的惊涛骇浪中时隐时现,人称“鬼仔角”。船家到此需得烧香磕头,上供舍财以飨鬼仔,即便如此也难保不船翻人亡,“阴天遍闻鬼仔哭”。海水发大潮,还殃及附近的几个公社,可谓浪大水咸,地碱人瘦。

现在要提到“大跃进”了——

钟锦泉送给我的一份《白藤沧海变乐园》的材料上这样写道:

> 一九五八年,为了抗潮御台风,当地群众移山填海,横锁坭湾门,形成了一个湖泊,面积有二十平方公里,水域辽阔,资源丰富,土质肥沃。但灾害频繁,冬春成渍,秋夏内涝,一到台风季节,更是暴潮泛滥,严重危害农业生产,群众生活贫困……

“大跃进”没有制服鬼仔。一九七一年早春,斗门县又组成了一支八百人的开荒队伍,开进“鬼仔角”,人们把这批倒霉鬼称作“开荒牛”。钟华生任开荒工程副总指挥。他们用了一年多的时间,削掉半个白藤山,沿鸡啼门东侧水道筑起了一道八公里长的拦海大堤,使湖海真正分了家。不想一次强台风就毁掉了三公里,还有几十名“开荒牛”落海变为“鬼仔”。领导害怕,下令撤军!

钟华生带头不撤。他知道一撤退就前功尽弃,“鬼仔角”将永远是令人生畏的地狱,几十条“开荒牛”的性命也白扔了!于情于理都说不过去,而干下去则还有希望。既然已经进了地狱,看不见天堂就不要轻易认输。站出三百个“开荒牛”愿意跟钟华生留下(他身上一定有某种不同凡响的魅力)。领导的好心没有得到好报,甚感震怒,命令他们一个个对着录音机表态,一个个签字画押。

钟华生率领着这群红了眼的“开荒牛”,真是背水一战,绝地求生。于一九七五年秋天，在坭湾门门口建成了一百五十米长的浮运式大闸，扼住了山海口的咽喉，终于征服了海潮，形成了面积相当于两个杭州西湖的人工湖。根据旁边的白藤山，遂命名为“白藤湖”，鬼仔的时代宣告结束……

钟锦泉领我们登上坭湾门大闸，翘首东望，暮色将临，海天混沌，朦胧而又凝重。我心里还在想着刚才钟锦泉关于“鬼仔角”的介绍，真想听听鬼仔的哭声，即便是叫声或笑声也行。

“大跃进”和“文化大革命”的年代，中国搞了许多围海造田、填湖改田的“壮举”，事实证明，许多这样的“壮举”，不仅得不偿失，而且简直是对历史、对后代子孙犯下了大罪！有的错误已无法改正，有的第二次劳民伤财，正搞“退田还湖”或“废田还海”的运动。白藤湖显然有自己的历史，有其独特而真实的情况。

我感到这正是钟华生不一般的地方，不随着大流粉饰或否定自己的历史。否定“大跃进”，他们却不否定一九五八年群众填海的功绩；全国否定“文化大革命”，他们却宣扬“文革”期间几百名“开荒牛”在“鬼仔角”立下的不朽功勋！白藤湖走完的前三步是从一九七一年算起的，每五年走一步，第一步“整治沧海”，第二步“开垦桑田”，第三步“建设乐园”。

以我为主，有自己的个性，有自己的历史。而且敢于承认自己，承认自己的历史，这是那种想干大事业、具备某种领袖气质的人才能做得到的。

从湖上归来又走进湖滨餐厅，气派豪华，格调清雅，同我在广州、深圳见过的大饭店相比毫不逊色。设备是现代化的，点缀了一些具有民族风格的装饰品，画栋雕梁，宫灯花瓶。厅里套厅，还有曲径回廊，真石真树，流水叮咚。石湾清水里的活鱼活蟹更增添了无限趣味。

餐厅小姐——我只能称呼她们为“小姐”。广东习惯把服务员称作“小姐”，我一路上老也改不过口来。实际是“土”性难改，不管走进何等豪华的所在，“小姐”两个字总是难以叫出口。不想走进这农民度假村的餐厅，“小姐”两个字自然而然地溜出了嘴，也许是这里的气氛与“小姐”的称呼很协调。还有她们那训练有素的仪态和精神面貌，彬彬有礼的笑容，落落大方的谈吐。为我们桌端茶的是位北京姑娘，招聘合同期满以后自愿留了下来，希望在白藤湖落地生根。

餐厅里买卖兴隆，几乎是座无虚席。食客五花八门，论服饰千姿百态，论肤色黄白黑都有。从哪儿看得出这是个农民办的餐厅呢？

世界潮流是农村看城市，农民往城里跑。这里是城里人往农村跑，包括海外的朋友也来看农村。人才是最奇怪的动物，掌握这种奇怪的特性就能创造奇迹。

钟华生无疑正在领导一种新潮流——发达国家有没有农民度假村我不知道，在中国，它确实是第一个！山海关有个“天下第一关”，昆明有个“天下第一汤”，“好景门”为什么不可以叫“天下第一门”呢？它与天安门遥遥相望，天安门是古代农民智慧的结晶，“好景门”又象征着什么、意味着什么呢？

我问钟锦泉：

“你们怎么想起要叫个‘农民度假村’呢？”

“中国有专供干部使用的俱乐部、疗养院，工人也有自己的疗养院、文化宫，哪里听说过有农民的疗养院？农民只有五保户、敬老院，我们的农民不是爱受穷、爱受罪。所以老总决策，就叫‘农民度假村’，改变农民地位，改变农业国对农民的不公平看法。”

好大的口气，好大的志气，可谓想得不凡，干得不凡。

“农民来度假的多吗？”

“不少，占游客的百分之二十。但是要求吃得最好，住得最好，最敢花钱的是农民。农民游客曾要过五百元一桌的饭菜，外国游客最多也就是吃三百元港币一桌的饭菜。”

“哪个国家的游客最多？”

“日本、意大利。今年我们要在白藤湖召开两个会议，一个是‘中日农民友谊协会’，另一个是‘中国农民企业家会议。”

能主持召开这样两个会议，足见钟华生和白藤湖农民度假村的影响已非同一般。农民企业家是当今中国土地上一股巨大的力量，正对国家的政治经济形势起着越来越重要的影响。

一道道令我这个北方人眼花缭乱的菜端上来了，浇汁的大闸蟹，通红的斗门虾，玉质丰脂的黄金凤鳝，味道奇特的鲈鱼、龙利，田螺更是第一次吃。果然全是海鲜，又不同于一般的海鲜。白藤湖水咸淡混合，鱼虾等水货最难成活，光是咸水容易活，光是淡水也容易活，能够适应白藤湖的水而活下来的水鲜，味道就格外鲜美。所以白藤湖的水产特别珍贵，我不免有些担心：

“水鲜如此珍贵，够游客大吃大喝的吗？”

钟锦泉笑了：“放心吧，我们的湖大，再加上科学喂养，光是鱼类就年产一万五千担。白藤湖的居民仅三千人，度假村的所有职工加在一起也不过两千余人，而白藤湖每年的副产品可供三十万人坐吃一年！”

“每年来度假的游客有多少？”

“去年（一九八五）是十六万人，总产值四千万元，纯利二百万元。”

二百万不是个了不得的数字，但白藤湖这片事业的规模、影响和性质，却决非金钱所能代表的。

我们在小放映室看完白藤湖概貌的录像片，钟华生就出场了。

他很年轻，出乎我意料地年轻，他们南方人的年龄只看外表是很难估摸的。身材不高，但匀称有生机，穿一身合体的浅灰色西装，质地和做工都很考究，上衣没有系扣子，露出雪白的衬衣和深色的领带。整齐的分头，清秀的面孔——是的，我不想用别的词汇形容他的脸，带着南方漂亮男人的水灵劲儿，轮廓玲珑，线条柔和细腻。但钟华生的眼角、嘴边多出几条冷峻的纹路，泄露了他做人的深度、力度和厚度。精明的目光，充满自信的微笑，此地第一主人当仁不让的气度……要评判这样一个人的精神品质比评判他的事业更加困难。

钟华生的风格跟我所见过的北方农民企业家截然不同，白藤湖农民度假村明显地打上了他的个性的印记。

他没有对我们说些毫无意义的客套话，这正对我的心思。我有几个问题正要当面向他请教，他不客套我也就可以单刀直入地开始采访了——

“阁下贵庚多少?”

“四十九岁。”

我心里计算着,他十五岁当干部,那应该是一九五二年。

“什么时候、什么事情触发了您的灵感,决定要办这个农民度假村?”

“我的父母和弟弟、妹妹都在香港,‘四人帮’倒台以后我去香港探亲……”

我心里一动,这就对了,他是农民,但又有其特殊的地方,他见过世面,受过现代生活的熏染。

“……特别是在参观澳门的时候,我的思想突然受到了冲击。澳门那么小的地方,为什么吸引了全世界那么多的游客?它靠赌博,是世界上有名的‘东方赌城’。我白藤湖也有自己的优势,第一,斗门县是著名的侨乡,全县二十五万人,侨眷和澳港同胞的家眷占八万多人,他们在海外及港澳的亲属也有八万多人。每年光是本县外出旅游的就有一万多人,我们具备建个旅游中心的基础。第二,白藤湖紧邻澳门、东望香港,东北方连着中山、珠海,北接广州,倘若建成一个旅游金三角,对增大与海外华侨和港澳同胞的联系,促进投资合作,传播海洋文化和振兴所谓‘太平洋文明’都有不可估量的意义。第三,白藤湖物产如此丰富,与其运到广州、珠海去卖,不如请他们到这里来吃。第四,国家提倡‘无农不稳,无工不富,无商不活’。我又给加了一句,叫做‘无旅不旺’。我们要搞旅游农业,随着世界文明的进步,人民生活水平的提高,我们的旅游农业必然大有前途。”

他给国务院提出的口号作补充,有自己的思想、自己的理论、自己的目标、自己的办法。这是个帅才。

我问:“您感到最大的困难是什么?”

“旧的习惯势力。你要干事,要创新,首先碰到的就是旧势力,消磨你的意志,浪费你的时间和精力,制造舆论诋毁你的声誉。需得在理论上摧毁它,实践中打败它,要过五关斩六将。”

“能不能谈得具体点?”

“有人指责我说，农民度假村的面儿太窄了。我说中国有八亿农民，面儿太宽了。他们又说这不像个农民的住所，农民没有到这儿来度假的条件，说我不务正业。我说高标准是农民度假村的灵魂，现代化的生活是建筑在高质量的大坝上面。我们立起个社会主义新农村的模式，二十年后也不落后。中国农民最大，被看得最小；农民人数最多，被看得最少；农民贡献最大，被看得最穷！外国客人来了要住高级宾馆，我说没有，这里只有农民度假村，他住了两天很满意。”

钟华生身上有一种出类拔萃的品格，让我感到又熟悉，又陌生。他是具有现代素质的领导人才，有着独特的个人魅力，他的所作所为轻而易举地就把旧的传统观念给打个粉碎。

他受到的打击远不只是停留在舆论上，县里开了二十四天会整他，趁休息他跑回白藤湖又签了十五份合同。上面派来清账组，清了两个月，钟华生感激他们为自己辟了谣，事实证明搞事业的人不能有贪心，贪心的干不成事业。贪心必贪利，贪利者定然是贪官。

听着他的介绍我又生出许多感慨：当代各色各样的开拓型人物，一人一个性格，一人一套办法，路是新的，成绩是新的。而整人的衮衮诸公，从南到北一个样，出自一个模式，手段嘛，也就是那两下子：撤职、调动、造谣、查账、派工作组……钟华生讲得没有情绪，三言两语就带过去了，我听得也没有精神。干事的人天天有发明创造，整人的为什么不更新一下自己的技巧呢？

不干的整干的，流鼻水的整流汗水的，结果是不干的原本不干，干的也干不成了，那谁去创造财富呢？

不，像钟华生这样的人，你整他是可以的，想叫他不干了大概没那么容易！

树大招风是一面，还有另一面——树大成林好抗风。任何一个事业，一个人是干不成的，他占天时、地利、人和，你就不好办了。

动力是什么呢？

他回答：“没有强烈的事业感、责任感、效率感是干不成事业的。我们没有星期，没有节假日，动力哪儿来？事业，不是金钱，不是别的。”

生命的质量在于一个人的选择。他们找到了自己生命的最高价值,这才是最重要的。

时间太晚了,钟锦泉带我们去住处,且看是怎样一个"住水边"?

夜晚的度假村显得无比安静,白日里的绿色变成了黑色,一片片、一丛丛、一簇簇,有的黑得深,有的黑得浅,显得幽暗神秘。钟锦泉领着我们在一个九曲十八弯似的长廊里走个没完,这长廊别具风韵,穿过流水的小桥,穿过一座座楼台画阁,连接着好几个风格不同的别墅。他一边走一边介绍:

"这是西班牙别墅,这一片是世界风情村,我们还要根据中国各民族的风情搞一组建筑。这是映霞阁,这是海珍楼,这是望海亭,这是合欢榭,这是碧莲池……"

可惜,这些同它们的名字一样华丽的建筑我们只能看个轮廓,没有时间也没有精力一一参观了。我晕头转向地跟着钟锦泉走进一座豪华的别墅,它跟广州及深圳、珠海的豪华大饭店相比所不同的是极其清静,除去在进门的时候看见两个服务员,过厅、走廊里见不到一个人。客人们是到夜总会、电子游乐场去玩了,还是躲在自己的房间里休息、看电视?也许这幢别墅根本就没有住上几个客人。我开始理解钟华生肩上的压力了,事业的摊子铺得越大. 他的责任越大,白藤湖开门一天自己花销一万五千块,不拼命怎么行?

客房小姐领我来到二楼,打开房门客客气气地对我说:

"先生,要不要我给您讲讲房间里的电器怎么使用?"

呀,先给我来个下马威!我虽然没有见过什么大世面,毕竟在工厂呆了二十多年,自信对电器的使用还不算外行。农民小妹妹要唬我这个工人老大哥吗?

房间的钥匙上坠着一块有机玻璃,小姐把玻璃板插进墙上的一个开关,房间的电源立刻接通。人离开房间必然关门拔走钥匙,钥匙一拔,全房断电,再马大哈的客人也不必担心会忘记关电灯、电视、空调……在一进门的墙壁上装着一溜漂亮的开关,她讲解着,这个是管分体式空调的,这个是管冷热水器的……

床头柜上还有一溜开关，音响、冰箱、电视、窗帘以及全房间里十几个大小不等、式样各异的灯具，全部遥控躺在床上不动就可以调出各种色彩、各种音响，搞得热热闹闹、天花乱坠。我想起在社会主义的南斯拉夫，在资本主义的美国，在中国的香港所见过的高级宾馆无非也就是这个样子。其实，我感兴趣的倒不是这些东西，打开通往阳台的门走了出去。

阳台下面便是莲池，我如果有兴致，到服务台租副鱼竿，立刻就能垂钓。湖里有的是鱼，不愁钓不到一头两尾，到塘边架起火堆烧烤一番，不是难得的夜宵吗？

我又想起他们的九字真言："玩水面，食水鲜，住水边。"

钟华生真是聪明透顶，依靠水上优势，充分利用水上资源，发展独特的水上风景。大禹治水过去了几千年，大禹的后代应该有点长进，治水、用水、玩水。以水为财，以水为美，以水为乐。

"知（智）者乐水"——孔子所言不差。

第二天，钟华生带领我们参观农民度假村的陆地部分。从地图上看陆地只有十平方公里，走起来却累死人。到处都在大兴土木，各种风格的湖滨别墅有的已初具规模，有的刚打地基；通往广州和中山、珠海的高速公路也已画线破土。他们大胆地提出六个优惠条件：无偿提供土地、产权永远所有、投资单位自用度假或出租、可以转卖等等，吸引了国内外众多的投资者。确是"内引外联"，这大概就是钟华生所讲的"树大成林好抗风"！

两千六百亩的荷塘，据说这里的莲藕十分奇特，藕断丝断，决不千丝万缕、拉拉扯扯。吃到嘴里粉多无渣，荷香沾齿。

占地六千亩的百果园，园里套园，又分葡萄园、荔枝园、柑橙园等等。两千五百亩的甘蔗园，年产近三十万斤。

钟华生向我们介绍了他对旅游业的设想，农田园艺化，把农作物加以美化和艺术化，比如在度假村里辟出番薯园、南瓜园，利用生物遗传工程把番薯、南瓜种得奇大无比，既有观赏价值，又有实用价值。游客可以游玩拍照，也可亲自挖掘，然后烧着吃、煮着吃、蒸着吃，各随其便。

他胆子很大又充满幻想。他的胆量来自知识,知识来自信息技术,他身上有股精气神儿,不是那种蛮干的人。要干事就不要怕。不怕就要想出办法。

我问他:"钟经理,您对白藤湖农民度假村的发展前途如何估价?"

他说:

"从今年起再干十五年,实现第二个三部曲,第一步达到国内先进水平,第二步达到东南亚先进水平,第三步达到世界先进水平。"

但愿他在白藤湖再干十五年,实现自己的理想。到那时他应是六十四岁,不算老,也许农民会给他竖一块功德碑。

他反问我:

"你们看我的计划能够实现吗?"

我毫不犹豫地回答:

"如果天时、地利、人和三个条件不发生大的逆转,我相信你的理想一定能够实现。我愿每五年来一次,给阁下贺功。"

他笑了,带着特有的机敏。

"我老婆老劝我不要把想象的东西说出去,免得实现不了人家笑话。我说,想象的东西就是要说出去,让大家听听是不是可以实现。"

我问:

"你的夫人在哪里工作?"

"斗门。"

杨干华似乎知道我还要问什么,就在旁边小声说:

"他夫人很贤惠,是一般干部。家里住着两间旧房,墙上经常往下掉白灰,老钟隔个十天八天才能回家一趟。他有一儿一女,倘若两个孩子都回到家来,儿子只能去睡沙发……"

看来钟华生不是"自己先富起来"的典型,这正是他的过人之处,何必因个人小利而失掉大的事业。从某种意义上说,整个农民度假村不都是他的吗?

他精明干练,普通话比走南闯北的杨干华说得还好,一边飞快地说着,一边飞快地走着,其节奏之快令我这个身高腿长的"大汉"正好能跟得上,其他几位身材较矮的同志常常被甩在后面,有时不得不一路小跑才能紧跟。他眼观六路,向遇到的每一个熟人打着招呼,凡度假村的职工看见他来都仰起笑脸或尊敬地喊他一声“经理”。

他询问打扫夜总会舞厅的小姑娘,昨天晚上卖了多少票。小姑娘告诉他卖了一百七十张票。他严肃地又叮问一句:“我昨天看到来的人很多嘛,为什么只卖了一百七十张?是谁卖的票?”姑娘紧张地找来售票员,向他作了准确而又合乎情理的汇报,他才点点头,带领我们继续参观。

对他来说这也是一次检查工作,对某个部门的负责人下点什么指示,批评某项工程的质量不合乎规格……

看得出,钟华生是个能控制局面的人。他手下有三个副经理,共分农业公司、工交部、旅游部等八个部门。一个拥有两千职工的大单位理应成立党委,他们却仍旧是个支部,钟华生是书记。成立党委就要党政分家,什么事情都要经过党委讨论,多一层组织就多一层麻烦。现在,他这个总经理说了事情就可以决定。

他激情洋溢,带我们登上白藤山,鸟瞰白藤湖农民度假村的全景——

“我们的飞机场建在那儿,白藤山东侧是海关码头,直通港澳,你们再出国访问就可以从这儿办理出入境手续,我负责派车接送。后面是山庄别墅,有一片原始森林,我们准备为游客开辟一个狩猎场,饲养一些供游客打猎的动物……”

从山上往下看,好大的一片风景区,淡绿色的水包围着翠绿色的洲,连空中都是绿色,树上果化,地面香化。据说苏联展出了白藤湖农民度假村的立体模型,中国农民就是这样建设自己的现代化生活的。

我们又回到“好景门”下,白藤湖一日游结束了。我的感受却是异常丰富和充实,仿佛在此游历了半个世纪。白藤湖的变迁活生生地体现了中国农民这半个世纪来的命运,但愿白藤湖的未来能真正成为中国农民的未来。白藤湖成为中国第一个农民度假村是当之无愧的。

我们的面包车开动了,钟华生向我们挥着手,眼睛却转向另一批新来的客人，嘴里又开始滔滔不绝地说着什么……我突然后悔了，应该接受钟华生的挽留，不顾一切地留下来，在这儿多住几天，多了解点情况，我对白藤湖发生了浓烈的兴趣，想写点什么。

干华兄仍旧不动声色地坐在驾驶员旁边，他的责任就是在今天把我们送回深圳，明天从深圳赶到广州。广州的朋友已替我订好了回家的飞机票，我私自改变计划将给朋友们增加许多麻烦。只有在心里暗暗地祝福，希望再来白藤湖的时候仍旧能见到钟华生，更多地了解这个当代农村的新村长……

1986年6月9日急就于芥园里

大森林采风

天津的七月，一切都是黏糊糊的。它不同于潮湿。潮湿是水分多。黏糊糊是胶状物质多，永不干净，永不清爽，永不利索，怎么也不舒服。

空气是黏糊糊的。阳光是黏糊糊的。黑暗是黏糊糊的。身上是黏糊糊的。汗水是黏糊糊的。周围的一切物体全都黏糊糊的，世界挂了一层胶。连人们的思维和语言也变得黏糊糊的——

“谌容、叶楠、何士光等很多作家都去，你怎么能不去？”

无法辩驳的论据。一个有格调有意义有诱惑力有号召力有趣味的作家名单。朋友们都去，我怎可不去！我的朋友很多，老中青都有，倘若有人高升、有人出国、有人仙逝了呢？

“《天津文学》办的笔会，你是天津人不参加不合适！”

我是沧州人。从不敢冒充大直辖市的天津人。但目前端着天津作家协会的饭碗确是无可否认的现实。

最有分量的还是“不合适”这三个字。意味深长，怎么理解都可以。如今人们都格外敏感，想象力发达，为一件小事、一句不经意说出的话就可能得罪人，无端招致闲言碎语，飞短流长。正因如此，这些年来我绝少参加各种名目的笔会。

记得四年前，笔会之风刚兴。我怀着新鲜的激情赶到某省去参加一个笔会。文人们相聚，议论风生。两天后客气劲儿一过便熟不讲理，唧唧咕咕，亲的厚的，仨一群俩一伙。没有大事，无非是些饱暖之后的闲事闲话、激情的突然爆发、灵感的见景升华……传扬出去便走了样儿,闹成什么“新闻”、什么“事件”。本与我无关,无意中却成了旁观的“见证人”。夹在中间活受罪,说话要得罪人,不说话也要得罪另一方。于是从那时起便跟五花八门的馋人的笔会绝缘了。非是我怕什么,只是觉得无聊。想躲个清净。乐得站在圈子外面看着热热闹闹的文坛,岂不更有意味?

看来这次《天津文学》的笔会我是逃它不过了。

可我答应了大连的一位朋友(那里也是朋友),去采访即将动笔的中篇小说《满仙》的主人,顺便参加大洋公司成立七周年的庆祝会。我怎能失信?不要小瞧“七周年”——它虽然不是个了不起的数字,弹指一挥间嘛。但是,在这风起云涌的变革年代,一个企业家能干满七年,也不是一件容易的事情。理应庆贺一番。

“这好办,快马加鞭。你先去大连,由大连往大兴安岭赶。”

森林我见得不算少了。

“知道你见过南方的热带雨林。大兴安岭的森林跟那个不一样,保证不黏糊!”

这倒也是。为了摆脱这黏糊劲儿,我坚定不移地参加了大兴安岭森林笔会。并将记录我在森林里所见、所闻、所感、所想的笔记整理发表于此。大大方方地议论,决不“唧唧咕咕”。

1. 朝拜自然

温柔清新的海水挽留我,凉爽湿润的空气挽留我,使我从大连一登上北去的列车便开始发烧。我每年差不多都要得一次感冒,一感冒便免不得被无焰的暗火烧灼一番。每经过一次烧炼,筋骨就有了点资本,足可以抵挡一年的邪魔入侵。这次在旅途中发烧与其说是对大连的留恋,不如说是对大兴安岭的向往。

中国地图是一只脖子挺得很硬、尖嘴有力地向里弯起随时准备向前猛烈冲跃的雄鸡。大连就是鸡嘴,兴安岭则是它骄傲的金冠。火车突然变成了火箭,直立起来向高处爬去……

我睁开眼，窗外的地是平的，庄稼长得很好，绿得冒油、发黑，仿佛能生出烟雾来。火车像个巨大的爬虫，在庄稼梢上飞行，裹着一身绿烟。

我又闭上眼睛。欲睡睡不着，不睡又想睡。记忆和想象都格外活跃。我对在发烧时构思出来的小说总是比较满意，即所谓烧得说胡话嘛！

五十年代初有一首很流行的民歌："高高的兴安岭一片大森林。"我也很欣赏吕文科演唱的著名的歌曲《走上这高高的兴安岭》。兴安岭是个神话，是个很熟悉又全不了解的神秘的世界。"蓊郁尤甚，松桦蔽天，早不见日"，山鸡野鸟伸手拣，獐子狍子拿棒撵。鹿麝送上门，黑熊闯进院……

我带着一身在城市里沾上的现代工业的污染，没有焚香沐浴就贸然上岭，冲撞了兴安岭自然的灵气，理应发烧，先退退俗气。

迷迷糊糊、心驰神往地躺在想象中的兴安岭的怀抱里度过了十七个小时。趁在哈尔滨转车的机会到医院打了退烧针。晚上再登车西行，兴安岭已经遥遥在望了。不，"遥遥"两个字可以省去了。我仿佛看见了兴安岭黑森森的奇峰异峦，闻到了大自然的渺渺瑞气，听到了林涛的轰鸣，间或还夹杂着野兽的吼叫声。心急车慢，好像不是火车载着我前进，而是我的大脑拽着火车飞跑。在急切的盼望中又熬过了漫长的一夜和大半个白天，终于到达了"林海明珠——牙克石市"。

奇怪的是我没有见到"林海"。在火车上没有见到，在牙克石的远郊没有见到，在牙克石市内甚至连一棵像样儿的大树都没有。要知道这里是内蒙古森林管理局（现称牙克石林业管理局）的所在地，岂可无林？其绿化程度不如大连，比天津也好不了多少，灰秃秃阳光灿烂，空气干燥。街道宽阔整洁，一座座新建筑也很漂亮。忘掉"林海明珠"的旗号，应该说是一座蛮不错的北方小城。

尽管我一路上马不停蹄，还是比来参加森林笔会的其他作家晚到了两天。他们从贵阳、武汉、重庆、太原、长沙、北京等四面八方赶来朝拜大森林，可见兴之高、心之诚。当代人出国愿意去欧美等发达国家，在国内旅游则喜欢往人烟稀少的地方钻,希望看到还没有被现代文明破坏的原始的东西,寻找野趣,感受“野性的美”。

现代人越来越崇拜大自然。

焉知人类对大自然的掠夺和毁坏最早不是从崇拜开始?鄂伦春族最早的宗教是把熊当作图腾崇拜,称熊为“祖母”、“舅舅”。这并不妨碍他们猎熊。只是猎到熊以后要举行个仪式,抬回时要假哭,口中念念有词:“打死你绝不是故意的,是误杀,求你保佑。”但熊肉不能分,统一煮,共同吃。熊骨和熊头按照他们的风葬仪式安放在树上。同人死了以后一样,让其自然风干风化,回归自然。

我在整个森林笔会期间听到不少关于猎人和动物的传说,唯独没有见到一头活着的野兽。为了安慰我们,主人在原始森林的边上,立起啤酒瓶、罐头盒、木棒、石块,让我们放几枪过过瘾。歌曲里唱的“獐狍野鹿满山林,打也打不尽”,已经成为遥远的回忆,也许原本就是天真的想象。

我渐渐懂得为什么牙克石林业管理局周围没有森林了,凡是人多的地方林木就少。不仅在总局见不到森林,我们又坐了一天的火车来到基层林业局,仍然见不到森林。阿里河林业局的所在地也是鄂伦春自治旗的旗府所在地,正大兴土木,镇里主要街道上几乎看不到什么树木,尘土能没过鞋底。我深切地体验到现代工业文明对大自然构成的威胁。

内蒙古的大兴安岭在清朝以前是没有采伐工业的。清初曾有过四禁政策:禁止采伐森林,禁止开采矿山,禁止狩猎及捕鱼,禁止农耕及放牧。清末,随着东清铁路的修建,森林采伐工业开始兴起,首先是铁路两侧的森林很快被砍光了。当然,它也促进了社会生产力的发展。以后俄、日入侵,实行“剃光头”、“拔大毛”的掠夺性采伐,抢走了一千多万立方米的木材,使蔚然长林“渐成为濯濯矣”,受到严重的创伤!

解放后至一九八五年末,仅牙克石林管局就向国家提供商品材一亿零二十七万立方米。换成钱是二十八亿一千万元。人类从森林获取的经济效益是巨大的,但又付出了什么代价呢?

谁曾想过黄沙弥漫、土地龟裂、有山皆秃的黄土高原,以前也曾生长着茂密的森林?无非是“采伐无度,需要弥增,斧砍火烧,无日蔑有”的结果。

我国的沙漠从解放初的十亿亩增加到十九亿亩。水土流失面积从一百一十六万平方公里扩大为一百五十万平方公里,几乎占国土面积的六分之一。仅此一项每年国家损失土壤近五十亿吨,占全世界土壤流失量的五分之一。古谚讲“寸土寸金”。据测,大兴安岭的土层平均厚度为三十公分,土壤学家认为要形成一公分厚的土壤需要经过几百年的时间。大兴安岭的土壤尤其宝贵,在光、气、风、水的作用下,岩石逐渐风化,随着微生物和被子植物的腐烂慢慢形成了土壤。然而土壤损失起来是多么容易、多么不被人注意啊!

有的作家已经离家十天了,跋涉近万里,还没有见到森林。我们这个曾是多林的国家,现在的森林覆盖率只占世界的第一百六十六位。真是难见森林!莫怪人们说森林是“绿色的金子”,金子就是钱,一立方米木材可卖一百零二元。

我突然感到惶惑:人类真的征服自然了吗?真的做了大自然的主人吗?

文明人类面临两大威胁:战争和生态失去平衡。对前一种危险人们能够紧张地感觉到,有多少人意识到了后面这一种更大的危险呢?说到底,最可怕的还是人类自身。

2. 义 气 松

我终于看见了森林,看到了大兴安岭。

大兴安岭并不高。巍峨、雄峻、粗犷、奇绝……这些赞美大山的形容词均与它无缘。它充满女儿气质,灵秀,娇嫩,洁净,妩媚。我站在诺敏山庄的阳台上远眺,只见森林不见岭。这正是大兴安岭的迷人之处。它是林海中一个连一个的浑圆的波浪,绝不是露出水面的突兀峥嵘的褐色礁石。

连大兴安岭的早晨也都是绿的。田野一片青魆魆,云雾渺渺,轻飘漫散。

大兴安岭的颤音灌满我的双耳,森林的呼吸汇成强大的音流在空中嗡嗡震响。充满骚动的静谧,生气勃勃的文静。似乎在等待一个辉煌时刻的到来——

朝日如一枚巨型的松塔,在林梢上颠了两颠,霍然爆裂开来,金黄色的松子倾泻而下。霎时,把一片嫩绿的大兴安岭染成焦黄。

我们匆匆吃了早饭,就急不可耐地闯进大森林。

不,这里没有大森林。虽然森林的面积非常广大,有山皆绿。但没有大树——几个人抱不过来的大树。大兴安岭无霜期短,每年只有七十天到一百天,树木生长缓慢。这儿的"树王"每二十年才祝一次寿,也就是说二十年才算长了一岁。一棵长了二百年的树,我也能轻松地抱过来。但木质坚硬,耐腐蚀力很强。我在克一河林业局见到的大多是第二代或第三代林,树干的直径一般为二三十公分左右,笔直而细高,大都在二十米以上,有的高达三十五米。整齐,漂亮,令人赏心悦目,像一排排身着体操服的小姑娘。跟我所见过的阴森恐怖的热带雨林截然不同!

难怪人们把大兴安岭叫做"绿色聚宝盆",甚至要砸盆取宝。树太大了不一定有用,这里每一棵树都是好材料,都很值钱。

我发现一个怪现象:越是山岭的阴面森林长得越茂盛,一片深绿,郁郁蓊蓊。有些南坡阳光雨露充足,树木反倒是稀疏平常,呈浅绿色。此处森林茂密,就自成气候,相互挡风遮雨,棵棵树都长得挺拔粗壮。林木稀疏的地方,空间广阔,阳光无限,树木反而长得矮小变形。这真是大兴安岭的一绝!

我对这种落叶松产生了兴趣。

当地人管它叫"义气松"。主动住在阴坡,谦虚善良,缺少个性,喜欢过集体生活。成群团状就长得高大繁茂,一棵松则长不好,甚至会死掉。正因为它没有个性,身上没有刺儿,没有太多的枝丫如疤瘌溜秋的节子，二三十米高的树干溜直溜光。所以人们就格外喜欢它，做栋梁，打家具，当枕木，铺大桥，因而也最容易遭砍杀。

泰山松、黄山松，充分发展自己的个性，长得千姿百态，容貌可人。吸引了无数人去观赏，去瞻仰。被诗人赞美，被画家描摹，被印成彩照，被拍进电影，成为人间的宠物。倘有一条枝丫干枯也会成为一条新闻，人们会为它的安全大声疾呼。

我同情义气松，它的义气让我感动，也为它感到难受和不平。它之所以这样老实，也许是由于受过皇封："许你随风飘荡，不许就地生根！"

松子顶风飞八十米，顺风飞二百米。你的松子到我这儿来生根发芽，我的松子到你那儿去长大成材。就靠这股顽强的生命力，大家互相帮衬，互相扶持，砍不完，杀不绝，一代一代地活下来了。我忽然意识到义气松是有个性的，讲义气就是它的个性。没有缺点不一定没有个性，横生枝丫也不等于个性丰满。

义气松是大兴安岭的主要树种，是大兴安岭这块讲义气的土壤养育了它。它又是大兴安岭的骄傲。它那倔强的躯干是人类文明的脊骨，有这不倒的脊骨才有绵绵不绝的生命。

我对大兴安岭肃然起敬，感激它，愿意听凭它的主宰。也许唯有如此，才能获得大自然的谅解，在它的怀抱里得到自由与美。

我从来没有认真记住过一种树，一种花，一种草。今后却决不会忘记大兴安岭落叶松——义气松！

3. 柳兰姑娘

在林区土道的两侧，密密匝匝开着一种蓝幽幽的野花。蓝得纯净，蓝得透明，蓝得清雅，蓝得酣畅。给每一个踏进林区的人铺上柔软的蓝地毯，仰起笑脸，热情地欢迎我们这些不速之客。

当地人以民间传说中善良好客的姑娘的名字给它命名——柳兰。在数不清的野草野花中，唯有柳兰喜欢在路边道旁排队列阵，每朵小花都仿佛透着一股灵气。

在柳兰的队伍里每隔几步就有一株草莲，昂头挺胸地高出一大截，骄傲地举着金伞，仿佛是替柳兰遮阳。

昨天晚上我们到达克一河镇的时候，就有十几位身着红色迎宾服的姑娘在站台上列队迎候，这使我们深感不安。她们在克一河林业局局长樊久卿和党委书记聂文学的指挥下，把我们接回诺敏山庄（克一河林业局招待所）。这座现代化的小楼靠近河边，在镇子上显得很突出。里面的装饰也颇有一些豪华的气派，楼道和房间里铺着红地毯。二十四英寸的彩色电视机转播中央电视台的新闻节目只比北京慢零点三秒。卫生间里肥皂是绿色的，毛巾是绿色的，水磨石地面是绿色的。第二天我看完森林回来，感到洗脸池、水龙头、浴盆、墙壁、壁灯也都变成了绿色。

当我们走进餐厅的时候，再一次受到震颤。理智的和情感的。

酒筵已经摆好。茅台酒，大兴安岭著名的红豆酒、越橘酒、啤酒等在上菜的条案上排开。每张饭桌的中间放着一个大号的紫铜火锅，嗞嗞地冒着热气，四周放着一盘盘切好的生狍子肉。三伏天吃火锅在天津是不可想象的事情，这里早晚要穿毛衣，我想穿上棉大衣也不会感到热。从一踏进林区就难得再出汗，早就忘记在天津那种黏黏糊糊的滋味了。作家的想象力再丰富，也没有带够足以御寒的衣服，大家轮流着感冒发烧，没有生过病的人已经很少了。吃火锅涮狍子肉正可以好好出身透汗。还有增热大补的“葱爆狗肉”。主人报的菜名是“葱爆羊肉”，大概担心实话实说了会让挑肥拣瘦的作家们不敢问津。他们可能是受了“挂羊头卖狗肉”的启发。岂知现在的行情发生了变化，城里人难得吃上狗肉，狗肉比羊肉珍贵得多。会做买卖的人现在应该是“挂狗头卖羊肉”。再有一盘是“清炖飞龙”。飞龙是大兴安岭独有的珍禽，专吃树籽和草籽，不仅肉嫩而鲜美，且有极高的营养价值。自从慈禧爱上飞龙肉以后，它便成了昂贵的贡品。

刚才我们进门的时候看到台阶上趴着一头前腿被打断的狍子，浑身抽搐，毛茸茸的小脸，玻璃球似的眼珠，露出惊恐和悲苦的神情，惹人爱怜。如今我们兴高采烈地大嚼其肉,没有丝毫的愧疚和不安。我也曾慷慨激昂地表达过自己对生态平衡遭到严重破坏的忧虑。此刻面对满桌的山珍野味如果说不香,如果说我不想吃,那就是十足的虚伪。当樊局长告诉我们打猎队套住了一头熊瞎子,明天吃熊掌,我们差一点没欢呼出来。我甚至很想去看一看狗熊被套住以后是一副什么模样。

我心底充溢着感动、感激。对大自然的崇拜完全被对主人的真诚和热情的感谢所代替了。同时也有深深的惭愧和不安,那是因为想到我们这些人何德何能,到这儿来完全是给人家添麻烦的,有什么资格领受这样的感情?

樊久卿是个人物。通过几天的接触,我发现他身上有着当代成功的企业家所共有的某些气质:心活眼宽,善交往,有路数。外表随和内存精明。充满自信,有经验也有办法。能打开局面也能控制局面。

我欣赏他大规模造林的气魄。把每一块荒坡空地都承包给职工家属,“当年包造林,三年包成活,十年包成林,二十年包成材。”由局里统一提供造林机械。我看到高大的拖拉机一犁下去就翻出一条一米深的垄沟。

他的林业局也许不是最大的,但管理得确实漂亮。有一大片安装了自动喷灌设备的苗圃,嫩树苗像韭菜一样绿油油的。有一米高、三米高、五米高的幼林,有十米左右高的中幼林,也有大片的成林,老少几代。在他的管界难得找到一角荒地。叶楠称此为“绿色的希望”。

乍一听让人有点心酸,心寒。大兴安岭是我国最大的原始林区。我们把祖宗留下的大树快砍光了,种下一点小苗苗还说是“绿色的希望”。我们原本就是绿色,不是一个没见过森林的民族刚看见了一点“绿色的希望”! 不管怎么说,有希望总比彻底绝望和无望强。

我认为真正的希望是林区的觉醒,是樊久卿这样一批有远见的人掌了权。他们感悟到林之不存,人将焉附? 没有了森林还会有林业吗? 我忽发奇想,如果将克一河林业局承包给樊久卿又当如何呢?

几十年才能养成一棵树,自然林一百二十年后才可开采,人工林六十年才能开采。樊久卿已五十有一，再过几年一退休，换上的新局长又会怎样作为呢？有个林业局二十年换了二十届领导班子，谁上来都先抓钱，放它几个日产一万立方米木材的卫星，捞点资本拍拍屁股走人了。至于什么长远规划，什么森林的生态效益，才不去管它呢！

樊久卿把他的局由单一的采伐型改为多种经营型。他的木器厂用桦木的边角余料生产的地板条和野餐家具，新颖别致，销路极好，仅此一项每年就可获纯利近五十万元。

克一河林业局的人很富。我访问了几户林业工人的家庭，家家屋内的现代化设备着实令我惊奇。如果不是隔着玻璃窗抬眼就能望见森林，还以为走进了天津市一个有钱人的家中。每家都有一个长长的院子，大狗把门，院子里种着蔬菜，养着鸡、鸭、猪、羊。

尽管他们使用着现代化的家用电器，终究是远离大城市，受现代文明的污染较少，为人朴实可爱。很多林区姑娘看上去都有点像美丽善良的柳兰姑娘。她们不用化妆品，气色比城里浓妆艳抹的姑娘还好看。面色红润，谈吐含蓄文静，通身上下透着大自然所赋予她们的灵秀之气。她们是有文化的最年轻的一代林业工人。

我在白桦林里拜了一个小师傅。她用不到五分钟的时间就教会了我怎样使用油锯，让我自己背着油锯放倒了三棵由她做了记号的桦树。

下午，她又用一分钟的时间教会我驾驶美国造的高轱辘拖拉机。让我一个人开着拖拉机在不足五米宽的土道上来回奔跑。土道两旁是水沟，同伴们躲得远远的，手里捏了一把汗。翻进水沟摔伤了我倒没有关系，弄坏了人家的进口拖拉机可怎么交代？他们又不敢喊叫，怕惊了人、惊了车。只有我的师傅用温柔的信赖的目光鼓励我。她的笑仿佛有一股魔力，把她的灵气传给了我。我立刻变得聪明起来，什么事情一点就透，一学就会。

她是柳兰仙子。

第三天晚上，我们要告别克一河的时候，林业局的诸位领导和诺敏山庄身着盛装的姑娘们又把我们送到火车站。紧紧地握手，热烈地话别，一一握过，再握一次，不断地重复地握手告别。我忽然发现我的师傅，早就等在站台上为我们送行。她怎么知道我们是今天走呢？

我们被局里领导和招待所的服务员们包围着，簇拥着。她站在人群的后面，静静地含蓄地微笑着，用清亮的目光向我们告别。她换了一件新衣服，白地蓝花，把她衬托得越发清雅、挺秀。

我冲她扬起手，心里默默地为她祝福。

4. 绿色的历史

我们闯进了原始林区，拥抱着神秘的原始，尽情吸吮历史的乳汁……

这里有数人搂抱不过来的大树，至少生长了四五百年。枝干如铁，直捣青天。不知什么年代它被雷电咬过一口，一道几十米长的焦黑的伤疤，弯弯曲曲、飘飘忽忽，从头顶贯到脚跟。至今还像有一条恶龙缠绕其身！

恐怖而又壮观。难怪鄂伦春人供奉雷神——大凡看见雷电击烧的树木就远远绕开，免得自己得病发烧。

当初它是怎么挺住的？遭到雷击电劈硬是没有倒下，没有被撕成两半，不仅活下来了，而且活得强壮繁茂。

它就是一本书。

一个炭状的树墩，一排烧焦的树桩，留下了历代一次次大火的痕迹。纵然是原始的过去，也不能做到无影无踪。

从原始走向现代，在人们的生活中火是不可缺少的自然力。

孩子被火烫伤了手，母亲挥起猎刀愤怒地将火捣灭。她带着孩子离开了这个不吉祥的地方，却再也点不着火了。待她走投无路又返回原地的时候，看见被她砍灭的火堆又熊熊燃烧起来，旁边坐着一个老太婆，满脸刀伤血污。母亲惊恐地向火神下跪求饶，于是又得到了火种。

我真的感到大自然有一种后发制人的神威。

经过一次次山火的洗劫，森林没有灭亡。有大树没有老树，有古树没有枯树。高空为树冠所垄断，遮天蔽日。地面则为杂草、野花和数不清的灌木所霸占。踩一脚绵软柔松，如落陷阱。蒿草齐人高，红豆的植株匍匐于地结成网络，果实形如樱桃，红颜白颔，莹润闪光。杜斯枝蔓带刺，横钩竖挂。榛子、橡子、杜鹃、花楸等数不清的小乔小灌在树干之间织成网搭成墙，使人寸步难行。再加上蜘蛛结网乱上加乱，蚊子、牛虻趁火打劫，更增加了原始森林中的神秘气氛。

一开始我们声声相唤，彼此应答，以免走失。渐渐地相互看不见影儿也听不见声儿了。我头皮发紧，恐怖像赶不开的蚊子，轮番袭来。我感到自己是这样疲乏，这样弱小，这样愚昧和胆怯。我恨不得变成一棵树、一根草、一个动物，甚至是一种小昆虫，它们都比我有更大的自由。

一个现代人落入了原始的迷魂阵。

这森林连接着远古和今天。我感受到了世纪的更新、大地的变迁、历史的内涵无限的重复、人类的花样翻新的局限。我似乎懂得了什么是充实与贫乏，什么是神奇与渺小，什么是博大与简单，什么是终古长新与昙花一现……

我听到了枪声，它微弱得像文明社会的呻吟。我属于那个被污染的世界。在这个没有污染的天地里我不适应，感到恐惧，感到自己的浅薄与渺小。生死只是一瞬间的事情。现代惧怕原始，文明惧怕愚昧，先进惧怕落后，人类惧怕自然，无神论者遇到了神。历史也会鬼打墙。

我从现代文明走进了原始，领略了原始无与伦比的强大魅力：壮阔而单纯、粗暴而温柔、深沉而急躁、平静中藏着杀机、骚动中变化莫测。我循着枪声又从原始回到了现代文明社会。

轻风是凉爽的，空气是清香的。溪水清澈见底，喝一口清洌甘美。洗一把脸，头脑立刻清醒，让原始的尘垢、蚊虫叮咬的红肿尽付诸水流。唯有在林中的诸般感受沉淀下来，充实了我的灵魂，丰富了我的生命。

5. 我尊敬他们

不知是巧合还是管理局领导的有意安排，阿里河林业局的领导干部搭配跟克一河林业局差不多。局长孙振清跟樊久卿一样是个“经验型”的领导干部。虽然他们都几次到大学进修过，也一起成功地通过了国家对重点企业的厂长的考试，到底没有正式的大学文凭。他的党委书记王卫民同樊久卿的党委书记聂文学一样又都是“学者型”的干部。聂文学毕业于内蒙师大中文系，王卫民毕业于辽宁大学物理系。年龄都是四十七八岁。

一个“经验型”，一个“学者型”，配合起来很和谐。孙振清跟他的党委书记的关系令人羡慕。通过短短几天的接触，他们给我的印象既深刻又美好。最深的印象是老实。

王卫民以前是中学教员，没有权力欲，公正豁达。把行政权力全部给了局长，行政上的大事小事决不干涉。他自己满意的政绩是先改文山会海，扭转那种认为没有文件没有会议就没有工作的传统惰性。

孙振清五十二岁，头发却已经灰白，一脸忠厚。他从一九五二年来到林区，当过木材技术员和林场主任。他管的这一摊子比克一河林业局大，总面积四千五百平方公里，从南到北二百多公里长。基础却比克一河林业局差。“文化大革命”中干部靠边站，群众一窝蜂地砍树。阿里河北部的森林砍得差不多了，照此下去，再有十年南部也会砍光的。孙振清在“文化大革命”中被关了两年，一九八三年由副局长被提升为局长。他大概是阿里河林业局执政时间最长的一任局长，也许还是最有作为的一届领导班子。我几次采访他，他忧虑重重不肯多谈。

森林资源本来是再生资源，如果管理得好是不必担心会砍光的。阿里河森林的每年生长量是二十七万立方米，国家计划却要求砍伐五十万立方米。今天吃后天的，爷爷把重孙子的都吃了，能不让人忧虑？

砍了森林当原料卖，价格极其便宜。别的东西都涨价，就是木材不许涨价。同时国家又花高价从日本进口纸浆，我们的套子有点乱。

社会主义的优越性在于有计划，他们一九八六年的生产计划到一九八六年七月份才发下来。没有计划银行就不给钱，前七个月叫他们怎么干？计划又是指令性的，不执行不行，又是这般缓慢与呆板。可想而知,孙振清这个局长当得有多难!

卖木头的钱都被平调走了。管理局要吃大头,自治区要提成。上级代表国家嘛,应该找他要钱,他也应该给。都给完以后他手里所剩无几。育林造林没有钱,发展自己的多种经营没有钱……孙振清是个本分厚道的不敢出大格的干部。

老实人激动起来更为倔犟。有一次他问我:“你这个局外人说说,是森林值钱还是木头值钱?”

当然是森林值钱。有森林才有木头,森林茂密,长生不绝,木材才能源源不断。但森林所以值钱并不仅仅是因为它能变成木头,这甚至不是最主要的。森林的生态效益才是无可估量的——涵养水源。大兴安岭有大溪小河一千八百六十多条,有山必有沟,有沟就有水。水源总量为四百三十三亿立方米,每年夏天自林海蒸腾水分五十亿吨。森林是巨大的看不见的地下水库,有雨它能吞,无雨它能吐。“龙王安在?龙在林海!”除此之外,森林还可以保持水土、保护生物、屏障东北、供氧净化、调节气候。据测每公顷森林每日可吸收二氧化碳约一吨,放出新鲜氧气七百公斤左右,一年还可以吸收有害浮尘约三十六吨。像大兴安岭这样的林海,每天至少可以吸收二氧化碳六百万吨,吐出新鲜氧气四百万吨,堪称是个规模宏大的“制氧工厂”。

怎可把活林全部变成死木头,用火烧光?

“可我们有些头头居然认为森林不值钱,砍倒了变成木头才值钱!”孙振清动了感情。从上面我记下的一个个数据也可以看出他的林业知识多么扎实,对森林的感情多么深厚。

一个爱森林的人当林业局局长,是森林之大幸!

我还访问了其他一些有趣的人物。

鄂伦春自治旗的旗委书记塞革,只有三十七岁。能歌善舞,在酒席筵上可以现编现唱。我们离开阿里河的前一天晚上,塞革以自治旗的名义举行送别宴会,什么犴呀、鹿呀、鸡呀、荷兰猪呀摆了一桌子。酒后辛一夫挥毫题字,塞革要求赠给他三个大字:“盼千金”!他有两个儿子,想要一个女儿。联欢晚会一开始,他把我塞给一个鄂伦春大嫂。

她是自治旗检察院的一个什么负责干部，一下子把我镇住了。我从一九五八年就开始学跳交际舞，始终培养不起兴趣，一直没有学会。那天晚上在检察院大嫂的连哄带吓唬下，到后半截已经能轻松自如地踩上节奏了。看来跳舞并不难，关键在能不能豁出去。正所谓："脸皮厚，踩节奏。"

克一河有位能干的林场主任，他认为"跳舞是搞流氓活动的准备动作"。虽然是在深山老林，年轻人跳舞的潮流也不可阻挡。他就想出一个办法，每有舞会必到，让女青年在台上跳，男青年在台下跳，谁也不许碰谁。他搬把椅子，往中间的"楚河汉界"处一坐，直至终场。

有人说他是"老正统"。但"正统"得可爱。他看见儿子向支部书记交了一份入党申请书，回到家气得吃不下饭，摔盆打碗，吹胡子瞪眼。老伴儿以为林场出了什么大事故，再三追问，他才说出实情："就凭他那德性还想入党？他把我们党看成什么啦！"

看来他跟儿子之间的代沟如诺敏河水一样回旋湍急。

还有：

阿里河林业局的工会主席老王，当测量队长时曾和熊瞎子遭遇过一次，用斧子砍掉了熊瞎子的一只耳朵。自那次大难不死之后，每天早晨起来在林区大道上跑七公里。

那位爱喝酒，喝多了就用手枪逼着朋友往下灌，不全部躺倒不许散席的副局长，"武斗"风盛行之际，他带着一匹马一杆枪，躲进原始森林，当了八个月的原始猎人，才免于一死。

那位退居二线以后就自称是"改革的处理品"的鄂伦春大娘，要求我们采用"一帮一"的办法带几个鄂伦春族的业余作者。

那些不知名的每天往我们的房间里偷偷送西瓜、送三五牌香烟、送糖果的人。那些争着抢着要为我们洗衣服、替我们打洗脸水的人。

我开始重新认识什么是现代意识，什么是人的价值，什么才是最可宝贵的。

我们的社会并不缺少真情，并不缺少温暖，也不缺少理解。就看你怎样对待社会，怎样对待人。

感动之余，我觉得大森林清洗了我们身上的某些污染。

6.“林彪”受到的欢迎

在我们这个规模颇为可观的作家采访团里，所到各处最受欢迎的应该说是许瑞生。

他不是单一的作家，比作家还多一手(或许多好几手)。曾毕业于解放军艺术学院表演系，在轰动一时的话剧《九·一三事件》中扮演林彪，演出一百多场。以后当然就把主要精力下在写作上了。

牙克石市的李市长在酒席筵上主动为大家唱歌助兴。管理局的局长们也即兴表演了节目。轮到作家们却都推三阻四。大家刚聚到一起还不太熟悉，但也暴露了作家们的弱点：有的拉不开脸，没有勇气“献丑”；有的自尊心太强，知道自己的嗓子跟脖子一样粗，难登大雅之堂；有的心里想唱却要拿点小架子，不经大家三请四邀不会起身。场面有点尴尬。有人把许瑞生推了出来，看他脾气随和，即便不会表演节目，也不至于着急生气。

他不拿捏，不表白，没说一个废字，脸冲墙稳定了一下情绪。再转过脸来神情全变了，从里到外换了一个人。嘴里发出一种久违了的、让大家感到有几分熟悉又有几分陌生的声音。

“治感冒我有两条办法。一是保持恒温，二十七度；二哪，就是不洗澡。那个水——金木水火土中的水，属于寒性，寒气顺着毛孔进入内脏，和火相矛盾就生感冒。所以呀，我从一九五二年以后就不洗澡，一九五六年以后就不洗脸。我劝你们大家不洗，不洗，不洗！”

“林彪，是林彪！”

大家哄然大笑。真诚地不是单纯出于礼貌地热烈鼓掌，要求他来了一段又一段。不知是剧本里原有的台词儿，还是他即兴瞎编的，嘴不打结儿地尽量让大家满意。

我佩服他的演技，一瞬间仿佛从骨子里就变成了林彪。

许瑞生成了红人。不仅主人喜欢他，同伴们也喜欢他。他能唱、能跳、能拉手风琴。想学跳舞的女作家都愿意跟他跳,有他做舞伴好像一学就会。

更重要的是他精明而又宽厚,不出风头,凡事不争不抢。你叫他讲课就讲课,你叫他发言就发言,工作人员分配给他住什么房子他都不会有意见。能容人,能合人,没有任何是非。多才多艺却又没有架子,无论什么时间、什么场合,只要有人请他来个节目,他从不拒绝,当场来彩。难怪基层林业局的那些头头们,照相时喜欢跟他站在一起,告别时跟他难舍难分。像孙振清那样老实严肃的人也跟许瑞生开玩笑,一口一个"林彪"地称呼他。连医院的院长也非要拉他到家做客不可……

我羡慕许瑞生。甚至妒忌他。在这个作家代表团里我跟他的地位正相反,扮演了一个最倒霉的角色。吃饭的时候我必须跟头头们坐在一桌,欢迎宴会我要致答词,告别宴会我要说一番感谢的话。任何场合都要团结紧张,严肃认真。说不得说,笑不得笑,吃不得吃。每到一地还得要至少给人家作一场报告。有时主人发的通知是正科级以上的干部才能入场听我的报告,我不得不认真准备。而别人这时候都去逛大街,采购土特产品,或者躺在房子里看电视,聊大天。

我在扮演一个"团长"的角色,那不是我。我盼望在笔会结束的时候能有个机会找回自己。

在笔会的最后一站满洲里,我等到了这样的机会。

我们搞了一个隆重的答谢酒会。我"站好最后一班岗",向牙克石林管局和呼伦贝尔盟的领导和朋友们发表了一通真挚热烈的感谢的话。也由衷地感谢来参加这次笔会的各路作家的高风亮节——叶楠这位采访团里唯一的军级作家的平易。谌容的大度。何士光的温文尔雅及大难不死的齐天洪福。成一的大智若愚。方方的机智活泼。蒋子丹堪称一绝的迪斯科舞。黄济人的勇敢的歌喉。冯苓植的谨慎随和。敖斯尔的黑色幽默。邓刚的绝顶聪明,他走一路讲一路笑话,就是怕开联欢会,每有舞会便身着短裤躲在房间里假装拉肚子。是他们使得这笔会自始至终生动活泼,深刻丰富,轻松和谐。大家没有一点别扭,没有一点不愉快。文人相聚,而且是个五六十人的大代表团,相处得如此圆满,真是难得,难得!

酒会一散,我这个"团长"便卸任了。轻松愉快、信心十足地走进了二楼的舞厅。我是在歌舞之乡——鄂伦春自治旗学会的跳舞,还在乎这些汉族兄弟吗?

我一个挨一个地请女作家们跳舞,一下子把她们唬住了。

方方还有点不信任:"你会吗?"

我毫不含糊地命令她:"跟着我的步子,没错!"

后来乐队奏起了狂烈的迪斯科舞曲。这也难不住我,鹤翔桩、太极拳一块上,只要跟上音乐的旋律就行。

舞厅的气氛达到了高潮,乐队突然奏起了《鄂尔多斯舞曲》。合该我出风头,我恰恰会跳这个舞,一个高身材的蒙古族姑娘跳进场子跟我凑热闹,一下子把不会跳蒙古舞的汉族兄弟们给镇住了。

几百人跳着疯狂的舞步"开起了火车",舞会进入了狂热的尾声。呼伦贝尔盟宣传部的宝音部长担心楼板被跳塌,指挥乐队在一个高音符上戛然而止!

有人悄悄说:"子龙疯了!"

我听了甚感悲哀。当我放松一下扮演自己的时候,他们说我疯了。当我失去自己的时候,他们反而认为是正常的。

不管怎么说,笔会在一个高音符号上、在一片近乎疯狂的热烈气氛中画个句号,大家满意,我也满意。

回到房间谁也不想睡觉,又聚到一间大屋子里聊到清晨两点多钟。

难忘的森林之行,留下了许多珍贵的记忆。

1986年10月12日整理

五台山车祸

一九八七年的夏天，山西省作家协会组织“黄河文学笔会”，三十多位作家云集太原，乘一辆大轿车直发五台山。车一开起来响声颇大，摇荡感强烈，且椅背上没有扶手，人被颠起来没地方抓，无法固定身体，只能随着车厢的摆动摇来荡去。我的脑子里立即闪过一个念头：这个车跑山道保险吗？遇有紧急刹车抓哪儿呢？我看到前面的椅背高而窄，两个椅背之间缝隙很大，心想遇到特殊情况就抱紧前面的椅子背。天地良心，当时就只是脑子胡乱走了那么一点神儿，对这次出行并无不祥之感，更不会想到后来真会出车祸。

大家一路上说说笑笑，兴致很高，到下午就轻轻松松地上了五台山，迫不及待地去参观寺院，作家们忽然异常活跃起来，一时间叽叽嘎嘎，高声喧闹，在肃静的庙堂里颇为招摇。傍晚，僧人们聚集到一个大殿里做法事。由于天热，抑或就是为了让俗人观摩，大殿门窗大开。难得赶上这样的机会，游客们都站在外面静静地看，静静地听。忽然又有人指指画画起来，自然还是参加笔会的人，他们发现一位尼姑相貌俊美，便无所顾忌地议论和评点起来，这难免搅扰大殿里庄严的法事活动。后来那尼姑不知是受不了这种指指点点，还是为了不影响法事进行，竟只身退出大殿，急匆匆跑到后面去了。

就这样，文人们无拘无束地度过了色彩丰富的“黄河笔会”的头一天。第二天，气候阴沉，山峦草木间水汽弥漫。笔会安排的第一个活动是参观“佛母洞”，大轿车载着所有参加笔会的人爬上了一座不算太高的山峰，山顶有个很小的洞口，据说谁若能钻进去再出来，就像被佛母再造，获得了新生。因此也就具备了大德大量大智慧，百病皆消。一位知名的评论家首先钻了进去，不巧这时候下起了小雨，如烟如雾，随风乱飘，隐没了四野的群峰，打湿了地面的泥土，人们或许担心会弄脏衣服，便不再钻洞。评论家可能在洞里感到孤单，就向洞外喊话，极力怂恿人们再往里钻，于是就信口开河：我真的看到了佛母的心肝五脏……上海一位评论家在洞外问：你怎知那就是佛母的心肝？他说：跟人的一个样。上海人又问：你见过人的心肝五脏吗？他说：我没见过人的还没见过猪的嘛！

任他怎样鼓动，也没有人再往洞里钻，他只好又钻了出来，领队见时间已到就让大家上车，奔下一个景点。别看大家对登山钻洞积极性不高，一坐进汽车精神头立刻就上来了，文人们喜欢聊天，似乎借笔会看风景是次要的，大家聚在一起聊个昏天黑地一逞口舌之快，才是最过瘾的。车厢里如同开了锅，分成几个小区域，各有自己谈笑的中心话题，每个人都想把自己的话清晰地送进别人的耳朵，在闹哄哄的车厢里就得提高音量，大家都努力在提高音量，结果想听清谁的话都很困难，车内嗡嗡山响，车外叽里咣当……忽然，车厢里安静下来，静得像没有一个人！

震耳欲聋的声响是汽车自身发出来的，轰轰隆隆，稀里哗啦……由于车闸失灵，手闸拉断，失控的大轿车头朝下如飞机俯冲一般向山下飞掠，车厢剧烈摇荡，座位像散了架，我觉得自己的身体有了悬空的感觉，心里却是一片死样的沉静。车上没有一个人出声，不是因为恐惧，实际也来不及恐惧，来不及紧张，脑子像短路一样失去了思维。大轿车突然发出了更猛烈的撞击声，然后就是一阵接一阵的稀里哗啦，我感到自己真的变成一个圆的东西，在摇滚器里被抛扔，被摔打，最后静下来了……人和车都没有动静了，山野一片死寂！

隔了许久，也许只是短短的几秒钟，打破死寂第一个发出声响的是司机的儿子，他先是哭，跟着就骂他爸爸。这时候我也知道自己还活着，脑袋和四肢都在，并无疼痛感，这说明没有事。而且双手还在紧紧地抱着前面的椅背，我完全不记得是在什么时候完成了这样一个搂抱自救的动作？我再回想刚才车祸发生时的感受，还是一片空白，什么感觉都找不到，由此可见影视作品在表现车祸发生时让人们大呼小叫、哭喊一片，是不真实的，只证明创作人员没有经历过车祸。车祸使大家感到每个人的生不再是个体，死也不再是个体，这时候车厢内有了响动，有人满脸是血，一位女编辑前额翻着一道大口子，有人还在昏迷，不知是死是活……但没有人哭叫咒骂、哼哼唧唧。这时我才看清刚才发生了什么事情：大客车翻倒在左侧的山沟里，幸好山沟不深，但汽车也报废了，车内车外都成了一堆烂铁。钢铁制造的汽车摔成了一堆破烂，我们这些由碳水化合物组成的肉体竟绝大多数完好无损，这不能不说是个奇迹。

刚才在山上曾钻进“佛母洞”的那位评论家，没有伤到别处却唯独撞伤了嘴巴，肿得老高，让人一下子联想到猪的长嘴，显得异常滑稽好笑，却没有一个人笑得出来，直觉得毛骨悚然。有看热闹的人开始向车祸现场聚拢，他们先看到被摔烂了的汽车，问的第一句话是：还有活着的吗？其实我们都在道边站着哪。有人见这么大的车祸竟没有死人，触景生情开始大发别的感慨：去年有三十多个北京的万元户(那时候在人们的眼里万元户就是富翁了)，集体来游览五台山，在另一个山道上也出了车祸，全部遇难，没留下一个活的。看来五台山喜欢惩罚名利场中人！其实这也许只是俗人的想法，在佛眼里众生平等，分什么名利高低。如果世间有个名利场，那非名利场中又是些什么人呢？现代人无不生活在市场经济的竞争之中，难道都该受到惩罚？

“黄河笔会”很难再继续下去了，我们换了新的大客车，直奔大同，并安排大同第一人民医院给每个人做详细检查。笔会组织者要我给大同的文学爱好者和一部分机关干部讲课，我们给大同添了很多麻烦，主人的这个要求不能拒绝。实际上讲课就是给笔会换饭票，人家这么抬举你，无论如何都不能推托。主人领我先去透视，然后就上了台，待到傍晚讲完课回到住处，所有参加笔会的人都用一种古怪的似同情似疑惑的眼光盯着我看，原来所有人检查完内脏和骨头都没有事，个别人血流满面也只是皮肉伤，缝合几针就解决问题了，独我，“右边第九根肋骨轻微骨折”！说也怪，从接过诊断书的那一刻起，我感到右侧的肋条真的有点疼。主人已经为我们买好了当晚回北京的火车票，第二天上午九点多钟，一辆早就准备好的小车等在北京站台，拉上我就往天津跑。天津的朋友圈里已经轰动，碰上这种事大家都喜欢尽情地发挥想象力，五台山上的车祸还能小得了吗？说是肋条断了，那是怕家里人着急，实际还不知怎么样了……将近中午我回到天津，作协的人不让我进家先去骨科医院检查，结果是：“未见骨折”。

这就有点意思了，此后的两天我又跑了四家医院，两家说是骨折，两家说没有骨折，正好是一半对一半。这太怪异了，完全没有道理……或许这是一种警示，想告诉我点什么？世间能说出的道理都是有局限的、狭隘的。唯有讲不出的道理，才是最庞大最广阔的，没有道理就是最大的道理。我仔细回想那场车祸，事故发生后曾觉得人离死很近，生命极其脆弱，灾难会在你没有感觉的时候突然降临，喉管里的这口气说断就断。随着人们渐渐地缓过劲来，健康地将车祸看成了一次惊险而富有刺激的经历，又会觉得人离死很远，出了那么大的车祸都没有死一个人，可见死也不是一件容易的事情。

这时一位高人得到消息打电话安慰我说：你的肋骨没有骨折，不信就立刻下楼跑十圈，没有一个断了肋骨的人能够跑得起来。这不过是五台山跟你们开了个玩笑，佛不怪人人自怪，要谨防自己的心啊！我放下电话就下楼，围着住宅楼跑了十圈，刚开始感到右肋有些不自在，渐渐地就浑身发热，酣畅淋漓起来。从此便不再理会“第九根肋条”，它也就真的没有再给我添麻烦，却至今无法淡忘那次车祸。不幸是伟大的教师，祸福相贯，生死为邻，“祸必以罪降，福必以善来”。守住心先要守住嘴，对自己不了解的东西不可妄加评断。人很难不被生死祸福累其心，渐渐地我觉得对世间诸多人和事的看法改变了许多，心境越来越平和，有时竟感到活出了一份轻松和舒缓。故此要感谢五台山，感谢那次车祸。

1988年7月2日

文化泰山

近三十年里，我三上泰山。每次的感受都不同。

第一次是在“文化大革命”前夕，我刚二十岁出头，和一同事公差路过泰安。只有多半天的时间，不登泰山觉得既对不住五岳之尊，也对不住自己。仗着年轻气盛，便出岱庙，从东路上山了。

什么山中风光，历史遗迹，文化景观，全来不及细看深想。脑子里老惦记着必须在天黑前赶回泰安县招待所。看不看都算来过泰山了，重要的不是想学点什么，而是想经历一下。能“到此一游”就足矣。游，就是走，快走，看和想是次要的。

下午两点多钟我们登上了山顶。吃了点东西，把山顶的主要景点草草看完，就急忙从西路下山。虽然紧赶慢赶，回到招待所已经是晚上八点多钟了。没吃没喝，倒头便睡。

第二天几乎起不来了，浑身酸痛，双腿尤甚。每一抬脚动步，就会情不自禁地龇牙咧嘴皱眉头。上公共汽车已相当困难，需鼓起余勇，双手用力抓住扶手，咬牙闭气，连提带拉，才能把两条腿弄进车厢。

总算明白了人们为什么把上山叫做“爬山”，上山明明用脚不用手，爬从何来？

上山确实是连滚带爬。即使你上山逞能，没有爬，下山后也要补上这“连滚带爬”的一课。泰山太厉害了！或者一开始就做爬的准备，慢慢悠悠，说不定倒会省却了“连滚带爬”。

不可轻易登泰山。想要登泰山，就得做好充足的准备，有充裕的时间，有闲情逸致或朝拜的虔诚。不可以捎带脚即兴式地登泰山。

第二次登泰山是一九八四年，汽车把我们送到汽车能够到达的地方，这就省去了好多路。我已提前做好了准备。带足了路上吃的喝的，时间充裕，可慢慢地游山玩水。

这次登山可以叫做“读泰山”。这一“读”不得了，果真被泰山的文化镇住了。第一次爬泰山征服了我的皮肉，这一次要征服我的思想。

泰山上有一千三百多处石刻，每一幅石刻既是书法妙品，又是文学佳作。文字的结构和所表达的意境，与风景、历史文物、游人心境极为和谐、贴切，和泰山精神、泰山气象融为一体。

非一人之力、一时之功，乃中华民族数千年的文明养育了泰山。历代帝王将相、才子墨客、黎民百姓，都以朝拜泰山为荣，同时又把自己的才华和思想留给了泰山。

泰山是中国首屈一指的文化大山。

同时它也是一座历史巨碑。

每个历史时代都在泰山刻下印记，自秦汉以来集千年历史文物于一身，是历史雕琢了它。历代帝王都把泰山当做社稷倚重之地，把泰山的阳刚之美和国家社稷联系起来。

泰山由一个古文明的发源地，渐渐成了中国古老文化的象征。

游泰山如读史——一点不假。

好学者上泰山，可以视为上泰山大学。

第三次登泰山是一九九二年，汽车把我们送到中天门，然后坐吊车直达南天门。这不叫登山，更不叫爬山，而是飞上山。大半个泰山在脚下一掠而过，登山的过程省去了，许多文化景观看不到了，只剩下最后的目的。这目的实现得很容易，因而感觉和前两次不相同。

那种通过艰难达到的辉煌减弱了，渐入佳境后的神圣感也减弱了。

但是，我可以冷静地思索一下泰山现象。甚至有精力有时间绕到泰山背后看看泰山，如同到伟人的后院里仔细观瞧伟人，到后台的化妆室看看卸了装的演员——

泰山的北面很不规则，松树和杂树齐生，野草过膝，有野趣但无惊人的景致。我们幻想着在这里发生过什么样的凶杀案、殉情案……

一个山的两面竟如此截然不同。

泰山是中国文化的圣殿，北面是圣殿的后墙。进了圣殿，它是十全十美的，无论过去的皇帝，还是现代的百姓，无人敢对泰山“牙迸半个不字”。

这正是泰山独一无二的文化现象。

中国再没有第二处文化景观能够像泰山这样从来没有被打倒过，从来没有人敢对它说坏话，只说好话。即便在砸烂一切的“文化大革命”中，“打倒孔孟之道”、“砸烂封、资、修”，否定一切宗教，在代表“文化大革命”文化的“样板戏”中，仍然高唱：“要学那泰山顶上一青松”……

泰山辟邪，“泰山石敢当”。

连古代的帝王，如宋真宗赵恒，皇帝没当好，和辽国订了屈辱的“澶渊之盟”，登泰山就心里有鬼，感到愧对列祖列宗。武则天想当皇帝，先要取得谒拜泰山的资格，也就是必须先获得泰山的承认。

泰山成了中国一尊最大的神，高于一切，“泰山安则四海皆安”。

经得住看的山很多，经得住读、经得住写、经得住说的山，当推泰山第一。有的山也许比泰山更好看，却绝没有泰山这样的威仪，这样的尊贵，这样的至高无上。

人们为泰山写的文章最多，作的颂诗最多，说的好话最多，无论把泰山说得多么好，泰山都能泰然受之，且没有副作用。它既不“得意忘形”，又不“故作谦卑”。

在泰山的文化里有强大的自尊和博大的自信，只说自己如何好，决不说别的山如何不好。因此它这个“天下第一名山”当得很容易，当得很稳当——“稳如泰山”。

有的山，如黄山，改革开放后名声大噪，就有点沉不住气，曾传出这样的话：“黄山归来不看岳”——这就是向五岳挑战，蔑视五岳。很快就传出了许多说黄山的坏话：黄山没有文化，不要说历史文物，连幅像样子的石刻也没有，最好的一处石刻是“江山如此多娇”。吃饭如民兵野营拉练。住木板房,夜里冻个半死。坐吊车要排几个小时的队。迎客松快死了……总之,谁进了黄山都可以毫无顾忌地指指点点,说三道四。

黄山就深刻感到做名山难。有一点让人家感到不满意,就会说你名不副实,提出一大堆意见。

泰山不只是做名山的榜样,也是做人的榜样。人们不是喜欢抱怨:做人难、做名人难、做名女人更难、做名女人的丈夫或名丈夫的女人更更难吗?想想泰山,学学泰山,也许会不无受益。

"重如泰山"——所有的人见了你,都像见了"老泰山"一样,恭恭敬敬,规规矩矩。

泰山有看得见的一部分,还有一大部分是看不见的,合在一起构成了神秘的泰山文化现象。

世间万物,太老的东西就容易腐朽,就容易落后,甚至容易被淘汰。唯独泰山,三千万年了,越老越吃香,越现代,越能走向世界!

谁敢"有眼不识泰山"!

1991年5月9日

水中的面孔

凡人即烦人，因而向往天堂。凡人太多使天堂般的杭州变成了一座繁城，燥热难挨，拥挤不堪，可见凡人多了惹人烦。

据说每当进入旅游季节（游玩天堂难道还分季节吗？），杭州市每天都要增加一百多万流动人口，到处都拥挤着旅游者。天堂人并不烦，甚至还生出一种自豪感。能不烦，就是不凡。

好几位杭州人见面后喜欢这样问我：

"你这是第几次来杭州了？"

"头一次。"

"头一次？"

他们像看一个外星人一样盯着我，有不解，有气愤。我被看得被问得不好意思起来，以前居然没有来过杭州，太对不住"人间天堂"了！

我不愿意凑热闹，这次还是因工作被同事硬拖了来，结果还是凑了热闹。几年前曾去过"上有天堂，下有苏杭"的苏州，觉得还是不要轻易到天堂旅游，更不可三番五次进天堂。天堂是供凡人向往的，不是真要进去的。没有去过的或去不了的地方，才最富诱惑力，最能激发你的想象。

天堂进去容易离开难。原因很简单：买不到火车票。天堂也受凡人俗事的困扰。我们想离开天堂的心情比当初奔向天堂的心情更为迫切。有人建议，利用被困的这些天时间去游千岛湖。刚看过西湖，还有兴趣看别的湖吗？浙江难道还有比天堂更好的地方？

车出杭州市沿富春江往上游而行。离天堂越远，离大自然越近，越走感觉越清新，空气越凉爽。车过建德，山越发清幽，面包车里不甘寂寞的旅游者，突然都安静下来，被窗外的景色吸引，也被景色镇住。情由景生，进入一种什么境界，便生出一种感觉，眼为之迷离，应接不暇，心便立刻清静下来。

公路进入青山幽谷的深处，少见人迹，仿佛远离了尘嚣。想不到就在这野美难描、野趣怡人的群山腹地，神话般地出现了一座乳白色的现代建筑，式样新奇，透出一种优雅的豪华。前拥翠湖，后依青山，远收黛绿，近挹清香。这就是千岛湖宾馆。

四周再无其他人烟。野花、野草、绿树、翠竹都保护得极好，看不出一丝现代文明的破坏和污染的痕迹。像是一个奇迹，这样一座大宾馆当初是怎么建设起来的？莫非是在别处建好了，整个地从空中吊装到这个地方？

更神秘的还是千岛湖，它的魅力使我们迫不及待地要全身心地投入，要了解它，要仔细欣赏它，同行者中有的年长七十多岁，有的脊椎有病，却没有一个人叫累。千岛湖有一股魔力，让看到它的人无法再把眼睛移开，却又看不透它。

满眼都是绿，我在楼上餐厅找了个临窗的位子用午饭，眼睛却盯着窗外的湖光山色；贪婪地吞吃这少见的绿，也被绿吞吃。一千多个被树木修饰得轮廓浑圆的绿岛，坐落在六百多平方公里的绿色湖面上，绿挡着绿，绿藏着绿，纵使手里有一架高倍望远镜，也看不清这绿，也看不尽这绿。

但，千岛湖绿得并不糊涂。远处的野岛墨绿，中间的岛屿深绿，眼前的小岛翠绿。一望无际的湖水也绿得富有层次，远处绿得深邃，每个岛子的四周湖面绿得浑厚，岛子的倒影够不到的地方，湖水绿得清碧明澈。绿莹莹，绿晶晶，绿荡荡，绿森森，深碧托着浅翠，近青衬着远黛。绿得纯粹，绿得高洁，绿得神秘而又真实。一切都是那么滋润，那么亮丽，纤尘不染，使人俗虑皆消，心脾皆清。

午饭吃的什么不记得，只记得有滋有味，饭后立即登舟游湖。未见千岛湖不想千岛湖，看到千岛湖却不知足了，站到湖边想进入湖心，进入湖心想看遍全湖——这是不可能的，至少这一次不行。乘船顺着千岛湖岸兜一圈儿，需要一周的时间。湖中一千多个野岛，从不同的角度看，景色不同，情趣不同。即便角度不变，随着阴晴变化，风云游动，岚风隐现，湖中的景观无时无刻不在变化。千岛湖可谓千面湖，怎么可能看全、看够、看透呢？

微风轻推，湖面摇出片片细浪碎波，像抖动绿色的绸缎。湖水极其澄澈，人眼却不能见底。明明是纯净透明的，努力看下去，三五米以下便是明而不透了。水太深了，平均六十多米，最深处可达百米。透明而又深博，就更有魅力，真人世间的佳境。

游艇或者在岛屿穿巡，或者在大片的湖面上飞掠，像一匹马在广阔的草原上奔跑，时疾时缓，时东时西，完全随心所欲。无论怎样折腾，也挣不脱绿的包容、绿的掩映、绿的诱惑。导游小姐只讲解千岛湖真实的历史和现状，没有矫揉造作的渲染，没有千篇一律的传说，更不像许多风景胜地那样，处处都有典故，角角落落都留下文人骚客的污染，一木一石都穿凿附会出一篇所谓佳话，尽管不乏警句妙联，但更多的是雕琢，浅俗。千岛湖不需要这些，它的美震慑了语言，显露出现有语言的苍白和无力，它美得没有规范，没有局限，没有标准，纵擒由己。或者说它创造了一种全新的美的标准。

不需要别人的解说，每个人都对千岛湖有自己的理解、自己的感受。“小景可以入画，大景可以入神”，千岛湖能够移情改性。不论怀着怎样恶劣、沮丧的心情，投身到它的怀抱，满身心就只有它。它能给你一种纯朴的兴奋，一种青春的激情，还有一种如醉如痴的恍惚，恍惚了自己，朦胧了他人，存在不是荒唐，生命更不是负担，世界变得单纯洁美了。

十万亩水面上仿佛只有我们一条游艇——我知道这是不可能的。千岛湖是“超级旅游热点”，游人不会少。只是由于水域太大，岛屿太多，游人对于它如同大海藏鱼。至清至静便成了千岛湖得天独厚的特色。人亲近人，人也怕人，人也烦人。人们习惯了人山人海，进入这景好人少的妙境，自然会重重地透一口气，生出一份轻松、一份快乐、一份率真。

千岛之中只开发了桂花、天池两个岛,可供人游览。我猜得不错,登上这两个岛果然有许多游客,看每个景点都须排队,缓缓而行。其余的野岛,游人无法登攀。草深林密,有毒蛇、野猪、鹿、獐、狍等野生动物,是千岛湖保护了它们。原来这一千零七十八个岛屿,在三十多年前是一片群山的峰峦,筑成新安江水库大坝以后,积水百米,淹群山变为千岛。岛靠水连,人迹难到,没有污染,没有破坏,树木得到保护,动物存活下来。

眨眼我们在湖上已荡了三个多小时,应该说是尽兴而返。游艇靠上宾馆的码头,我突然觉得兴致不仅未尽,反而更高了,很不情愿就这样离开千岛湖的水面。便邀了两个年轻人,找宾馆借了一条刚好能容下三条汉子的小船,一人一根桨,划向一个未知的水域,想闯一个野岛。

自己划桨,离水更近了,生出一种亲切,用手脚戏水,清凉润心。驾小舟如坐水面,欣赏千岛湖又是一番滋味。湖水滚珠,绿岛层叠,云团氤氲,在岛湖一色的万绿之中,嫩紫艳黄的野花杂染其间,映波成彩。

我们奋力靠近一个小岛,跳下去先将小船系好。然而要想进岛却不容易,岂但是没有路简直就没有一条能让一个人钻进去的缝隙。大树中树小树,老竹青竹嫩竹,横七竖八的灌木东拉西扯的藤萝,密如蛛网的长蔓植物,结成了铜墙铁壁,这铜墙铁壁的后面说不定还埋伏着毒蛇猛兽……够刺激,太有味道了!既然已经来了就不能叶公好龙,无功而返。

倏忽间湖天转为幽暗,头上乌云惊惧,团团块块,流滚布阵,与千岛湖相对应,仿佛天上也有一个千岛湖,叹为奇观。可惜我们手中没有披荆斩棘的工具,只能徒手开路,折藤断竹,用木棍拨打荒草野蔓,划破了手臂,脸上缠满蜘蛛丝,黏糊糊皮肤又紧又痒。我们忘情地欢叫着,厮打着,上面用手折,下面用脚踩,折腾得大汗淋漓,衣服都不成样子了,才前进了十几米。

千岛湖仿佛是给三个大胆闯入者助兴，让我们淋漓尽致地玩儿个痛快，感受湖中的各种境界，先是噼噼啪啪，继而哗哗响成一片，天上那个千岛湖放水了!我们躲在一棵大阔叶树下避雨。没有风，没有闪电，可不必担心会遭雷劈。但雨点愈下愈急，击打着树林，击打着湖面，没有起伏顿挫，一股劲地沙沙沙，这声音充塞天地，掩盖了世间的所有喧嚣，我却感到静得瘆人，一种孤立无援的静，一种与世隔绝的静。感悟到生命的美好和脆弱，静静地享受大自然的狂暴。

阔叶树再也无法护卫我们，衣服几乎湿透了。我们更担心小船被雨水漂走，便又艰难地钻出小岛，回到船上。细密的雨线把湖和岛、岛和天缝合在一起，群岛迷蒙，似隐似现，如仙如幻。唯独湖水，仍是那么平静，仍是那么澄澈碧绿，成千上万吨灰白色的雨水落进千岛湖，不仅没有改变湖水的颜色，而是立刻被大绿溶解吃掉，倒是千岛湖染绿了大雨。大雨使千岛湖变化多端，愈加妩媚神奇。我们早已浑身透湿，大雨仍然一阵紧似一阵地抚触我的全身，我感到一阵彻头彻尾彻里彻外的放松，想放开嗓子大唱，哪怕是高声喊叫也行。

一种大的痛快，一种忘我的冲动，一种赤裸裸的孩子气，东一句西一句地在湖中呼喊起来。一无所有，风儿吹动我的船帆，下雨别忘戴草帽，要问我最爱什么花？就是这船头劈开的白浪花……

扯开了嗓子，用足了力气，是唱，也是在喊、在叫。重要的不是词句，而是声音。也只有在这时候才知道，原来自己在平时活得是那么拘谨、那么紧张、那么疲乏。我被自己捆得死死的，心里被许多废旧的思想塞得满满的。多亏这次在大雨中荡舟，身上有形无形的禁锢全被冲进了千岛湖。

我们唱闹着终于划回了千岛湖宾馆。宾馆设计得非常可人意，每间客房的窗户都对着千岛湖，客人们都趴在窗口看着我们。他们在笑，在指指画画，也许还认为我们是三个怪物，是疯子。可我，觉得自己非常幸运，在千岛湖里洗去了生命里的尘垢，像刚出生的婴儿一样单纯、快乐，享受生命本身的意趣。不感到狼狈，把别人的笑话也当成了一种快乐。大自然真好，活着真好。倘能永远保持这种心境，该有多好！

我们都没有带换洗的衣服。舒舒服服地洗了一个热水澡之后，服务员已经把我们的湿衣服洗净烫干。现代最佳旅游胜地必须具备两个条件，既能享受大自然的野美野趣，又能享受现代物质文明。千岛湖都具备了。

到晚上八点钟雨才停歇，群岛渐渐变为黑色。黑色的上面飘浮着雪的山岚，柔曼轻灵，因风变化。墨绿色的湖面上撒着点点光斑，如星群坠湖。千岛湖悄悄地进入了夜晚，美丽而沉静，偶尔传来几声鸟鸣和不知是什么动物的叫声。这里的静夜是活的，充满生机。

按计划明天一早我们就要告别千岛湖，早早地就生出一种深深的恋意，真不想离开这个地方。许多名胜古迹，在未去之前心向往之，看过之后却只能得到一种低要求的心理满足："不管怎样来过了，知道是怎么一回事了。"当时很少有再来第二次的欲望。见到千岛湖却得到一种高境界高品位的享受，还没有离开就计划着怎样来第二次、第三次……

真实总是短促的。正因为千岛湖太美、太好，逗留的时间过长会生出无所事事之感，会感到一种愧疚，一种亵渎。身不由己、脏啦吧唧、忙忙碌碌才像人。但我不知此时是睡，是醒，是梦，是真？

1991年6月

赛里木湖畔

森森戈壁，仿佛只有这条公路是有生气的东西。它像一条灵蟒，蜿蜒、跃动，在太阳下闪着黑色光泽。爬行的汽车则像这浩瀚大滩上的一条船，颠簸摇荡。我的头忽而撞上车顶，忽而摔在车帮上，可是我并没有睡觉，眼睛始终盯着窗外。

车窗外是一望无际的灰黑色沙石，沉伏着，等待着，赤裸而又神秘，令人触目惊心。这无边无沿的粗沙碎石是从哪儿来的？又是怎样生成的呢？它们这样等待了亿万年，在等什么呢？当它被狂风激怒的时候，飞沙走石，铺天盖地，摧毁一切，吞没一切。在它平静的时候，也让人感到一种潜在的威势，冷峻地承受了多少朝代的更迭，多少民族的兴亡。历史并没有在它身上留下什么痕迹。

进入戈壁，人立刻变得脆弱和微不足道了。一切生命都变得渺小和谨慎了，似乎纤细之物注定要灭绝。强大的是莽莽原野，是坚韧和粗粝。望着干燥的荒滩大漠，你老有一种干渴的感觉。体内的水分正顺着每一个毛孔，被焦热的戈壁滩吸走，蒸发。跑了几个小时以后，我们停车吃瓜，汽车的后备箱里总是备着几个大西瓜和哈密瓜。

新疆的西瓜本来就好，甜而脆，水又多。干渴的我们站在如我们一样干渴的戈壁滩上敞开肚皮吃，真是一种难得享受到的野趣。荒野默默，野风徐徐，尽管骄日烈如火，但身上是干爽的，无汗水，无尘土。

我顿起童心，甩开胳膊向远处投扔了几个戈壁石子，还想将啃过的西瓜皮也潇洒地飞抛出去，但被司机拦住了。他将大家丢弃的西瓜皮都捡到一起，反扣着摆好，他说这是戈壁滩的规矩，前边的人吃完西瓜,要将瓜皮倒扣,以防被太阳晒干,后边的人如果没有带水或带的水喝光了,凭着这些瓜皮也能活命——这是我们进入大戈壁后上的第一课。

水上足,精神就足了,登车继续前行。天山在我们的左侧一直紧紧跟随,或者说我们始终跑不出天山的护围,像地球的围墙,矗立在天涯尽头。我们见到的只是它的北坡,绵延千里没有一棵树木,裸露着连成一体的褐色岩石,有时青棱棱,有时泛一点紫色,似钢浇铁铸;沟沟壑壑,森然惊目,像历史的抑或是大自然的一道道伤口。山顶堆积着白雪,由于山形和山岸无一处是雷同的,积雪分布得千奇百怪,更增添了天山的神奇。

公路在拔高,在我们的右侧又出现了一道山脉。我们变成在大峡谷里行进,视野受到局限,戈壁滩不再是一望无垠了。这条大峡谷一头通向内地,另一头仿佛直达天上,公路对天山越贴越近,我们的车在沿着山脚跑。不论是翻越这座天边之山,还是登临这座天上之山,不都是到了天上吗?路越升越高,戈壁滩却渐渐有了绿色。沙石少了,土多了,起伏不平的荒野长着稀疏低矮的青草。左面的天山越来越高,峡谷却越来越宽阔,右面的山脉变为一片丘陵,草更密,颜色也更绿一些。突然,在我们的头顶上端出现了一汪绿水,汽车像饥渴的马,冲着绿水飞扑过去,水域越来越宽阔……

天上的湖——赛里木湖的全貌,就这样奇迹般地出现在我们面前。

谁料想得到,在大戈壁的尽头会有这般奇境、美景!这里海拔两千多米,赛里木湖是新疆海拔最高、面积最大的高山湖泊。近五百平方公里的湖面一碧如染,晶莹清澈,微风轻掠,绿波涟涟。赛里木湖的北面西面依偎在天山的怀抱里,此处的天山难见秃石,下部郁郁葱葱,松柏参天,上部雪峰层叠,映日成彩。湖的东面和南面是广阔的草场,万绿丛中有一片片游动的白色和黑色,那是羊群、牛阵,却不见有放牧人。青山、绿树、雪峰、蓝天、草地、牛羊,全部映照在椭圆形的湖面上。越是靠近赛里木湖,越觉得它成了一片魔湖,变颜变色,忽而湛蓝，忽而深绿，半边青翠，半边青碧。雪峰与草原辉映，湖光与山色竞翠，仿佛连同我们的灵魂也一并吸进去了。

我们钻出汽车，饱餐一切色彩，大口吸吮赛里木湖畔的色泽和芳馥，如同在吸吮一种生命的气息。心里体验到一种不可言传的感情，超然有世外感……静谧，清畅，一下子找到了大自然同人的连带感，找到了与灵魂相熨帖的东西。原来并未觉察的灵魂本性的深刻渴求，得到了极大的满足。我突然悟到，人们为什么喜欢旅行？是出于一种心灵的渴求，眼睛吞吃美好的风光，重新投进生命之中。这是心灵的拯救。人人都是地球上的匆匆过客，生存就是旅游。我们要在这儿翻越天山去伊犁，但时间尚早，我的心里盛满绿色和阳光，实在不愿离开赛里木湖。

博州的副州长达·刚布，领我们来到一个蒙古包前，迎接我们的是一位身着藏青色蒙古袍的中年妇女，袍子是旧的但非常洁净，束腰紧身，体态苗条轻捷，脸上却有着过多的与身材不相称的皱纹。这皱纹生硬地破坏了她的美貌、她的青春，但遮不住她的风韵，她的气质——善良、质朴、柔韧。她身上有一种东西震动了我，她说着蒙语，露出意想不到的真挚和热情，弯腰打礼。我们也还礼不迭。陪同我们的博州文联主席陶德民先生，精通维、蒙、哈等多种民族语言，向我介绍说，她叫格森，是这座蒙古包的主人。一个穿着孔雀蓝袍子包着漂亮黄边的小伙子，牵着一峰骆驼，骆驼上驮着两只大水桶，也来到蒙古包前。格森向他说了几句什么，他放开骆驼向我们问好，然后钻进蒙古包拿出一瓶酒和碗。由女主人向我们每人敬上一碗酒，说是下马酒。对我们来说是下车酒。

小伙子名叫嘉甫，身材高大，阔面重眉，仪表堂堂。神情却极为憨厚实在，甚至有几分羞怯。他从骆驼背上卸下水桶，问我想不想骑上骆驼转一圈儿？正中我下怀，我还没有骑过骆驼，在嘉甫的帮助下爬上了驼背。高高在上，前面一团肉坨抵胸，后面一座毛峰靠背，颤颤的，悠悠的，美妙而新奇。挺胸昂首，远眺天山积雪，纵览湖上景色，心情豪迈而恬悦。兜了一大圈儿又回到蒙古包前，我还没做准备，骆驼就屈下前腿，后腿还高高地支撑着，我便一个前滚翻从驼峰上摔了下来。幸好什么地方都没摔疼，连眼镜也没有打坏，主人和客人全都笑了，这哈哈一笑大家的感情亲近了，自然了。

我们可谓是擅自闯来的不速之客，但对格森一家来说，不速之客也许就是稀客，就是贵客。嘉甫杀羊、点火，格森把我们让进蒙古包，放上桌子，摆出奶豆、大馕，沏上奶茶。不知是我们的红色桑塔纳轿车停在绿草地上格外醒目，吸引了远近的牧民，还是嘉甫的不同寻常的炊烟，告诉他的邻居们自己家有客人来了，牧民们有的骑马，有的骑摩托车，有的步行，陆陆续续都来到格森的蒙古包。有蒙古族、维吾尔族、哈萨克族，还有一些妇女和儿童。

蒙古包里分成四摊，女人一桌，男人三桌。坐了这么多人，并不显得拥挤，前面还有很大一块活动场地。真是神奇的蒙古包，它看上去不大，容积却很大。许多人抽烟，蒙古包里却存不下烟气，通风好，冬暖夏凉。它直接以草地做床，却不潮湿，我和达·刚布坐在新铺的毛毡上，干燥而温暖。大家穿着鞋在毛毡上踩，毛毡却不脏，没有尘土泥巴，干干净净。蒙古包看似简单，实际并不简单，它体现了牧民世世代代的智慧。

达·刚布是蒙古包里年纪最大、地位最高的蒙古族人，因此他代表格森一家向我和另外两位同行的文友敬献哈达。然后著名的蒙古族敬酒仪式开始了……先由嘉甫敬酒，他端着满满一碗酒站在我的面前。我心里打鼓，可这酒不喝是不行的，你不喝他就会站着老唱下去。但是等到嘉甫开口一唱，我立刻被震惊，被迷住，他的音调该高时则高亢嘹亮，穿云裂帛；当低时则沉厚婉转，多姿多彩，带着天山的雄浑粗犷，带着赛里木湖的辽阔优美，带着草原的恬静自然。他脸上纯情切切，极为投入，好像不是在演唱，而是在诉说。他的声音来自心灵，来自大自然，来自天堂。

我听不懂他的歌词，但感到感情在被提升，身心在被净化。我听过中国和世界上最著名的歌唱家演唱，他们技巧高超，音色辉煌，我为他们热烈鼓过掌。但我从来没有听过这么感人、这么美好、终生不会忘记的歌声。嘉甫是那么自然、朴实、真诚,不加任何修饰,袍子上带着水印、奶渍、草屑,他的歌声里却真情四溢,创造了一种罕见的气氛,把人带入一种感佩不已的境界。他一首歌唱完,我不犹豫,没有废话,仰头把一碗酒一气吞下。莫说是一碗酒,就是一碗酒精、一碗火药,也会一口吞下。生怕一个推让的动作,一句客套话,破坏了嘉甫创造的这种气氛。他一首接一首地唱下去,酒敬到谁的面前,谁便一饮而尽。蒙古包里极为安静,只有他的歌声在激荡,无边的激情在漫溢。

他唱得也许是一首连续的长歌,当他把酒举到刚布面前,举到他的姑姑菊德面前,举到他母亲面前的时候,歌声变得沉郁、悲怆,流露出一种至纯至孝、倔强而又自豪的情感。我心中涌动着一股美丽而又疚痛的感觉,禁不住眼睛发潮。不觉抬起头,见男人们全都低着头,女人们满脸都是泪。身为主人的格森,哭着笑,笑着哭,泪如滚珠。在内蒙古生活过多年的张少敏君,大概在歌词中听懂了什么,在我身边已哭出了声。泪光闪闪的陶德民老先生悄声向我作了简单的讲解:“他唱的是自己的身世,我是牧民的儿子,在草原上长大;母亲二十九岁守寡,抚养我们弟兄七个成人,吃尽万苦千辛……”

我知道了他歌唱的内容,眼泪止不住也流下来了。他的大哥中专毕业后在州里当了个经理一类的人物,他的三弟是武警部队的战士,其余的弟弟们还在上学。只有他继承祖业成了地道的牧民,照顾母亲,支撑着这个不寻常的家庭。嘉甫已经二十四岁,准备明年春天结婚。

他敬完一圈儿酒,他的表姐乌云站起来重新为大家敬酒。她曾是州文工团的演员,音色甜美柔和,用专业演员的技巧和风度,把蒙古包内的气氛引向轻松和欢乐。乌云唱毕,她的母亲菊德,抑制不住自己的情绪,站起来先高歌一曲蒙古族的长调,苍厚悠远,朴茂深沉。然后一首接一首,她自己放得开,别人的情绪也随着她的歌声飞扬。菊德已五十多岁,但老得漂亮,老得潇洒,体健神旺,生命还在散发着朴实、快乐、丰富和清新的气息。

大家都沉浸在赤裸裸的诚实的快乐之中,相互之间感到特别亲近，特别美好，空气一片洁净。蒙古包里似乎盛不下这巨大的逐渐高涨的热情和欢乐，几个男人带头，大家便一窝蜂地冲出蒙古包，在草地上围成一圈儿，尽兴地唱，尽兴地跳。天空忽然飘洒下一阵细雨，不仅没有扫大家的兴，反而助了兴。

女主人格森忙里偷闲，换了一双半高跟皮鞋也上了场，舞姿还相当优美，她毕竟才只有四十六岁。我揣度着她的心境：突然闯来几个不速之客，招引得亲戚、邻居都来了，她的家像办喜事过节日一样热闹、欢快。打破了往日的平静，也引出了对许多往事的回忆。丈夫去世的时候，大儿子只有十三岁，最小的儿子还在肚子里，放牧、带七个孩子、顾家、顾草场，更不要说一年两度的大搬家——迁场，还有许多意想不到的天灾人病，全压在一个年轻女人的身上。她有过悲痛欲绝的日子也有过感到活不下去的时候。改嫁容易，做烈妇容易，做寡妇难。做寡妇并教子成人就更难了！她终于守住了自己，守住了儿子，守住了简单，守住了纯朴，于是也守住了自己赢来不易的幸福和欢乐。悲痛和不幸也是一种财富，给了她意想不到的收获和喜悦。儿子们都长大成人了，且很有出息。

真是缘分，格森的大儿子阿尔肯，不知是听到了什么消息，还是凑巧定在今天回家来看看，当草地上的歌舞进入最热烈奔放的时候，他出现了。穿着跟我们差不多的衣服，也是大高个，一盘圆脸，那笑容跟他弟弟差不多，老实，腼腆。雨不知在什么时候已经停了，草原青碧如洗，空气清洁芳香。远山如黛，苍苍莽莽。湖面上有白色气团升腾、浮动，如梦如幻……

阿尔肯邀请大家重新回到蒙古包里就座，他以家庭长子的身份又从头给大家敬酒。和嘉甫相比，他更像一个专业的歌星，嗓音淳厚、圆润、悠扬。别人数不清，他自己也记不清会唱多少首歌，可以纯熟地用蒙、汉、维、哈等多种语言演唱。每首歌都唱得很地道，却不费力。

他敬完酒，嘉甫抬上来大半只煮熟的羊，冒着热气，散发肉香。

按规矩阿尔肯把刀递给我，让客人先动手。在陶德民老先生指导下，我割了一块最好的肉，用右手托着送到阿尔肯的嘴边，他嗞溜一声一口吞下，又回赠了我一块。嘉甫又端上大盆的手抓面，宴会就正式开始了。

我的五根手指直接参与，却不如两根筷子和一个勺更灵便好使。单抓肉还可以，想抓起拌在肉里的面条可就难了。不得不蹲起身子，两只手一块上，往嘴里捞。

我完全放松了，狂热得忘形了，心里有一种净化感，胸中的尘垢积闷一洗而净，心上的厚茧脱落，像孩子一样赤裸了，真实了，信任自己和周围的朋友，也非常喜欢他们和自己。今天与其说是格森一家的节日，不如说是我的节日，我的心魂的节日。

我的灵魂里响起一种乐声。

席间，格森作为一家之主最后向我们敬了酒。她神情虔诚而和顺，一言一行都有善良的内在境界做烘托，显出一种高贵的气质。她的款待和奉献是真心的，而且为对别人的款待和奉献感到快乐。这种真情正是灵魂的生命。

她那清美、柔弱而又强大的灵魂，令人目眩，令人想亲近她，敬重她。

我向格森一家，以及她的亲戚、朋友、邻居，还有老州长刚布，睿智、飘逸、随和的陶先生回敬了酒。我没有唱歌，我的歌声还没有那么善解人意。我只能说我的感受、我的感谢。

我想起了成吉思汗的一句话："世界上只有一个最好的女人，便是我的母亲。"

我多想有机会把自己的家人、朋友、同事也带到这个蒙古包里来，让他们感受一下怎样做母亲，怎样做儿女，怎样做亲戚、做朋友、做邻居。人是多么美好，人与人之间的感情多么美好！

人类苦苦追求的文明境界，恰恰在这天山脚下在这赛里木湖畔的草原上让我们体味到了……不知不觉，我们在格森家呆了四个多小时。我们当天还要翻越天山，还有近三百公里的路程要跑，虽然舍不得离开格森的蒙古包，也不得不辞行了。喝了刚布送过来的上马酒，不知说了多少声"再见"，挥了多少次手，最后还得钻进汽车。

汽车在撒欢似的翻坡越岭,许久许久,大家都不说一句话,心里恋恋的,像失落了什么。意识还不愿意从格森蒙古包里那种良善无争的氛围中出来,耳边还响着嘉甫的歌声……

我忽然也想唱,也想喊,却记不得曲调。

到此方知滋味别
粗衣淡饭是家常
养得一生一世拙
……

1992年9月18日

红军坟

翻过乌鞘岭，色彩由深变浅，植被由密变疏，直至根草皆无，荒丘列陈，野漠苍苍——这便进入了闻名于世的河西走廊。

南面有祁连山遮护，嵯峨起百重，雪嶂插遥天。北面有合黎山、龙首山挡卫，峰峦相对，留出一条大道通西。道随山转，山弯道亦弯，山高道亦高，绵延两千里，好大的一条走廊！

进新疆，到中亚、西亚和欧洲，必经此廊下。太平盛世用于商贸，此走廊便是丝绸之路，使者相望于道，“商胡贩客，日款于塞下”。战乱年代河西走廊便成为兵家必争之地，“兵气连云屯，白骨缠草根”。

中国近两千年来的兴兴衰衰，朝代更迭，哪一次可曾忽略了河西走廊？

所以只有河西走廊上才会产生敦煌。一部敦煌学就是一部艺术的中国史。世人甚至可以瞧不起中国，但不敢不崇拜敦煌。可以不了解中国史，但以知道敦煌学为荣。

只有通过河西走廊才能到达敦煌。不亲身走走河西走廊，也就不会真正了解敦煌。

而欲知河西走廊，又须先知道历史。

这条戈壁古道漫溢着一种神秘的气氛。大凡沙漠都是神秘的、可怕的。人们总以为沙漠是最善于遗忘的，可帮助自己掩藏不想让别人知道的事情和东西。恰恰相反，沙漠不仅有凝重的历史感，而且能以某种方式预示未来。

一路走来，凡古迹文物都藏在荒沙绝漠之中。而对一代代后人构成强大诱惑的正是这些荒沙绝漠……

也有一片片绿洲像珠子一样点缀在这漫漫古道上,这是为行人准备的。当你经过长途奔命,已精疲力竭,身上的最后一滴水分仿佛也被沙漠吸干了,戈壁滩便为你提供一块栖息地,好让你补充水分,填饱肚子,恢复力气,以便第二天再投身沙漠。在莽莽大戈壁上只要突然出现了绿色,那里就有水。只要有水,树就长得格外高格外绿,庄稼长得格外青翠,就有人家可投奔。这些人家渐渐变成了村庄、城镇。使大戈壁枯燥、冷峻、铁板一块的面孔,变得生动了,有了活气,有了笑意。这条原本是千里断人踪的荒漠野径,终于成为一条走廊。且千余年来人踪未断。皆缘于此。

过武威,穿张掖,蓝天四垂,朔气昏昏,大道的北侧猛然推出一大片荒冢。坟堆很小,大的不过筐头,小的只有一抔土,排列极不规则,密密麻麻地在大漠上摊开。有人说三千座,有人说不止三千座,没有记载,无任何资料可查,更找不到一个人能说得清这里到底埋了多少人。当地人把它叫做:“红军坟”。

往西走,这样的红军坟还有几片。

有的坟头上竖着一两根说绿不绿说黄不黄的骆驼刺或别的野草,随风扭摆。有的则光秃秃,覆盖着灰褐色的沙砾,令人想起“乱葬岗子”。大概从有这片坟的那一天起,就无人来祭扫过,更不会有人来认坟。真正是荒骨弃坟,孤魂野鬼。

然而它们是红军的坟!

不叫红军坟还能叫什么呢?这里埋葬的确实曾是红军的将士。然而红军不以他们为荣,反以为耻。在文件里,在党史上,在教科书里,在一切传播媒体下,他们是张国焘错误路线的牺牲品。按中国的风俗,人死后是必须要认祖归宗的,他们的屈魂冤魄既不能回家归位,受后辈祭祀;又不能进革命烈士陵园,受后人瞻仰。他们在另一个世界莫非仍然保留着班、排、连、营、团的建制?否则怎样抵御这绝漠中的风沙和寒冷,以及漫漫无际的孤寂?

衰草寒烟,风毒沙腥,年复一年,古道上走过各种各样的人,他们寻访河西走廊上一个又一个的名胜古迹，不愿漏掉一处。荒漠多旧迹，许多废墟又成了新景。惟这一片接一片的红军坟，既不是旧迹，也未成为新景。人们从它旁边走过，却绝少注意到它，更不会深究沙砾下埋着什么人，又怎能想象得出半个多世纪前的一场场艰苦血战？两万多名西路军将士，被数倍于己的马步芳、马步青的精锐骑兵围追阻截，人像草一样成片地倒下，然后草草掩埋……

为了什么？才不过几十年前的事情，就这样如烟如雾地飘散了吗？

而离此不远的一千六百多年前的魏晋古墓却成了现代文明的热点，只发掘了十余座，便震惊世界。以六号墓为例，在莽莽荒漠中同样也是一个毫不起眼的黄沙堆，寸草不生。挖开来，墓内却极为排场，分“三室一道”，有卧室，书房，饮宴、娱乐和待客的厅房。每一室都是多层楼阁，少则三层，多者五层，雕梁画栋，砖砌门楼。门楼上绘有彩色的青龙、白虎、朱雀、蝙蝠、麒麟。前室下部还有三个带拱券门的耳室，分别为库房、厨房和牛马厩。通道宽两米，长二十米，彩砖铺就。墓室内有一百多幅彩绘砖画，多为一砖一画，还有半砖一画和数砖一画。绝妙地反映了当时的社会生活，有农桑、畜牧、狩猎、出巡、奏乐、博弈、舞蹈、庖厨、服饰等等。

用现代人的价值观度量，墓中的每一块砖都价值连城，它有无可估量的历史价值和艺术价值。今人可通过它研究魏晋时期的政治、经济、文化、阶级关系和民族关系。

这些古墓是国家的宝贝，更是当地人的骄傲。保护它，宣传它，贩卖有关它的书籍和画册。使国内外一切知道它价值的人眼睛放光，也使国内外并不懂得它的价值的小偷们同样垂涎三尺，他们知道若能得到墓里的一块砖就可卖个大价钱。

现代社会就是这样成了历史的大市场，现代人都有嗜古癖。

人们是多么喜欢厚古薄今啊！魏晋古墓的富丽堂皇和今天的火爆热烈，同旁边的红军坟的惨烈草率和今天的凄冷荒芜相对照，让人不能不情绪翻动……

懂得历史才懂得中国。“厚古”是因为“古”有值得厚的地方，本无可厚非。魏晋古墓群也建于战乱年代，先闹蝗虫，然后瘟疫流行，战祸连年，饿殍蔽野，尸骨塞河。为什么坟墓还修得那样从容、豪华？

中国人是非常重视坟墓的。不仅要选一块风水宝地，有条件的话还要把坟场修得和死者的身份、地位相称。更重要的内容不在表面，而在黄土下面，要把自己喜欢的东西，诸如金银财宝、吃的用的、娇妻美妾，连同许多秘密统统带进坟墓。中国的一半历史和文化都藏在坟墓里，一座祖坟旧址一座宝库。所以挖坟盗墓屡禁不止，发财者有之，丧命者有之，坐牢者有之。

想来红军坟以后也不会被盗的，它们既没有中国古墓里那种丰富的蕴藏，也没有西方人墓地的那种庄严肃穆。西方人信仰死后去见上帝，而见上帝只要有一颗虔诚洁净的灵魂就足够了。他们希望自己的坟墓离教堂近一点，墓碑要刻得有特色、有个性，坟墓里面则没有什么大文章，可以说千篇一律。

而中国人认为到阴间还要生活，还要转世，能够带的都要带走。从外表看都是土堆，里面却五花八门，异彩纷呈。当今一些发了财的人又开始在坟地上做文章了。我在南方曾采访过一个“农民企业家”，那天他正跟家里人怄气，便提着录放机，拿着酒菜，到自己的坟墓里一边听着乐曲一边大吃大喝。那墓室用钢筋水泥建造，坚固而宽大，他坐在自己的坟墓里有一种安全感，这里是他永久的归宿——人活一世如同草活一秋，而有个坟墓，占一块地方，他就能永久地存在。那个农民的坟建在一个草木茂盛的青山坡上，毁了一大片绿油油的植被，代之以刺眼的灰白，远看好像是青山上的一块疮疤。

红军坟的存在却是为了消失、为了遗忘。再过许多年，这一片片荒冢肯定会被黄沙彻底掩埋。一如魏晋时期蔽野的饿殍、塞河的尸骨一样化为灰土。留下来是当时有钱有势的人精心修造的墓室。不论过多少年这些墓室被发掘出来，墓主人都将因他的保藏下来的奇珍异宝而名扬于世，载入史册，不会再消失。坟墓中的历史和文化属于有钱人。

有钱可买得历史,买得文化,也可买得不朽,买个永恒。

战死的西路军将士什么也没有。他们在死的时候甚至不知道自己是被一种错误路线出卖了。正因为不知道,才有为信仰献身的勇迈和自豪。他们活得单纯而充实,死得迅捷,因知道得少而没有失望。

现在他们静卧古道两侧,已经有资格也完全能够彻底拒绝任何声音了。但是他们在看着,河西走廊又变得热闹起来,人声喧沸,车流匆匆,商旅云集,原本比他们幸运的现代人们却被劝告玷污了,被扶乩般的巧言令色迷惑了,知道的东西越多越不想再知道什么了,活得太久也很腻味。倒是单纯显得强大,充满生存的欲望和繁衍的能力,且不会太爱惜生命。单纯虽然能葬送才华,却也能衬托和成全才华,没有大批单纯地机械般服从天才指令的人,人类社会又怎能发展?如果西路军不败,又怎知张国焘是错的。有了张国焘的错误,就越发显得正确路线来之不易,无比珍贵。

红军坟并不孤单。在昆明市郊的一个山坡上,有一大片红卫兵坟。那是一次大武斗留下的杰作,也可以说是另一种错误路线的产物——无知的巨碑。它是风景秀丽的春城的一个无法回避的景观,然而人们都想忘记它,从它旁边经过的时候也不看它。这样的红卫兵坟在全国不知还有多少处?当年每个坟头上都插着一块木牌子,上写:"捍卫无产阶级革命路线的烈士某某"、"毛泽东思想的忠诚卫士某某"、"文化大革命的战斗英雄某某"……不知什么时候这些牌子都没有了。

后人习惯于用某种模式来套历史,或者赋予历史以人为的光环,或者对历史文过饰非。

看过红军坟继续西行,荒漠上多了两种景致:一是旋风,二是海市蜃楼。

非常奇怪,别处为什么没有这样的旋风?无遮无掩的暴日把远处的山石烤黑了,把空气和沙砾融化在一起,风丝不透,一切都是静止的,大戈壁被晒死了。突然在我们的车前车后,车左车右,无端地刮起一股股旋风。风流先是在原地旋转,卷起沙尘,然后笔直地升高,直冲云霄。最后形成一个巨大的黄色烟柱，笔直地挺立着在沙原上移动。像是在引导我们，挽留我们，想诉说什么，警示什么……令人心惊目骇。

“大漠孤烟直”——不能不感佩古人组织文字的才华。形容这奇怪的旋风再也找不到比这五个字更生动更简练的句子了。同时又生出许多疑问，为什么此处的大漠多孤烟？且是直的？

莫非这里杀气太重，孤魂太多？

古代有许多旋风告状的故事。不能简单地把一时无法解释的现象说成是迷信和愚昧。科学能够解释的就都变得简单了，世间有许多现象是当下的科学还解释不了的。以前有许多事情被认为是先人的愚昧，以后的事实却证明是一种大智慧。

在大漠上残杀西路军的头号刽子手马步芳，一九七五年病死在沙特阿拉伯的大沙漠上，也成了异国他乡的孤魂野鬼，且不能卷起笔直的孤烟。

频频出现的海市蜃楼，不过是一个美丽的骗局，是对游魂的慰藉。楼阁幢幢，碧云团团，山水浮凸，飘忽幽谲，心里向往什么，眼里就会看见什么。望蜃楼而神驰乡井——是大沙漠在戏弄人，还是人在表达对大沙漠的蔑视？

它也是一种“鬼打墙”。

深入河西走廊这样一条神秘的通道，不碰到一些“活见鬼”的事情也是一种遗憾。我继续前行，前面是莫高窟，那是个更神秘的去处。

但我先要记下来的，却是这一片片红军坟。

1993年10月2日

魔 鬼 城

到新疆不可以不看魔鬼城。

顾名思义这是个富有魔鬼魅力的地方,而魔鬼的魅力是无法抵抗的。尽管魔鬼是人创造的,它对人的诱惑却是永久的,永远地刺激着人的好奇心,激起人对恐怖的渴望。

魔鬼城坐落在新疆北部的古尔班通古特沙漠之中,距克拉玛依市百里左右。

森森戈壁,千里大漠,已经够神秘莫测的了,最易让人浮想联翩。突兀又冒出一座魔鬼城,造物主真会吊人的胃口。

在一场大雨过后我到达克拉玛依市。有人说新疆之所以有那么多沙漠,就因为缺水。倘若雨水充足,戈壁滩将胜似江南。克拉玛依用一场大雨来迎接我们,实在是一种最珍贵最盛大的欢迎了。

克拉玛依出乎意料地漂亮整洁,街道宽阔,横平竖直,城区规则。看不见一座破旧建筑物,每个角落都打扫得干干净净,带着新兴城市的蓬勃生气,每座城市建筑物都设计得富有一定的文化品位。我一见之后便喜欢这个城市,像是很投缘,心里响起一种旋律……

这是天意,这是克拉玛依人的刻意追求?在去魔鬼城之前先叫你尽兴地领略一座人间现代新城的风光。让人间鬼域形成巨大的反差。

漂亮的城市边缘围着一个阔大而幽静的公园,湖光山色,野趣天成。油田展览馆浓缩了中国的石油工业发展史,克拉玛依是中国石油工业的摇篮。

第二天云散天开,戈壁滩恢复了惯有的好天气。天极高极蓝。太阳悬空,带着一股骄横,送出阵阵燥热。路边、旷野,看不出一丝刚下过大雨的痕迹,雨停地就干,在戈壁沙漠上无论下多大的雨也难以存下一汪水。

我们驱车往魔鬼城,一出克拉玛依市便见到了这个城市之所以兴旺的根脉:略带起伏的戈壁大漠上布满了“采油树”。把它叫做“树”,再贴切不过了。在这个少树的戈壁滩上,这些钢铁做成的支架,像一片稀疏的森林,成了重要景观。也有人把它叫做“鞠躬机”,它像一个巨人,有节奏地向大地鞠躬,仿佛在虔诚地感激大地的赐予。每鞠一个躬就提出一注石油,“采油树”不停地鞠躬,石油便源源不断地流出来,通过地下蛛网般的管道,汇聚到这片采油树的中心——百口泉采油厂。

在魔鬼城的边上,怎么会有一个这么美的地方?

百口泉——一个最容易激发人们想象力的名字:这里有一百口甜泉?有一百口神泉?有一百口温泉?有一百口矿泉?或许是指有一百口油泉?这里的油井又岂止百口!不论是哪一种泉,都将使百口泉成为缺水干旱的戈壁滩上的风水宝地。

它也确实成了一块风水宝地。

采油厂使百口泉成为北疆沙漠中的一块绿洲,人烟鼎盛,花繁树茂。

为什么越接近魔鬼城风光越好?是不是真的有一个魔鬼城?历史莫非只留下这么一个怪名字以捉弄游人?

耳闻是虚,眼见为实,岂可避实就虚,舍近求远?为了不留遗憾,我们在百口泉停了下来,先看看这个神奇的地方,不知是百口泉使采油厂出名了,还是采油厂使百口泉更神奇了。

一位年轻挺秀的姑娘接待了我们,她上身穿一件白色文化衫,胸前赫然印着六个大字:“别惹我,烦着哪!”她的态度却既热情又大方,大概她自己已经忘记了印在胸前的宣言。我却格外赔着小心,尽量不去看那几个字。按理说我们这几个不速之客,已经算“惹”了人家,也实在够烦人的。这件文化衫却让我一下子感觉到了百口泉采油厂的文化气氛。这种文化衫在北京、广州的新潮青年中也才刚刚兴起，说明百口泉并不因其所处的地理位置而闭塞，而落后。在文化上它并不因离魔鬼城近，就离现代远，离北京远。一个女干部能大大方方地穿着这样的文化衫上班，也说明这里的文化环境相当宽松、开放、活跃。

见到厂长后，更加印证了我的上述感觉。厂长叫丁玉甫，看上去只有三十多岁，沉稳自信，智慧外射，是他所从事的行业的专家。熟悉百口泉，熟悉石油，也熟悉自己所面对的这个世界，并根据整个世界来思考自己的事情，思想开阔，议论风生，让我增长了不少有关石油的知识。即使见不到魔鬼城也不枉此行了。

他说，石油曾给人类带来光明、繁荣和进步。同时也带来灾难和战争，没完没了的中东战争，速战速决的海湾战争，二十世纪地球上的许多战争都起因于石油，随之而来的是贫穷、饥饿、灾荒、暴力，更多的人流离失所。也许是大自然要通过石油这种神秘的物质捉弄人类，让人们为了争夺石油相互厮杀。我们曾得益于石油，如不抓住机会调整更新自己，仍死抱住石油不放，将来会变为最穷的。

一眼油井打多深，就等于用彩色电视机码多高，成本是很高的。我们已经开采的石油和资源相比是一比十四，科威特是一比二百五十，前苏联是一比一百六十。现在世界石油价格压得很低，买油比我们开采自己的石油还便宜，所以我们就该不开采或少开采，保护自己的资源，买外国油，等油价提上来再采自己的油。

采油厂的厂长竟主张停止采油。他经营的是国家企业，我相信只要国家下了决心，他自有办法能让自己的企业继续生存下去。

一年半之后，我在《国际商报》上见到一则消息，一九九三年中国进口原油一千五百万吨，“到一九九四年，中国成为石油净进口国已势在必行”。

我想起了百口泉采油厂厂长的惊人预见。是石油工业的最高决策人听到了他的声音，还是“英雄所见略同”？

思想最容易被思想所吸引，人的故事永远迷人，丁玉甫的魅力使我对石油和石油人发生了兴趣。等到离开了百口泉，才记起没有来得及问他此地为什么叫百口泉？

关于这个名字的种种传说已经不重要了。百口泉这个地方我是不会忘记的。

相比之下，魔鬼城要逊色多了，既无魔鬼，又不恐怖。不过是千年风沙，把一片高低不等的沙山雕琢得奇形怪状，或峥嵘，或奇诡。沙质硬化，似土非土，似石非石，似楼非楼，状似一片城郭，有街衢死巷。偌大的一座魔鬼城里只有我们几个人在转悠，极为安静。阳光灼灼，刺激着皮肤。阳光下没有新鲜事，连想都懒得去想关于活见鬼的事……

陪同我们的人说，只有到夜里，或者漆黑一团，或者月色如水，这里才会显得阴森诡异，魔气弥漫，鬼影幢幢。倘是赶上大风，沙砾呼啸，鬼哭狼嚎，这个地方就是一座地道的魔鬼城了，群魔出动，厉鬼横行……人们可随意演绎出许多神仙鬼怪的故事，谁心里有一座魔鬼城，就可以释放出各种各样的魔鬼。

倘若世上真有魔鬼，也会对人敬畏三分，因为它们是人创造出来的。

我们没有时间也没有耐性等到夜晚了，只好等以后有什么地方遇到大风了，便闭上眼睛在心里造出一座魔鬼城。

我很庆幸在去魔鬼城的路上采访了百口泉采油厂。

魔鬼城让我失望，但是人更让我敬重。

1994年2月16日

黑和绿的对峙

“紫光电牖飞，迅雷终天奔。”嫩江大平原上天和地愤怒地对峙着：地是绿的，绿得广阔，绿得深透，天之下一切皆绿，万物皆绿。绿得多姿多彩，绿得层次分明，有深有浅，有浓有淡，有翠有嫩。绿得让人狂、让人醉、让人爱、让人静。天则是黑的，黑得沉重，黑得阴险，黑得骄横，奔雷连串，疾电频闪，压迫着大地，炫耀着威力。

天在气势上占了上风。

黑天四垂，怒云搅动，对大地越抱越紧，越压越低。大地虽有无尽的绿色，却显得娇嫩脆弱。

有一绿柱挺立其间，仿佛是绿色选出的代表，硬顶着暴怒的老天。

这是一个军人，戴着绿色大壳帽，穿一身绿军装，肩上扛着大校肩章。他站在海洋一般平阔无际的大豆地里，大豆长得茁壮而整齐，如刀裁的一样，他就显得格外突出，成了豆地里的一根柱子。

他身躯精壮雄健，眼光湛湛，死死盯住头顶上变幻莫测的乌云。这就是总后勤部嫩江基地主任郑完植大校。他领导着三千多名官兵，耕种着四十四万亩黑土地。由于市场的变化，春小麦买的人少了，人们的口味高了，春小麦可以充饥，好吃则不如冬小麦。而大豆，无论是国内市场还是国际市场都供不应求，精明的日本人就专抢东北大豆。因为这里是世界著名的三大黑土地之一，土质好，日夜温差大，夏季光照强烈，种出的大豆养分全且损耗少。郑完植权衡利弊，思虑再三，下令将百分之八十五的土地种上了大豆。所幸大豆长势茂盛，如无意外今年又是丰收。丰收的概念就是产出两亿多斤大豆，上缴八千多万元利润。

而意外——眼前就是冰雹!

在这个季节,一场冰雹就可能将即将到手的丰收毁于一旦。郑完植日夜警惕的且怀着几分戒惧的正是冰雹。他每天必修的一门功课就是关心和研究气象云图……

然而,天道难测。当今世界没有任何一个国家的农业敢说不用靠天吃饭了。有着强大的工业和现代科学支撑的美国农业,都对付不了病虫害和俄亥俄州的干旱,去年玉米和大豆大幅度减产。有知识的人早就不再叫喊“战胜大自然”的空话了。

他郑完植只希求能跟老天达成默契,相互体谅,相互合作。天道主于变,人道主于常,天道就是气候和环境,是一种常变量,而人的因素是相对稳定的不变量。天道在变中有常,有个大致的规律可循;人道在常中有变——能让老天默契合作的人,必须素质好,变中有其不易,不易表现在变中。

黑土地本来就松软,未开垦之前多沼泽。嫩江基地的平原被夹在大小兴安岭中间,有此绿色屏障调剂,雨量充沛,过去是十秋九涝。雨水多还有一害,雨季机械很难进田作业,有时拖拉机陷进泥水中只剩下一个顶盖,嫩江基地是机械化大农业,机械不能动弹,就只能眼看着草长虫咬,任其荒芜。

郑完植给全基地的机械设备都装上了防陷链,让任何机械在任何气候下都可下田作业。倘若在收割季节赶上连阴雨,即便把小麦或大豆抢到场院里又有什么用?只能眼看着粮食发霉、出芽,丰产而不能丰收。对种地的人来说,到手的粮食又丢掉——还有比这个更痛心疾首的吗?郑完植不缺少将出路押在一条行动路线上的果敢,他下狠心在基地所属的八个场建起了十六座烘干塔。塔建成之后只要丰产就给丰收打上了铁保险。还有除草、灭虫、大豆重茬……都有了点把握。

郑完植小心谨慎地靠近大自然,既不想激怒大自然,又不是处在软弱无能的地位上和大自然打交道。他有坚如黄金的意志,又是个富于变化的大师,每年都有新招数、新套套,居然真的和老天达成了某种默契：平均每亩产粮由最初的二百六十斤，到三百斤、四百斤、五百斤、六百斤；每年的利润由八百万元，到一千万元、两千万元、四千万元、六千万元、八千万元。

基地的每个人每年平均给国家上缴两万多元。

当今中国有几万家拥有职工三千人左右的企业，它们地处发达的大城市，得风气之先，其中能有多少家每年可以给国家上缴八千万元的利润呢？

郑完植和他的战友们在地处高寒地带、偏远闭塞的黑土地上创造出来的这一连串的数字，能使许多人惊奇、慨叹，想得很多……

然而，现代社会还有多少人重视农业和瞧得起种地的呢？

农村人要争着到城里去打工，农民要戴上“企业家”的桂冠才会受到重视，当他们总结致富的经验时还要说，“无工不富，无商不活”。谁还会想到农业呢？现代人喜欢穿地道的棉毛织品，不喜欢穿化纤织物；喜欢吃绿色食品，恐惧有污染的东西；喜欢到大自然中享受原始的野趣，不喜欢被关在一个充满污染的狭小天地里；所有现代人喜欢的这些东西都和农村有关，却没有人愿意到农村去工作、去生活。人人都承认“民以食为天”是至理名言，却又鄙视生产粮食的劳动。

所以中国有十亿农民，占世界农业总人口的三分之一，创造了数千年的农业文明，如今却不是农业大国，称得上头号农业大国的是经济发达的美国，其次是英国、德国、法国、加拿大和澳大利亚等国家。看来越是工业发达的国家越重视农业，我们戴了几百年农业国的帽子，人们厌恶这顶帽子，因而也厌恶农业。其结果这顶帽子却老也摘不掉……

不错，郑完植是种地的。他还是个职业军人，是“庄稼兵”，而不是普通的“庄稼汉”。“庄稼汉”碰到这种情况也许只好听天由命，躲到自己的房子里等待灾难的降临——这总比被冰雹当场砸死要好。

郑完植不能躲，他也不想躲。他要和老天谈判，做最后的努力。

天越来越黑，黑得让人毛骨悚然。雷——横着炸，闪——立着劈，回回都在他头顶、在他身边炸响，却还没有伤着他。似乎只是想把他吓跑。他的脸色比天空还要阴沉,一口坚实的好牙咬得很紧,并不理睬虚张声势的雷电,眼睛只盯着咆哮的乌云,不敢有丝毫的疏忽。

几十门高炮从不同的方位瞄准了乌云,在场的一百多名官兵,不,是全基地三千多名官兵的眼睛都在盯着他,只等他一声令下就向天开炮!

在这种时刻更不能有一丝差错,他是个冷峻深沉的智者,倘若开炮不是时候,打不准,不仅不能将冰雹云驱散,还会把别处的冰雹吸引过来都砸到自己这块土地上。一千米高的天空是零度,越往上温度越低,冰雹云是上下运动,而一般的雷雨云是横向移动。郑完植就是要在乌沉沉乱糟糟的天空捕捉冰雹云,然后用炮火破坏它的上下运动,使之形不成冰雹。

说起来轻巧,他也是血肉之躯,顶着炸雷,背着闪电,随时都有被击中的可能,还要准确地观察云的运动,真是谈何容易!

他站在大豆地里,显得高大威猛,太醒目了,正是雷电要寻找的目标。他的部下更关心他的安全,却不敢向前劝说。他一切都不顾了!

几年前,一场大冰雹倾盆而下,一个战士心疼地像疯了一样冲进大豆地。一个不怀好意的等待已久的雷电紧跟着向他劈过去,在这时候突然从风雨冰雹中飞出两只大雁,抢在闪电前扑到战士身上。雷电过后两只大雁都死了,战士却安然无恙。冰雹过后,半人高的绿油油一望无际的大豆变成了一片黑泥。战士们都趴到地里号啕大哭,哭丢失的大豆,哭惨败的黑土地,也哭那两只善良勇敢而又通灵的大雁。

此时此刻,郑完植的身边没有大雁,也没有别的飞鸟。也许是这场冰雹来势太凶恶,把一切生灵都吓得躲藏起来了。

又一道龙爪形的闪电,把厚厚的云层撕开,如同一锹捅漏了危如累卵的长堤,困兽般的大雨顷刻间将一泻而下。郑完植闻到了浓重的水汽,脸上感到了冰的寒意,他识破了乌云的狡诈:在快速平移的乌云上面,厚厚的冰雹云在迅疾地上下翻动,在密谋,在凝聚,在调兵遣将……

就在这时候他下令开炮了!

炮口吐着长长的火舌,划破了天的阴沉和乌云对大地的笼罩。特制的炮弹像冰雹一般倾泻到空中,在云层里爆炸。天空抖动,乌云翻腾,连雷电也被炮火镇住了,不再逗留在郑完植头上张牙舞爪,开始向高空,向远处退去。

大个的雨点从空中撒落下来,所有在场的人都心里一惊:这种干巴巴的大雨点正是大冰雹的前奏。人们担心炮击失败,反招来更大的灾害。

郑完植没有让炮火停下来,继续向乌云轰击!

雨点越来越稀,渐渐停住了,并未引来冰雹。天色也越来越亮,空中更多的是炮火的硝烟,乌云急速升高流散。

郑完植命令停止射击,他就势一屁股坐在豆地的垄埂上,泥水立刻湿透了军装,凉丝丝,他感到很舒服,很想躺下去……

他看着越来越高的天空,渐渐露出了原有的蓝色。刚才有那么多乌云,塞满了整个天空,甚至要把天压塌,想不到说散竟然消失得这么快!他在心里默默地向天空说:谢谢合作!

他低下头把水灵灵的大豆秧揽进怀里,让豆叶和豆荚摩擦着自己的脸,湿漉漉,毛茸茸。他吸吮着大豆地里青幽幽的香气,数着每棵秧上长了多少豆荚,每个荚里结了几个豆粒,四个粒的占多少,三个粒的占多少……

他的部下在喊他,他们着急地大声询问:“你们看到郑主任没有?”

附近的农民抬着肉,抬着菜,还有西瓜、汽水,到营房慰问来了……部队驱散了冰雹,方圆百里内的农民都跟着沾光……

郑完植没有应声,他只想一个人在这大豆地里多待一会儿。

1994年11月

绿色优势

提出一个非常简单的问题：

眼下中国算是一个什么样的国家？

恐怕不敢说是经济发达国家，也不敢说是工业国。那么留给我们的头衔就只有“发展中国家”，再具体一点就是“农业国”……

且慢！

我正是要对这点提出质疑，“工业国”是指工业发达的国家，那么“农业国”就应该是农业发达的国家。我们的农业敢说发达吗？

还是八十年代的统计数字，美国一个农民平均可以养活五十人。

现在我们的一个农民可养活多少人？

也许我们曾经是农业国，现在不是了。现在只是“发展中国家”，至于向何处“发展”，如何“发展”，何时能“发展”成发达国家，那就是另一回事了，本文讨论不了。以大豆为例——为什么要以大豆为例呢？当今国际粮食市场上小麦、稻米等粮食滞销，而大豆供不应求。专家预计，进入二十一世纪，国际市场上的抢手货不是美国的机床、德国的汽车、日本的电子，而是大豆，尤其是中国东北的大豆。

大豆是蛋白质之王，人的生存就是蛋白质的存在形式，要长寿，吃大豆。会活的日本人早就开始抢购中国东北的高质量大豆。何况饲料、制药、工业用油也都需要大豆。一九九二年全世界平均每人消耗大豆十八公斤，发达国家的人吃大豆就更多。而中国每人平均占有大豆量不足八公斤，低于世界平均数，我们能算是农业国吗？有人估计，中国人七天吃上一块豆腐就不错了。

便于对比，换算成我们习惯的计算单位：

美国年产大豆一千二百亿斤。中国年产二百亿斤。

意大利每年种植七百八十万亩大豆，平均单产四百五十斤。

美国平均单产三百五十斤。

中国平均单产一百八十九斤。

五十年代中国出口大豆占世界市场的百分之九十，现在中国只占百分之九点五，排位也是排在发展中国家的巴西的后面。我们之所以被列为不发达国家，跟农业落后有重要关系。

“发展中国家”——这个词创造得真妙。什么样的国家都在“发展中”，世界上有拒绝发展或已发展到顶了的国家吗？

人人都知道美国是工业强国，是世界头号经济大国，又焉知他们更是农业强国，是世界头号农业大国。

世界上一些经济最落后的国家，同时也是农业落后国，老百姓在饿肚子。最近联合国粮食和农业组织公布一份报告：“一九九四年非洲、亚洲、加勒比地区等二十个国家将闹饥荒，遭受饥饿和营养不良的折磨。”在当今世界上没有发达的工业也难有农业的发达，“农业”不再是一种贬义、一种落后的象征，而成了先进和发达的标志——农业强国都是经济发达国家。

但是，许多中国人还把农业和经济发达对立起来，认为工业——代表富裕、发达和先进的科学技术，农业——代表落后、贫穷、赔钱。

于是大家一窝蜂地离开农业，鄙视农业，认为要发财就得远离绿色，去经商，去打工，去冒险……人口越来越多，每年增加一千六百万，相当于一个强悍的伊拉克共和国。

耕地则越来越少，每年减少四十六万亩，相当于失掉一个中级县的耕地——我们有多少县可供这样丢法呢？

于是，我们这个著名的“吃喝大国”，在吃上老出问题，警报频传。一会儿说稻米里含有过量的农药，面粉越来越不好吃了；一会儿传出有多少人吃病猪肉得了脑囊虫，肉联厂把死鸡病鸭一概拿出来卖，用尿素喂牛，使牛肉纤维很粗，蒸不熟煮不烂，吃到嘴里如同嚼麻绳。各饭店为保住牌子不得不从美国、澳大利亚等发达国家进口牛、羊、猪。不只肉类,很快连蔬菜、水果、粮食,也都是进口的好了。

进口的东西确实好。

我们的农副产品怎么啦?要知道我们的农民人数占世界第一位,我们曾长时间地为自己创造的农业文明自豪,现在却连吃的东西——这个老百姓最基本的需求也解决不好!

长时期地鄙视农业,造成恶性循环。有识之士在许多年前就提出中国人应该改变"饮食结构",甚至把中国运动员在某些项目上的频频失利,也归罪于中国人的饮食结构不好,使运动员体质太差。去年中国也出了个"马家军",征服了世界,据说也跟吃得得法有关。

我们是个有着十几亿人口的"发展中国家",不可能靠进口食物改变自己的饮食结构,更不可能人人都靠"八斤重的大王八"和"中华鳖精"来增强体质。

还是从最简单的吃豆腐做起吧。

幸好,中国人有个嫩江基地,使我看到了中国农业的希望和未来,对绿色产生了宗教般的虔诚和敬重。

还是数字最容易说明问题:

一九九二年嫩江基地人均年产大豆十八万斤。

一九八五年美国的人均大豆产量是二十万八千斤,英、德、法、澳等国是十五万斤。

加上他们这几年的增长数字,嫩江基地也正在接近国际先进水平。

基地直接生产人员人均种地三百八十亩。

这个数字在全国是绝无仅有的。

基地共有三千六百人,每年创造利润八千万元左右。

这个数字不仅在农业领域是首屈一指的,跟人数相同的工厂企业相比也是先进的。

他们也是种地,为什么没有落后,没有赔钱,反而创造了一种绿色的优势?

第二次世界大战之后，日本和西德的农业不仅迅速恢复，而且很快赶上了世界先进科学技术的潮流，成为农业的发达国——他们在总结农业成功的经验时，都承认得益于对农业进行的军事化管理，在整个国家经济还处于瘫痪的情况下，农业首先起步，稳住了国家形势。他们更为值得注意的一条经验是稳住了国家形势，经济恢复后并未歧视农业，放弃农业。

军事化雷厉风行，步调一致，令行禁止，共同对外。如果决策正确，指挥得当就是极大的优势。倘若决策失误，瞎指挥，军事化就变成了劣势。

嫩江基地是总后勤部一支优秀的部队，既然被视为基地，就要名副其实地成为先进的农业基地、粮食基地和绿色科学的基地！

他们利用自己的军事化推动市场化，适应市场经济，参与大市场竞争。

种粮食和天地打交道，和市场打交道。天有不测风云，经常变化；市场如魔鬼，变幻莫测。如果决策没有应变力，没有灵活性，一经决策的事情就不能变了，肯定会在老天面前和市场上碰壁。军事化利用得好，就像战争中抢占高地一样占领市场，利用不好则会妨碍市场化。

比如：一九九〇年他们预测到市场要发生变化，把主要的土地由种小麦改为种大豆。到一九九三年，市场上小麦三角钱一斤还没人要，大豆九角钱一斤抢不上，嫩江基地百分之八十五的土地种了大豆，可谓好运连年。

附近的农民或地方农场种着和他们一样的土地，在一样的气候条件下，其收获却无法跟他们相比。想紧跟他们，却老也跟不上；想学他们，一是学不了，二是不敢学，没有勇气冒他们承担的那么大的风险。按传统做法，种地要倒茬口，即今年种小麦，明年种大豆，隔一年种一次。嫩江基地却有自己的新理论，连年种大豆。此为“重茬”，系农家大忌，他们却连年取得丰收。当然，他们有一套严格的耕作办法，弥补“重茬”的缺陷。大豆收割后按老规矩应该把地翻开，他们却只耙不耕，至少不年年翻地。他们接受了美国农业学家戴维斯在《耕犁者的愚蠢》这本书里所阐述的理论：连年翻地会把草籽翻上来，使土地中间有隔断层，底下有板块层，土中的水分严重丢失。而耙地既能灭草，又保土保水——祖祖辈辈种地的老庄稼人，怎敢相信这套理论？相信了也不敢照着去做，眼睁睁看着嫩江基地年年有新套路，有新招数，花样翻新，财源滚滚。

他们的决策一经科学论证，便决心大，措施得力。在嫩江基地，科学技术真正是第一生产力。而在别的许多单位，人际关系才是第一生产力。这便是军事化的优势。

他们创造了一种军事化的现代大农业生产。从种到收，其间包括施肥、锄草、灭虫等田间管理，全部机械化，严察、规范、科学。田垄收拾得横平竖直，秧苗比按着尺子长得还齐，一千米里深浅误差和左右歪斜不得超过五厘米。说种就像个种的样子，说收就像个收的架式，时令如命令，一声令下如山倒，风雨无阻，舍得下辛苦。抢收季节，基地下属单位有的实在忙不过来，也曾花高价雇农民帮忙，这些以种地为生的精壮农民干一天就累跑了，而基地的军人并不觉得有什么特别受不了的。精神饱满，快乐而自信。他们很清楚自己创造中国最好的收成，每个人除去领取国家应该给的津贴外，还有一笔更为丰厚的跟收成好坏挂钩的奖金。《孙子兵法》云："取敌之利者，货也。"同时，每个基地人都学会了一身技艺，到哪里都用得着，终生受用。

所以，基地周围的荒地以及农民不想种的或种了也赔钱的地，一经基地买过来或租过来，就变成丰产田、摇钱树。

这是嫩江基地的优势，也是绿色的优势。

绿色本身就有无可比拟的优势。

下个世纪会成为生物世纪，绿色食品工业有无尽的前途。那将是一种立体农业，不施农药，绿色肥料完全取代化肥，生产出无污染的粮食。哪个国家科学技术越是先进，农业就越发达；农业越发达，绿色就越多、越茂盛。吃的无污染，用的无污染，福泽子孙，活得好的人越来越好。

相反，因落后而轻视农业的国家，因轻视农业就更加落后，渐渐变成发达国家的垃圾场。有污染的废料往你这儿倾倒，有污染的工业让你干，你吃的有污染，用的有污染，在污染中生存，祸及子子孙孙。

将来人类的不平等，体现在占有多少绿色上。

嫩江基地已经组织科技人员向无污染农业的“高地”展开了强攻。他们会成功的。但中国只有一个嫩江基地太少了。我们这个有着十亿农民的国家理应成为绿色大国。

1994年冬

绿色崇拜

佛教里有净土宗。

《摄大乘论》里说:“所居之土,无于五浊,如彼玻琍珂等,名清净土。”可见净土就是没有被五浊(劫浊、见浊、烦恼浊、众生浊、命浊)污染的清净世界,如“阿弥陀佛净土”。

当今滚滚尘世之中还有净土吗?

两年多以前,美国科学家在亚利桑那州造了一个世外桃源,名为“生物圈2号”——他们曾给地球命名为“生物圈1号”。四男四女共八名科学家在这个与世隔绝的小生态系统中度过了七百三十一天封闭式的自给自足的原始生活,种庄稼,养禽,搞研究,遇到了重重困难,也享受了自己动手丰衣足食的快乐。

他们此举并不是想为世界创造一块净土,而是为了征服——为将来向太空向火星移民做试验。但是那个占地三点四英亩的人造世外桃源让人想到了净土,引起全世界的关注。报名想参加试验的人踊跃异常。与其说大家争先恐后是为了将来上太空做准备,我宁愿相信是现代人们向往一种与世隔绝的自给自足的田园生活,向往一块净土、一块乐土、一片绿色。上太空为什么要先当农民?最“原始”的种地和最“尖端”的航天之间有什么必然的联系吗?

倒是德国著名的精神病治疗医生汉斯·兰比希设计了另一个举世无双的明希威勒农场,占地五十公顷,种植土豆、小麦、甜菜,喂养着肉牛、奶牛和鸡鸭等禽畜。在四名护理人员协助下,他带领着一批在现代社会生活中精神受到刺激和心理严重失衡的不幸者,春种秋收,自食其力。渐渐地情绪放松,改善了自我感觉,性格恢复正常。这就是意味深长的“农场疗法”。

现代生活造成了许多现代疾病,而发达的现代医学却治不了这些现代疾病,不得不求助于改变生存环境和生存方式,采用原始的“男耕女织”的办法,却收到了奇效。因为“农场”隔绝了社会的污染源,保护病人不再受“五浊”的侵害。

人到底需要什么?

所以“净”总是和“土”连在一起。

然而人们并不喜欢土,不愿沾土,不愿身上有土,不愿被说成老土,却没有一个能离得开土。到哪里去寻找一个既不脱离现代社会,又可永久地安身立命的净土呢?

现在该说到正题了:中国就有这样一个地方——

我是十月上旬到这里来的,所有的人都说来得不是时候。应该在夏天来,能看到真正的绿,四十四万亩大绿,波澜壮阔,多姿多彩,绿油油,水汪汪,纤尘不染,天地洁净,却磅礴着生机。或者在冬天来,大雪覆盖,世界一片洁白。饱览高寒地区的风光,可滑雪,可打猎。

然而我还是庆幸能在这个时候来,见到了黑土地,见到了黑土地上的秋熟。

成熟的大豆变成了铁褐色,齐刷刷黑压压,像比着尺子长得一样齐、一样高、一样饱满,在辽阔的黑土地上无拘无束、无穷无尽地铺展开来。我头脑里原有的关于庄稼地的概念是成块的,成条的,有各种形状的,有大有小,地里长着高高低低、五花八门的庄稼。站在黑土地上却不敢确定这还叫不叫庄稼地?这里的地没有边,没有界,没有形状,天是圆的地就是圆的,天是方的地也是方的。你一眼能看多远,大豆地就伸展多远,如同航行在太平洋上对海水的感觉一样,谁能估计得出海水有多少呢?

黑土地上的秋收是一场真正大战。几百台各种型号的大型联合收割机,有规则地分布在四十四万亩土地上,排开了阵势,这一个个庞然大物把大豆连秆带荚一并吞下，将滚圆的豆粒留在自己肚里，又飞快地吐出豆秆和豆荚，如同战舰搅起海浪。拖拉机跟在它后面耙地，辛苦了一年的黑土地又露出它的真面目，显得轻松而欣慰。卡车往来穿梭，把收割机吐出来的黄灿灿的豆粒运到场院里。

说它像一场大战，还因为从战斗一打响便不能停下来，无分昼夜，大概要持续一个多月，直至把黑土地上的最后一粒豆子收进仓库。

我来得正是时候，秋收大战正进入高潮。

这块黑土地的中心是北纬四十九度，东经一百二十五度，从中国地图上看，正处在鸡头的脑部，头冷脚暖，它属高寒地区，冬季气温为摄氏零下四十八度，年平均气温是零下一度，全年无霜期只有一百天左右。大豆早一天不熟，熟了就得抢，说不定哪天一场大雪盖下来，一年的辛苦便付之东流。说是晚秋，比关内的初冬还要冷——越躲在房子里越冷。扑到黑土地里，则会感到一股无边的热力……

一望无际的黑土，黑得纯粹，黑得油亮，黑得湿润松软，仿佛一把能攥出油来，当地人说插上根筷子也发芽。同时又黑得干净，黑得让人生出一种亲近，想在上面跑跳，想在上面打滚，沾上一身黑土黑泥也不会嫌脏。

黑土地富有而强大的生命力，仿佛能使人变得热情、单纯和高尚。

我让自己感到了惊讶，为什么一见之下就喜欢上了这片黑土？

也许是被征服这片黑土地的人所吸引吧！

在这块土地上生活着，或许应该叫战斗着三千六百多名特别的人。他们是正规部队，其番号是59196部队，战斗力不亚于任何一野战部队。他们又是农民，主要任务是种地打粮食，他们另有一个牌子，叫嫩江基地。他们还是科学家、企业家、工程师、工人。善观气象，懂得土壤，精通机械，每个人都能操作联合收割机、播种机、拖拉机、汽车……似乎凡是有发动机带轱辘的他们就会驾驶。

黑土地的文明造就出来的人，无论他们有着多么大的本事，有着怎样的才华，成就了多么骄人的业绩，外表和骨子里都有一股真淳、一种诚厚，有着农民的朴实、工人的干练、军人的作风、知识分子的素养。像种子一样,走下去立刻和这片土地融为一体。把他们中的任何一个人单独挑出来,都是出类拔萃的,身上背着一串荣誉。毕业于各个年代的大学生、中专生一抓一大把,功臣一抓一大把,奇才、怪才、能工、巧匠、格外能吃苦的、格外能干的一抓一大把……

他们为什么会聚集到这里,并能长期留下来?

缘于对绿色的向往,被绿色吸引。

他们选择了部队也就是选择了绿色,成了军人便是接受了绿色的选择。

宋青洋大校,第一次穿上绿军装的时候只有十六岁,感到自己非常幸运。等待着他的幸运就是在一个白色的冬季,随部队挺进大兴安岭。要开发这片人迹不到的黑土地,就得先修路,他当的正好是修路的兵。

当时的气温是摄氏零下五十六度,黑土地冻得冒白烟,他感到眼珠子都要冻裂了,腿上冻得裂开一道道口子,整个冬天都在咳嗽中度过,咳嗽得说不出话来,呼吸困难。而且长时间地吃不饱穿不上棉衣,绒衣被汗水湿透,转眼又冻成冰疙瘩。被冻成冰的仿佛不只是绒衣,还有他那一米五四高的身躯。他正处于长身体的阶段,由于冻、饿、累,竟一连几年突不破一米五五大关,反倒累得矬掉两公分。一个战友在他旁边推一车土上坡,到最陡处猛然一较劲儿,脊椎被掰断。掰断了脊椎也没有让那车土撒掉,甚至没有喊叫,没有让战友和领导知道。

当时的人有一种精神,这是一种绿色的信仰——绿色代表强大的生命力,代表希望。以后宋青洋考上了大学,毕业后完全可以选择一个安逸的地方,他却仍旧回到了嫩江基地,他的生命似乎已离不开黑土地上的绿色。

宋青洋从前所在的部队也曾三进两出大兴安岭。两出就是绿色的撤退。最后还是挺住了,绿色扎住了根,在漫岗丘陵、沼泽荒甸上开垦出四十四万亩耕地——到春天是四十四万亩绿苗。到夏天可以说是一片绿色的大海。到秋天呢？是令人心醉又令人发愁的绿色收获。嫩江基地下属八个场，每个场有五六个中队，每个中队的大场院里都堆起几座大豆山，满眼金黄，熠熠生辉。两亿多斤大豆要装进麻袋，每个麻袋装一百八十斤，要由战士的双肩扛到仓库，再由仓库装上火车。每个战士每年要扛三十万斤粮食，年年如此，这是何等喜人的收获，又是多么巨大的劳动量！醉人又愁人。更不要说豆荚、豆秆，本来是上好的饲料，由于太多了，漫山遍野，成堆成山，任附近的农民随便拿，或人挑，或马车拉，或拖拉机运。剩下的便就地付之一炬，烧起冲天大火昼夜通明。可谓热火朝天，热气蒸腾。成长了一年的绿色秸秆，贡献了果实，又化做草木灰，肥沃第二年的绿色。

白色的冬天呢？

积雪没膝，处处冰凌，应该是绿色退层的季节。

宋青洋，嫩江基地的副主任，除了分工负责基地的生产，还负责抓部队的训练，等于基地的一年四季他都管了。生产就是播种绿色和收获绿色，春天备耕、下种，夏季田间管理，秋天收割。这三个季节部队都很忙，唯独冬季，封地净场，对庄稼人来说是休息的季节，是享受一年劳动成果的清闲季节。嫩江基地是"庄稼兵"而不是普通的庄稼人，冬天也不可能闲着。在宋青洋的号令下，三千六百名官兵，身着整洁的绿军装，头戴绿军帽，手戴绿手套，开到冰雪覆盖的操场上，展开了为期四个月的紧张而严格的冬训。

于是，在雪白的冬季，在嫩江基地雪白的旷野上，又出现了一片片整齐而雄壮的绿色。使冰冻雪封的大地又有了生机，军人们的脸上红红黄黄，冒着热气。

冬训使绿色又占领了冬天。

宋青洋的理论则是：部队不训练不行，不练不为兵，不练不出战斗力。没有战斗力就没有生产力。闲兵不好带，越忙兵越好带。

他的这番理论经常受到些意外情况的检验——

有一年，降雨量突破了本地区的百年纪录。大雨倾天而泻，山洪如排山压下，江水势如野马脱缰，防不胜防，堵不胜堵。人力已无法控制,决口已成定局,地方政府开始组织群众紧急疏散……嫩江基地接到报警,由宋青洋带着队伍上了河堤,绿色挺上来了!

宋青洋雷霆震怒,基地的四十四万亩绿色,再加上地方上的庄稼,一百多万亩大绿,眼睁睁就这么被洪水吞没?不存在能不能护住大堤的问题,“必死则生,幸生则死”!

一排排绿色扑进江水,护住大堤,另有一片疯狂的绿色飞快地传递着石块和装满黑土的麻袋,大堤在增高,在加固,有绿色的护卫,它不可能被冲垮。它终于保卫住了一百多万亩绿色。

绿色有着强大的生命力,用长久的眼光看它,绿色是不可战胜的。

绿色是大地的诗。创造这诗,要有足够的真情、实意和诚朴。

大约四十年前,一名年轻的朝鲜族战士,不善辞令,性格内向,但聪明能干,被部队推荐离开大兴安岭到大连集训。经过短期集训,参加石家庄军官学校的招生考试,他以优异的成绩被录取。却因为说话少被集训队领导误解,有了误解又未及时向领导解释,使误解加深,激怒了领导,他的入学资格被取消。他大病一场,带着一肚子委屈又回到大兴安岭。心灰意冷,只等服役期满便回家。

黑土地上的人情厚,自己的部队更了解他。他的班长广西人,是一九五一年参军的老兵、抗美援朝的功臣,自己没有多少文化却格外欣赏和器重他这个初中毕业生。鼓励他打起精神,不让咱去石家庄,咱就再考别的学校,天下学校多得很,路也多得很。石家庄军官学校为部队培养指挥干部,说不定你更适合当一名技术干部。班长为他报名,给时间让他复习功课。他完全是被班长的热心感动了,一个战士也接触不了更高的领导,单是为了自己的班长也应再考一次。他考上了齐齐哈尔铁路工程学校,班长比他还高兴,把自己的被子给了他,把自己藏了两年多舍不得穿的一双新布鞋给了他,亲手为他打好背包,送他到火车站,千叮咛万嘱咐,洒泪而别。

这件事改变了他的一生,影响了他的一生。许多年后只要谈起自己的班长,他就落泪。当年跟他一同入学的八十四人,最后毕业的只有三十七人，他是全校评出来的五个技术尖子之一。四年后他毕业回到了原部队，成了一名出色的技术干部。

他就是现在的嫩江基地主任郑完植。当年影响了他的班长，至今还在影响着嫩江基地。基地不放过任何一次机会把自己的干部战士送出去上大学，这风气甚至影响到他们的后代。我在基地住了十天，采访了许多人，他们的子女凡是到了上大学的年龄，几乎都在外地上学。基地专门派一辆大轿车，早晨送自己的子女到县里最好的学校去读书，放学后再把他们接回来，基地当然更不会错过从外面招收各种人才进来的机会，于是基地越来越兴旺。基地兴旺，绿色就强盛，强盛的绿色调和着人和大自然的关系，也调和着人和人的关系，缓解了现代社会的紧张。

嫩江基地辽阔的黑土成了许多现代人羡慕的净土。

外边的人一走进基地，很容易惊讶这里的男人雄姿英发又厚重稳朴，厚重稳朴又气宇不俗。而女人们更是美得令人难以置信，那肤色、那脸的润泽是现代化妆品绝对涂抹不出来的。

我想到了新疆的石河子，那是一座绿色的新兴城市，和嫩江基地遥遥相对，一个在大西北，一个在大东北，分别占据了中国的两角。五十年代初，也是来自“五湖四海”的人聚集在石河子，开荒，种地，建设自己的城市。他们在创造绿色文明的同时开始相爱，成立家庭，生儿育女。他们的后代意想不到地优秀，不仅智商高，而且外表漂亮，全国中学生的数学或文科类的各种比赛，石河子代表队常常名列前茅，高考升学率超过沿海城市，各地文艺团体挑选演员都去石河子。父母的血缘关系相距遥远，是他们先天遗传的优势；生长在一片没有污染的绿色环境之中，是他们后天的优势。

嫩江基地连年保持人均产大豆的全国最高纪录，是最优秀的绿色企业，无论军内军外，任何一个农业单位都不能与之相比。这证实了基地的优势。这里有科学的解放，必然有人的潜质的最大解放。

人的优势要依赖与之相适应的环境、氛围。当今世界上越是经济文化发达的国家越重视绿色，绿色是发达和文明的象征，它可以调解人的精神，缓解现代社会的紧张。

同样的种子，在嫩江基地就可以种植出品质最优良的大豆，搬到别的地区播种则未必会优质高产。

四十四万亩大豆苗，横看密密匝匝，波浪起伏，竖看则垄背笔直，整整齐齐。每一棵豆苗都有自己独立的根系和生存空间，靠自己的力量进行光合作用，完成生长过程。同时，它们又是生长在一个庞大强盛的集体里，得到了统一的科学的管理和护卫。

我在基地的基层，见到了许多场长和政委之间，教导员和中队长之间，上级和下级之间，干部和战士之间，那种似兄弟非兄弟，似家人非家人的特别亲密关系：默契、合作、自然、轻松，又相互尊重。不像一家人那样随便和熟了就不讲理，不讲理就会起争端、闹矛盾。

一场场长高学贵接到总后勤部的领导要来视察的通知，便给自己的妻子打了个电话。他的妻子是基地理发店的经理，接到丈夫的电话，立刻带上全套理发工具，赶了八十多公里的路，来到一场。在一场的地头、路边、场院里、汽车旁，她挨个给干部、战士理发。人漂亮，手艺也漂亮，干净利索，把一场的脑袋一个个收拾得精神百倍。一个多月来他们忙于抢收，几乎连吃饭、睡觉都嫌麻烦，哪还顾得了头发。把脑袋交给场长夫人来整理，他们放心，甚至可以说是享受。我在旁边看着都觉得舒服、自然。她穿着大红毛衣，系着雪白的围裙，打扮入时，风采俏丽，却和这黑色的旷野、金黄的大豆山、粗笨的联合收割机极为谐调，画龙点睛般地使紧张的秋收有了笑声，有了温情，有了动人的色彩。

基地副政委肖文吉大校，陪我们早晨五点钟起床，尽兴地在黑土地上跑了一天，翻越小兴安岭余脉，横穿黑龙江省北部，直到中俄边境。可算在一个更广阔的背景下对黑土地又多了一些了解。

地球上有三块黑土地，一块在乌克兰，使乌克兰成为前苏联的粮仓。另一块在北美洲的中部，使加拿大的小麦产量居世界之首，使美国成为世界头号农业强国。第三块就在中国的东北部，松花江和嫩江平原上。见惯了黄土和红土的人,常以为松嫩平原上铺了一层黑粪。翻开的黑土,松软,湿润,在阳光下闪着亮光,如同挂了一层油。

有这样的黑土才会有盛大的绿色。

奇怪,世界三大块黑土都分布在北纬四十五度以上的寒冷地带。说明寒冷是形成黑土地的一个重要条件,经过寒冷孕育出来的绿才辉煌壮阔。大自然是公平的,它让南方温暖多雨,四季常青,但青山绿地之下却没有多少内容。北方一些不毛之地,甚至莽莽沙漠之下,却埋藏着石油。一些光秃秃的大山,里面却埋着宝藏,如甘肃的锡、山西的煤、辽宁的铁……

黑土地也是大自然对人类的厚赐,嫩江基地没有辜负这片黑土地。在千里旷野,如果突然看见几座孤零零的楼房,那便是基地下属的一个场或一个中队的所在地。房边一定还有四个银光闪闪的粮食烘干塔,并排挺立,直插云间,如同上了发射架的巨型火箭。

割豆的、晒豆的、装豆的、运豆的,一幅秋满人世间的兴旺景象。

也有顽强的绿色,仍留在针叶松的枝头,或者成片地占据着某处的山冈,或者像围墙挺立在路的两旁,随着路起伏蜿蜒。坐在吉普车里,看前面的路,有时像驼峰,有时直立起来,像通天的胡同,待走到跟前,路仍旧是平的。是路两旁交替变化的各种树林,使黑土地上的路变得神秘了。

晚上,当我们再次翻越小兴安岭,急急忙忙往基地赶的时候,突然天降大雪。四周一片漆黑,唯有车灯吃力地照出车头前的一小片雪景:关里的人难以见到这么大的雪,雪花大如拳,不是从天空飘落下来,而是从旁边的黑暗中突然弹射出来,一团接一团,一团赶一团,旋转着,推进着,拧成千万条粗粗的雪绳,永远扯不断,拉不完。吉普车仿佛已经被这些雪绳塞住,缠住,车轮打滑,慢慢爬行。而雪团不停地射来,最后竟弯成了雪砖、雪枪、雪球,吉普车头如张开的大口,以与雪团迸射相同的速度吞吃着这些冰冷可怕的东西……

农历刚进九月,序属三秋,就下这么大的雪。肖文吉告诉我,从现在起,一直到明年阳历五月,大雪不化。大雪覆盖,正可以保护墒情,地里的水分不蒸发,雪水本身又富有养分。

——这就是寒冷的妙处了。

黑土地用多半年的时间做准备,积蓄力量,迎接新的绿色。这绿色怎么会不强大,不充满生机!

部队在冬训,黑土地也在冬训,全是为了新的绿色。

在我们即将离开嫩江基地的时候,基地副主任刘衍杰大校送给我一袋黑土。这是非常珍贵的礼物。我家里有近十盆花木,明年春天倒盆换土的时候,我将给每个盆里都撒上一把黑土,愿我的花木也长出嫩江基地那样的绿色。

1994年冬

橡 胶 林

大自然中唯橡胶树的命运最凄苦,我从未见过高大粗壮带着野性的橡胶树,见到的都是干干净净、规规矩矩的橡胶林,或粗如小腿,或细如胳膊,躯干上被刀割出蛇形沟槽,有白色浆液顺沟槽流出,流进吊在底部的一个铁桶里。病恹恹,瘦嶙嶙,人们称它为“流泪的树”。流出的泪就是橡胶。经常流泪并未引来人类的同情,而是更加频繁地宰割。橡胶树规则地排成行,安分守己地站立着、等待着。

在它们旁边就是侥幸存活下来的热带雨林,绿森森宛如一片铜墙铁壁,横生竖长的各种灌木拥挤着乔木,乔木拉扯着藤条野蔓,你身上有我一只脚,我身上有你一只手,互相扶持,互相依存,牵一根动一片,繁茂庞杂,密不透风,磅礴着一种强大的能威慑人类的生命力。谁也不知道里面藏着怎样的凶险,没有人敢轻易钻进去,大自然森罗万象的原始野性足以逼退人类的好奇心。和橡胶林的驯服形成两种截然不同的景观。

然而近代对海南岛的开发就是从种植橡胶树开始的。

一九〇六年,四十五岁的马来亚华侨何麟书筹股五千光洋,带着四千粒橡胶树的种子,回到故乡海南岛乐会县合口湾,在茂密的原始森林里开出一块地方,创办了“琼安胶园”,又称琼安垦务有限公司。可惜连播三年,无一发芽,何麟书所筹股本尽失,股东们丧志,纷纷退出。他重返马来亚,请教内行,精心选出五千株胶树苗,再冒风险带回故里,惨淡经营十一年,原产于巴西的橡胶树终于在海南岛引植成功。

于是,琼安胶园被后人称为“中华橡胶之母”。

何麟书先生的成功吸引了更多的华侨从马来亚、菲律宾、新加坡等地回国,在海南的其他地方开办胶园,渐渐地海南岛建立起九十一个橡胶种植园,开垦出三万二千亩胶林。原始的热带雨林以及里面的野生动物,作出了退让。看着当年下南洋的人又回来了,南洋的文明也随着生产橡胶的技术一块上岛了。此时的中国北方大陆正充斥着美孚石油、英美烟草公司生产的香烟和基督教,这三样东西同样也带来了西方文化……

海南岛的历史上曾拒绝过一些名人,接纳过一些名人,也产生了一些名人。拒绝过想征服它的一些著名将领,如东汉的伏波将军马援、三国时期的孙权等。却收留了一批从京贬谪到海南的朝廷重臣,如"五公祠"里就立着唐宋两朝五名宰相和副宰相,后来,声名赫赫的苏东坡也被贬到了海南儋州。海南岛本身也产生了一批名人,如冼夫人、邱浚、海瑞、宋耀如等。但不记得哪位名人为开发海南做过什么事情,土生土长的大人物也都是在很年轻的时候就到外面求取功名,当功成名就最有作为的时候又回不了海南。被贬谪到海南的大人物往往消沉,或绝食而亡,或得过且过,有酒喝有肉吃就不错了。

我不想苛责古人,当时被流放海南是仅次于死刑的一种惩罚,可见海南之荒蛮,大人物陷于这种境地还能有什么作为呢?倒是一个不知名的江苏女子困在海南三十年,向黎族妇女学了一手纺织技术,后来回到家乡成了大名鼎鼎的黄道婆。

如此说来,有功于海南的人中,何麟书倒应该被写进海南的历史。在他创办琼安胶园四十五年之后,中国政府在广州成立了华南垦殖局,由当时的中共中央华南局第一书记兼任局长,指挥刚刚由野战军改编成的屯垦部队在海南岛大面积种植橡胶林。

因为橡胶是战略物资。笼而统之地说,世界是由两种物质构成的:一种是硬的,一种是软的。路是硬的轮胎是软的,骨头膝盖是硬的鞋是软的,精钢做成的压力锅是硬的却少不了软的胶圈儿。有硬就有软,有刚就有柔,有阳就有阴,有钢铁就必须有橡胶。自行车、汽车、火车、飞机、轮船等一切人间的钢铁制品,都少不了橡胶。制造一艘三万五千吨的军舰，需要六点八吨橡胶；装备一辆二十八吨重的轻型坦克，需要八百公斤橡胶，生产一架喷气式歼击机，需要六百公斤橡胶……更不要说橡胶在医学、化工、轻工等领域广泛而又无法替代的用途。考核一个国家强弱的最简单的标准就是看它的钢铁和橡胶的产量。资本主义强国对刚诞生的新中国很不习惯，开始对中国实行经济封锁，橡胶当然在禁运之列。而新中国要想强大，要想发展，不可一日无橡胶。中央政府就把“橡胶自给”的任务交给了农垦大军。

海南岛热闹起来了，成立了近百座农场，一下子集结了七万多名种植工人，其中大部分是转业军人。还有相当数量的归国华侨，他们不再是几个几十个地回来，而是成千上万地回国，“挑着简单的行李，从海口向垦荒点进发”。首先展开了人与兽争夺地盘的战斗……

白天，工人们一上山，猴子们便成群结队地下山了，钻到工人们的家里把能吃的东西全部吃光，把坛坛罐罐打烂。如同鬼子进村扫荡，只差没有放把火。夜晚，山猪、箭猪、水鹿、山羊又出动了，甜丝丝的橡胶树的树皮以及橡胶幼苗的嫩叶，非常适合它们的口味，一夜之间可啃光幼苗，捣毁胶园。种植工人不得不建茅寮、设岗哨，夜色降临便敲铜锣，击皮鼓，放土枪，点篝火，大呼小叫，吆喝连天，以驱赶野兽，保护胶园。

人和兽争夺的是生存权。人类建胶园毁了野生动物赖以生存的原始森林。野兽好像报复般地毁了胶园，工人们轻者受处罚，重者被法办。因为拿不出橡胶国家将受制于人，无法在世界立足，不能不严明法纪，也就顾不得野生动物以及它们所赖以生存的绿色环境了。

同一次又一次难以表述的人祸、天灾相比，野生动物的侵害算是最好对付的了。三十年风风雨雨过去了，橡胶树始终是海南农垦的“摇钱树”。在这棵“摇钱树”下海南农垦人口达到了百万，国产橡胶的百分之七十是由海南提供的。

至今，海南全岛还有八十株橡胶母树，树龄在八十四年以上。最大的树围二点四米，树高三十二米，树冠障空，翠云交干，躯干上刀伤累累，疙瘩瘤秋，“老皮张展黑龙鳞”。这些母树是海南开发的活见证，它看着许多农垦人在它旁边倒下了，骨灰又埋在了它的脚下，它看着第三代农垦人长大成熟……

如果从何麟书算起为第一代农垦人，现在已到了第三代。第一代和第二代农垦人是从四面八方来到海南，第三代农垦人则是千方百计地要出去，他们把生意做到了美国、韩国、日本、中国台湾、中国香港、肯尼亚、新几内亚等十几个国家和地区。这一代人的眼光也不再只盯着橡胶……但是，无论现在的海南怎样开放，怎样引人注目，也不能轻视农垦。

农垦系统的收入仍然占全省工农业总产值的四分之一。在“文化大革命”时期，中国曾一哄而起地建立了许多生产建设兵团，随着“文革”的结束也一哄而散了。唯有新疆和海南仍然保留住了早在“文革”前就已经建立起来的庞大的农垦大军，他们不是一哄而起的产物，也不可能一哄而散。历史可以戏弄“文化大革命”，“革命”甚至也可以戏弄历史，却不能戏弄土地，不能戏弄新疆生产建设兵团在戈壁滩上创造出来的一块块绿洲和海南农垦战士种植的橡胶林。

铁干钢肤的橡胶母树，是功不可没的，曾接受了种胶工人八十多年的谢拜（每逢割胶季节，割胶工每天在割胶和收胶的时候，都要给胶树“做拜”），是不容亵渎的。记不得是谁写过这样两句诗：“材大贤于人有用，节高仙于世无情。”用来做寿联送给橡胶母树是非常合适的。

橡胶不是泡沫，农垦业曾是海南经济的根。随着海南的发达，希望这根不要被砍断，而是越来越粗壮。

1995年10月7日

老树成神

近读《森林与人类》一九九五年第四期上，谢广森先生的文章《森林又一忧》，心里重又鼓胀起绿色的忧虑。黄山尖和莲花村两个地方森林失火，林业局的机关人员闻讯从远处赶来，整日整夜地在山上救火，而当地的村民们却打麻将、甩扑克，悠闲自在地仿佛是从电视里看救火的场面。烧的是他们的山，毁的是他们的林，他们是怎么了？

他们身上缺了点什么？缺鼓动？缺奖金？缺制度？缺惩罚……也许都缺，但主要是缺少绿色意识，缺少文化。关于森林对人类的重要性，林业局的人说破嘴皮子了，电视里、报纸上说得够多的了，如果火离自己很远可以装傻充愣，可大火就在眼皮底下烧，竟无动于衷。他们身上又多了点什么？冷漠，自私，无知？

如果说因缺乏绿色会对人类有什么危害，已经讲得太多了，让缺乏绿色意识的人反而"处变不惊"了。那我就讲讲我们这个民族的"绿色传统"——

在中国民俗文化里，自古就有敬树的传统，视树为一种"风水"。农村里凡门前或院里有大树的人家，绝不会是贫困户。哪个村里有一棵或几棵大树，会被认为是全村人的福气。古代的陵墓和现在的烈士陵园，哪会没有树的。北京城历来被认为有一股"帝王气"，随处可见的参天古树就是一种重要标志。如若不信，到故宫后面的御花园、北海、景山、天坛、地坛等公园里走一走，自然就会感受到那股不同寻常的气息。

台湾屏东县至今还保留着拜树的风俗，把全县七十九株百年以上的老树做了登记，安上神称，按时祭拜。如，一株老茄苳树被封为“茄苳王公”，在树干上围一圈红布，上写“茄苳王公福德正申”，下设一神像，经常烧香、供果。还有的老树被封为“梓童帝君”、“神木坛”、“榕树公”……每一棵老树都有一段传说、一个故事，有的具弄璋的能力，有的曾吓跑土匪救过村民，还有的能解疑难杂症——也许有人会说这是封建迷信，以我看这种敬树的迷信比烧树的不迷信要好。

我并非提倡老树迷信，我尊敬这种爱树的虔诚。海南岛农垦局把几株橡胶母树，封为开发海南的功臣加以保护。后人把欧阳修种的柳树称为“欧阳柳”，西湖人把苏东坡植树的长堤称为“苏堤春晓”，还有文天祥的“寓志植杨”，孙中山种酸豆树以示兴国……

老树成神，护国护民。人们敬树、拜树，其实敬拜的是大自然。

现代科学技术愈发达，愈感到大自然对人类的重要和神秘，愈提倡保护大自然。几乎没有人再空喊“战胜大自然”的口号了……

现代中医学也得出结论：柳树对人的肾脏有好处，杨树养肺，松树护肝，苹果树保心脏……这总不能算迷信吧？

再回到我们的传统上去，古人有“不树者，无椁”的规定。不种树的人，死后不许进棺材——在古代这等于是不得好死。“焚书坑儒”的秦始皇，却下令百姓种树：“每三丈而树”，“树以青松”。被后人误解较多、名声不太好的隋炀帝，开凿大运河，鼓励百姓两岸种柳，种活一棵奖细绢一匹。元世祖忽必烈诏书天下：“国以民为本，民以食为本，衣食以农桑为本。”等等，等等，“柳暗花明”才能“又一村”。

可见中华民族千年的文明史，并不缺少绿色。陕西黄陵县轩辕庙里有一株古柏，乃轩辕黄帝所栽，至今已四千余年。它就是活的绿色历史，每一株古树都是一部绿色的历史，既见证过去，又瞩目未来。

但，如果没有绿色，没有森林，人类还会有未来吗？

1995平11月16日

榴莲难忘

马来西亚请我去是出于文学的原因,我心里却另有一个更强烈的愿望,尝一尝榴莲。这个东西名气太大了,堪称"臭名昭著"。因有奇臭,而又奇香,又臭又香,名声响亮。凡吃过的人终生难忘,都对它大讲特讲,这种奇怪的东西、奇怪的味道,别人越讲得多你听着越玄,就越想亲眼一见,亲口一尝。马来西亚正好是榴莲的故乡,不愁闻不到这种臭和吃不到这种香了。

刚到吉隆坡的前几天,日程安排紧张,没有自己活动的时间,只有到处留意,却不见榴莲的影子。几乎每次餐后都有水果,宾馆的自助餐水果种类更多,唯独没有榴莲。我只好向当地人打听榴莲哪去了?他们又向我大吹此果,并称它为"果王"……我对封号不感兴趣,如今到处都盛行称王称霸,就我所知道的'果王"、"果后"已有好几个,如芒果、荔枝等。榴莲既然也称"果王",为什么不进宾馆?不登大雅之堂?他们解释说政府有规定,任何人不得将榴莲带入宾馆、机场,车站、码头、饭店等一切公共场所。因其臭味熏天,别人无法忍受。

哎呀,看来是个凄惨的"果王"。

以后到马六甲市游览,看到一辆装着榴莲的卡车停在路边,围着几个人一边买卖一边吃。这个东西站在道边上吃最合适不过了,其味道随着大气扩散得快,不会妨害别人。

我终于见到榴莲了——呈长圆形,但不规则,一头大一头小,浑身长满木刺儿,像青黄色的刺猬。大的如变形的排球,小的也比刺猬略大,或草青色,或更黄一些。外壳坚硬,卖主把它打开递给我,一股恶臭扑鼻而来，好在我早有思想准备，身子挺住，双脚未退。有人曾问过我敢不敢吃，我当时口出大话，说不是敢不敢的问题，而是非吃不可。此时已没有退路，只能朝着那奶白色的果肉下口了，一口咬下去，不像闻起来那么臭，而且略带香味，微甜。连吃几口，对榴莲的印象大变，只觉味美，不闻其臭。当地人可以此当饭，我吃了一个，也觉得肚子有点饱了，到后来咬着那绵软的果肉，如同吃怪味馒头一样。

我和一位台湾作家吃得淋漓尽致，只苦了不吃榴莲的女主人，在回吉隆坡的路上，她坐在车前面一言不发。我想是被满车怪臭逼得不敢张嘴，不敢深呼吸。我们赶回吉隆坡，还要参加一个文学活动。如果就带着这一身榴莲臭走进文学讲座的会场，会怎样呢？其实，文学不也是又臭又香、一会儿臭一会儿香、闻起来臭吃起来香或吃起来臭闻起来香的一种东西吗？

世间这种又臭又香、有臭有香的东西太多了。但，香和臭结合得最完美的是榴莲。

后来又请人带我看了榴莲树，竟想不到地高大。果林的主人介绍说有二十五米之高，差不多等于六层楼的高度，以前叫它“韶子”。它长得这么高如何采摘果实？主人讲不用采，熟了后会自己掉下来。我摸摸头，仰脸看看空中垂挂着的青刺猬，这要砸到头上，命必休矣！

主人解释说，别看它浑身是刺儿，但长着眼，有灵性，决不会伤着人。果熟以后都是在中午十二点左右或午夜十二点左右往下掉，那个时候果园里一般不会有人。

真是奇果，善果。榴莲榴莲，让我“流连忘返”。

1995年11月20日

城市的灯光

生命孕育于黑暗之中，在诞生的那一刻便有了光。

光，是生命的灯。“人死如灯灭”，生命结束之后又重归于永恒的黑暗。人类对黑暗的恐惧源于对死亡的恐惧。所以追求光，是人的天性。

于是，发明了灯火。

但，人类还没有能力将灯火充塞天地，照亮寰宇，只能集中在居住区。这便创造了城镇，被称为“烟火稠密”的地方。灯火照不到的地方，叫“人烟稀少”。灯火代表一种文明，一种进步，一种喜庆气氛。在重要的节日或举行隆重庆典的时候，人们首先想到的是燃亮灯火，给光亮增加色彩。人造的彩光，不仅能驱赶黑暗，且五颜六色，绚丽辉煌，远胜过白天色调单一的光明。如果再巧妙地借助月亮和星星的清辉，天光地彩，交相辉映，那便是人间胜境。

不夜城，代表了人类的欲望。城市是由建筑物构成，而建筑物是由水泥堆积起来的，这样的建筑必须有色彩和灯光的装扮。现在识别一座城市的发达和富裕程度，最简单的办法就是看它夜晚的灯光。而中国的传统是举办专门的灯节，点花灯，放河灯，燃湖灯，雕冰灯……特别是近十几年，人们将城市“亮起来”和“绿起来”，一并提上议事日程。

世界上许多发达国家的城市，更是一到夜晚就让整个城市变成灯海光域、火树银花，天天是“灯节”。如纽约，每当夜色降临，所有的房间里必须都要开灯，公司职员下班后离开办公室的时候，都习惯性地把灯打开。否则,失火、失盗及发生其他意外事故,保险公司不负责赔偿。这其实就是强迫每个人开灯,“让城市亮起来”,而且鼓励“争奇斗艳”,色彩繁复,诸如广告、霓虹等等,尽量不用单调的白光或黄光……

我曾有那么几次在纽约机场起降的机会,每次都不错过从空中鸟瞰纽约的机会,也曾登临过帝国大厦,居高临下地俯瞰全城,由于都是白天,尽管相当真切地看到这个世界头号国际大都市的惊人之处,却远不及我看到它的夜景时所受到的震撼。那是一个秋天的夜晚,当我搭乘的班机在纽约上空盘旋的时候,身下的夜景五彩斑斓,摄魂夺魄,眼睛为之迷离,心神为之摇动。

纽约的彩夜是立体组合,万家灯火乘风步月,直接云霄,摩天大楼如金色的长形光柱,照耀星空。圆形建筑则似镶满宝石的王冠,灯若连珠,光射琉璃。有的建筑一团火红、璀璨夺目,有的则灼灼如雀蓝、晶莹如碧绿,有的霞彩纷披玲珑剔透……特别是摩天楼集中的曼哈顿,恢弘万象,天上星河地上忙,灯耀长空,楼随影动。此时唯有大海,如沉实的墨绿色丝绒,静静地舒展开,上面撒满五彩珍珠,光芒闪烁。

飞机盘旋得很慢,仿佛也迷恋这通明的夜空,在迷人的灯火上面转个没完没了。莫不是美国驾驶员有意让乘客饱览纽约夜景?邻座却告诉我是在等跑道。他让我往机头前的夜空看,在我们这架飞机的前面,几乎是等距离地分布着四个通红的光球,缓缓地盘旋而下,一个比一个低,像移动的星星。但比星星更大更亮,最后融入一片灯海之中。在我们的机尾后面,也有这样几个光球,由高而下,等距离尾随于后,像夜空中一个个的台阶……这都是排队等着降落的飞机,构成了纽约夜景的一部分。远处由地面等距离地斜升起一盏盏红灯,疾速地越升越高,最终隐没于灿烂的星空之中,那是一架又一架刚起飞的班机。

月光、星光、灯光,天上、空中、地面。“缛彩遥分地,繁光远缀天。接汉疑星落,依楼似月悬”。当我回到地面,置身于光怪陆离的色彩之中时,反而不能从整体上体味纽约的夜景了。在乘车跑上高速公路之后,才见到另外一种灯的景观,高速公路的单向有六条车道,多的达到八条车道。在来的一侧,是一条金黄的光带,因为开来的车都是打亮前灯,迸射着刺眼的光芒,飞速地向前流动,犹如巨大的光的传送带。在我们的车头前面,则壅塞着一片火红的灯流,因为我看到的都是尾灯,像刚从火山口奔流出来的岩浆……

由此可见,支撑纽约空明的夜景,至少要有两点:一是忙碌,人们得有事干,有人坐飞机、坐汽车,且不管他们去干什么,是为什么而忙。二是必须有钱,我们从小受的教育是"随手关灯,节约用电",他们鼓励人们"随手开灯,多多用电"。夜景就是"钱景",而世界上有越来越多的人正在把"钱景"视为自己的"前景"。

这个世界有许多东西正在颠倒,白天和黑夜颠倒,男人和女人颠倒,越节约的越贫穷,越浪费的越富有,越发达的越干净,越落后的污染越重……论夜景,能够和曼哈顿相媲美的是巴黎、香港。香港同样有海,而且有山,天然的地理优势,再配上中寰的林状高楼和山上的别墅群,使其夜景起伏多姿,有了更丰富的层次感。

近年来中国大陆有许多城市喊出口号,争取成为国际大都市,从夜景看,上海外滩连接浦东的那一片,已形成规模,其追求的格调是:华丽。灯光要依赖建筑,建筑没有品位,夜景就不可能有品位。大连是较早重视夜景的城市,根据它自身的地理环境和城市建筑特点,其夜景追求的格调是:清雅透亮。重庆借山城的优势,追求的是:立体的通亮感。

最可惜、最不应该在夜景上没有形成特色的是深圳。条件很好,是一座新兴城市,本可以搞出世界上独一无二的夜景,可惜在整体规划上似缺少应有的远见和文化品位,高楼拥挤却没有形成大的气象和特色,夜景更没有统一的设计和布局,大楼各自为政,灯光散乱。

穷,固然是不重视夜景的一个理由,但更主要的是缺乏夜景意识。缅甸不比我们富吧?仰光的大金塔,从太阳一落它就开始发光,天越黑它越亮,从仰光的任何一个角度都能看得到大金塔的光芒。它成了仰光的第一景观,成了缅甸的象征。还有曼谷的王宫,一到夜晚,光焰万丈,金碧辉煌,引得游人如织,也成了泰国人的骄傲。把一景一物搞出特色，成为城市的标志，简约而智慧。

搞好城市的夜景未必就只是为了好看的“赔本买卖”。“好看”也是一种优势、一种资源。世界上有“夜猫子”式的人，也有“夜猫子”式的城市，拉斯维加斯就是这样专门吸引“夜猫子”的“夜猫子式的城市”。白天看它，不过是一座由一个个摆满各种赌台和老虎机的豪华大酒店组成的“赌城”，既没有摩天大楼，不争夺高空，也极少有二十层以下的楼，不抢占低空；城市仿佛是刀切一般地整齐，平均高度在二十层到四十层之间，堪称是世界上绝无仅有的由“半空楼阁”组成的沙漠孤舟。

当太阳落入内华达的大沙漠之后，拉斯维加斯华灯齐放，用光的多色彩为自己浓妆艳抹，城市突然完全换了一副容貌。各大酒店都在灯光夜景上出奇制胜，以期吸引游客。有的搞激光表演，电火急灵灵，灯影乱煌煌，让游人如身陷外星光辉之中，星驰激飙，飞光九天。有的酒店搞海盗大战，炮火连天，涨烟飞焰，灯中铠仗，影里弓刀。

从世界各地拥向拉斯维加斯的人，无非是两个目的，一是去赌，一是去看赌城的灯光。对于大多数普通游客来说，赌恐怕是次要的，不过是想“过把瘾”而已，更主要还是为了看看赌城是什么样子。而拉斯维加斯白天无风光，风光全在夜晚，实际就是看灯光。看了灯光，如果手痒难挨，自然会或多或少地往赌台上或老虎机里送点钱。

因此，哪个酒店的灯光奇特，吸引的客人多，哪个酒店的赌台上收益就高。仅“百乐宫”酒店大堂里的一盏荷叶莲花吊灯，就价值一千万美元，可见其豪华和奢靡。同时，“百乐宫”在开业的头二十天里，就有一百万人光顾这家酒店，在赌台上净收益一亿两千万美元。有家叫“纽约，纽约”的酒店，能放得下九架摞起来的波音747客机……总之，拉斯维加斯人恨不得世间没有太阳，只有黑夜。酒店内是灯的迷宫，“凤头衔带玉交枝”，“重廊曲折连三殿”。酒店外是歌钟喧夜，罗绮满街……赌是不能学的，也不是其他城市都能学得来的。但，赌城对灯光的运用，对城市夜景的设计，提供了新的思路和新的标准。

世界上没有一个城市不希望到夜晚能够亮起来，且亮得独具特色，亮出城市风格。富有富的亮法，穷有穷的亮法，怕的是脑子里不亮,眼睛没有看到亮,或者思维还停留在“灯火管制”的年代。即便是屡遭轰炸的伊拉克,凡是被美国巡航导弹相中的目标,开不开灯其结果都是一样的。

光的时代,时代的风光。

1996年冬

普 者 黑

人习惯于低头看水，不可想象站立渤海边上抬头向空中遥望，在两千多米高的空中悬挂着一片汪洋巨水……实际上，从天津看普者黑，普者黑正是在天津西南方两千多米的高处。

普者黑——彝族语:“有鱼有虾的地方”。那自然也是一片大水。

这是滇东南翡翠般的一块高原湖泊，隶属于丘北县。我们的车在邱北县城里迷了路，打听了几个当地人都不得要领，这时候有个步履匆匆、腋下夹着一沓材料的年轻人，听我们是外地口音就主动停脚询问，然后叫住一辆出租车，在前面一直把我们引出县城。当我们下车表示感谢的时候，才打听出他竟是丘北县的副县长。

——这就是我们对普者黑的第一印象。

云南是云贵高原的老大哥，山地高原占全省总面积的百分之九十四，可想而知，乘汽车在云南的大山里钻，那会是一种什么感觉？越钻山越大！抬头就是景，低头就是险，“千里不可穷，随山远曲折”。是飞机让世界变小，而汽车又让云南变大……

当你被汽车颠得腰酸背疼、臀硬腿僵，灰头土脸、唇干舌燥的时候，陡然跌进一汪清凉的碧水之中，那会是怎样的一种享受呢？

——我看到普者黑的时候就是这样的感觉：被这样一片好水惊呆了，想捧水洗脸却不忍弄脏了湖水。于是便坐在湖边看水洗尘。天色临近黄昏，眼前万顷湖光，烟霭霞影。烟波中一座座青峰突起，山在水里，水在山中，水围着山流，山领着水绕。山绿得深厚，水绿得清澈，影落波摇，虚明不定，令人沉醉痴迷。

一路风尘，一天颠簸，见到普者黑就值了。我不再燥热，从里到外都觉得沉静凉爽了。

晚饭后的篝火晚会也在湖边举行，壮、彝、苗、白、瑶等民族的青年男女或唱或跳或笑或闹，有时也拉游客参与，我和采风团的同伴都被拉进场子出了一通洋相。无论老少，无论民族，大家都被气氛感染，忘乎所以地疯跳疯唱、大笑大闹，不知今夕何夕，吾身何身……

城里人难得有机会这样痛快一回。这些少数民族的青年男女令人羡慕，看起来他们生活得单纯而快乐，至少经常有快乐到忘我的机会……也感谢他们能把从世界各个角落里来的素不相识却怀有各种企盼的人，带进忘我的快乐之中。即便这快乐是短暂的也好。

外出最终要寻找的不就是这种忘我的大的快乐和大的感动吗？

火热，情热，在普者黑岸边巨大的黑暗中，烧出一根通红的顶天立地的光柱。我的心里似乎也有了这样一根通亮的光柱，当他们也非要我唱歌的时候，我就哼了几句《花儿与少年》，我不知怎么就记起了几十年前喜欢的歌词："花儿里为王的是牡丹，人中间最美的数少年……"

参加普者黑的篝火晚会是不用买票的，来去自由，带有一种原始的真挚、淳朴和野趣。所以这快乐是没有任何代价的，真实而深切，能够长久不忘。

现在免费能给你大快乐的地方已经不多了。有些篝火晚会是以吃为主，叫"海鲜烧烤"，以火光吸引你多消费，即所谓"吃喝不怕远征难"。各地民俗村里的篝火晚会，是要买票才能观看的，而且票价都不贱，那是"隔岸观火"，以观众的身份看演出，跟在这样的篝火边所能享受到的情趣不能同日而语。

第二天上午，根据日程安排我们要游湖。我渴望到普者黑的湖面上一游，却又担心是乘机动的游轮。那种轰轰隆隆的庞然大物，不像是游湖，更像是水上的入侵者和破坏者。因为总也忘不了在千岛湖看到的一景：大型游轮过后，碧蓝的水面上漂浮着大片油星子和易拉罐、塑料袋、纸屑、空饭盒等废物脏物。河北的燕塞湖，风光气势不亚于浙江的千岛湖，开放了几年之后，被污染得面目全非，只好关闭进湖大门……亡羊补牢，却不知要多少年之后燕塞湖才能自我调理成原来的样子，也许永远都不能恢复原来的清澈和洁净了。越南的下龙湾，风景不算不美，有“海上石林”的美誉，就因为我们是乘客轮游览，而且两旁老有卖水产品和贝类的小商船跟随，叫卖声不绝于耳，让我始终觉得不能融入下龙湾的景色。

谢天谢地，普者黑上没有机动船，只有一字排开的柳叶形小木船。每条船上能坐五个人，游客自己划桨，船主掌舵。我选中的小船的船主是彝族的两个小伙子，上船后一打问，他们还是亲哥俩，哥哥阿良持桨坐在船头，弟弟阿木在船尾掌舵，这就为我们水上飞舟上了双保险。天公也成全，轻云薄雾遮住太阳，似阴非阴，淡霭空漾，既不影响视野，又免了一场暴晒。几十条小船飘飘摇摇像一片散乱的箭镞先后射向普者黑的深处。

游客们大呼小叫，拍桨击水，人心欢娱，惊飞了一群群水鸟。渐渐地大家为湖上的景色所迷，眼睛看不过来，嘴巴便顾不得说话了，水面上开始沉静下来，小船之间也拉开了距离，真的像树叶一样稀稀拉拉地撒落在湖水里，星星点点淹没在波光云影之中。只见群峰俯仰，平湖一镜，水光重叠山影，倒影迷幻青岚，湖里看山山更幽，山里藏湖沉翠碧。

造物的神奇令人无法解释，你说高原湖泊的特点是把千山浸在水里吧，可泛舟普者黑却并无身在高原的感觉。农民们单人驾舟在湖里挖猪草，妇女们在湖边洗菜、剖鱼，分明一派田园景色。特别是那一片片远望接天的野生巨荷，盖住水面，莲芰生烟，我请阿良将小船划进荷阵，船推浪移，菱香浮动。我相信自己看到了生在几百年以前的诗人们才能看到的景致：“行到闹红无水面，红莲沉醉白莲酣。”

普者黑是一片活水，我查地图知道这是南盘江水系的一部分，南盘江最后注入珠江，从普者黑顺流而下可以漂到广州、珠海。普者黑共有湖泊六十多个，水浸青峰二百八十六座，岛上溶洞二百四十个，真可以说是把山、水、林、洞、田园等天下美景都揽在怀里了。置身于这般似真似幻、如诗如画的境界里，我觉得还缺点什么，或者是应该做点什么，以不辜负这片山水。到底缺什么或该做什么，我一时又想不清楚……

此时从远处的小船上传来歌声，待远处的歌声一停，我们的小船老大开口了："我是灶你是锅，你是兔子我要撵上坡……"这歌词是后来他用普通话翻译给我的，他唱的时候是用彝语，我听不懂，却感到身心大畅。他的歌声极为高亢、婉转，且富于感染力和穿透力，不仅是我们船上的人，我相信整个普者黑都被感动了，四面八方的小船开始向我们靠拢。

我深感一种上对了船跟对了人的幸运，在城市里绝难听到这么好的歌，自然，纯真，滔滔不绝，变化万端。我对自己说：圆满了，太圆满了。景美，声美，情美，人美。

阿良一开唱，湖面上再没有人应声了，他就一首接一首地唱下去。有时坐在船尾的弟弟接替他唱上几首，虽然唱得也不错，但比哥哥要差一些……

利用小船靠在一个岛上看溶洞的机会，我打听到阿良差不多就是普者黑的"歌王"，求婚的时候，他在山上跟现在的妻子对歌三天三夜，按彝族的风俗，结了婚就不能再唱了，今天载着我们这些从远方来的崇拜者，又是在湖心里，大概不会惹得未婚姑娘们误会，所以才敢放开歌喉一唱为快。我用"崇拜"这个词是经过考虑的，当时我对阿良的感情大概就跟"追星族"见到自己崇拜的歌星一样。目前还没有哪一个歌星能激起我像对阿良这般的喜欢。

天到正午我们才结束了游湖。我知道阿良他们要排几天的队才能轮上一次载客游湖的机会，每次也只能挣到十几元钱。临告别的时候我给他们哥俩一点小费，他们却红着脸拒绝。这让我无地自容，我就怕自己的俗气亵渎了普者黑的风景，亵渎了阿良哥俩的歌声和美意，将钱扔进船舱就转身跑开了。

在其他旅游风景区，会有人追着游客问：要听歌吗？要照相吗？唱一首歌要多少钱，跟你照一次相要多少钱，而他们唱的歌却大都是你早就听过的。那年在张家界的一条河里漂流，价钱是早就讲好并付了订金的，可漂流到最精彩处，橡皮筏子的主人却要求加钱，不加钱就不再前进了……

好景很多，好景再配上好人就难了。

阿良哥俩划桨离开湖岸，我站在岸边竟生出依依之情，久久地看着他们的小船……远去的阿良也摆着手，突然他又开口了，唱的是一首我在船上已经记录下来的歌：

山上的水往下淌
山下的云雾往上涨
青山不倒水不干
普者黑会把朋友想……

凡到过这里的朋友，又何尝忘得了阿良兄弟和他们的普者黑？

1997年夏

一座城市和一个节日

不知从什么时候开始,北方真正的节日每年只剩下了两个:夏天下大雨的时候和冬天下大雪的时候。然而,人们从冬盼到夏,从夏盼到冬,雨是越来越少,越下越小。雪是雨的精魂,就更难得一见了!于是,人们对雪就格外想往。

北方人过惯了四季分明的日子,该冷的时候不冷,甚至该冷的时候热,该小热的时候大热。心里已经旱透了,感觉总是黏黏糊糊,精神处于无尽无休的温吞状态。尤其是过年,更不可无雪,只有“瑞雪”才能“兆丰年”嘛!正因为连年缺少大雪,使得这个中国传统习俗中最重要的节日变得干巴巴,有燥热而无温润,越来越让人提不起精神。

于是每到冬季就羡慕东北人,从气象预报中一见到他们下雪就眼馋。最会利用这种冰雪优势的当数哈尔滨,自一九六三年的冬季就创办“冰灯艺术博览会”,至今已举办过三十届“冰灯展”。一九八五年又经地方人民代表大会立法,确定每年的一月五日为“哈尔滨国际冰雪节”,今年已经是第二十三届了……世界上有不少名城都有一个著名的节日。如苏格兰一年一度的“爱丁堡国际文化节”。节因城而闻名,城因节而获益。

冰,象征着水的品骨。古人称冰为“脂膏”,多指美妇人的容颜,谓之“冰清玉润”。杜甫曾吟过:“冰雪净聪明,雷霆走精锐。”如今,冰更是成为当世的紧缺物质,连北极的冰层都在一点点地融化……我渴望借哈尔滨之行被认真地冻一冻,在冰天雪地里摸爬滚打一番。哈尔滨,当初在满语里是指晒网场。但它给现代人的感觉却甚是响亮上口，从外表到骨子里都透着一股“洋”气。

我们到达哈尔滨时还是黑蒙蒙的凌晨，却分明看见了一幅白光闪烁的冰莹图画。雪色明净，天空高爽，空气香冽纯明，吸一口清凉筋道，肺腑立刻洁净通爽，精神为之一振。

到宾馆放下行李，匆匆吃了点早饭就迫不及待地跑到太阳岛，投身于北国冰雪的大怀抱之中。江风猎猎，吹彻周身，雪干而脆，细如珠粉般地在脚下飞旋浮动。此时天空晴朗，充满阳光，清澈而凛冽。雪的特点就是广披大地，覆盖一切，大公无私，没有差别，万里雪皑皑，浩浩复浩浩。

冰雪重新设计了大自然的风貌，装点世界，遮掩了一切芜秽，天地一片洁净。空气酥脆，变得晶莹明亮起来。虽然冰封雪覆，却让人明显地感到大地充满生机。凝固不是窒息，是孕育，是积蓄。人也像其他一切有生命的东西一样，在冬季需要大雪的覆盖和滋润。雪深一尺，则入地一丈，东北的黑土地之所以格外肥沃，大概也跟每年冬季都要被大雪覆盖有关。

雪是欢乐的温床，奇异而迷人，所有的人在雪地上都变成了孩子。大家都想在未被踩踏过的白雪上留下自己的脚印，都想摸一摸雪或将雪攥成雪球，最好是用雪球攻击别人，或是放进别人的衣领内……这是对纯洁的向往，还是人天性中的破坏欲？

同时，冰雪也让人萌生出许多奇思妙想，人人又都想对洁白无瑕的雪进行再创造，按照自己的想象堆成雪人，刻成雪雕。天地万物，人间胜景，清绝幽香，神韵风流。在辽阔无垠的雪色衬托下，千奇百绝的雪雕作品皎洁多姿，纤尘不染，同阳光相辉映，熠熠耀眼。

哈尔滨的冰雪世界如一套“大餐”，香气弥漫，味道无处不在。有小菜，有主菜，有冷盘，有爆炒，有红烧，有清炖……有灵机一动的点缀，有神来之笔的妙构，有单件小品，有鸿篇巨制，有铺垫，有主题，有回旋，有高潮……由小及大，由近到远，层层推开，波澜壮阔。我置身于太阳岛的雪雕园中，眼界大开，慰藉了许多年来对大雪的渴望，似乎得到了极大的满足。却不想也调动起对冰雪世界的更大贪婪，或许人的天性中对象征着纯明坚硬的冰雪会越看越看不够,越亲近就越喜欢。看完太阳岛的雪雕艺术博览会,竟又驱车二百公里去亚布力看滑雪场;看完了兆麟公园的冰灯,又去看松花江北岸的冰雪大世界……

一步步地走向哈尔滨冰雪节的高潮。

天乍黑,松花江如一条白练静静地舒展开来。南边是灯火通明的哈尔滨城,北面是光彩璀璨的冰雪大世界。玉城瑶砌,画梁雕栋,亦虚亦实,若梦若幻……令人惊叹不已,想象力受到强烈的震撼。人们常用仙境来比喻自己向往的地方,这儿就是人间仙境。宫殿嵯峨,楼阁层叠,水晶亭榭,翠娇红冶,两旁雪山护卫,背后长城巍峨。鲜冰玉凝,素雪珠丽,清虚透亮,光摇万象,轮红光里霓裳舞,寒气朦胧妙庄严……冰雪使人们欢乐,长空卷花,香熏笑语,头上明月交辉,脚下玉碎珠跳。情为景催,气势不输杨万里:“银色三千界,瑶林一万重,新晴天嫩绿,落晚雪轻红。”

冰雪为天地灵气之所钟,将哈尔滨变为童话,将童话变为现实。哈尔滨成了中国冬天里的童话,是全国的冰雪主题公园!冰雪塑造了哈尔滨,哈尔滨用冰雪塑造了自己城市的理想。在当今这样一个务实的竞争激烈的商品时代,能走进童话般的冰雪世界,“净心抱冰雪”,享受奇异的晶莹和宁静,感受大自然纯洁坚定的力量,倍增清爽。仿佛从里到外彻底消了一次毒,激活了体内潜藏的生命力!

难怪这冰雪世界里万头攒动,摩肩接踵。哈尔滨就是中国冬季的“主题公园”。

人们从世界各地拥到这里来,什么肤色的都有,操什么语言的都有,这里的冰雪构成了名副其实的“大世界”!更令我惊异的是,刚踏进冰雪大世界时感到空气清凛,寒光万里,渐渐地因被冰雪景观所吸引而忽略了寒冷。“大世界”里冰雪作品太多,想要仔细地都看过来,恐怕至少需要三天时间。我们目不暇接,在里面流连忘返,待的时间一长反而从心里生出一股热力,觉得脚下的雪地变得如阳春般地温暖起来……

这使奇异的冰雪世界越加地神奇。我到哈尔滨来是寻求冰雪,渴望寒冷,想不到体验了冰雪的温暖、冷的热力。

冷可以是热,热也可以是冷。

哈尔滨借助冰雪很好地保护了城市的自然命脉,热力发散,成了冬季一座北方最著名的“热城”!

1999年2月24日

天津性格

或许可以用四个字来概括：平实，自谦。

这是天津的地理位置所决定的。城市的灵魂是由当地的历史风俗和地域文化所创造的，城市的存在本身就是巨大的文化现象，诸如地理风貌，建筑特色，历史遗迹，文化景观，众生心态，市井沉浮，生产和交换，扬弃和诱惑，生机勃发的繁衍发展，博大恢弘的无穷蕴藉，构成了一个城市的强势生命。养育城市文化的则是人的心灵。人的心灵会不断地对城市加工翻新，心灵是印章，城市不过是印迹。同时，现代人的心灵所能得到的最重要的感染，也首先来自城市。因此古希腊的哲学家说，幸福的第一要素就是出生在有名的城市。

由此可以说，作为名城的人是幸运的。所以现在许多名城的人，都不想辜负这种幸运，格外地自信和自豪。在以发牢骚和说怪话为时尚的社会风气下，这些城市的人对自己城市的深刻理解和从心里生发出来的赞赏、感激和骄傲，让其他不如他们的人感动和羡慕。而千百年来，天津都以北京的门户自居。门户者，看门守户，即现在的传达室。守传达室，自然就要忠于职守，安贫乐道。身为传达室，也自然就不像门里边那么神秘、那么森严、那么高贵。

因此，天津老是比北京差一块。马路比北京窄，楼房比北京矮，工资比北京低，连物价都不如北京涨得高、涨得快！北京人曾不无自得地传说，他们结婚喜欢顺着高速公路跑到天津来举行婚宴，连吃带喝再加上来回的路费，还比在北京结婚便宜。这不知是恭维天津，还是挖苦天津？更闹不清占便宜的是北京，还是天津？

一个很大的城市怎么会成了另一个很大的城市的“门户”呢？没有听说美国的首都华盛顿，把离它很近的纽约当成自己的门户。也未见日本的首都东京，把近在咫尺的横滨和横须贺视为自己的传达室。这就需要说说历史了。过去外省人上天津叫“下卫”。明明是“上”，偏偏称“下”，明明是城，偏说是“卫”。就像从关内去关外叫“闯关东”一样。而无论是哪里的人进北京，则一律叫做“上京”、“晋京”。这一“下”一“闯”一“上”，分量可就有了区别。天津建城在明代，称“卫”也是从那个时候开始的。朱元璋建立大明朝以后，封他的儿子朱棣为燕王，镇守北京，屯兵于海河两岸。朱棣要扩大自己的势力，便向四周开辟村庄，从江南和中原迁来了大批移民……

于是，大运河、大清河和子牙河交汇的三岔河口一带开始繁华起来，船舶集结，漕运发达，客商会聚，店铺林立。当时三岔河口一带最热闹的地方叫“三汊口”和“小直沽”。当时三河下梢及海河两岸的沽很多，曾有七十二沽之称。按明朝弘治时期的户部尚书、大学士李东阳的解释：沽者，即小水入海之地。一千四百年，燕王起兵和建文帝争天下，认为小直沽并不小，是南北水陆交通要道，能大有可为，应取个好名字。有位大臣拍朱棣的马屁，说燕王奉天子旨意平定北方，应将“小直沽”改为“天平”。老臣刘伯温反对，建议叫“天津”。他自然也有说辞：燕王千岁承圣上之命，吊民伐罪，顺乎天意，所以叫“天”；车驾又是在这里渡过河津，所以“天”字后面再加一个“津”。古时洛阳曾有过“天津桥”，天河之中有九星，能占据天河都叫“天津”。“天津”二字很有气派，也很典雅，燕王当即应允，并传谕地方，将三汊口、小直沽合并成为“天津”。

朱棣称帝后，于永乐二年，设“天津卫”。修筑城墙，驻兵屯守。“卫”——即明朝驻地方的军事编制单位，如同今日的警备区、军、师、团一样。到一七一五年，即清雍正三年，撤销“卫”，改为“天津州”，隶属河间府管辖。一九二九年，又更名为“天津市”。由此可见，天津设“卫”不过三百一十一年，却让天津莫名其妙地骄傲或者说困惑了近六百年。“卫”的意识,就是“门卫”意识。以把门的自居,缺少进取意识和大城市意识,当然就更缺少跟北京的平等意识了。大城市意识,不是狂傲、霸道,而是与承担的责任相匹配的自尊、自信。《圣经》上说,神创造自然,人创造了城市。城市最集中地代表了人的欲望,体现了现代工业社会的品质:激烈地竞争,疯狂地追逐,冒险的机会和偷懒的机会一样多,成功的可能性和失败的可能性一样大。于是,人们又隐隐地感觉到,城市对人的限制和挤压越来越严重,空间在压缩,建筑像摊煎饼一样向四外蔓延,交通阻塞,热岛效应,能源紧张,城市变得大同小异,个性消失……就在人们认识了城市建设的弊端之后,开始反省自己的城市。城市的魅力取决于城市的个性,她应该体现本地人的意识和性格,天津的个性正是天津人的写照。

你老说自己是门卫,别人也就真的把你当成传达室。像北京来了国外的芭蕾舞团、交响乐团,以及世界级的音乐大师,甚至包括世界级的政客。如尼克松、布什、卡特、撒切尔夫人、克林顿等等,路过天津就像经过北京的传达室一样,决不停留地昂头而过,直抵上海或广东、桂林等地。在天津人的记忆里,似乎只有可亲可爱的金日成、西哈努克,曾让天津认认真真地戒过严,好客的天津人推着自行车在大街上满头雾水地一站就是几个小时。

传达室也有传达室的好处,像陈希同、成克杰、赖昌星之类的人物出得就少。有些事传达室能挡得住,比如小偷小摸、要饭的、捡破烂的,以及阿猫阿狗之流。有些事传达室就挡不住,如“八国联军”进北京。天津非常仗义地想拼死守卫京城,但传达室毕竟是传达室,“八国联军”最后还是打进了北京,作孽一番之后又撤出了北京,反倒在天津建立了租借地,把北京的门户变成监视北京的岗楼,让天津尴尬了许多年,并给城市文化增加了一道半殖民地的色彩。于是,地域文化、民俗文化、商业文化、封建文化以及殖民主义文化,构成了丰富多彩、光怪陆离的天津文化特点。至今,老天津卫的人,还清楚地记得当年八国列强是怎么切割天津市的……但天津人引以为骄傲的还是大沽船坞、大沽炮台。中国的第一艘潜水艇是在天津建造的,北洋水师的铁甲舰也出自大沽船坞,天津人毕竟是有血性的,出过不少爱国义士,当然也出过混混儿……

不管怎么折腾,天津这个重要的水旱码头还是渐渐地成了北方第一大商埠,到日本侵华之前,天津已经发展为仅次于上海的中国第二大城市,有些经济指标还超过了上海。只因离北京太近,而北京是几代封建王朝的国都,尽得风气之先,老在天子脚下憋屈着,对天津性格的形成有很大的影响。比如,天津出演员,却只有离开天津才能大红大紫。中国京剧界泰斗式的大腕余三胜(余叔岩的祖父)、杨小楼、程长庚等都是学戏在天津,却红在北京。过去在天津流传着这样一首诗:“做戏端推胡子生,余三胜后是长庚;在津演唱无遗憾,一到京都便得名。”今天活跃在北京的大腕也有不少天津人:赵忠祥、冯巩、陈道明等等不下数十位。

天津甚至连给自己的产品起名字都尽量往小里叫,往下层靠,带有强烈的平民色彩,甚或跟动物打成一片。如:狗不理包子、猫不闻饺子、猴不吃麻花,耳朵眼炸糕、飞鸽自行车……绝不敢称王称霸,诸如“彩霸”、“鞋王”等称号,天津人是不敢叫的。这也就成全了天津人的质朴,重实际不重外表,重肚子不重衣着。大连人过去说自己爱穷讲究,“苞米楂子的肚子,纯毛料的裤子”。上海人过去说自己是,“不怕家里被火烧,就怕上街摔一跤”,因为所有家当都穿在身上了。而天津人是,“当当吃海货,不算不会过”,即把家里仅有的一件可以换钱的东西送到当铺里去,也要混一肚子好杂碎。

既然是“门卫”,累不累的挺熬时候,不能不先顾肚子。天津人爱吃,却又没有形成一种公认的菜系。

天津叫得响的名牌食品,都是经济实惠的,吃进肚里格外搪时候,早晨填饱了可以到晚上不饿——绝对是为劳动大众着想。不仅如此,“门户意识”也容易形成门户之见,只盯着自己的家门口。一个显而易见的现象:天津人外出闯天下的少,“北京人在纽约”,“上海人在东京”,广东、浙江、福建人遍布全世界,在国外却极少能遇到天津人。天津人好赖都不愿意离开家门口,把当门卫视为美差,还想一代代地传辈儿。

其实,世界走到今天,任何门户的意义都是非常有限的。美、英轰炸伊拉克是从哪个门进去的?整个天空都是门。今日的天津似也用不着张口闭口地把“门户”挂在嘴边了,如今时兴下岗,天津这个“大门卫”也未必就是铁饭碗,或许现在是该考虑弄个第二职业的时候了!

2000年春

今日花果山

傍晚，飞机在蒙蒙细雨中降落，我便带着一身水汽走进了水汽蒙蒙的连云港。四十年前我当海军制图员时曾绘制过连云港的海图，依稀还记得此港海底舒缓，滩涂平阔，北有臂弯状的山脚环卫，外有一狭长的海岛屏障，颇符合“负阴抱阳，冲气以为和”的特征。见了真实的连云港却对不上号，处处都觉得新奇而陌生。

华灯初上，闪闪烁烁，风生灯影动，雨在光里飞，城市被冲洗得极为洁净。连云港盛产水晶，整个城市也如一片璀璨炫目的水晶世界。大道宽阔平直，市区空间舒朗，没有多少高楼大厦。想不到在东部沿海还有这样朴实自然的城市，也正是在这样一座城市里却拥有被称作是《西游记》里的花果山。我是到连云港以后才知道，足见当地人有一份平静的自信：以港为荣，不以山傲，是连云港有个花果山，而不是花果山有个连云港。

谁能相信石头里会蹦出一只活猴呢？我从来就没有想过世界上会真有一个孙猴子的老巢——花果山水帘洞。可既然来到它跟前了，不管真假也应该去见识一下。第二天清晨，我们乘汽车轻快地驶出了市区，在中国像连云港这样不塞车的城市已经不多了。

雨后的天空清澈而辽阔，阳光灿灿，空气温润、清新。车窗外展现出平坦而饱满的秋野，由成熟的晚稻构成主色调：金黄。其间镶嵌了一片片翠绿色的菜园，田埂上装饰着星星点点的五色野花，姿姿媚媚，斑斓多彩。在这种花团锦簇又飘着清香气的大平原上跑车最是惬意，我放开视野，深深地呼吸，不知不觉地进入了花果山风景区。汽车转了两个弯,眼前便陡然出现一座大山,云遮雾罩,似隐似现,景色也随之大变。一团团的浓绿取代了金黄,包围着汽车,挡住了视野。汽车顺着山道缓慢地缠绕着盘旋着,身不由己地就钻进了大雾之中,山路变得恍恍惚惚。水汽潇潇,轻烟漠漠,杳杳千峰失,霏霏万壑连,就像碰上了“鬼打墙”一般突兀。越是升高,雾就越浓,光线昏暗,沉涌浓迷,花果山影影绰绰,如幻如化。

我们只有下了汽车,跟着一位热心的“花果山通”,梦游般地往山上爬。浓雾中看不清山上的景色,这反倒增加了花果山的神秘感。引导我们的人原来是花果山管理处的处长,一个敦敦实实的中年汉子,红脸大耳,一身福相,活脱脱就是一尊在《西游记》里经常出来给唐僧师徒带路的土地神。他对花果山的来龙去脉、一草一木都烂熟于心,讲起来如数家珍,玄妙有趣,一下子调动起我们最大的想象力,雾中的景致变得有些光怪陆离了。他说:“经过数十年仔仔细细的考证,这座花果山跟吴承恩在《西游记》里的描述一般无二。国近大海,海外有一国土,就是指连云港,连云港外有一个东西连岛,岛的两端都有高山,与花果山遥相呼应。花果山乃十洲之祖脉,蓬莱、方丈、瀛洲三岛之来龙,势镇汪洋,威宁瑶海。山上到处都是丹崖怪石,削壁奇峰,满山寿鹿仙狐,灵禽玄鹤,珍花异草终年不谢,苍松翠柏四季长春。最奇的就是山顶上那块长形巨石,受天真地秀、日精月华,感之既久,遂能通灵,一日忽然迸裂,产下一石卵,见风而长,化为灵猴。他就是后来得成大道的孙悟空……”

我感到“土地神”处长是在背《西游记》,滚瓜烂熟,声情并茂,极富感染力。至少,他的讲解使我们登山变得容易了,腾云驾雾般地就攀上了山顶,见到了那块能生出孙猴子的大石头。后人为它建了亭子,立了碑,上面洋洋洒洒地刻了许多文字——最神奇的还是文字,有文字为证,谁想否定它就难了。特别是经典著作里的文字,不管它是神话还是虚构小说,后人一定要考证出跟它相对应的事实。但是,光有这么一块大石头似乎还不足以证明这就是花果山。“土地神”看透了我的心思,带领大家来到一个较为平缓的山坡,像变戏法一样不知从什么地方掏出了几包花生分给大家，然后一声呼哨，呼啦啦从浓雾中蹿出来一大群猴子。

这些猴子十分张狂，根本等不及我们喂它，如旋风一般扑到我们的身上来争抢，冷不丁吓了大家一跳，手里的花生全都掉在地上。一只大猴子居然跳到南京大学一位老教授的肩头上，前爪放在老教授的头顶上，又蹬又抓，还龇着牙发出吱吱的怪叫。我们想喂猴反被猴戏，果然是大圣的子孙！我相信这里就是花果山了。

刚才蹲在一边不动声色的猴王，猛地冲过来霸占了落在地上的花生，把其他想吃花生的猴子咬得吱吱乱跑，不敢近前。这时一只母猴，向大公猴撅起屁股，做发情状，猴王便不紧不慢地走过去与之交配。作为交换条件，那只母猴就可以吃地上的花生了。其他猴子也趁猴王正洋洋得意地进行性表演的时候，跑过来抢食花生。“土地神”则冲着公猴大声呵斥：“咳，咳，成何体统！”众人大笑，我却有些生疑，孙悟空虽然顽劣透顶，闹天宫、偷蟠桃、窃仙丹，倒不曾有好淫的毛病。在去西天的路上，有多少妖精化作绝代美姬勾引他，都不能使他动心。如此看来真是世风日下，现在花果山上的这些猴子，俱是大圣的不肖子孙！

这让我想起曾经读过的一本西方人类学家的著作，她在非洲的丛林里生活了许多年，观察跟人类最为接近的黑猩猩。当一个家族中为首的雄猩猩捕获到猎物以后，其他猩猩都不敢靠前，这时会有雌猩猩向它露出外生殖器，并因发情而变红，吸引雄猩猩与其交配。雄猩猩就会撕下一块肉扔给雌猩猩，雌猩猩或者自己吃，或者分给自己的孩子吃。这就是“食色，性也”的来源。人类的初级阶段想必也是用色交换食物，或者用食物去交换色。今天花果山的猴子只不过更随便些罢了，为了几个花生也可以卖身。

更令人惊异的是，我们在给群猴喂花生的当口，山上的大雾竟悄无声息地消散了，像来的时候一样突然。花果山立即变得通透鲜明，让我们看清了它的真容：峰峦与天齐，谷壑生层云，古树参天，绝涧流声，倏忽猿声起，惊鸟争堕叶。此时的“土地神”也笑容灿烂，风神朗朗，大步领我们来到花果山最为引人入胜的地方——水帘洞。

这里危石倒挂，银河从天而下，悬空喷射，飞珠溅雪。洞口烟雨溟濛，盘云低回，从洞内发出阵阵轰鸣，声若奔雷。洞前龙潭汇注，水影摇翠，水帘洞旁边的植物分外茂盛，枝头挂着叫不出名字的奇花异果。"土地神"一个一个地讲解给我们听，名字都很古怪，我猜测可能都是吴承恩给起的名字——花果山果然不虚。

我从一开始就怀疑，此花果山是不是《西游记》里的那个花果山？游过之后这个疑问忽然变得不重要了。不管它跟唐僧师徒有没有关系，此山都令人着迷，我庆幸不虚此行。

2000年10月30日

广西的水

历史是要划分出许多时期的,"大跃进时期"、"困难时期"、"文革时期"、"改革开放时期"……眼下的中国进入了全民大旅游时期,家家户户似乎都在策划着怎样出游。根据自己的条件有的出国游,有的国内游,有的本市游,在两千年的劳动节和国庆节期间,天津的水上公园平均每平方米里挤站着两个人。不管去哪儿都是出游,都有自己的快乐和满足。在家里待久了想出去,在外边待上一段时间又要回来,这是人的天性。

去年是世纪之末,各种活动多,我可以外出的机会也就多:《人民文学》在新疆办笔会,中国作家协会在内蒙古的创作基地要挂牌,山西有人请,鞍山有人邀,都被我一一谢绝。有的朋友问我什么条件?我说条件只有一个,叫我去的地方必须有水,大量的水。在天津被旱怕了,干透了,想借着出游好好地滋润一下。

天津人从冬到夏就盼着下大雪、下大雨,越盼就越不下,连收视率最高的天气预报都不准了。报十次有雨能下一次就很不错,报中雨下小雨,报小雨只阴天,大雨和连阴雨一场没有。大大小小的洗浴中心和洗车房都关门了,三伏天里居民用水也要限量,我每天把空调机滴下的水接到桶里,滑溜溜地先洗脸,后再冲马桶。幸好刚建成不多久的游泳跳水馆还没有停业,那可是个有水的地方,却在人们眼睛能看到的所有方位都挂出"水源奇缺,节约用水"的牌子,让人感到下水游泳或洗手洗脸是一种罪过。

人类似乎真要退回到茹毛饮血、不干不净的年代?

这是怎么发生的呢？天津曾是“九河下梢”，过去每到夏天都有几场大雨让街道变成河，有些街道的干部要在水面上用木盆推着大饼、咸菜去救济房子被困在大水中的市民。我是五十年代初从沧州考到天津来上学，那时南运河里波涛滚滚，白帆片片，岸边全是树林子，顺着河堤绵延数百里。只几十年的工夫，不知不觉的树林子就没了，河道干了，说旱就旱成了这个样子！旱得我一听说哪儿下大雨、发大水就妒忌。到十月中旬，北方进入干旱的秋季，不可能再有雨了，我便怀着一种被干涸得近乎绝望的心情出发去广西参加一个活动。

从秋高气爽的天津飞到南宁的当天晚上就开始下雨，这是那种我盼了大半年而没有盼到的雨，不翻滚乌云以虚张声势，也没有电闪雷鸣，就是一个劲地下个没完。大雨整整下了四天四夜，天地间混沌成一片浓重的雨色。当地的朋友很扫兴，我却异常兴奋，声称自己具有大民族情感和一盘棋的胸襟，虽然这雨下在北方会更好，但给了你们我同样也很高兴。他们以为我在开玩笑，没有当真，想把室外的参观活动全部取消，安排我提前讲课。我说，我给你们带来这么一场好雨，不比讲什么文学都更有用！参观采访的项目一个都不能取消，别人不去我一个人去，我是龙，怕旱不怕水，盼着挨雨浇可是盼了有时候啦！

广西的同行不领情，他们并不稀罕我带来的这场大雨，反以为是煞了风景，添了麻烦。这就叫饱汉子不知饿汉子饥，有水的体会不到缺水的苦。当我结束南宁的活动冒雨往下面走的时候，就越感到造物主的偏心，南方越是滋润就越是要给雨，让他们锦上添花。无论是乘车还是坐船，所到之处皆是山青滴翠，绿水生烟——这个绿可不是人们常见的那种被污染后长了毛起了泡发了臭的绿，而是一种青葱葱水灵灵的绿，是“野水碧于草”的绿，绿得洁净，绿得澄澈，绿得生机盎然。凡高的地方就有植被，凡低洼之处就有水，河满沟平，碧粼粼，浩悠悠，翠峰压河，清流浮山。山转河亦转，河行山亦行……

广西水多，人家用起水来也大方。桂林叠彩山入口处旁边，有个大名鼎鼎的挂着“五星级厕所”牌子的方便之处，里面的确干净。但让我最感惊奇的还是小便池上的冲水装置，当人站到它跟前，你还没有出水它先冲水以示欢迎。等你开始方便了,刚方便到半截它又冲水,胆小的会被吓一激灵。其实,人家是给你助兴。在你整个方便的过程中,它要冲水两三次,好像“五星级厕所”的标准就是客人随尿它随冲。等你方便完了,它还要大冲特冲,似是在制造一种音响效果为你送行,顺便也把你的排泄物作最后彻底地冲洗。如果是前列腺不太好的老者站在这样的小便池前,我看没有半吨水是不够它这样稀里哗啦冲着玩儿的。

我真羡慕广西人,眼馋他们的水。

然而,广西还算是西部。在一般人的印象里,中国每年的降雨量分布应该是东多西少,在新疆大戈壁上跑车感受最强烈,哪儿有一点水,哪儿就有一片绿色、一片人家。没有水的地方就是一望无际的沙砾。可从国家公布的资料看,中国有六个严重缺水的地方,西部只有一个宁夏,其余的五个都在东部:河北、山东、江苏、河南、山西。天津坐落在河北境内,水资源情况自然跟河北差不多了。那么,究竟缺到什么样的地步呢?

按照现行的国际标准,“人均水资源量一千立方米为人类生存的起码需求,人均水资源量两千立方米就处于严重缺水的边缘。”在中国,水资源量不足两千立方米的省有十六个,占了一多半。上面提到的那六个缺水最严重的省市,人均水资源量“不足五百立方米”!只有五百立方米就够可怕了,前面还要加上“不足”。倘是说得再少了还让人活不活?

从广西回来我就老做关于水的梦,唯愿新的世纪是个滋润的世纪。

2000年11月6日

灵川“狗肉经”

桂林以“山水甲天下”而著称于世，你到桂林不一定找得到“山水经”，满耳朵里听到的却是这样一句话：“来桂林不吃灵川狗肉，等于没有到过桂林。”

灵川——是指广西桂林地区的灵川县。中国有三个地方的狗肉最出名：贵州花江的“水煮狗肉”，吉林朝鲜族的“烧全狗”，再就是这个灵川的“黄焖狗肉”。前两个地方虽然狗肉出名，却没有关于吃狗的著作传世。唯灵川人，不仅擅食狗肉，还把吃狗肉的种种经验体会以及烹狗肉的绝招秘方著书立说，流传于世。

《灵川狗肉杂谈》就被灵川人奉为“狗肉经”中的经典之作。其作者蒋毅即灵川本地人，后来当到桂林地委书记，人称“狗肉书记”——万不要以为这是贬词儿，在广西能被尊为吃狗肉的权威是一种荣耀。灵川能够开发狗肉业，并使之成为全国的名牌，蒋毅的“狗肉经”功不可没。灵川还是全国“百强县”之一，狗肉已成为他们的重要产业，人们谈不谈吃狗，蒋毅写不写“狗肉经”，狗肉反正还会继续吃下去的。在广西，“狗肉”还泛指朋友，据说北方人常挂在嘴边的“酒肉朋友”一词，就是从广西传过来的。由于发音的差异，把“狗肉朋友”误传成“酒肉朋友”。

上个世纪的最后一个秋天，我游桂林，蒙灵川现任县委书记黄荣健请我吃狗肉，在狗肉尚未上桌的时候他先讲了一副关于狗肉的对联。

上联：狗肉吃狗肉越吃越狗肉

下联:牛皮吹牛皮越吹越牛皮

横批:两个畜牲

上联里的第一个“狗肉”显然应该理解成朋友,翻译成普通话就是“朋友吃狗肉越吃越朋友……”灵川人就是这么厉害,狗肉还没有吃到嘴,先跟你大谈“狗肉文化”。我自然要打问,灵川吃狗肉是怎么兴盛起来的呢?有客人发问,主人就乐不得地借机讲起了“狗肉经”……

其实,广西人历来视狗为吉祥动物。过去农民烧石灰在点窑和灭窑的时候要杀狗,修堰筑坝要杀狗,一个家族在祭祖的时候要杀狗,娶亲时在轿夫出发去抬新娘之前要杀狗……总之,凡有重大活动都要用狗开道,可以辟邪,求得吉顺。久而久之,由对狗的喜欢和尊敬变成了对狗肉的嗜食,视狗肉为一种高贵的奇特的食品。富贵人家在过年的时候都要杀一条狗以示其富有,没有钱的人家就只好“杀猪过年”,或多拿一点猪肉去对换一块狗肉。就这样,狗肉业便渐渐大红大紫地发达起来了!

人类一方面称狗是“最忠诚的朋友”,一方面又大嚼其肉,总觉得有点过意不去。为了自欺和欺狗,就给狗肉起了许多别名,嘴里可以吃狗肉,却尽量回避从嘴里说出这个“狗”字来。比如,把狗称作“梅花印”——指狗爪子踩在地上像梅花;“香肉火锅”——实际就是狗肉火锅;“地羊”——也是指狗,好像真正的羊是在天上飞的,为此中国人还创造了另一个家喻户晓的句子,“挂羊头卖狗肉”。

狗的种类繁多,怎样选择食用狗呢?在蒋毅的“狗肉经”里,明确申明不吃狼狗、警犬、猎犬和观赏狗。对食用狗排队,依次是“一黄二白三花四黑”。黄狗烧掉了毛,连皮也是黄的,其肉才是上乘。黑毛狗,皮发青,肉质差,有腥味,是狗肉中的下品。对狗的大小又有什么讲究呢?过去讲究“斤鸡六狗”——一斤重的鸡六斤重的狗最好吃。老称六斤等于现制七斤四两,这种狗仔还在吸食母乳,刚出满月,肉质细嫩。但,我们蒋家的“狗肉书记”蒋毅,积多年吃狗肉的体会,认为“已经成年却还没有交配过的黄公狗最佳”。

好啦,现在狗选好了。要想将狗肉吃到嘴里,第一道程序就是杀狗。其他地方杀狗不外乎两种办法:一种是用绳子勒住狗的脖子,挂到树上吊死。这未免太残忍了!还有一种办法是先把狗装进笼子,然后沉到水里淹死。这滋味也不好受!灵川人对上述两种杀狗法均嗤之以鼻,认为太笨了,被这样"勒死"和在水里"闷死"的狗,会把血留在狗肉里,这叫"呛血"。"呛"了血的肉做熟了会发黑,味道也欠鲜美。

那么,灵川人又是怎样杀狗呢?他们在背后会藏一根小木棒,先是跟狗戏耍,趁狗玩儿得高兴毫无防备的时候,用木棒猛击一下狗的鼻梁——那是狗的命门,受击后会立即昏倒。然后再用刀杀死,放净狗血,紧跟着烫毛……

灵川的"黄焖狗肉"关键还在一个"焖"字上。但程序复杂,非常细致,而且牵涉到"技术专利"的问题,我在这儿不能讲得太多。只提纲挈领地透漏一点精华,读者诸君可据此去慢慢揣摩:

"吃狗要吃全,头脑、心脏到足尖。"

"狗鞭一根,价值几十金。"

"吃狗不吃肠,等于没有尝。"

"狗肉不带皮,味道降三级。"

"一只狗脚,三服补药……"

怎么样,您会做了吗?

2000年11月19日

黄天“厚”土

在睡梦中迷迷瞪瞪地听到外面起风了,吱吱呀呀——叽里哐啷。紧一阵,慢一阵,轻一阵,重一阵,摇动着我住的这幢七十多年前建的老房子,也摇动着我的睡眠,几次要醒过来,却始终并未真醒。昏昏沉沉又溜入另一种梦境:仿佛重新睡回到当年的军舰上,摇摇晃晃的也很舒服……门窗猛地一阵重响,我陡然惊醒。先闻到一股刺鼻的异味,慌忙坐起,见屋里已满是烟雾。

急推妻子:“快起来,着火了!”

同时翻身下地,想奔厨房。却发现通往阳台的门被风吹开,浓烟汹涌着从外面往屋里灌,散发出呛人的土腥气。我冷静下来,关好房门,拉开窗帘,看见外面一片昏黄。风怒天吼,飞尘扬沙,混混沌沌,天地不分……一时竟断不清是早晨还是黄昏?但想想上床睡觉的时候是晚上十一点多钟,现在肯定是早晨,而断不会是黄昏。

渐渐地也看清弥漫在房子里的并不是气体烟雾,而是实实在在的固体物质——沙土。

我打量自己的房间:窗台上、桌子上、地板上以及屋里的所有平面,都均匀地覆盖着一层黄沙土。不用说被子上肯定也落满了,我们其实是在土窝里睡了一夜!我忽然怒从心起,不觉骂出了声:“怎么会是这样?”妻子无奈地嘟囔了一句:“不这样还能哪样?”我的恼怒立刻转化为气懑和沮丧,心里翻腾着一股复杂的情绪。在北方生活了半个多世纪,下沙子的天气也经历过几次,就不曾见过能破门进屋要赶尽杀绝的沙暴。

整个宇宙都被搅得浑浑噩噩,阴森恐怖,真有了逼近世界末日的感觉!

又一阵气血攻心,我穿好衣服要去游泳。妻子阻拦,她说中央电视台的气象员提醒过,沙尘暴下来后,就尽可能躲在屋里不出门。我甚不以为然,现在外面有沙尘,屋里也是沙尘,待在哪里还不都一样!越是遭遇这铺天盖地的无孔不入的沙尘袭击,我就越加渴望游泳馆里的那一池清水。我每天早晨游泳已经坚持了十几年,无论刮风下雨,冰天雪地,从未间断过,岂能让沙尘暴坏了我的乐事!

想到此,我愈加急切地要冲到外面去,真实地体验一下沙尘暴。

这几年随着气候的反常,我的性情也觉变得有些怪异,固执且喜欢刺激。天津连续三年大旱,去年有一次人工造雨成功,我便骑着自行车在雨中围着中环线跑了一圈儿。也许是造雨的人求雨心切,多放了几炮,造雨造过了头造出一阵冰雹,我躲避不及可真被砸得够戗!有朋友说我疯了,我自知这是地球更年期在我身上的反映……

我戴好眼镜,又翻出一顶白色旅游帽扣到头上,提上装着游泳用品的兜子就出门了。出门洞刚骑上自行车,墙根下的逆风啪地给我来了个满脸花,一团腥呼呼的风沙灌了我满口,只觉头皮嗖的一下,旅游帽便随风而去,身子一晃不得不又跳下自行车,推着走出院子。上了大道反觉得风略小了一些,急忙骗腿儿上车,顺着道边用力往前蹬。

空气中的沙尘更浓了,细土飞旋着带着沙沙的响声落到我的头上,大一点的沙粒子弹般啪啪啪地打到我的眼镜上,钻进我的耳朵里、鼻孔里、嘴里、脖子里和一切有洞有缝隙的地方。皮肤又痒又痛,感到自己正在慢慢地变成一尊泥塑……沙暴莽莽,黄天坠地,万物搅成一个颜色,天地间充塞着浓烈的土腥气。

我熟悉的城市消失了,近在咫尺的楼群变成一团昏冥冥的影子。汽车都开着大灯,光亮却极其微弱,摇摇晃晃的像土里的虫子,缓慢地向前爬行。我终于骑出了中心区,一拐上空阔的通向游泳馆的公园北路,风向忽然变成了正顶头,无论我怎样用力,自行车不前进反而向旁边倒去。我只好下车推着走,好在这里距游泳馆已经不足两千米了。

车子骑不动，推着也并不容易！风沙似刀，迎面乱砍，嘴里已经塞满了沙子，吐又吐不出，咽又不想咽，只感到口舌发干，呼吸困难。眼镜已经不起作用，眼睛被沙粒打得睁不开……情急之中，我忽然想起每天游泳后都要用一个塑料袋存放湿游泳裤，便小心翼翼地打开兜子，拿出塑料袋倒着套在自己脑袋上，立即就挡住了沙粒对头部的抽打，发出一阵劈劈啪啪的乱响，脸上却顿觉舒服多了。

我双手紧紧抓住车把，缩着脖，弓起腰，艰难地继续往前挪。每天从家骑到游泳馆只需要二十分钟，今天仿佛已经走了有好几个小时，却还是看不见游泳馆的影子。两腿越来越重，脚步越来越慢，裤管里早就都是沙子了，它们像给我双腿上了夹板。我整个人都变得臃肿不堪，有平常的两个人那么粗笨。细沙从上面贴着脖子顺着衣襟衣袖像水一样流进我的衣服里，它们吸干了我的汗水，又在吸取我体内的水分，我感到身上越来越冷，精疲力竭。

不得已，我放倒了自行车，吃力地弯腿坐在道边上，用双臂护住头脸，想歇一会儿……耳边狂沙吼叫，我虽然坐着，身子却不由自主地在摇摆。眨眼间，我的脚边和屁股底下，凡有角的地方都填满了沙土，围着我的身子已经堆起了沙檩子，我突然有了一种正在被土葬的感觉，恍惚间不知此身何身，此夕何夕。

一个激灵我又站了起来，睁大双眼，隔着塑料袋看着四周，满世界都是沙土，这可真是黄天“厚”土啊！

暴沙滚滚，黄风猎猎，空中涨满了煞气，土腥味更重了。我觉得自己真的是要疯了，便大声提醒自己：“现在是阳历二〇〇二年三月二十日的上午，你正在去游泳馆的路上，你要记住这个日子，记住这番经历！”

黄天厚土呵，这是怎么了？

2000年冬

夜游北部湾

广西明明在中国的最南部，有个地方却叫北海。

北海不是海，是个漂亮的新兴城市，坐落在海边上。

这个海叫北部湾——显然是借用了北海的前一个字，否则它应该叫“南部湾”。

当年北部湾战争时期，我正在海军里服役，当绘图员，在图板上跟北部湾打过无数次交道，对它可以说太熟悉、印象太强烈了，它把号称是世界上最强大的美国海军缠住，一拖就是十几年。

这次亲眼看到了真实生动的北部湾，岂可不下海一游，不亲身感受一下这个神秘海湾的魅力？北海市的市长说，来到北海而又不下海的人，等于没有到过北海。

可见北海市的魅力也跟海分不开。

然而，我们参加这次“京津港作家北海笔会”的主要目的是要动笔的，动笔之前还要用眼看大量的事实，用耳听大量的讲解，用嘴问大量的问题，参观采访的进程完全按照沿海特区改革开放的节奏来安排，非常紧张，每天晚上十一点钟之前没有个人活动的时间。当然也不会安排下海游泳的节目。

直到香港的两位作家明天就要离开了，主人让我们搬进一个靠近海边的宾馆，而且当晚九点钟就结束了全天的活动安排，送我们回到宾馆。于是作家们便决定要夜探北部湾。连七十九岁高龄的香港作家联会会长曾敏之先生，也动作利索地换成短打扮，兴致勃勃地先走出房间等候。

当时正值农历四月十五，月轮饱满，清辉洒地，轻柔的海风飘送着湿漉漉的清馨。从我们下榻的宾馆到海滩不过百米，海滩上的沙子分两种颜色，干沙是白的，细软微温，赤脚踏上去立刻有一种极舒服、惬意的感觉传导到全身。而海水退去后留下的湿沙是深色的，细腻而瓷实，脚板接触这样的细沙，忍不住想跑想跳想在上面打滚，任你怎么折腾都不会碰到异物，受到伤害。

海上清光浮动，水影茫茫，远处有船灯点点，闪闪烁烁，乍浮犹隐，逗得水面似熔金炼银。明明是万顷细波，一旦推到岸边就形成了线状大浪，哗哗啦啦地拍打着沙滩。沙滩上只有我们这几个恋水者，也许这还是一片尚未开发的海滨，我不免为曾公担心，他偌大年纪穿得过这海浪的排阵吗？

不想我还在沙滩上弯腰甩臂地做着准备活动，曾公倒一马当先地扑进了大海，香港诗人王一桃和北京的翻译家范宝慈也紧随左右冲进海浪。我和舒乙哪敢怠慢，走进波涛看护着曾公，随时准备施以援手。留下邓友梅夫妇在沙滩上掠阵，照看衣物。

曾公从容自信，背对海浪蹲进水里，有时大浪涌来会把他推上沙滩，他嬉笑着又退回浅水处，极有耐性又不失尊严地跟海浪周旋。最后索性坐在浅水区，一面接受海浪的拍打，一面和大家谈笑风生。

我看着这幅有趣的“老人月夜戏海图”，突然被感动了。世界的进步就在于老人不老。一九八二年我就在香港结识了曾先生，以后又多次受到过他的款待，却从未把他和七十九岁联系起来。老先生智慧饱满，学养深厚，却又平易谦和，随着大家一项不漏地参加所有的活动，不管多么紧张，喊累的不会是他，发困的不会是他，陪着主人说话最多经常表现出最高兴致的倒往往是他。

他从不拒绝别人想照顾他的好意，但他思维敏捷，动作灵巧，该说的说到点上，该做的做得恰到好处，使大家不知不觉地把他当成采访团里的普通成员，不再特意地照顾他。

是睿智使曾公不老。

他能保持睿智，就不能不让人肃然起敬了，大家在他身上理会了什么叫德高望重。

西方有位先哲说，老人是民众的威严。任何活动有这样一位老者，其余的人就省事了，可以跟在后面滥竽充数。即便是在海里，我们再继续站在曾公旁边充当救生员的角色似也没有必要了，我和舒乙先生便向远处游去。

其实，曾公游戏的浅水区才是风口浪尖，真的进入深水区域，反倒风轻浪柔，海面变得安静了。头上皓月当空，眼前波光粼粼，四肢慢慢划动，心里一片澄明，通体舒泰。夜里游海，有一股特殊的宁静和神秘感，好在主人再三强调这一带海域里没有鲨鱼，我们可放心大胆地游个痛快。我的手几次碰上了柔软溜滑的浮游生物，足见这是一片肥海，鱼类竟多到往游人的手上撞，大概是我们的夜晚侵入，惊扰了它们。我低下头向水里看，没有看到鱼，却清清楚楚地看到了自己的手臂和腿脚，好清澈的海水，水下似乎比水上还要透亮。夜晚尚且如此，白天这海水又会是什么颜色呢？

我在想象着海水的颜色，左前方的天空却突然变成了一片火红，紧接着又变黄、变绿、变白……有《维也纳森林》的乐声隐隐传来，乐声中亿万根五颜六色的水柱像海里的精灵般翩翩起舞，或组成片片水墙，或散成团团水雾，或跳跃，或旋转，或柔媚，或激昂，或温文尔雅款款情深，或热烈奔放激射到夜空深处。旁边一幢摩天大楼般高大的不锈钢镂空巨球，在七彩光影里显得神秘而古怪，忽而辉煌灿烂，忽而奇妙隐去——这就是北海著名的银滩音乐喷泉，它是北部湾夜晚的诗。

用眼看上去那彩色的夜空并不太远，可要从海里游过去，大概就得到第二天早晨了。我们知难而返，怀着对北部湾夜晚的一份留恋，游回了曾公一伙人的身边，并劝老先生上岸。来日方长，明年是曾公八十大寿，大家相约一定要好好地庆祝一下，或者同去香港，或者把他请回内地，肯定还会有同游北部湾的机会。

我回到房间，洗完澡就睡了。第二天早晨才知道，曾公昨晚游北部湾之后余兴未尽，回到房间又写了一首诗，老先生的精气神儿真是

没比的。兹抄下曾公的诗,为此文作结:

南北相逢北海滨,
风云意气诉潮音;
明年一苇香江去,
醉枕炉峰看月明。

根据1998年9月10的日记整理成文,2001年元月

龙隐洞记

世人尽知,“桂林山水甲天下”。到了桂林才知道,山水已经被游人覆盖,人跟人,人挤人,满眼是人。旅游似乎就是凑热闹,随大流,赶景点,看大家都去的地方,人家去的你也去了就不遗憾。我的职业习惯是害怕扎大堆,在桂林也尽量躲开人流的高峰,看一些没有太多人去的地方。

这样游了两天之后,忽然为那些到桂林来只踩热点的绝大多数游客深深地感到惋惜,甚至是悲哀。于是就提出一个问题:桂林最值得看的景点——就是不看它等于没有到桂林来的地方是哪儿?并请当地朋友随意向游客征集答案。

临离开桂林前,反馈回来的结论是一致的:漓江。

这在我的意料之中。我也不会忘记游漓江的情景,买票要排队,上船要排队,游船出发要排队,到了江上还要排着队行进……阵势颇为壮观,有点像海军的舰艇编队。这不足为奇,人们从世界各地拥向桂林,就是奔着漓江来的,乘船游一下漓江就把桂林山水的精华都看了,回去对打问的人也有了个交代。

漓江确实美不胜收。但,光游漓江和几个大溶洞,只能算看了桂林的表面,没有见到桂林的内里,只知“山水甲天下”,不晓“周南太史书”——这是南宋才子陈说对桂林龙隐洞的赞誉。他认为龙隐洞可与《诗经》、《史记》比肩,读洞中石刻仿佛能感受到太史公犀利的笔锋!龙隐洞才是桂林山水的灵魂,或者说是整个广西文化的灵魂。

可是,我在龙隐洞里看了大半天,只碰到两三拨游客,稀稀落落,来去匆匆。对比那些人山人海的景点，委实是显得过于冷清了。

龙隐洞坐落于七星山瑶光峰脚边，洞分两部分。上部叫龙隐岩，其实也是洞，状如螺蛳，洞顶呈穹隆形，四季滴乳不绝，若琴声淙淙。宋人谭掞说得最贴切："天下洞穴类多幽阴，或远水清韵不足。龙隐岩高而明，虚而有容，复临深溪……"

龙隐岩的下部才称"龙隐洞"，又是另一番景象。一端吞日吸风，一端插入小东江，舒展通透，碧水悠悠，且洞内永远都是清风徐徐。洞顶有一石槽，槽内岩石若龙鳞排列，细细密密，层层叠叠，让人一望而能想到"雷嗔斧山开，龙怒裂而出"之势，及其腾飞后留下的痕迹。但，更重要的还不是洞本身的奇特，而是洞里的内容——二百多件石刻。

几乎可以说是一部中国古代"贬谪史"，它记录了宋、明、元、清四个朝代，共八九百年的政治斗争和军事征战的重要事件，以及农耕状况和宗教传说……这是独一无二的，在中国再也找不到第二座山或第二个洞具有这样的内涵。

现在被誉为"山水甲天下"的桂林，过去曾是令人畏惧的"瘴乡"。《桂海碑林》一书引用古文献记载，称广西"天气炎热，地气卑湿，结为瘴疠，瘴气弥盛……其瘴，春曰青草，夏曰黄梅，秋曰新禾，冬曰黄茅。又有曰桂花、菊花者，四时不绝，而春冬尤甚。唐人谚云：'青草黄茅瘴，不死成和尚！'"。

因此，广西成了遭贬谪的官员流放之地。这些来自开放的京城或中原地区的人，常会碰上"蒸郁为疠"的岚烟氛雾而致病，能侥幸不死的也会脱层皮，毛发掉光。于是广西就被士大夫们指斥为杀人如麻的"大法场"，谈起来无不色变。

越是如此，历代朝廷就越要把政治斗争的失败者贬到这里来，他们把京城的文化风物也一并带来，无意中造成了广西的开放。久而久之，反让人们逐渐认识了桂林的真实面貌，这个令人毛骨悚然的"瘴乡"，却原来还有美轮美奂的一面。

与谢灵运齐名于江南的颜延之，性情孤直，恃才傲物，不免屡犯权要，到南朝宋少帝元年便被黜于桂林任郡太守。闲暇常在独秀峰下的岩洞内读书,并留下了最早歌颂桂林的诗句:“未若独秀者,峨峨郛邑间。”

北宋书画大家米芾的朋友李彦弼被朝廷贬至桂林,并永不起用,故心生怨气。米芾赠诗劝慰:“骖鸾碧玉林,琢句白琼瑶。人间埃壒尽,青罗数分毫。程老列仙长,磊落粹露膘。玉沥发大和,得君同逍遥。刻岩栖乌鸦,陟眼透紫霄。南风匆赋鹏,即是登云轺。”桂林第一次被描写成了仙境。

安徽人朱希颜,在任广西经略使兼转运使期间,干脆就直截批驳了“瘴乡”之说:“人言五岭地皆热,谁折一枝寒欲冰。浪道湘南是瘴乡,玉壶银阙四时凉……”“湘南”即今日的桂林。就这样,广西,当然也包括桂林,渐渐地摘掉了“瘴乡”的帽子。也正因为此,才有了桂林今日的观光旅游之盛。

这个过程全部记录在龙隐洞里。

最为惊世骇俗的当数洞里的《龙图梅公瘴说》碑。“梅公”即梅挚,北宋著名的政治家,官至右谏议大夫,他在任广西平乐县知府期间,有感于当时的官场腐败,写了《五瘴说》一文:

> 仕有五瘴。急征暴敛,剥下奉上,此租赋之瘴也。深文以逞,良恶不白,此刑狱之瘴也。昏晨醉宴,弛费王事,此饮食之瘴也。侵牟民利,以实私储,此货财之瘴也。盛拣姬妾,以娱声色,此帷薄之瘴也。……有一于此,民怨神怒,安者必病,病者必陨。虽在毂下,亦不可免,何但远方而已。仕者或不自知,乃归咎于土瘴,不亦谬乎?

明明是贪官污吏们在制造瘴气,是“人自为瘴”,反诬赖是大自然在“瘴人”!梅挚所列举的宋代官员的腐败行径,竟可以和今天社会上的某些现象对上号,原来腐败也可遗传。

我忽有所悟,是不是因为有了这块惊世之碑,有些官员不敢或不愿到龙隐洞来?于是也影响了对它的宣传,致使许多游客不知有此一洞，更不了解它的价值，才造成这般冷清。既想到了这儿，就按捺不住地要请教讲解者："古代的官员，不论遭贬的还是提升的，到广西来必看龙隐洞。现在的领导干部们到这儿来的多吗？比如成克杰之流？"

年轻的讲解员诧异地打量着我，缓缓说道："谈不上多，但也确有来的，他们只是默默地看，默默地听讲解，一般不置一词。像您这样禁不住对洞大加赞赏的，几乎可以猜得到不是领导干部，身上肯定也没有沾染五瘴之毒。"

我哈哈大笑，继而向她深深一躬，感谢她话中的美意。这位讲解员的眼睛很厉害，不是指她对我的恭维，而是指她对来看龙隐洞的人的观察。

我庆幸没有像许多到桂林来的游客那样漏掉了龙隐洞。和这个洞相比，别的地方即使都不去也不虚此行。

2001年7月2日

会跑的“石狮”

没有人知道它诞生于什么年代，是什么人雕的。在隋朝或更早的时候，它就被人发现静静地蹲坐在唯一一条通往泉州的官道旁：只有多半人高，没有张牙舞爪的雄姿，没有卷发甩动的风采，轮廓简约，线条流畅。却淳朴耐看，憨态可掬。正是由于有了这尊讨人喜欢的石狮子，行人到此都要在它旁边歇歇脚，喝点茶水或吃点干粮。于是，它的旁边就有了一个小亭子。

沧海桑田，朝代更迭，石狮子默默地看着世间的变化……自己身边的小亭子也烂了建，建了烂，渐渐地竟演变成一片村落——人们就叫它“石狮”。

我第一次见到这尊石狮子是一九八四年。那时的石狮已经升级为镇，给我的感觉是一片迷魂阵般的服装城。胡同纵横交错，七拐八弯，“有街无处不经商，铺天盖地万式装”。一个陌生人陷入其中，便很难再钻得出这由色彩和布匹构成的迷魂阵了。满眼都是衣服，从地面直挂到屋顶，花花绿绿，无奇不有。从全国各地来的服装贩子，肩上背着硕大的口袋，如鱼得水般地在衣服堆里往来穿梭，寻寻觅觅。我由于没有采购任务，只觉得眼花缭乱，头昏脑涨，实实在在地感到迷失的恐惧，一种物的威压。便请求陪同的人赶快带我去看那著名的石狮子。

石狮子身旁有一座城隍庙，烟雾缭绕，香火鼎盛。看装束有许多是从海外来的香客。据庙里的主事讲，东南亚一带的许多城隍庙是仿照石狮的城隍庙建的，也可以说那些国家的城隍是石狮城隍的分支，或者叫"属下"。那里的信民自然就要定期来寻根,来朝拜具有更高权威的城隍——这无疑跟庙前的这尊石狮子有关。因为是先有的石狮子,然后才有了这片人烟、这片城镇以及这座庙。

应该说,石狮的灵气和运气是来自石狮子。

八年后我再去看石狮子,在它的眼前竟建起了一座崭新的石狮市,但当年服装集散地的优势还在。除去国内的交易,每年有百分之四十的服装和小商品出口到全球五十多个国家。为成龙配套,石狮又有了一个"鸳鸯池面料市场"。全国有六十多家纺织厂把各种面料产品送到这里来销售,同时又有数不清的外地服装厂跑到这里来选购面料。这就叫"全国跑石狮,石狮跑全国"。每年的销售额在百亿元以上……

石狮地处东南一隅,人们为什么愿意来回奔波数千里乃至万里,非要到这儿来买和卖呢?民间有句大实话,叫做"无利不起早"。人们都愿意到这儿来,一定有到这儿来的好处——这就是知名度,这就是信誉。在货物大流通的时代,能成为货物的集散中心,就等于四面八方的钱都往你这儿流,显示了一种发达的魅力!

石狮的大公交车,目前除去跟西藏、台湾还没有通车,其他的中国地方就没有他们不去的了。仅二〇〇二年的春节前夕,他们就送出去五十多万外地人。要知道石狮全市的人口也只有三十万!同时,他们还有另外的两个三十万:石狮人旅居海外和港澳的有三十多万,生活在台湾的祖籍石狮人有三十多万……石狮的学校都很漂亮,就因为多是华侨出资修建的。

所以,石狮跑得起来。他们有跑的传统,古来就能跑、会跑,跑国内,跑海外,跑出去还能再跑回来。要想跑得快,还得要有一双合脚的好鞋。精明的石狮人是不会想不到这一点的,著名的"富贵鸟"皮鞋就产自石狮。离"鸳鸯池"不远,有一大片漂亮的浅色建筑,那就是"富贵鸟"的大本营。年销售额五亿多元……

又是数字,我写了不足千字,就使用了许多数字。要说石狮,想躲开数字是很难的。因为数字格外钟情于石狮,动辄就是上亿几亿,甚至是几十亿上百亿。一个区区的县级市，去年的投资总额就达到二十三点五亿美元，外贸出口是二点五亿美元，工农业总产值为一百五十七点六亿元，财政收入五点四七亿元，平均每个市民储蓄三万元……

有了这样一些数字撑腰，石狮就想搞一个堂皇的城标——石狮市的城标自然也要在狮子上做文章。但没有打那头古老的小石狮子的主意，而是重新雕塑了一头巨型石狮子。这座石狮子矗立于新城繁华大道的环岛中央，身长七米，身高七米，体重二百四十吨。砻石为躯，瑜光璀璀，昂首振鬃，状若吼雷。弭耳重鼻，钩爪锯牙……望之令人心魄震撼，顿生敬畏。凛凛堂堂发散出"威服百兽"的王者气象！

新的石狮子，成了石狮市的一道景观。人们乘车游览或进出市区，都要反复经过它的身旁。行人纷纷驻足，在街边上远远地仰望它。因为隔着马路，隔着两条大道十字交叉的环岛，还有环岛上的绿地、花丛和树木。这恰好和狮王的威猛与尊贵相称，人们更喜欢远观，不敢近瞧。

那尊憨厚可爱的老石狮子呢？依旧蹲坐在原来的地方，平和地看着眼前的这一切变化，看着一个自己的同类成了这座城市的象征——被人推崇，雄视天下。但它并不寂寞，身边的城隍庙香火更旺了，它的身边每天都拥挤着熙熙攘攘的人流……

岁月改变了一切，唯独对它却没有起太大的作用。它全身没有一处残缺，石质没有风化。只是形态更加浑厚，线条更加柔和，越显得可亲可近。它的头脸被人们摸得锃光瓦亮。人们喜欢抚摸它、亲近它。相信它才是历史的见证，因此也同样可以见证未来。

2002年3月

澳门咸鱼

说来惹人见笑,我两次赴澳门印象最深切的是咸鱼。听来未免显得有些贪嘴,可贪嘴一般都是贪馋好东西,而澳门并不缺少好东西,诸如木瓜翅、鲍鱼胆、龙虾粥、燕窝羹……我怎么会先想到咸鱼?这似乎太上不了台面啦。

跟咸鱼没有特殊的情缘的人又怎知咸鱼的奥妙?咸而又是鱼,可油炸,可清蒸。油炸则焦黄晶亮,进口满嘴酥香。清蒸则佐以姜丝、葱丝,香而不腻,咸而不齁,配任何主食都非常适宜。有一小块咸鱼足可以就下一大碗米饭,倘若是馒头、窝头、大饼之类,会下得更快。就着咸鱼喝大米粥、绿豆粥、玉米粥等等,简直可以算是人间仙品。

咸鱼佐餐,可高攀,也可低就,贫富皆宜。脑满肠肥见饭就饱的,有咸鱼佐餐保你食欲大开。大肚汉,又想吃饱又想省钱的,有手指肚大的一块咸鱼,就一顿饭已经足矣,以咸胜淡,以少胜多。这是因为盐保鲜,咸鱼是经过风干、蒸发、凝缩、精制之后,只剩下了鱼的精华,所以鲜味悠长。

第一次邀我去澳门的朋友,喜欢咸鱼,在欢迎我的第一顿饭上为自己要了一小碟咸鱼。一见我爱吃,便顿顿都少不了咸鱼,订饭时先声明:别的菜可以没有,不可没有咸鱼;别的菜马虎一点可以不计较,咸鱼必须做好。但他每顿又要劝我不能多吃,说现代医学要求严格控制盐的摄入量,最好是无盐。我甚不以为然,说咸鱼想多吃也吃不了,都吃光了不就是那么一小碟吗?你吃别的菜都是大口吞,一口接一口,每一口感觉不是很咸,但加起来盐的摄入量肯定会高于吃咸鱼。

人活着难得一个“想”字，想吃的东西就是最好的东西，就是身体需要的东西，想吃的能吃到嘴，就是口福，就是美，就叫心想事成。千万不要一边馋，一边又叮嘱自己小心副作用，这就大煞风景，败坏自己的胃口。

再说盐，现代人怕死畏盐如毒。其实哪有这回事，我从小爱吃咸，平时听别人的唠叨听烦了，就给自己也查找了一些吃咸的根据。《说文》上讲：“天生曰卤，人生曰盐。”人生就是盐，离开盐就不叫人过的日子，野兽吃东西才不放盐哪。李时珍在《本草纲目》里说盐“得清明之气”。《尚书》里称：“若作和羹，尔惟盐梅。”可见，五味之中，盐为首，在调味品中盐列第一。盐是人体不可缺少的营养品，可调节体内的酸碱平衡，盐的所谓副作用，最明显的就是好吃咸的人皮肤黑，就像我。但男人黑了不寒碜，国际上不是正流行到海边把小白脸晒黑吗？再说出门在外，每天的活动量这么大，盐吃少了恐怕不够用的。夏天出汗多了，医生不是会让你喝杯盐水吗？春天困乏难挨，医生开出的处方也是叫你多喝点盐水和糖水。

朋友承认我讲的不是完全没有道理，但还是有点诡辩的味道。我只好如实地向他讲出我的咸鱼情结的由来：小的时候经常把饭拿到当街吃，只要是从外面一回到家，比如放学回来，下洼打草回来或帮着大人从地里干活回来，第一件事就是翻找吃的东西先慰劳自己的嘴，通常是一个玉米面的饽饽上面放一小块咸鱼或咸蟹，举着就跑到外面去了，边玩儿边吃，香啊，那真是美味。以后考到城里上学，毕业后在城里工作，吃咸鱼成了难题，咸海蟹竟是自打离开家乡后就再没有吃过。“文化大革命”后期，大的副食店偶尔会卖咸带鱼，消息一传出会排长队，有时候排队的人可以塞满两条胡同，真是人比咸鱼还多，但咸带鱼的味道却无法与家乡的咸鱼相比，只是聊胜于无罢了。那时候讲究全国保北京，有好东西先给北京，以后听说北京人对特供给他们的咸鱼并不是很感兴趣，排队的人不多。我只要去北京出差，办完正事后就到处转副食店，踅摸咸带鱼。人有个习性，小时候常吃什么，就会变成终生都会喜欢吃的东西，越上了年纪就越想吃到它。于是在澳门第一次吃到咸鱼的时候，猛然找回了少儿时期大饼子就咸鱼的感觉，你说叫我如何不喜欢?

要离开澳门的时候,同行的人要买金制品和珍珠制品,我却只想买两条咸鱼带回家。朋友带我来到澳门路环岛的西南端,小岛大海,满眼都是风光,沿海岸并排着几十家咸鱼铺,只见旗杆上、廊檐下悬挂着一条条、一串串或一捆捆的咸鱼,大的有半人高,小的只有手掌大,形状不同,色泽也不同,在微风中摇摇荡荡,闪闪发光。待到近前,看见所有铺面的案子上、墙壁上也都摆满了各式各样的咸鱼,如同落进了咸鱼阵,真是大开眼界。

朋友说澳门最好的咸鱼都在这儿了,你随意挑吧。别看我想了大半辈子咸鱼,到底哪种咸鱼好却并不懂,只要不是咸带鱼就行。最后在店老板的参谋下我买了两条中溜的,一条鲅鱼,一条鳊鱼。回到家切成小块,泡在食油里,吃的时候拿出来,或油煎或清蒸,都非常方便。前年老伴儿在英国逗留了一段时间,多亏那两条咸鱼帮了我大忙。到超市买回一堆主食往冰箱里一放,炸上一盘咸鱼,敞开地吃吧。只要有咸鱼,独身怕什么,空巢怕什么!

有爱吃咸的朋友知道了我有这等宝物,都来品尝,吃完了还可以带一点走。真没想到澳门咸鱼还有这个优点,用它待客很简便,不俗,主人不必太麻烦太破费,客人也就吃得轻松随意,大家就显得真诚、自然。在物质极大丰富污染防不胜防的今天,大家都口高了,不知道该吃什么好,没有什么特别想吃的东西,要返璞归真就得先从热爱咸鱼开始。特别是在流行SARS和闹禽流感的时候,咸鱼一下子成了绝对安全的绿色食品。

我第二次再去澳门,就直奔咸鱼,回来的时候带了八条,分赠有同好的亲友。从此,我的家里就没有断过咸鱼,儿子在珠海工作,打个电话就给捎来了。今年春节,女儿从国外回来经香港入境,特意拐到澳门给我带回两条咸鱼。

于是,我成了澳门咸鱼的长期客户,兼义务广告员。

2004年6月

南疆短章

俗云:“不到新疆不知中国之大,不到南疆不算真正到过新疆。”“北疆看风情,南疆看风俗。”

喀　什

人一生会走过许多地方,真正印象美好而强烈的能有多少?喀什,正是那种去过一次就让你再也不会忘记的地方,却又很难准确地概括它的魅力……喀什是神秘的,又是现实的。

你未到喀什,喀什是现实的。它作为一种常识,让你可感可知:南依喀喇昆仑山,北接天山山脉,东临塔里木盆地,西靠帕米尔高原,喀什正好处于欧亚大陆的中心地带。再加上有高山融雪汇成的喀什噶尔和叶尔羌河,凡山麓和河流流域都水草丰美。

因此,喀什理所当然地成了古代中国通往中亚的“丝绸之路”的要站。既充溢着浓郁的异族情调,又弥漫着“唐家风雨汉家烟”。喀什是新疆唯一的一座“中国历史文化名城”,有被流行文化演绎得神奇曼妙、令人心向往之的香妃墓、阿巴克霍加麻扎伊斯兰古墓群,以及中国最大的伊斯兰礼拜寺——艾提尕清真寺。

但是,当你真的走近喀什才会感到它的神秘和古老,却很难真正了解它。喀什早在公元二世纪就是西域三十六国之一的疏勒国首府。随便一个院子里的随随便便的一棵无花果树,就可能已经生长了三百年;冰川流经的地方,桃树都存活了至少有五百年;那些老杏树已说不清活了有多少年，道边常见的极其普通的胡杨，却能“生而不死一千年，死而不倒一千年，倒而不朽一千年”——生生死死，就是三千年！

南疆的时间，几年、几十年、几百年就如同一瞬。历史在这里显得格外沉凝厚重，你站在喀什，仿佛就站在历史之中。因此，谁又真正能说得清，历史里还掩藏着多少不为人知的秘密？喀什仿佛在述说着南疆历史中的神秘情境，站在这里伸手就可以触摸历史，闭上眼睛可以和历史对话，睁开眼睛便又回到现实之中。

历史即是现实，现实宛若历史……

历史本来就没有结局，每一个结局都是新的开始。所以，喀什又是崭新的。

昆仑气脉

公路像缎带，从西边天际垂挂下来，柔软地跃动着，油光闪闪。我们自下盘旋而上，想去看一个帕米尔高原的山口。据说电影《冰山上的来客》中那些惊心动魄、出神入化的山口，就是在这儿拍摄的。一路上恍若在仙境中漫游，干燥的中午，突然看到前方出现一汪清水，仿佛是刚下过大雨，柏油路面还泡在水里。待你走近，水面又移到你更远的前方……或者在公路的一侧出现一片碧海，无边无涯，清波荡漾，海面上有清晰可辨的亭台楼阁，或雄伟壮观，或溢光流彩……

这一切当然都是美妙的幻象。由于我们并不在饥渴中，所以只看见了它的美丽，不觉得它是一种欺骗。只有你有所求的时候，欺骗才会发生。你最渴望的东西构成对你的最大诱惑，你的渴望就是你的弱点。步入仙境是要无欲无求的。

这种感觉真好，就仿佛一步步离世俗越来越远，灵魂在一点点净化。能有这样一番体验，真是不虚此行。我甚至生出更大的奢望，若每年都能来一趟帕米尔高原，清洁身心，净化灵魂，该是多大的福分、多大的快乐？

一路上我没有看到一个行人，却看到路边有放置得很整齐的东西,一个包袱、一个鼓鼓囊囊的袋子,甚或是一件叠放着的羊皮袄,都用石块压着……向导告诉我,山上的牧人下山放牧,越走天气越热,便把用不着的东西放在路边。或十天半月,或一两个月,等到他们的干粮吃完了,回山的时候再一件件拿走。其他过路的人不会顺手牵羊地拿走吗?不会的,这是千百年来留下的风俗。好,果然神仙境界。也只有这样的风俗,才和如梦如幻的帕米尔相称。新疆是个好地方,不知道还有多少这样的好风俗!

越走山越高,气温也越低,阳光从雪峰上折射下来,感受到的不是温暖,而是袭人的寒气。在一个绝妙的转弯处向导停下来,向我们讲解道:这儿的角度最好,可遥望昆仑山。

真是灵境仙台,眼前地脉断绝,但见横空千里,清光炫目。阳峰雪崔嵬,阴崖冰堆玉,"烟霞深护万千重,天上风云起卧龙",果然是神仙世界。

难怪这里会成为中国神话的发祥地,顾颉刚先生就将中国神话分为两大系统,一是昆仑神话,一是蓬莱仙话。而昆仑神话又保存最完整、结构最宏伟,是中国远古神话的精华。《史记·禹本纪》载:"昆仑其高二千五百余里,其上有醴泉、瑶池。"于是,昆仑山在中国神话中就成了"百神之所在",而瑶池的西王母,则是中国神话中最有影响的女神。

"凌空恍得青云路,回头悠悠觉自然。"我们完成了一次神仙游,下得山来已是皓月悬空,耳边似又响起清人施补华的《疏勒中秋》:"眼中一明月,正映昆仑墟。心中一明月,乍出东海隅。两月本一月,心眼抑何殊……明月在胡天,下照万穹庐。几见我辈人,长吟冰雪都。嫦娥应一笑,佳节今不孤。"

瓜　果

新疆好看,新疆更好吃。凡长着嘴的人谁能经得住奇珍异果的诱惑?

平时在自己的家里确有不喜欢吃零食、不喜欢吃水果的人,但一到了新疆好像都变得贪嘴起来。我去的时候正赶上瓜果熟透了的秋季,哈密瓜五块钱一麻袋,我们的汽车后备箱里永远都堆满瓜果,走一路吃一路,以瓜果代水。每当汽车加油的时候,同时也加满瓜果。

所以,不贪吃跟贪吃的人对新疆的感觉会大不一样。只有贪吃的人在新疆才能无尽无休地花样翻新地感受吃的痛快淋漓。比如吃葡萄,最麻烦的就是吐核儿和吐皮儿,而新疆那种无核儿的马奶葡萄,皮儿也极细薄,进口全变成了一兜蜜。既然省却了吐皮儿吐核儿的麻烦,就可以像吃馒头一样塞满口,哎呀,那叫过瘾!

凡能上瘾又大过其瘾,恐怕都要付出代价。在吐鲁番的最后一天,我因吃葡萄过多而泻肚了。不是由于不卫生,是新疆的葡萄含糖量太高。这也让我长了见识,果糖吃多了会拉肚。陪同的朋友告诉我不要紧,也无须吃药,到南疆后利用你贪吃的优势大吃特吃喀什的无花果,保证能立见功效。

无花果也是甜的,难道能以糖治糖?

喀什的巴扎,是我有生以来所见过的最大的集贸市场。它并不在喀什市内,而在距城市四公里外的旷野上另建起了一座城市,离着老远就能听到人声鼎沸,其中夹杂着悠扬的乐声,时断时续,忽高忽低。各种商家的旗号迎风招展,猎猎作声,五彩斑斓的人流,夹裹着汽车、马车、骆驼、羊群,从四面八方拥向市场,大道上掀起滚滚烟尘。

我们兴奋地走近它,却又被它的气势所震慑,不敢贸然进入。这是一座充满物质诱惑的迷宫,进去容易,想出来可就难了。前后左右、高空地上,挂着的、摆着的、摊着的全是各式各样的物品,有当地的土特产,也有带着浓郁异族情调的外国货,令人眼花缭乱,心动神迷,我能感觉得到,逛巴扎的人似乎都恨自己只生了两只眼,此时是真的不够用。

这时候如果有人走丢了,要想找到他恐怕就像大海捞针。于是,陪同的朋友严格规定,谁也不许单独行动,我们今天只走一条街。岂知走进去以后七股八岔,很快就分不清东南西北,找不到来路去路了……

转了大半天的时间,我们也只是看了喀什巴扎的一个小角。我当时想到的能概括自己感受的就只有四个字:“汪洋大海”。从“汪洋大海”里钻出来,我们都累坏了,在一个巨大的水果摊前坐下,眼前是成堆成垛的西瓜、香梨、石榴、杏干……

听朋友的劝告我专攻无花果。南疆的无花果个个都如扁苹果,只是皮色绿中泛黄,果肉呈乳黄色,风味甘美,满口清香。管它是不是真的能治拉肚,先一饱口福再说。

2004年秋

大自然之“大”

——光雾山漫笔

我真孤陋寡闻得可以，在接到“光雾山笔会”的邀请之前，竟从未听说过这个山。

“光”和“雾”，又有光，又有雾，充满现代意象。心想这是一座古老的山，还是新发现的山？抑或是给老山取个时髦的新名字(这种事并不是没有发生过，商品时代喜欢改名换包装)？后来，我都进了光雾山，还仍然对“光雾”两个字不明所以。

第一天游览，年轻的导游张口就说：“光”就是“都”的意思，光雾山即“都是雾的山”。当光雾山雾最浓的时候，随手在空中抓一把就可以捏出水来。正如当地民歌里所唱的：“哥在山中抓把雾，轻轻捏出数滴水；妹在山中唱支歌，甜得漫山细雨飞。”

我越发地一头雾水了，如此说来应该叫大雾山，或云雾山，与光何干？当时我们就站在明亮的阳光里，“光”是有了，却不见雾在哪里？或许导游指的是光雾山的主峰，它处于雪线之上，经常云遮雾绕，扩而大之便玄虚成“都是雾”的山了。

后来查资料，见《蜀中名胜记》载：“孤云两角，去天一握，有石刻萧何月下追韩信，下有韩溪……”我曾在韩溪(现在叫寒溪)里洗过手，也顺着萧何追韩信的小路走过一遍，体味萧、韩两人当年一个假跑一个真追的心境。当时韩溪也天遂人愿地突然溪水暴涨，给了韩信一个冠冕堂皇的理由，坐下来让萧何追上。于是便留下了“截贤岭”和流传不绝的歌谣：“不是韩溪一夜涨，哪得汉家四百年！”

其实光雾山，就是历史上的“孤云山”。

它是大巴山脉的一支。然而就是这一支,方圆就有三千四百多平方公里,群山横苍苍,列峰摩天根,或巉崖嶙峋,或绝壁如削。奇山出奇景,伟巨而诡秘。其中百分之六十为原始森林,植被覆盖率达百分之九十六,古木森然,繁阴凌乱,烟埋草没,绿苔斑斑。高低上下,前后左右,随你朝哪个方向看都是一片大绿:深绿浅绿,嫩绿老绿,水绿墨绿。这样的绿,绿得雄浑,绿得深透,绿得波涛汹涌、无边无际,绿得清冽空灵、不可思议,连空气都是绿的,后来连我的感觉也变成了绿的。

但,每架山的峰不同,谷就不同,谷不同水就不同,山水不同树木就不同,因此绿的也不同。若是只凭两条腿,在绿的迷阵中钻一天也看不了两个景区,后来我们坐上车在光雾山里钻。路转千盘,崖临百丈,高树依岩秀,山竹修如云,看哪儿都不错,可看了几天也未能看清光雾山的全貌,也可以叫真貌。

或许就是在那个时候,我忽然间体会到,人类为什么要称呼自然界为“大自然”了!

人对自然称大,是深切地感到了自己的小。人和山比微不足道,人和树比同样微不足道,还处于原始生态的大林莽,气势沉雄,野性四溢。远看它孤寂而阴郁,走近却感到充满动感,不停地在变化着容貌、颜色和形状,奥妙无穷,神秘莫测。平时人们无论多么向往大自然,此时却无人敢深入其中,独享大自然的亲近抚摸。

在光雾山里,时间仿佛是静止的,就像神话传说的那样,“天上方一日,世上已千年”。这里是人间天上,还完好地保留着大自然的原生态。经北京林业大学和四川林科院考察的结果,光雾山尚保留着两千三百多种野生植物、一百九十五种野生动物。有一种被称为“冰川时期活化石”的树木叫“巴山水青冈”,我看它却青枝绿叶,生机蓬勃,仿佛冰川时期就是昨天的事。此树小的粗如手臂,翠色含烟;大的要两三个人才能搂抱得过来,树干光滑挺直,手摸上去坚硬如钢铁,树冠直上干云,遮天蔽日。如此珍贵的树木自然生长缓慢,极其稀少。而光雾山的野生水青冈林竟有五万亩之多!

在这里，时间之所以像凝固在原始状态一般，是因为我在光雾山甚至看不到“大跃进”和“文化大革命”的痕迹，奇怪这里铺天盖地的原始森林怎么没有被砍了去大炼钢铁？在盛行毁林造田的时候怎么没有被烧掉？是因为它太大了，自卫和再生能力强盛？还是它接近川、甘、陕三省的交会处，山高林密，路险人稀，才得以幸运地躲过了一场场浩劫？

我曾经读过一份公开发表的调查报告，报告引用德国环保专家的话说：德国的环保堪称世界第一，在原生林被彻底毁灭后开始人工生态建设，到处都是整齐划一、郁郁葱葱的人造林，看上去很优美。可是在遇到火灾、虫灾和酸雨袭击的时候，就不得不耗费大量人力物力去保护，人工林永远像个长不大的孩子，要想达到与大自然同等的生态建设能力差之甚远。单单是人工林和原生林之间就存在着人类现有技术无法逾越的鸿沟，因此美国的生物圈二号实验失败了，国际上也公认埃及的阿斯旺大坝是得不偿失……

而他们认为，中国的环境就比德国好得多，因为还保存了大片的原生林。和人工林相比，原生林才是“活”的，它具有自然演化、自我更新的能力，具备了适合地貌和气候的生态系统，包括完整的从初级到顶级的食物链，对自然灾害自有其适应和恢复的能力。原生林不仅有着森林的全部功能，而且还是宝贵的动植物基因库。在德国的青山绿水间却找不出一种能拿得出手、上得了镜，可以作为国家形象代表的珍稀、濒危和国家特有物种，所以他们的生态学者非常羡慕中国原生林中的生物多样性，其中哺乳动物居世界第一，两栖类动物居世界第二，鸟类居世界第三，高等植物拥有量也位列世界第三。

中国是当今世界上十二个“巨大生物多样性国家”之一。

老实说，我在刚刚读到这份材料时心里并不是很踏实，我们真的还有德国人所说的那种原生林吗？如果有的话在哪儿呢？这次在光雾山见到了四十余万亩原始森林，始信德国人所言不虚。我一直以为我们的森林遭到了毁灭性的破坏，不然森林覆盖率何以只相当于德国的一半？想不到在大山深处竟剩下一些未被毁坏的原生林，在中国谁知道还有多少这样的“大山深处”？说来令人汗颜，我对自己国家的生态状态竟不如德国人了解得多。

这就是光雾山告诉我的，为什么人们称自然界为“大自然”？大自然“大”在哪里，什么样的自然才称得上“大”？

人造自然，不是自然。无为无造，万物自相治理，自然出天姿，天地任自然。

“大”才能“自然”，“自然”才“大”。

2005年5月

小站有大历史

天津市前任市长戴相龙说:“要了解近代中国,就得看天津。”且不说中国的第一艘军舰、第一杆火枪、第一块“万国博览会”的金牌等等中国近代史上的诸多“第一”,都诞生在天津。单是从天津的小站,就相继走出了袁世凯、冯国璋、徐世昌、曹锟等四任国家总统,还有行使总统职能的“临时执政”段祺瑞。同时,小站还为中国近代史贡献了唐绍仪、赵秉钧、张勋、王世珍、靳云鹏等九人,先后担任了十七届政府总理。在中国再无第二个地方,具备小站这样特殊的历史地位。它是许多重要历史人物的发祥地,是著名的北洋军阀(后来分裂为直、皖、奉三系)的摇篮,产生了吴佩孚、张作霖、孙传芳等中国近代史绕不开的人物。

因此小站便名副其实地成了中国历史长河上的大码头。自一八九五年后,凡欧美各国绘制出版的世界地图,可以省略中国的许多大城市,却必标出小站。在西方列强的心目中,小站的崛起预示着中国的变化,小站的兴盛可能会使中国强大起来。这又是为什么呢?

先要从“小站”得名说起。清王朝实行的是“原始军制”,主要靠旗兵征战,即由八旗子弟中挑选精壮青年构成,于一六四四年入主中原。后来又组建了使用绿色军旗的“绿营兵”,与八旗兵一同成为大清王朝的国家军队。过了近三百年的太平日子,随着清朝的日渐沉沦和衰败,八旗兵名存实亡。进入十九世纪,特别是从嘉庆起,绿营兵也几近解体,“将帅惟耽安逸,养尊处优,以营卒为厮役,不事操防,以空名冒钱粮,专事肥己”。鸦片战争爆发时,竟“兵不见将,将不见兵,纷扰喧呶,全无纪律,临阵溃逃”。到义和团运动兴起,清朝五十万军队“遇敌则糜,溃不成军”。因此才有曾国藩招募乡勇,组建湘军,被朝廷通称“勇营”,一时成为清廷安内御外所能仰仗的主要武装力量。以后,由曾国藩的得意门生李鸿章,效法其师又在老家安徽组建了“淮军”。

十九世纪后期,中日战争一触即发,阴云笼罩北京。为保卫皇城,李鸿章奉朝廷之命调淮军北上,围绕着北京布成一道防线,西自河北青县马厂,东至塘沽新城,共计一百四十里,四十里为一大站,十里为一小站。一八七五年,淮军将领周盛传,率“盛军”移防天津南部一水草丰美之地,此虽小站,却“进能挡关,退可纵横”,遂建立新农镇,开垦良田,兴办农桑。不想人们渐渐地忘记了它的真实名字,却记住了“小站”这个名号,且越来越响亮。在这道护卫京城的防线上共有四个大站,十四个小站,随着时间的推移,一个个都灰飞烟灭,了无踪迹,甚至关于这些“站”的概念,也彻底淡出了人们的记忆。唯独“小站”,实实在在地成了关乎着国家命运的重镇。

那么历史又是怎样成全小站的呢?史学家有这样的概括:“因水而生,因兵而兴,因稻而名。”先说“水”。小站本来就北靠海河,东临渤海,周盛传又调用三十四个营的兵力,开掘了马厂碱河,直接将御河(南运河)水引进小站,然后入海。在华北平原上,御河水被老百姓称作“圣水”,凡浇灌了御河水,无论种什么都出奇地好吃。“盛军”同时开垦了六万亩水田,从江南引进粳米稻种,好种子遇到好水好地,又历经百余年的培育,“小站稻”便成了举世闻名的“第一大米”。曾被封为“贡米”,是富裕、高贵的象征,令天下饮食男女,无不心向往之。小站自然也因此稻而声名大震。

但,小站真正成为中国近代史的“大转运站”,主要还是靠“兵兴”。一八九四年的中日甲午战争令中国惨败,参战的陆军不堪一击,号称“北洋精华”的海军全军覆灭,割地赔银,丧权辱国。巨大的耻辱让朝野上下都认识到,中国的旧式军队已经走到头了,必须修明武备,效仿西法,创练新军。于一八九五年初冬,光绪皇帝任用袁世凯,到小站督练新军。袁世凯从军队的编制、装备、训练、指挥手段,以及军官、士兵的选拔和征集等各个方面，对清军进行大规模改革，创建了新陆军，并重新确立建军思想："训以固其心，练以精其技"、"兵不训罔知忠义，兵不练罔知战阵"。他甚至亲自组织人编写《新建陆军兵略录存》、《训练操法详细图说》等练兵教材。特别是士兵们每天必唱的《劝兵歌》，其曲调类似今天的《三大纪律八项注意》，歌词也简洁上口，完全采用通俗的大实话："一要用心学操练，学了本事好立功；二要打仗真奋勇，命该不死自然生；三要好心待百姓，粮饷全靠他们耕；四莫奸淫人妇女，哪个不是父母生；五莫见财生歹念，强盗终究有报应；六要敬重朝廷官，越分违令罪不轻；七戒赌博吃大烟，官长查出当重刑；你若常记此等话，必然就把头目升；如果全然不经意，轻打重杀不容情。"

袁世凯多次把自己编练的新军拉出小站，进行长时间地行军和攻防演练，以提高部队作战水平。一九〇五年十月在河北举行的"秋操"，是中国历史上第一次大规模的近代野战演习，参加演练的新军四万六千余人，战马五千匹，战车一千五百辆，战线长达二十余里，国内外观操者二百多人。连西方媒体，诸如英国《泰晤士报》，都连续报道中国新陆军的演习实况。也就在这一年，袁世凯在小站将"北洋六镇"编练完成。按当时部队建制，一个军下面有两个镇，一个镇拥有官兵一万二千五百余名。以下依次是：协、标、营、队，相当于现在的旅、团、营、连。小站练兵的成果推动朝廷第一次设立了陆军部，并学习小站练兵的经验，开始全面编练新军，全国定编三十六个镇，统一了新式陆军的军制。正是小站练兵，实现了中国军队向近代军制的转变，完成了由冷兵器向热兵器的过渡，小站成了中国近代军队的发祥地。

鉴于小站练兵的组织性极强，影响力越来越大，其后势力日涨竟形成了北洋军阀集团。"乱世抓枪"，小站练兵实际上是练官、练掌权，最后练了整个中国。此后的民国"大总统、副总统、执政、国务总理、各部总长、巡阅使、检阅使、各省督军、省长，以及军长、师长、旅长等等，均出自小站"。如曹锟，在小站时不过是个步兵营长，段祺瑞只是炮兵营的统带……可见"枪杆子里面出政权"确是普遍规律。在小站练兵之后，中国又出了个黄埔军校，从里面走出了多少国共两党的高官和将领！当然也包括总统一级的人物。再比如美国的西点军校，同样也培养出了艾森豪威尔、麦克阿瑟、格兰特、巴顿等著名的总统和将军。

这些历史人物，被各自的时代和命运涂上了不同的颜色，在历史上扮演了不同的角色，起到了不同的作用，占据了不同的位置。从小站出来的诸多历史名人，曾在一段时间里吃了"窃国大盗"的瓜落儿，险被"一勺烩"。其实他们中很有些非同一般的人物，于民族于历史都是有过大贡献的。比如奉系军阀的"少帅"张学良，比如吴佩孚，连他的政敌蒋介石都称他有"乾坤正气"，最难得是"大节凛然，数年如一日"。军阀混战时期，吴佩孚公开提出："对内主和，对外主战；文官不贪污卖国，武将不争夺地盘。"曾写诗明志："得志当为天下雨，论交须有古人风。"汪精卫投降日本后，亲自到北京力邀吴佩孚共举大事，许愿由他自己主政党，让吴"掌军事"。吴却拍案怒斥："谁同你合作，就是下贱！"所以日本人才千方百计地杀害他。好在历史正在还原，终究会还历史人物一个客观的历史评价。

如此这般地左右和改变了中国的近代史，足见小站不小。钱穆说："历史即文化，文化即历史；有历史才有文化，有文化就有历史。"中国又进入一个重视历史和文化的时代，每个地区和每个人都在重新开始，小站也定将大有可为。

2007年4月

“沟”里的标准

当今世界上最好的自然景观多在沟里，如九寨沟、雅鲁藏布江大峡谷、科罗拉多大峡谷……峡谷也是沟，连太平洋底下都有一条神秘的深沟。

或许正因为是沟，野犷雄蛮，神秘莫测，人类难以涉足，才使原始的自然景物得以保存。不要说那些神秘的大峡谷，就是开放多年的九寨沟，我有两次到了沟边上都进不去。一次是因为大雨冲坏了进沟的道路，第二次是因为游客太多，从沟口到沟底的几十公里全是车，游客从早晨排队到下午三点钟还无法进沟。九寨沟最佳日容量一点二万人次，最大日容量一点八万人次，拒绝超出它最大接待能力的游客。这让我感到新鲜，游客都是给九寨沟送钱来的，这个年头有谁还会嫌钱多了烫手啊？

这或许也可称之为“君子爱财，取之有道”。“道”就是规矩，就是标准。符合标准，多多益善，不符合标准，多一分也不要。于是，我开始关心九寨沟的标准，搜集有关九寨沟的资料，向去过九寨沟的人打听沟里的境况，渐渐地竟发现了一些别有趣味的现象。

比如，凡是关于九寨沟的资料，以及所有去过九寨沟的人回来谈九寨沟、写九寨沟，都爱用形容词，爱打比喻，遣词造句极尽华丽。自以为九寨沟是诗人的摇篮，去一趟回来就都成了诗人，殊不知九寨沟正是扼杀诗人的地方。在那里数文字和语言最无力，它的美霸占了想象力，文人们越夸饰、炫耀地卖弄文字，就越显得矫情、做作、肤浅。就我的视野所见，到目前为止，凡写九寨沟的诗、文章以及绘画，都不及一幅九寨沟的摄影作品更美、更自然、更真实感人。

九寨沟只需原样不动地复制，就已经非常神奇。任何人为地锦上添花，都只会贬低它、伤害它。等到我也终于有机会走进了沟里，才知道这原来就是它的标准：保护第一，开发为后，保护好就是开发，开发只能是为了更好地保护。

据说以前沟里布满大大小小的旅馆，共有七千个床位，一声令下全部拆除，恢复九寨沟的自然原貌，游客一律“沟里游，沟外住”。其实，光是“游”就已经够可怕的了，九寨沟不过百里长，一年要承受二百万人次的践踏，若没有保护措施，时间一长九寨沟还不得变成“九寨大道”。于是，六十公里长的木板人行栈道建起来了，野趣自然，与沟里的环境相谐调，游客走在栈道上，水在脚下流，花在道边开……

九寨沟的湖光山色自然令人惊奇，但更让我惊奇的还是为了保护这湖光山色而制定出的一系列“沟里的标准”。在我的印象里，似乎还从未见到过像九寨沟这么干净的旅游热地，无论是在沟的大面上，还是沟里的角角落落，你绝对见不到一点垃圾。九寨沟人多，来自世界的四面八方，其中当然就有自觉的和不自觉的，沟里为自觉者提供了各种便利，包括游览的便利和丢弃垃圾的便利。比如外面的车辆一律不得进沟，不论公家的私家的、高档的低档的，进沟想乘车游览，就只能乘坐以石油液化气为燃料的绿色环保观光车。

那么，对待不自觉的呢，就得用点笨办法。九寨沟里游动着一种身着绿色环卫服的人，他们大多是沟里的原住藏民，对沟里的每一寸土地都进行了分段包干，游人多的地段可以只负责几百米，游人略少的地段要包管千米。他们无处不在，无时不在，不允许在自己负责的地面上有丁点垃圾，哪怕是一片纸屑。事情就是这样，再不自觉的人，到了一个非常干净的地方也会收敛许多。即便是再没教养的人，你在前面丢，人家跟在你后面拣，拣来拣去就会拣得你不好意思再乱丢了。

但，有一种垃圾是不能随丢随拣的，这就是粪便。厕所是所有旅游景区的难题，最是煞风景，可没有厕所又不行。何况九寨沟的生命是水，污染了沟里的水也就等于毁了九寨沟，解决这个世界性的难题，需得用眼下世界上最先进的科学技术，于是九寨沟建起了“打包厕所”。人少的时候一天一清，人多的时候一天两清，将粪便打包运到沟外处理。

然而，旅游胜地的垃圾又岂止是这些有形的东西，还有一种垃圾是无形的，可称之为“文化污染”。比如，将所有景点都穿凿附会成一个浅俗的民间故事，解说词像哄着儿童猜谜语，有巨石俯向水面，就会说像不像“老牛饮水”呀？山顶上有块狗头石，就可以将一个景观命名为“天狗吠日”等等，等等。而九寨沟的导游员，只介绍每一个景点的自然背景、历史资料和物理指标，诸如长多少，宽多少，深多少，都有什么成分，含量多少……九寨沟的现实胜过一切神话传说，它是绝无仅有的，无须再把它想象成别的东西以招徕游客。

九寨沟是大自然的恩赐，进沟应该有朝圣般的洁净感和敬重感。人类经历了痛苦的受制于自然和改造自然的漫长过程，终于认识到人类起源于自然，自然永远都是人类生存和发展的基础，必须要尊重自然和保护自然，以自然能够接受的方式，跟自然和谐相处。九寨沟制定的“沟里的标准”，也可以说是自然的标准、自然的规则。遵守这标准，九寨沟自然，游人也自然，也只有让山水自然，人才能自然。自自然然，才有真的快乐。

2007年9月18日

厦门之“门”

厦门原是岛，却称“门”。

上个世纪六十年代初，我在部队奉命沿领海南下，厦门是一站。站在海上看厦门，岛多湾多，岛间湾套湾，孤屿出海心。城在海中，海在城中，不冻不淤，水深浪平，难怪孙中山先生当年将其定位为“东方大港”。登上厦门岛向外望，碧海蓝天，视野开阔，真个是出门见金(门)，抬头望台(湾)。

我们围着鹭岛正转三圈儿，反转三圈儿，深切地感到厦门无“门”。特别是长堤阻隔，使孤岛与大陆相连，厦门已没有岛的感觉。老门紧闭，新门未建，唯其如此，才固若金汤。厦门从来都是军事要地，“高踞堂奥，雄视漳泉”。自宋代开始布兵设防，至元朝称“千户所”，明初则立城曰“厦门”。古意厦通夏，厦门又何尝不可以理解为“华夏之门”？至少是国家的东南大门，成为历史上最早面向海洋开放的通商口岸。

当时的厦门市内很安静，甚至称得上冷清，一切都仿佛是静止的，时间还停留在解放初期。城区内几乎见不到新建筑，没有大片大片的工人新村和尘土飞扬的马路，满眼都是老房子、旧街道，前廊后厦，高墙窄巷。连厦门人的心境似乎也还停留在战争年代，笼罩着一种阴沉和不安，没有北方城市里刚摆脱饥饿后的兴奋和喧闹，以及在意识形态上通过“反修防修”所表现出来的激烈。但是，厦门的这种精神状态倒正符合我们部队备战的要求。

二十年后，我早已脱了军装，受福建作家协会之邀再访厦门。此时的厦门，得风气之先，如“后队改为前队”一般，由“战争前沿”一下子转变为“改革开放的排头兵”，成为国家最早的四个特区之一。

历史铸造城市的精神。

看外表厦门似乎并无太大变化，但城市精神却与“关门”时代大不一样了。而城市精神是支配城市发展的一种无形的原则，能左右城市的价值观念和行为规范。一座伟大的城市，只有经历过灾难和忧虑，才会更珍惜和平的美好与创造的快乐。当初曾因无“门”而让人放心的厦门，此时却四门大开，厦门重新恢复了“门”的意识。此“门”极富韧性，百折不挠，又平实质朴，具有特别的亲和力及包容性。

不错，厦门的生命力在“门”。厦门依凭海洋，海阔桥为门。果然，在中心岛的西北方给城市增加了一条优美而温和的曲线，曲线下面是一道道银光闪闪的波纹，这就是厦门大桥。为国内第一条海峡大桥，如彩练般将分散的几块连成一体，使厦门的面积由原来的一百三十平方公里增大为一千五百多平方公里。而且都是国家特区里的“寸土寸金”之地。原是孤岛的厦门，开门后有了如此阔大的地域，想不发展都不可能了。

地阔海为门。厦门港有八大港区，一百二十四个码头，集装箱班轮航线八十五条，与全球三百多个港口有业务联系，位居“世界港口前二十强”。

而“宝岛中的宝岛”的鼓浪屿，则是厦门的文化之门。从地理位置上看，鼓浪屿像厦门这枚戒指上的钻石。若没有鼓浪屿，厦门便不成其为厦门。它精致而原始，幽静而热烈，高雅而平和，仿佛每一块石头都是一个文化典故，每一处房子都有自己的辉煌，每一条小巷都连接着一段不同寻常的历史，这个院落里留着林巧稚的音韵，那栋小楼是林语堂入赘后居住的地方……鼓浪屿提醒着人们，世界上存在着极为丰富的情感，厦门这个城市是有情的，这里的环境包括海和山、路和桥，以及一草一木一砖一石，都是有情的。公路为躲让一棵古树而绕弯，开发初期为了不破坏山林，用骡子运输，鸟儿飞进住户偷吃鱼缸里养的鱼……

城市的精神还取决于城市的文化基因，没有文化基因的遗传和延续，城市就会变得缺少灵魂和个性。而城市的文化面貌是要在城市人身上体现和感知的，城市的文化内涵和价值取向，是衡量城市生活质量的重要标志。人在塑造城市,城市也在塑造人。在高科技极端发达的今天,用一座桥将鼓浪屿和厦门本岛连接起来是很容易的,厦门的城市智慧却让鼓浪屿继续保持着原生态的岛状,正是这种历史和大自然赐予的文化空间,成就了城市的精神气质。

现代社会已经进入一个“以文化为轴心”的发展时期,文化有“门”,城市才有主心骨,发展才有信心之源。

还有一“门”,也不可不提。在厦门岛的正东边,与岛西边的跨海大桥(海沧大桥)相对应,是观音山。逶迤数公里的海岸就像观音菩萨随手画出的线条一样优美,岸下是碧海金沙,椰风细浪,岸上则矗立着一片如诗如画的建筑群落,一条条木栈道曲径通幽,一个个园林小品典雅秀丽。这么好的地方是什么所在?厦门观音山国际商务运营中心,与世界上一百六十多个国家和地区有商贸往来。此谓厦门的“财门”。

又一个二十年之后,于二〇〇八年的春天,我在厦门竟然有机会行走在海平面以下七十米的深处。当时我的头上顶着三十米厚的岩石,岩石上面是二十米厚的泥沙,泥沙上面是二十米深的海水,海面上有白海豚在嬉戏。尽管里面像宫殿一样高大宽敞和坚固,并排可行驶三辆大卡车,却并非海底龙宫类的娱乐场所。它是中国第一座海底隧道(翔安隧道),称“厦门东通道”。全长近九公里,海底隧道长六公里。这条“厦门东通道”其实是并排着的三条隧道,两侧为行车主洞,双向六车道,中间一孔为服务隧道。此隧道的建成,既保护了厦门三百平方公里海域的生态环境,又将厦门中心岛和东北方的又一块大陆(翔安区)连成一气。从地图上看,翔安隧道和厦门大桥成犄角之势,头顶中央是厦门的航空港——高崎国际机场。

至此,厦门之“门”,可上天入地,连海接陆,四通八达,无所不及。自立市以来,厦门之“门”由开到关,由关到开,跌宕起伏,由小而大,由弱而强,也显示了国家的命运。历史见证了今天的兴旺,却不会忘记昨天。而今天,最需要的仍然是重新开始。

2008年12月

长江北上接天津

由于曾熟读过《毛泽东选集》、《毛主席语录》等书，长时间以来便产生了一种错觉，以为对毛主席讲过的一些重要话都会有些印象，即便现在记不住了，大体也不会感到陌生。近读《林一山回忆录》，才知毛主席还说过许多我闻所未闻，现在听来依旧很新鲜并对中国的发展还在发挥着重大影响的话。

比如，一九五三年二月九日，毛主席由长江水利委员会主任林一山陪同视察长江，对被周恩来尊为"长江王"的林一山打趣道："你能不能找一个人替我当主席，我给你当助手，帮你修三峡大坝?"第二天，毛主席乘长江舰，在洛阳舰的护卫下由武汉直下南京，航行途中依然用询问的口吻对林一山说："南方水多，北方水少，能不能从南方借点水给北方?"

头一段话在半个世纪后成为现实，"截断巫山云雨，高峡出平湖"。第二段话启动了当今世界上最大的水利工程——中国的"南水北调"。

"南水"——目前就是指长江。

"北调"——面积可就大了，黄淮平原、华北平原、北京、天津。正可谓"滚滚东逝水，滔滔往北折!"

中国有七大水系，当下有三大水系却成了最缺水的地区，即黄河、淮河和海河流域。真是"沧海桑田"！黄、淮两个水系暂不说，单讲能汇集燕山山脉和太行山脉之水，号称九河下梢的海河水系，为什么竟会名存实亡，成了无水之系呢？同样也是以毛主席的一句话为临界点。一九六三年夏季，华北发大水，天津城岌岌可危。我当时正在海军服役，部队驻扎在天津的塘沽，不得不把图纸资料和一些重要的仪器设备装上军舰，开到海上躲避洪水。这就叫：水涨船高，以海抗洪。即便是滔天的洪峰，一汇入大海，便显得微不足道了。就是在那次大涝之后，毛主席发布指示："一定要根治海河！"

于是，一场治河的大运动几乎改变了华北的地势形貌。在各主要河流的上游修建了一个又一个的水库，在地势低洼的冀东平原上，加宽和新挖了一条又一条的通海的泄洪河，想象着即便是天河倒倾，激浪滚雷，也休想再浸泡天津！然而大自然的脾气，却令人难以捉摸，也就是从那一刻起，嘎噔一下整个北方开始只旱不涝。这一下真把海河给"治"了，也把天津"治"了。在"根治"之前，海河每年要向渤海湾倾注一百五十亿立方米的淡水。自"根治"之后，所谓九河，竟一滴水也流不下来了。用水利专家陈曦亮的话说，京津以南的大片平原上，"有河皆干，有水皆污"。

地上没有水就到地下找，开始疯狂开采地下水，致使华北地下形成一个巨大的漏斗，天津则是漏斗中的漏斗。原来打井只需挖下两三米就见水了，现在的水井却要挖得像油井那么深，才能抽上点水来。过度开采地下水，造成地面急速下沉，有些地方已经低于海平面，于是海水倒灌，海河变成海水向陆地倒流的河。只好建闸挡咸，一道闸不行，又建了第二道闸。天津人开始常年喝咸水，吃苦水，那个咸和苦可不是海水的咸和苦……现在若说出那种咸水和苦水的来源，会让人翻肠倒胃！

直到引滦河水入津，天津缺水的困境才稍有缓解。然而仅是一条滦河水，水量有限，而且流量逐年减少，天津的经济却在飞速发展，城市也在急剧膨胀，用水量激增。就在举国欢庆进入新世纪的那一年，天公大旱，滦河无水，天津的水缸——潘家口水库，只剩下一个库底儿，专业用语叫"死库容"，无法再放出水来……那真是一种绝境！

国务院紧急决定，调黄河水北上，以解燃眉之急。然而黄河的水量只相当于四十年前的百分之十，多次出现断流，更不是说调就能调得来的,万一赶上黄河也无水可调,或不能及时调来,天津做了最坏的打算:所有企业一律停工,每家发两只同一型号的水桶,每户人家每天只供应两桶维持生命的水。

一个城市,一个地区,没有水就断绝了生命之源,会陷入瘫痪。

偏偏中国的人均水资源,只相当于世界平均水平的四分之一。而且水资源的时空分布又极不平衡,主要大江大河都在南方,水质也优于北方地区。在世界银行一九九八年统计的一百五十三个国家中,中国排在第八十八位。天津的用水量又只占全国平均用水量的百分之十四,北京也只占到百分之十六。然而,缺水的又岂止是北京、天津,在中国的六百六十座城市中,超过四百座水资源不足,其中一百座城市严重缺水。就这样中国要用仅占世界百分之七的淡水,养活占世界百分之二十的人口,而且还要繁荣强盛。很显然,水资源的缺乏已成为我国持续发展的主要制约因素。难怪前水利部长汪恕诚曾大声疾呼:“要么为每一滴水而战,要么灭亡。这就是中国面临的挑战!”

“南水北调”——是中国发展的必然选择!

幸好,中国还有长江,为世界第三大河,每年入海的流量达到一万亿立方米,横贯南半个中国,中下游正好与最缺水的华北平原相邻。也正因为有长江,才使我国的水资源总量排在巴西、前苏联、加拿大、美国和印尼之后,居世界第六位。这就使“南水北调”的伟大构想,成为可能。自上个世纪五十年代起,国家组织了阵容强大的专家队伍,反反复复地论证了近五十年,于二○○二年十月十日,国务院批准了专家组的方案,举世瞩目的中国南水北调工程正式启动。从那一天开始,除东北以外,中国的水系将重新规划,由江河单一地自西向东、南湿北旱,变为相对均衡的“四横三纵”,呈网状水系。

“四横”——是珠江、长江、淮河、黄河。

“三纵”——就是从长江调水北上的三条主动脉,分西、中、东三条线。

西线——从长江上游的通天河取水引入黄河,解决西北和华北部分地区的干旱。但黄河上游和长江上游相隔巴颜喀拉山,河床高于长江八十到四百五十米,若让江水入河,需修建至少二百米高的拦水大坝,开挖长达一百公里以上的隧洞。

中线——从位于长江中游的丹江口水库引水,供应京、津、冀、豫四省市。丹江口有“小太平洋”之称,水质优良,正常蓄水高一百七十米,总库容为二百九十亿立方米,每年可平均调水一百二十亿到一百四十亿立方米,枯水年也可保证调出六十二亿立方米。更为有利的是丹江口的地势,其海拔高于天安门一百米,高于天津一百五十米,居高临下,水一出闸便自流到京津。沿太行山东侧山脚,没有污染,易于保护水质,源源不断地浸润中原心腹之地。这条输水线的设计,堪称神来之笔,以它为主才形成了“四横三纵”的黄金网络。

东线——从长江下游引水,水源丰沛,有现成的湖泊、河流与水利设施可资利用,江水一越过黄河,便注入早已干涸多年的南运河,顺顺畅畅地向山东、河北和天津供水。我对东线最感兴趣的有两点:一是“江过河”。黄河的地势高于引水口三十七米,如何让长江水跨过黄河北上呢?可供选择的无非是两个办法:“上天”和“入地”。前者是把江水打上天,从上面翻过黄河。这也不是什么难事,上个世纪美国断断续续也用了近五十年时间搞了个“北水南调”,从北部奥维罗尔湖南端引水,翻越海拔很高的蒂哈查皮山,先要把水抽上山,送入八点五英里长的隧洞。抽水机一次性抽水高度达到了一千九百二十六英尺,美国人当时创造了世界第一。中国的水利专家却采取了“入地”的办法让长江过黄河,在黄河底下七十米深处,打了一条直径十米,长八公里的隧洞,使长江水在地下静悄悄地穿过黄河。这样做更易于保护水质,同时也是向孕育了中华文明的黄河表达敬意!倘若从黄河上空跨过,工程过于张扬,且不雅观。

东线还有一个特点让我感动,那就是“江救河”。南运河是京杭大运河的中段,古称“御河”。上个世纪的五十年代,还是一条浩浩荡荡的大河,白帆昼夜往来不绝,两岸是茂密的森林。“大跃进”砍光了两岸的树,“根治海河”后运河断水,渐渐变成一条死河。到九十年代初中央电视台拍摄《话说运河》的时候,邀我撰写河北段的解说词,我随摄制组沿着古运河走下去,发现有的地方在运河河道里种了庄稼,还有的地段在运河里放羊,更有甚者将运河的河床改成一条道,在运河里跑拖拉机……这次长江水北上,无疑是救活了古运河。我渴望着再看到明人李东阳描述的情景:“漕卒啸风前后应,篙师乘月往来频。”

行文至此,有一个所有人都关心的问题,不能不给出答案,如此大规模地分东、西、中三条输水干线调用长江水,长江吃得消吗?对中国的自然生态环境会发生什么样的影响?国务院集各门类的专家、精英,之所以反复论证了五十年,就是要回答这些问题:三条线加在一起的总调水量,只相当正常年份长江自然流量的百分之七,对长江本身影响甚微。

“四横三纵”的水脉布成之后,对中国的自然环境会有很大影响,但不是负面的,而是积极的。二〇〇二年十月,由当时的国务院总理朱镕基亲自主持召开的南水北调座谈会上,为该工程制定了“三先三后”:先环保后调水,保护生态环境是南水北调工程的前提条件和目标;先节水后用水,以节水为本;先治污后通水,以治污为重。

有水才有灵气,有水才有生机,对一个城市、一个省是如此,对整个国家也是如此。南水北调功成之日,长江之水便开始滋润中国南北,赶上丰水的年份,还可以将黄河的水也调过来一部分,增加城市和工业用水,将挤占的农业用水置换出来,遏制地下水的过度开采。那将大有利于环境,希望能逐渐恢复以前中国大陆的最佳自然状态。那是怎样一番情趣呢?野旷天低,清水悠悠;彩霞映日,水光浮天。

南水北调既是救急、救命的工程,也是人类水利史上功在千秋的壮举。长江因此也将进入它最辉煌的时期,责无旁贷地担负起中国的历史和中国人的命运,并以其雄浑大势给生命注入力量。

长江是祝福,是中国的骄傲!

2009年春

扬州借景

前不久在扬州参加一个对话会，有位外语学校的女同学说，她喜欢怀旧，却又有些惶惑，不知该当做优点对“旧”继续大怀特怀下去，还是把怀旧当做坏毛病尽力克服？当时会场上发出一片笑声，可能觉得一个十二岁的女孩子大谈怀旧，未免有些滑稽，她能有多少“旧”可“怀”呢？总不至于老怀念第一次吃麦当劳的经历吧？

当我知道她为什么爱“怀旧”以及怀的是什么“旧”时，不仅笑不出来，还觉得她的问题很难回答。实际是这个女孩子格外敏感，道出了一种扬州的文化现象。在扬州爱怀旧的并不单是她这个刚上初一的学生，整个扬州无时无刻不在“怀旧”。往实里说，扬州人津津乐道的是“早晨皮包水”（喝茶、吃汤包以及一道道的汤汤水水），晚上水包皮（泡澡堂子）；扬州的“三绝”是“三把刀”：厨刀、剃刀、修脚刀。

再往大处说，扬州的媒体、领导干部以及文人骚客，写文章、作报告乃至一般性的发言，也喜欢张口先引用几句古诗词：“故人西辞黄鹤楼，烟花三月下扬州。”“天下三分明月夜，二分无赖是扬州。”……这样既省事，又显得精彩，好与扬州这个人文古城相称。因为形容扬州最精彩的话，似乎都被古人说过了，你不引用这些经典，就无法准确而生动地描述扬州，会被认为没有文化。

这也难怪，扬州已建城两千五百余年，古文化的积淀深厚而辉煌，形成一股强大的威势。第一为扬州扬名的是大禹，据《尚书·禹贡》记载，大禹治水时分天下为九州，扬州为其中一州，并因“多水而扬波”得名。一些代表着中国文化高峰的诗文圣手，如李白、欧阳修、苏东坡等,甚至连清皇帝康熙、乾隆,也都为扬州做过广告……这谁能比得了?

生活在这样的环境中,每天眼睛看的、耳朵听的,多是古人的东西,如果不“怀旧”反倒不真实了。那个女孩子学的是英语,每天还要接受大量现代意识和新鲜事物,即“所怀多旧事,入耳有新声”,有时“古”和“今”难免会有冲突,这就让她不能不产生惶惑:喜欢怀旧,却又不得不活在现代。

而令她惶惑的却正是扬州文化的精髓:“借古人”、“借传统经典文化”,以肥沃和提升现代文明的品位。

我积大半生到处采访的经验,每到一地主人总是先安排看大企业,参观名牌产品的生产基地。我们到扬州,第一天看瘦西湖公园、个园,第二天看何园……扬州并非没有大企业,不然GDP就达不到两千一百一十三亿元,也不是没有名牌企业,像德国的奔驰公司、美国的高露洁公司、荷兰的飞利浦公司等等,在经济上他们是很“洋”的,或者叫很现代的。尽人皆知,当今世界是文化决定经济的成败,主人要给我们看他最拿手的,是再正常不过了。这也表明扬州对自己的人文景观充满自信,尤其是园林文化。

古来就有定评:“杭州以湖山胜,苏州以市肆胜,扬州以园亭胜。”果然,瘦西湖美不胜收,令人目不暇接,类似一场古文化轰炸,楹联令人叫绝,匾额提纲挈领……先辈的文化巨匠们,把瘦西湖当成了考场,在明着比试,暗着较劲,看谁更能出语惊人。

这就让现代人仿佛走进了一个大私塾课堂。天下并不缺湖,一“瘦”竟成奇观,可湖水又怎样分胖瘦呢?相比之下,如果把杭州的西湖叫成“胖西湖”,便毫无美意了!扬州的瘦西湖“瘦”在哪里,又美在何处呢?这就是文化的伟力,古人的功德,倘若当初叫成“小西湖”或“窄西湖”,便不会有以后的绝世佳景。就是这一个“瘦”字,成就了千古绝唱。后来瘦西湖的发展,就完全在这个“瘦”字上做文章,要想瘦得美,瘦得精巧,就得“借景”。

充分利用其“瘦”,才建成了“湖串园”的公共园林,又称“百园之湖”:徐园、闵园、贺园、罗园、熊园……过去的富商巨贾们,谁买地建了园子,就以自己的姓氏命名。是瘦瘦的湖水像一条曲折回旋的绿丝带,将一个个珍珠翡翠般的园林串起来,“一路楼台梅岭始,榭曲廊回直到山”。可想而知,这些园林的主人们必定要尽力突出自己的个性,穷尽玄思妙想,巧夺天工,出奇制胜。这样就很容易犯一个现代人经常犯的错误,乱搭乱建,只顾自己,不管整体,其结果肯定是每家的园子或许都不错,但整体看上去不协调,或破坏环境,混乱不堪,贻害无穷;或相互攀比,相互模仿,景致重复,乃至俗不可耐。在现代城市建设中,这类错误早已司空见惯,让人见怪不怪了。

然而,扬州之所以能有瘦西湖,能被尊为“人文古城”,就在于数百年前,那些各自发财的商人们,竟比现在的规划局更有环境意识和全局观念,审美品位也更高。被湖水串起来的百家园林,虽风格各异,各有千秋,却又“合而为一,联络至山,气势俱贯”。

他们的诀窍就是一个“借”字。首先就是“借水”。园林的主人们都很清楚,瘦西湖是魂,丢了这个魂,或毁了这个魂,谁的园子建得再好也一钱不值。谁若能将园林建得成为整个瘦西湖上的一个独特景点,才算是大功告成。

另外,康熙、乾隆都分别六下江南,富豪们要把自家园林造得出类拔萃,就是寄希望能吸引皇上的目光,倘若圣驾光临,那便是天大的幸事。即便皇上不上门,只要是乘船游过瘦西湖,也就等于皇上在自家门前经过了。这就是必须好好“借水”的妙处,“借”得好,整个瘦西湖都是你的,你也属于瘦西湖的,皇上到了瘦西湖,就算是到了你的家。

其次是“借景”。后建的园林不是要把先建的园林比下去、压过去,而是以原有的园林为背景,借旁边的优势衬托自己,相辅相成,相得益彰,达到锦上添花的目的。所以,徐园的风格偏实,“露中有藏,浅中求深”;而净香园的特点就以空阔为主,“手指目顾,苍远无边”……关帝殿内的一副对联,集中表达了瘦西湖善于“借景”的真谛:“借取西湖一角,堪夸其瘦;移来金山半点,何惜乎小!”

尤其是与北京颐和园、承德避暑山庄和苏州拙政园并称为中国四大名园的扬州个园，更将一个“借”字用到了出神入化的境界。第一是“借竹”自喻，取名“个园”。个者，竹叶也。一根竿子挺着个人，劲直有节。然后是“借石”，叠成四季山景。借来几根长短不一、粗细不等的石笋，在一片竹林中破土而出，点缀春意。

进得春天的大门，借“皱、漏、瘦、透、秀、丑”的太湖石，垒成一座夏山，灰蒙蒙、湿浸浸，仿佛带云欲雨。山内空灵，有小桥曲折，穹窿石屋，还有大小不等的各种洞窟，“洞洞借景，风情幅幅”。最妙的是它能借来每个进山者的想象力，让你觉得风从穴来，石壁生凉，小桥流水，鱼游鸟栖……再下面是借红褐色的黄山石，堆成秋山。山上遍植松柏，遮天蔽日，每当风来，松涛怒吼，柏枝乱抽，一片肃杀的秋气。最后是借宣石垒成冬山，宣石纯白，看似一场大雪覆盖了山峦，常年不消，寒气逼人。

营造冬山光是“借石”还不够，还要“借风”，在背面的墙上打了二十四个孔眼，名曰“风音洞”，实际是起到一个大音箱的作用，每当风起，呼呼有声，为冬山制造“北风呼啸”的效果。还有更绝的，走过冬山，在西墙上会发现两个“窥春洞”，透过此洞可见外面一片盎然生机，绿竹苍翠，春笋挺拔……此谓“借春”！

采访扬州，深为其“借”的艺术而叹服。举一反三，一部人类的历史到处一个“借”字，借道、借光、借钱、借粮、借兵、借枪、你借我、我借你……善于借景者智，善于借力者强。盛唐时期，扬州是东南第一大都会，到明清，扬州成为当时世界上十个拥有五十万以上人口的大城市之一……

现今世界，既多极多元多中心，又呈现一体化趋势，你中有我，我中有你，牵一发而动全身。谁想唯我独尊，称孤道寡，恐怕太难了。此时借鉴扬州文化中的这个“借”字，真是意味无穷，受用不尽。

2009年4月

文化须登高

中国真有好地方。但凡好地方大都有个好名字，比如：文登。

端详中国版图，胶东半岛若蛟龙入海。在“龙睛”的地方，有一座山，不是很高，却正应了“山不在高，有仙则灵”的妙箴。公元前二一九年，顾盼自雄的秦始皇东巡至此，兴致高涨，率天下文士登山，在山上吟诗作赋，议论风生，遂开辟了一种“文化登高”的风气。

后人在此地开埠建县，名为“文登”。

文登不负其名，吸引孔子的高徒申枨来此举众讲学，并渐渐形成“东鲁学风”，后被宋真宗追封为“文登侯”；再加上东汉经学大师郑玄在文登开办“康成讲堂”，创立“郑氏学派”，遂使文登文风蔚然，历经隋唐五代，而长盛不衰。

甚至在文登的山区，都有个极其文雅的“晒字村”。村民将字写在树叶或树皮上，怕阴雨会发潮霉烂，每逢天气好便铺在石头上晾晒。奉秦皇之命调查此事的李斯，见写在树叶或树皮上的诗文竟字迹娟秀，行垄清晰，不禁连连称奇，“千载涧中流出水，琅琅犹带读书声”。

至今文登仍在盛行“文登学”。

这是一种什么学问呢？宋代庆历四年(1044)，朝廷颁诏各州县皆立学。每到科举发榜时，要标出中榜者来自哪个学府。多的地区四五个县能考中一名进士，少则需八九个县才会考中一名。而文登常常一科考中两名，甚至创造过一科七进士，以及父子同榜、兄弟连璧的佳话。他们先后出了一百多名进士，每到唱榜时都会屡屡念到“文登学府、文登学府……”山东人喜欢给“学”字加上儿化音，舌头一拐弯就将

“府”字给甩掉了，久而久之便成了“文登学、文登学……”

就连当时的皇子皇孙，都是“文登学”的受益者。文登人徐士林，二十九岁中进士，后被选进宫为皇子皇孙们授课，乾隆就是他的学生之一。后来屡屡被人们称道的“康乾盛世”，竟还有着“文登学”的一份功劳。

如此看来，“文登学”就是“文化学”、“教育学”，也可称作“人才学”。

文登出人才，却不一定光出文人，必要的时候也可以出武将。只要有“才”，文武是可以转化的，文可变武，武亦可生文，还可以文武兼备。古代该“文”的时候，文登出过朝廷重臣；革命战争年代更需要用“武”，文登又出了一百二十多名共和国的将军。仅从一九三七年的文登天福山起义中，就走出了四个军，为民族独立和中国解放立下赫赫战功。

“文登学”——培养的是一种精神。

精神需要文化的培养。文化为一个民族提供理想，建立核心的价值观。所以就必须登高，文化一定要在高处。那么，现在的文化不在高处吗？

岂止是不在高处，还在继续往低处出溜。比如媚俗文化大行其道，精英文化缺失，甚至向世俗献媚。编一个段子、想出一句雷人的话，逗大家哈哈一笑，成了当下社会文化的“亮点”。到处都是“文化搭台，经济唱戏”，把文化当垫脚板，当幌子。

唱来唱去，当经济这台戏唱到今天，想要提高品位、“做大做强”，却只能求助于文化了。当今世界上的所有竞争，都是文化的竞争。只有文化才能提升经济的整体规模和品质。如果说前三十年是经济选择适合自己的文化，那么今后就要靠文化选择经济了。

在全球同质化的时代，文化已经变成“一种创意和传播的战略手段”，是一个国家或一个地区增强软实力的必然选择，它不仅是一种创造力，也是支撑力和推动力。文化创意已成为世界二十一世纪的主要战略，文化甚至可直接体现为一种目的。只要看看当今国际经验，就可一目了然。有些国家，诸如韩国、日本，就直接提出“以文化立国”的方略。发达国家也确立通过发展文化创意，提升国家发展力。如世界最发达、最富裕的美国，在金融风暴中险些翻船，但在文化上却一直处于强势。正是这种文化的强势，有效地支持了国家的经济和政治，并依靠强大的主流文化，很快地走出困境，转危为安。法国文化学者马特尔甚至惊呼：美国正以文化“统治全球”，他们大量输出的美国文化和信息产品，正在文化上“加速全球的美国化”。

如果美国不再以军事帝国、经济帝国自居，那它已经是名副其实的文化帝国了。

足见文化关乎着一个国家的形象和战略，也关乎着一个地方的规划和发展。为什么我们老是拆了建，建了拆？今天看昨天的过时了，明天看今天的落后了，而今天看明天，却一头雾水，只能“摸着石头过河”，走到哪儿说哪儿。

于是临时抱佛脚，什么都往文化上套，简直是“文化乱撞”，拣到筐里的都是菜。诸如土豆文化节、萝卜文化节、潘金莲文化研讨会……乃至急功近利、走火入魔，有些地方竟为争夺一个子虚乌有的“西门庆故里”，不惜对簿公堂，从而丧失了文化的最基本水准。

经济有泡沫，文化也有泡沫。

“泛文化”就是反文化。干这个我们可是有教训，名为“文化大革命”，实际是“大革文化的命”。文化不能造孽，不能走邪门歪道。

曾创造了“文士登山”佳话的秦始皇，七年后就坑杀了四百多名“术士”。尽管秦始皇崇尚法家思想，欣赏“以法为教”，“以吏为师”，但朝廷对文化人还是相当尊重，不仅对“七十位博士优礼备加，对于诸生也尊赐甚厚”。用秦始皇自己的话说：“吾收天下书，不中用者尽去之，悉召文学方术士甚众，欲以兴太平。”但他又性格多重，一方面气吞六国，雄霸天下，同时又求神拜仙，炼丹制药，以求长生。有些术士，如侯生、卢生、徐福等便投其所好，诳称能与神相通，可得仙方奇药，以助不死。当秦皇要见真格的时，他们就一逃了之。逃就逃吧，还四处造谣惑众，诽谤始皇，于是株连其他术士、儒生等被坑杀。

今天无论怎样糟蹋文化，都不会有被“坑杀”之虞。但危害却是显而易见的。之所以在重视文化的口号下毁坏文化，究其因是许多年来听凭经济选择文化的结果。一切向钱看，文化完全服从经济利益，文化便失去了应有的含义和品格。文化一低，人的境界、社会伦理的境界也都相应地低下来了。

国内媒体曾公开报道了一家国际调查机构的结论：当今世界上最崇拜金钱、相信金钱万能的是中国人。面对这样的调查结果，谁还有脸说我们有五千年的文明，有灿烂的文化……幸好老祖宗还为我们留下了一句话：“知耻近乎勇。”

现在到了该是文化提升社会的时候了。文化应该登高，文化也可以“唱戏”。传统文化也给我们留下了许多可贵的思想，不妨抄录“文登学”的佼佼者徐士林的一首诗，为此文作结。

乾坤岂是无情物，
民社还依至性人。
不有一腔真热血，
庙堂未许说经纶。
但使无颜皆可富，
若非有骨岂能贫？
双睛不染金银气，
才是英雄一辈人。

2009年9月11日

冬枣大热之后

天地造化，成就了诸多世间神奇。冬枣便是其中之一，人们至今也不清楚，最早的冬枣树是经过怎样的子本进化而来的？几乎是无所不能的现代科技，竟也无法解释冬枣现象。

我是沧州人，自然从小就听老人们讲过，在距我们村不过百八十里的聚馆，产一种异果，虽名叫冬枣，却不是一般意义上的“枣”。它是圣物，是贡品，上供神仙，下贡帝王。聚馆的贡枣园历来都被高墙围隔，里面有皇家兵丁看守，即便是当村人，也很难见到冬枣的模样。从那时起我便记住了“聚馆”这个名字，它颇不一般，把两个看似不相干的字连在一块，后边干干净净的连村、庄、屯、集都省了。聚馆是古名，战国时期为齐燕两国的交界处，齐王西征凯旋，在此与群臣团聚，大宴天下，遂留下此名。

而冬枣，“闻于秦，兴于汉，明孝宗时钦定为贡枣”。聚馆的古贡枣林，也就顺理成章地被中央列为“国家重点保护文物”。明明还活得生气勃发、郁郁葱葱的枣树，却成了文物，这样的鉴定和命名，在植物类别中是第一次，在中国至今也还是唯一。凡成为珍贵文物的东西，不能少了两种品质：一是经受住了时间的检验；二是命运多姿多彩，历经磨难成就了一种令人称颂的传奇。这两样冬枣都具备了，三千多年来，鼓乐升平时它作为人间珍稀之物，可以为任何最高规格的庆典增光添彩；在战乱灾荒年月，又可充饥救命……

中国最后一个封建王朝清廷消解后，冬枣重又成了凡物。普通百姓尝过之后，刹那间真能产生一种做皇上、当神仙的错觉。它有一种说不上来的好吃,是枣味却比枣不知要甜润多少倍,个头大得像小苹果,核小肉厚,酥脆得像没有皮儿,一吃起来就停不住,越吃越想吃……其实圣果本就不该落入凡间。凡间讲究实用,百姓需要实惠。而冬枣太娇贵了,很难存放,摘下来一两天就会打蔫,且不能像其他枣一样晒干保存。它除去好吃解馋,没有别的大用。对于长期处于贫困状态的农民而言,仅仅是"好吃"是一种奢侈,"解饱"比"解馋"更急迫。所以到一九五八年大炼钢铁的时候,冬枣的末日降临了。

"大跃进"时的大炼钢铁,要靠大量燃烧木头,到处是一堆堆的冲天大火。于是便烧出了一个砍树运动,见树就砍,是树便伐。对此我有亲身体验。一九五五年我去天津上中学,从沧州到天津的运河两岸是遮天蔽日的森林,时时都有一种走进"野猪林"的感觉。"大跃进"之后便光秃秃一片了,我站在沧州的河岸上总觉得能看得到天津市。同样是属于沧州的聚馆冬枣林,怎么能脱得了厄运呢?王安石有佳句:"在实为美果,论材又良木。"冬枣树木质坚硬,能工巧匠们都是在做"万年牢靠"的物件时才舍得用它,比如雕菩萨、刻佛龛,给皇宫或地主老财打造足以传辈的高档家具,做大车的车轴或造船时做龙骨……这么好的木材炼钢岂不是也很禁烧?那就砍吧,刨吧!先朝着最粗大的冬枣的老祖宗树下家伙……

这里又留下一个谜,至今无人解得。当时一个洼一个洼的树都砍光了,无论站在村边往哪儿看,都没有挡头了。唯独聚馆,挑选着最大的冬枣树砍伐了两千九百棵,竟还剩下了一千多棵没有动。"大跃进"是大运动,大运动是没有死角的,为什么别处的树都一扫光,聚馆还剩下这么多老冬枣树?当地百姓有一种传说:老树成精,凡是卖力气砍树的都中了病,最后没法再砍下去了。还有一种较为合理的解释:冬枣的树干太坚硬,疙瘩瘤秋,铁干铜枝,无论是砍是锯都太费劲,而且根系发达,要想连根刨起就更费力,硬是把运动给拖了过去,竟还护住了一部分冬枣的根脉。因此也才有了今天这般大红大紫、大热大噪的冬枣气象。冬枣命不该绝,或许还有更深层的原因,就像世界上的古文明一个个地都中断了,唯有中华文明延续下来,这绝非偶然,而是一种必然。

历史到了一九八二年,农村要“包产到户”,冬枣树也要分给各家各户。聚馆便对幸存下来的冬枣树做了清点,树龄在六百年以上的还剩下一百九十八棵,树龄在二百年左右的有一千零六十七棵。清点的目的不是为了应付大家争抢,而是便于摊派。因为农民们推三阻四地都不想要或少要冬枣树,想多分点地。那时的冬枣在农民眼里还是“废物”,因为枣树下种不了庄稼,真不如多分点地种高粱,秋后还能多卖几百块钱。

哪知随着社会的逐步开放,风气大变,谁也不知道哪块云彩有雨。富裕起来的人们食不厌精,都想吃好的,吃新鲜的,吃贵重的,吃过去皇上吃过的东西。市场经济就是投消费者之所好,连聚馆所在的黄骅市市长,都到紫禁城里去卖冬枣。他并不是要将古老的“贡枣”再还给皇家,而是要让冬枣走向市场,走向民间。故宫里人山人海,挤满了中外游客,冬枣市长卖冬枣,立刻轰动了京城。轰动了京城就等于制造了一条世界新闻,耐寒的冬枣开始变热,渐渐又成了宝贝,百年老树上的果子一斤能卖到上百元。什么水果能卖上这个价?冬枣是货真价实的“百果之王”。家里趁几棵老枣树,一年轻轻松松就能闹几万元,活化石随即变成了摇钱树。

市场经济,唯市场之马首是瞻。别看数千年前的第一棵冬枣树是怎么进化来的没人知道,眼下要利用现代嫁接技术,从老树上采集苗穗培育出新的冬枣林,却不是难事。只在近二三十年间,黄骅就有了一个三十万亩的冬枣基地,并已成熟地进入市场化。黄骅能办得到的,别处也能办到,渐渐地从南到北、从东到西,中国的任何一个城镇的瓜果市场上都摆满了冬枣,简直就是无处无冬枣,遍地产冬枣。一时间中国似乎只产一种枣,那就是冬枣。

正如它的名字一样,按常规冬枣要到初冬才会成熟。如今为了早上市,好抢先卖个好价钱,刚进秋就摘,枣还是绿的,半生不熟,怎么能好吃呢?不论吃到嘴里是发木的、发酸的、发涩的,却都说自己是冬枣。大家都是冬枣,也就都不是冬枣了,冬枣在狂热的炒卖中丢失了原有的品质，价格由一百多元一斤跌为几元钱一斤，最好的也不过十几元一斤……冬枣又一次面临灭顶之灾。二〇〇九年夏天，我在中国禅文化的发祥地、供奉着六祖慧能肉身菩萨的龙山国恩寺，见到一棵老荔枝树，据说为六祖亲手栽种，已有千岁。开春时竟从主干上直接钻芽，结了几颗荔枝。这一现象被寺院视为大吉之兆，为该树披红挂彩，僧人们在树下焚香诵经。秋天我在聚馆的古贡枣园里，也见到了同样的奇观，有三四棵六百年以上的老树，都从主干上直接发芽结枣，一嘟噜一串，晶莹饱满。古树通灵，似乎是在显示一种生趣、一种力量，抑或是一种提醒：冬枣只能驾驭市场，而不可被市场所忽悠得发烧发疯。

果然，聚馆人重新审定了自己的原则：既然冬枣被国家命名为“重点保护文物”，首先就要保护好它。古冬枣树的珍贵、独特和不可再生性，也决定了必须把保护它放在第一位。还要让每一株新的冬枣树，都能保留住它的祖辈和母本一样的品质。古人能让冬枣数千年不退化，为什么我们就不能让它不变味？

幸哉，聚馆有冬枣。幸哉，冬枣生在聚馆！

2009年9月25日

留耕堂

番禺处于珠江三角洲的腹地,河槽交错,水网如织;山丘则丛林密布,人烟稀少。宋绍定六年(1233),一个叫何德明的人来到番禺,见珠江从上游夹裹着大量泥沙而下,受潮水顶托淤积成坦,年年增大遂成冲积平原,肥沃松软,极宜种植,心想若在此定居,筑堤围田,定能富甲一方。

于是,何德明选择了番禺的沙湾安顿下来,向官方购得大片土地,并不断开发,渐渐扩充到三百余顷。有了这等雄厚的根基,顺势繁衍生息,何氏一脉渐成番禺望族,将自家的大宗祠命名为"留耕堂"。

两旁的对联是:"小宗异大宗同钦于世世;前人修后人续享之绵绵"。

并且还立下了一个很特别的规矩:"凡考中秀才、举人、进士者,分别可获得祖荫二份、四份、八份。"每份"祖荫"相当于七亩地。民生在勤,勤则不匮,何家子孙书读好了,有了功名,不是鼓励他们离开乡土,忘记根本,而是以土地奖励,让他们眷恋故土,永不忘根脉。

由此,番禺何氏,乃成望族。宋代曾创造过何棠、何栗、何榘三兄弟同榜进士的佳话。后来以何柳堂为首的"何氏三杰",将广东音乐进行系统集成,发扬光大,并创立了"典雅派"。新中国成立后,国家主席毛泽东曾在北京接见何贤的夫人以及后来成为"澳门特首"的何厚铧。创办近二百年的何氏家塾,今天是广东的省级名校"象贤中学"……不知是不是受此影响,现在属于广州一个区的番禺,每年考上大学的人数,都有七八千之众。

何氏无疑创造了一种历经劫难却绵绵不绝的家族文化，正是这种富有强韧生命力的家族文化，令何氏一族成为名门，并兴旺至今。

解读何氏家族文化，理解今天番禺人的文化意识，关键在“留耕堂”三个字上。

俗云：“耕种传家久，诗书继世长。”番禺曾出土一块两千多年前的石碑，上刻四个大字：“大吉番禺”。那么番禺“吉”从何来？其古训是：第一代养地，有地才能养人；第二代养气，养浩然正气；第三代养文化，有文化才能培育和发扬君子之风。

因此，在番禺并非只有何氏一族如此，早已经形成一种蔚为大观的文化现象。被尊为“岭南三大家”之首的屈大均，别号“今种”。独开一番境界，令人浮想联翩。他削发明志，备受景仰。一生忠愤，气魄雄奇，以诗为史，创翁山诗派。

只有七百多户人家、却有着八百多年历史的大岭村，先后考中过三十四名进士，有探花也有状元，出过知县以上的官员近百名。被国家建设部和国家文物局共同组织的专家评为“中国历史文化名村”。

《异物志》的作者杨孚，也是番禺人，为东汉时期岭南第一才子。他的政治主张就是“守业尚文”，“绳美祖宗”。曾极其优美地赞颂鹧鸪的不离恋土：“其志怀南，不思北徂。”

能够“内守”，方可持久——这是番禺本土文化的一个重要标志。番禺曾被视为“广州的后花园”。竞争社会，谁都想奋勇争先，没人愿意跟一个“后”字沾边。番禺却沉稳干练地当着“后花园”。当国内的“前院经济”正为姓“资”姓“社”争论不休的时候，番禺却忙于建桥修路、招商引资，出现了番禺历史上从未有过的经济繁荣景象……

一个“后”字恰好发挥了番禺的性格优势。而一个城市或地区的性格形成，要得益于文化的浸润和培育。历史上“后发先至”、“后来居上”的事例太多了，都是因为有文化上的“先”和“强”。即便在极其特殊的非常时期，番禺文化中的“留耕”、“守业尚文”的意识也没有泯灭。

坐落于南村镇的“余荫山房”，位居广东四大名园（番禺余荫山房、佛山梁园、顺德清晖园、东莞可园）之冠，其主人邬彬，于清咸丰八年，官至从二品，年龄却只有三十四岁，便以母年迈为由，毅然辞官，归隐乡里。他建造“余荫山房”也处处体现一个先人的“荫”字和一个后人的“藏”字：“嘉树成荫，藏而不露，缩龙成寸，小巧玲珑。”因其匠心独运，园中有园，景中含景，外表别具一格，境界幽深广阔，一落成便成为中国园林艺术中的瑰宝。

今天的“余荫山房”，不仅完整地保留住其主人的文化理念，还凝结历史，成为番禺地域文化的一种象征。烟云过后，岁月照旧；岁月逝去，故事存留。

番禺的所有故事，都体现了当地文化的魅力。

时下流行“城市以文化论输赢”一说。古邑番禺，人文鼎盛，卧虎藏龙，这不能不说是他们最大的优势。

2010年5月7日

陕北游思

1. 关于“红色”

我参加“走进红色岁月”活动，至少怀有一种好奇：逝去的岁月真的还能“走进”吗？那岂不等于时光可以倒转？简单地回忆和重复容易，从心灵到情感真能走进去，恐怕不易。我猜组织者发起此次活动的本意，不在于参加者是否真能够“走进”，而是让“红色岁月”“走进”参加者。并通过他们“走进”或感染更多的人。

要“走进”或被“走进”，应该需要些基本条件。比如现在还有多少人从心里真正尊敬和怀念“红色岁月”?“走进”需要渴望，需要理解，需要对历史谜团的痴迷……

红为色彩之首，源自生命的本色。所以被革命尊为象征性的颜色，甚至直接将其视为目的，革命的军队叫“红军”，革命的小将叫“红卫兵”，俗称“十年浩劫”的“文化大革命”搞的是“红海洋”……崇尚红色几近登峰造极。继续革命叫“不变色”，想永远不变的自然还是红色。革命取得成功叫做建立“红色政权”，革命的策源地瑞金，被称作“红都”。但如今“红都”又被企业注册为商标。在商品社会，“红都”仍然还有很大商业价值，这足以说明时代的变迁，并未影响红色的魅力。

红——也是最复杂的颜色。红色太浓太艳太重太深，包含了太多的历史遗传密码。至今仍有许多未解之“谜”，令人欲说还休，欲理还乱。

比如延安"肃反"。周恩来曾说过:"没有这个肃反运动,刘志丹同志也不至于牺牲。""肃反"以"红"反红,"红"里藏奸,内斗不止。

"肃反"甚至变成一种思维方式,成了我党政治活动中的一种"病毒",经常会发作,一直影响了中国政坛几十年。"镇反"、"反右"、"造反"、"清理阶级队伍"、"打倒当权派"……"文化大革命"是"肃反"的扩大和深入……说不清的事,若要硬说,一说便错。

俗云:"越描越黑。"本是"红",反被描黑。有两个原因:一是"描"者不能坦坦荡荡地自圆其说、以事实服人;二是看客对"描"者失去了基本信任。

然而,"这个世界上唯一新鲜的东西,就是你所不了解的历史"。这也正是红色作为岁月,还能被不断"走进"的一个原因。

2. 关于"圣地"

大半个世纪以来,人们习惯于称延安为"革命圣地"。一提"圣地",便令人肃然起敬,从心里涌起一股神圣感,还不免要产生这样的联想:如潮水般涌动着朝觐的人群,他们的灵魂向"圣地"飞翔,在"圣地"凝聚,并由此得到纯洁、得到提炼、得到升华。

"圣地"凝结着巨大而崇高的精神力量。"圣地"放射着光华,澄净圆融,至高至尊,蔼蔼抚四方,赫赫出尘冥,给所有朝圣者注入强大的虔诚和忠贞。

"革命圣地"更应该是独一无二的。它是革命的摇篮,也是信仰的中心。当人们革命意志衰颓,发生了道德乃至信仰危机,到"革命圣地"接受一番洗礼,便会重新恢复信仰和理想,燃起生活的热情和勇气。

但是,对"圣地"的向往,只能存留于精神的层面。"圣地"不属于现实。

当我踏上延安的土地,不是觉得走进了"圣地",反而感到离心目中的"圣地"更远了。此后在延安的几天里,我一直在思索这个问题:

是我对“圣地”的理解出了偏差，还是“圣地”不圣了？

延安是真实的存在，无论现在是什么样子，它始终都是“革命圣地”。至于它像不像我心目中的“圣地”，不在它而取决于我的感觉。我从艺术作品中和历史资料里，了解的是过去的延安。曾经越看它，越想它，它就越像“圣地”。

延安先天就具备“圣地”的光环。从地理上说，三山（宝塔山、清凉山、凤凰山）鼎峙，它居其中；两河交汇，风水通达，它被拥戴。延安从来都是“三秦锁钥，五路襟喉”，从历史上说，被尊为“人文初祖”的轩辕黄帝的陵寝，就安卧于延安境内的桥山之巅。谁敢不拜？谁敢说这儿不是“圣地”？还有吴起、蒙恬、范仲淹、沈括等古代名将、名臣，在此展示文韬武略，居功至伟，留下无尽的传说和佳话。令人叹服，令人敬仰！

此后尽人皆知，革命在此卧薪尝胆，发展壮大，最终一举成功，执掌大政。延安被赋予“革命圣地”的桂冠，自然而然，合情合理。那么，是什么误导了我现在的感觉呢？

是延河缺水，失去了昔日的风光？是地产商密集的高楼，如尖刺般破坏了“三山鼎峙”的格局，遮挡了延安四周的天际线？抑或是我读了太多的关于“圣地”的文艺作品，与现实脱节？艺术的失真是最大的欺骗，是对心灵的欺骗。却也不要忘了，现实也可以欺骗艺术，让原本真实的艺术表达变得失真。即所谓“经不住时间的考验”。

所以，经典一定要在高处，高到现实或真实伤害不到的地方。

带有宗教信仰的“圣地”，因其宗教不变，“圣地”的光环也不变。而“革命圣地”不同，革命在不断变化，“与时俱进”，其“圣地”也必然是现实的、变化的。

革命成功后，革命本身也并未刻意把延安打造成自己的“圣地”。因此它是自然的，是平实的，至今引以为荣的仍然是两个“点”：“长征的落脚点，抗战的出发点”。

若没有这两个“点”，长征不知道还要征多长、征多久？抗战的胜利和全国的解放，自然也要往后推……凡世界上被称作“圣地”的地方，都不是因为现实，而是因为它的过去。

延安是“革命圣地”，是历史赋予的，是革命的命运决定的，不是现实形成的。无论社会如何发展，它都是“革命圣地”。革命者及其后人，要“朝圣”就得到延安来。

3. 延安的心结

许多年来，延安人心里有个疙瘩没有解开。中国革命无疑将会永远感激延安，但革命领袖毛泽东，在革命胜利后却不再回延安。特别是他曾多次回过韶山，也重上过井冈山……这是为什么？

据说一九七三年六月，周恩来总理陪同外国友人去过延安，荞麦饸饹还没吃上几口，眼泪就下来了，呜咽着说道：“我们对不起养育了中国革命的延安人民啊！”后来的另一位国务院总理朱镕基，也到过延安，说了大致相同的话：“我们欠了老区人民的情，我来还账来了！”

对“革命圣地”的委屈，这无疑是一种慰藉，却也更加重了人们的不解：处于不同时期的国家领导人，都遵循人之常情，承认对不起延安，欠了老区人的情，为什么单单是国家最高领导人的毛泽东，反而不提这个茬儿？

当初延安不足万人，竟养育并强壮了数万乃至数十万的革命队伍，那是付出了何等巨大的代价呀！更何况在延安的岁月，是毛泽东生命中的黄金时期，他的政治、军事才华得到淋漓尽致地发挥。《毛泽东选集》前四卷中绝大多数文章都完成于延安，毛泽东思想也是在延安形成并发展起来，得以显示出毛泽东身上的那种“天命的力量”。

谁都可以不提延安，他怎么会忘了延安？没有回延安，不等于忘了延安。忘不掉的过去，也并不等于还非要再回去。就这样，这个延安人的心结，渐渐变成全国的疑问，乃至世界上关心中国问题的悬念……随之便出现了各种各样的解释和猜测，众说纷纭，至今不断。

——这构成了一种有趣的文化景观。其实，“文化大革命”已经回答了这个问题。

从革命的本义上考虑，毛泽东离开延安后就不再回去，是再自然不过的事情。革命不是请客吃饭，不是礼尚往来，不能温良恭俭让。革命也不能吃老本，当老革命遇到新问题的时候，革命第一……如果毛泽东对延安也怀有“对不起”和“欠情”的情结，还会有困难时期饿死人的事情发生吗？还会发动“文化大革命”吗？

设若毛泽东在革命胜利后又回过延安，那又如何？韶山和井冈山在度荒时还不是照样挨饿、照样经历了“文化大革命”的劫难？延安有惨烈的“肃反”和“整风”，“文革”是“肃反”和“整风”的“升级版”，当时将全国变成了三四十年代的延安。这不也是一种对“延安精神”的发扬吗？

不可以常人常情，揣度革命领袖的心思。群众表达对领袖的爱戴和领袖关心群众的方式，是不能类比的。

4. 从“大生产”到“大跃进”

在枣园毛泽东的办公桌上，放着一块粗糙的铁条，长约二十公分，宽不足三公分，磨得有些发亮。讲解员说，一九四二年陕北革命根据地开展了“大生产运动”，从炼出的第一炉铁中，裁选了这么一块，送给毛主席留做纪念。

毛主席果然喜欢，当做镇纸一直用到离开延安。我忽然联想到，十六年后毛泽东发动“大跃进”，举国上下大炼钢铁，其创意很有可能就来自这根铁条。

一九四一年，中国革命面临双重压力：一是日本侵略军疯狂推行“杀光、烧光、抢光”政策；二是国民党对陕北根据地实行铁桶般的军事剿杀和经济封锁。在“要么饿死，要么解散”的严峻情势下，陕北革命根据地展开了以自救为目的的“大生产运动”。当时喊出的口号也很单纯：“自己动手，丰衣足食。”

自己动手的目的，就是为了吃饱穿暖。生存的需求，加上背水一战，同仇敌忾，“大生产”有了大回报，革命队伍不仅没有“饿死”，没有

“解散”,反而强壮了筋骨,获取了“东征”的资本和时机。因此可以说,陕北的“大生产运动”,取得了振奋人心的成功。

新中国成立后,受到以美国为首的强权世界的孤立和封锁。后来在跟苏联的关系交恶之后,毛泽东有延安“大生产运动”所提供的胆气和经验,借助朝鲜战争和反右派的势头,一鼓作气发动了“大跃进”。由于时代变了,条件和环境变了,目标也变得复杂而宏大,“大跃进”不仅没有真正地推动经济跃进,反而变成“大浮夸”,致使国家的经济“大倒退”……

人祸加上天灾,造成了中国近代史上著名的“三年困难时期”!此后左左右右、右右左左,给毛泽东心理上造成的阴影越来越重,最终引爆了“文化大革命”,将中国社会再一次推入更深重的灾难之中。

“大生产”炼出的铁条,还可以给毛泽东当镇纸用。“大跃进”炼出来的成千上万吨废钢渣,却严重地污染了中国人的精神,败坏了国家经济的胃口,并留下后遗症至今还经常会泛起“泡沫经济”。

历史就是这样曾反复地向人类证明:经验是不能重复的。

5. 周恩来的右臂

关于周恩来的右臂是如何受伤的,至少有三个版本。

有不同的版本,就给民众和历史留下了可以想象和创造的空间,更便于流传,形成佳话。古今中外的许多神话,就有两个或多个版本。

但,我还是相信另外一种说法:一九三九年七月的一天,江青没跟任何人打招呼,也没有遵守规定向有关部门报告,就私自带人出去了。这在当时很不安全,有人报告了周恩来,他立刻带人骑马去找。不想中途遇险,坐骑受惊,将他摔于马下,右臂受伤。

——这合情合理,也符合周公的性格。他向来以“主席的管家”自谦,不管江青是出于任性,抑或是负气出走,既然周恩来得到了报告,就一定会去找的。

无论是哪一种说法,周恩来右臂受伤都跟江青有关,这成了他们关系的一种标志。

周恩来的右臂摔得很重,小臂的骨头从肘关节处支了出来。先由中央卫生队的医生做了治疗,后又经三名印度医生做了手术,却总是不能复原。他是仅次于毛泽东的风头人物,到处奔波,东跑西颠,常常比毛泽东还要活跃,却挎着一条伤臂……毛泽东还曾叫他去苏联重新做了手术,结果依旧不理想,那条伤臂再也无法伸直了。

共和国成立后,周恩来出任国务院总理兼外交部长,风度优雅,谦和睿智,很快成为国际舞台上的风云人物。那条弯曲的右臂不仅没有给人以残疾感,反而成为一种风度、一种魅力和个性。

然而,这条世界上独一无二的曲臂,又成了某种政治关系象征,老是理不顺,总有点拧巴着。所以才有了"文革"中"评《水浒》"、"批投降派"等公开指向周恩来的一次次政治运动。即便在他处境艰难的时候,那条能弯能曲的右臂,仍旧醒示着一种韧力,激发人们联想。

——就这样,周恩来这条惊世骇俗的"曲臂",凝聚了一段历史,形象地代表了一代政治伟人间极其错综复杂的微妙关系。

这种关系又远远地超出了个人间的恩怨。个人恩怨会影响政治选择,但政治利害永远大于个人恩怨。为了政治利益,生活中恩将仇报的事情太多了,过去有,现在也还时有发生……

6. 毛泽东的洒脱

中央的领导集体,是在延安形成并成熟的。甚至可以说,在延安时期的中央领导集体,是历史上最好的一个阶段。团结一致,富有成效。否则就不会有后来的全国解放和共和国的建立。这自然取决于领导集体的灵魂——毛泽东。

他除去具有令人无法比肩的才华和定见之外,还相当地洒脱、随和,富有浪漫的诗人气质。这无疑增加了他的个人魅力与亲和力。当时他钦敬和喜欢的人很多,喜欢谁就能够由衷地称赞谁。他赞朱德:"朱毛朱毛,没有朱哪有毛?"诙谐而亲切。

他赞彭德怀："谁敢横刀立马，唯我彭大将军！"谁都认为，被毛泽东表扬过的人，就等于过去拿到了"免死牌"，谁知几十年后……还有他赞女作家丁玲："纤笔一支谁与似，三千毛瑟精兵……昔日文小姐，今日武将军。"

当时的毛泽东，既能够接受铺天盖地的颂扬，也承受得起批评和咒骂。有一次参加群众集会赶上了雷雨，听到身边一个农妇恶毒地诅咒："咋不让这雷把毛泽东给劈了！"他扭脸问道："你认识毛泽东？"那农妇说："不认识。""你不认识他，为啥这么恨他？""自从他来了以后租子多了，税也重了，俺们苦得没法活了嘛！"

陕北是穷地方，人口也不多，红军的到来自然给当地百姓增加了很重的负担。毛泽东没有还嘴，没有发怒，也没有询问那农妇的姓名，回到窑洞就召开会议，在根据地掀起了减租减息的土地革命。随后不久又发动了发展经济、保障供给的"大生产运动"。

在待人接物上，他的坦然随意，常常变成佳话流传开来。一九四〇年初夏，著名爱国华侨陈嘉庚，带着海外华人捐助的财物回国支援抗战。先到重庆，受到国民党一掷千金的"热情款待"。却让他的心里大不以为然，抗战这么艰苦，重庆竟然还这么奢华。后来陈嘉庚又辗转来到延安，毛泽东就在杨家岭自己的窑洞前摆了小桌招待他。从坡下自己的小菜畦里拔来新鲜青菜，主菜是邻居大嫂送来的一只鸡，这顿饭却让见过大世面的陈嘉庚大为感动。他正是通过这顿平时很难吃得上的饭菜，看到了革命的希望，看到了中国的希望。

斯诺在《西行漫记》里也记述了第一次见到毛泽东时的情景。当时陕北高原上的气候还有点凉，但窑洞外面的阳光倒很温暖，毛泽东就和他对坐在小院的太阳地儿里，开始了中国历史上非同寻常的一次长谈。

几乎没有什么客套，毛泽东就进入正题，谈话直截了当，又生动多智。随着他的谈兴越来越旺，身上开始发热，便不经意地解开了裤腰带，一边说着话，一边将手伸进裤腰里捉虱子。捉到吸满了血的虱子，就用指甲挤破，啪啪作响。他在做这一切的时候极其自然，就像是交谈中必不可少的动作,能给谈话助兴,还可以加强话里的意味。

俗云:“穷生虱子富长疥。”黄土高原本就干旱缺水,又处于异常艰苦的战争环境,连毛泽东也没有条件经常洗澡,身上不可能不生虱子。令对面的美国人大为惊奇的是,在毛泽东生平第一次接见外国的记者的时候,竟能这么无拘无束、坦坦荡荡地处理自己身上的这些寄生虫,格外洒脱自如,显示出一种特殊的魅力。难怪会有那么多人追随他,纷纷从四面八方投奔革命,投奔延安……

毛泽东身上有种东西能使人的灵魂着迷。也真难为这位美国记者,毛泽东不拘小节地当着他的面捉虱子,反倒征服了他,令他着迷。看来人只要放得开,“土”有土的魅力,“洋”也会有洋的味道。

毛泽东要去重庆跟蒋介石谈判,却没有一身稍微能看得过眼的行头,大家帮着跟一个刚从内地投奔到延安的人借了件中山装,找苏联军事代表借了皮鞋和帽子……临上飞机前穿戴起来,“总导演”周恩来却怎么看怎么不顺眼,问他自己感觉如何,他也觉得不大自在。

周恩来灵机一动,回窑洞翻出自己在法国戴的博士帽,往毛泽东的脑袋上一扣,效果登时大变,这顶帽子竟然把整个人都给抬起来了。

众人一说好,毛泽东自己感觉也自在了许多。他有一张著名的照片,站在飞机的舷梯上向送行和迎接的人挥动着白色博士帽。从此,那顶帽子便成了他郑重其事时的一个标志,那个挥动帽子的动作也一直延续到“文化大革命”,每当他站在天安门城楼上,最喜欢做的一个动作,就是向冲着他欢呼的革命群众挥动帽子……

单从人文角度说,以毛泽东为灵魂的中央领导集体,在延安期间或许才是鼎盛时期。

2010年5月9日

从咸水歌到《黄河大合唱》

像陕北风行“信天游”一样，黄土高原也赋予了一种特有的高拔、悠长，极具穿透力。珠江三角洲则流行“咸水歌”，即大海一涨潮，咸水倒灌，河汊水网中经常处于咸淡水交汇的状态。“咸水歌”自然就带着这种特殊“咸”味，兜兜转转，婉巧尖细，可哼唱，可高腔，有柔媚，有苍郁。

如“江行水宿过此生，摇橹唱歌桨过滘”；“精伶人仔去趁笥箕湾，众人艇仔哪去把歌叹……”冼星海祖籍番禺，处于珠江三角洲的腹地，他自小是听着“咸水歌”长大的，后来却创作出了音乐经典《黄河大合唱》。

——这样的跨越既令人惊奇，又意蕴深长。

番禺，虽因番山、禺山而得名，却是个地道的水乡。珠江的二十一条干流和支流，将其南部切割成一百多个岛屿。这也是番禺作为“珠江的明珠”，却能够在近两千年的时间里深藏不露的原因。番禺能够立郡，也得益于水。

《水经注》记载，三国时期，东吴孙权占据长江中下游，欲继续南扩，遂命步骘为交州刺史。步骘到番禺，登高远望，睹巨海之浩渺，观原薮之殷阜，乃呼：“斯诚海岛膏腴之地，宜为都邑。”于建安二十二年(公元217年)，迁州番禺，筑立城郭。

圣人云：“仁者乐山，智者乐水。”水的特质是灵动，流水不腐。这就赋予番禺文化另一种态势：出去和进来，流动和汇聚。

番禺人杨孚，如果不出去就不会写出《异物志》，从而成为当时首屈一指的大学者。那个年代在内地人的眼里,岭南是一块神秘的蛮荒之地,凡回京述职的官员,大量搜罗岭南的珍奇之物,带回去用以进身取宠。久而久之竟蔚成风气,流弊甚广。杨孚愤而撰写《异物志》,逐一列举岭南的风俗物产,并详加注释,使内地人对岭南的出产风物有所认识,以免有人借猎奇心理钻营舞弊。

如果不出去,自小听着“咸水歌”长大的冼星海,就不会写出《黄河大合唱》。如果没有《黄河大合唱》,我们简直无法想象,中国音乐、中国抗战,乃至整个民族的精神风貌,都将留下怎样巨大的缺憾?

番禺也欢迎进来。甚至为了纪念第一个冒险来到番禺、化干戈为玉帛的陆贾,将自己的大乌岗更名为“大夫山”。西汉初年,大局未稳,百越人赵佗在番禺自立为“南越武王”。汉高祖刘邦刚得天下,不想再用兵征伐赵佗,便派谋士陆贾南下番禺,说服赵佗归顺。

陆贾智慧过人,深陈大义,果真收服了赵佗,并代表汉朝廷授印封赵佗为“南越王”——只是在他自己任命的头衔中去掉了中间一个“武”字。

以此功,陆贾回朝后也被封为“上大夫”。刘邦死后,太后专权,开始歧视岭南,赵佗不满,再次自立,并升格为“南越武帝”。后来汉孝文帝当朝,又派陆贾再进番禺,最终又一次说服赵佗,维护了国家统一,且避免了刀兵相见,祸殃边民。

番禺人到现今还在感念陆贾大夫的功绩,将以他的头衔命名的“大夫山”,开辟成一座占地五百八十公顷的森林公园,成为番禺的“大氧库”、广州的“绿色之肺”。

番禺有这么多名人“来来去去”,遂留下了这两条标准,用来衡量后世官员的“政绩”。一条是:“为官一任,造福一方。”当官就要像陆贾那样,留下让后人传诵的佳话,这才称得上是政绩。第二条,要想靠盖房子出“政绩”,就要像邬彬那样留下能凝固历史和文化的建筑,而不是一味地奢华。如今,来来往往汇聚到番禺的人,无以计数。仅仅一个南村镇,原住民只有五万,而外来人口却有十万之多。其中就有当世最神秘的收藏家赵泰来,将他从姨母手中继承的诸多无价之宝,捐赠给番禺南粤苑,建立了一座珍宝馆。

水利万物,水就是财。番禺有两个别名,一是“大镬底”;一是“聚宝盆”。聚宝先得聚人,聚拢人气,方能汇聚财气。能聚人聚宝的定是活水。只有通畅,才能汇聚。番禺是水乡,又是“桥乡”,在一千三百平方公里的土地上,架起了大大小小二百四十八座各式各样的桥梁。水涌相通,水路相连,河与河通,路与路连……

但,真正让番禺雄阔放达起来的,是无形之桥。在世界全球化、社会物质化的今天,真正让人走投无路的时候很少,更多的时候是在你面前有好几条路,你却不知该如何选择!不知道哪条路前面有陷阱,哪条是死路?只有精神通达,脚下才能四通八达。意识是桥,思想是桥,文化是桥。

人们喜欢称番禺是“中国桥乡”,并不全是因为她修建了太多的铁桥、石桥,更重要的是她处于珠江三角洲的核心位置,在精神上有了一座自信、能够吸纳八方、吞吐大荒的文化大桥,向四周放射,通向四面八方。

——这就是水的意识、水的优势。

2010年5月26日

文化以厚道为心

——阅读南充

在南充仪陇的金城山上，古柏掩映、奇花衬托着一副巨大的“德”字石刻，丰润沉厚，古朴苍劲。整个字的高和宽均为二十二米，立面达四百八十四平方米。显而易见这是目前世界上最大的单字石刻，张扬着一种举世景仰的两“德”精神——从这里走出了解放军总司令朱德和“普通一兵”张思德。

——两“德”精神最大的特点就是厚道：以至仁为厚德，以至诚为厚道。

张思德终其一生，忠诚厚实得像他烧炭的那一炉净火，在平凡的工作中成就了壮丽的人生，点凡成圣。而朱老总，领导南昌起义，创建红军，长征途中制止分裂、挽救革命……功勋卓著，声名赫赫，在战争时期是革命营垒中的磐石；革命成功后成为中央领导集体中的敦厚长者，量大如海，容载万物。

在厚道几乎成了现代社会的稀缺品质，人们以“雷人”和“段子”为时尚，以尖酸刻薄处世防身，谋富不谋道，不择手段地出人头地……以朱老总所代表的厚道成了人性中最为明亮和温暖的一面。也正是以厚道为心，成全了丰盛的南充历史和文化。王充在《论衡》中说：“德弥盛者文弥缛（繁华昌盛、多姿多彩），德弥彰者人弥明。”

由此，南充曾被奉为“文都”。对中华文明曾做出过重大贡献的文化巨匠，云集南充，灿若星河。比如时下集中国流行文化之大成的春节文化，其源头就来自南充。古时帝王继位后，为庆祝自己登基或显示权威，常常要自制历法，将自己登基的日子当做新“年”肇始，元日便成了一个不固定的“变日”。商代的“年”是十二月初一，周代的年是十一月初一，秦始皇统一六国后又以孟冬为正月，以十月初一为元日……于是四季混乱，农事失序，出现了“朔晦见日，弦望亏满”的怪象。

天象大乱，导致天下大乱，灾祸频仍，到汉武帝时不得不下令改变历法。最终由南充阆中人落下闳，创制了《太初历》，确立以每年的正月初一为岁首，到冬季十二月底为岁末，使政治年度与自然的节律统一起来，让月份与季节合理地按一定的周期律动，并一直沿承至今。当汉武帝要给落下闳加官晋爵、诏拜侍中之职时，他却坚辞不受，执意归隐故里，宁肯将满腹独步天下的天文历算知识尽数传授给有志于此道的后生。

——又一个厚道之人。

厚道使人自知，不做妄想，不去高攀。君子之怀，遵厚道而弘大德，谋道不谋富。正是得益于落下闳的这份淳厚与耿直，他家乡的周舒、周群、周巨祖孙三代都成了三国时期著名的天文学家，继落下闳被奉为“蜀中前圣”之后，周群又被尊为“蜀中后圣”。两千多年来，落下闳的《太初历》紧密影响着中国社会的发展，同时也影响着世界，为了感念他，国际天文联合会于二〇〇四年，将一颗国际永久性的小行星命名为“落下闳星”。而中国人则尊称这位春节文化的创始者为“春节先圣”。本不想做官的落下闳，却无法拒绝后人给他戴上了两顶圣人的桂冠。

《推背图》的作者袁天罡、李淳风，是世界上最早将风分为八级的人，也属于有奇才大智者，在促进人类进步的过程中扮演了重要角色。他们一个是成都人，一个是陕西凤翔人，奉皇帝之命来南充观测天象，不想一到南充就不想走了，甚至连官也不要，在南充终老，并分别相中了同一块地方做墓地，不争不抢、厚厚道道地都葬于南充的天宫乡。

在南充这块厚道的土地上，至今仍留有独具一格的“万卷楼”，那是陈寿的父亲专为供其读书而修建的，代表着南充还是“三国文化”的发祥地。读书时的陈寿即被喻为孔门七十二贤中的子游、子夏。后历时十余年写成《三国志》，世称“良史”。

还有《子虚赋》、《上林赋》的作者，与卓文君一道创造了千古爱情佳话的司马相如，被誉为“赋圣”、“辞宗”。后人甚至一度将司马相如的故居改造成监狱，相如时期的古树、琴台一应俱在，好不温文尔雅，被关在这里面的犯人想来也够幸运的了，得以用中国最精美的辞赋来改造灵魂，恐怕只有厚道的南充人才会想得出这么高雅的主意。据说胡风就曾在这所特别的监狱里关押过。

人文源于天文，天文源于自然。袁天罡通晓自然之妙，曾借老子的话道出了南充的这种优势：天得道而清明，地得道而宁静，人得道而朴厚，万物得道而生长，河谷得道而充盈。南充山茂水丰，万物欣荣，是天造地设的一方厚土：一会儿水在山中，一会儿城在水中，浩波荡漾的嘉陵江，穿山过市，盘来绕去，极尽婉转，极尽妩媚，蕴玉含珠，养山润城，在某种程度上化解了人身上的暴戾之气。一方水土养一方人，一方人保护一方文化，所以南充能完好地保留着一座“贡院”和张飞墓。足见厚道的南充文化，即便在最晦暗的年代，在骨子里对其子孙后代仍然有着潜移默化的影响力。

甚至连南充的牛群，都能构成一道人见人爱的独特景观。太阳岛状如红日，月亮岛弯似新月，双双处于嘉陵江的江心，构成一片绝佳的美景，令人置身其中似痴似醉，如梦如幻。农闲季节，每天日出之时，岸边各户农家的耕牛会一齐出圈，渡江上岛，享受岛上青翠的嫩草。日落之时，吃饱了的牛们又自动一齐离岛，渡江回圈。每次多达一百余头，由最雄壮的公牛领头，母牛殿后，将小牛们夹裹在中间。老牛们瞻前顾后，时时照应着小牛，有时母牛还要将游不动的小牛驮到自己背上……它们昂头四顾，顶波踩浪，蔚为壮观。

莫非是牛们也在向人类演示一种生存应该有的厚道？

天厚道，地厚道，水土厚道。积累厚道，则物自归之，犹如林深而鸟栖、水广而鱼游。以厚为富、以道为贵的南充文化，成就了两千多年的灿烂与辉煌。时至今日仍占据着传统文化中的一些制高点，让任何一种形式的南充之行，都变成真正意义的文化之旅，受益良多，却还觉得意犹未尽。

2010年6月7日

邯郸一梦

在中国的传统文化长廊里有一奇观：邯郸成语格外多。仅《史记》里记载的邯郸成语典故就多达百余条，《中国成语大辞典》共收录成语一万八千多条，其中属于邯郸的成语竟占了一千五百八十多条。如邯郸学步、女娲补天、叶公好龙、滥竽充数、掩耳盗铃、梅开二度、背水一战、破釜沉舟、完璧归赵、毛遂自荐、负荆请罪、纸上谈兵等等。中国再无第二个地方像邯郸这样盛产成语。这是为什么？

至今人们若突然走进邯郸，还恍若进入成语典故之中。倘是顺大道入城，在雄阔笔直的马路两侧，古代弓箭式的电灯杆格外抢眼，杆似箭，弓是灯，强弩硬弓，直指星空。继续前行，接近城郭，迎面是一巨型城雕：台基高耸，上塑一烈马，剽悍异常，腾空而起，马背上有一勇士，弯弓搭箭，雄姿英发……这正是让赵国强盛起来，成为战国七雄中老二的一句成语："胡服骑射"。

公元前三二六年，赵雍继位，称赵武灵王。他面对的是一个烂摊子，赵国长期积弱不振，随时都有可能被强秦和周围的列国所吞并。赵雍殚精竭虑、梦寐以求地想找到强国之策。在一次外出巡视时遭遇胡人狩猎，他大受启发，经过一番深思熟虑后便开始了一场历史上著名的大变革。当时中原人的装束是长袍宽袖，质地或丝或棉，松松软软。而胡人以兽皮做衣，紧身短打扮，行动利索，更便于骑马打仗。中原人打仗以车战为主，用马拉着木轮大车，士兵则站在车上向前冲刺，受到车的局限，笨重而死板。而胡人都是骑兵，风驰电掣，马到人到，人到刀枪到，灵活快捷，占尽先机。赵雍的变革就是学胡人穿"胡服"，练“骑射”。这也正是“改革”一词最早的含义,“革”就是皮子,赵国的改革就是将丝棉换成皮子。

《易经》里有“革卦”:“井道不可不革,故受之以革。”“天地革而四时成……革之时大矣哉!”战国时期中原人很瞧不起胡人,觉得自己穿得松松垮垮、拖泥带水是一种斯文。而赵武灵王“换皮子”的改革也是下了大决心的,他带头穿起“胡服”,并颁布重令督导士兵们练习骑马射箭。这也就是“革卦”里所说的“大人虎变”、“君子豹变”。领导变革的伟大人物,必须自己先行改革,然后改革周围的人,最后推广于天下,改革才能成功。赵国自此果然强盛起来。还有,邯郸城中街有条回车巷,传说就是蔺相如避让廉颇的胡同,正是在此演绎出了“负荆请罪”、“将相和”等著名的历史故事。在邯郸古老的沁河上,还有一座学步桥,即庄子在《秋水篇》里所描述的寿陵少年“邯郸学步”的地方……最令人惊奇的是邯郸北郊确有一个黄粱梦村,村南有座明代的庙宇,名为“吕仙祠”,在这里产生了中国文化史上最著名的一个梦:“黄粱一梦”,又称“黄粱美梦”、“一枕黄粱”。

据唐人沈既济的《枕中记》所载,唐开元七年,穷秀才卢生在邯郸客栈里遇见道士吕翁,两人共席而坐。卢生不免抱怨起命运的不公,自己空有一腔抱负,却报国无门,为穷所困,郁郁不得志。此时店家刚蒸上小米饭,用餐尚早,吕翁便从行囊中取出一个瓷枕递给卢生,让他枕在上面,可即遂心愿。青瓷枕两端开窍,卢生一枕而眠,一眠而梦,遂见枕之一窍渐大,内中明朗,他不觉走了进去。里面果然别有洞天,庙堂之上熙熙攘攘,他梦见自己举进士、升高官、娶娇妻,随之便一展雄图,开河广运,歼敌扩疆,屡建奇功,官至吏部尚书、御史大夫。后遭诬陷,一贬再贬,曾想引颈自刎,为妻所救。数年后终得昭雪,升中书令,封燕国公。所生五子,皆德才兼备,个个进士及第,官高位显,得孙十余人。他为官五十余载,最后当到宰相,享尽人间荣华富贵,寿逾八旬,正待无疾而终,忽然惊醒,欠身而起见吕翁仍坐其旁,店家的小米饭还没有蒸熟。卢生无比惊讶:“原来我做了一个梦呀!”吕翁道:“人生之道,不过如此而已。”卢生沉吟良久:“夫宠辱之道,穷达之运,得失之理，生死之情，尽知之也。先生所窒我欲也，敢不领教。”言毕随吕翁出家学道。

“富贵荣华五十秋，纵然一梦也风流。”于是卢生的“黄粱一梦”便成了世上最著名的梦。明嘉靖三十三年，由道士出身的国师陶仲文出面，不惜动用国库的储备重修“吕仙祠”，嘉靖皇帝还敕赐“风雷隆一仙宫”的匾额。一百多年后，清康熙、乾隆两代皇帝又两修“吕仙祠”，扩大了它的规模。可见历代皇帝是多么重视卢生的这个梦。同为清人的屈复似乎道出了个中原委：“梦作公侯醒做仙，人间愿欲哪能全？从知秦汉真天子，不及卢生一晌眠。”原来连皇帝们也羡慕“黄粱美梦”。事变几沧桑，尘缘却并非全是梦幻，情到深处幻亦真。特别新中国成立后，毛泽东“一枕黄粱再现”的诗句，更是让此梦家喻户晓。

如此，古今中外还有哪个梦能跟“黄粱美梦”相提并论？于是现代人顺理成章地又将“吕先祠”开辟为“中国梦馆”，从史料中精选出四千余种梦，编成《梦典》。分为名人梦、情爱梦、发财梦、帝王梦等诸多门类，供现代人各取所需。商品社会未免太看重功利，人们更渴望美梦成真。今人又因太过实际，而美梦做得越来越少，于是到“梦馆”里来寻梦的人非常之多，旅游旺季以及高考时节，更是人满为患。游人到这里来都喜欢触摸一下卢生的塑像，当地流传着这样的顺口溜：“摸摸卢生头，一生不用愁；摸摸卢生手，什么都会有。”

不犯愁还会有梦吗？卢生因愁才“一枕黄粱”，愁时如梦梦时愁，醒来疑假又疑真。至于“什么都会有”，恐怕也只能在梦里。人不可无梦，世上原本就没有不做梦的人。要寻梦，到邯郸。想做好梦，更要到邯郸！

2010年6月20日

毛乌素之魂

初冬自毛乌素沙漠归来，并无“风尘仆仆”之感，相反心里倒多了一份洁净，还有一种感激、感动和崇敬之情。甚至每遇到熟人都想问他一句：你知道石光银吗？媒体时代推出了许多各种各样的名人，却也忽略了一些真正可感可佩、让人从心里钦服的人。

比如，生活在北方的人，近十几年有个明显的感觉，天上没有下沙子了，平时衬衣的领子也脏得慢了，北京甚至达到了奥运会对气候条件的近乎苛刻的要求。这不能说是石光银的功劳，但也绝不能说跟他没有关系。

自打石光银记事起，就跟着父母搬过九次家，有时一年要搬两次。不为别的，就为躲避沙子，不搬不行，搬慢了都要被沙子埋住。那真是沙进人退！他八岁的时候，跟同村一个小伙伴在沙窝里放牛，只顾四下寻找那一点点发绿的东西，没提防天空骤然黑了下来。沙漠里大白天发黑是常有的事，遮天蔽日的不是乌云，而是沙暴。绝地朔风，沙翻大漠，顷刻间他就人事不知了……一天后，父亲在几十里以外的内蒙古找到了他，而他的伙伴却再也没有找到，连同那头被一家人视为命根子的老牛，都永远地被漫漫荒沙吞没了。

这件事在石光银的心里造成怎样的伤害，他从来没有说过。长大后话也不多，只是拼命干活，有事没事就爱跟沙子较劲，二十岁就当上了生产大队长。有些农村的大队长可以当成“土皇上”，他却一门心思摸索着各种治沙的法子。只要听到哪儿有治沙的能人或高招，一定要去取经，即便步行一二百里，也全不在意。那时他肩上还挑着几百口人的饭碗,不敢成天光跟沙子较劲儿。到一九八四年,国家发布新政策,私人可以承包荒漠。这好像是石光银等待了几辈子的机遇,他立刻辞职,一下子就承包了一点五万亩荒沙。签这么大的合同,兑现不了拿命都抵不了啊!家人不同意,亲戚朋友吓一跳,外人则开始叫他“石疯子”。这时候他说了一句话:“我这辈子就想实实在在地干一件事,治住沙子,让乡亲们过好日子。”

一个不同凡响的人,在关键时刻总会有惊人之举。石光银这个原本再普通不过的农民,因时势的变化,便逐渐显露出那非同一般的特质。可是,想治沙就要植树造林,要种树就得有树苗,买树苗就得用钱……他缺的恰恰就是钱,愁得夜里睡不着觉,忽听到羊圈里的羊叫了两声。这鬼使神差的两声羊叫,一下子提醒了他,第二天一早,就把家里的几十只羊和唯一的一头骡子要牵到集上卖掉。这可真是疯了,要拿全家的日子往大漠里扔啊!妻子想从他手里夺下骡子的缰绳,又哪里争得过他?只能听凭他拿走全部家当换了小树苗。

“务进者趋前而不顾后。”说也怪,正是他这副铁了心的架势,竟感动了六七户平素就信服他的农户,大家从他身上看到了绝漠中的一线生机、一线希望,与其这么一年年不死不活地凑合,还不如跟着石光银背水一战,兴许真能干出个前程。于是那几户农民也变卖家畜,把钱交给石光银去买了树苗。这下责任更大了,干不好毁掉的可就不光是他一家人的日子。晚上妻子怎么也忍不住要唠叨几句,这个家并不光是他石光银一个人的。但还没说上两句,石光银就截断了她的话头:“睡吧睡吧。”他并不多做解释,连一句劝慰的话都没有,可能他的心里也没有底。所幸他石光银的女人贤惠,男人叫睡就睡,即使睡不着也把嘴闭上了。

但女人的直觉和担心却不是多余的,头一年种下的树全死了,第二年成活了不足百分之十,石光银真成了“往大风沙里扔钱的疯子”。这时候社会上有一种很时髦的理论,叫顺应自然,人是不能跟天斗的。石光银说不出更多的大道理,只在心里不服气,凭啥我这儿的自然就是沙子欺负人,你叫我们祖祖辈辈顺应沙子?其实,“老天”最早安排的“自然”也不一定就是眼下这个样子，过去此地连年战乱，人怨天怒，很难说是人祸引来天灾，还是天灾加剧了人祸。毛乌素自唐代开始起沙，到明清便形成了茫茫大漠，这叫石光银该顺应哪个自然？如何“顺应”才自然？好在石光银身上有股异常的疯张和倔犟，牙关一咬就扛了下来。他带着干粮常常在沙窝里一干就是许多天，当干渴难挨的时候，就用苇管插到沙坑里吸点水喝。那就像嚼甘蔗，把水咽下去，将沙子再吐出来。或许这就是造化的公平，在毛乌素的沙窝里，扒下一尺多深，沙子就是湿的，沙漠里的地下水位远比沿海大城市里的地下水位高得多，打井到地下八米就能出水。“毛乌素”在蒙语里是“坏水”的意思，可如今在毛乌素生产的“沙漠大叔”牌矿泉水，是水中的极品。这是后话。

老天果然不负苦心人，第三年石光银成功了，种树的成活率达到百分之九十以上。二十多年来，石光银种树治沙二十二点五万亩，已形成四百多平方公里的防护林带，莽莽苍苍，吟风啸雨，蔚为大观。有人或许对用平方公里计算的树林，形成不了具体的概念，那么就说得再形象一点：将石光银的树排成二十行五十米宽的林带，从毛乌素可一直排到北京。若改成单行，则可绕地球一圈还有富余。这些在毛乌素沙漠里已经自成气候的林木，不能不说是对当代人类的一个重大鼓舞。在当前全球的生态危机中，沙漠化排在了第一位，被生态学家称作“地球癌”。眼下地球上的沙漠达到三千六百万平方公里，相当于四个美国的面积，占全球陆地总面积的百分之三十，世界上约有九亿人口受到沙漠化的危害。而中国又是世界上受沙化危害十分严重的国家，沙化面积达到一百七十四万平方公里，占国土总面积的百分之十八点二。

所以，没有上过一天学的石光银，两次被邀请到联合国防治荒漠化大会上讲演，介绍造林治沙的经验。二〇〇〇年，先被“国际名人协会”评选为“国际跨世纪人才”；后被联合国粮农组织授予“世界优秀林农奖”（即“拉奥博士奖”）。设若是其他行业的时尚人物，获得了这样的国际荣誉，还不得闹腾得家喻户晓？这也正暴露了当今媒体时代在精神上有块沙漠,忽略了真正的时尚。而石光银从一降生就面对沙子,大漠历练了他的精神、他的定力,无论是荣誉,还是人世间最大的痛苦,都不可能让他迷失,让他颓丧。他在治沙上最得力的助手,也是他唯一的儿子石战军,一条三十四岁的壮汉,在急急忙忙去买浇树苗的水管时遭遇车祸丧生。人们不是都爱说"好人有好报"吗?

自知者不怨人,知命者不怨天。没人知道石光银是怎样化解了这巨大的苦痛,也没人听到他说过一句怨天尤人的话。恐怕他心里早就清楚得很,治理毛乌素不是一代两代人就能完成的,恐怕死一两个人也是正常的事。当初既然是自己挑头,就得由自己承担全部后果。历尽天磨成铁汉,他只要有点闲工夫,就愿意钻进自己亲手栽种的森林里,听着树叶被风吹动,发出哗啦啦的响声……对他来说这才是世界上最美妙动听的音乐。命运已经给了他最丰厚的回报,在这时候就连他也相信"老天是有眼的"——这才是毛乌素人该有的大自然。一向不爱多说话的石光银,却多次向家人和亲友们重复过一句相同的话:"我活着就是种林子,死了将林子交给国家。"

他一如既往地淡定、坚忍,犹如毛乌素沙漠里一束圣洁的光。其实,石光银并不孤单,在毛乌素治沙有了大成就的还有几个人。生活在远处另一个沙窝里的牛玉勤,有着跟石光银大致相同的经历,丈夫因治沙积劳成疾,中年早逝。她独自一人抚养孩子,照顾因患精神病常年神志不清的婆婆,还要像男人一样治沙,或者干脆说像牛一样勤劳无怨。因为她懂得一个道理,怨人的穷,怨天怪地的没志气。周围的人都说:"这个婆姨生生是用泪水和汗水把一棵棵树苗给浇活了!"到她六十岁的时候,已经造林治沙十一万亩。长年累月的难以想象的劳苦和艰难,并没有摧毁她柔媚而丰富的情感世界,为了表达对丈夫张加旺的思念,她把自己投资兴建的小学取名"旺勤小学";把育苗基地叫做"加玉林场";将自修的沙漠公路命名"望青路"——走在这条路上就能望见青山绿水。这是她的梦想。而所有治沙人,心里都有个梦。

实际上只要治住沙子,其他就都好办了。治理前沙窝里寸草不生，树一栽起来，林子一成气候，各种绿色植物就会自生自长，遍地蔓延。有了防护林的沙地也很容易改造成草场和庄稼地，不然毛乌素这个大沙窝里怎么能成为现在的“中国土豆之乡”？渐渐地绿色食品加工厂办起来了，养殖场建起来了，药材种植基地形成了……石光银们摸索出了林、农、牧、药多业并举的路数。他实现了自己当初的诺言，让周围的数百家农民都脱贫了，可他的家里，一年到头每天只吃一种“和菜饭”：将菜、米、面、盐一起煮，菜饭合一。只在过年和有应酬的时候才会放点肉，或包顿饺子。他和家人早就习惯了这样的生活。而他的林子和那些企业估算起来，至少值几千万，他为啥还要这般苛待自己？他说：“我还欠着银行三百多万的贷款，哪有条件享福。”沙漠里的树是只能种不能砍的，这就是老百姓常说的，富了林子，穷了造林人。石光银说：“不管我种多少树，办多少经济实体，都不是为了个人赚钱。我要钱干啥？还不是为了治沙，为了再多种树。”

面对石光银这样一条铮铮铁汉，精神上会感到健旺、畅达，对毛乌素和沙漠里的人，生出一种信心和希望。他们是沙漠的魂，是毛乌素的胆。据说毛乌素里的定边县名，原是北宋文学大家欧阳修所赐。而石光银们，用自己命运证明，定边只有定住沙，才能定住绿；定住绿才能定住魂，定住魂才能定边——“底定边疆”！

2010年8月

黑色温暖

有些东西之所以叫“纪念品”，是因为它记录了人生的脚步。

我有一个很大的扁柜，占据了家中最大最完整的一面墙，里面存放的每一件纪念品，都记录了我的一段经历，都有一个故事。其中摆在显著位置、看上去极普通却让人觉得很特别的“藏品”是一块煤，一块实实在在的闪着光泽的煤，放在一个精美的托架上。

它是我在平朔煤矿的地下掌子面亲手捧回来的。压在煤块下面的卡片上写着：“9号煤，平均发热量5948KCOL/KG，干基灰分21.6%，干基硫分1.38%，干基挥发分31.1%。”每当我独自端详它或向朋友讲解它的来历的时候，伴随着回忆心里会泛起一股温暖，一种向往和敬意……还有警策和思虑。

我对煤矿并不陌生，曾多次下井，有些还是全国著名的大矿。下井时无一例外都从上到下地穿戴好矿工的装备，头上顶着矿灯或爬进去，或乘升降梯到地心，然后再坐轱辘马进入采掘现场。来到平朔煤矿井工一矿，才真正见识了什么叫“全国第一”，我们是乘大吉普车下井并直达采掘面。其实既不“采”也不“掘”，更不是“挖”，而是“割”，我跟着“割煤机”向前走，竟产生一种坐在联合收割机上在丰收的田野上向前挺进的错觉。

不只是我们，矿工门每天下井出井也都乘坐卡车，像地面上的人乘坐公司的班车上下班一样。平朔煤矿的地下，像一个浓缩的地面上的高速公路网。地下数百米深处蛛网般的巷道，就是一条条相互连接的公路，其灯光、路标、信号以及各种指示牌，周密而规范。

它缺少的只是路边的广告，多的是安全警示语。任何一个矿工只要想出一句有利于安全的话，就制成一个牌子，配上灯光和他的照片，镶嵌在巷道壁上，光芒闪烁，格外醒目。每隔二百米有一个“救生舱”，可供三十人生活四天。每隔五十米，道边有一个自救站，备有淡水和氧气……

他们的理念是：生命至尊，安全为天！

我当时感觉，即便爆发一场战争，也未必能摧毁平朔的“地下王国”！

因此我在平朔获得的第一个感觉是“温暖”。就因为这里的生产条件和生活环境，与他们的生产规模和所创造的价值大体是相称的。他们仅去年一年就为国家上缴税费八十一亿，创造利润七十九亿，实现产值三百一十亿……这是多少钱哪！

国家赖以自豪的所谓“占世界第二”的经济总量，大头是靠许多像平朔煤矿这样的企业给撑起来的。要知道煤是不可再生的资源，虽然属于国家，可埋在他们祖辈生存的地方，平朔人给共和国提供的是“乌金”，是热能，是动力，这里面也有他们的精神。正像《平朔之歌》里唱的：“共和国的炉膛里燃烧着矿工的赤诚”。

那么共和国呢？是不是更应该感谢、尊重、爱护这种赤诚，乃至以同样的赤诚温暖矿工？

平朔地处“天下九塞之首”的雁门关外，统称塞北。至今还保有古战场的遗韵，内外长城及高高低低的烽火台举目可见，“草带烽烟色，蝉为朔吹声”。当我们乘着一阵风沙登上世界一流的平朔安太堡露天煤矿的大岸时，似依稀听到了角声连连，重鼓震天，浓烈的烟尘遮住金戈铁马，却挡不住诗人李贺的吟唱：“黑云压城城欲摧，甲光向日金鳞开……”

奇怪，这塞外的风沙来得猛，走得也急，尘暴一退，一个令人震惊的巨大煤坑呈现在眼前。采煤工作面是几十平方公里，全部机械化，其程序就是“铲”和“运”。一铲下去就是一个六十立方米的大煤堆被轻轻端起，转头倒进一次可装载二百九十二吨的运煤车里，然后沿着螺旋形的车道攀援而上，一辆接一辆，势如游龙般夹雷携电地驶向选煤厂。

即便没有去过平朔的人也可以想象一下，那巨大的铲车若一下一下铲下去，似能把地球给挖穿，一辆辆运煤车则如一座座小的煤山在移动，它的一个轱辘的直径就是三点七米……上千台这样的设备同时作业，该是怎样的一种气势？！

——这就是世界上最大的现代化露天煤矿。

目前中国是全球最大的产煤国，仅平朔煤矿就年产一亿吨，全国还有十三个年产亿吨的煤炭基地。世界上约百分之三十五的煤矿产量出自中国。我们不仅是煤炭出口大国，也是世界上最大的煤炭消耗国，中国在经济上所感觉到的“温暖”，有很大一部分来自对“乌金”的开采和燃烧。所以，我将其称为“黑色温暖”。

2010年9月10日

横琴变奏

珠海多“珠”，有大大小小一百四十六个岛屿，如一颗颗翠珠撒落于海。

其中，最大的一颗是横琴岛。分大、小横琴，若两把古琴摆放于珠江口外的碧波之上。千百年来，吟风啸浪，相对而鸣，或急或缓，如泣如诉……

珠江三角洲多“门”，江门、虎门、崖门、横门、斗门、澳门、磨刀门、十字门……横琴岛有两个门，西面磨刀门，东面十字门。出此门向东，便是零丁洋，与珠海的外零丁岛遥相呼应，更像是横琴的知音。

在外零丁岛的巨石上，刻着文天祥的千古绝唱《过零丁洋》：“辛苦遭逢起一经，干戈寥落四周星。山河破碎风飘絮，身世浮沉雨打萍。惶恐滩头说惶恐，零丁洋里叹零丁。人生自古谁无死？留取丹心照汗青。”

文天祥为江西庐陵人，在赣江的十八滩中确有一个“惶恐滩”，江流湍急，礁群狰狞，令行船者惶恐惊怖。原本是宋将的张弘范，降元后成了灭宋的统帅，逼迫被囚的文天祥以南宋丞相的身份写信招降坚守在十字门的宋军统帅张世杰，文天祥一挥而就写出这篇七律。

——这也是大小横琴发出的第一次激昂壮烈、椎心泣血的鸣响。时为一二七九年，大宋王朝覆亡于此。遂使十字门成为古时最著名的一个“门”，并成就了宋人在此“门”上演了全本的“忠、义、节、烈”大传奇。

“忠”的主调，当是由文天祥完成。他被俘后几乎所有的元朝高官和已经降元的宋廷同僚,都费尽心机劝降他,想借他的投降而立功,却都被文天祥或讥或讽或骂地顶了回去。而元朝刚立国,急需治国能臣,开国皇帝忽必烈遍访大臣,又大都举荐文天祥。他不得不亲自出面招降,并许道:"汝以事宋之心事我,当以汝为宰相。"

文天祥却不为所动:"我为大宋宰相,安能事二姓!唯愿一死,足矣!"

忽必烈无奈,又招来早被囚于元营的宋恭帝做文天祥的工作,皇帝劝自己的宰相一块投降敌人,这在中国历史上绝无仅有。自己的皇帝出面,文天祥只好收敛锋芒,连说:"圣驾请回,圣驾请回。"让这个倒霉的皇帝碰了个软钉子。文天祥在一污秽狭小的土室里,被囚了两年多才被杀,遂留下了不朽的《正气歌》。其耿耿忠心被史家誉为"三千年不两见"!

而将一个"义"字诠释得淋漓尽致的,是十字门守军主帅张世杰。明知大势已去,如果投降不仅能保命,还可享受荣华富贵,眼前就有例子:敌营的主帅是他的叔伯兄弟,降元后又被委以重任。他的外甥降元后也有个不错的功名,并三次进帐招降于他。但张世杰始终正气凛然,誓死尽职。最后时刻,他挺立舵楼,迎着飓风对天呼号:"我为赵氏,仁至义尽!一君亡,复立一君,今又亡。我若不死,只望敌兵退后,别立赵氏后人以存社稷。今又遇此,岂非天意!"登时海天变色,狂风呼啸,怒涛如山,刹那间大海便将张世杰和他的战船以及残余宋军,全部吞没。但历史,留住了他的英魂。

与文、张同朝的陆秀夫,背着小皇帝跳海,则将"节、烈"推向极致。陆秀夫是宋景定年间的进士,同榜的状元便是文天祥,古人称"忠节萃于一榜,洵千古美谈"。一二七七年五月,为逃避元兵躲到广东石冈州一个小岛上的宋少帝赵昰病逝,尚不足十岁。"群臣多欲散去",唯陆秀夫站出来力挽狂澜:"度宗皇帝一子尚在,将置其何地?古有以一旅以成中兴者,今百官有司皆备,士卒数万,天若未欲绝宋,此岂不可立国?"于是拥立年仅八岁的卫王赵昺为帝。但南宋王朝已是风雨飘摇,君臣播越、人心惶惶,而他每次上朝"俨然正笏立,如治朝。或时在行中，凄然泣下，以朝衣拭泪，衣尽湿，左右无不悲恸”。

当看到张世杰战败，南宋王朝苟延残喘的最后一线希望破灭，宋朝君臣除去投降别无他路。陆秀夫便“先驱自己的妻儿跳海”，然后入船舱把小皇帝赵昺请到船头，倒头泣拜：“国事至此，陛下当为国死。德佑皇帝（宋恭帝）辱已甚，陛下不可再辱！”哭诉毕，背起小皇帝，纵身跳入滚滚怒涛。此时的小皇帝已经九岁多，应该懂事了，显然也听懂了陆秀夫的话，知道陆秀夫背起他要干什么，但他不哭不闹不挣扎，不失天子尊严地随着最可靠的大臣蹈海赴死。小小年纪难得有这份烈性，与高风亮节的陆秀夫，共同完成了在中国历史上频繁的朝廷更迭中，最为凄美壮烈的一幕。

——横琴真是一座奇岛。见证过中国的历史，接受过惊天地而泣鬼神的历练，随后竟能把自己藏起来。从历史的大热闹中毅然抽身，回归简朴与自然，在人们的眼皮底下淡出了人们的视线。横琴这一藏就藏了七百多年，藏风纳气，休养生息。直养得山清水秀，土地丰润，就连牡蛎，都格外肥美……岛上“百步万棵树，块块奇石都是景”，晴天十步一瀑布，雨时处处有瀑布。岛的四周，海湾像花边一样相互勾连，或沙滩绵延，或怪石嶙峋……

终于，横琴等来了自己的时刻。曾经的壮怀激烈，曾经的大浪淘沙，都化作丰厚的精神积淀，培养了横琴的沉实、从容与大气。谋定而后动，后发而先至——在人类社会的发展与进步中，屡见不鲜。

琴弦已调好，总谱业已写就。而此时的横琴，视野雄阔，气度朗健，要弹奏新的“十字门变奏曲”：大海扬波，清风鼓荡，十字交汇，门通天下。

横琴必兴，又将震古烁今。

2010年10月28日

石都石趣

开放的大潮，令每个人都眼界大开，同时又让每个人都感觉到了自己的孤陋寡闻。比如，古老的云浮是六祖惠能的故乡，如今却成了广东最年轻的城市。也正是到了云浮，我才知道中国除了有煤都、钢都、瓷都等等之外，还有个"石都"。

——它就是云浮。

其《县志》上记载：此地于三亿年前便形成岩溶地貌，孤山突兀，石骨嶙峋，上有奇峰峻岭，下有溶洞暗河。玉蕴山辉，暗石藏龙，其矿产资源也非常丰富，可供开发利用的石料多达数十种，有位列四大名石的云石（大理石），以及花岗岩、石英岩、白云石、石灰石等。据说"云浮"其名，便因石而得：云石写意，云轻石重，相得益彰，相辅相成。

乾坤有精物，杰地必出灵人。早在一六〇七年（明万历三十五年），云浮就有了石材加工业，其石匠的技艺开始声名远播，当时一些著名的宫殿、庙宇和牌楼，都留下了他们的作品。一八五七年（清咸丰七年），云浮出现了第一家石材加工厂，以后此类的工厂和作坊越来越多，至清末，云浮的石材加工业已经具备了相当的规模，刻石艺人甚至有了自己的节日：以每年的农历四月初八为"凿石师傅旦"。可见其石艺活跃和发达的程度。

这样一个自古就与石头结缘的地方，如今的石艺又发展到了什么程度呢？

我不妨先讲几个小故事。云浮像其他地方一样，也经历过诸如"大跃进"和"文革"之类的荒谬和倒退，石材业几近荒废。改革开放之初，一位领导人来云浮考察，接到了一份奇怪的礼物：是一个精致的南瓜，饱满成熟，色泽赤黄而温润。他望着南瓜不得其解，伸手一抓竟没有拿起来，不想此瓜竟沉重得很。细看原来是石头刻的，惟妙惟肖，生动喜人。领导人忽然有悟，不禁哈哈大笑：我明白了，种一个能吃的南瓜不过卖几块钱，而雕刻一个能让人百看不厌的南瓜，动辄会赚上几百元，就是卖到上千元也说不定。而云浮又最不缺石头，云浮云浮，漫山石头，城中有山，山中有城……好啊，到了六祖的故乡，果然处处禅机，你们是想让这个南瓜告诉我，云浮的发展，先从石头着眼！

很快，云浮的石头竟在全国范围内带起一个又一个的新潮。比如，前些年大公司、大机关的门前，忽然时兴摆放石狮子，根据单位的性质和建筑样式的不同，摆放石狮子也非常讲究，大小不一，形态各异，雌雄有别……发展到后来连各地的法院门前都要摆一对石狮子。这些石狮子中的绝大部分，都出自云浮刻石艺人之手。

随后，各地纷纷大建别墅，富人们喜欢在别墅里安装云浮产的石壁炉，以及与之相配套的石雕、石画、石拼图；有钱的或爱赶时髦的单位又兴起了在大厅的中心位置摆一个自动带水旋转的大石球；紧跟着是罗马柱、扭纹柱、异形线、石扶手……凡是想追逐时尚的人，追来追去都找到了云浮。

这是个崇尚石头的时代。社会越是浮躁，人们就越是追求永恒，追求一劳永逸。而石头的本质就是不朽、坚硬和耐久。引潮者反被潮催。在掀起一阵高一阵的石头热的同时，云浮的石艺也得到了大规模的锻炼和提升，由匠艺进入创作，意韵巧夺天工，奇形可见物情。其作品堂而皇之地进入北京人民大会堂、故宫、西藏的布达拉宫，以及香港和内地许多机场、地铁站等雅致豪华的场所。中山大学的鲁迅雕像，是七十岁的“老石头”欧秀明所作，他的另一件石雕《九龙鼎》，获得了国家级的文化大奖。当年雕刻南瓜的苏发，创作了一件名为《举世无双》的玉瓶，人家给出了一个举世无双的天价，他还舍不得出手……

近三十年的改革开放，大致可分为两个阶段，前半截是中国看世界，后半截是世界开始看中国。于是，云浮趁风借势，引领的不单单是国内的石头风尚，还带动了一个不大不小的世界性的“石头热”。连美国的白宫、俄罗斯的圣彼得堡广场，这些世界顶级的大门面，都来云浮订货，其他国家和地区就更不消说了。埃及开罗国际会议中心最大的大理石壁画《天长地久》，长一百五十四米，高二点八米，即云浮石材工艺总厂的李森才等人根据唐小禾、程犁夫妇的画稿制作的。

云浮的石头仿佛都被禅宗六祖点化过了，出神入化、灵气飞扬。这也就极大地调动了我的好奇心，不顾盛夏的酷热，匆匆南下粤西，去看这些神奇的石头。待真正走进云浮，却看到一座花园式的新城，四周群山掩映，秀峰耸立，有山皆绿，哪有裸石？城内更是树木葱茏，处处鲜花，湖泊也明净如镜，并非满街石头。一个以石头扬名的地方怎么可能还有青山绿水？在我的想象中，进了石都首先看到的应该是一个接一个的采石场，漫天飞扬的石粉，被轧翻了浆的道路……莫不是传言有误，所说的石都并不是云浮？

陪同者笑道：别着急，石都不一定非得挖自己的石头。他随即带我拐到云浮市的另一侧，这里有一条“百里石材走廊”。我仿佛一步跌入石头阵中，满眼都是各式各样的巨石，从几吨到几百吨，有的已经被切割成一片片光滑石板；还有不计其数的石头制品，一眼望不到头，每一块石头都像活了起来，令人眼花缭乱。在这条百里长街的两边，一家挨一家地坐落着三千八百多个石材工艺厂，年产石材工艺品七百多万套(件)，是世界上独一无二的“石艺王国”，或者叫“石头博物馆”！

云浮的石头不许采，那么这些精美的石头是从哪儿来的呢？只要看看各个厂家门前的大字广告便一目了然：印度红、南非翠、蒙古黑、英国白、白宫米黄、俄国浅啡……原来云浮的石料大部分来自国外，有的是国外来料加工，有的是云浮厂家自己从国外买来的。永光兄弟石材公司的办公大楼，优美而厚重，装修更是富丽堂皇，是用八十一国的石头建造而成。这似乎是一种象征、一种宣告：世界名石皆为我所用，我为世界点石成金。

云浮人不愧为惠能禅师的老乡，果真是好智慧！

2011年3月

杨柳青的色彩

凡有外地乃至海外的友人来津，我多半会陪他们去游览杨柳青。事后征询他们的感觉，得到的答案多是："别具一格"、"韵致清雅"、"不虚此行"……

许多年来真正令我钦服并牢牢记住的，是一位福建籍教育家的评价："杨柳青的独特体现在她的色调上，协调而高妙！"

杨柳青的色调？无须多说自然是以"青"为主："杨柳青青夹岸高，万枝垂下绿丝绦"、"袅袅古堤边，青青一树烟"……

在词牌中有《杨柳青谣》、《杨柳枝词》，在《植物学》上有专门的一个"杨柳科"，中国的柳树有近三百种，要看杨柳怎能不到杨柳青来？

动似癫狂柳絮随风舞，静时谦恭枝枝总到地，婀娜多姿叶叶自多情，春思春愁蒙蒙生长丝……长条细叶无穷尽，谁人见了不动心？

可见杨柳青得天独厚的自然色彩，是由当初一取此名便决定了的。

在众多关于杨柳青得名的传说中，我最喜欢的是杨广种柳赐姓的故事。隋炀帝杨广在民间的口碑似乎不太好，然而他有两大功绩，是古代一些所谓"开明君主"和"好皇帝"们所无法比拟的。

一是开凿京杭大运河，将长江、黄河、海河三大水系串起来，泽被东半个中国一千多年，至今还在受益。

其次他称得上是中国历史上最重视植树种柳的皇帝，他甚至种柳种到入迷的程度，做梦与柳树结为兄弟。人和树既成一家，醒来便赐柳树姓杨。

由此，天下的柳树皆称杨柳。

隋炀帝为什么这么喜欢柳树呢？并不是个人兴趣，而是出于保护运河的需要。

据《古今谭概》记载，炀帝见有人在运河堤岸上种柳大喜，并深受启益："一则树根四出鞠护堤岸；二则牵舟之羊可食其枝叶。"遂诏令民间："种柳树一株赐一缣(可换四丈布)。"于是百姓争相种柳，隋炀帝也自种一株，群臣次第种之，"倚岸埋大干，临流插小枝，此树易荣滋，无根亦可活"。

数年后沿大运河两岸，形成了两条绵延近两千公里长的杨柳林带，郁郁葱葱，行行夹岸，"根老藏鱼窟，枝低系客船"。到一九五五年我考到天津上中学，从沧州沿着运河直到天津西站，都是遮天蔽日的森林，岸两边多是大柳树，长条垂地，倒影入流。

杨柳之"青青"，是春天的绿、年轻的绿，青翠一片，生机盎然。再配以"大柳滩"、"万亩果园"、"森林公园"和无数精耕细作的田园，构成了杨柳青自然韵律的主调——大绿。

然而给人的视觉以强烈冲击，并留下深刻印象的"杨柳青色彩"，却不单是一个"绿"字。杨柳青的人文景观也清一色地由极其丰富的"青"演化开来。

在自然界"青"是绿，在建筑学上"青"是黑。"黑"又是一种深厚而富于变化的基色，它催生了古色古香、复杂多变的灰色。

杨柳青的"古街"、"画坊"、"八大院"、"九大庄"……或青灰，或铁灰，或浅灰，或砖灰，青堂瓦舍、亭台楼阁，院里套院藏清幽，层层叠叠透古韵。难怪从浮华喧嚣中走来的人们，一进入杨柳青，心即刻便能静下来，感受到一种从骨子里透出来的雅致。

正是在这种"青"与"灰"的主色调上，才能够诞生并养育了色彩明丽而饱满的杨柳青年画。其线条精细，对比强烈，充畅着一股独到的祥瑞之气，六百年不衰，滋润着民间百姓的心绪。

一个地方的色彩，体现了这个地方的文化和精神的格调。

杨柳青和自己的文化相得益彰。杨柳青对得起文化，文化无愧于杨柳青。杨柳青幸甚，杨柳青文化幸甚！

2011年4月8日

红豆树下

名重一时并引得文徵明、郑成功、顾炎武、袁枚、曹寅、翁同龢、章太炎等历代众多名流显贵前来瞻拜的“红豆山庄”，如今只剩下一棵红豆树了。大树四周高墙维护，墙门紧锁。近五百年来，山庄毁了建，建了毁，然而这棵红豆树，却始终森然挺立，繁阴浓重。

谁说“相思”最脆弱、最绵软、最不可靠？一棵树撑起了一个村庄，一个村庄因一棵树而成为一种文化符号，成为古代才子佳人向往的一块圣土……给人以无限怀想和遐思。只要有红豆树在，山庄的名就在，魂就在。至于楼堂瓦舍、横街竖巷，迟早还会在红豆树下铺展开来。红豆山庄从建立的那天起，似乎就秉负了主人的性格和修为，红豆树要撑起的还不只是一个村庄，而是一段重要的历史文化。

宋末元初，以“古今多少兴亡恨，都在声声晚寺钟”等佳句传世的顾细二，为杭州、上虞一带的名士，向与书画大家赵孟頫交厚。忽必烈入主中原，赵官拜翰林学士，遂向元主推荐顾细二，欲招之入朝为官。顾却坚辞不受，携老小弃家远避，行于虞山左侧，见水土不错，便在补溪畔立户开庄。这才叫“自由”和“清高”，不高兴当官，便拉家带口拔腿就走，走到哪儿觉得风水不错就安顿下来，开荒种地，晨耕晚读。补溪岸边逐渐形成村落。

到明代嘉靖年间，顾家后人又从海南移来两株红豆树，红豆珍稀，人见人喜，于是便有了“红豆山庄”的名号。但真正成就了山庄巨大名声的，是奇冷的崇祯十三年深冬，发生了一件奇事：“艳过六朝，情深班蔡”的奇女子柳如是，一身男装打扮，青布束发，蓝缎儒巾，突然造访虞山,扣响了钱谦益家冷寂多时的门环。一个有故事的人的到来,让红豆山庄也有了故事。而故事就是魅力。她一下子给红豆树注入了灵气,成为天下有情人爱恋的象征物,并见证了一段传奇姻缘。

在官场屡屡失意并已丧偶的钱谦益,正心神寂寥、满腹悒郁,柳如是从天而降,令其大喜过望,感动莫名,遂邀柳在自己的"半野堂"住上一段时间,柳欣然应允。他们一同踏雪赏梅、寒舟垂钓,相处和谐,心神大畅。为答谢柳如是相慰之情,钱谦益亲自督工,仅以十天工夫便在红豆山庄为柳如是特建一楼。依据《金刚经》中"如是我闻"之句,钱谦益将小楼命名"我闻室",以应和"如是"的名字。柳深为感动,她历尽坎坷,成名后虽结交过诸多风流才子,常有千万人捧着,但多是逢场作戏,难托终身。倒是这位花甲老者,知疼知热,有情有趣,反能相知相感,给她一种长久以来便渴望的安适与恬静。敢作敢为的柳如是几次露出以身相托之意,而钱谦益一遇到这种场面总是先感激动容,随后却匆匆将话题避开。或是他心存顾虑,两人年龄悬殊,自己整整大了柳如是三十六岁。且为罪臣,前程无望,岂不牵累了这位风华绝代的才女!或许这正是钱的高明之处,欲擒先纵。但面对美人的一片痴情,男子的矜拒又能维持多久?何况在他心里一刻也舍不下她。俗云:"男追女隔座山,女追男隔层纸。"拖到来年夏天,钱谦益决定要将柳如是娶进家门。

一旦真要办大事了,钱谦益就想哄得娇妻高兴,将婚礼办得别致而张扬。他租了一只富丽堂皇的芙蓉舫,在舫中摆下酒宴,邀来十几位好友,随舫划入虞山脚下的松江之中,在碧波之上,在箫管鼓乐声中,两人一个高冠博带,一个凤冠霞帔,双双拜了天地,喝了交杯酒。这场婚礼引人艳羡,甚至在士大夫中招来物议:"亵朝廷之名器,伤士大夫之体统。"钱谦益能有这份勇气,也恰恰证实了他对柳如是的珍视和真情。可惜,红豆香风留美人,却不一定留得住男人的野心。或因怀才不遇,心有不甘;或越是仕途坎坷,钱谦益越是觉得当官还没有当够。官瘾如毒瘾,每当他费尽心机甚至不惜借助柳如是的关系谋到一个官位时,旋即明亡。作为明臣他们想以死殉国,来到两人相识的西湖,决定投水以洗辱全节。到真要付诸行动时,钱谦益借口水凉退却了。“烈女怕缠郎”,何况是“才高八斗,学富五车”的缠郎,永远都有他的道理。任柳如是再刚烈,既为人妇,就得遵妇道,随夫意,只好再退一步,劝诫丈夫隐居世外,不事清廷,也算对得起故朝了。钱谦益慨然允诺,但没过多久借口头皮发痒剃光额发,留起清人的辫子,公开降清并在清廷谋得一个闲差。但他确是命蹇事乖,很快又因一门生犯案被逮,锒铛北上,押往刑部大牢。柳如是扶病随行,上书陈情,请托斡旋,誓愿代死或从死……柳氏的义行不仅最终把他搭救出来,还冲淡了世人对他降清的诟病。至此钱谦益在官场旋进旋退,三起三落,不免怀念红豆山庄。

山庄照旧接纳了他们,红豆树宽慰了他们。但,原先并株的两棵红豆树,却只剩下了一株。世道变了,人也变了,怎么能让树不变呢?相思树,相思树,成日在一起还用相思吗?不相思,相思树还能有活力吗?令人讶异的是,在留下来的这株高大的红豆树旁,又长出一棵朴树,与红豆树相依相靠、相扶相助,蔚为奇观。由此钱谦益和柳如是过了十年安定的日子,他们还有了个女儿,可谓锦上添花。一六六一年五月,正当钱谦益八十岁生日,十二年未开花的红豆树,一夜间含苞吐蕊、异香浓郁,二人大喜,相拥而泣。到九月,霜降叶落,柳如是遣人在树下细细搜寻,终于收获了一枚晶莹饱满的红豆,山庄沸腾……世上恐怕也只有红豆开花结果才会如此轰轰烈烈。见到它开花已属不易,能得到它的果实就更难。确是“红豆生南国,秋声传一籽”。

在四百六十年里,这棵红豆树只开花二十三次。距今天最近的一次开花是一九三二年。或许是因为现代人已经不会相思了,现代人讲究“闪婚”、“一步到位”,无须相思,不知相思为何物,更用不着一波三折、好事多磨,“空见相思树,不见相思人”,红豆树还为谁开花结果呢?幸好,在柳如是拣到红豆三百年后,陈寅恪意外地也得到了一枚红豆山庄的红豆。这枚红豆向他传导了什么信息,致使老先生受到电光石火般的启发和感动,“不顾年老体衰、指僵目盲,穷十年心血”,完成了皇皇八十万字的《柳如是别传》?

三十多年后，上海一位蒋家才女丽萍，再写《柳如是传》。后人只要谈到柳如是或钱谦益，就绕不开这株红豆树。于是，在红豆山庄俨然形成了一派“红豆文化”，那棵红豆树也成为爱情的吉祥物。或许当人们重新学会相思、珍惜相思的时候，就会发生感天动地的爱情故事，到那时红豆树还会开花结果的吧？

2011年5月4日

岭南文化随想

深秋时节，随《香港商报》采风团，参加了岭南旅游文化节。盛大的开幕式是岭南民俗文化的检阅，是一场民间风尚习俗的大联欢。以文化开场，然后旅游。文化本来就是旅游的灵魂。“旅游”一词最早见诸南朝梁沈约的《悲哉行》：“旅游媚年春，年春媚游人。”旅游可以产生文化，成为文化的摇篮。

被誉为“中国第一大书”的《史记》，便是先“游”后“著”的典型。司马迁在《太史公自序》里说道：“年二十而南游江、淮，上会稽，探禹穴，窥九嶷，浮于沅、湘，北涉汶、泗，讲业齐、鲁之都，观孔子遗风，乡射邹、峄，厄困鄱、薛、彭城，过梁、楚以归。”历时两年有余，几乎将要写到的地方都走了一遍。因此，古人说“游山如读史”，“行万里路，读万卷书”。旅游才会有奇遇，经奇事，交奇人，催发才情。

于是，中国的许多文化经典就这样诞生了。各种各样的“游记”，成为中国文化的重要形式。《西游记》干脆在封面上就打出了“游”字的大旗。也正是韩愈、苏东坡等历代文化大家，一次次游经岭南，留下了一首首诗词和一段段佳话，才赋予岭南山水以灵气、以文化品位。

现代人更深切地理解了“人生不过是一次旅游”这句话的涵义，遂使当今世界进入了旅游的时代。几乎是无人不旅行，无人不出游，文化理应趁势而“化”之，而“引之、导之”。提升旅游的品位，当是题中之义。

其实，“冠绝岭南”的丹霞山，其发现和开发，也首先要归功于古代的旅游者。这足以令现代旅行家思索：你纯粹是为了“游山玩水”、自娱自乐,还是也想发现点什么、为文化贡献点什么?最早在北宋崇宁年间,云游四方的居士法云,溯锦江而上时为丹霞层岩所吸引,遂弃舟登岸,穿山径,探洞穴,幡然醒悟:“半生都学梦里过,今日方始觉清虚。”于是聚集百余人,在丹霞山下的锦石岩开山建寺。

请注意:欲要开山先建寺。这是出家人的规矩,也是一种传统的文化习惯。

经法云一开发,虽然还只是初步的开发,丹霞山也不再籍籍无名,它吸引的第一位名人是宋朝大学士余靖。按文人的习惯他留下了一首诗:“巉岩绚烂倚云隗,万玉无香结作堆。不是虬龙眠铁树,原来假石壮根荄。”不要小看一首诗,张继的一首《枫桥夜泊》,成就了寒山寺的千年盛名;王维的“西出阳关无故人”,制造了“阳关热”;王翰的“葡萄美酒夜光杯”,兴旺了河西走廊的旅游。

丹霞山真正的开发是在数百年以后(1644年),明朝虔州巡抚李永茂、礼部主事李充茂兄弟二人,护送着一口红木棺材走了大半个中国,也未能找到一块安葬他们父亲的“风水宝地”。当途经丹霞山时,极目远眺,见红崖傲立,群峰崔巍,下有江水奔腾,上有绿树覆盖,云蒸霞蔚,气象万千,李永茂不禁喜极而泣,遂买下此山。安葬好父亲的灵柩,安顿了明朝灭亡后的遗民,李氏兄弟便率领众人进行有规模的开山,“修关门、铺石阶、架木梯,陆续开发大明岩、海螺岩、晚秀岩、草悬岩和龙王阁,并在各处建桥修泉……”这支队伍最多时可达千人,丹霞到处是开山凿岩的呐喊声。

所以当地人尊李永茂为开山之祖。

现代人蜂拥到丹霞山,其兴奋点多在阳元石上。这是一根冲天巨石,其形状酷似勃起的男根,连皮色、血管都历历在目,形神兼备。难怪各色人等都愿意把最好的赞美献给它:“天下第一奇石!”“华夏第一绝景!”与它相比,那些性博物馆里的各色人造大型男根,则显得粗陋不堪。

在这根硕大的男根下面,无论老老少少、男男女女,都显出一种惊奇和虔诚,没有挑逗和嬉笑。似乎人人心里都在崇敬这根惊世骇俗的圣物,同时也在掂量它的分量。“阳元石”同样也在考量所有奔到它跟前来的人的心性,有些男人在它面前未免自惭形秽,并直接往下面想得多。代表性的句子是:“梦断三更美女,愧煞天下英雄。”而大男人,在它面前却发出这样的感叹:“孤留一柱撑天地,俯视群山尽子孙。”其境界自是大不一般。

由是我想到所谓艺术的永恒主题,就应该是这根“阳元石”。但在作品中将它藏得越严实越好。让人们心中有它、惦念它,却又见不到它。方为妙品。

进入大雪节气,北方正该是扬风搅雪的时候,却连续四天罕见的大雾,高速公路和机场封闭。所谓发达的、繁华的现代大城市,一旦隔断与外界的通道,便如同一座困城。我不觉想起河源,一个县竟有两个国家级森林公园,全世界仅存红豆杉不足千万株,而河源一县竟有野生红豆杉十万株。在我下榻的旅店门口就有几株,清晨我扬手就能摘到红豆。河源历来以盛产名贵的“石钟乳”而得名,如今却是名副其实的“绿色之源”、“珠江水之源”。

那么,何为发达,何为落后?何为富,何为穷?正像有人有钱,有人有健康一样,哪个更有希望、更有后劲?污染严重的大城市,也是一种穷,是真正的令人绝望的穷。相比之下,有一片清洁的好河山,才是真正的富裕,是现代最强势的富。

当今宇宙,人文是弱势,大自然是强势。人类或许能毁灭地球,地球毁灭后人类自己还能存活吗?于是,现今世界上被大自然钟爱的地方、造物主的得意之作,就格外珍贵、受人青睐。河源就正是这样一个地方,有着得天独厚的自然资源和地理优势。从旅游文化的角度看,这还是一块“未开垦的处女地”。

因此,它是宝地!

2011年5月

古贝真言

酒，是一种伟大的液体。人类从酿造出酒的那一天开始，才算有了文明："自古圣人之作汤液醪醴者，以为备耳。""千钟百觚，尧舜之饮也；唯酒无量，仲尼之能也。"

百福之会，非酒不行。人类所有重要情感的表达，都要借助于酒：庆功、贺喜、壮行、祭祀、相思、调情、助兴、激发、解忧……曹操酒后高歌："何以解忧，惟有杜康。"没有酒，谁能知道不可一世的魏武帝心内也有"忧"啊！

是酒成全了诗仙李白，"斗酒诗百篇"。如果没有酒，即便还有李白，也会是另外一种样子。同样也是李白，创造了饮酒的最佳境界："举杯邀明月，对影成三人"。醺醺然，飘飘然，美妙无比。

酒对文明的另一贡献，是促使人类"酒后吐真言"。中国作家协会主席巴金，晚年倡导"说真话"。当时有不少朋友跟我建议，要想说真话还不容易，多喝酒！将李白的经验和巴老的倡议连起来就完整了："将进酒，莫停杯，说真话！"

评价一种酒的品位如何，看人们喝了这种酒之后的"真言"，就能确定。以"古贝春"为例，全国人大常委会委员长乔石，饮过此酒后留下墨宝，竟是一幅丰润厚重的楷书，一撇一捺，中规中矩，又力道非常。我再没见过有第二个国家级领导人能写这么好的楷书。其题词是："武城佳酿，运河溢香"。

武城古称"贝州"，坐落于大运河畔，自古产美酒，有歌谣为证："买好酒，到贝州，大船开到城门口。"商代的国宴"秬鬯酒"，便产于此地，至隋唐更名为“状元红”，被唐太宗定为宫廷宴酒，盛极于世。有民谚云：“一杯状元红，醉得公鸡不打鸣。”

好酒让人精神舒畅，才情释放，得以显现最为真实的一面，特长得到淋漓尽致的发挥。全国人大常委会副委员长、国务院副总理田纪云的题词是优美的行楷，笔精墨润，体势清奇。内容更是意韵深长，令人悬想无限：“功名万里外，心事一杯中”。意境工整而悠远。

当今有些专职的书法家，都不敢轻易在人前写楷书，怕出乖露丑。想不到许多中央领导人喝了点古贝春后竟个个擅书，甚而胜过专职的书法家。中共中央副主席李德生的楷书，一派大家气象，笔力沉实，风神超迈，正心正义，自成矩矱。当时的老将军，酒后定是满脑子都是李白，遂豪兴大发，欣然命笔：“人生得意须尽欢，莫使金樽空对月”。

还有中央军委副主席刘华清，一笔漂亮的行书：“古人所以饮，为屏世卢纷。酒为翰墨胆，力可夺三军”。笔走龙蛇，酣畅淋漓，有性情，有法度，有意趣，气韵纵横，清新俊逸，尽展儒将风采。

上述几幅字，在古贝春集团珍藏的数百幅墨宝中（包括许多专职书法家的作品）格外突出，可算上品。

最令人想不到的是中宣部部长丁关根的题词：“十分春色浓如酒，万里云程妙若仙”。我曾近距离观察过他，多次听过他的讲话，也见过他在人民大会堂主持朱镕基长篇形势报告会的风格，怎么也想象不出他会写出这么轻松曼妙的文字，笔体清秀，节奏流畅，让人能感受到他的欣欣然、陶陶然。

酒，真是一种奇妙的东西，饮后都变得灵思放逸，挥洒自如。国家科委主任宋健：“狂饮施巧计，半酣破昆仑”。字体拙朴，独具个性。

外交部长吴学谦：“山径绿时人醉竹，百花红处客寻春”。劳动模范郝建秀：“透瓶闻香”。中国书法家协会主席沈鹏挥毫：“东阳开金樽，好酒香袭人”。诗人臧克家咏道：“从来诗酒不分家，美酿兰陵李白夸；古贝春醪我欲醉，名牌当代属十佳”。相声演员马季写了四个字：“业精于勤”。电影导演谢添更直截了当：“好酒”！

——众多名流、要员，在酒后都为古贝春留下了妙语或真言。

在琳琅满目的题词中，当然也有一些流行的口号和司空见惯的套话。

人如果在酒后还说套话，那套话就是他的真话。我曾跟在原版电影《平原游击队》中扮演队长李向阳的老演员郭振清喝过几次酒，他因“酒后吐真言”挨过大整，以后便练出了一种“独门功夫”，一喝了酒就开始大段背诵马克思的《资本论》，别人不听不行，打断他不行，你若去洗手间，他跟在你屁股后边背书……非得等到他把准备好的那几段书都背完，才能散席。在他清醒的时候我问过他，为什么非得背《资本论》这么难记的书？他说，对大家最难的，就是最容易的，谁也不懂，背错了也没关系，就是你胡乱背诵一通也没人能听得出来。若背诵《毛主席语录》，错一个字也不行，那不是给自己找病嘛。

人有各式各样的“酒后”，正是这多姿多彩的“酒后”，成就了中国独特的“酒文化”。根据一种酒所创造的文化现象，便可考量其品位的高下。读“古贝真言”，便可知道古贝春的品质。

2011年6月2日

红旗与渠

国旗、军旗、党旗、队旗，以及各式各样的奖旗，都是红的。但人们一提到红旗，首先想到的是革命的象征、党的标志。所以革命要有红旗引领，出征要在红旗下宣誓："生是旗下一个兵，死做旗上一点红！"做出了优异的成绩要感谢红旗，贡献卓著者到盖棺论定时会红旗加身……因此过去的动摇分子最爱提出的疑问是："红旗还能打多久？"心怀叵测者最狠毒的诅咒是："红旗落地，革命变色。"今天已经没有人能说得清楚，当初是谁，又是在怎样的情势下，将"红旗"与"渠"联系在一起，把"引漳（河）入林（县）工程"改成了"红旗渠"？半个世纪来，无数以红旗命名的事业或单位，只剩下了一个普通的名号，如红旗化工厂、红旗百货商店、红旗大街等等。甚至以红旗为象征的许多典型也已成为过去，如合作化时的穷棒子精神、工业化时的鞍钢宪法、大跃进时的高产卫星、"文革"中的大寨梯田、开放之初的大邱庄暴富……唯"红旗渠"，是个惊人的例外，至今仍被人们由衷地喜爱和尊敬着。

创造了当今流行文化一个热点的百家讲坛，向来以翻新历史经典吸引人。二〇一〇年却高调宣讲红旗渠，听众踊跃。近几年拍摄的有关红旗渠的影片，如《红旗渠的故事》，获中国电影界的最高奖项"金鸡奖"；电视连续剧《红旗渠的儿女们》，获中国长篇电视剧的最高奖"飞天奖"一等奖……凡跟红旗渠有关的文化产品似乎都有不菲的"票房"，乃至带动了以红旗渠为商标的物质产品也同样畅销。据报载中国第一人口大省河南的烟民，数十年一贯制地喜欢"红旗渠牌"香烟。举一反三，"中国红旗渠集团"应运而生，目前在全国打着红旗渠旗号的产品有二十五大类二百三十种之多:红旗渠酒、红旗渠水泥、红旗渠汽车配件、红旗渠型材等等。文化在选择适合自己的经济,而不是相反。

红旗渠已经形成了一种庞大的文化景象,这也正是它的魅力所在。每年都要吸引近百万自费参观者,其中包括许多外国游客。他们中甚至有人说:“不看红旗渠,等于没有到过中国。”为什么偏偏是一条水渠能代表中国?自新中国建立后,改天换地,移山填海,搞了多少大会战,干了多少惊天动地的大工程,为什么只有红旗渠被当做“除长城之外的第二个伟大工程”,在国际上被誉为“世界第八大奇迹”?更为奇妙的是,红旗渠明明还是一渠日夜流淌的活水,却已经被评为“全国重点保护文物”。其人工天河般的构筑,作为现代重要史迹,成了新中国建设史上和中国治水史上的经典。

经典并非是“可遇不可求”。或许正相反,是有所“求”的结果。只不过要看是谁在求,为谁求,求什么,怎样求?当初决意要修建红旗渠,并不是当地官员急着要出“政绩”,也不是奉上级之命,非修此渠不可,相反,还要承担违背中央指示的后果。当时中国正处于著名的“三年自然灾害”时期最困难的阶段,于一九六〇年十一月,中央发出通知,为了休养生息在全国实行“百日休整”,凡基本建设项目一律下马。上级还特别督促红旗渠工程也必须马上停工。当时红旗渠工程正是较劲的时候,气一泄就半途而废了!可中央的指示也不能不执行,于是林县县委做出决定:大多数民工回生产队休整,留下三百名青年开凿狼牙山隧洞——那是一座出壮士的雄峰,山势险峻,石质坚硬,而隧洞却要洞穿太行山腰。此洞后来被命名为“青年洞”,是现在到红旗渠的旅游者必看的景观之一。

在中国历史上有个传统,好官大多都关心治水。红旗渠工程是官为民求,官求和民求完全统一,其动力、意志和气势,就非同小可,足以排山倒海。他们求什么呢?死地求活,绝处求生。人无水,必死无疑,一个县的几十万生民严重缺水,就等于陷入绝境。土薄石厚、水源奇缺的林县《县志》,记录了旱魔猖獗、十年九不收的惨状,上面写满“绝收”、“禾枯”、“悬釜待炊”、“十室九空”、“人相食”等触目惊心的字眼。三个男人与一头狼争抢从石头缝里滴下的水珠,结果竟都被狼咬死。大年三十的晚上,桑耳庄桑林茂老汉的儿媳妇,因天黑路陡弄洒了老公公用一整天时间来去走了十四里山路才挑回的一担水,愧悔难当,当夜悬梁自尽……是一九五九年一场历史不遇的“卡脖子”大旱,逼得林县上上下下都不能不做个决断:与其继续苦撑苦熬下去,不如拼死一战,或许还能拼出一条生路。

于是,酝酿了许多年,也勘查、规划了许多年,翻山越岭将漳河水引过来的工程上马了。前后共有数十万名民工上阵,他们推着小车,自带口粮、代食品、炊具、锹、镐、镢、铁锤、钢钎……浩浩荡荡地奔赴太行山。这是一项大禹式的开山导河工程,总干渠的七十多公里要全部在峰峦叠嶂的太行山腰上开凿,农民们用长绳把自己吊在悬崖峭壁上施工,头上巨石嶙峋,身下万丈深涧。负责打眼放炮的人,一锤下去一个白点,常常打坏十根钢钎还凿不成一个炮眼。一旦炮响,乱石滚滚,血汗交迸,是人与大自然的肉搏,悲壮激烈,惊天地而泣鬼神。前五年,他们中就有一百八十九名民工牺牲,二百五十六名民工重伤致残。他们住山洞,睡石崖,每个人每天的口粮标准只有六两,几乎把山上所有能进口的东西全填进肚子里充饥,先后竟开凿了二百一十一个隧洞,削平了一千二百五十座山头,架设了一百五十一座渡槽。红旗渠人,真是拼了!

“天下事或激或逼而成者,居其半。”历史有时需要一个工程或一个事件,才能看出人的品质。红旗渠体现了林县人最优秀的精神品质,张扬了他们共同的理想。正是这统一的理想,让他们变得无比单纯而坚毅。鲁迅仿佛早就给林县人写好了评语:“中国自古就有埋头苦干的人,有拼命硬干的人,有舍身求法的人,有为民请命的人,他们是中国的脊梁。”

林县人耗时十年,经历了共和国历史上最特殊的两个时期:三年困难时期和“文革”动乱时期,在三十万民工的参与下,终于修建了总长一千五百多公里的红旗渠,解决了五十七万人和三十七万头家畜的吃水问题。在通水后的前二十年里，粮食亩产就提高了五倍。它不仅仅是一渠水，还是一渠粮、一渠油、一渠蜜……是林县的大动脉，是百姓的生命线。

奇迹就是这样创造的，经典就是这样诞生的。它不是虚夸的精神膨胀，是自然与人的命运的契合，让历史和群众真正从心里叹服，才会成为经典。许多年来，人们习惯了面对红旗说些感谢的豪言壮语，而红旗渠，经历了半个世纪的辉煌，真正让人们体会到了，红旗以“渠”为荣，红旗应该感谢“渠”。正由于此，才有了一个叫“红旗渠”的具有经典意义的先进典型。

2011年6月

神秘的武隆

在开放的时代过开放式生活的标志之一，要经常外出旅行。若想让每次旅行都有所收获，出发前设计自己的心态很重要，就像看小品准备笑、看悲剧准备哭一样。我的习惯是，看人造景致，持一种审慎的乃至俯视的心态，能让自己保持冷静与客观，或可举一反三，得到启迪；去看自然奇观，则抱持朝拜的心境，方能充分感受大自然的神妙，被震撼，被教化，被陶醉，净化灵魂，提升精神。

我就是带着这样的心态去武隆看"天坑"、"地缝"，准备钻天入地，做一回"土行孙"，经历一次神仙游。现代人"钻天"并不难，坐宇宙飞船是"钻天"，乘飞机也是"钻天"，以前去武隆须翻山越岭、穿云破雾，也是从"天上"走，途中有个著名的驿站就叫"钻天铺"。现在一踏上去武隆的高速公路，即刻便进入"地心之旅"，有近百分之七十的路段是在地下穿行。隧道一个接一个，最长的九公里，连接隧洞的还有许多桥梁，真正暴露在阳光下的路段反倒成了点缀。每个洞口都题有贴切而别致的名号，其形状有别，风光各异，或高或险，或平或陡。洞内灯光闪烁，或明或暗，或红或绿……在这种神秘的光怪陆离中，听着关于武隆的故事，便益发觉得有趣。

此地靠近古代的夜郎国，后来成为黔渝接合部。当地百姓常因边界发生争执，纠纷不断，事端频频。有个聪明的知州郎承谟，让两边各选一壮汉，背上相同重量的巨石，从各自的县衙出发，相向而奔。谁跑得更快，谁那边的领土就会多一些，在两个壮汉的会合处立一界碑，郎知州亲笔题名："黔蜀门屏"。凭各自的脚力争地盘，大家心服口服。

神秘之地出高人。

地球的北纬30度线,贯穿了埃及、美索不达米亚、印度和黄河四大古老的文明地区,又充满今人无法解释的魔幻色彩,此线辐射百慕大三角、埃及金字塔、世界最高处珠穆朗玛峰以及最深的马里亚纳海沟;而穿过中国的北纬30度线,则辐射黄河、长江、三星堆、死海、张家界……武隆也在这条线上。所以发现了目前世界上最大的也是唯一的冲蚀型天坑——后坪天坑、世界上规模最大的"龙水峡地缝"、辉煌壮丽的地下奇观芙蓉洞和芙蓉江大峡谷等等集"险、绝、雄、奇"于一体的自然胜境。

好地方如此之多、如此集中,全仗造化所赐、老天钟爱。所以武隆被列入《世界自然遗产名录》。所谓"天"——就是大自然,为宇宙万物之主宰。"天坑"就是它的杰作,抑或是大自然的一种暗示、一个标志也未可知。武隆地貌八分为山,群峰森列,岗峦叠嶂,加之深度溶蚀形成一条条巨大槽谷,沟壑纵横,伏流交错……然而来到武隆东北方,这一切竟硬生生地突然在眼前消失了,或者说将武隆的一大片壮美山河陡然搬到了地下。这就是"天坑"!

此"坑"绝非一般的"山塌地陷"可比。坑壁深千丈,如刀削斧砍,线条粗豪,却色彩斑斓,上面飞泉挂瀑,水声悠然,藤萝垂丝,野花张扬,间有小鸟飞出,横空盘旋……待下到坑底,完全像进了另一个世界,白云在坑口浮荡,四周一片静谧,坑内生长着原始植物,草深苔绿,急流深潭。坑中有坑,坑外套坑,其境如诗如画,如幻如梦。名为"天坑",实乃仙境。而从"天坑"到"地缝",要穿过羊水河峡谷,途经天龙、青龙、黑龙三座"天桥"——即非人工建造,而是天然生成的三座巨型石桥。其中青龙桥之高、桥板巨石之厚,均为世界之最。

武隆因境内的武龙山而得名,其山"逶迤如龙,下有空洞"。因与广西一地同名,于明朝一三八〇年改"龙"为"隆",寓意兴隆,但当地人状物取名还喜欢多用"龙"字。天龙桥、青龙桥、黑龙桥蜿蜒排开,遮空蔽日,龙气森然。正如长白山上的老山参旁边,总会有蟒蛇盘踞一样,在"大炼钢铁"之前,武隆被茂密的原始森林所覆盖,在天生三桥上终年有老虎守护。每到夜色降临，老虎对着“天坑”方向的万丈深洞嘶声吼叫，山林震荡，百兽变色。因此武隆人尊老虎为“山王菩萨”，礼敬有加，感谢它们千百年来很好地为武隆护卫住了大自然的馈赠。至今青龙桥头还住着两户农民，代替老虎守护“天坑”、“天桥”，被称作“虎民”。

“地缝”就愈加神奇，真像地球活生生在这儿裂开了一道大缝。人在极度惭愧时会说“恨不得找个地缝钻进去”！真若钻进武隆的“地缝”，却别有洞天，美妙无比。里面布满珍珠般的小湖泊，串起这些珍珠的则是一条条明涧、暗河，或在石下潜流，或在脚边汩汩急奔。由于狭缝内温暖湿润，植被茂盛，且多有奇花异果，空气中弥漫着阵阵清香。缝道险峻幽深，两侧怪石嶙峋，越往深处走，我就越好奇，也越加兴奋，疑惑着这样一直走下去，会不会就能进入科学界正在破解的“地下王国”？近年来一些考古学家和人类学家，不是断言地球内部是空的吗？断言里面还存在着高等文明，在北极、秘鲁、土耳其以及中国的敦煌、贵州安顺龙宫，都可能存在着通向“地下王国”的入口。武隆的“地缝”为什么就没有这种可能呢？

武隆的神秘就在这里，武隆的魅力也在这里。此外，还有仙女山森林草原。上个世纪末，重庆一离休单身女干部来武隆旅游，为仙女山的绮丽风光所迷醉、所倾倒，在草原上邂逅了当地一丧偶老农，就像神话传说一样两人一见钟情，迅速成婚。十几年来他们的日子过得生动而愉快，续写了仙女山传奇，并成就了一段人人称羡的佳话。

或许有人不解，现代人都想方设法往大城市钻，一个本就生活在大城市的离休干部，为什么愿意嫁给偏远大山里的农民？“老仙女”不仅感情丰富，智慧也有富余，如今好风景都在偏远的地方，近处有景多是人造的。现在的穷也有两种，一种是大城市里的穷，一种是被大自然宠爱的穷。大城市里的穷，这儿没有；这儿的富，大城市里也没有……

此外，还有芙蓉洞、大峡谷等神奇之地，可惜没有篇幅细说了，留待下次再写。

2011年7月2日

渔风渔俗渔家乐

处于网络时代的人，常有一种虚幻的狂妄感，动不动就爱说："世界真小！"觉得一只鼠标在握，五洲四洋一目了然，喜欢在虚拟的世界里称王称霸。一旦回归现实，用自己的双脚丈量世界，才知天下之大，难以想象。其实不用说世界，就说中国最大的群岛——舟山，有大小六百七十个岛屿，有人居住的却只有三十二个。社会已经进入"人口爆炸"、"过度开发"的今天，只一个舟山就还有六百多个岛屿仍保留着纯天然的野态，想想都让人兴奋和好奇。这也正是舟山群岛无可比拟的自然资源优势。

舟山古称"海中洲"，面向大洋，背靠大陆，横流无际，群岛有致，大小对应，远近相接，有舟有山，碧空远影……中国的文明史是"上下五千年"，舟山群岛就有五千年的开发史。其丰富的渔盐之利，成就了全国第一大渔场。而舟山渔场的中心港口，就是著名的"沈家门"，与挪威的"卑尔根港"、秘鲁的"卡亚俄港"并称"世界三大群众渔港"。

据传舟山海上有"十六门"之多，沈家门是其中最大的一个，"四山环拥，对开两门，其势连亘"，为天然良港，又是海上天险。自唐宋起便成为渔民及海内外船舶最佳避风港，其"东控海洋，西通吴会，北接登莱，南亘瓯闽"，是我国东南沿海通往日本、朝鲜等国的必经之地，为"东亚海上丝绸之路"的中转大港，及来往使节祭海祭山的海疆要地——遵照当时中国的规定，凡经过沈家门的海内外船队，都要在这里举行隆重的祭祀仪式。

其名叫"沈家门"，其实是国家的东大门。明清时期，倭寇屡犯浙东,沈家门遂成为海上要塞,集两浙水师,“以寨为正兵,以游为奇兵,寨屯于游之内,游巡于寨之中”。沈家门外常常硝烟弥漫,海水为赤,抗倭御敌,战绩累累。抗倭名将戚继光的战舰长阔、高大,“巍如山岳,浮动波上,锦帆首,屈服蛟螭……乘风下压倭船,如车碾螳螂”。在那个时期,被尊为“天朝”的泱泱大国,士气高昂,御倭寇于大洋之上。

清康熙二十三年,朝廷颁布“展海令”,沈家门由“海防要塞”逐渐向渔港转化,转入“小对、小捕作业”,渔民增多,捕捞业得以开发。至乾隆年间,大对船、大捕船兴起,渔业大盛,渔港拓展。沈家门一派大港气象,桅樯如林,万商云集,市肆骈列,海物错杂,大街小巷,腥味盈天。每当小黄鱼汛、大黄鱼汛、乌贼汛、鳓鱼汛、带鱼汛、海蜇汛等汛期到来,沈家门更是旌旗招展,号角长鸣;入夜后还万家灯火,繁华异常,有“小上海”之称。

更重要的、也是舟山最幸运的,是其还有得天独厚的强大精神资源——被尊为“海天佛国”的普陀山,坐落于舟山本岛的莲花洋中。自唐代开创观音道场,已逾千年之久,是国内外最大的观音菩萨供奉地。当年鉴真和尚经此东渡日本,成就了世界佛教史上的经典。明清时期,岛上除少数商店,“有宅皆寺,遇人皆僧”,佛事鼎盛。至民国初年,还有僧众两千六百余人,依附于佛教的道士(念伴)七百五十人。

——就在这样的地理与人文环境中,既有丰富的自然资源,又有强大的精神资源,“上承吴越古风,下创列岛特色”,从而积淀形成了沈家门独具特色的渔家风俗习尚,成为中国海洋文化的一个重要标志。其核心是一个“仁”字。

以仁对海,心存敬畏。出船先“祭海”,回港要“谢洋”,甚至还要“敬鱼”。在海上遇到大鲨鱼、鲸鱼等等,渔民要向海祷告,向大鱼撒米、丢三角旗,此谓“撒米施食,丢旗引路”,以免大鱼兴波鼓浪,掀翻渔船。

以仁对天,崇拜神灵。普陀山梵风习染舟山诸岛,信佛便成了沈家门渔民的重要风俗,“一门都仗佛扶持”。同时还崇奉妈祖、祭拜龙王……

但,在“仁”的含义中,最重要的还是对人。这也构成了沈家门渔民文化中最温暖、最多姿多彩的那一部分。“一船遇难,众船相救”;“一家有客,全岙接待”;“避风难胞,一宿二餐”……

内陆人乃至包括行驶在江河湖泊上的船家,遇见死尸都会觉得是一件不吉利的事,而以沈家门为代表的浙江、福建沿海的渔民,在海洋上遇到浮尸,不管是不是正遇到渔群或丰收在望,也要立刻停止作业,将浮尸捞起,布裹席包,旋即返港,渔民称这种行为是“捞元宝”。回港后将尸体摆放在岸边,等待家属认领。无人认领者,将尸烧化,骸骨存瓮,葬于“义山”。自明代起,由几家米行牵头,在沈家门创建了“存仁局”:饥荒施饭,流行瘟疫施医药,为收敛无名露尸及无钱置买坟地的死难者,开辟“义冢山”,分“本地义山”和专门埋葬闽籍海难者和闽籍无主死者的“福建义山”。历经明、清两代,直至民国后期,沈家门的“存仁局”乐善好施,扶困济危,积德无数。

至今有些地方的青年渔民,在置办新婚家具时,仍喜欢购买一张旧床,且特别钟情在上面死过人的老床。能为人送过终的床是“福床”,人在告别这个世界的时候能死在床上就是福气。最怕“死无葬身之地”。而生活在内陆的许多人,大都忌讳居住在死过人(不是亲人)的屋子里,害怕闹鬼。躺在死过人的床上就更是令人恐惧,甚至会做噩梦!这就是风俗的力量。俗云:“十里不同风,百里不同俗。”风俗演进成文化,对人和社会的影响就会比想象的更为深远。

能像渔民这样仁厚地看待生死,就会勇,就会强,就会豪爽,就会快乐。千百年来,渔民把自己独特的文化习俗演绎得精彩纷呈、浩瀚广大。过去在各种各样的祭祀、庆典和节日中,渔民们创造了斑斓多彩的文化形式。发展到今天演变成一年一度的“沈家门民俗文化节”。其实是全球渔民的狂欢节,来自世界各地的渔民文艺表演队,融入到舟山锣鼓、渔歌号子、舞龙、舞鱼等当地的民俗文艺节目中,群情欢娱,渔港沸腾。在中华民族的整个传统道德体系里,也是以“仁”为先的。仁,然后有义、礼、智、信,有这样淳厚的民俗风尚,最终必然会成就渔家最真实的快乐。

沈家门,是历史之门、文化之门、大通之门——通海通陆通世界,天助神佑通过去、通未来。门里门外,风光无限。

2011年7月4日

童话般的“瑶都”

你可知中国还有个“瑶都”?

——这就是江华。地处湘、粤、桂三省接合部,有瑶族人口近三十万,是全国瑶族人口最多、面积最大的瑶族自治县。十年前毛致用为其题写:“神州瑶都”。

这是个什么样的地方呢?在全县三千二百多平方公里面积内,“九山半水半分田”。

“瑶都”为什么会诞生在这样一个几乎都是山的地方呢?

这又跟瑶族的历史和生活习惯有关。瑶族为盘瓠之后,炎黄时期形成居住在黄河下游与淮河流域的蚩尤部落,在与炎黄部落联盟战争中失败后,除部分部族臣服于黄帝部落,大部分蚩尤向南逃匿迁徙,形成三苗部落,活动于江汉、江淮流域和长江中游地带。后又与尧、舜、禹所代表的部落多次发生激战,最后为禹所败,大部分三苗人退至洞庭、彭蠡一带,形成荆蛮部落。

先秦时期,楚人在荆蛮地域崛起,建立楚国。部分荆蛮融为楚民,部分荆蛮继续向南向西迁徙……此后又不断对朝廷的歧视和压榨进行抗争,不得不一迁再迁,越迁离平地越远,越迁越往深山里搬。

用他们的话说,就是“入山唯恐不深,入林唯恐不密”。大部分瑶族居住在海拔一千米左右的高山密林中,山高岭陡,出门就爬坡,是瑶族居住环境的真实写照。也有部分瑶族居住在石山、半石山区,只有一小部分居住在河谷、丘陵地带——他们是被朝廷的“剿抚并施”的政策招抚到这些地方居住的。

一些瑶族村落，建在水源充足的半山腰，干爽、通风、阳光充足，这是遵循自古流传下来的“依山自保”的传统。除具有防备山洪、泥石流等自然灾害的侵袭之外，还能很好地防备外敌入侵，战时“进可攻，退可守，守能招”。

何谓“守能招”？由于村与村之间都建在半山腰上，可相互瞭望，能打招呼，一旦某个村落遭到外敌入侵，发出信号，临近的村落马上可以增援，从不同的方向切断进攻之敌的退路。比如，东边瑶的村落分布大都呈三角形，或两个不等边形平行分布。极少有一个村庄单独存在的，即使只有一个村庄，也在两至三个不同的地点建屋，呈点状分布，相互支撑。他们的生产方式是“既耕山，又耕田”。

而西边瑶的生产方式却“一直以耕山为业，极少耕田，过着吃尽一山过一山的游耕生活”。直到二十世纪的五十年代，居住才相对固定下来。

就在这种漫长的迁徙过程中，瑶族成为一个典型的山地民族，形成“大分散，小聚集”的分布特点。全国有五十六个民族，而一个瑶族就有五十个大小不同的分支，诸如“花瑶”、“红瑶”、“盘瑶”、“排瑶”、“平地瑶”、“过山瑶”、“白裤瑶”、“青裤瑶”、“长袍瑶”等等。

瑶族人耕山爱山，他们居住的地区，大都峰峦叠嶂，林木葱茏，溪流纵横，环境清幽。就像“瑶都”江华的“九分山”，是怎样一种山呢？

天上有风能（风能蕴藏量四十多万千瓦）；

山上有森林（林地面积两千四百平方公里，森林覆盖率百分之七十七，其中五万亩是原始森林）；

山中有矿藏（已探明的矿藏三十二种，以稀土储量最为丰富）；

山下有河流（全县大小河溪二百九十一条，水能蕴藏量五十多万千瓦）。

——这样的山区，像不像童话中的境界？在这样的仙境中听着瑶族的历史故事，真仿佛置身于童话世界里。

农历十月十六是盘王的诞辰，每年的这一天是瑶都的“盘王节”，整个江华都沉浸在童话般的欢庆气氛之中。上午在世界最大的瑶族图腾园,举行开幕大典,正因为瑶族自古以来与山相伴、生生不息,其性格也不可避免地接受了大山的熏陶,忠厚诚朴,爱憎分明,顶天立地,不畏艰险。且乐观爽直,能歌善舞,再加上分类很多,不同的瑶族生活方式和风尚习俗也不同,形成了五彩斑斓、丰富多样的瑶族民间文化。

全国有八个瑶族自治县都派出了强大的代表队,身着自己那个瑶族支系的民族盛装,聚集在盘王像下,展示各自的成就和魅力,为瑶族的历史和文化自豪,为瑶族子孙无愧于自己的历史和文化、无愧于始祖盘王而庆祝。

高歌劲舞,鼓乐喧天,图腾园的广场变成欢乐的海洋。

下午三时整,在“天下瑶族第一殿”——盘王殿,举行祭祀仪式。瑶族县长一身“瑶王”装束,高贵而威严,朗声宣读祭文:“吾祖盘王,人神敬仰。龙犬图腾,徽帜高扬。蚩尤之裔,逐鹿广垣。共创中华历史,缔造神州辉煌。开先立极,功盈天壤……”

随后演唱瑶族的史诗:《盘王大歌》……

我身临其境,感同身受,如诗如画,如梦如幻,始终像置身于童话之中。

美哉,瑶都!

2011年8月2日

千年银杏谷

“人能百岁自古稀，树得千年未为老。”有一种奇木，生长于恐龙时期，是第四冰川运动后的孑遗植物，其名“银杏”。而湖北随州，竟有一条“千年银杏谷”，据称是现今世界上仅存的四个古银杏群落中最大的一个。

在一条狭长的山谷内，有野生银杏树五百一十万株，其中百年以上的一万七千余株，千年以上的三百零八株。它能经历冰川运动而不绝，还只是“银杏传奇”中的开篇。一九四五年日本广岛遭到原子弹轰炸，四野一片焦土和瓦砾，寸草皆无。第二年春天，从寂静的焦土中竟然钻出了一片绿叶，它就是银杏，从没有被炸烂的老根上又开始钻新芽、抽新枝、长新叶，无惧被现代人视为最可怕的核辐射。这不单是神奇，还体现出一种“神气”！不是一句“生命力顽强”就能解释的。

在中国民间，历来有拜老树为神的习俗。宋代神宗继位后，天灾频频，王安石推行青苗法，湖北的百姓为祈求天降甘露，良田保收，请一位得道的高士在最枯瘠的山冈上种了一株银杏树，并笃信此树能挡风雷，可保一方安宁。以后许多年，不管旱涝，那个地方都能保住收成，当地百姓便视其为神树。二〇〇八年，在中国南方闹冰灾的那一年春节，在极端寒冷中骤然蹿起一股热浪，大树起火，整整烧了一天一夜，古银杏完全被烧焦。然而，不经磨难如何为神？第二年古树又奇迹般地复活，从烧焦的躯干上重新长出枝叶。

如此说来，随州的“千年银杏谷”简直就是“树神大庙”，或称“银杏禅院”。其中心位置犹如一座“大殿”,并排矗立着五棵三千年上下的巨大银杏树。钟灵毓秀,啸雨吟风,翠云交干,青青不朽,树身坚实如铁,需数人连手方可合围。在“大殿”的一侧,有一棵两千五百余年的银杏,如“护法天王”一般落落出群。据传为春秋初期的随国大夫季梁所栽,他被李白尊为“神农之后,随之大贤”,开儒家学说的先河,是名副其实的“中国南方第一文化名人”。因此在银杏谷的芳香中,还有一种浓郁的历史文化气息。

“大殿”的另一侧,绵延数里如“三百罗汉”般排列着高低不等的银杏树,树龄有上千年的,有数百年的,还有几十年乃至十几年的野生小树,或高大挺拔,或冠盖如云,一株株树形优美,乔干通直,心形的叶片炯炯发光。进入这样的银杏林中,无法不流连忘返,禁不住一次次地深呼吸,有阵阵清香沁入心脾,自觉通体澄澈。更为奇妙的是一些千年以上的“夫妻银杏”,一雌一雄,相依相扶,下面盘根错节,如龙蛇绞缠,上面枝干相交,连成一片,难分彼此。令人惊异不已,艳羡不已。

所有来到银杏谷的人,还会提出一个相同的问题:这么多千年古树,是如何躲过“大炼钢铁”时的砍树运动?当地人的回答也大致相同,千年银杏质地坚硬,其本身就是“植物钢铁”,要砍伐它非同易事,有好事者树没砍倒反砍伤了自己大腿、砍掉了手指……如此一传十,十传百,被反复渲染,银杏谷便成了砍树分子的禁地。

但最主要的,还是古银杏历经千年风雨轮回,其资格超过现在的任何人,“树大贤于人有用,节高仙于世无情”,当地百姓都敬其为神,千方百计加以保护,使满谷的银杏躲过了那一劫。到度荒时,银杏树就加倍回报百姓。它通身是宝,被列为“珍稀名贵经济树种”,其果实更是可食用、可入药的珍品。一棵百年以上的大树每年可结白果数百公斤,改革开放之初,一棵大银杏树,一年就能造就一个“万元户”。

俗谚说:“桃三杏四梨五年,枣树当年就赚钱。”银杏却要二十年才开始结果,四十年后才能大量结果。所以又称“公孙树”——即公公栽树，孙子才能纳凉吃果。唯其生长缓慢，才成为树中的寿星，且绝少有病虫害。千年银杏谷，也是人类的“长寿谷”。众多的古银杏，是千年时空交融的杰作，走进银杏谷，会不由自主地心结千古，从心底升起一股敬意，思索千年银杏的生命传奇，接受它的教诲和启示……

2011年8月7日

红滩奇观

时人喜大言、爱发狠语或说满话，常听到这样的感叹：哪里还有净土，还有新奇不为知的地方？我倒要奉劝即便是见多识广的人，也不可轻易对此下断言。无须钻深山、进老林，以北京为出发点，只需几个小时的路程，就可进入一片一眼望不穿的“五彩净土”！

第一道彩，也是最抢眼的，是一望无际的亮红。这便是目前地球上最大、最壮观的一片红海滩。红得耀眼，红得纯粹，其间竟无半点杂质，在秋阳下红晕弥漫，映得天地间光芒闪烁，浑然一体般地透红。

这其实是一种植物，名为“碱蓬”。又称“海英菜”、“狼尾巴条”……其茎直立，呈圆柱形，一茎多枝，状如狼尾。每根茎端顶两三朵小花，形似团伞，组成五角星状，其美无比。整株高可一米，矮者也能没膝，株形极美，有“翡翠珊瑚”的雅称。然而，它却是贫苦百姓的朋友，生命力极其旺盛，无须播种、耕耘，全部野生，自强自立，而且专门在寸草不生的盐碱地上生长。

我自小便熟悉它、吃过它，赶上饥荒，它就是农人的“救命草”，通身都可以吃。其籽黑亮，若小米大小，或蒸或煮都有一种野香，入口极筋道。现在人们的日子过好了，它又成了珍稀菜肴，春天其翠绿鲜嫩的茎叶，脆而多汁，营养丰富，具有特别的海鲜味，口感甚佳。碱蓬还可入药，能调治气积停滞、发热等病症。

入秋后碱蓬则渐次变红，先是嫩红，然后艳红、深红，到完全成熟后便红得饱满、红得透亮，红出一种铺天盖地的气象。我家乡的碱蓬与野草杂生，一疙瘩一块，稀疏零落，不成气候。这里的海滩却咸淡相宜，碱度适中，成了碱蓬的天堂，密密匝匝，蓬蓬勃勃，其间一根杂草没有。待到第一场秋露下来，便一天红似一天，浩浩荡荡，如火如荼，仿佛给辽河平原铺上了厚厚的红毯。在红毯的中间蔓延着无数条银白色的丝线，曲折而跳动，那是一道道明澈的河流，俗称“潮沟”。潮涨潮落，滩声十里，红滩恋潮，潮养红滩。

在红滩的背后，是无边无际的苇荡。刚吐穗的还一片浓绿，已经扬花的则开始在老绿上镀金，摇摇摆摆，飒飒生风，如戟如枪般地护卫着红海滩。只有大自然的鬼斧神工，才能将“大红大绿”搭配得如此协调，如此曼妙！每根苇秆的顶端，色彩又不相同，有的是一团紫色，妩媚动人；有的却白如堆雪，高洁而仪态万方。但，要紫的一片全紫，要白的一片全白，在清风的指挥下仿佛在低声吟唱：“蒹葭苍苍，白露为霜……”

——这便是红滩的第二道彩。

在红滩的前面，却是色彩斑斓的沼泽。沼泽何以有色彩？是它的主人们色彩缤纷，让沼泽也有了灿烂的容颜。像丹顶鹤头上的那一点红，可算是世界上最生动、最珍稀、最耀眼的鲜红了！东方白鹳、白鹭等大鸟则通体如雪，色彩只点缀在腿脚上；大天鹅以白为主，但也有黑天鹅；野鸭、大雁或深灰，或浅褐，却还有一种绿头野鸭……这里被喻为“鸟类的国际机场”，这一批走了，那一批来，有常客，有新客，还有常年滞留不走的……因此色彩丰富，变化多端。

如今鉴定一个地方的好坏，光是人类自己说了不算，还要看它有没有繁茂的野生植物，以及众多的野生动物。人在看植物的脸色，追踪鸟儿们的脚步。在这里最珍贵的禽类要数“黑嘴鸥”，白身黑翅、黑尾，头和喙也为黑色，唯双眼后面各有一白色半环，极其醒目，显得机灵无比。

一千多年前，晚唐大诗人李商隐曾在自己花园中养过此鸟，至今还有诗、有文、有图为证。但以后它似乎就从地球上消失了。自十八世纪以来，来自世界各地的鸟类学家纷纷到李商隐的家乡及附近考察探寻此鸟的踪迹，都屡屡失望而归。上个世纪七十年代，世界自然基金会执行总裁、鸟类学家大卫·梅尔维里正式宣布:“黑嘴鸥是世界上最稀有的鸥禽,其聚居地点至今仍不为人所知。”

到一九八九年五月,中国的爱鸟者梁禹,在辽河口自然保护区找到了两个黑嘴鸥的巢和四枚它的卵,在鸟类学界引起轰动。随即中外大批专家蜂拥而至,经过详细的调查考证,证实这里竟有大约一千二百只成年黑嘴鸥和三百一十多个黑嘴鸥巢。被世人苦苦搜寻了三个多世纪的黑嘴鸥,至此方露出真容,令世界震惊。

倘若我们也有鸟的视野,站在沼泽里再向外望,便是辽东湾,碧海蓝天,空阔高远。而回头看,却是红绿蓝白黑,大地织锦,若彩虹落滩。

——这就是“盘锦湿地”。

它赖以依托的辽东湾“虎口部位”,有大凌河、大辽河、双台子河等大小二十一条河流,流域面积一千二百万平方公里。据传当年为这个地方命名时,曾考虑过“辽凌”、“辽大”等字眼,最后却相中了一条水势饱满的东西流向的河,它横贯盘山县和锦县……于是,湿地和“盘锦市”便同时诞生了。

二〇〇五年,盘锦湿地列入“国际重要湿地名录”,公认是“温暖带最年轻、最广阔、保护最完整的湿地”。它拥有永久性浅海水域、河口水域、永久性河流、时令河,以及完整的盐沼、滩涂……其泥滩上的泥,极其细腻,抓在手里像黑色的膏脂,情不自禁地想往身上涂抹。滩上小蟹横行,浅水里的小鱼小虾被水鸟追赶得活蹦乱跳。

游兴大发的现代人,总想找到一个没有污染并有独特风光的好去处,那就要投奔湿地。它与森林和海洋并称“地球的三大生态系统”,对空气、水质具有强大的沉积和净化作用。在各种污染和毒害中防不胜防的人们,谁不想跳进“地球之肾”里从里到外地清洁一番?

盘锦湿地,果然盘锦!不枉盘锦!

2011年8月15日

伊犁短章

1. 空中草原

果然是“天苍苍，野茫茫”！天，何以会苍翠？是伊犁之绿从河谷一直铺展到天上——“天山之上”。此谓“空中草原”。

不是一疙瘩一块的草坪或草场，而是一片片几十平方公里的山顶草原。草高齐胸，野花烂漫，清香徐徐，透彻心脾。是人间仙境，还是仙界凡间？正因为它在“空中”，环境优良，水量充沛，草不退化，且再生能力极强，目前是中国唯一没有被破坏的草原了！

托举着“空中草原”的，是山腰无边无际的森林长廊，万树结一绿，背岭色更深。而如高高的银冠一般护佑着“空中草原”的，是天山的座座雪峰，皑皑千里，光摇万象。远看山与天相接，绿与山相融，草色浩荡，林莽滔滔，汹涌起伏，大绿无边！

只要天上还落雪，就偏不了珠穆朗玛和海拔七千四百四十七米的天山。只要地球上还有季节变化，天山之水就会源源不断地流下来。在普天之下闹水荒的今天，伊犁有河流二百零八条，冰川三千零六十五条，面积在一平方公里以上的湖泊二十六个……

古云：“山为魂，地为魄。”山高地阔，成就了伊犁千里沃野，其河谷平原是中国三大平原之一；也成就了伊犁“塞外江南”、“瓜果之乡”的美誉。

中国的整体地势，为西高东低，河流几乎都是由西向东流。只有伊犁，其势东高西低，河流由东向西。清代西北史地学的奠基者祁韵士，像其他贬谪到伊犁的人一样，最后也喜欢上了伊犁，他在《天山》一诗中写道："中原多少青山脉，鼻祖还看就此分。"

2."伊犁河水翻波浪"

我们沿着河边公路整整跑了一天，仿佛是在追逐着伊犁河欢快的浪花。

伊犁河里居然还有浪花，而且连续数百公里无遮无挡地一往无前，正像一首老歌里唱的"伊犁河水翻波浪"。能不令人惊奇、令人兴奋！

且慢，河里翻波浪难道还值得大惊小怪吗？

不错，现在有波浪的河流确乎不多了。连中国最大的河——长江，都已经"高峡出平湖"。其他许多江河，也都被一道道大坝捆住，变成一段段的湖泊。像伊犁河这样依然保留着自然的天性，其流时急时缓，其道任曲任直，或低吟浅唱、柔情万种，或奔腾跳跃、波涛滚滚，与河谷平原的自然环境极其协调，构成一幅美轮美奂的图画长卷。

甚至正是这一河活水，给伊犁河谷平原带来了灵气和生机。

跟随着伊犁河来到伊宁市，我们拐进老城区，以为要和伊犁河说再见了。不想，伊宁市也建在横平竖直的河网之中，每条街道的两边，都有一条一米左右宽的水渠，清水泛波，汩汩而过。原来，在伊犁处处都有"河水翻波浪"！

水渠两边长满花草树木，有野生的，有精心种植的，完全看每个庭院主人的爱好。但以杨树为最多，这构成了伊宁市最突出的一个特点：树多，大树多。

大到什么程度？三百多年的老杨树不足为奇，参天蔽日，横枝铁干，若龙蛇盘绕。至于百八十年一二百年的杨树，就随处可见了。真是一方水土养一方树木，在东部沿海平原上的杨树，活到二三十年，树干就会变空、腐烂，继而死掉。

而伊犁的杨树，我姑且称它为"伊犁杨"，既可独木成林，一棵树就能撑起一片天，又可成排列阵，遮风挡沙，气宇轩昂。生长在荒野的"伊犁杨”,从树干的底部就开始长枝钻叶,却始终都抱着肩膀往高里拔,直长成一个个数十米高、下细上粗的大扫帚,把伊犁的天空打扫得湛蓝湛蓝。

“生生死死三千年”的胡杨,给人的感觉是顽强、壮烈;而“伊犁杨”则生机盎然、枝叶繁盛,成为一种象征、一种预示。

3. 百年民居

伊宁老市区的每家门前都有一个小桥,初秋的傍晚依然阳光充足,孩子们在门前嬉戏,有三三两两的女人坐在水边聊天。她们的脸上有一种少见的安详和笑容,有的手里拿着活计,有的就只是悠闲地看着街景。

这样的街道,确是有景致好看。富庶、平和,远离竞争世界的喧嚣。“野水明窗几,通渠绕屋流”。生活似乎就该是这样的,这儿的恬静更贴近生活的本质。

如果你能穿过小桥,进入每一家庭院,景致会更奇特。每家的建筑不同,房屋的装饰不同,院子里种植的果木不同……但家家藏绿荫,在院子中间几乎都有一大片葡萄架,护住院子的路径,又可在葡萄架下乘凉、吃饭,有客人来了也可在葡萄架下跳舞唱歌。伊犁人认为“种葡萄如种玉,食之甜如蜜,酿之成美酒”。

任何一个院子里所有树上的水果,客人都可以随意选自己喜欢的摘着吃,桃、梨、大枣、李子、无花果……伊犁好看,伊犁更好吃。凡长着嘴的人谁能禁得住奇珍异果的诱惑?

在喀赞其里和六星街还有一些百年民居,收拾得干干净净,几乎一尘不染。屋里铺着地毯,明亮而舒适。我们跑了那么远的路来到这里,忽然觉得心静了下来,神定了下来,离自己的灵魂很近,同时获得了一种思考的力量,可以停下来从容体味自己的感觉。

这已经不像是人在旅游,而是精神被滋润,思想在充电。

生活在伊犁,能守得住自己的灵魂。

2011年8月23日

锄经园

江南园林大抵都有个不俗的名字。如以竹为魂的扬州个园,得自竹叶投影于地,成一“个”字。苏州拙政园,典出西晋潘岳的《闲居赋》:“灌园鬻蔬,以借朝夕之膳,此亦拙者之为政也。”隐喻园子建造者官场失意后,把浇园子种菜、自己养活自己当做“政”事。古时“政”亦通“正”。震泽师俭堂的锄经园,则取意于《汉书》中的“带经而锄”。曾与司马迁等制定《太初历》的倪宽,常把经籍挂在锄钩上,有空即读,锄禾兼锄经。

——正是这个以“锄经”命名的园子,被誉为“江南园林中最精巧的一个”、“钻石级的园林”。因它只占地四百二十平方米,不过半亩上下。然而,当你转过花砖门墙,穿过白石门坊,进入古色古韵的锄经园内,竟心神一畅,不觉其小,反觉其奇。

园中文石铺地,曲径通幽,一眼望去,回廊、楼台、假山、藜光阁、四面厅、五角亭……建筑群落高低起伏,错落有致。围墙上空花镂窗,疏远阔朗,木香花随处攀援,清香幽远。墙角的百年老桂,枝繁叶茂,浓荫匝地。假山上花树杂陈,满眼缤纷,一条清澈的溪泉,伴山而行,波光粼粼,汩汩有声。所有江南园林中的重要元素,这里一样都不少,只是设计得更精妙,以小见大,以巧取胜,讲究的就是这般在“螺蛳壳里做道场”的精细功夫。

此园建于一八六四年,历经沧桑,坚固依旧,所蕴涵的文化内质也照样光芒闪烁。从园中制高点藜光阁所表达的寓意来看,应是师俭堂的主人建此园送给母亲,让老人能居高临下、四面赏景。而师俭堂则面阔五间，六进高墙深宅，集河埠、行栈、商铺、街道、厅堂、内宅、下房于一体，兼具官、儒、商三重使用功能，其所属的锄经园，一落成便成为江南水乡的重要文化符号，时间越久，其文化价值越高。凡走进锄经园的人，无不称奇，不过是送给老娘的礼物，竟也建成“万年牢”，成为经久不衰的文化瑰宝！

过去的人不愧是从小被文化喂大的，无论经商或做官，都需先过文化这道关，不然怎会有这般品位？无论得意、失意、亲情、友情，皆可成就一种文化。扬州园林均为商人在得意的时候建造，请来全国最好的工匠，敢于吸纳各处最好的工艺和材料，因此个性张扬，成为江南园林的重要代表，留下绝世经典。而现代人却觉得商品时代正在毁坏文化，到处都可以看到暴富后的商人的恶俗和浅陋，即便是给建筑物命名这种最能代表建造者品位的事情，也常常离不开帝王、皇家、富豪、亿万等字眼。

再比如苏州园林，多为官员所造，且是失意后修建的，用的也都是本地工匠，在风格上内敛而实用。尽管如此，自称“拙者”的王献臣，从朝廷御史被贬回乡后建造的拙政园，却成为中国四大名园之一。现在许多正春风得意的各种级别的官员，企盼能永远掌权，干的却是短期行为；一心想出政绩，干出来的却往往是“豆腐渣工程”……

然而，人们依旧在过度开发和利用社会进步、科技发达、知识爆炸的成果。人聪明得都成精了，并且沉迷其中，自得其乐。莫非真的是“社会进步了，文化并未进步；人的知识增加了，智慧并未增加”？

2011年9月6日

灵山的灵感

大美须有大智。灵山胜境,“胜”在灵感。

灵感是人类极其神妙和珍贵的一种精神活动,世间恐没有人不渴望自己有灵感。石破天惊的灵感,催生出神入化的创意,然后才有可能创造经典。

灵山,首先是“地灵”。有太湖千万年的哺育滋养,钟灵毓秀,此地就具有了特殊的灵感。古往今来吸引各种“人杰”到此,并能最大限度地激发他们的灵感。

地灵加上人也有灵感,以后的诸多神奇,便顺理成章了。

秦始皇统一中国后东巡至此,驻跸湖中小山。放眼一望,平山远水,青峰卧波,水不深具大海气势,山不高却峰峦叠嶂,林木葱茏,巍巍几重,东西遥相鼎持。居中有一奇峰,孤悬于湖中,佳泉清冽,古树参天,果然胜地。

人为景醉,不禁灵思飞动;马被山迷,也似有所感,伏卧于崖久久不去。当秦始皇赶程挥鞭时,骏马瞬间凌空,迹留石壁。这是神驹的灵感,“秦皇到此马留迹”。至今崖上犹有四只蹄印,是谓“马迹山”。后被人简化为马山。

当时秦王受惊,右屣落于山间,还留下了“秦屣峰”的名号。

马山深入太湖数十里,宛若一条见首不见尾的巨龙。其最前端历称“鼋头渚”,是观赏太湖的绝佳之处。“鼋头渚,景色胜天堂。七十二峰争供奉,小灵山里建禅场,大佛法中王。"

创建灵山胜境的灵感,便是这太湖龙脉上的点睛之笔。

而灵山得名,是来自中国佛教文化史上的奠基者——玄奘的灵感。

时至唐贞观年间,马迹山人杭恽,官至右将军,归田后选秦履峰东南麓建刹,因其素与玄奘交好,便邀约大师来游。已经从西天取经回来的玄奘,到此见层峦丛翠,风物佳嘉,惊呼:"无殊西竺国灵鹫之胜也!"

印度灵鹫峰乃释迦牟尼成佛之地,玄奘灵思一动便为此峰定名小灵山。随后命大弟子窥基于此开法,世称"小灵山寺"。后更名为"祥福禅寺"。

今日的灵山大佛,正是建在这寺后的小灵山上。

——一九九四年四月十日,如电光石火般提出这个建议的,是当代佛教文化界的大德赵朴初。他的生命现象本身,也仿佛是我们这个民族的一种灵感。即便在社会动荡、转型时期,也能体现出一份清雅、一种智慧、一团祥和。由他总摄纲维,众缘和合,灵感碰出灵感,天才引来天才。衔华佩实,神解佳妙,以绝伦逸群的才智创造了"净土人间"的灵山奇迹!

正像自由女神像点亮了纽约的精神意象,升华了城市的品格和境界一样,"身与云齐"、"目垂海众"的释迦牟尼大佛,是灵山胜境的灵魂,且成就了我国东(灵山大佛)、西(乐山大佛)、南(香港天坛大佛)、北(云冈大佛)、中(龙门大佛)"五方五佛,五佛五智"的融融大千世界。

"佛要金装",方能妙相庄严,光华灿烂。大佛周匝群峰环列,宛若灵鹫峰飞临此地,云气缥缈,清光皎然。

灵山胜境,之所以引人入胜,首先是有一个天圆地方的阔大格局,胜境中的大型建筑能超越想象,独步千古,创造了佛教建筑形态的最高境界。而在每一个最微小的细节,也同样需要灵感,做到尽善尽美、美轮美奂。

梵宫华塔的灵感来自"莲花藏世界"。其状若含苞待放的莲花,高低错落,遥指苍穹。在一层层转圜向上的花瓣间,含藏着一座座精巧的佛寺,数十丈高的华塔,提升着千万朵莲花与千万座佛寺,“寺依花立,花聚成塔,塔在寺中,寺在花中”,环环相依,重重无尽。

巨幅琉璃的使用,是从“华藏世界”的立意中获得灵感。五光十色的琉璃,在融融火光中铸为群山,泻为海水,流为祥云,化为飞禽走兽、奇花异草,映现出华盖、身光、莲台等诸多神圣的图像,八角垂芒,精光乱眼,呈现出变化莫测的华藏世界。

“五印坛城”是诸佛会聚的完美世界,是智慧普度之地,灵感得于四周环绕着八山八海的须弥山,此山被尊为世界的中心。盈盈一水,隔开执着与忘情的两般世界。而坛城则坐落于香水海中,城的下部为一片明丽的白,上部有一抹沉郁的红,摩缘接栋,红白辉映。“白是普降甘霖,怀柔万物的慈悲;红是抽刀断水,浴火重生的智慧”,在此圆融欢畅,追逐着永恒。

还有,一片光海托着浩瀚星云的“妙音堂”、高拔净洁柔美无双的曼龙飞塔……

“魔鬼在细节”是现代技术世界的铁律,也是一句诅咒。中国有多少工程,毁在这“魔鬼”上?而灵山是有大佛的胜境,自然将“魔鬼”清除得干干净净,每个细微处都饱含着建造者的“一点妙明心”。天人合德,妙应无穷,才有了大气磅礴、瑰丽璀璨的灵山胜境。

灵山胜境,以“灵”为山。

梵宫的巨大体量、无与伦比的庄重气韵,体现出的却是强大的内在力量。

现代社会由物质贫乏,走进物质主义;由精神空虚,走向精神多元;由偏执简单,走到喧嚣轻浮;因此格外需要能够以重压轻、由外及内的文化力量,感召和净化人们的心灵。

无论建筑还是人,唯内心的力量最强大。这也正是灵山之所以能成为胜境的意义。

灵山有一种令人不敢轻薄的崇高和辉煌,只要进入灵山,自然而然地会肃然起敬,心灵无法不被触动、不被震撼,就像每当“九龙灌浴”、莲开见佛时,总有白鸽自周围的青山中飞出,鸢飞鱼跃,贤愚美丑,生命在此一律得到净化。众生和合,自净其意,廓然无累,不囿所有。

这就是圣地,这就是经典的力量。

灵山不愧为众生的心灵归所。

近几十年来,我国建了多少楼堂馆所?有最大的、最奢华的、最古怪的,也有一诞生就被起了外号、编了段子的,还有花钱最多的……可有几个是被交口称赞的?能成为经典的更是寥寥无几。

而卢浮宫及其后来的凡尔赛宫、梵蒂冈圣彼得大教堂、印度菩提迦耶塔、圣彼得堡的冬宫等等,从一落成便被公认为经典。一座建筑在刚诞生的时候不被看好,日后也很难成为经典。

真正的经典,甚至在被毁掉之后,也仍然能成为历史上浓墨重彩的一笔,或印在文字里,或留在人们无限的追忆和想象之中,如秦代阿房宫、大汉未央宫、唐朝大明宫……

灵山的梵宫,从建成的那一刻起,乃至从“为未来留下文化遗产,为历史建造里程碑”的设计一开始,就注定会成为经典。

许多年来,我们拆了建,建了拆,造了多少为人所诟病的建筑和“豆腐渣工程”。幸好横空出世有了“灵山胜境”,也越发显得其功德无量。“太湖三万六千顷,八功德水绕灵山。”

风光绮丽,人文凸现,山是金刚体,水是清净心。作为建筑艺术的经典,不仅是对现代物质世界的巨大贡献,灵山胜境的精神之光,更能提升现代人的生命质地。

灵山胜境,以灵为胜。

胜境,胜人。

2012年9月21日

下卷

旅外游记

萨瓦河的涛声

小　引

午夜，一场黑沉沉的浓雾，悄悄地袭击了贝尔格莱德机场。候机大厅像被一个无边无沿的幔帐罩住了，八千瓦的光束在大雾面前显得昏黄而又微弱无力。扩音器里传出了服务员懊丧的声音：我们即将乘坐的中国民航班机因大雾不能降落，又返回了苏黎世，请旅客返回旅馆，明天早晨再等候机场的通知。

下午和主人告辞的时候别情依依难舍难分，现在却走不了了，甚感闷闷不乐，心情沮丧。为我们送行的中国驻南斯拉夫大使同志，首先从沙发上站起来愉快地说："好嘛，下雾天，留客天，人留天也留。你们就再多住上一两天嘛！走，我送你们回旅馆。"

我们没有回老贝尔格莱德，在新贝尔格莱德找了一座据说是最"高级"的"旅馆"住了下来。已经是夜里一点多钟了，主人请我们到餐厅用饭，餐厅里还响着音乐，响着歌女的歌声。在国内我的胃口还不错，但深更半夜实在享受不了西方的那种真材实料的牛油牛肉，便回到房间休息。

先舒舒服服地烫了一个澡，这一烫不要紧，把疲乏烫没了，把睡意烫跑了。我披上衣服来到平台上。眼前浓雾如布，新贝尔格莱德的灯火像星星一样，千点万点，闪烁迷离。萨瓦河紧贴着旅馆大楼流过，在我脚下激起了一阵阵涛声。这涛声猛然唤起了我一阵思乡之情。我想起了祖国的江河。这也许是我在南斯拉夫的最后一个夜晚了,半个多月来参观访问活动安排得很紧张。我看了很多,也听了很多,还没有来得及消化和总结,回国后该怎样向同志们介绍自己的感受呢?

于是一边翻看笔记,一边整理自己的思路。

1979年10月28日

古城堡寻古

飞呀飞!飞向太阳或者飞进狂风暴雨!发出无情的轰鸣,惊醒世界!

——〔南〕塞多米尔·敏笛罗维奇

在南斯拉夫的教堂里和古代壁画上,都可以看到一些背上长出两只翅膀的人,从陆地到天空,跳跃飞腾,来去自如。他们身姿强健,神采俊逸,令人驰魂夺魄,浮想联翩。陪同我们的南斯拉夫作家介绍了许多关于古代飞人的神奇传说,但我总觉得并未真正领会长在人身上的这两只翅膀的含义。

参观泽蒙教堂的时候就更令我惊奇了,一对翅膀居然也长在了卡拉乔耶维奇的背上。在塞尔维亚共和国,他是位家喻户晓的人物,十四世纪抗击土耳其侵略的民族英雄。许多城市都矗立着他的塑像,商店和咖啡馆里也挂着他的画像。但那些雕塑和绘画都和他真人差不多,背上并没有翅膀。泽蒙教堂里的卡拉乔耶维奇像不是雕塑,也不是画成的,而是采用“集锦”的方式,用一厘米见方的二十五色琉璃瓦拼成的。甲胄上的黄色以及头上黄灿灿的金盔,全是赤金铸成。光是他的鼻子就有一米半长,两只张开的翅膀至少有十几米,表情神秘莫测,雄伟绝伦。他手掌里托着一只象征勇敢的双头鹰,头上罩着威猛的神光,身边是一队披甲执锐的勇士,雄姿勃勃,英气浩浩。这一生动的形象深刻地印进我的脑际，一直伴随着我在南斯拉夫各地进行参观访问，甚至还在梦境里纠缠过我的睡眠：翅膀，是谁给民族英雄的脊背上加了一对翅膀？这翅膀岂不等于加在了南斯拉夫民族的身上！是画师，是人民，还是历史？它到底意味着什么？是吉祥，是勇敢，还是象征着鹏程万里？

"折不断的翅膀"——这是个很值得一做的散文题目，可惜我还没有全部弄懂它的意义。

不久，我到伏伊伏丁那省参观欧洲最大的古城堡——诺维萨德古城堡。忽然，对卡拉乔耶维奇背上的翅膀有了新的理解。

这一天天公不作美，天空阴沉沉，远山近水一片灰蒙蒙，是云是雨，是烟是雾，一概分不清楚。多瑙河像一条长长的绿色绸带，从侏罗山飘下来，经过奥地利和匈牙利，进入南斯拉夫的东北角便绾了一个活结。两根穗头围住了诺维萨德市，圆圆的活疙瘩便是古城堡。它高风峻骨，虎踞龙盘，不仅是诺维萨德城的堡垒，也是南斯拉夫北大门的护卫神，地势险要，难怪在历史上会成为屯兵的重地。

走过多瑙河大铁桥就是古城堡的脚下。但是不论从哪个角度看它都绝不像城，更不像堡，而是一座名副其实的大山。古树野花，绿荫森森，秋风掀动，啸啸如吼。山头山腰，云海翻滚，紫雾缤纷，朦朦胧胧中古城堡更显得崔巍峥嵘，威势压人。

城堡四周布满了鳞次栉比的土丘，黑压压地护住了山脚，很像古代重兵结营扎寨的沉沉万帐，使人还可以想见得出当年大军云集、气壮九天的声势。城堡顶部还驮着几十个丹红色的石楼，高低参差，雄视四周，这是古代的观望台。云在楼顶飘来飘去，雾在楼间扑朔迷离，这些威武的"哨兵"仿佛至今还在执行着瞭望任务。

我们又坐进汽车，沿着险峻的螺旋形山道，盘绕迂回，一直开到古城堡的顶端。古城堡博物馆馆长费海曼已站在平台上迎接，他是位身材瘦长、精神矍铄的老人，一派学者风度。握手时我感到他的手劲很大，一对蓝色的眸子灼灼闪光，友好地盯住我的眼睛。一上来就用好听的塞尔维亚语向我们讲了一大通开场白："欢迎你们，中国朋友。中国是个伟大的民族，勤劳、勇敢、智慧，有悠久的历史、灿烂的文化、精美的烹调、雄伟的长城。美国的卫星从宇宙间拍摄地球的照片，地球上一片白茫茫，别的东西全没照上，只有中国的长城清清楚楚地留在底片上。伟大，了不起！”

我不止一次听到南斯拉夫朋友谈起这件事，每听一遍都和第一次知道这件事一样感到自豪和激动。我摘下自己胸前的长城纪念章送给费海曼，说：“馆长先生，感谢你这番美好的语言，我愿把‘长城’挂在你的胸前。”

他非常高兴，立刻把一枚古城堡纪念章赠给我，并说：“愿这座古城堡保卫我们的友谊，连接我们的历史和文化。一九一〇年，中国艺术家小组来参观过这座古城堡；一九三〇年，中国医学工作者代表团也来过这里；你们是第三次来访的中国朋友。我对中国人非常敬佩，你们和我们有一个很大的共同点，这就是不依仗别人的施舍，而是靠自己的力量，用自己的鲜血，赢得了革命的胜利，获得了国家的独立和自由。”

费海曼一边引导我们参观城堡的平台，一边讲解古城堡的历史。全欧洲有三十座比较大的古城堡，南斯拉夫占六座，诺维萨德古城堡是最大的一座，占地一百二十公顷，堆山三百米高，从一六九二年动工，到一七八六年建成，改朝换代，时断时续，整整修建了九十四个年头，经历了漫长的岁月。原设计者是法国人，由南斯拉夫人自己建造，主要目的是为了对抗土耳其和奥匈帝国的侵犯。城堡的上部呈多角形，每个角落都摆着一尊铁铸的大炮，还有一些刀枪和盾牌之类的古代兵械，不加修饰，自然天成，仿佛这些东西在古代就是这样摆法。代替战士操纵这些兵器的是用铜和铁浇铸成的一个个巨大的野兽，有铜狮铜鹿，铁虎铁豹。中间是一匹青铜奔马，马上坐着卡拉乔耶维奇，飞起的飘带和翎毛像从背上长出的两只翅膀，左手持盾，右手提枪，双头鹰在马前飞旋。又是他，又是这翅膀，这双头鹰，强健有力，雄风赫赫。我在这座青铜雕像前停了下来。

在前面引路的费海曼发现我掉队，又折转回来，拍拍我的肩说：

“他是塞尔维亚人的骄傲，古代兵士的灵魂，你是不是对他发生了兴趣？”

我说：“我对他本人以及他背上的翅膀同样感兴趣。”

费海曼笑了：“翅膀是后人给他加上的，是骁勇善战的标志。”

“加得好！正因为有了这双翅膀，他骁勇善战的精神才飞到了今天，飞到了南斯拉夫的每一个角落。”

费海曼亲热而又豪爽地抱住了我的肩头：“蒋，你是作家，靠想象工作，真羡慕你们。我是博物馆长，只懂得呆板的历史。”

我不同意他的看法：“历史是有生命的，并不呆板。”

我们两人只顾说话，掉队太远了，只好大步赶上去。

费海曼领我们来到一个洞口前，说：“是下去，还是上去？”

我问：“下去是什么地方，上去又是什么地方？”

“下去是地道，通向过去，等于一步步从今天走向古代，倒翻历史的稿本，可以了解我们民族悲壮的创业史。上去是观望台，不仅可以俯瞰伏伊伏丁那省和诺维萨德市，还可以看到全国，展望未来。”

我回答说：“先寻古，然后再望远。”

费海曼在前边带路，我们沿着陡直的阶梯一步步走进了地道。除去主人，我们这些参观者都情不自禁地发出了一阵阵惊叹，这是一座地下迷网式的宫殿！地道分三层，两层之间有楼梯般的台阶相连，遇到紧急情况还可以从通井里直上直下的吊杆和吊绳上坠下。每一层地道都像一片蜘蛛网，上百条通道纵横交错，盘绕迂回。我走进去立刻就像陷入了迷魂阵，不知自己是从哪儿进来的，更找不到出口，倘若没有费海曼，我们就是转上三天也不会走出这座迷宫。小的时候我读过不少武侠小说，钦佩古代的那些军师们善于摆出八卦阵、天门阵等各式各样的阵法，想不到成年后在欧洲倒领略了其中的奥妙。在这样的城堡里作战，也可以称作是“地道战”。西方人在十七世纪就发明了“地道战”，这更引起了我对古城堡的兴趣。每层地道总长十六公里，地道里并不狭窄，并排可以站开三个人，高两米，还有供兵士们睡觉、吃饭和开会的地方。每隔两米有一个枪眼，可以观察外面，进行瞄准和射击,也可以从洞眼中伸出长矛突然袭击敌人。地道的建造有着浓厚的巴尔干风格,特别是那地道内部的水井和蓄水池,式样别致而又坚固。城堡内每一处都还保留着历史上各个著名战役的遗迹。费海曼博古通今,绘声绘色地向我们描述每一次战役的拼杀过程。我们仿佛是沿着历史的台阶,一步步走回到了中世纪。

现在,南斯拉夫所在的这片领土,地形极为复杂,山脉盘结,峦险峰奇,若干世纪以来,这块地方既是扼守东南欧的要塞,又是进入东南欧的大门,因而便成了兵家必争之地。同时,多瑙河与萨瓦河横穿国土,河谷纵横,土地肥沃,把南斯拉夫和中欧连为一体。自远古以来,民族迁移和异邦入侵,都是沿着这些河谷前进。南斯拉夫的历史便是一部入侵和反入侵的战争史。诺维萨德古城堡正是楔在这天然通道上的一个大钉子,因此它就成了南斯拉夫历史的活的见证。

费海曼从枪洞上拿起一把原始的火枪,递给我看,讲起了另一个塞尔维亚人的起义首领乔治·彼得罗维奇,因为他像东方人那样长着一头黑发,人称“黑色的乔治”。费海曼说:“他具有巴尔干半岛的野蛮农民中常见的那种粗犷原始的性格,残酷暴烈而英勇果敢,野性难驯而慷慨豪侠。他很像你们东方的一位知名人物——成吉思汗。作家是这样描写他的:‘他高个子,非常强壮,以他的步伐稳重、举止笨拙来说活像一只狗熊,狡猾像狐狸,狠毒像毒蛇,矫捷像豹子,孜孜不倦像骆驼;而对于他要奖赏的人的慷慨像一只凶暴的母老虎对待自己的虎子一样。他高额,长而窄的胡须,黄色而不眨眼的猫样的眼珠,所有的头领和战士都怕他,比怕烈火和雷霆还厉害。’然而正是这个像成吉思汗的黑色的乔治,用两年多的时间,打败了土耳其人。”

我听着费海曼生动有趣的介绍,也真想送给他一个雅号——“博物君子”。

“一八一三年拿破仑曾派人带着珍贵的礼品到这个城堡来学习。美国将军马卡尔杜尔,在这个城堡里学会了塞尔维亚文,成了世界著名的人物。”费海曼口气一转,“第一次世界大战中,铁托元帅也曾被关押在这个地道里。”

我心里猛然一动:铁托在这个古城堡被关押的时候,是不是受了自己民族历史的滋补,汲取了人民的智慧和勇敢?

铁托,这位克罗地亚农民的儿子、高莎机械车辆工厂的锻工,正是在第一次世界大战中信仰了共产主义,一九三八年开始领导南斯拉夫共产党。古城堡有趣地把铁托和南斯拉夫的历史连在了一起。他把南斯拉夫各民族团结在一起,建立了空前统一的联邦共和国。当一九四八年南斯拉夫被排挤出"共产党情报局"以后,政治上和经济上承受了巨大的压力,铁托挺住了,南斯拉夫人的翅膀没有折断,反而闯出了一条自己的路子,总结出一套自己的理论。"铁托在欧洲的共产党领导人中是独一无二的",英国著名历史学家斯蒂芬·克利索德说过的这句话并不过分。

我走出地道,在登观望台的时候经过卡拉乔耶维奇雕像,我又停下脚步凝视:背上双翅,象征着勇敢。对,勇敢是历史的催化剂。它是有血有肉有生命的东西,伴随着历史一块生长,一起发展。南斯拉夫的历史会因南斯拉夫人的勇敢而自豪。

我兴致勃勃地登上观望台,按照费海曼的愿望展望一下他们的未来。浓雾渐散,天已放晴,"荡胸生层云"。远处是一望无际的翠绿的平原,脚下是古老而又整洁的诺维萨德城,天光云影,影中突然有两只孔雀拍动翅膀,扶摇直上,在长空里翱翔。我在铁托墓前的草地上曾见过十几只这种野生的孔雀,它们是不是从那儿飞来的呢?

勇敢和智慧是南斯拉夫民族的两只翅膀,一个民族有一双铁硬的翅膀是值得骄傲的。

贝尔格莱德的早晨

几天来,晚上我从未在十二点钟之前睡过觉,但早晨一到三点钟必醒,这是时差造成的影响尚未消除的缘故。五点多钟,我走出斯洛维亚旅馆,想呼吸一下贝尔格莱德的新鲜空气,便信步来到旅馆附近的一个街心公园。不想,偌大一个公园里却是空荡荡,没有一个人,只有一群群的鸽子在草地上觅食。这样一个好地方竟没有人跑步，没有人练拳，以我们中国人的眼光看未免太可惜了。

一位强健的农村老太太，挑着两筐辣椒、圆白菜之类的农产品走进了公园。她放下肩上的担子，坐在椅子上，从怀里掏出一块夹着香肠的面包，大口嚼起来。这可不得了，立刻有几百只鸽子，飞到老太太面前，有的落在她的脚上和膝盖上，等着分食她的面包。老太太十分高兴，把手里的面包撕成碎块抛到地上，然后又把膝头肩头的鸽子赶开。有两只小松鼠也来凑热闹，它们从树上跳到椅子上，又从椅子上爬到老太太身上，跳上跳下，与鸽子争着面包屑……

贝尔格莱德的大街上到处都是一群群的鸽子，它们不但不怕人，也不怕汽车，有时汽车都不得不给鸽子让路。鸽子受到法律的保护，不准捕杀，它们给这个现代化的工业和消费的城市增添了许多生气。一面是超级市场一个接一个，摩天大楼一幢连一幢，高度的消费，现代的文化；一面是：不加修饰的参天大树，各种各样的花草，胆大妄为的小动物。看似不协调，实则很协调，生态的平衡——人和自然界的平衡，它能使人的心灵得到一种新奇的慰藉。

老太太赶走身上的鸽子和松鼠，挑起担子走出了公园。莫非南斯拉夫也有自由市场？反正时间还早，我便尾随而去。穿过两条街，果然看见了一个十分繁华的闹市，买和卖的多半都是农副产品，和我们北京、天津的自由市场差不多。然而，最使我感兴趣的是“劳动力自由市场”。劳动力自由市场设在农副产品市场附近的另一条街上，我去的时候，已有一些男女中、青年吸着烟在等待雇主。后来，问了一下，这些人有的是没有工作；有的是工作比较清闲，上中班或上夜班，用上午的时间做做短工；也有的对自己的职业不满意，出来自找工作。有的单位或个人，临时有什么工作需要找人帮忙，就到这个市场上来找，需要几个人，双方谈妥条件，签订合同，就高高兴兴地走了。

我想起塞尔维亚作协组织这次国际作家会议，就雇了两个女青年：一个是贝尔格莱德大学三年级的学生，一个是大学毕业后没有固定职业的妇女，她们既是导游，又是服务员，还可以到讲台上替其他国家的作家宣读讲稿。她们是不是也从劳动力自由市场上雇请来的呢?

工厂和农村的见闻

高莎机械车辆工厂似乎同贝尔格莱德的农工联合企业一样,是南斯拉夫的骄傲。我在高莎厂的"来宾签名簿"上看到许多国家各种代表团的签名。工厂的主人要求我们不仅签名,还要留下几句话作纪念。

高莎厂引以为荣的不只是向联邦德国、苏联、捷克斯洛伐克、波兰、土耳其、伊拉克等国出口自己的产品,还培养出了英雄。铁托总统曾在这个厂当过锻工。还有两位南斯拉夫的国家领导人,也在这个厂劳动过。在战争年代中,这个厂有许多全国知名的战斗英雄和革命烈士,他们的大幅照片悬挂在工厂的博物馆里。

高莎厂是一九二三年由法国资本家建立的。从工厂建立的那天起,工人的革命斗争便开始了,因而成了一座培养英雄的摇篮、向国家输送干部的学校。

高莎厂有职工七千五百人,十一个分厂和车间,有三十多年工人自治管理的经验。早在一九四九年,这个厂就进行了工人自治的试验。南斯拉夫的同志认为,社会主义的发展不能通过别的道路,只能通过不断加强人民民主,即劳动群众享有更广泛的自治,更广泛地参加从最低一级到最高一级的国家机器的活动,以及越来越多地参加每个企业、机关等等的管理的道路来实现。

高莎工厂中的南共党员占职工人数的百分之三十。工人的工资每月随着工厂经营的好坏和本人的劳动成果多少而变动。今年一到十月,工人平均工资为一万第纳尔。

南斯拉夫的农民,比工人还富足。在巴兰卡区,我们访问了四户农民,其中有专种水果的,有专种粮食的,有专门饲养猪、牛、鸡、羊等禽畜的。最低的一户每年纯收入五十万第纳尔(折合人民币二万五千元),其余三户每年纯收入都达到一百万第纳尔,而人口最多的一户也不过六口人。每户农民都在自己的“领地”上有一座式样新颖的小别墅，或为三层小楼，或是两层小楼，或者一片平房。建筑结构奇特，各不相同。院子像个小花园，养着各式各样的奇花异木，很优美。

在参观葡萄园的时候，我看见在葡萄架里面还挂着一嘟噜一串的葡萄。主人解释说，这是机械收割的时候漏掉的。因为劳力少，也就没有工夫去摘这些剩葡萄了。我们一走进门，主妇就端出一大盘蜜制葡萄，给每人盛了一小碗。按南斯拉夫的规矩，客人进门先吃甜食。然后又端上自己酿制的葡萄酒和各样品种的水果。巴兰卡市作协负责人米路丁幽默地说：“农民把次酒、品种差的水果卖出去，自己留下的都是好的。”但他示意我不要多吃，每样尝一点就行，要留着肚子应付后面的“大战”。好在不大工夫，米路丁就拉我们来到专种粮食的农民沙维奇家里做客。塞尔维亚共和国农业部副部长和当地农工联合企业总经理已在沙维奇家里等候——他们是主人请来陪客的，宴席已经摆好了……

狂欢大街

南斯拉夫的工人每天工作六小时，每周工作五天。星期五的晚上便是他们的周末，比较有钱的干部和工人，开着汽车，带着食品，到郊区的别墅去休息两天，星期一的早晨再回城上班。也有的工人带着妻子儿女，坐上自己的电动游艇，在多瑙河和萨瓦河上兜风，然后打猎或躲进芦苇丛中吃上一顿别具风味的野餐。但是更多的工人还是在城市里度过这每周的两天假日。

一个周末的晚上，我来到了贝尔格莱德被称作“狂欢街”的斯卡达尔里查街。这是贝尔格莱德最典型、最古老的一条街道。铺着石子的街道两边排满咖啡馆、小吃店和酒吧间。每到星期五、六、日的晚上，从两旁各式各样古老的房子里传出塞尔维亚民族的音乐和西方流行的歌曲。有名的一家啤酒厂也坐落在这条街上。一股人流把我拥进一间木板结构的大厅。里面挤满了人，一阵阵的哄笑，一阵阵的叫喊，几乎要把房顶挑起。一个肚子很大,只穿一条短裤衩的中年男子,站在大厅的中间。他旁边有两个人,一个往他手里递啤酒,一个左手提一桶掺了牛奶的白粉水,右手握着一支湿淋淋的排笔。那个中年人喝一瓶啤酒,他就往那个人身上刷一道白粉。起初我能数得过来,后来数着数着,也记不清他喝了多少瓶啤酒,反正他是从头到脚全被涂白了,浑身湿淋淋的,顺着双腿往下流白水。有人把他扶到里边的一间屋子里,我跟过去一看,里面还躺着好几个赤条条、白乎乎的大汉。这是在进行一场喝啤酒比赛,谁喝得最多谁就被推为冠军,受到人们的欢呼和抛扔。我本想看比赛结果,忽然发现自己的衣服上和皮鞋上也溅了许多白粉子,只得十分惋惜地挤出人群。

出了大厅,用手绢擦擦衣服,看看无伤大雅,便顺着“狂欢街”信步往前行。没走多远,突然乐声大作,旋律欢快而热烈,男男女女、老老少少都在大街上跳迪斯科。我在国内一听到迪斯科总以为是一种青年男女间不大健康的舞蹈,其实这是我的偏见。因为在这里我看到的迪斯科,毫无庸俗下流的动作,有人甚至跳得很美。自然也有的人跳得不大好,但他们认为动动脚,扭扭屁股,对身心也有好处。南斯拉夫人本来乐观、爽快、热情,心里高兴就要唱要跳。而音乐一响,更使他们不想掩饰,不想作假,身子自然而然地就扭动起来。

在贝尔格莱德,公共汽车上只有一个司机,兼管售票。他一边开车,一边听着录音机里播放的流行歌曲,高兴时还要哼上几句,或咬上一口夹香肠的面包。我参观一个印刷厂,工人们也是一边工作,一边听着音乐。据说南斯拉夫也欠有近二百亿美元的外债,国家的经济并不是没有困难,但我在下边访问的时候,很少听到有人议论这些事,人民过得富足而乐观,音乐也一直伴随着他们……

生的艺术

我曾以“赤橙黄绿青蓝紫”为题写过一篇中篇小说,现在重提这几个字不是为它写续篇,而是想以这个“色谱”比喻人的美和生活的美应该是丰富多彩的。"万紫千红才是春",五颜六色才是大千世界。真实的世界要比门捷列夫图表上的元素还要复杂,主宰世界的人,难道不更应该五颜六色一些吗?什么都是标准件,统一规格,全国通行,成龙配套,便于组织,便于领导,好处无穷。这是工业生产,系列化和标准化的确行之有效。然而人们的生活呢,也应该系列化和标准化吗?也应该随大流一窝蜂整齐划一吗?

旅游者每到一地,总喜欢找出那个地方独特的风格。我一到贝尔格莱德,也就想找出这个城市规律性的特征,经过了解得出的结论却是:没有规律就是它的规律;人人都有自己的特征,就是贝尔格莱德人的特征。

楼房林立,却一座一个样式,很少能找到两座一模一样的房子。他们为什么不嫌麻烦?像我们北京前三门的大板楼,整齐一致,如排队一样好看。设计出一个图样,大家都可以照着样子盖,这要省多少事!就连贝尔格莱德城郊的私人别墅的栅栏也是一家一个样儿:你搞铁的,我就搞木头的;你出这种花样,我变那种图案,实在不行还种上一圈花木当围墙,反正不跟别人重复。屋里的装饰更是花样翻新,有的挂画儿,有的摆工艺品。我在农村的一个私人饭店里看到墙上挂满了玉米、辣椒和各种动物标本,有山鸡、松鼠,还有老鹰嘴里叼着一条眼镜蛇,栩栩如生,倒也别有情趣。我到一位作家的家里去做客,一走进客厅看见迎面墙上挂着一只足有半米长的巨型皮鞋,鞋的前面有一个向上翘起的钩子,鞋窝里放着瓷器和工艺品。这是按照十四世纪塞尔维亚反抗土耳其入侵的民族英雄卡拉乔耶维奇穿的鞋样式仿制的。

人们的生活情趣很浓,想尽办法用各种各样的形式来点缀生活。一方面享受现代化的物质文明,一方面又想把大自然的美抱在怀里。孔雀、鸽子、松鼠等可以成群结队在大街上逛来逛去,汽车都要给它们让路,和人享受平等的权利。保护它们当然是为了人类自己,至少可以调剂人们的情绪。当你心情烦闷、郁郁寡欢的时候,那些野生的飞禽小兽飞到你的脚边,爬上你的膝头,你的心胸不知不觉会开朗起来。在贝尔格莱德大大小小的商店里和各种各样的家庭里,都养着很多鲜花，种类繁多，各家也都有自己所爱，多数不重复。鲜花是美的，它可以寄托和表达各种美好的感情。送朋友和献给烈士碑都用鲜花，我没有看见塑料做成的假花。好像美必须真，美而不真，不是真美。

南斯拉夫人的衣服更是多种多样，可以说朴素而不雷同。在大街上很少看到有两个妇女是穿一样的衣服，就连她们脚上穿的鞋、手里提的包，也是一人一个样儿。服装店里的衣服全用衣裳架挂出来，任顾客挑选。你若是想买一百件不同颜色、不同样式的服装很容易；若是想买十件同种颜色、同种样式的服装，就会难坏了商店的服务员，只好往别的商店打电话求援，能否给您凑足也很难说。“虎美在背，人美在内。”我曾和南斯拉夫朋友谈论过他们的服装和种种关于美化生活的话题，开始他们感到惊异，因为他们并没有留意这些现象。

热爱中国历史和文学、极为崇拜李白的文艺批评家米路丁说过一段话，给我的印象很深。他说：“你们中国作家观察得真细，真是旁观者清。我们认为设计房屋是一种创造，既然是创造，别人已经有的，你就应该避开，拿出你认为是最新的样式。人的个性五花八门，审美观不一样，智力也不等，他（她）们的服装怎么能千篇一律呢？”

有一次我路过一家很大的皮鞋店，本不想进去，只扫了一眼它的橱窗，就不得不停下了脚步。在干净漂亮的大橱窗里摆着好像是刚从森林里锯下来的半截桦木树身，那一双双样式新颖的高跟皮鞋，就摆在粗糙的树干上，那树皮上仿佛还挂着泥土，长着青苔。那时髦的皮鞋和土里土气的木头摆在一起。店里的布置就更新奇了，仅屋顶的设计就可以看出鞋店经理的创造风格。他没有糊塑料纸，没有刷油漆，没有画出任何图案和花纹，而是把粗细不等的树截成了一片片，不加任何修饰，镶嵌在屋顶。树木本身疏密不等的年轮，组成了一组组美妙的图案，有一种特殊的大自然的风韵和从原始森林里吹来的野味。

你可以不赞成这种设计，但不能不钦佩这种创造精神。不是心安理得地享受生活的美，而是千方百计地为生活增添美。每个人的才能都可以施展，每个人性格中美好的部分都可以充分发挥，心里怎样想，嘴就怎样说，身体就应怎样去行动。美的生命是真诚的，而不必虚伪和矫饰。

努力创造吧,创造物质美的同时,不要丢掉精神美,提高生活的艺术。让生命永远充满活力!

死的艺术

一个秋高气爽的星期天,我参观了有名的克索瓦教堂。出来后,陪同的人提议要看看教堂对面的墓地。我不以为然,心想,坟地有什么好看的!我从小害怕走坟地,种种叫人毛骨悚然的传说总是和坟墓有关联;“鬼打墙”、“鬼吹灯”大都发生在有坟头的地方;就连坟地里的老松树上,也常有巨蛇怪蟒栖身,一口能吞下从坟地边走过的小孩子。这都是幼时留在我心里的印象。“人死如虎”,坟场就是凶地。但是,出于礼貌我还是跟了过去。来到墓地的门前,我却一下子惊呆了,禁不住在心里赞叹:“哎呀,坟地原来还可以搞得这样美!”

这里没有坟头,只有一块挨一块的墓碑,大小不等,形状不同,颜色不一。有的高如门楼,雄伟庄严;有的小如算盘,玲珑剔透。有的华丽,有的朴素,有的热烈,有的安详。有的用大理石雕成,有的用水磨石砌成,有的用天然石刻成。每块墓碑上都镶有死者的照片,那照片也选择得很讲究,富有生活气息,栩栩如生。墓碑的前面,有的开出一块长方形的土地,上面种上花草;有的铺上一块长方形的大理石板,石板上摆了一盆花;有的碑前堆放着亲人送来的鲜花和食品。

墓地像一个建筑和雕刻艺术的展览会,千姿百态,奇花异草。这里把死和恐怖分开了。用艺术使死者长留人间,用艺术寄托了生者对死者的悼念和哀思。活着的人什么时候想念死去的亲人和朋友,来到墓地,站到他们的墓碑前,看着死者生动的照片,为他们碑前的鲜花浇上一点水。就会觉得死者如生,就在眼前。

我想,这比那些势不可挡的深埋队,将坟头一律削平,将逝者埋到地心深处要好得多。那样,生者找不到亲人安息的地方。墓碑只好竖在自己的心头,千种哀思,万般怀念全压在心里,人怎能经受得起,感情越积越沉,会形成一种无法排遣的心病。

不要小看这死的艺术,它表达了人的价值,抚慰着活人的灵魂。

我抬头再望望对面雄伟的克索瓦教堂,忽然有了新的感受,心里涌出一股莫名其妙的肃穆的情绪。严峻挺拔的教堂主楼,显得脱俗超尘,傲视着苍穹,震慑着四方八界。它周围那几十个气势森严的塔楼,则像守卫天涯宇环厅的金刚卫士。特别是在它脚下还有这样一片变死为生、令人眼花缭乱的墓地,用艺术的光彩战胜了死神的恐怖,造成了一种人能永生、精神常在的气氛,更增加了教堂的赫赫威势,给教堂罩上了一种神圣的、庄严肃穆的光圈。

奇怪的是刚才参观教堂的时候并无这种感觉。克索瓦教堂每到星期天才接纳来祈祷的人,举行祈祷的仪式。到了这一天神父才开着小汽车来上班,真像神一样飘然而至。我们见到来祈祷的人不过十几位,还不如参观看热闹的人多,多数是妇女,其中有一位很漂亮的年轻妇女,体态端庄,穿着考究,怀里还抱着个小孩。我猜想很多参观的人都想知道她祈祷的内容。陪着这些祈祷者的是十几个四十岁以上的修女。她们的祈祷声和中国和尚念经的声音差不多,那突然放出高调的神父,则像领诵的大和尚。她们的神色是虔诚的,只有小孩子东张西望,不大认真。神父在正面最庄严的小厅堂里,进进出出,一边口中念念有词,一边还做着各种动作,忙忙碌碌,有一点应付差事的样子。教堂里拢音,祈祷声嗡嗡地撞击着墙壁,发出低沉的共鸣,使这合唱声传出教堂,在墓地的上空回荡。死去的人们可以朝朝暮暮在这祈祷声中安眠。

修女引我们参观了她们的宿舍,现代化的小楼,现代化的设备,干净而漂亮。当然,不光有电视机和电冰箱,墙上还挂有圣母和圣徒的画像。神父虽然一个星期只上一天班,但也够他忙的。主持祈祷仪式,为生者洗礼,为死者超度,为新婚者祝福。喜事和丧事一块来,生和死轮流表演,仿佛人间的悲喜剧都集中到这个教堂里来了!上帝是人类创造的典型,围绕着这个典型的艺术形象,人们又编排了一系列的戏剧和故事。然而,我为今天的世界庆幸,多亏上帝是假的。若是真有一个活生生的上帝，世界该是多么可悲！

“到欧洲而不看教堂，等于没去。”这话不无道理。我们是伟大的文明古国，有灿烂的文化、悠久的历史，各地都有自己的名胜古迹。而西方的古代传统文化集中在教堂和墓地上，各地的名胜古迹就是一座座令人眼花缭乱的教堂和墓地。恩格斯对这些建筑艺术和雕刻艺术曾赞誉过：“希腊建筑表现了明朗和愉快的情绪，回教建筑——忧郁，高直建筑——神圣得忘我；希腊建筑如灿烂的、阳光照耀的白昼，回教建筑如星光闪烁的黄昏，高直建筑则像是朝霞。”克索瓦教堂就属于高直建筑。

南斯拉夫解放以后，随着文化艺术的发展，死的艺术不仅没有衰退，反而更引人注目了。全国各地都有不同的烈士碑，甚至每个村、每个厂，有烈士就有纪念碑。美术雕塑界出现了各种各样的流派，墓碑和纪念碑的建造就更花样翻新了。克鲁涅瓦茨市为了纪念被法西斯杀害的一班五年级的小学生，在郊外的山坡下建造了几十米高的巨型“V”字碑（“V”在罗马字母里代表五），碑上雕刻出一些少年儿童的头像。每年十月二十一日，有五六万人在碑下集会，悼念受难的小学生。阿瓦拉山上的无名烈士纪念碑，则是八个身穿民族服装的妇女共同肩扛着一座大厦，一个个石像如顶天立地的大柱，大厦坚如磐石。这也许是意味着南斯拉夫联盟共和国的大厦的基础，是各族人民牢固的团结。

比较起来，倒是铁托总统的墓显得更简单、更朴素一些。他的私人别墅有两排平房，两排房子中间是个小草坪，他的墓就建在这个小草坪上。墓是个高出地面半米的长方形白色大理石，没有碑，没有题字和照片。前面是草地和树林，常有三五只野孔雀和一群群鸽子在草地上觅食、嬉戏。铁托墓后面穿过一片草地，便是“铁托纪念馆”。这里的气氛安静、和谐。是自然的和谐，如同这山，这树，这草，这野禽一样地朴实无华。铁托离开了人间，却又回到了大自然的怀抱。这不同样也是一种匠心、一种艺术效果吗？

弃华求朴，返朴为真。这是另外一种风格和艺术，是这位聪明的政治家的风度。

生命本身就是伟大的创造。让死和生一样进入艺术的殿堂吧。

京剧有国界吗?

巴兰卡市文化局长杜申卡对我说过:“京剧是中国的国剧,这种美好的艺术是中国传统文化中的一枝奇葩,它只能属于中国。”

前不久,杜申卡看过武汉京剧团的演出,这位热爱戏剧,虽已四十多岁仍被同事们称作“巴兰卡市最漂亮的女人”,看得如醉如痴。她极为称道《拾玉镯》,演员表演细腻,做和逗都很出戏,虽然听不懂台词,可是剧情看得很明白,通过这个戏使欧洲人了解了东方姑娘的恋爱程序。京剧带有强烈的东方色彩,是中国的特产。

我亲身经历过的一件事,就是刚到贝尔格莱德不久,在参加一次国际作家的圆桌会议之后,我迷路了。异国他乡,城市很大,街道纵横交错,我还没有逛过大街,路线不熟,连方向也辨不过来,加上没有翻译,语言不通,又无法打问。已经下午三点多钟了,我还没有吃午饭,两个小时后还要继续开会,现在连开会的地方也找不到了。我焦急地在大街上的人流里寻觅,听着人家有说有笑,我却如置身于一片语言的沙漠之中。多想碰上一个中国人,多想听到几句中国话啊!

忽然,我耳边似乎听到了一种轻轻的、若有若无的京胡拉出的乐声。我集中了全部神经去捕捉这京胡的声音,大街上的喧闹声似乎一下子全停止了,我什么也听不到了,只听见了熟悉的京剧过门,是《霸王别姬》,也许还是梅兰芳先生的唱片。我仿佛在沙漠中发现了绿洲,看见了清泉,循着乐声追了过去。越走声音越清晰,是乐队在演奏《夜深沉》的曲牌。这支曲子我也许听过不下几百遍了,从来没有像现在觉得这样亲切,这样好听。是谁有如此雅兴,在这现代文化盛行的西方城市里,不听现代乐,排斥了电子琴,却播放中国的京剧曲牌。追着乐声我来到一座漂亮的小红楼跟前,门口竖着一个用中国字写成的大牌子:北京饭馆。

以后的事就不用说了，北京饭馆的中国专家请我吃了一顿家乡饭，然后又送我回到开会的旅馆。我从上初中就迷京剧，为此花了不少冤枉钱，挨了不少冤枉骂，有今天这一件事，就全补回来了。京剧姓“中”，中国人到国外才更检验出了对京剧的感情。

可是几天以后，我们到巴兰卡市去访问，在杜申卡为我们组织的气氛极其热烈的联欢会上，对这个问题我却又有了新的认识。晚会是在文学俱乐部的大厅里举行的，大家围坐成一圈，舞台在中间。一开始，由巴兰卡市艺术小组的青年演员先为我们演唱了塞尔维亚民歌，跳起了民间舞，音乐欢快，舞姿优美，尤其是演员脚尖上的功夫，快似旋风，急如闪电，令人目不暇接。演员在中间跳，四周的观众情不自禁地轻声伴唱。塞尔维亚人特有的民族艺术细胞，在每个人身上膨胀、跳跃。五十岁的老诗人胡可马诺维奇终于忍不住，跑到前面拉起姑娘的手跳起来，杜申卡也晃动身姿大声为他伴唱。欢乐友好的气氛溢满大厅。忽然，厅里的电灯全部熄灭了，姑娘们点起了一根根细长的蜡烛。按照塞尔维亚族的传统习惯，只有在最隆重最欢乐的节日、招待最亲近的客人才这样做。手擎蜡烛，唱着歌，跳起舞，用各种美味的食品和饮料招待客人，每个人的情绪都到了沸点。我不懂塞语，可是突然觉得语言的障碍不存在了，自己的感情和他们的感情完全融在了一起，似乎听懂了他们的歌词，跟上了他们的旋律，我全身心都感受到了塞尔维亚民间艺术的魅力。它是那样动人、那样美，把我征服了。在这一刹那我仿佛被这艺术的魔杖点化成了塞尔维亚人。

难道人真有所谓第六感官？还是优秀的艺术具有奇特的穿透力？它能够不受国界、民族、语言和不同风俗习惯的局限。

稍事休息之后，该我们出节目了。联欢嘛，这样的场合任何人都不能不唱，不能不跳。细心周到的杜申卡担心我们这些摇笔杆子的人不会唱也不会跳，使我们感到难堪，就叫我们朗诵自己即兴写的诗。不知她从哪儿找来我的小说《今年第七号台风》的塞文译本，特意请电台的女播音员朗读。我刚才十分欢乐的心情一下子紧张起来，塞族姑娘和小伙子的精彩的歌舞演出把大家的情绪烧得十分热烈，一改为干巴巴的小说朗诵岂不要使大厅的气氛冷下来吗？而且《今年第七号台风》写得仓促而幼稚，朗诵这样的作品能收到什么效果呢？即使在国内我也没有经受过这样的考验，电台广播过我的一些小说，那是通过收音机，人家不愿意听可以关掉，像这样在大庭广众之下，当着作者的面，倘若大家都睡着了，岂不难堪！杜申卡好像十分有把握。果然，随着小说情节的展开，听众爆发出一阵阵笑声，然后根据人物的命运，听众时而欢笑，时而叹息。小说不长，朗诵效果大出我的意料。我低着的头抬起来，感激地看着这些热心的听众。心里忽然明白了，今天参加联欢会的人，除去作家和诗人，大部分是青年，是大学生和中学生，他们喜欢文学，更有一腔对中国的友好和热情。

胡可马诺维奇小声对我说："我喜欢读描写你们真实生活的小说，我们可以在小说里看到活生生的中国社会，了解中国人民的现实生活。"

这话我在什么地方听到过？对了，在贝尔格莱德的国际作家会议上，在同三十多个国家的作家交谈中听到过同样的谈话。越是强烈而又深刻的具有民族色彩的作品，越具有国际性。"洋人"不喜欢模仿他们的"洋"，而喜欢别的国家里的"土"，正是各民族的"土"，聚成了世界的"洋"。

掌声打断了我对文学的思考，思绪又回到了联欢的现场。小说读完了，我站起来同朗诵者握手，向听众鞠躬，但掌声一阵接一阵还是不停。我心里慌了，读小说哪有返场的呢？难道让我再读上一个中篇，把你们读困了不可？

有人在后边大声喊："唱京剧，唱一段京剧！"

杜申卡笑着冲我耸耸肩，摊开了双手，那意思是说："这不怪我，你逃不过了，还是唱吧！"

唱京剧我倒不憷头，早知如此开头就唱，省得读《今年第七号台风》了。况且湖南老作家康濯对我的演唱艺术已有过定评。他说："蒋子龙唱《盗御马》像马（连良）派，唱《借东风》像裘（盛荣）派。"现在我顾不了那许多，就唱了几句《盗御马》："将酒筵摆置在聚义厅上，我且与众贤弟叙叙衷肠……”

艺术的语言是在全世界通行的，艺术是没有国界的，而且越是那些被称作某一个国家的“国宝”的艺术，就越没有国界，被全世界人民所喜爱。

南斯拉夫朋友一再鼓励，我只好又唱了一段《借东风》。我的唱腔是“四不像”的。正式的京剧演员听到后也许会气歪鼻子，甚至可能会说我糟蹋艺术。但我真诚地想唱好，朋友们听得也很认真。他们欣赏的不是我这个蹩脚演员，而是为中国京剧鼓掌。

没有想到我那两口京剧清唱把晚会推向了另一个高潮。杜申卡代表巴兰卡市委赠送给我们一人一大堆纪念品，其中有记录铁托总统生平的珍贵的画册，还有古代塞尔维亚民族英雄穿的皮鞋的仿制品。我掏出去年在全国优秀中篇小说发奖大会上得到的英雄金笔，送给杜申卡作为回赠。杜申卡当场又把这支钢笔交给巴兰卡市艺术博物馆馆长，叫他把这支笔存放在艺术博物馆里，并递给我一张纸，要我写上几句话和笔摆在一起。我写道：这支笔是文学的奖品，我把它转赠给热爱艺术的巴兰卡人民。艺术架起了中南人民感情的桥梁，文学连通了两国作家的心。”

塞尔维亚族的婚礼

一个秋高气爽的星期日，我们驱车从外市返回贝尔格莱德。走到半路的一个岔道口，猛然从右面的公路上飞出一队汽车，洋洋得意地抢了我们的道路。幸亏我们的司机反应快，立即踩了急刹车，才避免了一场车祸。外国人开车总是吊儿郎当，好像拿人和车都不当一回事，高速公路上开车真有点玩悬！奇怪的是我们那位性情粗爽的司机不但没有发火，反而打开车门探出身子，向抢道的车队招手致意。坐在我旁边的南斯拉夫朋友狄姆也一边摆手，一边用塞尔维亚语高喊：“恭喜！恭喜！”

我感到惊奇，前面的汽车里坐着什么人，值得我们的司机这样礼让和尊敬,就连古板的批评家狄姆也这样眉飞色舞?我透过玻璃窗仔细观察这个霸道的车队:第一辆小汽车上插着南斯拉夫国旗——蓝、白、红三色绸条的中间绣着一个红五星,在车头猎猎作响,威风十足地为车队开道。后面的十几辆小汽车没有什么明显的特征,偶尔有一两辆车上扎着红绸绿彩。我心里猜测这很可能是国家领导人的车队,刚从机场迎接一位外国要人归来。狄姆看出了我的疑惑,解释说:"这是结婚的车队。"

"民间有一条不成文的规定,一切行人和车辆都要给婚车让路,并向他们祝贺。"

"里面坐着新娘子吗?"

"对,所有去接新娘的人也都开着自己的汽车。"

让过了结婚的车队,我们继续前进。没走多远又碰上一队婚车。我们就这样走走停停,一路上竟遇到四起结婚的车队。我问狄姆:"为什么今天结婚的这样多?"

狄姆说:"今天是星期日,我们这儿的人结婚都选在星期日,这一天教堂里也开门,新人们可以得到神父的祝福。"

"怎么,开着现代时髦的小汽车接来的新娘子还要到教堂里去举行结婚仪式吗?这听来似乎有点滑稽。"

"的确是很滑稽。青年人把现代化的物质文明强加在塞尔维亚族的传统习惯上,把婚礼办成了今古奇观:礼品是现代化的,仪式是古老的,不今不古,又今又古。只有到晚上客人陪着新郎新娘跳舞的时候,才可以看出塞尔维亚人的民族老传统。如果你有兴趣,今天晚上我可以带你去参加我那个表弟的婚礼。"

"我非常想去看一看塞尔维亚族的婚礼,可是要带什么礼物呢?"

"你是中国客人,不用带任何礼物,新郎和新娘也会感到非常荣幸。"

我摇摇头。那怎么可以,一点礼物不送岂不太煞风景!多少总是应该带一点。于是就请狄姆替我想一想看送什么东西好。

狄姆略一思索:"对,送一本你的著作,再没有比这更妙的礼物了。

作家最宝贵的就是他的著作，把你的书送给新人，又珍贵又有纪念意义。”

我笑了，这位老兄真不愧是个书呆子。他自己是做学问的，爱书，就以为别人也喜欢书。人家办喜事，我去送一本自己的小说集，这岂不也有点“不伦不类”、“不今不古”吗？就说：“我的书装帧印刷太糟糕，送给像你这样同行的朋友，请你们批评指正还可以，但作为礼物在婚礼上拿出来就太难看了，不要让人家笑话！我是你的朋友，是你领我去的，不要使你的脸上不光彩。”

“书的质量不在于装帧和印刷。就这样决定了，你写出祝词，我用塞文抄在书的扉页上，并写上新郎新娘的名字。这件礼物不仅会给婚礼增加光彩，我也会跟着你沾光。”狄姆的兴致突然变得很高了。

下午，我们参加完早就安排好的活动，天已经很晚了，匆匆忙忙赶到萨瓦河西岸的新贝尔格莱德。在接近市郊的一座别墅前面狄姆引我下了汽车，立刻有一股强大的欢腾笑闹的声浪把我们吞没了。小楼里灯火通亮，乐声、笑声、喊叫声不断从窗口飞出来。小楼的前面是个花园，栏杆上、树杈上挂满五颜六色的灯泡，台阶上、草地上点起了长长的蜡烛。一对对男女青年在草地上旋转，跳着塞尔维亚的民间舞蹈。音乐急促而欢快，乐手们一边演奏，一边扭动腰身。小伙子的舞姿矫健，姑娘的舞姿清秀舒展。不光草地上有人在跳，廊下的台阶上和客厅里也有人在跳、在扭、在拍手跺脚。裙带飘飘，五彩缤纷，令人眼花缭乱，我一时竟分不出谁是新郎和新娘。看来主要仪式已进行完毕，只剩下吃和闹了。我心里暗暗觉得有点遗憾，也许新郎和新娘已经入洞房了，我们岂不空跑一趟，什么也没看到。狄姆把我领进客厅，客厅里摆着好几张长形的餐桌，每张桌子上都摆满了菜和酒，有几个胸前戴红花的老年人，已经喝得醉眼蒙眬了，可还在一杯杯不停地往嘴里灌。狄姆把我介绍给他们，大家一听说来了个贺喜的中国客人，十分高兴，都站起身来和我握手。身着盛装的新郎和新娘闻风从里边的一间屋子里跑出来，狄姆把我的礼物送给他们，并当众宣读了我的祝词：“愿安东尼和米兰的爱情天长地久，白头偕老。”

在中国这是两句很普通的老话,想不到使一对新人非常感动,他们亲吻我的礼物,又拥抱了我。然后夫妻两个紧紧拥抱,激动地长吻。来宾们冲着新郎新娘发出一阵阵欢叫声,跳舞的人也跳得更欢了。我心里一动,似乎明白了:西方社会离婚率越来越高,南斯拉夫是开放式的社会,思想和文化受西方影响很大,据一个巴兰卡市的朋友提供的不太有把握的数字,他们的离婚率已快到百分之五十了,也就是说十对夫妻中有五对要离婚。在这种情况下,我的那两句“天长地久,白头偕老”的祝福就必然会叫新郎新娘动心。这个效果却是我事先没有料到的。新娘为了表达她的感激邀请我跳舞,在婚礼上这是一种很高的荣誉,有许多来宾想请新娘跳舞还轮不上号哩!可我的心里却暗暗叫苦,我不会跳舞,什么探戈、伦巴、迪斯科,我一窍不通,在这种大庭广众之下岂不要出丑?尽管如此,还不能拒绝新娘的邀请,那样做是不礼貌的,会破坏婚礼上的欢乐气氛。我求救似的看看狄姆,他却故意不看我,低着头拼命往嘴里塞牛排。他这是用牛肉好把忍不住的笑声也塞回去。我只好硬着头皮被新娘牵着手拉到草地上。起初我像个木头桩子一样站在草地中央,新娘围着我旋转,我手脚无处放,尴尬到家了。后来许多姑娘和小伙子手拉着手又围着我和新娘跳起来,不知是受了他们的感染,还是情急生智,我忽然想起在上中学的时候曾跳过“鄂尔多斯舞”,而且上过台,于是就扭动肩膀,弯胳膊伸腿跳起了半生不熟的蒙古族舞蹈,在那样的气氛下,脸皮不厚也得厚,居然给应付下来了。乐曲一停,新娘把我送回到餐桌上,而且获得了一阵掌声,又蔫又坏的狄姆还敬了我一杯酒,祝贺我刚才成功的表演。新郎为我摆上了一头完整的烤得焦黄的小猪。这是南斯拉夫的名菜——烤嫩猪。我却无福消受,一咬一口油,怎么咽得下去!他们这儿鸡肉最便宜,牛羊肉最多,猪肉最贵。因为只吃猪身上的瘦肉,肥肉烧火,只有小猪例外,用铁棍一穿,整个放在火上烤。狄姆却吃得津津有味,口角流油,而且嘲笑我没有胃口。我的兴趣不在吃饭上,那群发疯一般的快乐的青年人始终吸引了我的注意力。他们围住了新郎和新娘,又跳又叫。来宾中不论老中青,多是成双成对,他们叫新郎新娘接吻,自己也趁机和恋人亲吻。结婚的只有一对,享受结婚的幸福和欢乐的却是所有的人。筵席不撤,酒菜不断地上,客人们跳累了就喝酒,喝够了再去跳。这样的婚礼的确要花很多钱,但不只是为了形式,为了讲究面子,而是为了快乐,为了享受。不分主人客人,无拘无束,不要任何掩饰,恢复人的天性,充分享受做人的快乐,倒也值得。至少比花钱单为了讲排场、应付亲友要强一些。

但是有一个奇怪的姑娘,始终落落寡合,没有和大家一块跳舞欢笑,默默地坐在我对面的一张餐桌上,偶尔喝一口闷酒,并不吃菜,时常乘人不注意的时候把忧郁的目光盯在我身上。我无意中碰上了她的目光,感到不安,悄悄叫狄姆去请那个姑娘跳舞,带她离开客厅,回到狂欢的青年中去。狄姆似乎早就注意到了这个姑娘,但他是个年近五十的文学系教授,跳舞的技术大概和我差不多,不敢向姑娘发出邀请,只好走出去找新郎。两个人嘀咕了一会儿,新郎把姑娘拉走了。狄姆回来后怀着深深的感慨向我讲述了这个姑娘的故事。

一九八一年的春天,在南斯拉夫举行了第三十六届世界乒乓球锦标赛,中国获得了全部七个项目的冠军,当时在南斯拉夫掀起了一股"乒乓球热"和"中国热"。在比赛进行的那些日子里,南斯拉夫的姑娘和小伙子们穿上中国的高级衬衣,中国生产的"红双喜牌"乒乓球和印有中国运动员全身像的明信片,成了青年人抢不到的热门货。在诺维萨德体育馆的比赛大厅里,他们挥动着中国国旗,为中国乒乓健儿不断地鼓掌加油。团体赛的时候,谢赛克一个人为中国队赢得三分,他征服了对手,也征服了观众。年轻人为之倾倒,大厅里响起一阵又一阵如醉如痴的欢呼声:"谢赛克,科奈芝,阿斯!"(即塞尔维亚语:谢赛克,中国人,高超极了!)这声浪中就有眼前这个姑娘的狂喜的呼叫声(狄姆讲到这儿特意嘱咐:如果我回国写文章,不要公布姑娘的姓名)。当比赛结束后,中国队的总教练李富荣把谢赛克推到大厅中央,把他介绍给热情的观众。谢赛克虽然立了功,却还是一副腼腆的样子,很不好意思地向观众鞠完躬就又跑回了后台。他这样谦虚,更引起了一阵强烈的赞美声。也许就在那个时刻,这个姑娘爱上了谢赛克。也许姑娘早就注意了他，但在中国队获得冠军的那个时刻才爆发了爱情，才意识到了自己强烈的感情。她几乎不能克制自己！她是学音乐的，只有十七岁，第一次萌发了对一个小伙子的爱，是这般纯洁，又这般热烈。当天晚上她跟到了中国队下榻的花园旅馆，先是求见总教练李富荣，要求成全她的爱情。李富荣可以教谢赛克打球，却不能强制他的感情，就耐心地劝解姑娘：他们两个都很年轻，谢赛克还要打球，不能过早结婚，为了姑娘将来的幸福，李富荣劝她还是找个南斯拉夫的小伙子好。总教练不肯帮忙，姑娘提出要亲自见一见谢赛克。这个要求不能拒绝，李富荣派人叫来了谢赛克。这位十九岁的小伙子还从未谈过恋爱，一时被弄得面红耳赤，手足无措。当时他的感情全部倾注在乒乓球上，暂时不可能再找别的爱人。姑娘一片火样的恋情遭到了挫折。今天在她朋友的婚礼上意外地碰上了一个中国人，也许又勾起了她的心事。

听狄姆讲完了姑娘的故事，更增加了我心里的不安。她不会请我给谢赛克带什么礼物或信件之类的东西吧？我同情她，但帮不上她什么忙。我不能再呆在这个宴席上了，我受不了姑娘那秋水般含着哀怨的目光。我拉起狄姆想告辞，走出客厅却看见姑娘正和新郎狂舞，她像换了一个人，那克制了许久的少女的感情借着音乐和舞蹈发泄出来了。她跳得奔放而狂热，纤细的腰身忽而扭曲得像一条飘拂的绸带，忽而又挺拔得似一尊雕像。她的舞姿似一首诗，像一支歌，无拘无束，豪放不羁。在灯光烛影中，她裙带飞舞，长发松散，她把所有的人都带进了一个神秘的世界，她自己也融进了这个世界。这是个美好的感情世界。我忽然看见她眼波盈盈，似有泪光在闪烁。她用低沉而柔和的声调边舞边唱了起来。

狄姆立刻告诉我，她唱的是一首塞尔维亚族的情歌："在那个难忘的晚上，你我第一次相会……"

很快所有的人都随着她唱了起来。狄姆也情不自禁地拉着我加入了狂欢的人群。结果一直热闹到夜里两点钟，送一对新人进了洞房，我们才有机会告辞。

至今那个别有风趣的婚礼、那个姑娘的忧郁的目光还留在我的心头，禁不住写下了这篇没有主题的散记。

巴巴维奇的性格

我是带着许多问题出访南斯拉夫的，这些问题有领导出的，有朋友出的，有自己出的。我的车间里的工人则让我带上了这样几个问题：南斯拉夫的工人是怎样生活的？怎样工作的？他们最关心的是什么？

我结识了好几位南斯拉夫工人，在这里想主要介绍一下德拉干·巴巴维奇。

他是著名的高莎机械车辆工厂（铁托年轻的时候曾在这个厂当过锻工，也是南斯拉夫最早实行工人自治的一批工厂之一）的汽车司机，今年五十二岁，身体强健，动作敏捷，完全像个小伙子。我们从贝尔格莱德到巴兰卡市去访问就坐他的车。事后我们知道，他是费了好多周折才争取到这个任务的。而且为了表示对中国朋友的情谊，坚持要开着自己的奔驰汽车从巴兰卡来接我们。我们一共是四个人（我和延泽民同志加上两位翻译），这样一来巴兰卡市准备随车来接我们的人就不能前来，一切都委托给巴巴维奇。巴兰卡作家协会主席米路丁在早晨出车的时候还再三叮嘱他，路上往返只需要一个半小时，九点三十分巴兰卡市要为中国作家举行隆重的欢迎仪式。市长和委员们、文化局长、农工联合企业经理、高莎厂副厂长、电台台长等巴兰卡市的头面人物们准时都在市政府门前迎候，还有献花的儿童和作家以及要为中国作家进行专场歌舞演出的演员们。要他在路上不要耽搁，必须准时赶回来。

这些情况我们一概不知道。巴巴维奇非常健谈，我这个喜欢聊天并负有采访任务的作家尚未发问，他倒先向我提出了一系列的问题。当他知道我曾经在工厂里当过车间主任，他就更加显得随便和亲热了，而且还有一股不可遏止的对中国的好奇和向往。问我中国有多少大城市？哪些地方最好玩儿？从贝尔格莱德到北京往返的飞机票要花多少钱？我告诉他坐中国民航的班机，往返只要两千五百元人民币，折合南斯拉夫的钱是五万第纳尔。他轻轻地回头欢叫了一声，告诉我们他的钱足够明年到中国去旅游一趟。他已经自费旅游了意大利、英国、法国、波兰、苏联、联邦德国等国家，盼望去中国已经好几年了，这个愿望就要实现。他抑制不住自己的兴奋，跟我交换了名片，表示一到中国就给我打电话。这一下又引起了我对他的兴趣，一个普通的汽车司机，怎么会有钱周游世界？

延泽民同志轻声提醒我，少跟他说话，在中国的公共汽车上都挂着一个醒目的大牌子："禁止和司机攀谈！"何况南斯拉夫的高速公路上车辆往来如梭，早晨刚下过一场小雨，路面又湿又滑。巴巴维奇不光是和他的乘客兴高采烈地交谈，从他一上车，没有给汽车加油打火，先打开录音机，他是一边开车一边讲话（为了交流感情还时常回头），还一边欣赏着轻柔的音乐。这一点不能怪他，南斯拉夫人似乎是离不开音乐的，公共汽车和电车上的司机是听着音乐开车的。我参观过几个工厂，工人也是一边听着录音机，一边工作的。更使我们难以想象的是，有些做脑力劳动的人，比如出版社操纵计算机排字的工人、校对的工人和在照相制版上改正错误的编辑，也是听着音乐工作。他们是不是因听音乐而影响了工作效率，我没有打问。但是我们在高速公路上行车是出不得半点差错的。我抬头看看车速表，指针指向了一百五十迈。巴巴维奇笑了，诙谐地说："谁受不了这个速度？"

我没有要求他减速，可是谈话也无法终止，表达感情的语言就像萨瓦河水，已经流淌开来，要想设一道闸板闸住是很困难的。但闸板还是有的，在高速公路上行车是要付钱的，当我们的车开进一个像龙门牌楼似的卡子口时，巴巴维奇交"买路钱"，我们的谈话只好暂时停止。我把目光转向窗外，哦，一片绝美的好景。"数日不见山，今朝翠如洗"。山峦起伏蜿蜒，绿色浓如滴，田野青葱，高速公路笔直如带，路旁缤纷的花卉格外耀眼。虽然这个时候在北京已是初冬季节，庄稼早已收完，田野光秃秃一片，但是南斯拉夫由于接近海洋性气候，空气湿润,我们来了还不到十天,已经赶上了三场小雨。尽管贝尔格莱德在地球上的位置(北纬四十五度左右)比北京(北纬四十度)还要偏北一点,可是气候却比北京稍微暖和湿润一些,花草树木凋谢得就晚。我们一直住在贝尔格莱德开国际性的作家会议,一走出城市,进入大自然的怀抱,立刻觉得心胸开阔,神清气爽;再加上有这样一位热情健谈的主人,一路上更增加了愉快的气氛。我无所不问,他也无所不谈。

"你工作多少年了?"

"三十三年,从一开始就是专业司机。"

"家里还有什么人?"

"父亲在英国,已经退休了。弟弟结婚后自己成立了家庭,家里只有我和妻子。"

"你没有小孩?"话一出口我似乎觉得有点失言,干吗要问人家不愿意回答的问题呢!

巴巴维奇却十分爽朗:"我没有小孩,妻子年轻的时候得过妇女病,多亏她生了那场病,才使我们有钱到世界各地去旅行。"

"你出国旅游都是偕夫人同往吗?""到英国和意大利是一同的。""你的工资多少?""每年平均收入十五万第纳尔。"

话还没有谈完,车已进了巴兰卡市。巴巴维奇似乎也兴犹未尽,他问我愿不愿意到他家去做客,我十分爽快地就答应了。因为我并不知道九点三十分巴兰卡市的领导同志还要为我们举行欢迎仪式,巴巴维奇也一点没有透露这方面的消息。他也许认为这是主人的事情,没有必要告诉客人。他也许还认为市长对我们的欢迎和他对我们的欢迎是一样的,应该按先来后到的顺序排队。既然他先认识了我们,就理应由他先为我们举行欢迎仪式,何况方向盘还在他的手里,方向盘一打,汽车停在他家的门前。

这是一座很漂亮的小别墅,白木栅栏,房前一个小花园,奇花异卉,幽雅而别致。正巧他的妻子也在家,他又到另外一座房子里喊来他的弟弟、弟媳妇和两个侄子。巴巴维奇一家人在他的指挥下为我们举行了欢迎仪式。按照他们的民族习惯,客人进门先吃甜食,让我们每人吃了一碟蜜制樱桃,然后拿出各种各样的酒和菜,反正他们的菜都是现成的,就在冰箱里存着,除去油就是肉,不管味道如何,都是真材实料。三杯酒下肚,巴巴维奇的话更多了,又大讲起了他即将去旅游的中国:“……美国的卫星在宇宙间为地球拍了一张照片,这张照片上只摄下了中国的长城,别的东西一概照不上。可见长城是地球上最突出、最伟大的东西。”

他对中国的友情使我感动,我摘下了自己胸襟上佩戴的“长城纪念章”赠给他。他非常高兴,立刻引我来到他的卧室,墙上挂着一块红色丝绒布,布上别满了世界各个国家的纪念章。他把“长城纪念章”别在上面最中间的位置上。他的这块缀满纪念章的红布使我想起了在“文化大革命”期间我也有一块这样的布,那上面也别满了各种规格的毛主席像章,以后不知道哪儿去了。

他又问我喜欢山还是喜欢水?我不知他的用意是什么。按照中国的古训,“仁厚者爱山,智慧者爱水”。就回答他说:“地球上三山六水一分田,人类生存离不开这三样,所以这三种东西我都喜欢。”他笑了,告诉我如果我爱山,明天他陪我上山打猎;如果我爱水,他有游艇,可以陪我到萨瓦河上去兜风。老实说,他讲的这两样我都喜欢。但客随主便,我们的活动要听从巴兰卡市作协的安排。我忽然明白了,为什么今天巴巴维奇一家人正巧都在家呢?今天是星期六,南斯拉夫是每天工作六小时,每周工作五天,星期六、星期日两天放假。我们和巴巴维奇一家照相留念,临走时参观了他的家,两间卧室、一间书房、一间客厅、厨房、洗澡间和储藏室。年轻的翻译小声对我说:“他两口人住这么多房,也不怕闹鬼。”储藏室里有一股强烈的水果香气,里面堆放着半屋子水果。巴巴维奇一定要给我们每人装上一捧核桃,还说作家要保护大脑,核桃正是补脑子的。他当场表演,用牙齿嘎嘣一下就把核桃咬碎了,在饭桌上吃肉的时候我就对这位五十二岁的小伙子的牙齿和胃口表示钦佩了。他像中国人吃老虎豆一样轻而易举地咬碎一个个的硬核桃,简直使我目瞪口呆了。他的夫人便趁势把一大捧核桃塞进我的书包。

当我们赶到巴兰卡市政府的时候，已经十一点多钟了，市里的领导同志焦急地等了两个多小时，曾几次给贝尔格莱德打电话，还要准备派车沿高速公路寻找。巴巴维奇十分得意地告诉他们是他把我们拉到家里喝酒去了。我忙于接受小学生的献花和同领导们见面，没有顾上看巴巴维奇是否受了责备。但是第二天通过一件小事，我得到证实，他没有受到丝毫的责怪。第二天我们访问高莎机械车辆工厂，党委书记正在厂部的小客厅里向我们介绍工厂的情况，巴巴维奇推门走进来，没有向他的领导打招呼，却和我们一个个地握手拥抱，他喧宾夺主，打断了书记的话。书记不怪他，反而笑着对我们说："是他接你们来的，你们是老朋友了。"

他热情、爽快、无拘无束。我很遗憾没有跟他去打猎和到萨瓦河上兜风，因为我们在巴兰卡只能待三天，参观和访问安排得紧紧的。直到要离开巴兰卡的时候，才又见到巴巴维奇。他为我们送行，紧紧抱住了我，胡楂子扎得我脸生疼。可是我心里却热乎乎的，对他说："明年我在天津迎接你和你的夫人，陪你参观我们的工厂和到渤海湾上兜风，请你吃中国的螃蟹和对虾，还有驰名东方的'狗不理'包子。"

他笑着点点头："我一定去！"

过海日记

引　子

赴洛杉矶参加中美作家会议，之后并应邀访问美国的中国作家代表团组成了：团长冯牧，副团长吴强，团员有李準、李瑛、张洁和我，还有一名翻译和一名秘书，共计八人。

当我们离开北京的时候，中国作家协会的几位负责人到机场送行。有位老诗人在同我握手告别的时候，见我的头发没有认真梳理，有几根还竖了起来，便从口袋里掏出小梳子，替我拢了几下头发，说："三十多年来，你们是第一个正式访问美国的中国作家代表团，一行八人，正好是'八仙过海'……"

诗人的联想果然是丰富而又奇特，经香港赴美，可不是又过海，又跨洋嘛！我何不借他的戏言，就把访美期间信笔记下的一些感想，称之为《过海日记》呢？

1982年9月15日

"香"和"港"

今天中午，到达了香港——这个以其特殊的政治背景、历史背景和经济结构闻名于世的城市。一走下飞机,立刻觉得身上黏糊糊、潮漉漉的,天空灰沉沉,不时会飘下一阵牛毛细雨,却并不凉爽,气温闷热得叫人喘气都感到困难。我生性怕热不怕冷,今年命运却格外照顾我,三个月中让我过了三个夏天:六月下旬去庐山,下山后饱尝了“火炉”南昌的滋味,作为北方人过早地享受了盛夏的煎熬,患了热伤风,急忙逃回天津。舒服了不到半个月,北方也进入了盛夏。好不容易熬过了七、八月,到九月中旬京津已是秋高气爽的季节了,CA103航机飞行了三个半小时,又把我送回了三伏天。今年可算是出差多、出汗多、出作品少喽!

下午和晚上抽空看了香港的市容和夜景,这个城市拥挤得像一个打足气的皮球,仿佛一碰就要爆裂。有些房屋向高空发展,如同石柱子一般,一根根指向云间。然而,十分突出的摩天楼也并不很多。公寓大楼的每一个窗户外面都挂着一个空调器,像蜂窝一样,着实不算好看。

香港——据朋友讲是因过去装卸香料而得名,从前是个香气弥漫的港口。进入二十世纪,它的“香气”变成了带有政治色彩和社会讽刺意味的隐喻。在香港生活过的人亲口向我描述过这个奇特的城市,我也看过一些介绍香港的文字材料和图片,这一切再加上想象,在我脑子里形成了一个虚幻般的“香港”。然而,我亲眼看到的香港和原来头脑里的“香港”,大不一样。以中国语言的准确、精巧、机智,几乎无情不可言传,但听景总不如观景。人的思想不同,心情不同,眼光不同,角度不同,对相同的景物可以做出完全不同的描绘。此一时,香港给我印象最深的是什么呢?

香港并不太“香”,也不很“港”(指洋气、时髦、与众不同等等)。街道甚至称不上干净,整个城市并没有明显的个性特征。谁能用一两句话说出它最突出的标志和独一无二的特点呢?没有特色正是香港的特色。它是个大自由市场,世界经济的哈哈镜,历史风雨的寒暑表。大街上商店多,书店少,报社多,和世界上同等规模的城市相比,香港也许是出版报纸最多的一个地方。每天在香港印行的报纸有五十五种，香港出版的杂志超过二百种。报纸发行量也大，每千人三百份，是世界平均数字的三倍。

香港的大街上到处都贴着巨幅标语："请投×××一票！"竞选者的大幅印刷照片也贴得满街都是，广告为政治服务，用经商的办法搞政治。不知这样一来，×××是不是真能多得一些选票？赛马场凯旋餐厅里的冷气放得过多，餐厅免费为每一个冻得发抖的人提供一条羊毛披肩。热了搞冷，冷了又搞热，可谓富折腾。望角东部海边有个农副产品市场，很像中国农村的集市。而"瑞晶"酒店里的水晶地板，站在厕所里为顾客开水门、递擦手纸的侍者，使我想起在欧洲见过的豪华饭店。许多刊物的封面和广告画甚为不雅，在街头设摊的报刊小贩专门把这些刊物摆在显眼的地方，以招徕买主。但电视节目里色情的东西极少，倒是大同小异的古装片、打斗片泛滥成灾。有位朋友告诉我，美国的《花花公子》杂志在香港出售需剪去其中最"刺激"的部分，这倒有点出乎意外。

亲眼看到的香港是真实的、可信的，我并没有感到有什么光怪陆离、花花绿绿。也许我没有机会到那样的地方去。有些东西还保留其原始的、朴实的一面，如贫民区里在街头卖风味吃食的小摊子。我钻进这种肮脏的、破旧的小胡同里，犹如置身在一个落后的南方小县城里。

可惜，在我们这个代表团里，大概只有我一个人进行了这种走街串巷式的游逛。热情的朋友为我们安排了一次又一次的宴请。傍晚，由旺角返回美丽华大酒家，在街头看见了一个奇怪的音乐家，他至少有五十多岁，衣衫不甚整洁，长发披散，好像是在举办露天独奏音乐会。提琴上挂着根电线，接在脚边的一个大喇叭上，使他的乐声能够盖住车辆和行人的喧噪。他身边围着几个人。我以为这是个精神病患者，或者是港式的牛仔、嬉皮士之类的人物，在街头寻找刺激。走近一看，音乐家脚下放着个铁罐，铁罐里丢着几枚硬币。原来他是靠音乐行乞。真够新鲜，讨饭也能玩儿出花样儿，这也算是香港一景吧！

9月16日

“吃”和“说”

谁也没有想到，来到香港最大的负担竟是吃饭，把时间和精力全耗在饭桌上了。吃，吃，吃！今天除去应邀吃了三次饭，什么事情也没干。吃饭——也许是这里进行社交的重要内容。仿佛进饭店的目的不是为了“吃”，而是为了“说”。应酬，客套，没话找话，无尽无休的东拉西扯。其节奏之慢着实令人吃惊。我坐在酒席宴前，却很容易想起有些使人昏昏欲睡的马拉松会议，面对精美的食品，犹如在听一个空洞乏味、不知所云的长篇报告。自古以来官场和社交场就是密不可分的，因此有许多共同点：过分讲究礼仪而显得造作和不够真诚。缺乏那种真正朋友之间的亲密、自如和随便的气氛。

有些中餐馆把餐厅布置得古色古香，招待员根据级别和职务的不同，穿着样式不同的经过洋化和舞台化了的汉族服装。说它“洋化”人们都可以理解，为什么说它是“舞台化了的”？女侍者上身穿绣花镶边的对襟小袄，下身穿同样颜色的镶边裤，这是从中国戏曲舞台上的装束演变过来的。我猜测穿这样的服装有两点意义：一、证明这家饭馆历史悠久；二、不言而喻，这里的饭菜具有真正中国的民族风味。这样的用心是无可厚非的，但有一个疑问：现在中国除去舞台上再也见不到有人穿这种服装了，汉民族为什么只能用怀旧来表现自己的风格，难道就不能从正视现实和创造未来中吸取诗情吗？

饭馆的门口和厅柱上贴着许多对联、古训，比如：“人杰地灵”、“财源广进”等等。大玻璃柜里用活水养着活鱼、活虾、活蟹，像玩具一样的水车，能制造出一种泉水淙淙的效果，给饭馆增加一点山林荒野的情趣，使人感到舒服协调。然而真正能产生盎然生机的是饭店里的花草，侍弄得很好，没有枯枝败叶，绿油油滴翠流青。有的摆在桌上，有的吊在头上，有的沿走廊的栏杆攀援而下，有的把大厅装饰成一个花圃。奇怪的是，家家的花草都枝叶繁茂，唯独不见开花。

我在香港的饭店里看到不少具有中国传统的东西，虽然这传统带有一种“港味”，有些甚至搞得不伦不类、不够高雅，但比丢掉了这些传统要好！正因为如此，我在这些饭店用餐，听着民族器乐曲，比坐在号称香港第一流的“富丽华”三十层楼顶的旋转餐厅里吃自助餐、看香港的夜景、听洋乐队演奏和女歌星演唱更觉得亲切和舒适。

9月18日

飞机向东飞，最后却到了西方

中午一时二十分，泛美航空公司的波音747脱离了跑道，斜刺里向东北方向的高空钻去。透过舷窗，我突然感到香港城也在倾斜、旋转，一座座高大的建筑物像一只只斜伸的手臂，是对我们挽留，还是为我们送行？

乘飞机告别是最痛快的了！感情还来不及表达，失重的感觉刚一消失，身子觉得平稳了，香港也不见了。机翼下是一团团的白云，如汽如雾。

空中小姐送来了饭菜，简单且味道不佳，啤酒收费，一美元一听，同中国民航上对乘客的招待相比差远了。从现在起，我们开始接触美国人的作风：一切以钱为轴心，讲求实际。礼貌有助于赚钱就要，妨碍盈利就不要。

五点三十分，在一片辉煌的灯火之中飞机降落在东京成田机场，我们要在这里下机休息一下。日本以经济大国自诩，在世界上的形象如同一个暴发户。但成田机场内的设备和装饰并不讲究，甚至逊于北京机场和香港机场。候机厅里的沙发靠背极矮，像我这样的大个子只能拿它当板凳坐，断不能往后倚靠。坐这样的椅子有个好处，只能昂头挺胸，可以练功，不会驼背。可怜那些疲惫不堪的乘客，将身子东歪西倒，怎样也坐不舒服。

大厅里摆着三台彩色电视机，正播放电影《一盘没有下完的棋》。我在国内看过这部电影，仍然认真地坐在“练功椅”上观看。因为我关心这部电影的命运，这个候机厅里哪个国家的人都有，我想观察一下他们的反应。《一盘没有下完的棋》是中日合拍，关于它的报道和文章太多了，盛名和效果能否相符？我看过一份美国的材料，中美合拍的连续剧《马可·波罗》在美国放映后反应一般，只有北京的演员英若诚获得了很大成功。许多制片商想留他拍片，断言他若留在美国一定能轰动，赚大钱。但英若诚拒绝了。有位批评家说，《马可·波罗》所以没有引起轰动，是因为关于它的广告太轰动了，盛名之下其实难副。广告对艺术事业往往帮倒忙，在商业上却不可缺少。艺术和金钱难道真是那么水火不相容？七时四十五分我们继续登机向东飞行，告别了东京的灯光，飞机钻进了无边的茫茫黑暗之中。机舱里放映电影《星球大战》，看得我头昏脑涨。十九点钟，我眼皮发沉，想睡一会儿，闭上眼刚刚打了个盹儿，窗外已是阳光灿烂。这是我经历的最短的一个夜晚。我们连续飞行了十一个多小时，明明觉得是过了一个夜晚，到达洛杉矶却仍然是九月十八日，当地时间下午三时三十分。地球和太阳开了我们一个玩笑，人类的科学再发达，恐怕也难于打乱宇宙的布局。

9月19日

金钱、艺术和永存

洛杉矶的街道垂直交叉，城市布局呈方块状，像棋盘一样整齐。我们下榻的“假日旅馆”离豪华的好莱坞住宅区不远，环境幽静，树木繁茂，绿草如茵。有土的地方就有花、有草、有树，难得看见一块地皮。因此空中有烟雾，地面上却没有尘土。气候温暖，但身上并不发黏，短袖汗衫正适宜。

由于从地球的那一面来到了这一面，阴阳颠倒，黑夜白天混乱，昨天晚上我吞了一枚被称作“炸弹”的特效安眠药，才维持了四个小时的睡眠。吃过早饭，头还有些昏昏沉沉。根据我个人的经验，治疗时差反应最有效的办法，不是躺在旅馆里休息，越想睡觉就越睡不着。也不是用安眠药轰炸神经，是用疲劳轰炸肉体，把“节目”安排得又紧又满，越精彩越好。负责为我们安排“节目”的是任教加州大学的梅缵月博士，她精明练达，能文能武。曾接待过众多的政府代表团、体育代表团和演出团体等，了解美国，也了解中国，经验丰富。她灵机一动，决定带领我们去参观亨丁顿公园，还一再鼓励我们说：“你们去了以后决不会感到后悔的，作家不可不看这个亨丁顿公园。”

其实，这位才气纵横的年轻女士只要不照顾我们在旅馆休息，我就不会后悔的。节目一确定，我立刻长了精神，头也不感到发沉了。

梅缵月是哈佛的历史学博士，对历史有惊人的记忆力，讲起过去的故事脸上的表情充满快乐和自信，如同叙述昨天发生的事情一样清楚。她高效率地利用时间，在汽车上除去介绍沿途景物，还抽空讲解了亨丁顿公园的历史。

老亨丁顿以修建横贯美国东西部的大铁路而发财。老伴儿死后又娶了一位年轻的太太，没有儿女，死后将全部财产传给了侄子。这位侄子和他的后婶娘不仅年岁相当，而且都酷爱艺术，于是两人又结为夫妻，一直白头到老。就是这两个人修建了亨丁顿公园，这公园其实是一座艺术博物馆。在它的藏书楼里，珍藏着许多伟大的哲学家、科学家和作家的成名作的手稿，如但丁、牛顿、莎士比亚、罗曼·罗兰等人的事迹，还有一些世界名著最早的版本。图书馆里专门收藏着世人很难见到的绝版书和珍本，而且藏书极其丰富，参观者要看什么书都可以，但那些价值连城的珍本不许借走。现在公园里还有一批学者，仍旧在整理亨丁顿的藏书。楼上几十间小展厅里摆着自文艺复兴以来著名的美术作品，有雕塑，也有绘画，有许多都是伟大画家的真笔。至于珍奇的金器、银器和陶器，点缀在美术作品中间，相映成趣。使整个大楼变成了一座奇妙的艺术之宫，你站在任何一个地方，朝任何一个方向看，都会见到一件艺术品，没有空白的角落。唯一和这浓郁的艺术气氛不相协调的，就是每个展厅里都站着一位身体高大的保卫人员。

我在惊叹之余，心里又升起许多疑问，问身边的梅博士：

“这里有许多是无价之宝，亨丁顿又是怎样搞来的呢？”

“花重金收买。只要被他知道了哪儿有好东西，是真货，有艺术价值，他千方百计一定要把它买到手。请你注意每个厅的糊墙布都不一样，都不是现代货。他要买一件艺术品，包括周围陪衬这件艺术品的东西，如镜框、托架、装饰，连同糊墙布一块都买走。这个大厅里的糊墙布是花高价从英国的王宫里揭来的，因为这幅画原来就在那间王宫的墙上挂着。”

我插了一句：“一个资本家不用钱生钱、利滚利的办法去赚更大的钱，却用来收藏和购买这些艺术品，倒也难能可贵。”

梅缵月点点头：“亨丁顿和他妻子都喜欢文学艺术，这是最根本的。而且他们的趣味高雅，艺术修养很高，识货，知道哪是真的，哪是假的。你看完他收藏的这些东西，以及大楼里面的布置、装饰，你就会相信这一点。没有俗气，不觉得他是在附庸风雅。如果以后有时间我还可以领你去看凯蒂博物馆，也是一个大富翁修建的，那就有点沽名钓誉、附庸风雅了，有钱不识货，买不到艺术珍品，搞得不伦不类。从另一方面说，亨丁顿是个聪明人，金钱是身外之物，生不带来，死不带走，而艺术是永存的。正是由于他的名字和这样一座公园连在了一起，才受到了后人的纪念和尊敬。否则，有谁会知道历史上还有个亨丁顿呢？世界上有钱的人很多，要想有名就得学诺贝尔、亨丁顿……亨丁顿像他叔父一样，无儿无女，把家产变成了一个艺术博物馆，化腐朽为神奇，你能说他不是一个深思熟虑的聪明人？”

“亨丁顿其人当时是怎么想的并不重要，重要的是他确实办了一件有功德的事情，集中保护了一大批珍贵的艺术品。否则，近百年来欧洲战事繁多，这些宝贝的命运并不全是乐观的。”我赞成梅博士的观点。

“亨丁顿公园免费向全世界开放，任何人都可以来参观，自由出入，不收门票。因此，美国政府也不征收这个公园的地皮税。”

“这未尝不是又一件聪明的措施。”我很喜欢边参观边和梅缵月交谈，这使我了解更多的东西，她的许多观点也能提高我的参观兴趣。

走出图书馆，梅缵月提醒我们：“大家应该快一点走出这个迷人的艺术之宫，若是这样流连忘返，后边的东西就要看不完了。下面要看的才名副其实是亨丁顿的公园，有世界各地的奇花、异草、怪树和不同风味的独特景致。大公园里又分十几个小公园，有葡萄园、橘子园、玫瑰园、欧洲公园、日本公园、非洲公园等等，大家要跟紧，否则会很容易漏掉一个公园。”欧洲公园和日本公园没有什么好看的，亨丁顿还是用老办法，到日本去相中了一个公园，花钱买下来，把花草树木、假山木桥和房屋陈设，全部装船运到他的公园里。人工雕琢的痕迹太重，破坏了自然的协调的美。

橘子园里有世界各地不同品种的橘子，葡萄园里有各式各样的葡萄，大的如核桃，小的如珍珠；玫瑰园里正盛开着一百多种不同品种的玫瑰花……这一切都没有使我太感到惊奇。

只有当穿过热带植物林的时候，心头才为之一震，那密不透风的植物墙，那如关羽手中青龙偃月刀一般宽大的树叶，使人一下子忘记了时代，远离了尘世，仿佛回到了几万年以前的原始年代，刀耕火种，与野兽为伍。

而两个公园的连接处长着一些花草和树木，难住了我们所有的人，谁也叫不出它的名字，我只好用一句古诗安慰他们：“花不知名分外娇。”有一棵怪树，一条根上长出十几条树干，扭在一起，我们三个人伸开胳膊不能抱过来。

但是，当我走进非洲公园，立刻耳目一新，眼前是一片新奇的植物世界，使我想象不出、想象不到，可谓大饱眼福！我没有去过非洲，可是不知从什么时候开始脑子里却有了一个关于非洲的想象，一提起这块土地就觉得和沙漠、荒凉、落后分不开，枯燥的气候、干裂的光秃秃的原野……当然，亨丁顿的非洲公园不等于就是非洲，但它却彻底改变了我对非洲的看法和对花草的看法。“花儿里为王的数牡丹”，菊花和梅花也被人们千古咏唱,令人折服。而那些仙人掌、仙人球、仙人鞭之类的球球蛋蛋,不过是花中的丑类,黑不溜秋,刺儿烘烘,不能登大雅之堂。有谁见过庄严肃穆的会场上、优雅豪华的殿堂里、喜庆热烈的大厅中间摆着这些东西呢?然而,这也许是人们的偏见。在亨丁顿的十几个小花园里数非洲公园最精彩,使许多参观者大声叫绝,为之倾倒。在非洲公园里有几条弯弯曲曲的沙土小路。小路两边滚满了各种各样的仙人球,使你像走进了丰收的西瓜地,不小心就会踩上一串。一个挨一个,一个挤一个,大的如西瓜,小的似红枣,奇大的直径犹如磨盘。品种繁多,奇形怪状,有的竟如一块块岩石,有的像不倒翁一样东晃西歪,有的几百个几千个球长在一起,组成一个奇特的造型——仙人球山。在这样的"顶"上或"山缝"里突然钻出一朵花,很像岩头的灵芝,又比灵芝更高傲,更清雅。仙人掌、仙人鞭之类的名称在这里是不合适的。应该叫仙人树、仙人塔、仙人楼。还有更多的、成千上万种非洲植物我叫不出名字,看得我眼花缭乱,惊叹不已。

它们之所以给人印象这样强烈,就在于每种植物都有自己突出的个性特征,才使人觉得又奇又怪又可爱。决不娇柔,决不妩媚,不迎合任何人,你只可观看,只可赞赏,倘若不小心碰了它一下,那可够你受的。却又自有一种带原始味道的热烈而粗犷的美。别看它们每一个都浑身是刺儿,但并不伤害同类,喜欢抱大团、扎大堆,你挤我压,成千上万,以多取胜。一般的风风雨雨、天敌侵犯是奈何它们不得的。

还要感谢太平洋给了洛杉矶一个得天独厚的气候条件,各种各样的植物都能在这里养活。

直到走出了亨丁顿公园坐进汽车,我的眼前仿佛还晃动着这样一幅情景:清晨,黄昏,许是任何一个情绪烦闷或者情绪欢愉的时候,皓首银霜的亨丁顿陪着他年老的夫人漫步在这个人工的小世界里,是立刻变得心情愉悦呢,还是愈加神情郁郁?他们的生活是令人钦羡,还是招人怜悯?

"不管怎么说,他还是花钱办了一件好事。"我不觉喃喃出声。

梅缵月笑了:"如果你有兴趣,我们稍微绕一下路,去看一个富翁是怎样有钱没处花，糟蹋艺术的。”

我立刻响应：“这样的事例不可不看。”

梅缵月讲了下面一个故事：一个阿拉伯石油王的儿子到美国来上学，花一百多万美元在好莱坞的豪华住宅区买了一幢十分漂亮的房子，主楼是乳白色，楼前有一个很大的方形前廊，四周有白色大理石雕成的栏杆，栏杆上立着十个和正常人一般大小的白色大理石雕像，虽不是出自大家之手，但这些传说中的女神、女杰，个个都线条细腻，神态生动，纤巧灵秀。周围还有一片属于自己的花园。石油王的儿子买了这幢房子之后，先是忙于找女朋友，女朋友找到后没有快乐几天，两个人就开始好好坏坏，以后又闹离婚打官司。有一天他忽然发现这幢房子清雅的色调不合他的口味，请来工人对房屋进行了一番改造。

“究竟他把房子涂抹成什么样子，一会儿你们就看到了。”梅缵月卖了个关子。

汽车驶进了所谓的高级住宅区，马路笔直，街道都是正南正北、正东正西。每一个像棋格似的方块中间，有一幢房子，四周是花园和草地。每幢房子的结构、外形和颜色都不一样，各式各样，千奇百怪。但各有各的特色，各有其美妙动人之处。这片地方果然优美安静，空气湿润，草地碧绿而又茂密，比地毯更叫人赏心悦目。房屋周围和马路两旁长满高大的树木，这些树木也和房子一样不是清一色和统一规格的，有热带的阔叶树，有椰子树、苦瓜树，有温带的火焰松，寒带的桦树，最像羊群出骆驼、高出一大截的是桄榔树，它身高五丈，从地面到四丈半的地方都是光秃秃的树干，只在顶部有十几片又长又宽的大树叶，活像一把扫天的大掸子。

“停车，就这儿。”

一点不错，这幢房子被糟蹋得够可以了！房子染成绿色，栏杆和雕像涂上了黄油漆，花园和草地显得荒芜而败乱。色彩不协调，大黄大绿，俗不可耐，格外刺眼，而且也破坏了周围这一片住宅区整个的格调。

“所以邻居们意见很大，纷纷抗议，甚至告到了法院。”梅缵月解释说。

“他自己的房子，有权随心所欲，告他什么？”我问。

“破坏环境的美，污染人们的视觉，搅乱自然的平衡，影响市容……”

“这还能构成犯罪？”

“罚款。”

“他认罚吗？”

“他不认罚，他爸爸认罚。你没见门上贴着封条吗？前不久他被坏人绑架了，那些人割下他一只耳朵寄给了他的父亲。倘若他父亲不拿出一笔巨款，下次收到的将是他儿子的人头。”

听完石油王儿子的故事，我感到不大舒服，在回来的路上再也提不起精神。说不出这是为什么，仿佛自己的心情也受到了污染。梅缵月似乎在望着我偷偷地笑，一定是我的神情引起了她的注意，她笑什么呢？她也许是很得意给作家们出了一道有意思的思考题。

9月20日

超级市场和唐人街

为了有个比较，更好地了解唐人街在美国的社会地位和经济地位，先看了一下洛杉矶较繁华的地区，浏览了一个规格相当高的超级市场。可叹美国的经济正处于萧条期，超级市场里东西很多，有些商品也确实够“高级”，但光顾的人很少，楼上楼下难得看见有人买东西。可是有一个特点，你不管从什么地方惹了气，就进商场，售货员笑脸相迎，主动问候，也可以说是十问不厌，十拿不烦。我为什么不用“百问不厌，百拿不烦”呢？事不过三，挑拣一百次的说法太过分夸大，不真实，因而也做不到。如果是故意刁难，又当别论。倘是领导来检查工作，故意考核售货员，轮上我也可以做到百问不厌、千拿不烦的。美国的售货员不是铁饭碗。小心翼翼还唯恐砸了饭碗，尤其怕顾客到老板那里告发，老板为了多赚钱是不愿意得罪买主的。当然，势利眼的售货员还是有的,但不敢过分表现出来,假笑也得笑,一般都能做到对顾客有礼貌,服务热情而周到。你如果不是故意去找气生,在别处惹的气或许一逛市场能消掉一部分。

其实,这家超级市场给我印象最强烈的、真正够得上"超级"水平的,不是它的商品,而是不出售的鲜花、盆栽树木、假山、喷泉以及装饰商场的鸟鱼虫兽的标本和各种工艺品。几乎每一个售货厅里都种有花木,绿油油,没有一点黄叶和枯枝。美国人善于制造人工小自然,把大自然浓缩搬到房子里来。虽然难免造作,却很好地调节了商场的气氛。这叫会做买卖,千方百计吸引顾客。

超级市场的底层是饭馆,设有正餐和快餐。美国不叫快餐,叫"自助餐",顾客端着盘子自己去拿,想吃多少拿多少,想吃什么拿什么。售货台多是圆形和长条,各种菜、面包和点心、各式饮料,都按顺序放好了,你按顺序一路走去,自由选择,计算机算账,节省时间。美国人不光爱花草,还爱吃,商店里设饭馆,机关里带饭馆,大学里饭馆更多,剧院里也有饭馆。有点像中国的单位食堂,不同的是我们的单位食堂收专用饭票,他们的饭馆只要有钱就可以进。说公道话,他们的饭馆很讲究,卫生条件、服务设施也很好。但吃的水平实在不怎么样,较中国至少落后几十年。他们的饭菜就是那两下子,顶多变变花样,大同小异,注重营养价值,不太考究色香味美。现在有些美国人已经认识到,营养过剩对身体并无太大的好处。这个道理我们的老祖宗在一千多年前就知道了。我这番议论获得了美国朋友的赞同,倒是有一两个中国人很不以为然,他们认为西餐比中餐先进。超级市场的老板,赚钱的技术确实很高明,楼上的东西没人买,楼下吃饭的人却不少,有人不饿也买一杯酒或咖啡坐在天井的喷泉旁边休息。这叫歪打正着,你只要走进了商场,不丢下点钱是出不了门的。尤其是带小孩的顾客,门口有木马、汽车等玩具,一角钱坐五分钟。还有托狗所,狗不许进商店,因此带狗的人是不能不花钱的。

走出超级市场,我却意外地遇见了两个怪客。形容美国人的装束打扮是不应该使用这个"怪"字的,他们每个人的衣着几乎都不重样,没有人觉得奇怪，只要你本人愿意，不管穿什么，都不会被视作是“奇装异服”，更不觉得这四个字是贬义词。相反，穿和别人一样的衣服，倒觉得脸上挂不住。即使是我们这些外国人，来到这块土地上，也很快就习惯了他们的服装，觉得大多数美国人穿戴都很随便、很自然，各取所好。生活似乎应该让每个人都有不同的特点。我在好莱坞大街见过嬉皮士和牛仔，他们不管把自己打扮成什么模样，别人也不会感到惊奇。我所以称那两个人为“怪客”，可见他们在美国也是十分突出的。走在前面的是位瘦小枯干的妇人，胸前却塞了两个足球，即便不是足球，也是类似足球的形状和大小的东西，不会是人们都知道的普通的假乳房。后面是一位老者，穿了一件肥大的珍珠衫——用五彩斑斓的贝壳串成的一件没有袖子的袍子。一抬脚动步，哗啦啦四处乱响，可谓是有伴奏的散步。重要的是他的神色，用中国话说，叫“自我感觉良好”！我不便过久地对他行注目礼，因为马路上没有一个人注意他们，更不要说围观了。怪事太多了，大家就会见怪不怪，只有我这个外来人才“少见多怪”。

我想起昨天晚上一位美国朋友给我讲的一条消息，一个男孩长到十四岁的时候突然意识到根据自己的性情和爱好，应该是个女人，不应该成为一个男人。于是到医院动手术把自己变成了姑娘。他（也许应该用“她”）现在是美国很有名的女模特儿，当然是独身。尽管他表面上是女人，却不能当妻子或做母亲。个性自由到可以随意改变性别，岂不等于取消个性了。如果不是有根有据，有名有姓，真令人难以相信。其实这只是外表和形式的改变，内容是变不了的。美国社会喜欢吹捧用各种方式一鸣惊人的人。

唐人街却实在没有什么好记的。离繁华地区很远，街道、建筑、环境、气氛都不中不西，四不像。市容有些冷落和不够“财源茂盛”。马路两旁多是饭馆和小商店，远不如香港。中午我们要在“美丽华酒家”吃广东菜。在香港的时候我们住的地方也叫“美丽华大酒店”，这里的饭馆名称和香港差不多，多是美丽华、五月花、富丽华……汉字那么多，在海外谋生的同胞偏偏就爱这几个并不甚雅的中文字。

时间还早，我们走进了一家书店。在国内我也常和朋友们逛书店，他们都喜欢在书架上看见自己的著作，我则不然，最怕看到书店里还摆着自己的书，那就说明这些书没人买。但是，在美国的书店里看见摆着自己的著作，那感受又是别一番滋味了。冯牧、李凖看见了自己的作品。李瑛也找到了自己的诗集，显然已喜不自胜。我没有看见自己的书，不仅高兴不起来，反而有些失望。但不愿再找了，低头去翻看美国出版的书刊杂志。这时一个懂中文的售货员领我来到一个书架前，上面摆着我的四本书，奇怪的是《赤橙黄绿青蓝紫》，百花文艺出版社六月份刚出版，九月份就进了洛杉矶的书店。我出来时带的书不多，他这里卖我的四种书加起来不过十来本，我想都买下来，送给美国朋友。我一看定价，吓了一跳，比国内贵十几倍。我的"中篇集"国内定价一元七角，他们竟卖十四美元一本。"难怪卖不出去呢！"——我只好这样安慰自己。

无酒不相逢

下午两点钟，加州大学成露西教授和林培瑞教授请张洁和我给学生讲课，他们说是"作报告"。我看应该叫"座谈式的讲课"，或者叫"讲课式的座谈"。会场不像是教室，很像一间大会议室，听讲的人坐沙发，讲话的人坐椅子，大概是为了便于让大家观看。时间只有两个小时，因为四点钟校长专为我们举行一个招待会，张洁和我不能不参加。讲话的题目也是极轻松的——"我和当代文学"，根据自己的体会介绍一下中国当代文学

理所当然我让张洁先讲，理所当然她应该多讲。如果她讲一个半小时，我就省力气多了。况且我一点也没有做准备，一边听她讲，一边在脑子里也好拉出个提纲。谁知她连自己那一个小时的定额还远远没有完成，就收住了话头。她不是取巧，而是出于对我的照顾，如果她把话都讲尽了，轮到我的时候岂不没有词儿了！她只讲了自己的创作道路，讲得诚恳、实在，同文学有缘的人一定能从她的讲话中受到不少启示，会场气氛很好。她把最好讲的那一半题目——介绍中国当代文

学,留给我了。中国当代作家一大群,风格各异,有"绝招"的人很多;作品更是车载斗量,我不敢说全都读过,自信对重要的作品没有漏掉。而且这些作家里多数人我都见过,要介绍他们并不感到困难,不论是北京的谌容,还是广州的陈国凯,都可以说上不止一个小时。一个题目,一人一半,各有侧重,妙极!女士,倒有老大哥式的信义,令人感佩。于是我一鼓作气也完成了自己的讲话任务。

在同学们鼓掌的时候,我俩极快地对望一眼,似乎都松了一口气,这是到美国后的"第一课",第一次登台"亮相",也不过如此!轻松自如地就应对过去了。还剩下一点时间,让同学们提点问题,我们回答一下,就圆满结束了。没想到这个尾声倒爆出了"冷门",使我们一下子认识了坐在下面的听讲者,把这次讲课推向了一个奇特的高潮。

白种肤色的学生占少数,他们对中国了解得不多,问题提得单纯,甚至在中国人听来是很幼稚的。一两句话就可以回答清楚。他们听完我们的回答总是点点头,表示满意或者说声"谢谢"。这时候站起来一位黄种肤色的"义士",我用"义士"这两个字并不含挖苦的意思。他当时的表演实在是很侠义。那神态仿佛在说:"你们不行,提那些鸡毛蒜皮的问题,怎么能难住这两位中国作家?看我的!"于是,他摆出了最了解中国"内情"的架势,提出了一连串自认为是"最尖锐"的问题,十分自信地认为一下子就会把我们难住。等着看我们张口结舌,出尽洋相。其实他那些问题在我们看来不仅不时髦,简直是老掉牙了,我据实介绍了情况,讲了我自己的观点。其他的学生都点头,那位"义士"很不甘心会有这种效果,眼看要自己下不来台,用一种不以为然的腔调又开口了:"你们别来这一套,瞒不过我!"

我笑了:"我们这一套不想欺瞒任何人,请问你这是哪一套?"

"我去年刚从大陆出来,大陆的情况我都清楚。"

我心里一颤,为这个自作聪明的小伙子感到悲哀,只好说:"中国有句俗话,去年的皇历今年看不得了。"

紧接着又有许多类似的问题向张洁飞去。张洁讲得更真诚、更激动,没有回避我们面前的困难,讲了我们的信心和力量,也讲了我们的未来。她讲到最后感情奔涌，一股激情难以抑制，化做热泪，滚滚而下，全场为之一震。

我坐在她的旁边，心里十分感动，这是多么宝贵的泪水，多么纯洁的泪水，这泪水体现了女作家的才气，把她热爱民族、热爱祖国的晶莹炽热的灵魂全托出来了。不知这些美国大学的学生们对张洁的泪水作何感想？这泪水难道不能温热有些人的心，洗亮一点他们的眼睛吗？

张洁为这次讲课做了最精彩的结尾。

走出会场，林教授向我们表示歉意，认为那个学生的提问不礼貌，也不得体。我却哈哈一笑，表示应该感谢那个学生。因为我觉得这堂课对我来说也很有收获。我回国后也许要写一篇文章，题目叫：《在美国见到的中国人》。只是不理解那个学生出于一种什么心理非要这样干，出风头，表现自己？还是想迎合某种东西？殊不知这样一闹反而逼得他的教授不得不为他的举止向我们道歉。我心里隐隐有点不舒服，也许应该由我们向两位美国教授道歉。

这时有两个刚才听课的中国留学生追上我们，一个叫苏炜，一个叫董阳声，他们也有些愤愤然，觉得都是中国人，何必要在这种场合给自己的同胞出难题，结果反倒把自己弄得很难堪！我不愿再提这件事，那个小伙子够可怜的了，便岔开话题，问起他们的留学生活。原来这两个人都是文学爱好者，小董在上海复旦大学上学的时候曾发表过一个短篇小说，叫《炮兵司令员的儿子》，当时在上海颇有影响。这样一耽搁，我们赶到招待会上已经迟到了半个多小时，“致词”、“答词”一类的程式已经表演过去了，光剩下喝酒聊天了。

从美国各地专程来参加第一次中美作家会议的美方代表也都到齐了，两国作家想必已经互相做过介绍了，三三两两，或坐或立，谈得正热闹。我刚才讲话够多了，现在不想说话，只想喝点饮料，休息一下。和主人见过面，寒暄几句便来到客厅外面的花园里，绿荫下摆着几套白色桌椅，清静幽雅。我从侍者的托盘里挑了一杯冰镇苹果汁，正想找个座位坐下，有一位美国妇女向我示意，她身边正好有一个空位子,我表示了谢意,然后坐下去。

"您是蒋子龙先生?这位是Annie Dillard。"一位华人学者自动充当了翻译。

"噢,久仰!听说去年您到中国访问过了?"我嘴上说着客气话,脑子里飞快地映出以前看过的有关这位女作家的材料。可能是一九四五年出生,我记得最清楚,她是这次参加会议的美国作家中最年轻的一位,我是中国团中年纪最轻的,这可真是碰巧了。

安妮·蒂乐德是宾夕法尼亚人,毕业于弗吉尼亚州的柯林斯学院,在西华盛顿州立大学讲授过诗歌和散文的创作,曾是美以美教会大学"杰出的客座教授"。写过五本书,其中《丁克溪的朝圣者》一书为她赢得了荣誉,获一九七四年的普利策奖。此外,还受到了其他一些文学奖励,她好像同中国的许多女作家一样,也是文学上的幸运儿。

"我不懂中文,只能读英译本,觉得《一个工厂秘书的日记》是最好的作品……"安妮单刀直入谈到了我的作品,使我感到被动,因为她的著作目前还没有译成中文,我只看过一些内容提要,那不算阅读,无法对等地交换对彼此作品的看法,只能聆听她对我的批评,便说:"我曾接到过美国读者的来信,很想听您对我的作品谈点具体的批评意见。"

"《日记》的成功有三条,使我感受很深刻。一、人物是复杂的,不像有些中国作品里人物那样简单;二、技法是现代的,节奏很快;三、语言简练,富于幽默。"她的神情是真诚的,也很会说话。这叫反话正说,此三条的对立面不正是我另一些作品里的不足吗?她不说出来,却让我想到了。

没料到我和第一个相识的美国作家就这样以文学作桥梁,很快沟通了思想和感情,建立起友谊和信任。生活在不同民族、不同社会的作家,在文学上却有许多共同的语言。我们谈得很愉快,安妮兴之所至,当场用钢笔为我画了一张画。并告诉我,她学过美术,很想为我画张像,又怕画不像,于是画了一幅抽象画。我是看不懂她的画,她自己是不是能解释清楚那幅画的意境,我看也没有把握。

我来不及再跟其他美国作家交谈,就不得不告辞出来,坐进汽车跟大家一起到一个剧作家家里去参加另一个宴会。

还好，主人所以这样安排了一个接一个的酒会，主要的目的并不是只为了塞饱两国作家的肚子，而是以吃为辅，以谈为主。以酒菜为媒介，便于感情交流，增进相互间的了解。我和美国工人诗人加里·斯奈德(Garg Sngder)几乎是一见如故，很容易就把双方感情的距离拉近了。这次我俩的交谈却不是从文学开始，而是从各自的生活经历谈起。“工人诗人”是他自称的，而且强调自己当过伐木工、护林员、油船水手、电焊工等，现在是个农民。是“体格强壮的流浪汉”和“能够吃苦耐劳的无产者”。在这样的场合，周围是这样一群人，他用庄重的口吻这样介绍自己，使我感到惊奇和钦佩。他甚至指着剧作家豪华的客厅、丰富的饭菜幽默地对我说：“这一切都应该是我的，不知为什么被他们抢来了。他们是吸血鬼、资本家。”

加里·斯奈德于一九五一年在里德学院获得了学士学位，在这期间他还曾到印第安人部落里生活了几个月，他在精神上体验到一种需要——要把生活中美好、超然、粗野和丰富的精力加以神化。这成了他创作诗歌的一个动机。他先后出版过八部诗集，多是描写美国西部风景，让自己返回自然，寻找超世的经验。

“我的诗为人民服务，为被压迫的生物服务，甚至为非人的生活服务。”他这样对我说。当他受到政治和生态问题压迫的时候，他是个理性主义者，在诗里提出争取生存的办法。当他寻求人类生活原始的典型的神秘格局的时候，他是位浪漫主义诗人。

他对东方的事物兴趣很大，曾将中国的诗歌和日本的诗歌译成英文，他还是大乘——金刚乘口传教义的佛教徒，他到过印度，在日本生活了十二年，和日本作家共同研究中国文化，他想把东方的神秘主义移植到美国的乐观主义上来。

谈起诗，他更是滔滔不绝了。他说诗应该表现“心灵的源泉，动物的魔力，独居时的想象力，令人恐惧的初生和再生”。要表现“作为人的动物，要去寻求舞蹈的疯狂般的自由、沉默和孤独中的启示……”

酒使得这个表面上沉静，甚至有几分腼腆的诗人诗兴勃发，同时又把他身上那种旧文化反叛者的狂劲也燃烧起来了！他毫不客气地把今天请我们吃饭的主人称作“富有的穷人”，他说“他们的精神是贫穷的”。他吃着人家，还要骂着人家。这种美国式的直率，叫我喜欢。

我把话题又引回到他的经历上来，他告诉我，他一九六八年和一个日本女子结婚，生了一个孩子之后又迁回美国。他丰富多彩的生活背景和经历引起了我的兴趣。他反复表示对中国文化很感兴趣，非常想到中国去，却一直未能去成。

我深为他惋惜，随口而答：“这太遗憾了！”

忽然感到身后有人轻轻地拉我衣袖，回头一看是我的一位女同胞，她善意地小声提醒我：“什么事呀，你竟用‘遗憾’这个词儿，在外交场合这是表示一种抗议……”

真叫我哭笑不得，只好轻声对她说：“这不是外交谈判，这是作家交谈，我有自己的头脑和嘴，请你好好照顾自己吧。”

我感到兴趣索然，决定回国后一定要写那篇文章——《在美国见到的中国人》。

饭后，主人弹起了钢琴，有人随着节拍敲响了手鼓，摇起了碰铃，其他美国作家又唱又跳。他们热闹一番之后要求中国作家唱歌，作家应该多才多艺。我知道冯牧唱程派青衣那是很有功夫的，只是没有京胡伴奏，不知他怎样起调？

等了半天没人开口，刚才还是十分热闹的客厅里立刻变得气氛尴尬。我们出国前做了很多准备，就是没有准备到美国来还会叫我们唱歌。我在代表团里是年龄最小的一个作家，正好可以躲在后边不吭声，叫他们在前边顶吧。

美国朋友一再鼓掌，沉默得越久，我们的处境越狼狈，大将们你看我，我推你。我心想：坏了，自己不应往后躲，大将们应该去打“大仗”，这种唱歌跳舞的事理应由我这个小兵出头。于是我站出去唱了一首“山西民歌”：

人人呀都说我们两个好，

阿弥陀佛天知道。
第一次去找你,你不在,
你妈妈说你去挖苦菜;
第二次去找你,你又不在,
你们家的大黄狗咬了我的裤腰带;
第三次去找你,你还不在,
你妈妈打了我两锅盖;
第四次去找你,你老不在,
你妈妈说你进了棺材!

懂中文的朋友哈哈一笑,总算圆了这个场。没想到在回来的路上,安妮·蒂乐德要我教她唱中国民歌。她的语言我不懂,我的语言她不懂,这可难住了我。好在这时候汽车里响起了轻轻的《洪湖水浪打浪》的歌声,可能是谢恒(中国驻旧金山总领事馆的领事)、聂华苓、张洁、梅缵月几位女士在唱,总算给我解了围。

9月21日

卡曾斯和她的伙伴们

上午九点半钟,三十多年来第一次正式的中美作家会议就算开场了。会场设在加州大学洛杉矶分校的礼堂里,十名中国作家(一名翻译和一名秘书包括在内,再加上先到美国的陈白尘和刘宾雁)和十名美国作家交叉在台上坐成一个半圆形,冯牧和美方主席诺曼·卡曾斯(Normdn Cousins)坐在这个半圆的中间,像水泊梁山排座次一样,各率领一队人马。舞台的右后角放着一张长条桌,坐着列席代表:聂华苓、罗伯特-李思——加大洛杉矶分校文学院长、林培瑞——加大洛杉矶分校教授;舞台的左后角也放着一张长条桌,坐着列席代表:李欧梵、陈若曦。舞台下面的座位是旁听席,来旁听的人不是很多。一开始我曾为这一点感到奇怪,中美作家会议筹备了近两年的时间,曾几起几落,引起了中外很多人的关注,为什么来听会的人反而不踊跃呢?几天后在一次酒会上《美洲华侨日报》记者李惠英当众揭开了这个秘密。她是托朋友走后门才得以到会旁听,据她讲这次会议的组织者几乎没有发旁听证。许多报纸的记者和关心这次会议的人,都不得其门而入。卡曾斯为什么要对外封锁消息呢?是想独占新闻,还是另有其他想法?这些都是后话,还是回到中美作家会议的会场上来。

在礼堂二楼,正对着舞台的同声翻译室里,坐着一男一女两名翻译,男的是旧金山州立大学的教授曾宪斌,身体肥胖,脾气随和,好好先生,更像买卖人。女的是哈佛大学的毕业生,名叫余珍珠,和梅缵月是同学,但未取得博士学位,仍在做研究生,有时在联合国当当翻译。其人也像珍珠,小巧玲珑,浑身冒精气,但不失分寸,不妖不媚,圆熟练达,像她这样名副其人的真少见。余珍珠口齿流利,不论英译中,还是中译英,都极棒,无可挑剔。被她一比,本来翻译水平也相当不错的曾教授则显得笨拙、口齿不清、声音沙哑。而且常常卡壳,颇有些狼狈。代表们不批评曾教授,却一窝蜂地夸奖余珍珠,这就愈发使他感到尴尬。到处是竞争,水平相当则女人沾光,更不要说在实际上还略胜一筹的女人了。

卡曾斯主持第一天的会议,总的议题是“文学的社会功能和作家对人类所能起的贡献”。他要求每个作家先用最简短的语言介绍一下自己的历史和文学生涯,以及对这次会议的希望。“简练是天才的姐妹”,话要精,还要有内容,有个性,精彩引人。舞台变成了擂台,这是当面考验每个作家的才气,而且关于每一个人的基本情况谁都知道一些,说套话、重复大家都知道的材料有什么意思?又要介绍自己,又不能有丝毫的自我吹嘘。在这样的场合又不适于故作谦虚,把自己贬得一钱不值。怎样讲得分寸得体,幽默含蓄,机智风趣,这真得动用作家善于表达的全部艺术技巧和智慧。

我的位子不在最前,也不在最后,一时半会儿轮不上我,正好可以从容地观察这些堪称是中国和美国的一流作家们的口才。如果能抓住他们性格中某一点真实而突出的地方,也不枉在这儿陪坐一场。然而,有近半数的发言令人失望,不是空洞无味、泛泛官话,就是没有惊人之处,缺乏才智。连卡曾斯其人都令我费解,他的发言平淡无奇。可以说他认真地介绍了自己,也可以说他什么都没讲。他是绕圈子的能手,有绅士风度,从容不迫,温文尔雅,语不惊人,却并不软弱。七十岁高龄,动作敏捷,眼睛里常含一种善于知人的笑意,不缺乏灵活性和幽默感。

我们到达洛杉矶的当天晚上,卡曾斯和夫人陪同我们吃晚饭。他的夫人和我坐在一桌,是个极普通的老太太,性情温和,喜欢交谈,显得善良。坐在另一桌的卡曾斯却不时倾听我们的谈话,用目光照顾着自己的太太,我便感到这位先生的精明了。我们的团长冯牧是尽人皆知的文艺批评家。而美方的这位团长身上有多少文学色彩呢?他一方面曾担任过三十五年《星期六评论》杂志的主编,一直是普利策文学奖评审委员会的主席,被作家和记者协会命名为一九八〇年度优秀作家;另一方面,他又是加州大学洛杉矶分校医学院的兼任教授、美国退伍军人管理局特别顾问小组的成员、美国国家科学院国际关系委员会的成员之一,还是美国的世界联邦制拥护者协会的主席,作为艾森豪威尔、肯尼迪及约翰逊总统的私人使者在国外执行过外交使命。出版过十五本著作,其中多是医学和生物行为科学方面的书,获得过联合国和平奖、美国和平奖等多种奖励。他有这样复杂的背景,其人还能简单得了吗?!

比较起来,卡曾斯的那些伙伴则表现出了更多的作家的气质。而作家总是有其单纯的一面。

女作家格雷,五十岁上下的年纪,身材又高又瘦,满脸皱纹,不停地吸烟。安妮也吸烟,另外八个美国男作家倒不吸烟。美国女人吸烟比男人多而凶。

"……我曾召集鲸鱼开音乐会,为鲸鱼作曲,给它们朗诵诗歌。听到乐声,加利福尼亚州的灰鲸鱼果然都游来了。"斯奈德妙语惊人。

“我爱男人不爱女人，诗人的语言不应该分为公开的话和私下的话。我有二十五年没打领带了，为了参加这次美中作家会议，我认真地打上了领带……”艾伦·金斯伯格(Allen Ginsberg)就坐在我的右边，他的率直使我惊奇，令我感动。

在所有参加会议者中间，金斯伯格的相貌最容易辨认，最容易记住。他只有中等身材，略胖，但不臃肿。有个引人注目的大脑袋。虽然刚五十六岁，头顶已光秃秃，周围长着一圈儿灰白色的乱发，下巴上的胡子像一团杂草。眼睛大而明亮，像年轻人的眸子，常常用凝聚的目光看人，带有一点轻微的神经质。但我无论如何也看不出他会是个同性恋者，更想不到他会在自己发言的第一句话就明白无误地介绍自己的这种“业余爱好”。我专注地望着他，一边听他发言，一边拿他的话和他那不平常的经历对号……

我太专心了，忘记金斯伯格讲完就该轮上我了，我临时想了几句，大意是：

“对我来说，这是一次文学的长途跋涉，文学的考察，文学的旅行。

“我出生在林冲发配的地方，是农民的儿子，以后却偏偏爱上了工厂。既然爱上工厂，喜欢搞技术，就应该去从事创造物质财富的劳动，鬼差神使却偏偏又走上了文学创作的路。每个人的简历可以介绍清楚，就像在飞机上填写入境卡片一样简单。但命运是无法说清的，尤其是命运和文学结合在一起就更加说不清楚，仿佛是由一连串的误会和偶然的事件组成的。

“我在中国作家代表团里是年纪最小、对文学的贡献也最小的一个，因此这次访问美国除参加会议之外，个人的心愿也最小：一、我曾接到过美国读者热情的来信，我想看看这些可爱的读者生活的地方。二、我在报纸上看到一则消息，美国的自由神雕像锈蚀严重，倘不进行大修很可能要倒掉，目前正筹集款项，据说不够顺利。我想趁它还未倒掉之前看一眼这个为世人所瞩目的自由神。

“感谢主人的盛情，为我提供了这样的机会。”

晚上，卡曾斯在家里宴请参加会议的全体代表。客人们酒足饭饱之后免不了又来一阵文艺节目，文学院长李思领来了夫人、女儿、儿子，为大家开了一个短小的家庭音乐会，演唱了美国传统的民歌。然后金斯伯格打开了一个自己带来的红布包，里面是一个小风琴，比手风琴更小更简单，只有七个音键，像小孩玩具。他自拉自唱起来。

用中国一句不大好听的话来形容，他的嗓子像“破锣”。但是粗嗄洪亮，他摇头晃脑，唱着牛仔们喜欢唱的歌曲，很是自得其乐。有些歌曲还使大家跟着他一块唱起来。

晚会散了以后，我试弹了金斯伯格的风琴。更重要的是我对这位诗人本身发生了兴趣。

9月22日

不掩藏自己的疯狂——金斯伯格

我走进会场，见金斯伯格早早地就坐在自己的位子上，正埋头往两盘磁带上写字。我向他打过招呼，在自己的位子上坐下来。金斯伯格把签有他名字的两盘磁带双手递给我，这上面录着他演唱的歌曲，送给我作纪念。我真诚地感谢了他，同时也觉得有点惊讶，这是正规的原版磁带，像他那样的演唱水平，居然能够灌唱片、卖磁带？

我无以为报，把带在身上的一部译成英文的中篇小说《赤橙黄绿青蓝紫》赠给他，书——是“秀才礼”嘛！

昨天晚上回到旅馆我又仔细地看了一遍有关金斯伯格的材料，这个人在我眼里不再是不可思议的，他变得真实而具体，完全是可以理解的了。他无疑是个地道的诗人，具有强烈的诗人气质，不枯燥，不做作，不干巴巴地打官腔，在他的嘴里似乎真的没有什么不可以公开讲出来的话。

“我的母亲是共产党员，她相信希特勒和罗斯福要毒死她，最后死在疯人院里。我的父亲是社会主义者，却不喜欢斯大林，我七岁的时候，家里成天争论不休……”

金斯伯格出生于俄国移民家庭，犹太人，他的家庭在当时的确与共产主义劳工运动有联系。一九四五年他考入哥伦比亚大学，一年级还没有读完，他想引逗清洁女工，在自己宿舍窗户上画了淫秽的画和写了一些猥亵的诗句，被学校开除。以后，他做过各种各样的工作：油船上的厨师、电焊工、夜间搬运工和洗碟子工。同时，也不停地写诗，结交一些诗人朋友。有一年夏天，在纽约的贫民窟哈莱姆区的一所公寓房子里，金斯伯格经历了他自己称之为关键性的转变，他好像“听到了整个宇宙的末日，同时又看到这末日的不可避免的美丽”。他在诗里表达这种关于美国社会的喜剧式的末日来临的看法，他大胆地使用自传体的手法来描述他自己吸毒以及和吸毒者交往的情况。

一九四八年，金斯伯格最终以优秀的成绩从哥伦比亚大学毕业。但是，一位朋友把他的住所当做储藏毒品的仓库，他一方面想为朋友“两肋插刀”，事发后又想逃避起诉，只好承认自己精神失常，在哥伦比亚精神分析研究院住了八个月。

“主观是唯一的事实，我们身体内外六个感官感觉到的东西才是诗。而细节只能是散文的内容。没有空洞的思想。眼睛是可以把所有事物改变的。写诗就像统治国家一样。不要把疯狂藏起来！诗——不是创造出来的客观事物。它是一种精神的变化过程，是一种启发，是人的完整的叙述，是自我语言……”

一九五六年，金斯伯格的第一本诗集《狂笑及其他诗篇》出版。这本书强烈地表达了精神上不满的美国青年的呼声，他的诗加上他的生活方式及外表都触犯了许多保守的个人和团体。这本书还被卷入了一场诲淫的官司，从而成了畅销书，金斯伯格也得以扬名全美国。

人们把金斯伯格第一次朗诵《狂笑》的那个晚上称为“垮掉的一代诞生时的阵痛”，他从此被誉为“垮掉的一代的父亲”。青年人把金斯伯格的公众形象和当时轰轰烈烈的自由化运动联系在一起。比如民权运动、同性恋、生活源于各种形式的冲动——吸毒、超然、东方宗教思想以及后来的反越战等等。金斯伯格有了大量的追随者，他们把他的讲话记录下来,录了音,到处播放,崇拜至极。无怪乎连斯奈德都尊称他为“老师”。

更为有趣的是,从金斯伯格开始,诗从书本上走了出来,走到了公众的讲台上,他把诗歌变成了一种朗诵的艺术形式,到处朗诵自己的诗。而且往往是从念佛经开始,一直发展到现在斯奈德给鲸鱼开音乐会。

金斯伯格还参加过许多放宽精神的社会冒险,有时服用麻醉药,他还曾卷入过多次的政治性或社会性的示威和案件。他已出版了十四部诗集、十四部散文集、十四部选集,创作了六部摄影集,并参加过五部影片的演出。我猜不出他在影片中扮演哪一类的角色,便在小本子上记下一条:争取看一看金斯伯格参加演出的影片的录像。

我只顾研究身边的这位美国诗人,会议已经开始了,由冯牧主持。我提醒自己:今天可要集中精神,会议已进入正题,可以自由发言,中美作家要展开讨论了,看他们都有些什么惊人的高论!

“美国作家都要兼职才能在贫穷线以上,书的稿酬还不够付汽车的保险费。书店订购的书有百分之五十到六十原封不动地退回来,年轻的作家就更困难。”约翰·赫西(John Herser)从一见面就把我称作他的“老乡”,他一九一四年出生在天津市新华路旁边的一幢房子里,一直长到十岁才回到美国。一九七四年他访问中国时去看了一下自己的出生地,那座房子的新主人是位热情的中国老太太,希望赫西能够回去,她可以为他把房子腾出来。赫西一谈起这件事,脸上就现出无限神往和感动的神色。他的座位在我的左边,六十多年前学会的中国话还没有完全忘记,在交谈中他对中国对天津表现出很深的感情。他身材精瘦细长,满头银发,有一副慈祥老者的风度。他在美国拥有七个荣誉学位,他用写作“探讨了形形色色有关人类的课题,并一直保持着清新、流畅和严肃的风格”,“从未流于说教的地步”。一九四五年,他的《为阿丹诺而鸣的钟声》(Abell for Adano)获普利策小说奖。他的另一篇获奖小说《一块卵石》,描写发生在伟大长江上的强烈、庄严而又神秘的生活。他今天的发言,也一下子就把大家的注意力吸引到会议应该讨论的核心问题上——作家和社会生活、文学和人类时代。他继续说：

“作家应该永远是生活的局外人，也就是说永远不满足现实生活，要追求新的生活。小说应当使任何一个读过它的人能够面向他那一个时代的人生，而不论这是个什么时代。”

赫西的话无疑是经过认真考虑的，且有其独到的观察。

小库尔特·汪纳古特发言：“写作是使愚蠢的人变得聪明的一种工作。作家都是人格分裂症患者。文学的作用是什么呢？打个比方：我把一个南瓜举到四米高的空中，然后一撒手，南瓜摔到地上，发出砰的一声。这就是文学的作用。”

礼堂里一阵哄笑。

名不虚传，这位汪纳古特果然才气不凡。他的本意是否认作家和文学的社会功能，却不直说，用尖酸幽默的艺术语言来表达，这和他写作的风格是一致的。这位身高一米九，一头灰发蓬松而零乱，无论从体魄上还是精神上都看不出已经是六十岁的人，他每次发言都力求“语不惊人死不休”。正像他那些小说，用创作科学幻想作品的办法表现当代社会，一九六九年出版的《五号屠宰场》稳固地确立了汪纳古特作为美国当今一个重要作家的名声。“他的想象力、幽默以及既迷人又发人深思的文体受到赞扬”。同时，他也被文学家们公认是一位严肃的作家。这也许是因为汪纳古特所描写的是当代一些关键性问题——技术专横、人们对轰炸的恐惧、最深刻的政治上的内疚、最疯狂的恨和爱等等。

然而，他今天的发言使得他的一些伙伴都不赞成。因为他的观点倘若能够成立，卡曾斯为这次中美作家会议所出的讨论题就变成了一句废话。卡曾斯在讲话时含蓄地、兜着圈子表示了自己的异议。

美国的“曹禺”——著名剧作家阿瑟·米勒则讲得比较干脆：“作家的作品比任何炸弹都更有威力，作用更大，永久不休，否则，文明就很脆弱了。一九五六年我被判过刑，因为我拒绝说出在作家会议上看到的那些被认为是资助共产主义者的人们的名字，被判为蔑视国会罪。

一九六五年我又拒绝了白宫的一次邀请，由于在越南的悲剧，这种场合使我感到心情沉重，我不能扪心无愧地去参加。当枪炮轰鸣时，艺术就在死亡。而且生活的法律比任何执法吏所能想出的东西都要强得多。”

且不说米勒的文学主张，他被判刑一事以及白宫请他去做客，他拒绝这种荣誉，现在都成为他的骄傲，成为他作为一个剧作家的人格的有力佐证，这一点叫我感到有趣。

更为有趣的是，美国作家团的内部观点发生了分歧，我们则不必吭声了，在旁边看乐儿吧。美国这些老兄并没有统一的组织，他们并不认为自己就代表美国、代表某一团体或某一组织，他们只代表自己。没有任何义务要维护主席的尊严、同伴的脸面等等。有人几十年也没有开过这么长的会，这次能坐住屁股开三天会，可谓是破天荒的不简单了！谁也管不了谁，谁也不能约束谁，大家都是有教养、懂礼貌的，相聚一堂，完全靠思想、智慧、感情和个性相互配合，不存在外界压力。会议结束，大家四散而去，谁也不承担任何责任。我想着他们这种“沙龙”式的作家关系，不禁暗自笑了。

就在这时候，我的团长冯牧点到了我的名字，他说我和张洁在中国拥有广大的读者群，希望听听我对这个问题的意见。

我当然有自己的看法。汪纳古特使会场的气氛轻松了，这气氛对我有利，因为我喜欢斗智式的说笑，而不会一本正经地进行严肃的讲话。

“对于作家来讲最困难的事情就是谈论自己，给自己的劳动下定义。每个人都可以按照自己的理解给文学戴上各种不同颜色的帽子。我对文学的理解就是：不断地探索人生的奥秘，开拓人们的心灵世界。这种探索和开拓必须在形式和内容上不停地突破和革新。

“文学就是整个的活生生的人，是整个的世界，不要把文学看得太单调！最不懂文学的常常是作家，也就是所谓制造文学的人。文学的社会功能是什么？当你非常疲乏的时候，让你洗个热水澡，轻松一下，这是文学；当你困得睁不开眼的时候，给你冲一个冷水浴，使你清醒一下,这也是文学;热得大汗淋漓的时候,送一杯冰镇啤酒,是文学;冷得发抖的时候吹一阵热风,也是文学;击一猛掌是文学,亲切吻抱也是文学;可以严肃,可以娱乐,可以哭泣,可以咒骂,什么都可以,这都是文学。

“作家对自己的理解往往和群众对作家的要求不一致。作家不是圣人,作家是当不了圣人的。作家是‘人精’。人对世界上的事情知道得太多,就会变得老奸巨猾。作家就是知道事情太多的那一类人。然而,如果作家都是傻瓜,大家对世界上的事情都一无所知,那也是人类的灾难。”

我也不知道自己说了些什么,发言结束后,左边的赫西向我伸出手,说我讲得很好。他这样郑重其事地握手祝贺,倒使我不好意思了。其实我的心里很清楚,我没有说什么严肃庄重的话,王顾左右而言他,充其量不过是凑趣。

吃过午饭,会议继续进行。

格雷发言:“我们处在一个不安全的社会。在受困扰的社会里,作家不知道他们要干什么。当政治家创造出一种有远景的政治生活,文学才会繁荣。”

汪纳古特辛辣地说:“美国的作家是非常受宠的,政治家不害怕作家,不管文学。在中国也是这样吗?”

金斯伯格用他特有的直率说得更痛快了:“中国有没有同性恋?你们有没有创作自由?毛泽东犯了什么样的错误?……”

他一口气提出了十几个问题,但和文学关系不大,多是政治性问题。看来挺尖锐,使礼堂的气氛一下子紧张了。实际上,这些问题提得十分幼稚,毫不尖锐,很容易回答。我几乎是好不容易才控制住自己没有笑出声。

人类的灾难之一,就是人为地制造许多隔阂,比如地界、语言、国家、政治、时俗等等,使各种民族之间不能相互了解。任何一个口号,不管其内容多么精彩和深刻,要想超出本民族的界限都是很困难的。口号不能出口。正像许多美国人不是对中国的现实,而是对中国的一些口号感兴趣并进而产生误解一样。作家的心灵如果不是完全自由的,他又怎么能够进行创作呢?可是,文学如同船,是不能离开水去追求自由的。世界上又哪来的绝对自由呢?美国号称“自由世界”,一到晚上却不许我们自由上街,因为不安全。即使在光天化日之下,抢劫凶杀的事情也时有发生。是歹徒的自由世界,善良的百姓就不会自由。这是多么普通的事实,多么简单的道理。作家不应该叫群众害怕,使政治家害怕难道是坏事吗?美国的政治家不管文学,不怕作家,这难道是美国同行的光彩吗?“受宠”到不被答理的地步,实在是一种悲哀!美国作家表现出来的高涨的政治热情,对中国政治的关心远远胜过对中国文学的关心,这一点使我感到惊奇!

其实,在所有的人当中,最紧张的要数卡曾斯先生了。金斯伯格的发言刚一结束,他便小声向冯牧赔礼道歉,认为金斯伯格提出这样的一些问题,使他都感到是一种耻辱,深感对不起中国朋友,他要个别找金斯伯格谈一谈。

我当然知道他是不会私下找金斯伯格谈话的。因为金斯伯格并不受他领导,他对诗人没有任何约束力。在以后的一天多时间里,金斯伯格的发言腔调没有丝毫的改变,证实了我对卡曾斯的猜测。

卡曾斯听到同伴给中国作家出“难题”,为什么会感到紧张呢?据说前几年召开过美苏作家会议,会上吵得一塌糊涂。他可不愿意把中美作家会议也开成那个样子。何况中美两个国家的关系是这样的微妙、这样的敏感,他是个有政治背景的人物,不会让这次作家会议背离美国的总的政治利益。

冯牧叫我回答关于创作自由的问题,我把上面谈到的意思讲了。

卡曾斯为了扭转会议气氛向友好的方面发展,赤膊上阵了:“核武器威胁着全人类的安全,我们的作家,我们的文学,如何为禁止核武器贡献自己的力量,拯救人类。能否请中国朋友谈谈对这个问题的看法?”

这老先生似乎方寸已乱。他当然是一片好心好意,中国对禁止核武器的态度是坚定而鲜明的,世人共知。他提出这样一个问题,决不会使两国作家发生争吵,而只会产生友好的共鸣,加浓团结友好的作料。可是他忘记这是什么场合、什么会议了,一群作家,讨论文学问题,又能就禁止核武器问题达成什么谅解呢?

他的问题应该请汪纳古特先生回答,汪纳古特嘲笑文学的作用是南瓜掉在地上发出砰的一声响声,而他的主席却主张用文学去禁止核武器。请问,汪纳古特的南瓜掉下去以后没有落在地上,而是砸在了卡曾斯先生深恶痛绝的核武器上面,是南瓜把核武器弄湿,使它不能引信爆炸,还是核武器把汪纳古特先生的南瓜碰个粉碎?

我终于忍不住举手发言了,为了不使卡曾斯先生感到太不好意思,我把上面那段话的意思说得更婉转、更柔和。最后说:"我建议关于禁止核武器的问题,还是留待联合国的专门委员会去讨论吧。我倒觉得作家的当务之急是如何拯救文学,文学面临着听觉文艺、视觉文艺以及凶杀、色情等通俗文艺的严重挑战,特别是商业性威胁着文学性,尤其是在美国商业把文学打得节节败退,不知美国朋友对此作何感想?"

我的话音刚落,卡曾斯就接着说:"蒋子龙先生说得很对,我们这是作家会议,不是联合国的禁止核武器会谈,这个问题不再讨论,让联合国的专门会议去讨论吧。"

可是散会后我却受到了中国人的批评,有我的同胞,也有美籍华人学者,说我太硬了,太厉害了,叫美方的主席下不了台了,等等。他们有的直接跟我提,有的到团长跟前"捅棒槌"。金斯伯格对中国作家提出了那么多虽然不一定出自恶意,却不无嘲弄意味的问题,他们似乎没有什么反感,我的回答稍微锋利一些,他们先受不了了!有些并无多少真本事、在美国混碗饭吃的人,他们为了要迎合美国人,无论说出怎样的话,我都可以理解。使我深深感到悲哀的是我的某些同胞!看来应付美国人倒不困难,困难的倒是怎样能取得自己人的谅解和配合。

因此,在这一部《过海日记》中,我决定不惜冒各种嫌疑,如实地公布我在美国各个不同的场合,讲的每一段话,以及美国人和中国人对我这些讲话的反应。读者从中不难看出，一个中国人出国访问，其艰难之处在什么地方。特别是到美国这样一个特殊的国家，各大城市都有中国城、唐人街，你每到一地都不难碰到一群群的中国人，他们可以成为你了解美国的桥梁，也可以成为一堵墙，妨碍你接触真正的美国。

写到这儿感情激动，手中的笔跑题了。现在言归正传。我不能说喜欢金斯伯格，但也不讨厌他。晚上我们一起去赴一位剧作家举办的宴会。在旅馆的门口他看见了我，急急忙忙从兜子里掏出两本他的诗集，右脚蹬在花坛上，垫着膝盖签上他的大名，送给我。其中有一本就是他的成名作《狂笑及其他诗篇》。金斯伯格的手里仍然提着他那把风琴，不论到哪里参观或吃饭，他必带此物，有请就唱，有时不请也唱，甚至在汽车里也一路唱个不停。今天晚宴的主人是个五十多岁的单身汉，自己住一幢楼，楼内陈设相当豪华。他外表诚恳善良，也是个同性恋者，借来和他相恋的男朋友的妻子做今天的女主人。两个朋友一个妻子，这是最现代化的“三角恋爱”。然而三个人却相处得极其友好，殷勤好客，亲如一家。只可惜晚饭吃得时间太长，结束时已近半夜，没有唱歌的时间了。今天晚上却是我们对搞文艺晚会最有恃无恐的一天，因为吃饭的时候我看见电影演员陈冲也来了，有这位姑娘在场，中国人还怕出节目吗？我们可以只管吃饭谈笑了。谁知却没有机会让陈冲在异国他乡又当着这么多中美作家，表现她的演员才能。吃过饭她高声叫喊着一个中国留学生的名字，乘车走了。我也陪着金斯伯格提着他的风琴，悻悻地坐进了汽车。在路上，我鼓动他放开了喉咙。

9月23日

作家们喝完了酒之后

为期三天的中美作家会议只剩下最后一天了。卡曾斯十分谨慎，冯牧有大家风度，作为出色的作家，两人都不缺乏应有的才气，他们小心翼翼地掌握着会议的方向盘，寻找共同的目标，向友好的彼岸行驶。会议平静地进行着，大家发言很踊跃，都不失儒士风度，没有热烈的争论，没有激动人心的场面。真正关于文学的问题讨论得并不是很多，更谈不上深刻，这可以叫做“外交场合的文学讨论会”吧！生活在不同民族、不同国家、不同社会制度下的作家们，要想聚在一起深刻地讨论纯文学的问题，显然是不大容易的。

米勒提出了“工具论”的问题。他主张不要把戏剧变成宣传的工具，应该变为莎士比亚的剧场。

格雷提出了“人性论”的问题。人类所具有的好的品质是动物中最高尚的禀赋；人类身上丑恶的东西也是动物性中最丑恶的。然而，人性——是各民族所共有的，但各有区别，内容和表达的形式也不尽一样。这位女士最后的两句话打动了我，她说：“写作是很痛苦的，有时要哭三四次。但作家不写的痛苦会更大，我们所以要写，是因为我们有良心。”

赫西重申自己的主张：作家在自己的土地上总感到是局外人，因为他们身上都有一种叛逆性。

金斯伯格坚决反对李瑛在发言中提到的文学要为人民服务的观点。他说：“文学为人民服务，人民犯了错误怎么办？难道要文学为错误服务吗？事实也是人民经常犯错误。‘为人民服务’的理论没有把天和地连接在一块。”

……

遗憾的是这些问题都未能展开深入的讨论，时间不允许了。

中午在凯蒂博物馆的餐厅里用饭，我同梅缵月和一对年老的美国夫妇坐在一个餐桌上。几天来，这对形影不离的老夫妇引起了我的注意，开会的时候他们坐在台下旁听，吃饭的时候（任何一个宴席）都少不了他们。他们总是默默的，很少说话。他们是什么人呢？和这个会议有什么关系？

我们今天坐在同一张小饭桌上，要想不说话是不可能的了，那显着太缺礼貌。然而美国女人要比男人更热情,老太太首先打破沉默:“你的发言很精彩,想不到中国作家讲话这样幽默,有风趣,有自己的个性。”

她以前可能以为中国人都是干部腔,千人一面了。

在交谈中我才知道这位老先生叫瑞德,是联合国难民基金委员会的副主席,是这次会议的赞助单位,也就是出钱的。难怪大小宴会必须请他们到场呢。

在美国进行各种各样的募捐是很平常的事情,团体也好,私人也好,只要想出个名堂,写出详细的报告,就可以找资本家和有钱的单位捐款。资本家为什么愿意“出血”呢?他们捐了款就可以少上税或不上税,经济上并不吃亏,还落个好名声,何乐而不为!

饭后花两个小时参观了凯蒂博物馆,没有什么值得一记的地方。建筑格局造作而粗俗,收藏的东西真正有价值的也不多。博物馆的主人当过加利福尼亚州的州长,每年他只是收基金的利息就有两千多万美元,可想而知他是什么样的富翁了。钱多得无处花,于是便建造了这样一个附庸风雅的产物——凯蒂博物馆。话说回来,有钱人搞这样的附庸风雅未尝不是一件好事。

当我们回到那个可爱的礼堂,离闭会的时间还有一个多小时了。出于礼节,冯牧和卡曾斯让三位列席代表每人都做了一个简短的发言。聂华苓讲了还不到五分钟,都是很得体又很合时宜的客气话,也符合自己的身份。这是个撒得开、收得拢、善应对,具有相当指挥能力的女士。从她能冷静地估计自己的写作前途,毅然把大部分精力放在操办国际写作计划上,广交天下作家,就可以看出她的精明和干练。她的《桑青与桃红》在中国青年出版社出版时,她做了很大的删节,当我对照原文知道她删去了哪些内容时,佩服她的气魄和果断。她了解美国读者,也了解中国读者。

两位主席最后都发表了才气横溢的结束语,给这次中美作家会议一个十分圆满的结局。卡曾斯最后的一句话非常准确地道出了大多数人的心情。他说:“……好像会议刚刚开始,却不得不结束了。我们大家相处得有了感情,又不得不分手了。"

会议闭幕以后,一直不大肯多讲话,讲究衣着举止、文人风度十足的哈里森·索尔兹伯里(Harrison Salisbury)却动了感情,他说这是他参加过许多作家会议中最成功的一次会议。他的观点和卡曾斯的主张是很接近的,这和索尔兹伯里的经历有关,他是个著名的新闻记者,在苏联工作了很长时间,出版过关于苏联的畅销书,是美国首屈一指的苏联观察家和《纽约时报》客座社论撰稿人,也曾当过美国文学艺术研究院的主席。他的文学主张很明确:"笔比剑更有力量!"

晚上,一个电视剧作家在家里举行宴会,庆祝中美作家会议胜利结束。主人准备了茅台酒,几杯酒下肚,作家们都微带醉意,纷纷站起来祝酒。祝酒词也花样百出,有的说故事,有的讲笑话,有的发表精辟的言论。金斯伯格拉着女翻译余珍珠一定要叫我猜个谜语,他吹嘘说这个谜语讲了二十年了,没有一个人猜得破。我也跟他吹牛,说从三岁起就猜谜语,还没有碰到过猜不破的谜语。他说,把一只五斤重的鸡装进了一个只能装一斤水的瓶子里,你用什么办法把它拿出来。我想了想,这显然是不可能的,就说:"你能把鸡装进去,我就能把它拿出来。你用什么办法装进去,我就用什么办法拿出来。你显然是用嘴皮子装进去的,我就用语言这个工具把它拿出来。"

金斯伯格哈哈笑了,伸出大拇指。论幽默,讲笑话,猜谜语,这对中国人来说是最拿手的,岂能被他难住。

但最精彩的还数汪纳古特的祝酒词,他说:"因为我们会议的成功,我得到最新情报——第三次世界大战不会再发生了!"

大家都笑了。这个人真厉害,要散场了,借着酒意,还不忘刺一下主张用文学反战的卡曾斯先生。可是他对茅台酒说了一句不大恭敬的话,却遭到了主人的一顿臭骂。主人高声说:"汪纳古特对于喝酒简直是狗屁不通!"

大家又是一阵哄笑。

几天来,任何场合都没有出现过这样热烈欢快的局面。在回来的路上,梅缵月对我说:"看来不给作家喝茅台酒是不行的,作家一喝茅台就放松了,才气就出来了。”

当我们向汪纳古特告别时,送给他一点纪念品。他显得很激动,顺手抓过一瓶酒塞给了一个朋友,打开抽屉拿出一件没有拆封的上衣给了我,然后又从床上抓起一件穿脏的衬衣塞到吴强的怀里。像运动员在球场上交换运动衣一样,贴肉的衣服只能送给最亲近的朋友。

这时候,汪纳古特显得天真而可爱了。

而金斯伯格则用紧紧的、长久的拥抱来告别,但他那乱草似的大胡子可真叫人受不了。

9月24日

乐园艺术

昨天晚上回到旅馆。急急忙忙打开电视机,调好频道,报纸上预告要播放电影《愤怒的葡萄》。不假,确实是《愤怒的葡萄》,但播放不了几分钟便插进一大堆广告,不仅把电影的内容切割得七零八碎,如果照这样的速度播放下去,一个半小时的电影五个小时也放不完。我实在忍无可忍,看着手表做了一下统计。在半个小时内,电影只播了十三分钟,广告倒播了十七分钟。

美国是一个商业化的社会,任何事业只要能赚钱就能发展。资本家要求文学艺术为商业服务,用金钱收买艺术,又把艺术变为赚钱的工具。

格雷嘲笑赫尔曼·沃克(《战争风云》和《战争与回忆》的作者)的作品是粗劣的、没有文学价值、是毒害人民的鸦片的时候,顺便向我讲了这样一种情况:美国的出版商可以用广告把一部质量低劣的书哄抬成畅销书,他们像推销物质产品一样,揣摩读者心理,进行市场预测、市场调查,由他们定主题,甚至把情节都规定好,然后指派作家去写。作家不跟出版商签订这样的合同,他就不出版你的书。文学变成了一种买卖、一种工业。

我在会议上曾向美国作家提出过这样的问题:到美国好几天了,参观游览,看电影,看电视,开会讨论文学问题,稀奇古怪的事见到不少,就是没有看到不受任何干扰的真正的文学艺术,美国的文学艺术面临着完全被商业化的危险。美国作家没有回答我的问题,相反,倒勾起他们的一肚子牢骚。

今天,我们游迪斯尼乐园,我忽然对这个问题有了新的理解。

乐园对赫鲁晓夫关门

正像有人知道美国有个好莱坞,而不大知道有个洛杉矶一样,迪斯尼乐园(Disneyiand)的名声越来越大,甚至超过了好莱坞。每天参观迪斯尼乐园的人就远远超过了参观好莱坞的人。洛杉矶因为有了它,正在吸引着越来越多的游客。在国内尚未动身的时候,一些到过美国的朋友曾跟我谈起过这个迪斯尼乐园,建议此处不可不看。来到了洛杉矶,向我推荐这个乐园的人就更多了,有些美国人甚至以此为荣。这当然不是没有道理的,其中很有说服力的一条就是——凡到美国来访问的各国重要人物,大多数都要看一看迪斯尼乐园。而且有的人是某一些国家的首脑人物,他们提出了参观迪斯尼乐园的要求,还不一定准能看得上。

这真有点故弄玄虚,给迪斯尼乐园又披上了一层神秘色彩。信不信由你,梅缵月向我讲了一个故事——

世界上曾经出现过一个几乎是比迪斯尼乐园还要出名的人物,叫赫鲁晓夫。他在演说时据说是用皮鞋当惊堂木敲击讲台,震惊了世界。他在访美的计划中有一项是游玩迪斯尼乐园。美国政府的官员到迪斯尼乐园去联系(这个乐园是私人的,政府无权下命令叫他们非接待不可,所以只能用“联系”这个词),想不到迪斯尼乐园的负责人对赫鲁晓夫不感兴趣,拒绝接待。也就是说,他们拒绝按接待国家元首的特殊规格接待赫鲁晓夫。美方官员不好对赫鲁晓夫实话实说,只能找一个能说得过去的理由,希望他放弃游览迪斯尼乐园的打算。赫鲁晓夫的气魄世人都有所闻,越是不让他看越发逗起了他的兴趣,他坚持一定要看看这个迪斯尼乐园。

无奈,美方官员第二次去找迪斯尼乐园的负责人谈判。乐园是自由开放的,人家花钱买票,你没有道理拒绝。迪斯尼乐园的负责人回答得更妙:"你们要领他排队买票入园,请只管来好了,何必找我?但迪斯尼乐园游客如云,乐园里不负责他的安全保卫工作,出了问题由谁承担?"

这一板把美国国务院叫住了,最后只好叫赫鲁晓夫坐上直升机,在迪斯尼乐园的上空兜了一圈儿。看看,乐园里不光有"乐",这里还受世界政治气候的影响。这下倒非去看看不可了!

走后门有方

见惯了北京王府井和天津劝业场的人,乍一到洛杉矶简直觉得是"如入无人之境"。大街上闲逛的人很少,偶尔碰上个把人也都是行色匆忙;一个个偌大的超级市场里也没有多少顾客光顾;饭店里更是清静安闲,人们随去随吃,都是招待员等顾客,决用不着顾客等座位……我就纳闷:美国的人都到哪儿去了?他们也是两亿多人,洛杉矶又是美国的西部大城,难道就没有那种万头攒动、摩肩擦背的场面吗?

要看这样的场面就得去迪斯尼乐园。

九月下旬,已不再是参观游览的高峰季节,每天仍然还有五千多人要拥到这儿来。到夏天,据说每天至少要接待一万人以上。以前买一张票只管进大门,到里面想看各种精彩的项目还要另外再花钱买票。现在只要花十四美元买一张票,进去后随意游玩,一天的时间只能看几个主要的地方,要想看得仔细玩得尽兴,就得花三天时间。

迪斯尼乐园的轮廓呈桃形,像挂在洛杉矶脖子上的一串项链。迪斯尼乐园的创建人原是个聪明的画家,而他的聪明就表现在十分清楚地知道自己在绘画上不会有杰出的成就,于是异想天开地萌发了要建造一座乐园的念头。他的画家的想象力和绘画的基本功,用来设计一个能赚钱的游乐场还是够用的。他的游乐场不仅要使孩子们感兴趣，更重要的是要做到能够吸引所有的人，这样才能打得开局面，使生意兴隆。他邀集了一些具有专门知识的工程技术人员，设计方案，制定规划，起草报告，筹募资金。然后在洛杉矶郊外购置了一大片空地，用了一年零一天的时间，世界上最大的游乐场就诞生了。当然，迪斯尼和他的同事们也因此而发了财。

迪斯尼乐园建成以后果然吸引了各式各样的游人，成年游客多于少年儿童。游乐场门前有一个巨大的停车场，还有一个托狗所，因为狗不得入园，那些出门离不开狗的先生太太们，只好另外再花一笔钱，把心爱的宝贝托人看管起来。迪斯尼乐园周围和游乐场里面的一切商业福利设施，全由迪斯尼乐园独家经营，游客入园不得带吃的喝的，以免破坏游乐场的清洁卫生。园内有服务周到的商店、食品店、饭店、酒吧、饮水亭，出售各种纪念品的售货台更是到处都有。迪斯尼乐园越出名，水涨船高，它的纪念品就卖得越多，价钱也越贵，李準花六美元买了顶草编的鸭舌帽。这才叫会做买卖哪，一招鲜，带起了一大片。迪斯尼处处为游客着想，也就等于处处替自己多谋利。因为游客玩得痛快，游得尽兴，欢欢乐乐，心甘情愿地把一张张美元送进了迪斯尼的计算机。

游乐场里可称得上是人山人海，乐园的中心有一个很高的像跳伞塔一样的建筑，它携带着各式各样的飞行器在空中飘旋，人们坐进去可以享受模拟航天飞行的快乐。比航天塔矮一层的是空中吊斗。坐进吊斗可以绕着迪斯尼乐园的上空滑行，俯瞰游乐场的全景。吊斗的下面是电气火车，比火车更矮一层的是地面游动摇篮，全家人都可以坐进去，其滋味有点像煤球上了输送带。还有火箭、直升机等。这是地面以上的五层游戏。游乐场伸到地下几十米，有古代的河道、鬼宫、地府等等。迪斯尼乐园是一个精巧的立体大玩具，也是一个立体的赚钱机器。

在游客多的时候，乘火箭、下地狱、游古河道等，在每一个精彩节目的入口处都得再排两三个小时的队。幸好我们享受了赫鲁晓夫没有享受到的待遇，游乐场派出了一位专门负责接待贵宾的办公室主任和两名女职员为我们导游。我们十来个人分成两队,一个导游率领一队。女职员领着我们并不是走后门,同样也是走前门,却可以不排队,又不会引起其他游客的注意和不满。奥秘在哪里呢?它的门前用栏杆编成了几十个九曲十八弯的小胡同,一般的游客只能随着大流,在一个或几个小胡同里排队而进,如果你自己任意乱钻,很可能钻进死胡同,还得再退回来,更浪费时间。它的原理很有点像中国渔民用苇帘子在水塘里插成一个迷魂阵,鱼儿游进去就游不出来了。而渔民是知道这迷魂阵的出口和进口的。在迪斯尼乐园各种门前的那些小胡同里,就有几条属于是这种迷魂阵的性质。女职员穿着和其他游客一样的衣服,领着我们从一个十分清静的小胡同钻进去,七绕八绕就到了最前面,而别人还以为我们是排队进来的哪。因为每条胡同都弯弯曲曲,前面看不到后面,后面也看不到前面,这就叫浑水摸鱼!有几个聪明胆大的美国游客,跟在我们后面,也毫不费力地就混了进来。

看来凡是人太多的地方,就难免不开后门,无非是巧妙不同罢了。

上午没有看几个节目就到贵宾餐厅用饭。饭后乘火车去林肯纪念馆。一路上女职员老是嫌我们这支队伍走得太慢,她走几步就停下来等一等,笑着说:“如果按你们这种走路的速度,今天能看到的东西就更少了!”就用这种四平八稳的速度,等到我们下了火车,忽然发现把陈白尘老先生给丢了。

这下可麻烦了,大家都很着急,陈白尘年纪大,又不懂英语,真是叫天不应,呼地不灵。在这个游乐场里找人如同大海捞针,大家分几批去找,一个个跑得满头大汗,结果都败兴而归。我们游兴全无。最后决定由美国朋友分头去找陈白尘,由梅缵月领着我们继续参观。

起死回生的玩笑

林肯同华盛顿、杰弗逊一样是美国人心里的骄傲,到“林肯纪念馆”里坐上半个小时,是参观迪斯尼乐园不可少的节目。

“死后原知万事空”——这是过去。现在,人死了以后,还不知道后人怎样折腾你哪!

瞧吧,早在一百多年前就已经做鬼的林肯,现在又活转来了。他腰板挺直地坐在一把古旧的椅子上,这也许是他就任美国第十六届总统时常坐的那把椅子。他双腿叉开,两手呆板地分放在两个膝头上,神色严峻,两腮和下巴上留着棕色的胡子——这胡子还是在他竞选总统的时候一个美国小女孩劝他留起来的。那个小女孩写信给他,说如果林肯留起胡子,她就会动员全家人和自己的同学都投他一票。他按照这个小天使的话做了,果然当上了总统。他一副深思熟虑的样子,目光锋锐地望着大家……

大厅里的观众发出一阵阵轻声的惊叹:呀!太像了,跟真的林肯一模一样!

其实,目前还活在世上的人,没有一个见过真实的林肯。大家不过是根据照片,根据各种资料,再加上大脑的想象,觉得眼前坐在台上的就是活林肯。因为这个复活的林肯经过了迪斯尼的艺术加工,从精神到外表都进行了集中概括,甚至比林肯还林肯,更符合大家的心思。他嘴唇嚅动,开始讲话了:"人人都追求自由,却没有谁能够说清楚这两个字的含义……"

正是那段著名的为世人所传诵的讲话。

他讲话胸音很重,声调深沉洪亮。这一刻坐在大厅里的人,没有一个会认为面对他们讲话的是个机器人,林肯的演说引起了游客感情上的交流,连我都觉得林肯没有死。他这不明明还活着,正在讲出一句句富有深刻哲理的名言嘛!

人死后有几种处理办法:火化、埋葬、冷冻、把遗体放进水晶棺长期保存。目前还都不能使人起死回生。现代科学技术帮助迪斯尼另外又制造了一个新的林肯,达到了以假乱真的地步,给人一种死而复生的错觉。仿佛一下子让时代倒退了整整一个世纪,大家好像置身在一八六〇年的美国土地上,这种效果真是奇特!

林肯讲着讲着,居然从椅子上站起来了。他身材高大,看上去结实有力。但动作迟缓,显得有些僵硬。导游小声告诉我,林肯活着的时候就是这样一副慢腾腾的样子。

林肯讲到激昂处，又向前跨了两步，这使我头皮发麥，毛骨悚然。因为他这个动作使我想起刚才导游讲的一个故事——

有一天，也是当林肯站起来的时候，突然断电，林肯笨重的身躯失去控制，猛地向前扑去，发出扑通一声巨响！没有电，连纪念馆的大门也打不开，黑糊糊一片，观众只好在座位上等待。几分钟后故障排除了，电流又给了林肯以生命。他高大的身躯猛然挺立起来，肩上却没有脑袋！观众发出一阵惊叫，他的脑袋在刚才倒下去的时候摔掉了。电灯亮时，林肯的大脑袋正在前排观众的脚下滚动，嘴唇颤抖，还在振振有词地讲着那些发人深省的话。大厅里乱作一团，孩子们被吓得哭了起来，成年人却不无悲哀地笑了。

对伟人的尊重，变成了对伟人的亵渎；对前人深怀敬意的纪念，变成了一场玩笑。机器人做得再像，也不是真正的林肯！这场意外的事故却引起人们的深思：以假可以乱真，但假毕竟不是真。能够乱真的“假”，是最大的虚伪！人死后究竟是一把火烧个干净，不留一点痕迹在人间好呢，还是借助现代科学技术，制造个替身，搞一场自欺欺人的起死回生的游戏更好？

物质不灭。对人体本身来说似乎正相反，永存的应该是精神，而不是躯体。

迪斯尼建造一个机器林肯，目的恐怕不是为了让林肯永存，而是借林肯的复活给游乐场增加一项更为吸引人的节目。伟大的林肯先生死后还成为一些聪明人手中赚钱的工具，也是他生前所料想不到的。迪斯尼的高明之处在于，这样做对林肯、对人民并无害处。他奇特的设计受到了人们的称赞。

制造刺激和恐怖的艺术

也许有人对这种情况不理解：为什么有那么多人花钱去寻找恐怖，心甘情愿去接受惊吓？

当人们觉得世界是一片混沌，对社会失去信心，精神颓丧，忧心忡忡，就要去寻求惊吓和刺激，去接受困扰和震惊，用以逃避孤独，消除郁愤，抵御寂寞，这是现代西方文明的一个重要标志。

迪斯尼懂得绘画和电子科学，更了解当代社会的精神面貌和人们的心理状态。因此他的游乐场并不以“乐”为主要手段，调动各种“艺术手段”，采用各种科学技术，制造强烈的刺激效果，追求令人震惊和毛骨悚然的恐怖气氛——这是迪斯尼乐园的拿手好戏，这一部分也确实吸引了最多的游客。

我们同行的有十几个人，敢于乘坐火箭遨游太空的只有四个人。而白人游客则认为，不坐火箭等于没有来过迪斯尼乐园。等着坐火箭的人，排了长长一大队。这就是东方人和西方人的区别。据说，美国的强盗也喜欢把东方人作为自己拦路抢劫的目标，一是东方人身上喜欢带点现钞，二是东方人到关键的时候不是舍命不舍财的，而是宁丢钱不丢命。

梅缵月告诉我，她每次逛游乐场非坐火箭不可。这跟她的性格有关系，同时也说明强刺激的诱惑力：刚下火箭的那一会儿说以后再也不坐了，没过多久又非常想再去体验一次。

火箭刚一启动的时候，速度不十分快，冉冉上升，身如轻烟，渐入星际，奇妙的宇宙景物全铺在眼前，碧空渺渺，星光耀霞，卫星缓缓而转，流星则急如闪电。星际变化无常，两眼为之迷离，构成奇妙大观！

火箭的速度越飞越快，乘客们很快就没有心思观看两边的景致了。火箭忽而垂直上升，忽而陡然下跌，要不就飞速地拐一个大锐角弯。我们的脑袋一会儿朝上，一会儿朝下，两耳呼呼作响，两眼昏花。要不是保险杠卡得牢靠，身体早被甩出了火箭，掉进可怕的星际之间了！当时真是撒手闭眼，把自己这一百多斤都交给它了，这才叫花钱受洋罪哪！

心想，时候不短了，应该减速了。谁知火箭不仅没有减速，又来了个可怕的急转弯。又想，这回大概差不多了，刚才也许是转最后一个弯了。一个念头还没有转完，火箭又连续拐了三个急转弯！一次又一次地盼着它该结束了，它却还在加速。这种“好吃多给”的强刺激，真是对心脏和大脑的最严厉的考验。下了火箭我才知道，当时四个人中（梅小姐除外），只有我还睁着眼，其他三位都闭上眼睛，听天由命了！

当我们回到阳光灿烂的地面上，人人都显得脸色发青。

至于参观“地府”，就更像是一种胡闹了！

在通向地狱的大电梯内，四面都挂着美丽的女人和英俊的男人的画像，五颜六色的灯光把他们装扮成一个个有立体感的活人。随着电梯往地心越走越深，这些人物的嘴脸逐渐变得狰狞可怖，最后变成了一个个厉鬼，张牙舞爪，随时都可能向你扑过来。

最后电梯停住了，在鬼哭狼嚎般的怪叫声中电梯的铁门无声地打开了，迈出去便是阴曹地府。真是人间地狱只有一步之隔。我们坐进带转椅的东摇西晃的小车，晃晃悠悠地就进了鬼的世界。

大鬼、小鬼、老鬼、新鬼、鬼司令、鬼卒、男鬼、女鬼、恶鬼、饿鬼、色鬼、屈死鬼……哎呀，真是五花八门，各色各样的鬼。奇形怪状，东流西窜，阴风阵阵，鬼影幢幢。有的鬼哭，有的鬼笑，有的鬼嚎，有的鬼闹，时而尖厉刺耳，时而轻如唿哨，使人毛发倒竖！有时你的椅子被魔鬼们推得左右旋转，东倒西歪；有时鬼影居然爬上椅子挤在你身边；有时从对面的墙上忽然看见你自己的面目，正被一个龇牙咧嘴的恶鬼掐着脖子……当然这一切都是“鬼把戏”，胆子大的人只觉得新奇，不会感到太大的恐怖。

但是，有一个古代的舞厅，却搞得不可思议，把鬼府的恐怖气氛推向最高潮。你睁大眼睛认真看，舞厅里什么也没有，空空如也。转眼间，人影晃动，杯盘叮当，乐声阵阵，双双对对的古代男女翩翩起舞。再仔细看，人影又没有了；你的头还没转过去，鬼魂又出现了。这种似有似无，恍恍惚惚的东西，比能看见形体的鬼更叫人可怕！

很快我就弄清楚这个鬼府的“社会结构”了，不论下油锅，锯大腿，还是掏心挖肝，迪斯尼完全是按照人世间的模式设计的这个阴曹地府。鬼也分三六九等，有权大权小，有位高位低；鬼也争权夺势、钩心斗角、分帮拉派、图财害命。恶鬼欺侮老实鬼，坏鬼欺侮善良的鬼。

迪斯尼的地狱真让人开了眼界。他是想借这些“鬼把戏”发人深省吗？还是纯属搞一场恶作剧，为了赚钱？

人失去了血肉就变成鬼，不管多么漂亮的人物，变鬼以后就无比丑恶了。迪斯尼的地狱想告诉人们:人的生命和鬼的生命是一致的,上面是阳世,下面是阴世;阳世有啥,阴世就有啥;人即鬼,鬼即人,人间地狱一般同。

荒谬实属太甚,可很多游客走出地狱之后都点点头,不错,有意思。险而后乐,怕而有趣。正是这些惊险、恐怖、刺激的内容,增添了迪斯尼乐园的魅力。

看加勒比海盗怎样攻城

这更像是一场粗劣的骗局。

我们乘小木船,沿着游河,经过剧烈的起伏颠簸,驶向遥远的中世纪,去会见有名的加勒比海上的海盗。

最先看到的是海盗的巢穴,里面堆满抢来的金银珠宝。守着堆积如山的财宝,海盗们却过着半原始的生活,一个年轻的海盗患了疟疾,倒在一块山石旁,身子缩成一团,不停地打着寒战,神态生动逼真。

所谓"海盗攻城",不过是一出机器人的闹剧。加勒比海盗驾驶着巨大的木帆船,围住了一座城堡,用大炮向城里轰击,用火枪、弓箭射杀守城的卫兵,海盗们在船上喝着酒,吃着烤肉,对着城堡高声叫喊:"赶快开门投降,否则杀进城去,把你们统统烧死!"

城堡里男女老幼团结抗敌,当然免不了会有一两个贵族想献城投降,充当奸细。市长身先士卒,奋不顾身,最后终因寡不敌众,城堡被攻破。海盗们冲进城来烧杀抢掠,奸淫妇女,他们把女人追得满街跑。海盗们以杀人取乐,把市长吊在高杆上,杀死后又抛进深井。城堡变成一片废墟,到处燃起大火。海盗们洗劫了城市,围着火堆庆祝胜利,他们狂饮、狂笑、狂舞,因分赃不均又拔枪火拼。最后,侥幸免于一死的海盗被关进了监狱,而且看守监狱的不是人,是一条狗,监狱大门的钥匙就被这只狗咬在嘴里。海盗们手里拿着一块带肉的骨头,从监狱的铁栏杆里伸出手去,想把看门的狗引过来,夺过钥匙,那只狗却对他们不理不睬。结论是:恶有恶报!

这手法同好莱坞拍摄电影《星球大战》的手法是一样的,也许还是好莱坞从迪斯尼乐园得到启发。他们究竟谁先谁后,不得而知。所不同的是:一个用科学技术幻想未来,一个是用科学技术再现历史。

但迪斯尼并不想严肃认真地告诉人们一段历史,选取具有强烈传奇色彩的加勒比海上的海盗生活,再现当时的环境气氛、自然景物以及人们的生活习惯,这不言而喻会引起现代人的兴趣!人们是不愿忘记历史的,对历史同对未来一样具有好奇心。迪斯尼充分地利用了这一点,让历史为自己的游乐场服务。

迪斯尼乐园的中央大街设计得也很巧妙,站在街口往里望,街道又深又长,似乎通向很远很远的地方,街道两旁是古代的建筑——商店和住宅。其实走起来只有几步路,短得很,也别致得很。节省了占地面积,又增加了神秘感。每隔一会儿,大街上就走过一队古代的乐手,他们穿着古老的骑士般的服装,奏着洋鼓洋号,迈着整齐的步伐行进。大街上还不时跑过一辆辆古代英国式的马车、皇家包车,赶车夫一身古式装束,游客可以自由坐上去拍照。或者坐着马车在游乐场里兜风,尽其所乐。古代的士兵、警察,在大街上巡逻。一切都模仿古代,仿佛这个游乐场是一块历史的遗迹,这不但使游客感到了极大的兴趣,也给游乐场增加了一种奇妙的历史色彩。

历史的饭大有可吃。

在"民歌演唱馆"里,用半个小时就把美国二百年的历史演唱了一遍。每一个不同的历史时期,都有其代表性的民歌,把这些民歌串起来,一首歌换一个自然背景,歌手全部由半人化的动物扮演,边唱边舞,再配上现代化的机关布景、灯光色彩,就把每一个时期的历史内容、历史背景、自然环境全都生动活泼地表现出来了。既欣赏了美国历代的优秀民歌,又了解了美国的历史。

把历史知识趣味化,明朗而健康。在这个大杂烩式的游乐场里,对人们不是全无教益的。

乐园里还有个催人泪下的节目

迪斯尼游乐场里确实还有一些内容严肃、形式活泼、具有丰富知识性的游艺项目。

“儿童世界”里用生动活泼、载歌载舞的形式,介绍了世界各地区和各民族不同的音乐、舞蹈、服装打扮和生活特征,欢欢笑笑,充满快乐。乘船游古老的密西西比河,则可以饱览几个世纪以前的河两岸风光。漫游热带的原始森林,和各种各样的动物打一番交道,更是妙趣横生:狮子、老虎在山崖上暴跳如雷,抖尽威风,真恨不得把游人一口吞掉;三四条巨大的鳄鱼,突然钻出水面袭击我们的小船,尖利的牙齿几乎要咬住坐在船头的人;躲过了鳄鱼又碰上了洗澡的象群,一条条如同炮筒一样的象鼻子吸满水,然后对着我们的船喷射;一条犀牛把五个印第安人赶上了一棵枯树,最后一个人向树上爬得稍微慢了一点,险些被犀牛的利角刺穿了屁股……真是险象丛生,站在船头的导游不得不连连开枪射击,才吓跑野兽,保住了游客的安全。

迪斯尼就是用这样的办法,把历史的知识、大自然的奥秘,揭示给孩子们。

“全景电影馆”是用立体电影介绍美国最著名的自然风景、历史名胜、优美建筑等一切值得美国人骄傲的东西。开阔而又深远的视野,真实而又富有强烈立体感的衬景,运用现代摄影技术表现出来的景物,使人比身临其境感到更真实,看得更清楚。我亲眼看到的华盛顿纪念塔、白宫、五角大楼等,就远不如在“全景电影馆”里感受得更深,印象更强烈。

看自由女神像,如同真的站在轮船的甲板上一样,微微摇晃着一直驶抵自由女神脚下。游览华盛顿市容,则似坐在汽车里,但只感觉到汽车轻微的颠簸,并不受汽车的局限,使你感觉不到有门窗玻璃,车厢无限大,也无限小,一会儿飞上塔顶,一会儿驶进白宫的里面。参观科罗拉多大峡谷和尼亚加拉瀑布,当然是乘飞机了,飞机升降时身体的失重感和猛烈的晕眩,使观众们在平稳的电影馆里东倒西歪……

不少美国人在看完全景电影之后落泪了,想不到美国有这么多优美的自然风光,有世界闻名的城市,有许多历史名胜和出色的建筑物,他们为美国感到骄傲,迪斯尼在欢欢笑笑、玩玩乐乐的过程中,进行了一种“爱美国”的教育。

我们在走出电影馆之后也听到了一个好消息:陈白尘老先生找到了。老人在见到我们的时候,眼里噙着泪,诙谐地说:“你们丢了一个人,我也丢了一个人。”

有人不解,他解释说:“我掉队了,害得大家四处寻找,岂不丢人!”

大家哈哈一笑,感到陈老特别亲切。

我走出迪斯尼乐园,觉得脑子里装得很满、很杂。从古到今,由现在到未来,天上地下,死的活的,名人伟事,牛鬼蛇神,真假颠倒,以假乱真,这一切又都搞得活灵活现,雅俗共赏。这里有一点科学技术的知识,有一点文化艺术的知识,也有一点历史、自然的知识。据说,现在的迪斯尼乐园比刚建成的时候做了很多改进,增加了不少新的内容。而且根据时代的变化,根据人们生活方式和意识形态的不断变化,揣摸人们的道德面貌和心理状况,迪斯尼今后仍然会不断增加新的内容,采用新的技术,更新和改造游乐场的节目。

迪斯尼也许为有些感到走投无路的艺术家指出了一条出路:出卖艺术,把艺术用做赚钱的手段。在一个高度商业化的社会,纯艺术——不为商业所利用的艺术是很难存在下去的。

然而,迪斯尼乐园里没有真正的艺术,有的是庸俗化了的“艺术”,是一些哗众取宠的雕虫小技,是会赚钱的艺术。

在当今社会,想赚大钱也的确并不是很容易的事情,需要广泛的知识,需要技术和艺术的巧妙配合,把艺术加以技术化,把现代科学技术加以艺术化。一切知识和艺术都是为了谋利。迪斯尼不正是表现出一种高超的文雅的赚钱艺术吗?它毕竟还是有“艺术”的。

迪斯尼乐园是一个小世界,它是一个真实的缩小了的美国社会,而且经过了集中的概括。这个小世界里无奇不有,光怪陆离,倒也不娇气,不脆弱,你愿意怎么搞都行,禁得起折腾。

解剖迪斯尼乐园,有助于了解美国。

9月25日

好莱坞的招牌

今天参观世界著名的好莱坞——环球电影制片公司。汽车开出洛杉矶市区,爬上一个不太高的土山,好莱坞便坐落在这个土山的怀抱里。好莱坞好像是洛杉矶一个独立的区,有人口二十五万,有许多电影制片公司,共有一百八十多个摄影棚。提起好莱坞这个名字,还有一段传说。十九世纪八十年代,有一个名叫威尔科克斯的人来到这里定居,他的妻子把这个地方就称作"好莱坞"——即橡树林的意思。一九〇三年,在这里正式建立了好莱坞城。

我们来到环球公司门口,没有看到堂皇的建筑、漂亮的办公大楼,门口也很随便,既不庄严,也不雄伟,一个出售各种食品、饮料和纪念品的商店代替了"传达室"。站在停车的小山顶,可以鸟瞰整个好莱坞,无论如何也不能把眼前看到的同好莱坞的名声吻合起来,一片近乎于破败萧条的景象,使我惊讶不已。

更令我想不到的是参观好莱坞要花十美元买一张票。进门后有一个很大的广场,广场上停着一列列又矮又长的游览汽车。这里是全好莱坞最热闹的地方了,从世界各地慕好莱坞之名而来的参观者很多。好莱坞投其所好,为这些参观旅游者大开方便之门,设游览车,有导游陪伴,用英语、汉语、俄语等几种语言讲解。在摄影棚里也故弄玄虚地摆出一些花架子,让参观者看看新鲜。总之,是卖好莱坞的老招牌。既然电影业不景气,何不在参观旅游业上捞一把!参观半天要十美元,参观整天要二十美元,要想见见电影明星,需有特殊的关系,托人走后门,也许还要再加钱。这也叫"堤内损失堤外补"。也多亏有这一队队的参观者,这座冷冷清清的电影城才增加了一点生气。

我们这个游览车上坐的都是中国人,除去我们这十来位,还有从香港和台湾来的游客,导游也是中国人,他用中国话解说。当然他的中国话带有浓烈的广东腔。我这次访美可算体会到广东人的厉害了,在香港广东话是官话，在美国会说广东话到哪儿都可以找到老乡。

导游张口闭口喜欢把好莱坞称作“世界电影首都”，把环球公司称作“全球最大的电影制片厂”。他简单地介绍了一下环球制片公司的概况：环球共有三十六个摄影棚，十二号棚是最大的电影和电视的摄影棚，每年生产三十六部长篇故事片，每周生产可供播放二十个小时的电视片。这些电影和电视片有百分之八十五的工作量可以在棚内拍摄，只有百分之十五需要出外景。这就是说电影厂里应有尽有，基本上能满足电影和电视拍摄的需要。他们的技术设备的确是非常先进，甚至导演可以不在摄影棚里进行现场指挥，而是坐在摄影棚外边的一辆指挥车内，通过车厢里一个个排列整齐的电视机屏幕，观察摄影棚内每一个角落的动静，并通过遥控设备指挥现场。把艺术创作变成一种以技术为中心的卖弄技巧的游戏。对导游介绍的他们生产电影和电视片的数字，我却持有怀疑。因为我刚看了一个材料，好莱坞的派拉蒙电影公司也是美国最大的电影厂之一，去年生产的故事片仅十部左右。好莱坞的另一著名的电影制片厂——“佐伊特洛普”，号称是美国最现代化的电影制片厂，其经营老板是美国著名导演弗朗西斯·科波拉，他拍摄的《现代启示录》和《教父》轰动世界，去年的生产量极其可怜，据说《心中人》一片使他破产，把制片厂也卖了。当前美国的电影事业面临着巨大的危机，再加上电视的强烈冲击，电影业正在继续走下坡路，为什么环球电影制片公司独交好运？他们难道有什么回天之术？

我们首先参观了科幻片摄影棚，如同经历了一场“星球大战”的战火的洗礼。机器人、太空人用激光枪开战，一道道激光在参观者耳边穿过，流弹横飞，烟雾弥漫。他们这样安排，是先把参观者吓唬一通，增加好莱坞的神秘感，吸引参观者继续看下去。仿佛这座摄影棚里真的变成了茫茫的太空，星球“金波”上的JEDR骑士团的将领们率领着自己的机器人，同其他各种奇异星球上的怪物展开拼死搏斗，他们的崇高目的是消灭旧银河共和国，建立新的银河体系。太空里也需要有英雄和美人，阿尔迪兰行星上的莱阿公主向沙漠行星上的老骑士克诺比求救,克诺比以激光剑同敌人决斗,反遭杀害。机智的鲁克则护着公主飞向亚班星球。正是这部科学幻想影片《星球大战》一度振兴了好莱坞,大赚其钱,票房收入破电影史上的最高纪录,连电影中的两个机器人也成了家喻户晓的明星。

在这里艺术不是主要的,技术才是第一位的、不可缺少的。因为要挖空心思地设计新的怪物和新的装备。让吸血魔古堡里的环球怪兽,相互厮拼,生吞活吃,造成恐怖局面,光靠艺术家是办不到的,必须求助于工业照明公司、魔术公司、链轮营造公司制造各种机关和灯光布景。再由那些橡胶造型师、凶龙助理、动画技师、机械师等玩弄形象,最后才能达到刺激人的感官、引起人最原始的本能的恐惧以及把人慑服的效果。完全像一种可笑的闹剧场。至于在"动物明星剧场"里观看受过电影专业训练的各种动物,做种种令人叹赏的技巧表演,也使人觉得是在参观马戏团。

之后我们又参观了"特别效果"摄影棚,看到怎样制造电影和电视中的各种特殊效果,"超人"怎样凌空飞翔,武侠们怎样打斗。导游向参观者询问,谁想做超人,谁愿意飞上天空,不妨到前面来试一试,保证诸位先生女士的身体安全。台湾的一对青年男女好奇心大,自告奋勇,穿上超人的斗篷,躺在了"特别效果台"上。我们坐在椅子上,对面是一片巨大的银幕,可以同时放映好几个画面,导游关掉了棚里的灯光。果然银幕上出现了台湾的那一男一女,扇动斗篷飞了起来。我忽然想起轰动一时的电影——《超人》里的故事:美国堪萨斯州的农民乔纳森·肯特,有一天忽然看见了一个被人遗弃的婴儿,他和妻子收养了这个婴儿,并为他取名叫克拉克·肯特。这位克拉克是氪行星上的孩子,体内有特别密集的氪分子结构,成人后刀枪不入,力大无比,神鬼莫测。跑起来比火车还快,两手能掀翻汽车,他绕着地球向西飞转,地球就只得跟着他倒转,时光倒退,河水回流。影片自然不能缺少漂亮的女性,克拉克爱着美丽的少女洛伊丝·兰妮。克拉克平时是个温文尔雅的记者,一披上斗篷就成为超人,飞檐走壁,遨游太空,惩恶扬善,救死扶伤,真是一条"替天行道"的当代好汉!

原来"超人"就是这样制造出来的。这样一种荒诞虚无的说教,却对丧失理想、寻求迷醉、无法发泄苦恼和愤世嫉俗情绪的西方人是一种精神的安慰,因此它受到了不寻常的欢迎。可见西方人的精神同他们的文明一样脆弱!

好莱坞有许多节目是专门表演给参观者看的,给人以故意卖弄、哗众取宠之感,不胜造作,决留不下惊讶赞佩的好印象。

但是,当我们走出摄影棚,乘车参观影城的外景地,一下子勾起了对许多美国著名电影的回忆,在这里看到了那些老电影中突出的景物。环球电影制片公司仿佛把整个世界都仿制出来,搬到了自己的外景地。光是建筑和街道,就有欧洲城、牛仔城、罗马式的、巴黎式的、南美式的、俄国式的等等。全是假的,楼房只有一面,从正面看和真的城堡一模一样,两层高就是两层高,四层高就是真有四层。到后面看就露馅了。

各种各样的植物,有热带的、温带的,从几丈高的参天大树到一丛丛矮小的荆棘,导游告诉我们这是塑料制品,我却仍然看不出假在什么地方。

各式各样的火车、汽车、马车和轮船,从最原始的,到最现代化的,一应俱全。

我们走着走着,突然倾盆大雨自天而降,引得山洪暴发,浊流滚滚,房倒屋塌。汹涌的大水眼看要把我们的汽车吞没,导游一捺电钮,洪水断流,在滚滚浪涛之中渐渐显出一条通道。

火山喷发加上大地震,天旋地转,烈焰腾腾,游客们在车厢里东跌西撞,颇为惊心动魄。

还有,大鲨鱼突然跃出水面袭击渔船;古老而腐朽的桥梁猛地断裂、塌毁;大火烧毁一座城市;利用好莱坞的土山修出了一条条崎岖的山道,在山坡上开出了一片无际的草原……

我在现场目睹这一切尚且感到真假难分,有身临其境之感。倘拍成电影其效果更是可想而知了。真正令人惋惜的倒是有这么好的摄影棚、这么好的技术和设备、这么好的外景条件,却不拍戏,靠卖老本吸引游客赚钱,岂不悲哉!

走出环球电影制片公司,还有一点时间,我们顺路游逛了好莱坞大街。这计划外的“挂角一将”,比计划内要参观的项目更精彩,到洛杉矶可以不看好莱坞,不可不到好莱坞大街一逛。

快要接近大街的中心地段时,大街两旁的便道上开始出现一个挨一个的巨大五星,五星用红色金属片镶嵌而成,在便道的水泥地上显得格外耀眼。每一个五星都是对一位电影、电视或广播行业优秀人物的纪念和表彰。五星的中间有他(或她)的姓名、获得的勋章和奖励的名称,获奖的日期和获奖人的职务的徽记。如果徽记是一架摄影机,说明这位获奖人是摄影师,如果徽记是话筒,获奖人则是个广播员等等。谁有一技之长,在影视界做出了出色的贡献,谁就有权在好莱坞大街上占有一个红五星。开始我看到的都是中间空白的红五星,这是等着新的优秀人物去填满。到好莱坞大街的中心地段,无数的红五星个个都十分充实。我在这里看到了世界闻名的好莱坞电影摄影大师黄宗霑的名字。在国内时,我看过一篇沈善写的文章,介绍了黄宗霑,当时给我的印象很深,在好莱坞证实了这种印象。

一九二二年,黄宗霑把默片时期的大明星明特的“淡蓝色眼睛拍得晶莹透亮乌黑有神”,从此他的摄影技术震惊了世界影坛,开始在好莱坞红得发紫,甚至传出许多关于他的神话,大导演们争相请他拍戏。他从事电影摄影五十七年,“在影坛上叱咤风云,盛名始终不衰”,电影界传诵着他不断创新的佳话,在艺术上精益求精,锲而不舍,老而弥坚。电影发展很快,常把今天的变为昨天的,把现实的变为历史的,“黄宗霑的今天常常是别人的明天,因此他甩下的昨天,就在电影的历史上留下了道道不可磨灭的印迹。从无声到有声,从黑白到彩色,从普通银幕到宽银幕,无论是技术上还是艺术上,他总是走在最前面”(沈善语)。他一生拍摄过一百五十余部长故事片,还有不少纪录片,曾十次被提名为美国奥斯卡最佳电影摄影金像奖候选人,其中两次得奖,分别是一九五六年他担任摄影的《玫瑰梦》和一九六二年的《赫德》。有人对他崇敬,有人对他憎恨,有人对他忌妒,因为黄宗霑是中国人，怀有种族偏见的人在艺术上赶不上他，却把他叫做“黄色恐怖”。他一九七六年逝世，当年七十七岁。这是个多么丰富多彩的人物，一股虎虎生气贯穿了生命的始终。

好莱坞大街上还有一家著名的电影院——中国电影院（听说因生意萧条，原来的中国主人把它卖了，新主人把它变成了专门放映色情电影的X级影院）。电影院门前十分热闹，不论白天夜晚，不管电影院开场还是闭场，总是吸引了一群群的青年人和外国旅游者，他们到这儿来并不都是为了看X级电影，更多的是想看看历届奥斯卡金像奖获得者的塑像。影院前面的广场上竖着几排高大的橱窗，橱窗里的墙壁上镶着获奖的男女主角的铜像。影院门前的水泥地上，印着电影界许多知名人物的脚印、手掌印和签名。还有一些无所事事的牛仔、嬉皮士在这儿游荡，他们倒不招惹是非，也没见干什么坏事，但有一个特殊的嗜好——愿意陪外国游客照相。当我们在奥斯卡金像奖的获得者塑像前合影留念的时候，有个牛仔钻到我们队伍里，我们对他表示了欢迎。

好莱坞大街上还流浪着一些可怜的、无家可归的青年人，他们从其他地方来到洛杉矶，一心想当演员，幻想能成为电影或电视明星。当然，绝大多数人都失败了，有的姑娘流落街头，沦为娼妓。也有个别的小伙子成了男妓，剪着短发，显得挺精神，为有钱的同性恋者服务。

其实，现代的一些影视明星，已不再是粉面小生和玫瑰花式的艳丽妇人，他们的相貌多是平淡无奇，甚至比一般人还要丑。然而他们性格内向，内心复杂，才情出众，精神丰富，表演技巧自然而又富于生活化。在普通的生活故事里扮演普通的人，又能演得不普通，成为公认的明星，这就愈发不容易，要求有炉火纯青的功夫，达到返朴归真的地步。近几年获得奥斯卡奖的演员就是这种人。

要不是主人一再催促，我还想再看一会儿。名和利是拉着美国人往前跑的两根绳。但有一点叫我感动：尊重杰出的人。不管你是什么人，不管你干哪一行，只要你有突出的才能，有卓绝的贡献，你就会受到敬重，受到纪念，千方百计让你在历史上留下痕迹。美国人爱捧名角,而且他们纪念优秀人物的方式也很特别。

有位美国朋友送给我一把小小的塑料尺,成本顶多不过几分钱,长短只有十五公分。上面却印着从华盛顿到里根四十位美国总统的照片,每个总统的头像不过同黄豆粒一般大小。这未免有点小气,或者叫对他们的总统不够敬重。

圣母大学校长办公室的地毯上绣着历任校长的姓名,任人们踩来踏去,女秘书则成天脚踩着她的所有校长。

美国人注重实际,只要能达到纪念的目的,能让人不忘记这些优秀分子,至于形式是不必计较的。

9月26日

快节奏的女博士

我们冒雨登机,离开了洛杉矶。刚才为我们办理行李托运手续,一直送我们走上飞机的,当然少不了梅缵月。现在飞机已经平稳,我解开安全带,打开笔记本,必须记下对这位副教授的印象。

七天前,我们走下飞机刚踏上美国的土地,来机场迎接我们的四个人中就有两个是华裔女士:成露西和梅缵月。她们都能讲一口比较流利的普通话,使我觉得亲切,到了美国的第一个印象是对这块土地并不觉得十分陌生。尤其令我惊奇的是梅缵月的装束,上身穿一件清雅的有浅绿色宽条纹的半袖衬衫,下身着极普通的咖啡色灯芯绒裤,赤脚蹬一双男式棕色方口皮鞋(其实是女式,以后我逛商店的时候才知道)。留着短发,并且没有一丝烫过的痕迹,圆脸,鼻梁上架副发旧的平平常常的黄框近视眼镜,皮肤滋润,透出一种精力过人的红润。脸上不化妆,因此也没有被化妆品烧出的坑坑洼洼、疙疙瘩瘩的痕迹。在众多的花花绿绿、浓妆艳抹的西方妇女中间,她反而显得太突出、太有点朴实无华,完全像个普通的中国女学生。

谁知她的作风却不普通，指挥黑人搬运夫为我们搬行李，把行李一件件装上汽车，她亲自清点数目，请我们逐件核对，忙而不乱，从容可靠。最后又神不知鬼不觉地从口袋里掏出二十块美金，大大方方地，又无伤大雅地塞到搬运夫手里。本来上飞机和下飞机，一行八大位，行李的托运和领取是最麻烦的事情，最让人头痛，语言不方便，作家出访大包小包尽是书，又重又多，老人和妇女提不动，我们几个壮劳力又不可能把每件行李的特征都记住，忙忙乱乱，令人发憷。而梅缵月却指挥着搬运夫做得干净利索，滴水不漏。她好像经验丰富，丝毫不感到紧张和吃力，轻松愉快，干练泼辣。她的动作似乎比别人快半拍到一拍，连她讲英语也比别人快。从她身上可以明显地感到美国社会打快转儿的生活节奏，办事讲究准确和效率。乍一见面我不了解她，心想她这样年轻能干，也许是一位干练的行政办事人员或者是高级女秘书之类的人物。

坐上汽车，她不停地向我们介绍沿途的景物，叙述中美作家会议准备的情况，也没有忘记见缝插针地通知我："蒋子龙先生和张洁女士，明天请你们到我们学校讲话。"

来到下榻的"假日旅馆"，没容大家洗洗脸、喘口气，便集中到梅缵月的房间谈日程。冰箱里有各种各样的饮料，她请大家随意选用。有人看不懂饮料包装纸上的英文标签，谁只要说出饮料的中文名称，她立刻就把饮料送到你的手上。大家都坐定了，只有她没有座位，还差一把椅子。梅缵月下手从冰箱的冰筒里抓了一把冰块放到自己没有装任何饮料的空杯里，像嚼冰糖一样光吃冰。然后双腿一盘坐在了地板上（地板上面铺有地毯），打开英文打字的日程表，又用她那快节奏的语言，滔滔不绝地讲起来。坐累了她就换一个姿势，跪在地毯上。

她大方、随便，甚至不拘泥于小节。讲一阵就要推一推鼻梁上的黄框眼镜。由于别人都坐在沙发里或椅子上，只有她是席地而坐，自然要比大家都矮一块，因此她看人的时候不通过眼镜片，而是像中国的老太太一样从眼镜框的上面看人，两只圆而亮的眼睛直视对方。渐渐地我发现，像其他近视眼的人一样，这是她看人的习惯，即使她和交谈者都一样站着，她看对方的时候也喜欢微微低下下巴颏，让眼镜下垂，双眼穿过镜框的上方盯住对面的人。我每每看到她这副样子，就禁不住想笑。

接来送往、为我们安排吃住等一切琐事是她，洽谈、安排我们在洛杉矶的全部活动日程也是她。而这次中美作家会议的发起人、美方主席卡曾斯，加州大学洛杉矶分校区文学院院长李思，另外还有两位教授，则都坐在旁边静听，她并不一个劲儿地请示卡曾斯，好像这些大事她也完全可以像给搬运夫送小费一样自己做主。看不出她跟卡曾斯、李思之间是上下级或者是暂时的领导和被领导关系。但她决不傲慢，神情和语气都十分得体，自然而又老练。她绝非是一般的办事员，我们遇上了一位“神仙一把抓”式的人物。

几天后我们相处得熟了，她向我做了简短的自我介绍。

梅缵月是广东人，那天她不用舀冰勺而下手抓冰，在刚见面的两国作家面前敢在地毯上打坐，挥洒自如，就暴露出中国南方妇女的泼辣劲儿。但她出生在美国，在香港念完了中学，而后考进美国哈佛大学，并在哈佛获得了博士学位。在纽约工作过一段时间，纽约的生活节奏比美国西部要快得多，因此她比别人说话快、办事快、走路快。前几年她应聘来到加州大学洛杉矶分校任教，她的专业是历史——亚美史、中美史中的侨史。她接待过许多从中国来的代表团，有政府的也有民间的，谢芳、秦怡在她家里包过饺子，宋晓波和穆铁柱都是她的朋友，去年她回北京，还在北京饭店摆了两桌，请她在美国结识的运动员、演员们吃了一顿。这是个经历丰富的姑娘，是个外交型的学者。

梅博士看上去不过三十多岁，还是单身生活。但身上绝少姑娘的娇态、媚态，更少见女性所特有的温柔善感之状。思想极其缜密，工作十分周到，谈笑风生，热情主动，脾气随和。在洛杉矶的七天里，不论是开会还是参观游览，她天天陪我们，同我们接触最多，给我们帮助最大。事无巨细，全由她一人大包大揽，甚至包括联系饭馆、订座位要菜。当我们出钱回请接待我们的美国朋友时，也是由梅博士一手操办，而且根据参加宴会的实际人数，主动出谋划策，和饭店联系，砍掉几个菜,使宴会很体面,又节省了几十块美金。当她带领我们逛超级市场的时候,神不知鬼不觉地买了一瓶茅台酒,直到告别宴会的饭桌上才拿出来,使我们想拒绝都没有办法,只能接受她安排好的一切,事后表示道谢。

这几天中她的事情最多,是所有人中最忙的一个。她不仅不嫌麻烦,而且使人看不出她有劳累和忙乱的感觉,一切都应付自如,从容不迫。她自称是"夜猫子",每天深夜十二点钟至凌晨四点钟之前,是她精神头最好、精力最旺盛的"黄金时间",这也是她写作效率最高的时间。她中午还没有午睡的习惯。可是每天早晨七点半钟我们去餐厅吃早饭,她常常是已经在饭桌前等候了。她的精力之旺盛,使人惊奇,并觉得有点不可思议。

迪斯尼乐园里的火箭令许多男人望而却步,梅缵月已经坐过十二次了,而且每次陪新的代表团参观迪斯尼乐园时,她还非得再坐一坐不可。在这方面她好像有一颗近乎男人的灵魂。我还注意到她的另一个特点:电视机、录像机出了小故障,她手脚麻利,充满自信,三下五除二就能排除。她不怯阵,做这一切的时候充满乐趣。这位女博士真是多面手,生活的能力很强。这也许是叫美国的社会逼的,一个姑娘单身生活不得不这样。林培瑞教授给我讲过一个故事,有一回他卫生间的水龙头坏了,怎么也修不好,便打电话给梅缵月,梅缵月不加思考就告诉他应该到哪个商店去买哪种规格的龙头,如何安装,等等。林培瑞照她的话办理,果然很容易地就修好了水龙头。

但她并不缺少作为女性的细心。我曾向美国朋友表露过,不大喜欢他们现代的摇滚音乐,也不敢对牛仔们唱的歌曲表示赞赏,很遗憾没有听到美国传统的优美抒情的民族歌曲。不久梅缵月就送给我两盘磁带,上面录了美国优秀的传统民歌。美国的普通电视节目里,商业广告占压倒优势,很难看到真正的完整的文艺节目,梅缵月从家里搬来自己的录像机,拿来了《愤怒的葡萄》、《光荣之路》等优秀影片的录像带(录像带里的电影是不受广告干扰的),她还向我推荐必须看一部反映美国纺织女工生活的电影。她的理由是:我是写工业题材的,应该了解反映美国工业题材的文艺作品。她的这番好意是不能拒绝的，实在是盛情难却。可我又知道她太忙，不愿给她增加新的麻烦。每天开会、参观访问、参加宴席等等节目结束以后，差不多就得到晚上十一点多钟了，再到她房间看一到两部电影，我们掌握在不超过凌晨两点钟离开她的房间。她果真是越到夜里精神越好，索性赤着脚在房间里忙来忙去，接电话，打电话，安排明天的活动，处理各种杂事。她干着这一切事情并不影响给我们当翻译。我们听不懂美国原版电影中的对话，她几乎能把每一句话都能译成中文，往往听了上句就把下句也译出来了。有时她在干别的事情，分不开身，只看一眼屏幕就能讲出下面的故事。她喜欢艺术，喜欢音乐，她的记忆力实在惊人。

但尤其令我惊讶的是她的成熟和老练。她和我们相处得很熟，作家们很随便，她也喜欢讲话，她却从来没有讲过一句不得体的话。美国的风土、人情、历史、风景名胜、趣闻轶事，她什么都讲，她的知识面很宽。可是对中美作家会议，对两国作家的发言，对两国的关系，对有可能引起误解的一切微妙的敏感的问题从来不讲，别人议论时她也决不插言。她一方面叫人觉得随和亲切，一方面又叫人觉得城府很深。她不可能经历过多次的“政治运动”，为什么这般年轻就如此地练达、有理智，一切都应付得那么滴水不漏呢？这也许跟她的文化教养、个人经历和美国式的社会生活不无关系。

当我登上飞机的舷梯，望着梅小姐的身影，心里涌起一股感激之情：她无疑是一个干才，可以成为出色的学者，或者是外交家。美国有她的事业，她对美国也许比对中国更熟悉，但愿她成功、快乐、幸福……

9月27日

美国医院——可怕的乐园！

爱荷华医院是美国的一所一级医院，它不仅为爱荷华州的人看病，每年还要接待近五千名从美国其他州来的病人。医院院长卡拉敦先生向我们介绍的时候说，美国有些重要的人物和某些外国的国家元首，也到这个医院治过病。

爱荷华医院有两幢连接在一起的九层大楼，外观华美，呈乳白色。西楼是老楼，东楼是新楼，连在一块，变为一体，难分新旧。医院的创办人从一打基础时就为将来的发展留下余地，现在的医院主楼也未“封顶”。楼顶的材料分四层，水泥板上面是泡沫塑料，再上面是胶，表层是石子。什么时候医院再扩大，掀掉石子就可以接着往上盖。楼顶上可以起落直升机，以便遇到紧急情况时接送病人和药物。

医院周围有水池、喷泉、草地、花木，幽静而秀丽，医院内真称得上是一尘不染，窗明几净。为了节约能源，门和窗都是三层玻璃，全楼密封，用调节机调节空气和温度，室内没有任何不良味道，光线充足，空气新鲜。楼内的结构很像个“而”字，前面的“丁”是挂号处、小卖部、会客室、游艺室以及医生们的活动区域。在医生们的活动区域里有无数间漂亮的小房子，是个像蜂窝一样的迷魂阵，有写作室、休息室、研究病历进行学术交流的房子，有喝咖啡听音乐的地方，有给学生和实习医生讲课的教室。在东楼的第一层有一个非常漂亮的三角形休息厅，厅里摆着盆景和艺术品，十分考究。休息厅的面积本不很大，由于三面墙都从地板到楼顶镶上了大镜子，一下子使大厅变得宽畅又亮堂。东楼是卡拉敦盖的，他经营医院有方，使医院不断发展，赚了很多钱。因此医院把那个豪华的三角形休息厅命名为“卡拉敦大厅”。后面的“四”就是治疗区。每一竖儿都代表一条又长又宽阔的楼道，楼道两旁是诊室或者病房。楼道不是筒子形，隔不远就有一个圆形小广场，这叫“中心控制室”。值班的医生和护士就在广场旁边的房子里，广场周围有四五间病房，多的有七八间病房或者诊室，这就算一个治疗单元。这个小广场用处很大，病人活动，医生会诊，给学生讲课，坐在中心控制室里可以观察每个病室的情况，抢救急病人时这个小广场还便于医生护士奔跑，有充分的回旋余地和使用空间。每一条楼道，有好几个这样的治疗单元。整个治疗区里用不同颜色的地毯区分出门诊区、住院区和教学区。

美国的医院不是害怕病人、讨厌病人，也不应付病人，见了病人不是恨不得快一点把他对付走，而是千方百计吸引病人来治病，来住院。医疗设备自不必说，我看到的爱荷华医院的每个内科病房里只有一个病人，旁边有一张陪伴者的床，病房里有输液的、输氧的、测心电图的、量血压的等种种先进器械，有平时用的，有应急用的。那些为病人的生活服务的东西，或者说没有什么用处，纯粹是讲形式讲排场的东西就更多了，每个病房都有电视机、急呼机、电话机、自动调节病床、冰箱，卫生间里带澡盆等等。儿童住院区乍一看就像进了儿童游乐园，各式各样的玩具在病房里摆着，在病床上空吊着，小病人往任何一个方向看，都会看到适合他们心理特征的图画或有意思的小玩意儿。连楼道里和中心控制室的窗前都画满适合儿童看的装饰画。十三至十七岁青春期病人的住院处，专门设有游艺室，游艺室里有弹子球、组合音响、电唱机、图书、画报、画色和纸笔等。

爱荷华医院里还设有一个特殊的职务——“艺术调节员”。爱荷华州的州政府规定，一切部门必须把建筑费用中的百分之零点五用在艺术上。如卡拉敦大厅共花费二百四十万美元，其中拿出十二万美元买成各种艺术品装饰大厅。这一条规定实在不错，爱荷华医院共有雕塑、绘画等艺术品九百件，每年还要花一万五千美元购买新的和维护原有的艺术品。医院内的墙壁上、走道里、房间内随处可见各式各样的艺术品。医生的家属和病人的家属也时常赞助一些钱给医院添置艺术品。在一楼的走道里，摆着一百多双吓人的、同真人的手一模一样的手模型，这些都是名人的手，有艾森豪威尔等几位美国总统的手，有爱因斯坦等大科学家的手，还有著名音乐家、运动员的手。这是本医院一个骨科医生做的，他有这种业余爱好。“艺术调节员”还负责每星期为全院职工和病人安排一次艺术表演，或者开音乐会，或者请外地的剧团、乐团来表演。医院的生活也算是丰富多彩，颇为艺术化了。

我问在爱荷华医院进修的中国医生：“美国人为什么要搞许多华而不实的东西，把医院办成一个游乐园呢？”

“这是个可怕的乐园，是个谁都不愿意来的乐园！”

“嗯？”

“我们转了这么一大圈儿，你难道没有感觉吗？医院条件很好，医疗器械很先进，病房很多都空着，病人不多。”

“这是为什么？”

“美国人最怕生病，医疗费太贵……”他有一回牙疼，到牙科检查了一下，拿点药，就花了三十美元。平常头疼脑热，一进医院的门没有四五十美元出不来。要是得了该住院的病，甚至需要做点小手术，那至少也得一千多美元。如果是大病，需住较长时间的医院治疗或者动大手术，那就不可想象了，几万，乃至十几万都是它！

原来羊毛出在羊身上，医院的规格的确够高，医疗费也高得出格了！

所以美国人大多数都买医疗保险，买了保险再看病就由保险公司花钱。保险分两种，大病的保险和小病的保险，小病的保险不管治大病，大病的保险也不管治小病。我们一到洛杉矶，听说梅缵月就替我们买了短期医疗保险，这也是未雨绸缪。美国的保险真是五花八门，演员保脸，运动员保腿，农民保房子、保地，等等。

美国用于医疗和保健的费用比世界上其他任何国家都高，根据他们联邦政府公布的数字，一九八一年全国医疗费是两千八百七十亿美元，比国防费用开支还高，平均每个美国人一年要付医疗费一千二百二十五美元。

因此，在美国行医收入是很高的，普通医生年工资约为十万美元左右，医学专家或出名的外科权威，年工资可达三十万美元左右，远远高于美国总统的工资。如果是私人开业的医生，收入就会更高，美国约有七千家医院，百分之九十五是私人医院。

随之而来的是医学界剧烈的竞争。据说美国的医药协会掌握在精明的犹太人手里，犹太人当医生的很多，在各地掌握着医疗大权和培养医生的权力，他们让每年从医学院毕业的新医生的数量永远小于美国实际所需要的医生的数量，物以稀为贵，这样就可以保持医生的高收入。美国的大学里有规定,不许外国的学生学医和法律。犹太人是抱团的,影响力很大。爱荷华医院里收入最高的是教学医生,一般都是副教授。美国的医学院学制为七年,毕业后还要经过七至八年的特殊技能的训练,才能成为真正能独当一面的主治医生。爱荷华医院的护士,也都上了四年护士学院,一个个年轻而漂亮,工资很高。从上学一直到工作,都是在激烈的竞争中求得自己的生存和发展。

美国有十家教学医院,爱荷华医院算一个,它的旁边就是爱荷华大学的医学院。参观完毕,我坐在卡拉敦大厅里等候落在后面的人,颇有兴趣地打量着稀稀落落进来挂号看病的人,他们是按照自己姓氏的第一个字母在挂号处领取一张卡片,不到一分钟就办好了看病的手续,如果是老患者,当他坐到医生面前的时候,他的病历已经在医生身边的电视屏幕上显示出来了。人越少,自动化程度越高,效率越高。

我等得心急,看见沙发旁边的茶几上摆着一摞硬纸的印刷品,我以为是广告之类的东西,拿起来一看,是医院为方便病人和家属自己印的“日报”。“日报”只有十六开大小的一张硬纸,可以折叠,两面印刷,上面有当天的天气、气温、重大新闻和本医院的重要活动。他们真是把点子都想绝了,怎样方便病人就怎样干。医院的“艺术调节员”递给我一杯冰镇橘子水,我这才发现挂号处的旁边就是一个小卖部,出售各种食品和饮料。透过玻璃窗还可以看见医院后边的花园里摆着几十张洁白的餐桌,那是医院开办的露天饭馆。医院里开饭馆,使我禁不住笑了,因为想起了一句老俗话——

“为人多病,因在贪吃”。

政治家谈“政治”

晚上爱荷华州的议员金女士请我们吃饭,在座的还有另外一男一女两位议员,他们年纪在五十岁上下,都是民主党党员。饭前饭后大家向三位议员提出了不少问题,他们也用政治家那种特有的半似直率半似狡猾的口吻做了回答。我把这场谈话的要点整理如下:

问:来到爱荷华看见的尽是玉米地,你们只种玉米吗?

答:爱荷华的玉米是世界第一的。

问:像您这样一位太太怎么会想起要去参加竞选呢?

答:当我们决定了要去竞选,就像作家一样进行虚构,说是朋友们让我竞选的。政治是自发的运动。我们也许是想为群众做点好事,谁知道呢?办成以后也许是坏事。

问:议员的主要工作是什么呢?

答:议员的主要任务就是影响自己的选民。

问:《爱荷华日报》今天在头版头条的位置登了一张狗的照片,而许多重要的新闻却放在了并不重要的位置上,这应该怎么解释?

答:我最关心的是新的税收法,我正为此而努力。而这些事情是很难登上报纸的,两人打架就可以立刻发消息。生理上的问题是很容易上报纸的,思想上的东西就很难上报纸。美国新闻关心的是个人,花边新闻,趣闻,丑闻;中国的新闻关心的是社会,是集体,是国家。

问:您能用最简单的语言解释什么叫政治吗?

答:我们周围都是政治,就像鱼被水包围着一样。什么是政治呢?打个比方——你要捡我的东西,我就捡你的。美国人不是不关心政治,而是不知道应该怎么办,只是抱怨。

问:这又是为什么呢?

答:对政治失望,失去信心。

他们说话简练含蓄,有时一针见血,有时说出的话则像绕圈子。

9月29日

“附庸风雅”辩

“附庸风雅”是个贬义词,按中国人的解释就是——有钱人为了装点门面,故作斯文,谈诗论古,购书买画,以示炫耀。美国的阔佬儿不少,附庸风雅者甚多。有人不太阔,有时也打肿脸充胖子,附庸风雅一番。有的是一个单位,集体附庸风雅。我想为这股风说点公道话。

比如,洛杉矶的亨丁顿公园、凯蒂博物馆,也许就是附庸风雅的产物。但确实保存了一部分文化遗产,这有什么不好?爱荷华医院设"艺术调节员",楼上楼下挂着不少他们自己认为是艺术品的东西,也许这些艺术品在真正内行的艺术家眼里并没有什么艺术价值,也值不了几个钱,但这些东西确实调剂了医院职工和病人的精神生活。这难道不是一件有益的事?

昨天晚上,在爱荷华音乐中心看芝加哥交响乐团的演出,指挥是意大利人,是含蓄的、内向型的指挥,最后演奏了《贝多芬第六交响曲》,聂华苓说这是全美最好的乐团。我却觉得不及小泽征尔指挥的波士顿交响乐团。小泽征尔的指挥风度是外向的,奔放有力的,也许他对每一首曲子的主题稍稍做了一些夸张,但这样更便于听众感受和理解,更容易煽起听众的热情。小泽征尔善于先声夺人,一下子就抓住听众,在很高的起点上掀起更高的热潮。而芝加哥乐团的指挥却似乎是用自己的低潮一点点铺垫自己的高潮,用自己的平庸衬托逐渐显露出来的才华,先叫观众失望,最后再叫观众觉得还不错。然而这和附庸风雅有什么关系呢?我在今天的日记里想要说的还不是对芝加哥乐团的印象,给我感受最深的是台下的观众。看一场交响乐团演出的票价,几乎等于看一场电影的十倍(我们的座位在后边,一张票还要二十五美元)。在美国看电影从来用不着提前买票,或者站在门口等退票,随到随看,有时电影院里只有几个人。而看交响乐需提前预订座位,剧场里没有虚席,有人甚至开着汽车跑四五个小时来看这场演出。演出原定晚上八点钟开始,在八点钟之前观众全部坐好了,走道里无人走动,没有晚来的人在黑暗中寻找座位,或者让其他的人都站起来容他挤进去等等。大厅里一片安静,静静地等待着台上的大幕拉开。十分钟过去了,二十分钟过去了,半个小时过去了,大幕还没有拉开。美国人是讲实际、讲效率的,一般地讲时间观念都很强,性格比较直率,是敢怒敢笑敢说敢骂的,这样没头没脑、不明不白地空坐了半个小时,没有人大声喊叫,没有人吹口哨、鼓掌和起哄,大厅里仍然没有人走动。就这样默默地又等了十五分钟，到八点四十五分的时候，大幕掀开一条缝，钻出来一个人，他解释说乐团的汽车走到半路上车胎放气，故而迟到了。这实在不算个理由，即使如此也应该早报告一声，不能让大家傻等。尽管这样，观众席上只有人发出一阵轻轻的笑声，没有人叫嚷，没有人抗议。差五分九点钟的时候演出才算开始，而且前面演奏的几个小曲子也实在稀松平常。但是观众表现得很有教养，很懂礼貌，每一支曲子演奏结束后都报以热情的掌声，至少要让指挥和首席小提琴手谢幕两次。我感动了，到美国这么多天以来，第一次发现了美国的社会生活中毋庸置疑的好的一面。

演员身着黑色燕尾服，显得高雅不俗，舞台上有一种古典的庄重的气氛。能够配欣赏这样的演出的人，似乎也应该是高雅的、风度不凡的。节目好不好都要鼓掌，不是为了演员，而是为了自己，显得自己懂音乐，有修养。为了形式，为了礼貌，不惜到做作的、虚假的程度。这算附庸风雅吗？如果算的话，剧场里多一点这样的附庸风雅无论如何不能算是坏事！

今天参观的迪尔公司，可以说附庸风雅达到了登峰造极的地步。它的总部大楼其建筑本身就是一件艺术品，样式古怪，结构奇特，全部用经过防锈处理的钢和玻璃建成。从外表看黑糊糊，呈“H”形，并不漂亮。到里面去却别有洞天，富丽堂皇，光线明朗，地板上铺着黑色大理石，幽幽发亮，踏上去如同在镜子面上行走一般。办公大楼的中间，人工地造出了一片“小自然”，有假山假石，亭台楼阁，小桥流水，各种开放得正灿烂的奇花异卉。主人告诉我，这儿的鲜花一年四季永远开放，春天有春天的花，冬天有冬天的花，春夏秋冬花色不同。“小自然”里并不栽培花卉，当鲜花要凋谢的时候就把它起走，从别处把含苞欲放的鲜花再移植过来。站在这里有一种置身山野的感觉，四周阳光灿烂。其实这里同大楼的其他房间是一样的，全部密封，春夏秋冬保持恒温，只不过头顶上多了一个人造小太阳。这一切也许造得太漂亮了，反而使人感到有些美得过分，不自然，不舒适，人工雕琢的痕迹太重。礼堂和餐厅更是豪华到近似奢侈的地步，而且一切都要讲究别出心裁,与众不同。餐厅里的饭桌上不像其他饭店一样摆鲜花,而是在花瓶里插一束黄色的干花,干净优雅,别有一番情趣。餐厅的房顶是平平的,没有一件东西,像一片蓝色的天空。每张饭桌的中央有一个用不锈钢做成的类似火锅一样的东西,实际里面是个小探照灯,把灯光打到屋顶再反射下来,白天使人好像站在阳光里,晚上则显得灯火辉煌,光怪陆离。

楼里楼外,装饰着许多现代派、抽象派的绘画和雕塑。迪尔公司接待来访者、参观者,或者请人来谈买卖,先让人家参观它的总部大楼和楼内外陈设的各种艺术品。向人们赠送公司产品的说明书,还要随赠两册印刷十分精美的画册,上面印着迪尔公司收藏的各种艺术品的彩色照片。这些艺术品替迪尔公司装潢门面,成了他们炫耀自己的一种很"艺术的手段",证明该公司文明先进,殷实可靠。更重要的是让它的职员热爱自己的公司,喜欢自己工作的环境,为公司感到自豪,进而把身家性命和公司的命运连在一起。职员们走进办公大楼,如同跨进一个令人心情愉快的艺术博物馆,对他们的气质、心情和工作效率都会有好的影响。这样的附庸风雅有何不可!

有人向迪尔公司的董事长兼总负责人威廉·A.休伊特先生推荐一幅中国画,他叫人把画先送来,一个人关在屋子里对着这幅画看了一个晚上,琢磨来琢磨去,第二天决定买下这幅画。但谈判的时候却讨价还价,最后只花了一万多美元就成交了。这幅很普通的中国画目前就挂在迪尔公司的大楼里,主人却很得意,喜欢向客人们介绍这幅画。在二楼楼道的显眼处,还挂着一条用毛笔写成的中国字,内容我记不准了,是类似顺口溜的几句诗。这是中国农业方面的一个代表团,访问迪尔公司,想购买他们的农业机械,团里偏巧有位能写两笔大字的人,于是在迪尔公司的大楼里,便出现了一件中国书法的艺术品,不过只是三四流的作品。

像迪尔公司的这种附庸风雅,同近几年来西方富豪们争购艺术珍品的狂热是不一样的。据报载,去年五月,纽约拍卖市场抬出了一幅毕加索自画像,这幅画像作于一九〇一年,当时毕加索还是个生活寒碜的无名之辈，画也很简单粗糙。想不到这幅画像，竟以三千万法郎的高价拍板成交，打破了二十世纪来油画交易的最高纪录。这些阔佬儿们收购名家作品或者宝贵文物，并不是出于对艺术的酷爱，而是囤积居奇，想以后换取更多的金钱，做艺术品的投机生意。他们和附庸风雅是两回事。迪尔公司的大楼里虽然琳琅满目，但真正价值连城的艺术珍品却一件也没有。如果有的话也不敢摆在楼道里，要锁在保险柜里，安设防盗和报警的设备。那样的艺术珍品实际已不属于大众了。属于大众的只要这三四流，甚至更低的货色就行了。像迪尔这样一个机械公司，把工作环境布置得充满艺术趣味，让工作和生活艺术化，实际就是“文明生产”嘛，就是行为科学的一种具体应用。

但是，像这样附庸风雅要有一个前提条件，公司必须经营得好，多多少少总得拿出一点钱来才能购置艺术品。另外，公司(其他单位也一样)的负责人还必须有一点“艺术细胞”，他得走这种脑子，有这根肠子，哪怕是一知半解也行。就怕不知不解，根本就没有“艺术”这根神经，以“老子是大老粗”自居，更谈不上对“风雅”要“附庸”一下了。那才真是“没治”了！

迪尔公司的发家史富有传奇色彩。

距今一百五十年前，美国佛蒙特州有个聪明的铁匠，叫约翰·迪尔，他感到在东部不能施展自己的才能，便携带家小来到美国腹地正待开垦的伊利诺斯大草原。他支起铁匠炉，成功地锻造出第一把钢犁，为正在艰难地开垦草原的农民们帮了大忙，铁匠的名字很快在草原上传开了。迪尔不断根据农民们的需要改进农业工具，发明新的农具，越干他的事业越大。他打破了美国十九世纪中叶在生产组织上先接到订货单，然后再投入生产的惯例。迪尔掌握了市场的需求，在收到订货单之前就开始生产这种产品。到一九一一年，迪尔家族合并了六家生产农业设备的公司，诞生了现代的迪尔公司，成为能生产全套农业设备的制造厂商。一九一八年，又取得了(也可以叫吞并、击败竞争对手进行收买接管)沃特卢汽油发动机公司的所有权。从此，拖拉机又成了迪尔公司的基本产品。现在，迪尔公司成了世界上专门生产农业设备的最大的公司之一，同时，还生产建筑和伐木工业机械。它向一百多个国家出售产品，总是以世界市场为对象，制定发展、制造及推销产品的各项政策。因为它在加拿大、联邦德国、法国、阿根廷、意大利、西班牙等十几个国家里设有工厂和经销部，所以迪尔公司对它的资源是进行全球性管理的。

迪尔公司在全世界各地雇有职工近六万人，其中大部分是在美国和加拿大的工厂里。迪尔公司是个拥有大约三万名股东的公开股份公司，由一个被股东选出的董事会所管理，董事会由十五人组成。董事会选出负责公司日常工作的高级管理人员，由二十三名高级职员组成。迪尔公司总负责人的变化也很有戏剧性。一百五十年来共有六任总裁，前五任都是迪尔家族的人，老迪尔死后传给他的儿子，他的儿子没有生儿子，只有四个女儿，只好传给女婿。依此类推，有儿子传给儿子，没儿子传给女婿。到一九五五年，公司实行现代化管理，扩大经营，就不能任人唯亲了，只能任人唯贤，于是选了个外姓人。但迪尔的名字如同该公司的产品和飞鹿商标一样，知名于全美国。公司的职员一提到约翰·迪尔，都非常敬重。大厅里挂着历任总裁的画像。现在的公司总负责人休伊特还是美中贸易全国委员会的董事长，一九七三年访问过中国。

当前，美国的经济萧条也没有放过对迪尔公司的冲击。今天，公司的负责人只和我们匆匆打了个照面，便去和工人代表谈判，如果谈不成，明天全公司的工人就要罢工。结果是谈成了，因为国际间、公司间的激烈竞争把工人和公司给摽在一起了。倘公司垮台，工人就什么也得不到了，因此谈判变成劳资双方相互商量，怎样让公司维持下去，结果是双方都做点让步，工会居然把以前已经得到的权利又让出了一部分。这个公司蓝领工人的平均工资是每年两万到两万四千美元。

他们有一种胳膊断了往袄袖里吞的劲头，表面上仍然支着个大架子，不了解内情的人，是看不出他们正处在一种困难的关头。公司分管接待的负责人，领着我们到处参观，详细讲解每一项产品的内容，专为我们放映介绍他们公司的历史和产品的电影，电影早已配上汉语解说词。他们真会做买卖，也真会宣传自己。明明知道我们是作家代表团，看那劲头也恨不得让我们能买它两台联合收割机。下午派专门的游艇载着我们游密西西比河，游览美国这条著名的老人河，并欣赏了两岸的风光及夜景，在船上吃晚饭，饮酒唱歌。美国之音和《美洲华侨日报》的两位记者现场采访，其实这也是一种附庸风雅。因为我多次游过长江，觉得密西西比河跟长江比差远了，不论是比河流的气势，还是比两岸的景色，长江都远胜过密西西比河。密西西比河是被马克·吐温写出名的。

9月30日

出尽洋相的作家们

今天下午两点半钟，由国际写作计划主办，聂华苓主持，在爱荷华大学里召开了一个"中国作家座谈会"。在这个会上的主讲人本应该是五位参加这一期国际写作计划的中国作家：陈白尘，刘宾雁，还有台湾省的老诗人杨逵，现代派诗人管管和他的妻子袁琼琼。偏巧我们也在爱荷华访问，便一块被拉到了会场。虽然是列席代表，也被安排坐到前面。前面是"讲话席"，坐到这样的席位上就得讲话，即便是客套话也得说几句。我不知道我的同事们怎么想，我心里觉得好笑，我们有什么好讲的呢？

台上一拉溜排开，共是十一位作家，再加上聂华苓和四名翻译，阵势真够威武的。可是下面的听众却不足一百人。

聂华苓宣布开会，自然免不了要有一段开场白。大意是：非常荣幸，今天有十一朵中国花在爱荷华开放。这十一朵花就是来自中国大陆与台湾的十一位作家。他们都是优秀的作家，他们的作品无论在内容、题材或者表达形式上，都各具特色。二十世纪是受难作家的世纪，在座的绝大多数作家，多多少少吃过不少苦头，叫人感到痛心与不平。经历这场苦难,所得到的代价是——锻炼中成就了一代优秀的作家。

最后她要求在座的每一位作家都必须讲话,题目是介绍自己在文学上的成就。但每个人的讲话不得超过五分钟,一到五分钟她就摇铃。由参加写作计划的作家先讲,顺序是杨逵、陈白尘、刘宾雁、管管、袁琼琼,然后才是应邀访美的中国作家代表团的成员讲话。从团长冯牧往下轮……

杨逵一口台湾土语,他讲话时要有两道翻译,先由一个能听懂他的话的人把台湾土语翻译成别人能听懂的半拉咯叽的普通话,再由英文翻译把这半拉咯叽的普通话译成英文。老先生已经七十二岁,身材瘦小枯弱,精气神还好,别人穿着单衣,他是毛衣毛裤,早晚还要穿上中式小棉袄,头上戴着一顶毛线织成的"一把抓"小帽。这次他参加为期四个月的"国际写作计划",是由儿媳妇陪伴来的。儿媳妇也有五十岁左右,一副老实厚道的样子。不论任何场合,她寸步不离老公公,服侍很周到,令人感动。特别是在美国这样一个基本上是各人顾各人的社会,从这一对公公和儿媳身上体现出来的中国式的传统家庭道德和伦理关系尤为突出。

更为可贵的是杨逵身上似乎还保留着中国农民般的正直和朴实,他一见到我们就十分亲近,言谈举止都很随和,跟着我们一块参观访问,在爱荷华期间他几乎成了我们团的一个成员。没有隔阂,没有猜忌,没有顾虑,不计较身份,对冯牧像我们这些正式团员一样表现出十分的尊敬。他找我们要书,也把他的书送给我们。当冯牧说要从他的著作里选出一些作品,在北京出一本他的作品选时,杨逵十分感动,他表示如果这本作品选能出版,他不要稿费,希望把稿费全部买成书,赠送给大陆读者。

当我听完他的发言,就愈发觉得他可爱,并且应该受到尊敬。他从童年讲起,目睹了日本鬼子对中国人的屠杀,心里便埋下仇恨的种子,以后选择了写作的道路。可是这条路也叫他吃够了苦头,在台湾的监狱里被关了十四年,前年才被放出来。这是位历尽坎坷的作家,他本身就是一部台湾省活的历史。在聂华苓摇铃两次之后,杨逵不得不匆忙地结束了自己的讲话。

同样也是七十岁挂零的陈白尘老先生,在讲话时也超过了限定的时间,被聂华苓摇铃警告过一回。我觉得聂华苓不分作家年龄的大小,一律都只给五分钟是不公平的,老作家经历丰富,著作也多,介绍起来自然就要多费一点时间,应该多给几分钟。

刘宾雁讲得干脆而又精彩,他说:“我写的东西,不知该叫什么,小说?报道?我的职业是记者。我有二十多年不能写作,没有想到能重写。到目前我还不明白,为什么一九七九年我会再写东西。因为我心里曾以为中国的文学已经没有希望了。我写的东西是着重把一个事件揭开,比报纸上的新闻详细,我致力于写出为什么会有这些事情发生。我在作品中告诉读者,我们正常的社会生活受到了破坏。读者会理解到问题不在出了一个贪污案件,而是社会生活中有许多地方需要改造。我知道,这样写会触犯一些人,他们会不高兴,会告我的状。所以,我一面写,一面为自己做律师。幸好,我们有好的法律,保护了我,使我还可以继续写,还可以继续触犯一些人……”

没等摇铃他的讲话就结束了。

下一个是管管,这下可热闹了。这位先生穿一件灰色大褂,像个说相声的,其做派和表情又像个变戏法的。他站起来离开座位,从大褂口袋里摸出一张纸,这是他写的歌颂爱荷华的诗。为了表示现代诗人的怪诞,用火把这张纸的四边烧得像狼撕狗咬般地不整齐。他高举着这张纸,用京剧里道白的声调开始高声朗诵这首诗。而且上一句用花脸的腔调,下一句就用老生的腔调。连说带表演,装腔又拿势。偏偏此公的嗓子又不作脸,嘶哑而干燥,他只顾自得其乐,不管别人的耳朵和神经吃不吃得消。有人哄笑,有人感到作呕,有人开始退场。好不容易盼他朗诵完那首不算短的颂诗,早已经超过五分钟了。他开始介绍自己,他在台湾还参加过电影的演出和拍摄工作,而且带来了由他参加演出的电影拷贝,如果有人想欣赏,他可以出借。讲着讲着,他觉得还没过足戏瘾,又站起来表演了一段京剧《李逵下山》里的那一大段念白。哎呀，我真受不了啦，替中国的京剧艺术抱不平。他可以糟蹋自己，何必要糟蹋京剧呢？已不知道聂华苓是第几次摇铃了，管管双手一抱拳："请华苓大姐高抬贵手，再给我几分钟。"

他既然如此健谈，我只好暂时告退。因为我笑也笑不出，坐又坐不住，不如到外面喝点水，呼吸一下新鲜空气。

等我坐回原位的时候，管管的表演已经结束了，他的太太袁琼琼正在发言。看上去她只有三十多岁，也许要比她的丈夫年轻二十岁。这位女士似乎很为自己的丈夫得意，她称他"有点怪异。但正是在他的影响下于五年前我开始写小说，我是为丈夫而写作。写了两年后就连续得了三年《联合报》的小说奖，有人说我是习惯性得奖者。我的名字叫琼琼，在中国词典里这个琼就是宝贝、美玉，所以我有福气……"

真是夫唱妇随，天造地设的一对。

前两天我在聂华苓家里看过《联合报》，这是台湾省台北市的一家报纸，它设有文艺副刊。这个副刊为了吸引读者联络作者，对它们约来的稿件经常举办评奖活动。我也有幸读了今年袁琼琼获得《联合报》小说乙类奖的作品《妈妈》。小说借一个小男孩儿的口吻，叙述他因为长得漂亮，又烫了头发，常被同学们嘲笑，骂他"不男不女"。再加上功课不好，挨了老师的打。而他的母亲却十分溺爱他，常常"乱七八糟地"把他"按到床上亲"。他的妈妈很年轻，穿着牛仔裤，有一头漂亮的长发，像个电影明星。始终没有在小说中出场的"爸爸"，老是揪"妈妈"的长头发。因此"妈妈"的生活无聊而寂寞，常常白天睡大觉。在跟儿子的亲热上也不大正常，有一次甚至逼他走阳台的栏杆儿。这就是《妈妈》的全部内容。

袁琼琼最后呼吁要大家对她的作品感兴趣，也希望外国朋友多接触她的作品。

然后轮到我们发言。

张洁开宗明义："中国的女作家都明确地知道自己的责任，她们不是为钱，更不是为丈夫写作。我很迟才认识自己，我曾经想过做驯马师、探险家、钢琴家。对于刘宾雁说不知为什么又开始写作这一点，我认为我可以回答。发生了大事件之后，就会有作品产生，‘文革’后于是就有了许多好的年轻作家。我的第一篇小说《从森林里来的孩子》获得了一九七八年全国优秀短篇小说奖，次年的一篇小说又获了奖，一个电视剧本也获了奖。我之所以写作，是因为生活感动了我。而越写下去，就越感到责任的重大。作家不但要表达真理，也要回顾历史，使人们能在经验和苦难之后继续前进。作品要关心人类的命运，使人们在苦难中看到光明……”

在张洁讲过之后，聂华苓说：“今天在座的男作家都不及两位女作家得到的文学奖多。”

最后一个轮到发言的是我，我给自己规定不许超过三分钟。全文如下——

“我也很想像前面的作家那样做一番自我介绍，可惜我对文学还没有做出足以能在大庭广众面前进行介绍的贡献。我认为，作家应该揭示出‘人’的秘密，我虽然出版了几本小说集，都未能达到这个目的。大家也见到了，今天坐在台上的每个作家本人就是一个谜。因此，我只能送给朋友们一个问号，而不是句号。真对不起。”

10月1日

没有月亮的中秋节

今天是我们的国庆节，又是传统的中秋节。来美近半个月第一次放了大家半天假，上午没有安排活动。十几天来，每天只能睡五六个小时，而且没有午睡，好不容易有半天休息，要着实捞一下本，恢复一下精神和体力。我睡到十点多钟，起来后洗了个温水澡，顿觉血液流畅，精神大爽。似乎又存足了再够拼半个月的精力。

下午三点钟，我们在爱荷华大学图书馆的楼上，以“中国作家代表团”的名义举办了“中华人民共和国国庆招待会”。在爱荷华大学工作和学习的中国学者、研究生和留学生，参加国际写作计划的各国作家、当地知名人士以及和我们有过交往的美国朋友，约有一二百人参加了招待会。冯牧团长发表了一个简短的有才气的祝酒词，使在场的海外游子们感到振奋，产生了一种自豪感。聂华苓夫妇送来一个大蛋糕，更给招待会增添了一种热烈的喜庆的气氛。她仿照美国人给亲人过生日的习俗，还点起了蜡烛。国家的生日，也是我们每一个人的生日。冯牧吹熄蜡烛，切开蛋糕，先分给外国朋友们，然后再分给自己的同胞。

大家喝着酒，有说有笑，欢快而又热闹。后来有人唱起了家乡的歌曲，于是你一个我一个，从“洪湖水”到“一条大河”，从“花儿与少年”到“十五的月亮”，乡音响彻大厅，人人脸上喜气洋洋。这一刻我们都忘记了自己是身处异邦，仿佛并没有离开祖国，还和亲人们在一起。

国庆招待会结束以后，我去看大学生游行。今天是爱荷华大学一年一度的校庆日，老校友和学生的家长都到学校里来参加一系列的庆祝活动。全校的化装大游行是在晚上六点钟开始。

这也可以叫做“艺术游行”。年轻的大学生们几乎都化了妆，帽子和衣服更是千奇百怪，人人都随心所欲，谁能想出什么花样就可以尽情表演。一般地讲，姑娘们喜欢显示自己优美的身材、青春的魅力，多数都穿像游泳衣那样短小而又紧贴在身上的衣服。但颜色是多种多样的，有的还缀满金光闪闪的珍珠片，有些很漂亮的白人姑娘故意把脸涂成黑色或棕色。最神气的要算是“校花”或者有突出成就的姑娘，她们按照自己的喜好，有的盛装艳抹，有的薄施粉黛。但都光彩照人，喜气洋洋，矜持地向两旁的人群招手微笑，甚至送出一个个飞吻，抛撒出一把把糖果。她们是不走路的，坐在敞篷汽车上，有的由男士陪伴，有的则高傲地一人独坐。小伙子们喜欢装扮成将军、骑士、爵爷、流浪汉等等。虽然是游行，但他们不是只管走路，走路不是主要的，表演才是主要的。大概是以每个学院或者系为一个单位，每个单位的游行队伍都尽量搞出自己的特色，从装束打扮到游行的节目都不同于其他单位。这种游行很有点像中国的跑落子、踩高跷，只是更简单一些，不需有太多的真功夫，靠简单的几个动作和变换队形，再加上奇异的服装和打扮，使人眼花缭乱，收到哗众取宠的效果就行。四周看游行的人只要一再鼓掌，发出一阵阵欢呼，游行队伍便停下来，又吹又打，表演一番。因此，游行的速度很慢。我看过几个方队之后，便感到他们虽然很想标新立异，其实还是大同小异。走在每个单位的游行队伍最前面的是神采不凡的指挥，手持金光闪亮的指挥棒，女指挥多，男指挥少。紧跟着指挥的是乐队，以洋鼓洋号等吹打乐为主；后面是校花或杰出的人物；再后面是表演者方队，或徒手，或手持花环和其他器械；然后是化了妆跟着走的人群和各式各样的杂耍。只有这最后面的队伍是变化无穷的，因为这种游行是最自由散漫的，谁想怎么干都可以。别人可以随时插进来，走一段路也可以再退出去。最后这一块队伍实际是个收容队，是一种大家取乐出洋相的形式，有的开着小汽车跟在队伍后面；有的像个醉鬼一样一边走一边往嘴里倒啤酒；有的全家人在一起有说有笑，手里还牵着狗，像散步一样招摇过市……

美国人会玩会闹，玩起来不顾一切，又狂又疯，只要自己痛快就行。不怕别人议论，别人也从不议论。对总统、党派、国家、政治是可以公开议论，随意咒骂的。对每个公民的私生活、习惯、作风（只要不危害别人）是不能过问、不能干涉、不便打听和议论的。所以我觉得很多人在大街上，在众目睽睽之下出自己的洋相，而美国人却认为这一切都是自然又合理，没有丝毫可值得奇怪的。

这种游行还有一种示威的性质。

明天，爱荷华大学要和另一个大学比赛足球，爱荷华大学的球队叫做“鹰队”，对方是“猫队”。在游行队伍里有一幅幅丑化猫的漫画，有各种死猫的模拟品，有雄鹰撕裂懒猫的活报表演。最有火药味的是一条条高举着的大标语，什么“油炸猫”、“枪毙猫”、“死猫有一百种用处”……为了一场比赛，何至如此？使我想起了中国“文化大革命”期间的派性游行……

来不及把游行看完，我们便乘车去剧院，看纽约百老汇歌剧院演出的歌剧《阿根廷，不要哭我》。剧情很简单，表现了曾经闻名世界的庇隆夫人短短的一生。她出生在农村,长得娇媚动人,富于魅力,且有一副美妙的歌喉,以后被人带到城里当了歌女,很快走红,结识了许多达官贵人,于是和庇隆结了婚。庇隆当上总统,她就成了轰动世界的庇隆夫人。她影响庇隆,甚至可以左右庇隆,确实为人民做了一些有益的事情。几次群众联合起来要推翻庇隆政权,都因为总统采纳了庇隆夫人的意见,给群众一些好处,支持革命,平息了民愤,缓和了矛盾。庇隆夫人受到了人民的爱戴,她到哪里,哪里就有向她欢呼的人群。因为有了这样一位精明的夫人参政,庇隆的政权越来越强大,他甚至控制了半个南美洲。在当时她对世界的影响也很大。一九五二年,庇隆夫人死于癌症,她当时仅有三十三岁。阿根廷全国为她举行了盛大的葬礼。事实是她死后三年,庇隆政权被推翻。以后庇隆又复辟,当过短时间的总统,再次被推翻,他死后第三夫人也掌握过一个时期的权力,但都是江河日下,再也不能恢复"庇隆夫人"(其实是庇隆的第二夫人)在世时的局面。

这个剧还叫《庇隆夫人》。这样一个题材,作者却不写政治斗争,不写重大事件,也不表现革命运动,连当时真实的政治背景也不要。注意力始终盯在庇隆夫人的私生活上,着重表现她的性格、她的作为。似乎想告诉观众,原来总统们的许多重要决策,都是在饭桌上,在卧室里,在和夫人们的嬉笑闹骂之中决定的。

剧中唯一反映的一场权力斗争,还是用闹剧的形式表现的。庇隆想当总统,斗争十分激烈。舞台中央摆着五把椅子,坐着五个想竞争总统宝座的人。音乐一响,五位先生站起唱几句,这时候有人从后面上来撤走了一把椅子。舞台上变成了五个人、四把椅子。音乐一停,大家都争着抢椅子,坐不到椅子的人就被淘汰了。游戏继续进行下去,椅子由四把变成了三把,又变成了两把,每变一次就淘汰一个竞争者。最后还剩下一把椅子,又被庇隆抢先坐上了,他就是这样当上的总统。可笑而又有讽刺意味。

歌剧全力讴歌庇隆夫人,却并不神化她,写她的妩媚,也写她的泼辣,她和庇隆结合后,毫不留情地就把庇隆原来的情人赶跑了。写她像救世主一样向穷人抛撒钞票，关心爱护别人家的孩子，也写她的奢侈和豪华。

歌剧一方面不回避真人真事，不怕有人对号。而且借用庇隆夫人的影响吸引观众，歌剧进行当中时常用电影手法在后幕上播放庇隆夫人生前的生活特写镜头，编导者故意真真假假，以假乱真。另一方面，歌剧又用象征性的手法编造了一个“格瓦拉”式的人物，他穿着破旧肮脏，歪戴帽子，斜叼雪茄，像个战士，又像个流浪汉。用这样一个人物象征革命和群众，并且用他把全剧贯穿起来，剧情该跳跃、矛盾该转折的时候就让他出场进行衔接。同时他又代表人民，代表革命力量，对庇隆形成威胁，影响庇隆夫人。他、庇隆夫人和庇隆，便成了歌剧的三个主要人物。

这是一出严肃的正剧，又具有悲剧的深沉的力量，同时还有闹剧的因素和喜剧的情节。有时含蓄隽永，有时热热闹闹，有时讽刺挖苦。演员尤其突出，一个顶一个，能歌善舞。饰演庇隆夫人的女演员并不十分漂亮，就靠放得开，挥洒自如，该庄重则庄重，当妖媚就妖媚。美貌和魅力原本是女人身上两样要命的东西，有人美貌并不一定有魅力，而不甚美貌却具有特殊魅力的女人更厉害，那位女演员正是这种类型的演出风格。她把一个不失善良又工于心计、精明练达又会装腔作势、温文尔雅又放荡风骚的复杂女人演活了。她的嗓子还稍稍有一点沙哑，歌剧刚开场的时候我还有点奇怪，怎么挑选这样一个演员扮演唱工这么重的角色？第一幕唱下来，观众对这个演员就完全放心了，她的略有沙哑的嗓子却有其独特的韵味，能高能低，音域宽广，越到高昂处，反而不沙哑。尤其到后来，庇隆夫人身染重病，有大段大段愁肠百结的唱词，演员的声音越发显得真切动人，催人泪下。

还有一对陪衬演员给我印象也极深，男的是黑人，身材又高又瘦，面目很丑却不可憎。女的是印第安人，同男的一般高、一般瘦、一般丑，两人总是一块出场，翩翩起舞，舞姿非常美，几乎无情不可表达，他俩仿佛是歌剧中的一对精灵。他们扮演的角色在剧本里没有名姓，全剧从始至终没有他们一句单独的唱句，他们俩却经常出来。时而像幽灵般出现在舞台的一角,独自飞旋;时而又代表着欢呼的群众,在庇隆夫人身边快乐地起舞;也有时只用他们的舞蹈给剧情增加一点色彩。他们的确叫人眼花缭乱,甚至莫名其妙。

我的座位在第一排,临近乐池,因此不仅看到了台上的一出戏,也看到了台下的一出戏。歌剧团不能离开乐队,这个团的乐队只有九个人,十分精干。乐队指挥兼弹电子琴,特别突出的是乐队右角站着一位管打击乐的小姑娘,所以称她为“小姑娘”只是根据外表而定,看上去顶多有十七八岁,管着木琴和各种大鼓小鼓共十一件乐器。她是全乐队最忙的一个,放下这件,拾起那件,眼睛盯着指挥,精神高度集中,不敢有一秒钟的疏忽。站得时间太久了,有时想坐下歇歇腿,屁股还没有挨上凳子又赶忙跳起来,同伴们偶尔向她做个鬼脸。她只有工夫挤挤眼。真是忙得不可开交,却又有条不紊,从不出差错。表情天真快乐,活泼生动。她仿佛被自己奏出的音乐陶醉了,显得极为有趣而可爱。她本身就是一台戏。

散戏后我走出剧场,特意抬头看看夜空,星光迷乱,却没有月亮。大家在一起,热热闹闹地还好打发时间,回到旅馆,独自一人关在房间里,更难排遣对家乡和亲人的思念,“每逢佳节倍思亲”嘛!李白还能“举杯邀明月”,我们身处异国,连明月也看不到。我算生平第一次过了一个没有月亮、没有月饼可吃的中秋节!

于是,打开电视机,让美国的商业广告为我催眠吧。

10月2日

闲话留学生

有人跟我说,要了解美国人的性格就去看足球(也许是因为橄榄球赛开球时用脚,所以美国人把它叫做足球)。

今天中午,号称“鹰队”的爱荷华大学足球队,同代表另一所大学的号称“猫队”的足球队进行比赛，这是近几天来爱荷华的头号新闻，人人都在谈论这场比赛。时间一到，万人空巷，几乎是倾城去看这场比赛。爱荷华全市有五万多人，却有一个能容纳六万观众的足球场，而且座无虚席，门口还有等退票的。这就是说有许多观众是从外地来的。对美国人来说，乘车到外地去看戏、听音乐会、看球赛，好像是家常便饭。不过，我却怎么也理解不了他们对足球和棒球为什么会如此狂热！

天上飘洒着小雨，却丝毫不影响人们的情绪。有人早有准备，戴上雨帽，穿上雨衣，岿然不动。有人穿着汗衫短裤，任冷雨浇头，仍然兴致勃勃，狂喊乱叫不止。美国球场上的秩序和剧场里的秩序是这样的不同。

比赛双方各有自己的专业啦啦队。所谓“专业啦啦队”——是不坐在观众席上的，他们站在球场的边上，都是一些精壮英俊的小伙子和身材优美的姑娘，脸上化了妆，穿着体操服。一会儿像末流杂技演员一样，表演各种并不太精彩的杂耍动作；一会儿唱支鼓劲歌，无非是校歌、队歌之类的歌曲；一会儿又指挥观众呐喊，为自己的球队加油助威。但只能在自己的这半块场地活动，不可侵犯对方领土。他们口不停，手脚不停，比参加比赛的运动员还要累。

“鹰队”是在自己的家门口，人多势众，沾了不少光。啦啦队人多，表演的节目花样也多，还有一个庞大的乐队，洋鼓洋号，奏了一曲又一曲，以势压人。“猫队”的象征是一只用人装扮成的大猫，它在场子里跳来跳去，只能逗人发笑，或者向观众撒糖果。

比赛毫不紧张，开球之后就犯规，球员们不是扎大堆，就是码人垛。一会儿一停，停的时间比赛球的时间还长。观众却莫名其妙地发出一阵阵狂叫，真叫人不可思议。这是一种带有原始味道的野蛮和愚蠢的运动。美国人认为这种运动既需要运动员勇敢，又要求运动员有智谋。我却觉得这种运动既不斗智，也不斗勇，把运动员限制得死死的，只能进行粗野地冲撞。难怪东方人不喜欢这样的运动。国际上体育大赛也不把它列为比赛的项目。

当我看到“鹰队”以二十五比七领先的时候，实在没有耐性再坐下去了，在后排观众惊奇的目光注视之下，挤出了体育馆。

大家都去看足球比赛了，市里变成一座空城。我无处可去，信步来到在爱荷华大学进修的中国学者邓述渝的住地。老邓在家，他是搞水利的。他的同伴儿老刘也在家。老刘是被爱荷华医院邀请来帮助工作的，他原是北京协和医院的主治医生、医学博士。他们两人合租了一套房子，在二楼，里外两间。里间是卧室，两张单人床，外间是学习和工作的地方，两张简陋的办公桌，一台彩色电视机。屋内陈设简单、随便。干净而不够整齐，东一堆书，西一堆报。我走进他们的房间，却感到舒适和自由自在。他们的房子旁边，有公用的卫生间，楼下有公用的厨房，但厨房里各有自己专用的冰箱。冰箱上没有锁，他们的食物偶尔有丢失的现象，怀疑对象是一位年轻的美国房客，他一到没钱的时候脸上就带出一种饿相，要不就把自己关在房间里，要不就趁没人的时候到厨房里“共”别人的“产”。老邓和老刘的办法是：每到这时候，加倍往冰箱里放东西，大家心照不宣，这样搞了几次反而使那个美国小伙子不好意思再往他们的冰箱里伸手了。

这所外表很漂亮的木结构小楼，是专门租给学生和外国进修学者们住的。老邓和老刘每月要交纳一百九十美元的租金，这已经是很便宜的了。

不一会儿，陆陆续续又来了好几位中国研究生和留学生。看来他们虽然在美国生活了一两年，有的已生活了三四年，仍然和我一样不喜欢美国的橄榄球。同胞相聚，大家说着中国话，心里格外痛快。他们想从我的嘴里知道家乡的变化，我想通过他们多了解一些美国，于是从中国到美国，海阔天空，一通神聊。晚上，他们招待我吃了一顿中国饭，然后又畅谈到深夜。我又多知道了一些中国留学生在美国的情况。

中国在美国的留学生和进修学者，约有八千人左右，其中一半是自费去的。

不论你到美国的哪一个城市里去，在大街上的中餐馆里吃饭，很容易碰上年轻的中国人当招待员,为你端盘子,送茶水,礼貌周全。你不可把他们当成餐馆的小伙计,他们很多是留学生,用打短工挣的钱付学费和平时食宿的开销。

当你到美国朋友家做客的时候,也可能会看到中国姑娘或小伙子送酒送菜,不卑不亢地伺候你。你不可把他们当成是这一家的用人,他们很可能是被雇用来临时帮忙的留学生。美国一般的中上等以下的家庭平常是不雇用人的,用人的工资很高,雇用不起。所以,吃过饭以后,如果客人帮助主人收拾一下杯盘刀叉,主人会非常高兴。这样象征性地干一点活,显得感情亲近,友谊深重,关系随便。

中国留学生确实有为人家当用人的。比如伺候病人、打扫卫生、看守房屋等等,自己赚钱供养自己上学。

这没有什么难看的,也不必感到有什么不好意思,不少美国大学生也是这样自食其力的。美国的社会一切用钱说话,不存在难看和不难看的问题。我为你付出劳动,你付给我报酬,不论是朋友还是亲戚,一视同“钱”。钱事钱办,各不谦让,理所当然。前不久,美国总统里根的跳芭蕾舞的儿子失业,自里根当政以来,美国的失业率由百分之八增加到百分之十,对立派正想抓住这一点攻击他。他和太太劝儿子不要去站到失业者的队伍里,免得给老子增加麻烦,父母会接济他钱。然而,里根的儿子不愿接受父母的救济,那样维护了老子的脸面,而他自己就要丢人。最后还是站到失业者的队伍里去领救济金,这等于给了他当总统的老子一记耳光,立刻轰动了美国的新闻界。对这件事各大报纸有不同的评论。有人说,里根身为总统,连自己儿子的职业都保不住,可见失业问题多么严重!也有人说,芭蕾舞团的老板并不因里根是总统,就对他的儿子另眼看待,不解雇他。而里根也不开后门为自己儿子找个职业,这还不错嘛!

这就是美国人认为难看和不难看的标准。其实,在美国这样的社会,只要胆子大,脸皮厚,是没有什么难看的事情的。强盗不难看,反而使人害怕,谋杀总统的人不难看,精神病患者不难看,同性恋者不难看,吸毒的不难看,富人不难看,穷人也不难看,有人就铺一件破大衣在大街上一躺，敢于展览自己的穷困。在一个各自为是、无奇不有的世界里，完全不必担心脸面难看或者不难看。

话扯远了，还是回到中国留学生上来。

美国餐馆里的老板（不论是美国人还是中国血统的人）以及那些需要雇用人的家庭，对中国留学生是很苛刻的，他们付给中国留学生的报酬，要低于其他招待员工资的一两倍，甚至还要多。他们知道这些学生没有其他办法，报酬给多给少都得干，乐得巧使廉价劳动力。

据说在美国的中国血统的人，和犹太血统的人在数量上差不多。但犹太人抱团儿，活动能力很大，他们肯出钱支持政治家竞选。如果这些政治家当选，就得接受犹太人的影响。因此犹太人在美国势力很大，能够影响国会，甚至可以影响总统身边的人。今年夏天美国在以色列问题上做出那么不得人心的决定，就因为接受了国内犹太人的压力。相比而言，中国人就很分散，更形成不了很大的势力。我们在香港停留时，有个当地人说："一个中国人和一个日本人做买卖，这个中国人一定能够打败日本人。三个中国人和三个日本人做买卖，这三个中国人一定会被三个日本人打败。因为三个中国人之间一定会起内讧。"我当时也开玩笑地说："这三个中国人，一定是一个生活在香港，一个生活在台湾，另一个生活在美国。"

有些在美国的中国研究生，经济收入比较殷实可靠。美国的大学里，研究生们都称自己的导师为老板。教授们对这一称呼答应得也很干脆、很自然，并不觉得"老板"两个字是亵渎圣明。导师领来一个研究课题，同时也领来一笔研究经费，他不仅在专业和学术上对研究生负有指导的责任，还根据研究生工作的好坏给予经济上的资助。学生为老师出力，老师付给学生钱，这也确是一种老板和伙计的关系。也有一批中国研究生，在所进修的大学里担任助教，辅导一二年级的大学生，也有一笔稳定的收入。很多美国教授都喜欢要中国研究生，他们中有不少才华出众的人物，导师的许多成果实际是他们给搞出来的。特别是中国的公费研究生，等于是不花钱的劳动力，美国教授何乐而不为？美国各大学的教授们，带的研究生很多是外国人。因为美国的大学毕业生，不论成绩好坏，都愿意去工作，不愿意去读研究生。大学毕业好找工作，工资也很高。考上研究生还要再读四五年，多的要七八年，毕业后找工作并不容易，工资也不高。如果大学毕业后在企业里工作这么多年，很可能要升上去了。谁愿意为虚名而放弃实惠呢？所以美国的教授，如果没有外国研究生报考他，他就会很困难。

美国的大学毕业生的去向也很有趣，有位教授告诉我，文科大学毕业生，成绩最好的去干商业，商业中的热门是广告公司。成绩中等的去做学术研究。最次的去政府工作。这就是说，万般皆下品，唯有赚钱高。做学问者次之，最差劲的是去当官。这是指当一般的官吏，如果是去当总统，那就会挤破脑袋了。

不少中国留学生都有一辆半新不旧的小汽车。在美国买一辆小汽车并不很困难。有个学数学的小叶，是个生活能力很强的能人，他自己先来美国，一边上学，一边积攒了一点钱，去年把他的妻子和孩子也接出来了。妻子学英文，每天十一点到下午三点去一家广东菜馆端盘子。小孩上小学，从上午十点到下午三点，学校里管孩子一顿饭。他们还买了一间活动房屋，虽然是活动房屋，里面有空调、暖气，门前还有一块地方，可以种花养草。我们举办国庆招待会时，就请他的妻子做了一百个春卷。

当然，像小叶这样拉家带口过日子的留学生还是少数的。但自费学生中倒有不少是一对对的，有夫妻一块来留学的，也有表兄妹、亲兄弟等等。先出来一个，稳住脚跟，再把另一个拉出去。精神上有个安慰，生活上也好相互照应。也有人挨不过孤独，少男少女佯称是什么亲戚，就同居，在一块生活，相互照顾，经济上也可省一笔钱。对这些事同学们的看法也不一样，有人不以为然，私下里飞短流长；有人则很看得开，认为不必大惊小怪，和同胞同居比和美国人同居还要好些。

还有一种不大好理解的现象，我在留学生中遇到了几对这样的夫妻，女方是年轻的美国人，到中国进修时爱上了中国小伙子，有的并未经过太大的困难就结婚了。有的则颇费周折，传出一段佳话，最终才成其好事。现在把年轻的丈夫接到美国上学，她们自己或工作，或边工作边上学，赚钱供丈夫上学。有些中国小伙子在国内时就是大学生，或者是搞音乐、搞艺术的，有一技之长，很快就成了美国老丈人眼中的乘龙快婿。有的中国小伙子，在国内时是一般的运动员，身体强壮，仪表堂堂，英文基础较差，从头学习数理化或者文学、经济等等，苦不堪言，颇为尴尬；但这些美国女子的热情总是令人感动。

我曾为此向一个美国人讨教：为什么美国姑娘喜欢中国的小伙子？他想了一会儿说：美国女人也许觉得中国男子牢靠，知道体贴妻子，关心家庭，温文尔雅，不酗酒，身上没有白人那种讨厌的长毛……

我不觉得高兴，这算不上是对中国的男子汉的一种恭维，黄种人雄性的优点不只是这些。也许是美国的离婚率过高，众多的家庭分崩离析，把妇女们搞怕了。于是对“丈夫”的概念产生了一种偏见。

留学生的成绩也分三六九等，有的相差得很悬殊。给我总的印象是：学理工的埋头做学问的人较多，有不少是他们所在学校的尖子人物，刻苦自励者多。学艺术的则自负者多，言谈举止更美国化一些。

有个姑娘自费到美国去学中国现代文学，她的老师也是一个年轻的美国妇女，曾到北大进修过两年，嫁给了一个中国小伙子。她在美国了解到一点关于王蒙创作上的情况，再把这点情况“卖给”她的中国留学生。我真想建议那位姑娘干脆回到北京直接去找王蒙，岂不更便当、更丰富和更真实？当然，人各有志，有的是为了求学，有的则为了“留洋”。

在洛杉矶我还遇到了长篇推理小说《刑警队长》的作者王亚平。他在美国学电影，募捐了几万美元，今年夏天找了几个中国学生，他自任导演和主演，拍了一部长达十个小时的影片，叫《从西方到东方》，又名《中国留学生眼中的美国》。尚未剪辑，将来能否放映也不得而知。但他的胆量，他的敢闯敢干，不憷阵，会打通关系，不能不叫人惊奇！他认为美国确是“青年人的天堂，中年人的战场，老年人的坟场”。这是个有诱惑力的世界，青年人可以随心所欲地闯荡一番。

爱荷华大学天文物理系，有一个世界上最早进行宇宙探索的研究中心,这个研究中心的负责人,也是天文物理系的主任,是著名的物理学家范·爱伦教授。研究中心里有二十个从各个国家来进修的研究生,爱伦最得意的是两个中国研究生:马提则(原南京大学物理系学生)、孙国生(原科技大学讲师)。他们两人的成绩,打破了爱荷华大学二十五年来研究生的最高分数。

我见到小马的时候,他刚给大学生上完课,穿一身洗得发白的普通中国衣服。老实说,我在美国见到那么多中国留学生,还没有碰上一个在穿戴上像他这样一点没有洋化的人,就是在国内的大学里,像他这身穿戴也够朴素的了!发旧的灰布上衣,蓝裤子,黑布鞋,穿在他身上,却显得随便、自然又大方。他只有二十七岁,像国内的青年人一样留着普通的短发,戴副眼镜,面目清秀、俊逸,不善辞令,腼腆爱笑,有几分书呆子气。通过简短的交谈我才知道,他没有时间,没有心思去考虑穿戴,或者驾着汽车去旅游、去兜风。每天除去睡觉他不回宿舍。什么时候睡觉呢?夜里十二点以后才离开实验室。这样干的不光是他,还有很多教授,每天晚上都干到十一二点才回家。大家都在拼!

爱荷华是世界上最大的探测星空的大学,现在正进行到土星和木星的探测,一九八六年进行探测冥王星的工作。同时,他们还为宇宙飞船提供备件。美国政府和宇航局,每年资助给这个研究中心五百万美元,"哥伦比亚号"航天飞机上的光谱分析仪,就是他们制造的。

创造奇迹的人本身却是平凡的。马提则正是给我这样一种印象。他的导师爱伦教授也是如此,身上有狐臭,说话时嘴里喷出一股酸臭味,一谈起他的专业、他的实验室,就眉飞色舞,领我们一项一项仔细参观。他也许知道我们看不懂,所以不用保密。这使我想起国内的某些项目,对有害于我们的外国人保不住密,对于无害的自己人却故弄玄虚,大保其密,保密范围很大,越穷越保,越保越穷。有时不该保密的保住了,该保密的倒没有保住。

国庆招待会上,马提则换了一身中山装,一表人才,非常精神。他和孙国生一块来的,老孙也是一身中山装,身材魁梧雄健,豪爽风趣,说话东北腔,爱讲笑话。原来他是关东大汉。一见面就用力握住我的手:“我读过你的作品,因此我们可以说是神交已久的朋友了……”

我们俩果然谈得很愉快,我问他美国大学生有什么特点。他张口就说:“重金钱,讲实际。”

他给我讲了一个故事:他认识了一个美国学生,那个美国学生有个好朋友是非洲人,于是他们三个就成了朋友。美国学生花二十五块钱买了一本书,看完以后想把书再卖掉。非洲学生也想看看这本书。但他的美国朋友只卖不借,而且要价二十三块。而非洲人只肯出十九块,请孙国生做中间人。他看见两位好朋友经过激烈地讨价还价,卖主咬牙又降了一块钱,并扬言低于二十二块不卖;买主也咬牙又长了一块钱,也表示高于二十块不买!买卖就此僵住了,买卖双方并不觉得有什么不好意思,孙国生这位关东大汉在中间却坐不住了。他面红耳赤,替他的两位朋友感到难堪,从自己的口袋里掏出两块钱交给非洲人。非洲人并不觉得难堪,也没推让,接过孙国生的两块钱,加上自己的二十,递给了美国人。美国人更是受之无愧,而且十分高兴,一手接钱,一手交货,买卖成交。三个人以后还是朋友。

我们听了都哈哈一笑。

临分手时,老孙正儿八经地对我说:“你回国后能否多留意,为提则物色一个姑娘。”

我十分惊异:“你的话是真的还是假的?”

“君子无戏言!”

“小马有什么条件?”

“最好是贤妻良母型的,有学识,具慧眼,会疼人,将来能支持小马。小马的博士学位是手拿把攥的,还要等两三年才能回国,我怕到时候好姑娘都被别人抢走了。”

“中国的好姑娘多得很。”就这样我接受了一件对我来说是力不从心的、微妙而又不太好完成的嘱托。

10月7日

芝加哥——建筑艺术的博览会

我发现美国上了年纪的老太太都格外热情,有时候因为热情过分,往往给客人帮倒忙。

我们参观圣母院大学的时候,碰上了一位七十多岁的费舍尔夫人,她热情得不得了,拉着我问长问短,没完没了。两次提出来要我的著作,我带去的书已经送光了,只好给了她一份英文报纸,上面有介绍我的文字。弄得我好不尴尬,她又从自己家里拿来巧克力让我们吃,冒着大雨组织学校的唱诗班专门为我们演出。最要命的是她事先不联系,硬把我们拖到"太太委员会"去。"太太委员会"是由教授的太太们组成的一个家属组织,成员全部是女人,那天晚上正好是学校的全体太太在礼堂开会。费舍尔夫人以为她欢迎我们,别的太太也会同样愉快地迎接我们,她想出其不意地让太太们高兴一下,然后听我们介绍一下中国太太们的情况。谁知,那一大群美国太太正开着半截会,突然看见几条大汉走了进来,就如同一群大象闯进了幼儿园。她们目瞪口呆,手足无措。我们一见这种场面也十分尴尬。只有热情的费舍尔夫人,她谁的表情也不看,自管激动得热泪盈眶……

今天,我们又碰上了一位同样热情的女导游,也是五十多岁的美国太太。她不看时间,不问我们累不累,或者渴不渴、饿不饿,领着我们一溜小跑,在芝加哥的大街上好一通转悠。她不管我们是否有兴趣,如数家珍般地详细讲解芝加哥城的每一座突出的建筑。一开始,我对她讲的这一切的确毫不感兴趣。后来被这位太太的热情所感动,即便不想听她介绍,出于礼貌也得听下去,反正没有别的办法,这一天就算交给她了!

全美最高的大楼就在芝加哥城里,这就是希尔公司,被人们称作"希尔塔"。美国摩天大楼群最多的地方,也要数芝加哥。六七十层高的建筑物有好几座,格外招眼,成了芝加哥的标志。从飞机上认得出,在陆地上远远就能望得见——

红色的,像一根擎天火柱直插进云空,把芝加哥的半个天烤得通红,是“人民保险公司”。

银色的,光芒闪烁,像一支巨大的白玉簪,芝加哥城里最漂亮的摩天楼,高度仅次于希尔塔,是豪富的“石油公司”。

黑色的,狰狞可怖,像一座不属于人间的魔宫,这便是美国的楼尖——“希尔公司”。

至于五十层以下的楼群,到处都是。摩肩擦臂,你钩我连,把芝加哥城塞得满满的。打个比方,芝加哥就像一个核桃,摩天大楼就是那饱满的核桃仁,挤得严严实实,只留出一条条街道,像核桃里面的隔膜一样。

值得让人称道的不是芝加哥的建筑之多,而是它的建筑样式的丰富多彩,变化无穷,新奇古怪,每一座楼都尽量搞得像一件艺术品。有仿古希腊和古罗马的建筑,有些建筑则明显地带有文艺复兴以来的精神解放的标记,还有近代和当代一些建筑师的杰作。他们异想天开的设计、奇特怪诞的结构、五花八门的造型,仿佛穷尽了人间的想象力,使游览者无不感到眼花缭乱。

游览芝加哥,就像参观建筑艺术的展览会。又好像读了一部生动的、活的建筑史,从十八世纪到二十世纪,这里有各个不同时代的不同特色的建筑。有钱人要显示自己与众不同,标新立异,惹人注目;设计师要独出心裁,一鸣惊人。这就使芝加哥的楼房应了中国的一句俗话:老太太看画——一件一个样儿。

别的不讲,我只举一个例子。芝加哥的市中心,有一座白色的菱形大楼,高有二三十层,造型优雅,外观华丽,使游人很容易想到这是一座艺术中心,或者类似这样的机构。其实它是一座监狱!

谁知道了内情都会感到惊讶。监狱难道可以不安铁门?可以没有铁栏杆和铁窗?是的,当初这座房子的主人就向建筑师提出要装上这些东西。而建筑师则认为装上这些东西就会破坏建筑的艺术结构的美观,他提出不装“三铁”,仍然可以达到有“三铁”的效果。比如窗口，建筑师把它设计成放射形，里面只有八英寸宽，任何犯人也休想从窗口爬出来，而外面和正常的窗户一样大，可以吸收足够用的阳光。

由此启发了其他的设计师，在平常的楼房上出现了一种中间是死的，两边可以开动的钢窗，很快风靡全美国，被称作“芝加哥式窗户”。

芝加哥的每一座建筑，都有两个共同的特点：一能防火，二都是钢结构。说起来这里面还有一段史话。

一八七一年之前，芝加哥是美国的屠宰中心，中西部大草原上的牛、马、羊都送到这儿来屠宰。因此，当时的芝加哥到处是牛棚，晚上点油灯。据说有一天夜里，牛棚翻了一盏油灯，引起了一场震惊世界的大火，芝加哥城被烧毁，使十万人无家可归。芝加哥反而因祸得福。一把大火不光烧掉了一笔巨款，烧死烧伤了一批人和牲畜，也把旧房破屋、一切落后的遗迹烧个精光！芝加哥从头开始新的建设，当时人类的文明、科学技术的发展，已经有了相当大的进步，这就使新建的芝加哥城以一种崭新的面貌展现在世人面前。到了第二次世界大战爆发，纳粹杀害犹太人，大批犹太建筑师来到芝加哥，使芝加哥的建筑业达到了一个鼎盛时期。

芝加哥还有一个很好的自然条件，它坐落在密执安湖的旁边，地质都是岩石，坚硬牢固，摩天大楼群才得以林立。

中午，我们走进了希尔大楼。它的一、二层楼全是商店，花两块五毛钱乘电梯，不到一分钟就来到了一百零三层的平台，在电梯里失重的感觉比乘飞机起飞的那一刹那还要强烈。这座高空建筑物，对一般游客只开放到一百零三层。希尔塔围在外面的主要楼房，到一百零三层就是到顶了，只有中间一组圆形的核心式的建筑，从一百零三层处又往上拔高了十层。一百零三层的楼顶中间是饭馆、小吃部、商店(物价比下面要贵好多)，四周是平台，可供游人从各个方位鸟瞰芝加哥市，或者向远处眺望。每隔几步有一个大望远镜，投进一角钱的硬币，可以使用十分钟。

往东北方看景色最美，头上是无穷深远的蔚蓝天空，眼下是优美的建筑群，远处是碧绿的密执安湖。然而，我更喜欢站在希尔塔上往西南方看,这里有芝加哥的市中心和工业区,其景色壮观而又奇特。

芝加哥城的布局很规则,街道整齐,基本上是横平竖直。从高空看有两条十分突出的高速公路,像两条对角线,成斜十字交叉,把城市切成四块三角形。不知这是上班时间,还是下班时间,小汽车像暴发的山洪,从各种住宅里,从一幢幢停车大楼里倾泻而出。美国大城市里的许多停车场,实际应该叫做“停车楼”。在美国的城市里存汽车是一“难”,为了扩大停车场而又节省地面,便向空间发展,盖成一座座七八层乃至十几层的大楼,楼里没有小房间,每一层楼就是一个停车场。这样的停车楼里有螺旋式小道,可以让汽车从地面一直开到每一层停车场。霎时间,芝加哥的几百条街道和通向市郊的公路上,汽车的洪流几乎要把街道撑破!

市中心的交通枢纽站和街道的交叉口,都是立体交叉,有的三四层,还有的分五六层,每一层上都塞满了汽车,有时五六辆小汽车并排在一条路面上行驶。从希尔楼顶望下去,这些小汽车像成群结队的小甲虫,你咬着我的尾巴,我咬着你的尾巴,缓慢地向前蠕动。高速公路变成了长长的输送带,不见汽车动,只见一条条五彩斑斓的带子在流动。如果有一辆汽车出问题,整个输送带便停止运行,一堵就是几个小时,前进不能,后退不得。公路变成停车场,像一个巨大的色盘,那些彩色的铁甲虫,变成了静止不动的色块。

我问身旁的导游太太:“这大约有多少辆汽车?”

她想了想说:“可能会有一二百万辆。”

我眼看着城市里腾起一股烟雾,把阳光遮住了,芝加哥立刻变得一片灰蒙蒙。这是美式的“人造雾”,我有幸看到了美国这一独有的奇景。

美国人口只占全世界人口的二十分之一,可是他们消耗的能源,却占全世界总消耗量的三分之一。石油像水一样流,汽油拼命烧。

很快我就发现,除此之外芝加哥还有另外两大奇景。其一,一到晚上六点钟,芝加哥的街道上行人就寥寥无几了,商店也关门很早。如果有急事非得出门不可,就要坐汽车。汽车在大街上跑着,还不大容易遭到抢劫和暗算。这真有点草木皆兵的气氛。我们人多势众,不把这种事放在心上。有个响当当的中国名字的美国朋友穆盘石,在芝加哥中国城的嘉华酒家请我们吃中餐,一来大家好不容易开了胃口,二来此家的龙虾、清蒸鳜鱼、烤鸭、香鸡等几个菜的味道还真不错,有点接近国内广东菜馆的味道,又加上端盘子的是从上海来的留学生,我们细嚼慢咽,边吃边谈。最后一算账,花了二百四十美元,每一个人合二十四美元。连老实厚道的穆盘石也不禁露出惊讶的神色,小声咕哝:“这么贵！这么贵！”

其二,芝加哥机场,是世界上最大、最忙、最乱的一个飞机场,飞机分几个跑道起飞,每隔四十五秒钟就起飞一架。在这里飞机就像天津人上公共汽车一样,要老老实实地排队,才能上跑道。由于机场管理混乱,可能有飞机加塞儿抢先起飞的现象。不然,我们乘坐的这架班机,规规矩矩地开到主跑道旁边排队,等了五十分钟还没轮上。按规定六点钟起飞,我们系好安全带,屏气敛息地等着,左等右等,等到差五分七点,飞机才摇摇摆摆上了跑道。

但愿驾驶员可别像我这样心情烦躁,让我们平平安安地到达华盛顿。

10月8日

美国的政治放射力

同芝加哥正好相反,美国的首都华盛顿没有高楼大厦,大多是只有三四层高的普通楼房,建筑样式也很一般。

美国有一条法律,规定华盛顿的建筑不得高于国会大厦,不许挡住华盛顿纪念碑和林肯纪念堂。可见国会大厦虽然号称“国会山”,其实它不高也不大,更不是一座山。否则它就不怕被别的东西挡住。

华盛顿的城市布局呈放射状,中心就是国会大厦。因此,它的街道和房屋编成了一个巨大的圆形蜘蛛网，国会大厦就像趴在这个蛛网中间的一只白色大蜘蛛。

华盛顿只有七十万人口，城市也不大，与它在世界上的“知名度”甚不相符。美国人喜欢华盛顿，愿意以它作为美国的象征和骄傲。拿华盛顿和其他美国城市相比，确实有明显的差别，带点一国之首府的味道：街道干净，外表朴实，风气比较严肃和正派。用中国话说，就是显得有点正统和守旧。

以我们住的龙八地旅馆为例，里面古色古香，好像有一种属于几十年以前的陈腐气息。电梯更像是半个世纪前的产品，有专门的黑人驾驶员开动，如同老牛破车一样缓慢。好在楼房不高，我们住在三楼，上上下下全靠两条腿。房间倒还比较舒适，两个人一套，一套房里有两间，每人可以独占一间。另外还有卫生间和厨房，可以自己煮咖啡、烧牛奶，更为要紧的是可以自己烧开水沏茶。喜欢喝茶的中国人一到美国就受制，平时没有开水，到餐馆吃饭时可以要杯茶，但都是红茶，有色无味，更不香。由此可见，我们对房间里带一个厨房是十分高兴的。如果对美国式西餐里那些半生不熟的肉类感到厌恶时，还可以自己煮点方便面条吃。

华盛顿叫人感到名不副实，看后甚为失望的东西不只是国会大厦，还有白宫、五角大楼、华盛顿纪念塔、林肯和杰斐逊的纪念堂等等。

世界上的成年人，有多少会不知道美国有个白宫，有个五角大楼呢？广播和电视的国际新闻节目里，差不多天天都有一点关于美国的消息。而每一条有关美国的新闻里，总会和白宫、五角大楼有点联系。它们的名气是这样大，实际又是什么样子呢？

白宫太不起眼了！我乍一看到它的时候吃了一惊，这一惊不是由于它高大、雄伟、富丽堂皇，而是恰恰相反。它出乎意料地普通、低矮，太一般化了！我在它门前伫立良久，还不大相信眼前这幢白色的小房子，就是被世人涂上种种神秘色彩的金融帝国的政治中心所在地。这就是给花花世界又增添了许多新闻资料的美国总统府？从说明书上看，白宫大院总共占地不过十八英亩，有一个喷泉，其余都是草坪、花丛和树木。建筑面积——即所谓白色的“宫”，就更小了。分主楼和东西两翼，主楼是总统的卧室、休息室、餐室；西翼是总统及其助手们办公的地方。唯有东翼对外开放，是总统的会客室，各个房间装饰着不同的色彩，又称“绿室”、“蓝室”、“红室”，每间会客室不过二十平方米左右。所谓美国的“国宴大厅”，最多也只能容纳一百四十个客人！

看到这里，我感慨良深。美国在生活上的浪费是世界闻名的，然而那是对他们自己，对待外人或者朋友，则是十分小气的。在美国生活了二十天，我对此深有体会。就连他们的政府和国家领导人，在礼宾方面也是简单而又讲求实惠的，甚至可以说是颇为吝啬的。这一点跟东方文明正好相反。东方人宁肯对自己人苛刻，对客人总是慷慨而又大方的。我为我们的天安门和人民大会堂感到自豪，我们的国宴大厅那是什么气魄！白宫国宴厅只能放一百四十个座位，太小气了！再翻上二十倍也抵不上我们的国宴大厅！我们举行国宴的时候，那又是什么场面？恐怕是美国人无法想象的！

轰动世界的“水门事件”，导致尼克松从美国总统的高座上跌下来，离开了白宫。原来水门是三幢紧挨在一起的黑色圆形建筑。里面有政府工作人员的办公室，也有旅馆、饭店，人们可以自由出入。就是在这样一个茶馆似的地方安装窃听器，竟毁了一个总统的前程，可悲乎？可笑乎？

五角大楼，从外面看也没有什么太大的惊人之处，它的占地面积的确不小，是个没有窗户，因而也分不出楼层的多角形建筑。它为什么要搞那么多角？我问过几个美国人，谁也说不出所以然。五角大楼大约有四五层楼房那么高，它是在第二次世界大战中建成的，是美国军事力量的象征，也是美国军队的总司令部。

从外面看不出有什么特殊，四周甚至还有一点“静悄悄”的味道，里面却有两万三千名军人和文官在办公，就这一点而言，它名副其实是世界上最大的行政办公大楼。它有自己的直升机停机坪，有自己的高速公路网，能通向可容纳一万辆汽车的大型停车场。五角大楼还有一个地铁车站,只要有通行证,就可直接进入美国国防部。

有一份资料上公布了有关五角大楼的一些数字,使人颇觉惊奇。五角大楼的电话网举世无双,每天能通话二十万次。楼内有十七个餐厅,每天卖掉三万杯咖啡、三千升牛奶。楼内有近三十公里长的蛇形走廊,汽车可以从一楼一直开到五楼。

五角大楼是一个功能齐全的巨人,又是一个多疑的迷宫。虽然自一九七六年以来,美国政府允许公众参观五角大楼,但导游全是军人,而且个个都能倒退着走路,以便面向游客,时时监视他们的行动。

隐秘是可怕的。仿佛"保密"能够左右世界的军事形势。谁掌握了他人的秘密,谁就是胜利者;谁的隐秘被人掌握,谁就得失败。政治有表面的政治,有幕后的政治。军事也一样,在变成行动之前,是绝对秘密的。

可是,五角大楼是公开的,而且尽人皆知它的作用和性质。世上的事情就这么复杂,中国古语云:"备周则意怠,常见则不疑。阴在阳之内,不在阳之对。太阳,太阴。"

林肯纪念堂和杰斐逊纪念堂,像两座白色的庙,地基很高,几十根粗大的石柱支撑着一个方形的屋顶。特点是可以四面来风。因为没有庙墙,从各个方向吹来的风都可以穿堂而过。林肯纪念堂内壁上刻有林肯一八六三年在盖底斯堡发表的著名演说以及林肯第二次担任总统时的就职演说,纪念堂中央有林肯的大理石雕像。杰斐逊纪念堂里有杰斐逊铜像。

华盛顿纪念塔像一支直立着的特大铅笔,削尖的笔尖就是塔顶。全塔共有八百九十八级台阶,乘电梯可直达一百五十米的高处,鸟瞰华盛顿城。此塔建到三分之一的时候,美国爆发了国内战争,建塔工作也停止。五年后,建塔工作重又开始,接着旧茬儿往上盖。原来建成的部分,石头的颜色已经变黄,新建的部分颜色灰白。华盛顿纪念塔的两种颜色记录了美国两个不同的时代。华盛顿纪念塔实际上也成了美国历史上那场著名的南北战争的纪念和见证。不论从建筑学的角度，还是从美学的角度出发，华盛顿纪念塔本身都没有什么特别之处。引起我联想的倒是它的建造过程。美国的总统竞选是一场很激烈的政治仗，互相攻击，各方可谓都是“揭老底战斗队”。一经当上总统，不论政绩如何，香也好，臭也好，都是名人，载入史册。对一个著名人物的纪念可以跨越两个不同的时代，社会变化、朝代更迭、总统换班，不影响对过去的伟大人物的纪念和敬仰。尊重历史和群众的意愿。

国会大厦，顾名思义，这是美国的国会议员们议政的地方，大厦的左边为参议院，右边为众议院。算上地下室共有四层楼，小房间很多，楼道和楼梯都不宽敞。各个房间的墙壁上悬挂着不少美术作品。会议厅并不很大，地毯厚而松软，四壁把电灯做成蜡烛样，主席台上插着鹅毛笔，一切都仿古。光线暗淡，气氛阴沉。议员们坐在这样的地方开会，大概心情是不会轻松的。国会大厦的正中间，有一个圆形大厅。大厅的墙壁上画着大幅壁画，大厅里什么也没有，正中间有一个白点。这个白点便是这座圆形建筑物的中心。凡是死在职位上的美国总统，他的棺材可以停放在这个白色中心的上面。第一个死后有幸把棺材停在这上边的人是华盛顿，最后一个是汉佛莱。我问导游，肯尼迪为什么不算？他不是在总统的职位上被人暗杀的吗？导游耸耸肩膀，没有回答出来。对了，我倒忘记普通的美国人有“几不打听”：对别人的私事不爱打听，对国家大事不爱打听，对政治问题不爱打听。我提的问题大概属于他们的不爱打听之列，故而不知。国会大厦、华盛顿纪念塔、林肯纪念堂三个建筑物在一条轴线上，把华盛顿市一切两半。

总之，在著名的华盛顿市让美国人引以为荣的东西，大概就是上面说的这些。这些东西还常常作为美国的标志，使世界上许多没有能够亲眼看一看他的人们感到神奇莫测。而一旦看见了它们，并无“先睹为快”的愉悦，反而觉得“不过如此”！

我想，这些东西若放在别的国家里也许不会这么出名。反过来说，世界上其他的国家里有比美国这些东西更为出色的，却不及它有名。这是为什么呢?

答案是:美国有强大的政治放射力,或者叫美国向外宣传播送的能力很强。世界上的许多重要事件,不论政治上、军事上,还是经济及科学文化方面,大都少不了有美国一份。因此,美国的新闻就多,人们对美国知道得就多。即使事件不重大,但美国人会闹腾,一件鸡毛蒜皮的小事,只要是引起了美国人的兴趣,就能宣扬得满世界都知道。美国是一个善于自我表现、自我扩张的国家。

白宫前面有一条街,这条街可以说是世界上政治色彩最深的一条街道,这里会经常发生一些大大小小的政治事件,各种政治杂耍也可以在这里表演一番。这里可以进行反对现任总统的游行;也可以举行支持总统的集会。英国首脑访美,这条街上会有人摇旗子呼口号;日本领导人访美,这条街上也会有人示威或游行。保护海洋资源,这里会有所动作;反对核武器,这里也会有人表演。三K党徒在这儿站上几分钟,立刻会成为"世界新闻";群众马上集会游行,反对三K党,也会"轰动世界"……

就在这儿,仿佛站到了西方政治阵地的前沿,可以看到整个西方世界的风云变幻。

这里,又是美国的政治发射台。以强大的功率把美国的形象连同白宫、五角大楼等等,一块传播到全世界。

10月9日

随手记下来的一些数字

我有个习惯,在参观的时候基本上是用眼睛看和耳朵听,不大喜欢跟在导游和翻译的后面做记录。但当听到主人介绍数字的时候,就会顺手抓过一张纸,如:导游图、说明书、入场券等等,信笔把数字记下来。

有时翻翻这些碎纸片，重温一下各种奇奇怪怪的数字，也颇有趣味。现抄录一批如下：

美国的参议员每个州出两名，不论州大州小。

美国的众议员每四十万人出一个，不足四十万人的州也出一个。

华盛顿有九个博物馆。

国会图书馆号称是"世界上规模最大的图书馆"，馆内的书架长达五百四十七公里。

国会图书馆建于一八〇〇年，有两千二百万种图书。一八一二年在抗英战争中被英军烧毁。一八一五年重建，重建后的藏书只有六千五百册，是当时的美国总统杰斐逊捐赠的。

美国建立国会图书馆的本意是为国会议员提供各种图书和资料。现在对一切学者和十六岁以上的人开放。

每六分钟接受一本新书。

馆内有十九个阅览室。

有用四百六十八种文字写成的编目书。

馆内有工作人员五千二百名，他们不仅要懂图书学，还要懂得电脑的使用和管理。因为翻卡、找书、送书、还书都是使用电脑。

每天收到四十种中国报纸。在这里还可以看到"文化大革命"期间各种造反组织的小报。

国会图书馆收藏中文书五十万册，比台湾省藏书多，仅次于中国内地的图书馆。每年增加一万册中文图书。

有中国大陆上的期刊一千一百种，台湾省和香港的期刊各有七百种。

"美国之音"分为新闻、评论、分析三大部分。在世界各地共有四十一个广播台，用四十一种语言向全球播音。

用英语播音是全天的。用俄语播音的时间居第二位，每日十二小时。用汉语播音的时间占第三位，每日九小时。

在美国之音亚洲部的办公室里，挂着一本有中国十三个现代美女玉照的大挂历，如潘虹、方舒、李秀明等。

一九六〇年,肯尼迪提出要把美国搞成一个福利社会。福利事业的开支来源于税收,对企业征税同对私人征税的比例不一样。如对当时能获暴利的石油业,征税百分之八十,一般的企业则征税百分之五十。

美国的私人税法更是门类奇多,而且经常变化。以前是单身者沾光,上税少。因此独身的人多、同居而不办结婚手续的人也很多。已经结了婚的人还可以假离婚,一方出走,另一方可以得到一笔钱。还有的儿子打死母亲,弟弟打死姐姐,也可以得到一笔保险金。

现在美国的税法做了修改,单身汉上税高,家庭上税少,人口越多,税率越低。为的是促使人们结婚,减少离婚率。美国人把这样的税法叫做"婚姻惩罚"。

请看下表:

1981年美国私人税率表(单位:千美元)

年收入	单身者上税额	四口之家上税额
10	1.171	免　税
15	2.047	0.374
25	4.364	1.233
35	7.220	2.901
50	12.519	9.323
75	21.267	18.282
100	31.792	27.878

今天下午,我们被华盛顿大学请去录像,他们提了一大堆问题,在强光下被烤了近两个小时,真是焦头烂额,满身大汗。主持人是中国血统的教授石钟文,她比别的大学的教授聪明。录像比讲课要好,讲课讲一次就完了,听讲的人受限制,不可能太多,主讲人也受限制,最多也就两三位。把每个作家都录好像,用回答问题的方式把该讲的内容都讲了,而且更简单扼要。他们什么时候需要,就可以拿出录像带播放。

晚上,美国之音亚洲部副主任汤姆森请冯牧和我吃饭。他原是美国驻中国大使馆的文化参赞,是一名职业外交官,他为自己起了个中国名字——唐占晞。唐占晞头发灰白,却只有四十岁,高个子,会说中国话。他的家远离华盛顿,有将近一个小时的汽车路程,他每天上下班,花在路上的时间就有两个小时。在华盛顿工作的职员,多数都不住在华盛顿市区。离城市越远,空气越新鲜,周围安静,自然景色优美。

唐占晞有一座舒适而漂亮的木结构小楼,共分三层,维护很好。有一个车库,小楼周围有一大片草地,草地上还长着几十棵有八十多年历史的橡树,枝叶繁茂,把小楼遮住,使屋子里冬暖夏凉。他的太太是华裔印尼人,祖籍广东,长得小巧玲珑。有两个男孩,大的七岁,小的四岁。正好是四口之家,俗称“标准家庭”。这样的家庭在美国可算是凤毛麟角了。

全家靠唐占晞的工资过活,年收入五万美元。每月除去交利息、付保险费以及吃穿和零用等开销之外,所剩不多,共有存款四千美元。

前年他买这座房子时花了十万零二百美元,当时他一次拿不出这么多钱,只好找银行借款。因为唐占晞当过海军陆战队队员,银行照顾他,每月利息是百分之十五点五。这样要三十年才能还清这笔借款,到那时这座房子实际花了三十多万美元。

我问他:“要背着债过三十年,不感到沉重吗?”

唐占晞笑了:“不会的,美国人差不多都得背点债。在美国生活,不向银行借点钱,口袋里没有信用卡,反而认为你这个人没有信用,得不到社会的信任。再说,我也不会在这儿住三十年,一换地方就得把这所房子卖掉,那时谁买我的房,谁就给我一笔钱,把欠银行的账一次还清,搬到新地方再借新账。”

这种生活方式不被我们理解。但在美国却毫不奇怪,十分普遍。

唐占晞还告诉我,去年他的生活就经历了一次危机,险些把房子卖掉。美国经济不景气,政府机关裁人。有一天下午,唐占晞和他的部下接到通知,每个人都把自己手上的工作清理好,下个月的工资没有着落，明天要裁减一批职员。唐占晞做了被裁的准备，回家和妻子商量另谋生路的办法。不管怎么说，这座漂亮的小楼恐怕是保不住了。他这个所谓的“职业外交官”并不是铁饭碗。第二天他上班后，看到办公桌上没有解雇单，又放心了。

过这种日子真有点提心吊胆、朝不保夕的劲头。我问唐占晞，这样生活不感到紧张吗?

他摇摇头，这是家常便饭，既不必大惊小怪，更不用提心吊胆。在这儿被解雇了，再到别处去干，这儿的房子卖了，到别处再找房子。反正会有饭吃，有房子住。

不怕流动，不怕变迁。树挪死，人挪活。可爱的性格。

10月10日

美国的政治比艺术值钱

在美国，只要有钱买票，没有不能参观的政治机构。如白宫、五角大楼、联合国大厦等等。

可是，参观艺术机构是分文不要的，任何人都可以自由出入。如美国最大的美术展览馆、宇宙航行博物馆、史密斯森博物院等等。

这可以理解为美国人把政治看得比艺术值钱。也可以理解为政治是能够用金钱买到的，而艺术的价值是不能用金钱来衡量的。

华盛顿最漂亮的一座建筑，就是国家美术馆(东楼)。它也是被美国人吹得神乎其神，并且引为骄傲的一座现代派建筑。它的设计者贝聿铭因此而名扬世界，成为当代声望最高、最富有创造性的建筑设计大师。

国家美术馆在华盛顿纪念塔的斜对面，当初这里只剩有一块三角形的地方，美术馆的大楼既不能向外扩展，又不能再浪费这块仅有的三角地。贝聿铭忽发奇想，把大楼设计成三角形，楼里面的厅、堂、台、柱及一切装饰性建筑，也一律都是三角形。奇特，新颖，别开生面。楼前和大厅内的显眼处，再衬以奇形怪状的现代雕塑作品，使这个美术馆更像一座现代化的艺术宫殿。

馆里陈列着世界著名的画家和雕塑家的作品，以现代派作品为主。给我印象最深的是毕加索后期的作品，他画了许多赤身裸体、不男不女、似人非人的东西和人身马头、人身牛面、人身狮相的怪物。作者已不想在绘画艺术上追求发展和完善，而是陷入一种抽象的、恐怖的思想混乱之中。他把人兽性化，也可以理解为把人神秘化。老先生或者认为人生之谜不可解，或者对人类充满了憎恶，尤其是对男人。

还有一个大厅里悬挂的油画，全部是表现男人在角斗时的神情和姿态，肌肉鼓起，拼死一搏，淋漓尽致地刻画出人们在角斗时的紧张状态，在拳击时的野蛮，用来歌颂力量的权威。

展览馆的楼顶上悬挂着一个黑色的钢铁制品：钢制三角形骨架，连着七八个像犁头一样的东西，慢慢旋转。不知是耕耘艺术，还是进行艺术耕耘。这里毕竟是美国的国家美术馆，不论是荒诞派也好，抽象派也好，其作品都颇为高雅，不伤风化。我在其他地方见到的一些所谓现代派雕塑，往往在女人身上打主意。选其臀部或胸部加以演化，搞得又像又不像，让人一看就能想象出来，谁要捅破这层窗户纸，他还可以不认账。其奥妙就是只可意会，不可言传。

在展览馆东楼的西面，穿过一条马路，有一所老楼，现在称为国家美术馆的西楼。里面陈列着古代和文艺复兴前后的美术作品，还有许多美术大师们用现实主义手法创作的油画珍品，每个展览厅里站着一个身高力大的警察。在东楼的现代派作品展览厅里则没有警察看守。

看来美国人也认为，在艺术上传统的东西比现代的东西更值钱。

我参观完毕之后得出一个印象：最好的一件艺术展品，就是展览馆东楼的设计和建筑本身。

在华盛顿郊外，波托马克河边的草地上，有一个奇怪的雕塑品，作者奇妙的构思、大胆的造型，使参观者精神为之一振，使它成为华盛顿最独特的一件艺术品。这里没有华丽的建筑，也不是公园，更没有管理员、说明书、广告牌等等招引游客的东西。这里是荒天野地，突然从土里露出一张巨人的脸，下巴上长满蓬乱的胡须，额头粗筋暴涨，两眼喷着怒火，瞪着苍天。他要站起来，要生存，要获得自由，然而太艰难了。他的身体被埋在土里，只有一只右臂伸出来，肌肉鼓得像铁块，由于用力挣扎，粗大的手指弯曲得像钢钳。左腿用力蹬住泥土，露出支起来的膝盖。露出土面还有一只右脚。

这件惊人的雕塑作品，就是半个脑袋、一只手、一个膝盖、一只脚，却不使人感觉七零八碎，而是看到一个完整的、形态生动而又逼真的巨人被埋在土里，他正拼命挣扎，想获得自由。看到它的人无不受到强烈的刺激和感染。它没有标题，没有解说词，参观者尽可以按自己的思想去理解，去猜度，去思索……

可悲的是来这儿参观的人很少，而参观白宫和五角大楼的人却排成长队。可见人们对沾染政治色彩的事物的好奇心，远胜过对艺术的追求和爱好。

离"巨人"不太远的地方，有一个高尔夫球场，打球者每人坐着一辆电动小车，在草地上跑来跑去。据说当初美国人发明高尔夫球，是为了让人多散步，增加身体的运动量。现在又发明了打球的小车，以车代步。体育运动自动化，这也是美国的一种"先进"。

宇航博物馆，则像一座浩大的科学宫。里面陈列着有莱特兄弟乘坐的第一架飞机，有世界上第一架超音速飞机，还有第一艘登上月球的人造宇宙飞船等许多实物和模型。把神秘的探索宇宙的科学变成通俗能懂的航天知识，既吹嘘了美国的航天技术，又介绍了人类从发明气球到制造出航天飞机的这一段有趣的航天历史。

美国的博物馆之多，博物馆的内容之丰富多样，出我意料。这个社会，乌七八糟的东西不少，正儿八经的东西也不少；对人们有害的玩意儿不少，于人们有益的东西也不少。要解剖这样一个社会不是容易的，难怪有些在美国生活了几十年的人，谈起美国，仍旧说不出个所以然。真的，假的，虚的，实的，好的，坏的，绞成了一团，晃人眼目。但万变不离其宗，它总有个规律，我希望能对美国社会的规律摸出一点门道，才不枉此行……

10月11日

纽约的刺激性

华盛顿飞机场的候机大厅里，多是提公文夹的官员，他们的脸上装出一副莫测高深的样子。

纽约的机场里，多是夹皮包的资本家，他们机警，傲慢，一副有恃无恐的样子。

下午五点钟，是机关下班的时间，我见到了这样一个场面——从“世界贸易中心”的两座大厦里，从帝国大厦、大通银行大厦、花旗银行大厦和泛美航空公司大厦等一群群摩天大楼里，像大河决口子一样涌出了一股股人的洪流，他们夹着皮包，行色匆匆，塞住了大街小巷。尤其是华尔街一带，在摩天大楼的阴影里，人群显得像蚂蚁一样，渺小而又忙碌，纷纷奔向停车场、地铁车站……

纽约是由大西洋岸边的几个岛屿组成的，市中心在曼哈顿。它是个四面环水的狭长岛屿，东西长二十公里，南北宽四公里。在曼哈顿岛周围，还有皇后市、布鲁克林市、里士满市和布朗克斯市，统称纽约。

纽约——这个世界著名的大城市，并不讨美国人的喜欢。尤其是生活在西部的美国人，他们说纽约只代表纽约，并不代表美国。

纽约大而拥挤，街道脏而乱。许多主要街道年久失修，柏油断裂或塌陷，路面坑坑洼洼。坏得太严重的地方，就铺上一块二十厘米厚的钢板。这样修路最省事，也显示美国不缺少钢铁。只是苦了市民，行人走上去，一不小心就会绊个跟头。汽车行驶在这样的街道上，嘎噔嘎噔，颠簸不已。

纽约人也显得较为粗野。到了晚上，有人就在大街上撒尿。一些年轻人横冲直撞，有意寻衅。

美国人的文明是:走在大街上,遇到了自己不认识的人,只要两人目光相碰,就喜欢点个头,打声招呼。但两个人走个对面,一方突然遭到坏人抢劫、行刺或者侮辱,另一个人倒装做看不见,绕道而过。事不关己,不管不问,更不会路见不平,拔刀相助了!美国人不爱管闲事,是为了不给自己惹麻烦。如果你看见发生了抢劫、行刺和强奸的事情,不赶快躲开,也许会惹恼坏人,危及到自己的生命和财产。即便不如此,也会一次又一次地被叫到警察局去作证,没完没了地被传讯,耽误自己的时间,不仅影响收入,闹不好还会被老板解雇。

在纽约,连这种假惺惺的只限于点头打招呼的"文明"也很少见。纽约人的服装最怪、最杂。连穿着高跟鞋的女人,走起来也是一路冲锋的样子,带着一股"野"劲儿。

有强烈的纽约味儿,最能标明纽约的特点,集中体现了美国人所谓的自由和文明的地方,我看就应该数纽约的地铁和百老汇的夜晚。

怎样来比喻纽约的地铁呢?它很像旧天津的"三不管"——天神不管、地鬼不拿、仁人君子不问。这种地方是冒险家、投机分子、流氓强盗的乐园,是一种可怕的黑社会。在这里人类文明仿佛倒退了几百年,连空气都显得粗俗和野蛮。

我们一提出要去乘地铁,陪同我们的"美中关系委员会"的工作人员就很紧张,提出约法三章:一、必须集体行动,人多势众,谅坏人不敢轻举妄动;二、若为了体验生活,必须白天去,夜晚绝不可乘地铁;三、乘地铁时,在大站上车,在大站下车。在中国乘地铁、坐火车,是哪儿清静、哪个车厢没有人,往哪儿去。在这里正相反,要挑选乘客较多和有警察跟随的车厢上,候车的时候哪儿人多站在哪儿。

在美国工作的同胞,私下里也告诉我们,光有这三条也还靠不住。有个旅游代表团,成员是四个男子汉,人数不算少了,同样也是在大白天,碰上一个黑人。那黑小子看他们两眼,便从他们身边挤过,然后一声呼哨,不知从什么地方忽然钻出七八个黑色大汉,把他们围住。中国人出差,喜欢把全部家当都放在提包里,睡觉枕在头下,上街提在手里,以为这是最保险的。在美国这样做恰恰是最不保险的。不消两分钟，旅游团的一千多美元零用钱、一架照相机和其他一些物品，全送给了那一群黑小子。掌管钱财的那位老兄的手里只剩下半条扯断的提包带。

坏人是很了解“行情”的，他们专抢中国人或者日本人。中国人出门上街喜欢带现金，而当地人上街买东西多用信用卡或支票，身上常常是一文不名。要命一条，要钱没有，抢他何益？而东方人到关键的时候舍财不舍命，对强盗难免不倾囊相助。对这些刚出门的中国人，也极好辨认，他们西服革履，系着领带，干干净净，一本正经，短发净面。朝这些人下手一般是不会落空的，不走运还可以扒走一套西服。

因此，同胞告诫我们，身上不可多带钱，也不可不带钱。带十元或二十元，此谓“买命钱”。遇上强盗打劫，倘若他一无所获，就会觉得晦气，一怒之下也许要置你于死地。如果他能得到个十块二十块的，就不会朝你下黑手。遇到这种情况，不要过分害怕，跟他好说好道，晓之以理，说不定强盗还会再还给你五块钱，叫你够坐汽车回旅馆的。

这算过的什么日子？未曾出门先想到挨刀子捅或者遭抢劫！人们把纽约地铁渲染得越是可怕，越激起了我们的兴趣，非去坐一坐地铁不可了。

百闻不如一见，纽约的地铁的确够“味儿”！破破烂烂，黑不溜秋，地下铁路密如蛛网，通到城市的各个角落。有时地铁也钻出地面，在路面上行驶一段又钻进地下，使我想起了在迪斯尼乐园参观过的“鬼府”。纽约的地铁车站也像一个迷宫，铁道七岔八岔，站台拐弯抹角、四通八达，构成了许多偏僻的角落，黑洞洞，冷幽幽，阴气逼人，在这些角落里常有强人出没。不要说是夜晚，就是大白天，这里也如同黑夜。有一些不三不四的人，目光贪婪，面带凶气，既不上车，又不出站，在站台上荡来晃去，幽灵一般。有些胆小的人，见此情景虽然未遭抢劫，腿肚子先自软了三分。

这里站不像站，车不像车，有铁的地方都生锈，有玻璃的地方全被捣碎，发亮的地方漆片全部剥落，白墙变成花花墙。站台上又脏又旧，铁道上扔了许多纸屑果皮，藏污纳垢。不论是墙壁上，车厢里外，椅子背上，石柱子上，全被油漆、画色、墨水涂了个乱七八糟。这些好事之徒，如果是仅仅写上“××到此一游”倒还罢了，他们涂抹了许多下流画和淫言秽语，也有少量的废话和正经话，使地铁变成了垃圾箱。当然是美国人的一种精神垃圾箱。

真是大开眼界，如果不坐地铁，岂不等于没有看到纽约？

我在报纸上看到一则介绍一家国际笔迹咨询所的新闻，那些笔迹专家们专门研究和分析人们随手涂写出来的玩意儿，据说灵验得很。表面上看是毫无意义的乱涂乱抹的东西，实际却反映了潜意识的重要信息，透露了一个人的内心感觉。信手画尖角和乱七八糟的直线，就说明这个人性格暴躁，心情沮丧。随意画圆圈，表明这个人自由散漫，什么都不在乎。画眼睛的人，性格多疑。画星星的人，怀有某种希望。连美国的总统也不例外，肯尼迪喜欢画白宫和自己别墅的对比，标志他喜欢改革；里根爱画自己不同时期的肖像，说明他善于交际。

这些笔迹鉴定专家为什么不到纽约的地铁里考证一番呢？倘若他们对纽约地铁里，已经对人们的视觉和心灵造成灾害的乱涂乱抹，做出正确分析的话，那该怎样解释美国人的性格呢？

晚上，我们在百老汇一家剧场，看百老汇歌剧院演出的歌剧《安妮》。据白莉娟小姐(Jancarol berris)讲，这个戏上演六年多了，演了两千三百多场，一直盛况不衰，场场满座。美国政府和资本家都很喜欢这个戏，广为宣传，去年拍成了电影。这是个美国式的“全亮色”的作品，剧情很简单。

三十年代，在一所孤儿院里，有一个聪明又倔犟的小姑娘，她叫安妮，不愿忍受胖院长汉尼根太太的管束和虐待，多次想从孤儿院逃跑，都被抓了回来。有一次逃出去的时间稍微长一点，是由于她机警地钻进了垃圾袋，被收垃圾的工人背出了孤儿院。她宁愿到处流浪，忍饥挨饿，也不愿再回到孤儿院过那种安定的但是备受摧残的生活。安妮在流浪中和同样也是无家可归的狗——桑迪，交上了朋友。从此，她不管到哪儿，就再也没有离开过桑迪。

圣诞节前夕，好像是无儿无女的老绝户头、亿万富翁沃伯克，派颇有贵妇人风度的秘书格雷斯太太,到孤儿院挑选一个男孩,来沃伯克家过一个星期的豪华生活。格雷斯太太却看中了刚又被抓回来的安妮,把她和桑迪领回沃伯克家。安妮以她特有的机灵活泼、大胆勇敢,首先博得了仆人们的宠爱,很快也赢得了沃伯克的喜欢。他想收养安妮,并想帮助安妮找到她的生身父母。沃伯克登了广告:安妮的生身父母如果前来认领自己的女儿,可以得到一大笔赏金。于是冒认者络绎不绝,汉尼根太太勾结堂弟和他的女友,伪造证物。若不是安妮在孤儿院的小朋友告密,几乎要把安妮连同赏金一块领走。

沃伯克带着安妮晋见了总统罗斯福,罗斯福派联邦调查局帮助寻找安妮的父母。最后证实他们已死,沃伯克正式收养安妮为女儿。罗斯福总统坐在轮转椅里也前来祝贺……

故事并不新鲜,甚至可以说毫无引人之处。《安妮》为什么会取得如此大的成功呢?

我想有两个原因:一是它的形式,音乐喜剧在美国有它的传统,自有独特的引人之处,演出效果很好,观众经常会爆发出一阵阵哄笑,并不断为演员鼓掌。第二个原因在那些小演员身上,各具才情,逗人喜爱。他们大的十三岁,小的九岁,演得各有性格,自然真切,活泼生动,妙趣横生。他们的声音里还带着奶味,却能歌善舞,越发显得天真烂漫。

这些小演员是从成千上万个少年儿童中挑选出来的,又经过了专门的训练。六年多以前,在音乐喜剧《安妮》中扮演孤儿的小演员们,现在已经长大了,与角色的年龄不相符。我们看到的这台小演员是新换上来的。一换演员,这个戏就又热闹一阵,老板吹演员,就是吹自己的戏。把小演员说得越神,对人们的吸引力就越大。老板需要明星,明星能够赚钱。

回到旅馆已接近午夜,我正想放水洗澡,同行的两位女士打来电话,她们邀我到街上去走一走,看看百老汇的夜景。我感到诧异,刚从百老汇回来,怎么又要去逛百老汇?她们讲,在百老汇的剧院里看戏,不等于看到了百老汇的夜景,要想真正了解纽约,就得直接到社会的底层去,甩开保镖,我们自己随便去逛一逛。

她们的兴致很高,另外还邀了两位上了年纪的男同志。因为我比较年轻力壮,也希望我跟他们一同前往,增大安全系数。我实在不想去,对百老汇的夜景也没有多大兴趣,但这种时候,作为一个壮年男子,理应为同胞们"两肋插刀"。其实真的遇上强盗,我也无济于事。不过多一个人总会多一份力量。就这样,我们学前人的"微服私访",悄悄地走进了纽约的黑夜之中。

纽约的气温比洛杉矶冷得多,夜晚加上了一件毛背心还觉得有些凉。在突出的摩天大楼的顶部,挂着巨型的寒暑表,电子光逐渐减少,说明气温还在下降。这电子光标志着水银柱,在夜幕中格外刺眼。

纽约的街道成棋盘形,横的称街,纵的为道。当我们溜到四十二街的时候,已经凌晨一点多钟了,却正是百老汇一天之中最热闹的时刻。

四十二街上的商店都开着门,从一家挨一家的电器商店里,传出流行的电子音乐,嘶哑的男人的歌声和轻飘飘的女人的歌声,还有刺耳的摇滚音乐。我怀疑这些商店之所以开着门,就是为了播放这些音乐,给纽约人的夜生活增加点气氛。因为买东西的人很少,售货员闲得发腻,有的跟着唱机一块哼哼,有的摇头扭屁股,不知是自得其乐,还是驱赶睡神。

四十二街的另一侧,是一家又一家的夜总会,门口的霓虹灯、招贴画、奇形怪状的广告,全都发出一种神秘的、朦朦胧胧的光。什么"美艳亲王"、"千面歌后",什么"青春玉女"、"特别情商"……在这里被污染的不只是眼睛和耳朵,还有文字!

大街上行人不少,但和白天的行人有很大变化,那些夹皮包的神气活现的美国人不见了,多了一些游手好闲之辈。在夜总会和商店的门前,在胡同的拐弯处,在一些黑暗的街口和角落里,游荡着一些奇奇怪怪的人物。他们或三五一伙,勾肩搭背,在街头嬉笑打闹。或独往独来,故意冲撞行人。我因为要保护女士和年老的同志,左肩被撞过两次,他撞完人还扭头看看我,我也看看他,要是真动拳头,他也未必就能沾光。但为了少惹麻烦，只好吃个哑巴亏。还有的人，像吸毒鬼，又像醉汉，站在当街，斜叼雪茄，用放肆的目光追逐行人，给灯红酒绿的气氛增加了一层恐怖。

白天，偶尔才能碰上一两个黑人，他们给人的感觉是朴实和善良。一到了深夜，黑人仿佛同黑暗一块降临到大街上，那些不三不四的人中，多是黑人。警察荷枪实弹，手里还提着一套报话机，在马路上来回巡逻，有的地段三步一岗五步一哨，气氛森严，颇有一种大敌临头的架势。同行的两位女同胞，游兴全无，神情紧张，用力拉住我们的胳膊，一个劲儿地催促赶快回旅馆。

这就是纽约的夜景，该说它什么好呢？有色情，有无耻，有恐怖，有荒诞……还有什么呢？

花样当然还有很多，赌博，电子游戏，露宿街头的流浪汉，酒鬼收容所，贩毒的巨商在夜幕的掩盖下拍板成交，抢劫金库的大盗正乘夜色逃之夭夭……

10月12日

文学上的“大”与“小”

我的房间在帝国饭店的十六层，清晨起来，隔窗眺望纽约的街景，由于高楼林立，看不见太阳东升，也望不到朝霞，穿过楼尖只能看见一线灰蒙蒙的天空。燕子、鸽子和其他小鸟，在摩天楼的下半部穿来绕去，飞行的障碍很多，一不小心就可能会撞楼而死。人类的建筑，侵犯了属于鸟类的天空。

大街上车如穿梭。纽约的小汽车开得格外快，像醉汉撒野。行人穿过马路时需特别小心，谁知你越小心，司机把车开得就越发粗野，看见马路上有行人也不减速，风驰电掣，在行人身边一掠而过。但是，纽约有许多“勇敢分子”，专治司机。他们是年轻人，有男也有女，在大街上溜旱冰，旁若无人，旁若无车。有的成双成对，还做出各种姿势，忽儿“银燕亮翅”，忽儿“鹰抓兔子”……这还不算，他们每人头上都戴着一对立体声大耳机，一边自由自在地滑行，一边听着音乐。什么汽车喇叭，行人谈话，一切城市里特有的喧闹和噪音，全都听不见。耳朵里只有美妙的乐声，优哉游哉！他们只管不受别人的干扰，这样是不是会干扰别人，那就不管了。

于是，纽约的大街上出现了这样的现象：一切车辆和行人，都得闪转腾挪，随时准备给溜旱冰的人让路。

也有不少青年人，虽然不溜旱冰，一上街就戴上耳机，袖珍收录机往口袋里一放。以此来对抗嘈杂的城市噪音。据说这样可以修身养性，有益健康，益寿延年。只是给警察局找了不少麻烦，使警察们深感头痛。大街上戴耳机的人日渐增多，已经成了美国交通事故增加的一个重要原因。

美国人爱搞一些小零碎。有人戴一副大号的眼镜，镜片上装有雨刷，下雨时能自动扫掉镜片上的水珠。暴雨如注，有人为了显示自己这种奇妙的眼镜，不打伞，不戴帽子，任大雨浇头，昂头仰脸，颇为得意。

上午和纽约的作家座谈，对他们的人和作品没有留下太深的印象。他们对中国文学也所知甚少。

美国是个经济和军事情报的大国，却是文学和思想情报上的小国。我们对美国的历史和文学的了解，远远胜过他们对中国的了解。这种文化交流上的“逆差”现象，不是美国人的光荣。这可能由于他们的傲慢与偏见所致，也跟长期的政治隔绝有关系。但主要还是取决于一个民族是否有悠久的历史和文化传统，是否有深厚的文化修养。在这一点上，中华民族是值得自豪的。

美国文人总是标榜文学如何脱离政治，如何瞧不起政治和能够对抗政治。其实他们当中有相当多的人，其经历是和政治密不可分的，并以能和政治家交往为荣。在美国二十几天来，我遇到的几个在美国颇有身份的文人，几乎都是政治家的朋友。

卡曾斯，当过总统的特使，自不必说。

里斯伯格（不是诗人艾伦·金斯伯格），圣母大学的校长，有过几本著作，在他的办公室里挂着经过放大的他同肯尼迪、福特、卡特的合影照片，他的下级向我们介绍他的情况时，先讲他的官职，再讲他同几位总统的友谊，最后才介绍他的文人生涯。其实，他是个吃“政治饭”的文人。

纽约《新标准》杂志的主编兼老板亨顿，自称是尼克松的密友，办公室里摆着他同尼克松一起进餐的照片，颇为此而感到自豪。美中关系委员会的Z先生却这样评价尼克松：“他除去打通了和中国的关系，没办过一件好事。他把我们的宪法偷走了。”不管怎么说，尼克松当过六年美国总统，曾是赫赫有名的世界性政治人物，亨顿先生能和他共同进餐，未尝不是一件荣耀的事情。

写过一本叫《春月》的长篇小说的鲍夫人，在餐桌上或闲谈时，喜欢高抬着夹着香烟的手指，不管谈话中有没有可值得笑的资料，总不时地放声畅笑，以笑为媚，以笑为狂，喧宾夺主。别人谈起她时，总是先说她的丈夫是什么外交官，她曾给基辛格当过什么秘书……

还有一些沾政治光的文人，不再一一列举了。

夸耀和政治家的某种联系，有“政治背景”的文人也受到人们格外的注意，这难道不是美国作家的可悲之处吗？又何必把写作说得那么清高呢？

中午和一个出版商见面。正是这些出版商左右着一部分美国作家的命运。他们既然被称作“商人”，那就是说他们热衷于出版那些能换取金钱的东西，而不是为了出版文学艺术、出版思想、出版哲学和道德。难怪一个美国作家向我抱怨，他写得最好的一本书，只印了七千册。中国作家聊以自慰的是有广大的读者群，这个读者群有几万几十万乃至上亿人。而且这是指严肃的作家创作的严肃的文学作品，不能和美国那些低级庸俗的所谓畅销作品相提并论。

《新标准》杂志是综合性评论刊物，号称是新的《星期六评论》。寄出去二十二万份征求订户的信，有百分之二订购了这本杂志，他们就认为是获得了很大的成功。每期卖三点五美元,目前还只发行六千本。

透过安妮的家,看美国人的孤独

按原定计划,我们应该明天才离开纽约,乘飞机去波士顿。参加中美作家会议的美方作家安妮·蒂乐德,几次打电话来,一定要我们到她家去做客。盛情难却,我们只好改变计划,今天下午就出发,坐了四个小时的汽车,来到米德尔顿,安妮任教于这里的维斯利尔私立大学。这是全美第一所接受黑人的大学,男女生各占一半,百分之七十是黑人学生。也是美国十所著名大学之一。没有工程系,只有文理科,共计有四千学生。而少数民族音乐研究生院,是全国最好的。学生的背景很不相同,小肯尼迪、罗逊等一些出名人物,都在这儿学习过。安妮每周两次来大学教授写作课,她自称教学主要靠两样东西:蜡烛和鞭子。蜡烛给人以灵感,鞭子给人以督促。学写作是不容易的,任何坚持到底的学生,她一律都给好成绩。

安妮为了这第二次同我们见面,准备了好几天,请来了一位女学生专门负责做菜。还请来了她的几位好朋友作陪,其中也有参加中美作家会议的女作家格雷和她的丈夫。我们到达后,天色已晚,安妮的朋友早就到齐了,酒菜已摆好。安妮没有可供十几个人围坐在一起的大饭桌,她为了这次宴请特意买了一张乒乓球台,铺上白布,权当餐桌。一进门有张类似中国八仙桌式的方桌,桌上摆着我们几个人的著作,还有美国报纸对我们访美的报道。我就是在这儿才看到了美国新闻界对我们来访的反映。

《洛杉矶时报》用很长的篇幅报道了中美作家开会的情况,登出了参加会议的美方主要作家的照片。为了陪衬,参加会议的中国作家中只发表了冯牧和我的照片。这就是美国人的肚量,可笑而又自私。全没有君子之风,千方百计利用操办这次会议的便利条件,讨点小便宜。

安妮自己坐正席,安排冯牧坐在她的右边,让我坐在她的左边。她热情、诚恳,甚至显得有点稚气未脱。她身为一家之主,却"主"不起来。格雷以安妮的老师和保护人的身份替她致欢迎词。这顿饭吃得很愉快，主人和客人都没有虚伪，没有矫饰，大家轻松自如。席间安妮为大家演唱了美国民歌，李準学唱了两句麒麟童的唱腔，我一路上对美国的草原印象颇深，唱了《草原之夜》。大家有说有笑，这是到美国后过的一个最愉快的夜晚。

饭后大家随着音乐跳起了舞。格雷拉住我说："你的小说风格是讽刺……"

她的丈夫也在旁边插进来说："我最喜欢你的《一个工厂秘书的日记》。"

这种场合谈论文学，尤其是谈论我的作品，不太适宜，只能使我感到尴尬。幸好安妮来拉我去参观她的小楼，为我解了围。

米德尔顿是美国东北部一个风景秀丽的小城。在绿树丛中，安妮一个人住着一所木结构的小楼。上下共有三层，特别是二层、三层，显得空落落，冷清清。墙上挂着许多她过去的照片，她和丈夫，还有孩子，在海滨或者草地上嬉戏。当时她显得满面春风，笑逐颜开。自她和丈夫离婚后，他们都走了，扔下她一个人。她居然还把这些照片挂在眼前，足见她的软弱、她的孤独和她对孩子的想念。

像安妮这样过着孤孤单单的生活的人，在美国有很多。我去过好几位作家的家里，不是没有男主人，便是缺少女主人。

我还认识一位在创作上颇有成就的剧作家R先生，虽已五十多岁，外表结实而又憨厚，也是孑然一身。R先生的家在远离市区的一个小山顶上，有钱人不喜欢住在闹市区，离市区越远，房子就越高级。当然这个"远"是有一定限度的，不能远到"上山下乡"。R的家就正合适，不仅房子周围绿树成荫，芳草青青，环境幽雅，晚上站在楼前还可以眺望城市的灯火。R先生的小楼比安妮的家要豪华得多了，不仅楼的样式别致而堂皇，楼内的陈设和配备更是一般人所难以想见的，有点过分铺张和炫耀了。游泳池、网球场、台球室、琴房、客厅、酒吧等一应俱全，而这一切都是他一个人享用。不能不令人感到怅怅，替他惋惜。他富有、豪华，却过得并不舒适，似乎缺少一种最重要的东西，这并不指他没有妻子。文明人为什么要讨厌文明？为什么要逃避人？网球场再漂亮，一个人也打不成网球呀！

吃饭的时候，我和身边的一位美籍华人教授交谈：

“一个人住在这幢楼里，就不怕闹鬼？”

“鬼是少不了要经常闹的！人一寂寞，心里难免不生暗鬼。”

“住得这样远，朋友们来串门也不方便。”

“在美国是不兴串门的，想串门得事先打电话约定时间，十之八九会遭到拒绝。灵魂越孤独，越要包得严严的，互不通气。”

在中国，熟人见了面，可以随便问一声：干什么去？对方也很乐意告诉你他想干什么去。在美国这是不可以的。自己的私事守口如瓶，对别人的私事千万莫打听。诸如工资多少、年龄多大，都是禁止询问的。

这位教授喝了几杯酒，感叹一声，向我讲起了他自己的苦恼。他有一个儿子，已经上大学了。人到老年就常常想念自己的孩子，可是要想见到自己的儿子并不容易，需要提前打电话跟他约定时间。父子尚且如此，何况他人！

老子请求儿子接见——这种事在美国不足为怪。在这里没有对长者表示尊敬和同情的习惯。因此老年人的孤独更厉害。报纸上常有这样的新闻，老年孤独者死了几周，甚至几年之后才被人发现。有的更惨，死后无人知晓，被死者生前豢养的爱犬吃掉了。

据美国国情普查局公布的资料看，目前美国离婚的人数一千二百二十万，占全国总人口的百分之十五。鳏寡者一千零八十万，占全美总人口的百分之十三点一。独身的一千万，占总人口的百分之十二点二。这三种人加起来就将近美国总人口的一小半。

孤独——这是个可怕的魔鬼。许多美国人都摆脱不了这个魔鬼的纠缠，他们可以找到地方去吃喝玩乐。但热闹一散场，更添几分孤独！

这位华人教授对我说：“你如果有兴趣要表现美国人的生活，就写写他们的孤独……”

老年人受孤独的折磨，美国的年轻人就不感到孤独吗？不然，美国是一个工业社会，以青年为主，却忽视了青年的问题，被认为是

“中年发胖”的社会，美国已进入暮年，成了一个“无诱惑力”的世界。

美国的吸毒者很多，大部分是年轻人，其中还有不少年轻的姑娘。特别是眼下这个季节，冬天将到，气温渐冷，不能到野外，到海滨去玩了，只能待在房子里。如果姑娘找不到临时的男朋友，小伙子找不到姑娘，就要想办法打发寂寞。吸毒也不是像人们想象的那么简单，如同吸一根香烟一样。年轻人集体吸毒是有一定的规矩和程式的。以抽大麻为例，几个人在一起，有人提出要吸大麻，问大家吸不吸？他掏出大麻卷好，点着火，自己先吸一口，然后递给第二个人，第二个人吸一口再传给第三个人。有乐同享，大家轮流。

美国的离婚者和独身者的数字高得惊人，不要以为他们都喜欢过单身生活。人的灵魂是一样的，都需要温暖，需要亲人的慰藉。虽然年轻人可以同居，可以搞同性恋，可以吸毒及寻找各种各样的刺激，但逢场作戏之后，徒生悲凉。

美国的好几部电影和电视剧中都有这样一个大同小异的情节：年轻的妇女老是疑神疑鬼总觉得身后有坏人或鬼魂暗中跟踪。有的果然被侮辱、被杀害，有的被惊吓成病。这实际上也反映了美国人精神上的孤独。

美国有一种很赚钱的职业——心理学医生。许多人本没有什么病，却怀疑自己有精神病，找到心理学医生把心里的话倒出来，被医生开导一番，精神顿觉轻松，“病”也不治而愈。可见这些人平时不能说心里话，无处可说，或者无人可说，久而久之，则被孤独鬼缠住。人皆有心，人心活而热，把它闷起来，难免不疑心生暗鬼。有嘴不说，活心弄死，其乃苦事！

就更不要说美国的穷人了，那些没有职业的，那些无家可归、流浪于街头的，孤苦难挨。而那些有饭碗的工人又怎么样呢？

一位热心的美国朋友，曾领我们在夜晚访问过一家教堂。当时我还深感诧异，夜半更深，到教堂里能看到什么呢？走进去才知道，晚间的教堂里更是热闹非凡，像个满座的剧院。但观众都是男人，东倒西歪,吵吵嚷嚷,烟雾缭绕,酒气熏天。有的坐在凳子上,有的坐在楼梯上,有的干脆横躺在前厅和过道里。他们一个个醉眼蒙眬,突然看见我们几个外国人闯了进来,一双双浑浊的眼睛里闪出奇特的光,全都盯住我们。我感到身上很不舒服。美国朋友赶紧笑着对我解释:这些人都是酒鬼,喝醉了酒到教堂里来,听人讲解怎样戒酒,怎样少喝酒不醉倒……

教堂是凡人和上帝会面的地方,却用来当做酒鬼的收容所。真亏美国人想得出!

前面果然站着一个穿黑服的人,在大声讲解酒鬼的“自我诊断法”:1. 喝了酒做事偷懒。2. 一喝酒就在家庭中挑起风波。3. 喝酒后又会深深地感到后悔。4. 一喝酒对什么都漠不关心了。5. 喝酒为了消除恐惧。6. 喝酒为了逃脱不安……他说了一二十条,都没说到点子上。酒神能驱赶寂寞,能解除孤独。一醉万事休!那么酒醒以后呢?恐怕寂寞越烈,孤独更甚!

我笑不出来,为这些醉酒者感到悲哀!

穷人和一般的美国人是如此,富翁们是不是要好些呢?

有一家杂志叫《富比斯》,公布了一个材料,美国大约有四百个亿万富翁,他们大都把自己关在深屋密室之中,过着孤寂的与世隔绝的生活。他们怕抢劫,怕被行刺,怕一切对他们进行图财害命的暗算。因此,大楼外再加层层铁丝网,住宅内安装了层层警报系统,成群的狼狗,大批的保镖。怀疑一切,没有知心的朋友,甚至连亲人也觉得靠不住。他们隐姓埋名,恨不得让人们忘记他们的存在。他们富则富矣,苦也真够苦的!有的富翁忍受不了这种密封式生活的孤独,自杀或者闹出了一出出的家庭悲剧!

(回国后整理《过海日记》,看到这儿意犹未尽,把以后发生的事情补写几句。)

第二天,也就是十月十三日,安妮不愿意和我们分手,她非要把我们送到波士顿不可。在波士顿又陪着我们玩儿了近两天。天下没有不散的宴席,我们要飞往美国西部的盐湖城,安妮也不得不一个人重又回到那座空落落的小木楼里去。短暂的热闹而有意思的生活结束了，这位有才气、有潜力，在美国多次获奖的女作家，在跟我们告别的时候，泪花滚滚，张洁也抱着她哭了。

两国作家在这么短的时间里建立起这么真挚的感情和信任，难能可贵，令人动容。

我们坐上了飞机，张洁还在为安妮将来的生活难受，她孤单单一个人怎么打发漫长的岁月？今后她会不会再找到个人的幸福呢？

文章是寂寞之道，祝愿安妮·蒂乐德在孤独中创作出更多好的作品！

10月13日

历史和对历史的纪念

今天吃过早饭，乘汽车去波士顿。安妮告诉我，由米德尔顿直接去波士顿本来只有三四个小时的路程，今天我们可能要走一天，中途将绕路参观许多美国的历史古迹。

作家对历史和古迹总是有特殊的兴趣。我们兴致勃勃地上路了。

“这是‘老北桥’——华盛顿领导抗英斗争打响第一枪的地方……”

我把目光转向窗外，一个低矮而又极其普通的石桥。

汽车在一个不甚发达的小镇停下来，这里有一个美国独立战争的博物馆，Z和安妮竟拉着我们在这几间破旧的木房子里看了一个多小时。

“这是一六八五年的房子。”

“这是鱼油灯。这是当时人们食用的白糖，像白蜡一样，吃的时候用铁钳子夹着放到汤里蘸一蘸再拿出来。”

“这是美国最早的纺织品……”

“这是当时的滑雪板。”

“美国一七〇〇年就有了这种桌子,桌腿可以活动,可以拆下来。”

“这是当年的鼓风机,很像蒙古人用的手摇鼓风机……”

“这是当时的时钟。诸位先生请看,当时人们有多么聪明,只用一个铁片,画出十二个小时的刻度,全部机器都露在外面,一样能掌握时间。”

“这就是印第安人发明的遮窗板,墙壁上留个洞,把木板卧在里面,用的时候把木板向外一拉。”

“美国一七七六年开始有糊墙纸。”

“这是十九世纪的玩具……”

讲解员是个漂亮的美国“奶油小生”,如数家珍,滔滔不绝。我只是感到奇怪:这和美国的独立战争有什么关系?十八世纪才发明了会活动的桌子腿和能糊墙的纸,又有什么可值得炫耀的呢?

终于看到了和战争有关的“古迹”。

“先生们请注意,这是美国历史上非常有名的灯。一七七五年,有个叫利维尔的作家也参加了抗英战争,部队和派出去的侦察员规定好一个暗号:如果英军是骑马来的,就点一盏灯;倘若英军从水路坐船来,就点两盏灯。利维尔最早发现英军是骑马而来,就点起这盏灯,给部队报了信,美国军队打了胜仗!”

“这是当时的枪。”

“这是弹皮。”

“这是战士穿的雪鞋,在雪地上走路不容易摔倒……”

美国总共只有二百年的历史,他们恨不得把历史上发生的每一件事情,不论大小,哪怕是一草一木,只要和历史有点联系,就加以宣扬,进行纪念。在美国有数不清的“博物馆”、“名人”、“古迹”,不论大城市还是小的村镇,好像都有自己值得骄傲的历史,一有机会总要夸耀一番。

中国要是像美国这样保护“历史古迹”,纪念“历史名人”,等到美国作家代表团访问中国的时候,请他们留下来参观十年,大概也看不完!

但是,我不想嘲笑美国人的这种做法,相反倒颇为赞赏他们这样注重和标榜自己的历史。虽然这未免有点像打肿脸充胖子,类似穷人诈富,越穷越说自己有钱。

美国就是这样一个奇怪的民族,不要老传统,不维护旧的传统。或者干脆说没有老传统,却尊重历史。美国人忌讳“老”字,年老的女人不愿告诉别人真实的年龄。老就意味着退休、衰老或失败。美国人更喜欢新的尝试、新的发展,一切从头开始。也许正因为如此,美国人虽然酷爱炫耀历史,却并没有被历史的包袱拖住前进的手脚。纪念过去不等于怀念过去,更不等于想回到过去。

中午,我们到达了霍桑的故居。

这里叫“协和镇”,十九世纪美国的三个有名人物:霍桑、阿尔克特、洛斯洛南都在这里居住过。一八五二年,霍桑花一千美元买下了这所小木楼。楼上有霍桑的塔式书房,他自称是“空中客厅”,里面摆着一个简单而古怪的“站立写字台”。霍桑喜欢站着写作。这倒是一种特殊的功夫,不仅能练身体,保持脊背不驼,增加两条腿的功夫。而且不会把小说写得过长,过多地掺进一些不必要的水分,那样作者自己就先吃不消了!

我们在协和镇用午饭。饭后参观了美国浪漫主义文学的发起人索罗的故居,在《沃尔墩》里描写过的池塘的旁边,有九个半截的石桩,旁边放着一堆烂石头。来此参观的游客都要带一块石头来,丢在索罗的故址上。不知这是弄什么玄虚,问谁谁也不知道。

可惜,到这儿来参观的人很少,香火冷清,不知积了多少年,才积起那么一小堆石头。我宁愿不来这一趟,脑子里还保留着索罗在《沃尔墩》里多次描写过的池塘的景色。看过实际的池塘反而把原有的从书本里感受到的自然气氛给破坏了。池塘水浅,周围树木稀疏,地上落满黄叶,景色荒凉。到夏天池塘里可以游泳,也许还能多吸引一些游人。

突然一声长鸣,几只野鸟受到惊吓飞上天空,池塘边驶过一列火车。这倒有些新鲜,我们还没有坐过,甚至没有看见过美国的火车。美国航空业和汽车交通发达,地面的铁路运输几乎要被挤垮、被淘汰了!

下午四点钟,驱车直奔波士顿。

今天颇有点划不来,这也是对喜欢慕名而去探胜访古的文人的一个教训。

一路上看到家家户户的门口都摆了许多大南瓜,有的还把南瓜雕成各样的人头、鬼脸,有的做成南瓜灯,中间插上蜡烛。安妮告诉我,快到美国的“鬼节”了。

何谓“鬼节”?真正的含义却是庆祝收获的节日。

我告诉安妮,中国也有鬼节。但和美国鬼节的概念不一样,对鬼的想象也不一样。中国认为鬼是黑色的,美国认为鬼是白色的。

白种人认为鬼也应该是白色,这种对白色的偏爱真叫人哭笑不得。

沿高速公路两旁都是半原始的树林、庄稼和草地。树林好像无人管理,对树木不修枝打杈,因此长得不高大。但枝叶繁茂,有的红似一片焰火。

其实,美国真正年轻的东西是土地。它被认真地开发和利用也不过就是近二百年来的事情,尚有雄厚的肥力,种什么长什么,原野充满生机。这才是美国真正的优势。历史短也有短的好处。倘他们的土地已经开发了几千年,肥力用尽,土质贫瘠,纵有成千上万亿吨的化肥,有成套的先进的农业机械,又怎能让一个农民能生产出供五十九人吃的粮食?

但土地的负担毕竟是有限度的,正像科学和技术的进步也是有一定的限度,是一个道理。到美国人真正感到自己是“历史悠久”了,那他们的土地就会变老了!

10月14日

闲游波士顿

波士顿是马萨诸塞州的首府,也是美国东北部“新英格兰地区”六个州的中心城市。自英国人统治时期开始,波士顿就是美国重要的政治、文化和贸易的中心。美国人最早掀起反抗英国人的殖民统治和剥削掠夺的斗争就爆发在这里。

现在,波士顿仍然是美国著名的文化城市。这里有较浓郁的文化气息,而少有现代工业城市的喧嚣。市内有好几所著名的高等学府,查尔斯河河面上有点点白帆,景色宜人。波士顿大学就在河对岸,著名的哈佛大学和麻省理工学院则坐落在坎布里奇地区。

我们住在花园广场饭店,一位当地的刘姓华裔女士告诉我们:右面是豪华地区,是波士顿文化、经济的中心,各种企业的办公大楼及高级住宅也多在这一带。左面是贫穷区,多小商小贩和低级下流的场所。

想不到我在纽约时说过的一句戏言,竟在今天为我们赢得了半天可以由自己支配的时间。在纽约时,我对陪同我们的Z说:“美国号称‘自由世界’,到了晚上普通人却不敢随便出门,更不许我们这些外国人自由活动,谈何自由?!”

今天早晨,Z陪我们在旅馆的餐厅里吃过早饭,然后宣布:整个上午让我们自由活动。他一边说,一边冲我挤眉弄眼,似笑非笑。那意思分明是告诉我,他是听了我的牢骚话才决定这么做的,看我以后还能再说美国缺少自由吗!这位Z先生能说汉语,只有四十岁,精明干练,有点油滑,用中国话说是个“嘎小子”!工作上能踢能打,独当一面。中国作协的外事部门正缺少这样的工作人员。

但是,天不作美,一会儿飘洒一阵小雨,一会儿又露出几丝半阴半阳的光线,气候反复无常,变化多端。“新英格兰地区”的人,常喜欢用“波士顿的气候”来比喻阴阳怪气、生性多疑的人。我披上国产的“大地”牌风雨衣,走出旅馆。没有目的,也没有目标,信步闲游。

波士顿的街道和地铁都比纽约干净和整齐,人们也显得有礼貌和守秩序。这个文化城市给我的第一个突出的印象是书店多。有一条街上每隔两三个路口就有一家书店,书店的数量多于百货店和食品店。据说许多书店都是一天二十四小时不停止营业的。这些书店不论大小,设计得都十分合理,宽敞明亮,把书籍分门别类,开架排列,任顾客随意翻阅和选购,只在门口的服务台上有一两个售货员照看铺面。顾客走进书店很随便,想看什么就拿什么。

色情的下流书刊,多摆在书架的上面,尽量不叫小学生伸手就能够拿到。如果小孩子托一个大人拿下来递给自己,售货员也不加干涉。文艺书分两类,一类是装帧十分考究,价钱也很贵,这都是一些有文学价值的书,但买的人不多。另一类是简装的通俗文艺读物,纸发黑,印刷也不讲究,只有一个彩色的封面,这个封面也就是这本书的广告。多数是画着妖冶的女人做出各样放荡的神态,或一男一女做出各种调情的姿势。这些书的封面有些是和书的内容有关,也有的夸大了书中所宣扬的关于色情的那一部分,用来吸引买主。这种书在书店里占很大一块地方,看上去就像一幅幅黄色招贴画,卖的也较多。美国人出差或旅行,就在车站、码头、机场买上一本这样的小书,装在口袋里,有空就翻翻,打发寂寞。看完可以随便一丢,不用心疼。

超级市场里也卖书,文具店里也卖书,旅馆、饭店里也都有售书亭。为了招徕顾客,一般的书店都希望有更多的人进店去翻阅书刊,因此,有的书店竟公然挂出牌子:“欢迎只看不买”。

有七十五万册藏书的波士顿图书馆,门口则挂着这样的牌子:“以读书为乐,以静修为贵”。推崇借阅者是至高无上的。这也算是波士顿这座文化城市的特点和标志吧。

保险公司大楼——是波士顿的又一个标志。它不仅是全市最高的建筑(六十多层),也是最奇特的一座摩天楼。波士顿的景色都可以映在这座大楼上,它像一个直立着的巨大魔镜,人们从不同的角度望它,就可以看见与其相对的波士顿一角的景物。虽然这种反射出来的景色只是一个模模糊糊的影子,也足以能引起人们的惊奇,像传播神话一样到处议论。

它外表近似黑色,像镜子面一样发着幽幽的亮光。从外面往楼里望,什么也看不见。到楼里向外看,通明透亮,采光很好,一切都尽收眼底,清清楚楚。楼内有市场、餐厅和保险公司的职员们办公的地方。还可以花钱乘电梯直达楼顶,鸟瞰波士顿全城。

保险公司大楼所以出名,还由于围绕它打了一场轰动全美的官司。它的设计者是著名建筑师——贝聿铭。大楼盖好后不久,有三块玻璃掉了下来。保险公司告了贝聿铭,贝聿铭经过检查,认为自己的设计没有问题,掉玻璃是施工的原因,他又告了施工单位。施工单位也认为自己没有问题,又告了制造玻璃的工厂。玻璃工厂当然也不能认账,又告了提供原料的单位……这是一起罗圈官司,已耗资四百万美元,听说还没有结案。

中午,我们到哈佛大学和费正清教授过去创办的燕京研究院的学者们座谈。哈佛占地很多,门也很多,从哪个方向都可以进出校门,围绕着大学有许多小商店为学生服务。以哈佛为中心,在坎布里奇一带形成一个独立的大学王国。

大学的校舍多是中古时代的欧式红砖建筑,每栋楼仅三四层,楼墙上爬满常春藤。校园不漂亮,也不及其他大学的校园整洁。但处处是草地和无数粗大的树木,笼罩着一种老学府的沉重气息。它已有三百多年的历史,哈佛是在一六三八年献出了自己的财产,办了这所大学,遂以他的名字命名。哈佛园里有他的塑像。

哈佛大学的学生分男校和女校,有学生两万人。还有六个研究生院。哈佛最著名的是商学院和法学院。

目前在美国没有人否认哈佛是名牌大学,却有许多青年人,尤其是西部的大学生,认为哈佛是一所正统的、守旧的大学。哈佛的确对学生们管理很严格,一年级的大学生必须住在学校里,由研究生院的研究生当舍监,帮助大学生制定选修课,辅导他们学习。

座谈的时候,有一两位教授面露狂色,仿佛名牌大学里的教授,也一律都是名牌一样,颇为自得。既然如此,何必还要请我们来呢?而且不管我们疲劳与否,连着安排了两个座谈会。我的几位同行也有点不买账,讲话的时候都很简短。害得团长不得不在他们讲话之后为他们做长篇补充。这样一来团长尴尬,大家也觉得尴尬。

哈佛的图书馆里摆着我们的小说,完全用不着再进行自我介绍。轮到我发言时,我说:“我写过几本小说,但喜欢和读者交往,不大情愿和学院派的研究人员接近。作家是把死的东西写活,而某些研究者却喜欢把活的东西搞死。我庆幸今天以一个陌生人的面孔走进哈佛大学,但愿我对哈佛永远是陌生的。我还恳请我的团长不要再对我的介绍做任何补充。”

这就给冯牧铺了个台阶。不然他介绍了张三,不介绍王五,容易造成误解。如果逐一由他做详细介绍,也够他受的。我这样公开一讲,从我开始,后边的人就不用他再做补充介绍了。

我发言以后,Z作为同样是被哈佛请来的客人,出人意外地到外面为我拿来水果和饮料……

散会后,编辑《秋水》杂志的刘女士主动对我说:“你讲得好,表现出了作家的个性与辩才,对哈佛的这些人就得这样……”

我也不知道“哈佛的这些人”到底怎么样,我说这番话没有其他意思,只是不愿意用谁也不愿意听的客套话浪费大家的时间。

应该说刘女士是了解哈佛人的,她的丈夫也是这所名牌大学的教授。直到她送我们上飞机的时候,还在对张洁称赞我那即兴说出来的几句话,这倒使我颇感不安了。

刘女士的称赞并不使我高兴,我高兴的是似乎掌握了普通美国人的脾气。他们喜欢机智幽默的谈吐,喜欢讲故事和开玩笑,喜欢听真话。尽管这真话对他们来说也许是尖酸刻薄的,也会比听到没有幽默感的恭维话更觉得舒服些。

现在我想通了,《洛杉矶时报》在报道中美作家开会的情况时,除团长冯牧之外,团员中还发表了我的照片,也许跟我发言时放得开,能够自由自在地保持自己的锋芒、敢于嬉笑嘲讽有些关系。“美国人就吃这一套”——刘女士的话也许不无道理。

10月15日

盐湖城风光

红棉花树旅馆——多美的名字。

我们是昨天夜里十二点半走下飞机，又坐了一个小时的汽车才来到这里，看不清“红棉花树”周围的景色，只觉得这家旅馆的规模不是很大，却很舒适。夜里极其安静，睡了一个好觉。

清晨，我洗漱完毕，匆匆走出旅馆。这里气温稍凉，我在秋衣外面又加了一件毛背心，下身多穿了一条秋裤。

“红棉花树”——果然不假，旅馆两侧开满鲜花，红火火，一片灿烂娇艳。这种花很像中国北方的洋绣球，但枝干高大，有半人多高，绿油油的圆叶通红的花，确有点像棉花。也许“红棉花树旅馆”就是因它而得名。

令我惊奇的是路旁还堆着没有融化的积雪，几天前这儿下了一场雪，就在雪堆的旁边，野花依然青枝绿叶，花朵正开得耀眼。旅馆的后面是一大片修剪得整整齐齐的草地，绿油油含珠滴翠。如果说这片草地是由于管理好才未见枯萎，那么道旁和山坡上的野草野花该无人管理了吧？照样是翠青青，一片油绿，还看不出有枯黄的迹象。

虽然是积雪不化，气候并不寒冷。既然气候不冷，积雪为什么又不融化呢？这真是盐湖城独有的奇景。

盐湖城的西北方是著名的大盐湖，生产湖盐。周围是天普山，山头积雪终年不化，在阳光下闪着刺眼的白光，使人不敢仰视。盐湖城就坐落在这个群山环抱的盆地中央，因而有其独特的气候条件。整个美国又被太平洋和大西洋环抱。太平洋是“风雨的故乡，太阳的世界”，美国为此也沾光不少。说风就风，说雨就雨，冬天雪多，很少干燥，再加上肥沃的土质，这就成全了美国的花草树木。

我们就在红棉花树旅馆的餐厅里吃早饭。餐厅不是一间辉煌的大厅，而是分成好几个不很大的餐室，每间餐室都不在一个水平面上。楼梯七弯八拐，两侧野花盛开，让人感觉是在走一条山道花径。每拐上一个山坡，就有一间设计得独具一格的小餐厅。泉水淙淙，水池里养着龙虾、活蟹和鲤鱼。餐桌是按英国古老的马车样式制作的，墙壁镶砌着圆石子，每个餐厅的前面也有一辆旧式马车，车上装满各色各样的现代食物。一切都使人想起这是在荒村野店进餐。

饭后,我们沿普罗河参观了天普山的峡谷和瀑布。下午,真的在杨百瀚大学国际研究中心主任的山中别墅里吃了一顿野餐。

走进山里就可以看到这样一些牌子:“以上是私人财产,禁止上山!”

这确有点“此路是我开,此山是我买,要想过此路,须得留下买路财”的味道。在美国的高速公路上行车,的确要不断地交纳“买路钱”。

在盐湖城里,每个交岔路口都有电子报声器。每当绿灯亮了,就会发出一种布谷鸟的叫声,通知盲人和不懂交通信号的儿童,此时可以穿过马路了。

但是,盐湖城给我印象最深的还是草地。

盐湖城是犹他州的首府,在美国却只能算个中等城市,没有摩天楼,也没有严重的工业污染,空气清新,地面洁净,几乎看不到尘土。因为地面盖上了一层厚厚的植物被,把尘土封住了。高空有树,中间有一丛丛灌木和鲜花,地面上是青草。绿分三层,简直是立体的绿!

中午,有一些老者在草地上休息,或静坐或躺卧或慢跑。躺在草地上一动不动,安闲自在地承受秋天阳光的照射,也是一件乐事。茂密的草地洁净柔软,像被褥一样牢靠而温暖。我不觉也放慢了脚步,打量这些老者的神态,猜度这些卧草人的心境。他们有的欢悦,有的凄苦,有的安然,有的麻木。他们是退休了,还是生病了?是老而无靠,还是能够颐养天年?他们到草地上来健身养性,还是排遣愁烦?

不管人们怀有什么样的心境,躺在草地上如同倒进了大自然的怀抱,身体接受大自然的亲吻和抚摸,感情接受自然界的调理和慰藉,这未尝不是一种享受。当人生进入晚年,渐渐失掉了其他的享受,这种由自然界赐予的快乐就更加可贵。

绿草像一把梳子,梳理着人世间各种各样的喜怒哀怨。从这个意义上讲,草地真帮了美国社会很大的忙。这个花花世界里,一天到晚将发生多少奇奇怪怪的“感情案件”呀!当人们被现代生活折磨得筋疲力尽的时候,躺在草地上接受一番青草的抚慰,至少会消除疲劳,放松神经。

喜欢草地的不只是老年人。儿童喜欢在草地上踢球、打滚、做游戏。学生喜欢在草地上读书。

我参观过好几所美国的大学,每一所大学的校园里都铺满了青青的草毡。我也不止一次地看到过这样一幅美妙动人的晨读图:一些长得白嫩可爱、俊俏妩媚的女学生,跪在草地上专心攻读。鸽子在她们身边走来走去,松鼠甚至拱翻了铅笔盒,也不能让她们分神。

青草把校园打扮得优美宁静,在嫩绿的草毡上看书,一定是懂得快,记得牢,仿佛有一种奇特的智慧,浸入她们的心灵。

青草柔抚大脑,把自然界的精华和血液,输送给人们的灵魂。

从西到东,又从东到西,我们在美国兜了一圈儿,走访了许多地方。他们的州与州之间,城市与城市之间,差异很大,从地理风貌、风俗习惯到生活节奏、人们的性格特征,甚至连法律都不一样。但有一样是共同的:到处都有草地。

城市里有草地,农村也有草地——不是指那种杂生的野草。在爱荷华州我访问过一户农民,他的房前屋后、树下道旁,就开出了一片片的草地。仿佛是地毯从屋里铺到屋外,铺满自己的小村庄。

可见美国人多么爱草!在这一点上各地的美国人都是一样的。由此想开去,我甚至认为纽约为什么那样脏乱?纽约人为什么粗俗少礼教?恐怕和纽约只有摩天楼群而缺少草地不无关系。

草地,给美国的城市增添了一股生气,在挤满了建筑群的城市空隙,有一块块的绿洲,不仅调节了城市的色彩,增添了盎然的生趣,也使拥挤的人们有一块呼吸新鲜空气的地方。市民们抽空到草地上散心、休息,带孩子玩耍,增加许多欢乐。

在首都华盛顿,也正是草地,把三个著名建筑物连成一气。它们是:华盛顿纪念塔、杰斐逊纪念堂、林肯纪念堂。因为有了草地,连这三位已经作古的总统,也不再感到寂寞和冷清。眼前一片绿葱葱,游人们或躺或坐,三三两两,谈天说笑,嬉闹奔跑,平添了多少风水和灵气!

美国人爱草可以理解。为什么又能把草地养得那么好呢?当然与管理得当，多施肥料有关。我以为最重要的还是上面说过的，特殊的土质和气候条件。

有人一提起美国，也许脑子里就会出现——一幢幢摩天大楼、一个个财阀、航天飞机、巡航导弹、自由神、中子弹、白宫、五角大楼、百老汇、好莱坞等等。

许多美国人也喜欢向我们提出这样的问题："你对美国印象最深的是什么？美国的哪些东西使你喜欢，哪些东西使你讨厌？"

他们当然希望听到是上面提到的那些东西给我的印象最深。因为他们认为那些东西是美国的特色，是可以使美国引为骄傲的。美国正是靠了这些东西，才能在世界上居于一种特殊的地位。

然而，我只能说真话。回答他们说："我喜欢美国的草地，不喜欢纽约的街道。"

很多美国人听了这样的回答感到惊讶，也许还包含着失望。

到美国后感受最强烈的一点就是美国完全不是我所想象的样子。我以前在脑子里形成了一个关于美国的概念。这个概念同真实的美国有许多地方对不上号，它的先进不像所宣传的，它的落后也不像所宣传的。耳听是虚，眼见为实，经过一个月的参观访问，美国在我的脑子里终于变成了一块真实可信的土地。

去年，我乘飞机在卡拉奇做过短暂的停留，季节和今年访问美国的时候是差不多的。当飞机贴近巴基斯坦地面时，给我刺激最强烈的是看不见一点绿色，土地干燥，光溜溜，灰秃秃。今年路过香港时，从飞机上看，香港城也多是黑色和灰色，一片挤得很紧的像积木一样奇形怪状的建筑，楼挨楼，房接房。我想：美国不同于巴基斯坦，很可能和香港的色调差不多。当飞机穿过太平洋，接近洛杉矶时，我十分惊奇，看到的第一眼美国的土地是一片绿。对美国的第一个印象，无论如何不应该是——绿！

我考察了近一个月，美国确实有绿。

人类不应该把科学技术的发展同种树养草割裂开来。认为草地和航天飞机之间没有任何联系，前者是一种自然的原始的代表物，后者是人类进步的标志,这是一种误解。

植物是大地的羽毛。羽毛丰满,大地才强壮有力;羽毛柔顺有光泽,大地才风调雨顺,正常而健康。所以,美国的草地比它的科学技术更能引起我的兴趣。我想如果把美国称为“草的国家”,是很合适的。

10月16日

摩门教

美国总统罗斯福曾说过:“摩门教是真正的宗教。”

“主啊,感谢你赐给我们这顿精美的早餐,并让我们有机会和中国作家聚会在一块儿……”我们也跟主人一起低下头,正襟危坐,等主人祷告完毕才能动筷子或刀叉。

好一个繁琐的谢餐仪式!一日三餐,顿顿如此。口问心,心问口,主人盛情,饥饿与否,于“神”何干?

从一踏上犹他州的土地,便不能喝酒,不能吸烟,不能喝咖啡。这是摩门教的规矩。入乡随俗,只得如此。烟鬼们只有回到自己的宿舍里才能开戒。

犹他州的人百分之七十是摩门教徒。盐湖城又称“摩门城”,几乎是清一色的摩门信徒,盐湖城里最高、最漂亮的建筑是摩门教总部大楼。最富丽堂皇的建筑是摩门教圣殿。

全世界的摩门教徒有四百万人,在二十多个国家里设有分部。

盐湖城的女人不大化妆,浓妆艳抹的更少见。青年男女在婚前不得有性关系。城市的秩序比较安定。摩门教徒的离婚率比其他美国人略低一点。摩门信徒的家庭,早晚要做家庭祷告,每星期一全家聚会一次。这不是一般的骨肉团圆,纯属是宗教性的聚会……

摩门教把家庭放在最高的位置上,认为“家庭是幸福的中心,世间最大的快乐在男人和女人的关系之中”。

我们在和信仰摩门教的作家、诗人、教授座谈的时候，听到他们直言不讳地提出：“摩门文学虽然对美国文学和世界文学尚未做出什么杰出的贡献。但是我们主张文学应该为宗教服务！”

美国人的口号还真不少。在洛杉矶的会议上，卡曾斯提出文学为禁止核武器服务，资本家要求文学为商业服务，出版商要文学为赚钱服务，这儿又出来个“文学为宗教服务”。其实，他们无非是要文学各为自己的政治和金钱利益服务。

摩门教到底是怎么一回事呢？

主人送给我们每人一本译成中文的《摩门经》，共有七百一十八页。回到旅馆连夜突击，一目十行地翻了一遍。第二天又参观了摩门教总部大楼和摩门大教堂，晚上看了摩门唱诗班的演出，总算多少摸到了一点摩门教的来龙去脉。

摩门教的正式名称叫“耶稣基督末世圣徒教会”。摩门信徒们把创建他们这个教会的人称为“先知——斯密约瑟”。

斯密约瑟，一八〇五年生于威尔满州，后跟随家庭迁到纽约州的曼彻斯特。不久，当地发生宗教骚乱，有人加入长老会，有人加入浸信会，还有卫理公会等等，各教之间相互攻击。已经十五岁的斯密约瑟，不知该加入哪个教会好，决定去求天问神。一八二〇年初春，一个美丽明朗的清晨，斯密约瑟隐入树林，跪下向神献上他心中的愿望。下面听他自己叙述——

“我刚一这样做，立刻就被一种力量捉住，那种力量完全把我征服，好像捆住我的舌头，使我不能讲话。浓厚的黑暗向我围拢，一时我觉得自己就要毁灭了。

“我用尽所有力量呼求神把我解救出来，就在我坠入绝望的一瞬间……在这非常惊恐的一刹那，我看见一个光柱，出现在我的头顶上，比太阳光还要辉煌，徐徐下降，直到落在我身上。

“当光停留在我身上时，我看见两位人物，站在我上面的空中，其光辉和荣耀难以形容。其中一位对我讲话，叫着我的名字……”

于是斯密约瑟向两位神求问,他该加入哪一个教会好?神告诉他哪一个都不好,不许他加入,神有更重大的使命交付于他。

以后又有个叫摩罗乃的神到斯密约瑟的房间里显灵,告诉他有一部被贮藏起来的写在金叶片上的书,那上面记载着昔日大陆居民的事迹和他们的来源。救世主准备交给人间的永恒福音全部包含在这本书里。斯密约瑟按照摩罗乃神的指点,在他所居住的曼彻斯特林附近,挖出了金叶片。随后他把这部"天书"翻译成人们能看懂的文字,这就是《摩门经》。

可能斯密约瑟自己也觉得这个故事杜撰得太荒诞了,难以叫人相信。因此他把金叶片拿给八个人看(这金叶片恐怕是不难制作的),并让这些人写出证词,签字画押,供旁人来内查外调。

此招果然有效,相信的人不少。这些响应者聚集在斯密约瑟脚下,诞生了"耶稣基督末世圣徒教会"。但是,在纽约州却没有他们的立足之地,只好迁移到俄亥俄州的嘉德兰,在那里传道布教,招兵买马。不久,反对者又群起而攻之,杀害了许多摩门教友。斯密约瑟只好率领自己的信徒继续西逃,在荒凉的密西西比河边买下了一片沼泽洼地,排除积水,建立自己的"根据地"。在这里安定了几年,信徒大增,摩门教开始兴旺起来。谁知好景不长,摩门教又受到其他教会的排斥和迫害,斯密约瑟和他的兄弟被抓进监狱,于一八四四年六月二十七日被一群涂面的暴徒所枪杀。杨百翰接任领导摩门教,率领末世圣徒们离开伊利诺伊州,来到美国西部的落基山脉。以后在犹他州一带站住了脚跟。

由于摩门教徒被杀害的较多,他们"在神的认可下",一度曾实行一夫多妻制。这就更激起了反对者的愤怒。一八九〇年,美国国会通过一项法律,禁止一夫多妻制。摩门教只好遵行,他们老老实实地承认:"除此之外别无其他办法。因为摩门教会的基本教训是必须服从国家的法律。"

我用这样枯燥无味的文字,不厌其烦地解剖摩门教的起源,目的是想寻找一个答案——在西方世界,随着现代科学技术的发展,宗教迷信活动不仅没有减弱的趋势，相反，倒表现出顽强的生命力，甚至作为一种生活的程式，被合理地固定下来。怎么可能想象神会和现代战争同在，上帝会接待航天飞机上的乘客呢？

许多有理智、有教养的人，用严肃的表情说着一些可笑的话，用懂得科学的头脑去思索一些荒诞不经的事情。看来地球上有一部分人类，非得信点什么不可。借以自欺，也用来欺人！

最后讲一个小笑话。我们在参观摩门教堂的时候，一位虔诚的摩门圣徒做导游，详细地讲解了教堂的陈设和绘画，活灵活现地叙述了他们的先知怎样和神见面，怎样和主交谈，耶稣如何，基督如何……并深深地为我们不是摩门教徒而感到惋惜。不然他可以带我们到摩门圣殿里面去。只有摩门教友才能进圣殿，那是教友和上帝见面的地方。然后他又介绍了圣殿的构造以及怎样的金碧辉煌，最精彩的是他的结束语——

“先生们请看，圣殿的顶部有一个用铜铸成的天使，它就是指引斯密约瑟找到金叶片的摩罗乃神。它的重量恰好相当于一辆丰田牌小汽车。”

连神也躲不开日本的汽车！

10月18日

旧金山

“美国淫秽之都”这个封号，不是我加给旧金山的，而是它的市长范因斯坦夫人十年前说的。

当然，旧金山还有其他的绰号，比如有人说它是“女性的城市”。我看不出这个城市有什么女性的特点，也许是指它像那种扭捏作态的女性？旧金山的街道弯曲而起伏，像这种女人的情绪一样善于波动？特别是有一条街叫“九道弯”，几乎成四十五度坡，有九个“S”形大弯，蛇形道两旁栽满鲜花,这儿难道像那种女性的线条?还是指TURK和TAYLOR街上那些裸体女人的广告?

还有人把旧金山称作"美国的功夫首都"。这里有十二家著名的武术学校,再次兴起一股中国武术热。不仅举办武林群英会,进行大规模的中国武术表演,而且在一年内就组织了二十二个太极拳学习团,总人数达六百余人,远涉重洋去中国求教。在洛杉矶中美作家会议上担任同声翻译的曾宪斌教授(在旧金山大学任教),就曾带着三十个大学生,利用暑假自费到北京体育学院学习太极拳。美国人为什么这样热心学习中国功夫呢?很重要的原因是由于社会秩序混乱,抢劫、凶杀、强奸等案件时有发生。很多人,尤其是妇女,希望练就一身功夫,以便遇到紧急情况时能自卫。此外,表现中国武术的功夫电影在美国广泛放映,也为中国武术热起了推波助澜的作用。

这些我觉得是可以理解的。但是连美国人自己也把旧金山称作"淫秽之都",倒使我感到惊奇,可见其"淫秽"的程度已相当严重了!

我们来到旧金山两天了,这儿确实有点光怪陆离,令人不可捉摸。有人在海滩上用从海上漂来的木头、铁罐、塑料等东西,雕塑成许多奇奇怪怪的人和动物,还有妖魔鬼怪、神兵天将。并让它们在海滩上布成阵图,表演人间和天上的各种故事。

这是群众的创造,未尝不是旧金山的一个缩影。

一位女脱衣舞演员,胸部平平,生意一般,眼看成名无望了。她请医生打针刺激胸部皮肉,竟侥幸增高了十公分,于是名声大噪,轰动旧金山。那个夜总会就以她的名字命名,慕名者、瞧新鲜者蜂拥而至,遂大赚其钱。也有些妇女仿效这位演员,不但没有取得理想的效果,而且毁坏了身体。

这只是"淫秽之都"的一件小小的可以公之于众的新闻。正当美国的经济一片萧条的时候,旧金山的"黄色工业"却呈现出兴旺发达的景象。"色情"的东西而被称之为是一种"工业",可见它是一笔赚钱的大买卖。

旧金山有各种各样的黄色娱乐场所:成人书店、成人电影院、按摩院、浴室、性俱乐部、陪同服务所之类的变相妓院等，比比皆是，大大超过了教堂和学校的数目。在这些场所集中的街道，随便走进一家商店，放上两毛五分钱，便可以观看四十五秒钟的裸体女人或一小段色情电影。通常情况下，一个店里有五十台这样的收钱机器，每台机器一天就吞食四百个两毛五分钱。目前，旧金山在警察局注册的就有一百六十五家黄色娱乐场所，没有执照的更是数不胜数。连警察和地下黑社会都无法控制“黄色工业”的市场，他们只满足于敲诈勒索，吃一些残羹剩饭。而那些狡猾的黄色企业家和商人，则牢牢地掌握着自己的地盘，大发其财，他们年收入总和约达一亿美元。

据《旧金山观察家报》公布的材料，“黄色工业”已经逐渐地深入美国家庭。美国八千二百万家庭中，有四分之一拥有录像设备，每年美国市场出售将近一亿美元的录像带，其中百分之五十是X级电影(美国电影分四级：G、P、Y、X，X级是专供成人看的色情电影)，每一盘的价格从三十九美元到九十九美元不等，每一盘的租费是五美元。另外，美国家庭每月花七十九美元，就可以在电视上收看X级影片。

一位黄色杂志的发行人告诉这家报纸的记者，“黄色工业”能迅速成功的原因是：低成本、高利润。旧金山最著名的色情电影制片人米切尔兄弟拍了一部色情片，成本不到五万美元，而获纯利三千万美元。这部影片的录像带四年来的生产成本是六万美元，收入则是三百万美元。

这位发行人估计，美国全国“黄色工业”的年收入是五亿美元。而且这项工业目前还处于幼儿时期，今后它会像快速食品工业一样迅速发展起来。

旧金山又是世界同性恋的中心。

根据旧金山民意研究公司的调查，一九八〇年旧金山全市人口为六十七万九千人，其中有八至十万是同性恋者，约占七分之一。同性恋始于第二次世界大战，六十年代激增，一九七九年达到高潮。

同性恋者百分之八十八是男性，其他为女性。一半以上是白人，其次是黑人和亚洲人及西班牙人的后裔。百分之三十二的年龄在三十二岁以下。

同性恋者住在一起，两人都工作，因无小孩，尽管每个人的工资不一定高，两人合在一起要比同类情况的家庭稍富裕。如果是两个男性相恋，时间一长想要个小孩，就花钱租一个能生孩子的女人，到生下小孩为止。倘若是两个女性相恋，想要孩子的话就到医院用打针的办法，注入精子怀孕。同性恋者争起风吃起醋来，比正常的男女还要厉害，时有因此而发生凶杀案件。

旧金山的报纸上还较详细地描述了第十三届同性恋人权运动大游行的情况。当天参加游行的男女同性恋者、同情者和好奇看热闹者有数十万人之多。同性恋男女中有乐手、医师、会计师、房地产经纪人等各行各业的人士。有些男子脂粉艳装，全身佩戴首饰，使正常人看了会酸掉大牙或呕吐三天。有些女子粗壮男装，骑摩托车。

游行队伍由女同性恋摩托车俱乐部的一百一十八辆摩托车队开道，游行者一路喝啤酒，聊天，跟着乐队演奏的迪斯科节拍跳舞。同性恋人的父母也组成一支游行队伍，对同性恋运动表示支持和赞助。人们满不在乎，放荡不羁，尽情欢乐，同性恋者相互拥抱并接吻。

队伍中还有彩车五十五辆，用五彩缤纷的花卉结扎，由十二个人组成一个评判委员会，对彩车进行评奖。参加游行的以旧金山同性恋男女为主体，还有来自世界各国的同性恋者，包括一些仍把同性恋视为非法的国家的同性恋者，他们怕回国后遭歧视而不愿公开身份。

游行进行了四个小时，然后队伍在市中心集会，宣读加利福尼亚州州长布朗的祝贺信，许多人上台讲演，表演节目，大会历时近六个小时。

旧金山市唯一的同性恋议员布瑞特也参加了游行和集会。

旧金山以自由开放著称，各种新潮流都很活跃。同性恋男女不但人数众多，并且有一定的政治影响力。前年，旧金山的市长竞选时，第一轮投票中民主党候选人范因斯坦夫人同共和党候选人卡普票数相当。在第二轮投票时，范因斯坦争取到了同性恋者的支持，因而当选。

在今年的同性恋大游行中，也有各种各样的政治口号。如反对核战争、反对美国插手厄瓜多尔、反对里根增加税收、支持妇女平等权利法案等等。美国人普遍认为同性恋者在政治上支持自由主义和进步运动。

美国的同性恋者有自己的“机关报”——《倡导者》。旧金山有专为同性恋者服务的马克国际旅行社，在目前美国旅游业衰退的情况下，马克旅行社却生意兴隆，应接不暇。与它有联系的旅馆、飞机经常客满。

当了解到这些情况之后，再来体味范因斯坦的话，就不觉得奇怪了。她虽然是借助同性恋者的力量当上了市长，仍然对自己治理下的旧金山市有个较公正的看法，这就是——“美国淫秽之都”。

当然这只是美国社会的一个侧面。我曾犹豫，要不要把《过海日记》里有关这方面的记载全部删去，免得因它而扫了一些读者的雅兴。最后还是决定保留下来。既然想尽可能全面地了解美国的真实社会，又何必装模作样地用手指捂住脸呢？

10月20日

在飞机上的回忆

下午两点半钟，我们登上了泛美航空公司飞往香港的班机。

我几乎来不及向美国的土地告别，飞机像弹头一样在空中画个半圆，便进入太平洋的上空。旧金山被远远地甩在了后面，机身下奔涌翻卷的云层遮住了我的视线……

一个多月奔命式的访问结束了，我有什么收获呢？想把对美国的印象归纳成几条，可是办不到，脑子里很乱又很空。仿佛带着谜而来，又带着谜而返了！

用一个多月的时间要想把一个社会看透，显然是不可能的。我的《日记》不过是参观访问某一地某一时的感想而已，不可能没有偏颇。

花花世界，各有所见，眼光不同，也会给世界涂上不同的色彩。读者在翻阅旅外游记之类的文章时，透过纸背，看到了作者的思想、才情和个性，不是很有趣味的吗？

我恪守写日记的规矩：表达自己的真情实感，信笔游思，不必苦心结构，不用渲染。也可能会以偏概全，但绝不虚伪。

我尽力把自己对美国的印象全都记录下来，那么还有没有遗漏呢？《日记》之外还有没有可值得补记的东西呢？何不利用在飞机上的这十几个小时，写一点《过海日记》的拾遗呢？既是访美的最后一篇日记，又可作为这本小书的结尾。

到中国去的西方人，大都喜欢挑落后的东西拍照或著文；而有些到西方来的中国人，又专门介绍人家最先进的东西，以人之长比己之短，这就越发显得外国无比先进，中国非常落后。造成了宣传上的"逆差"。差距是有，但不像宣传的那样。

一般白人的"傲慢与偏见"用事实可以医治，某些侨居国外的华人，有意装出一种"傲慢与偏见"，纵然你把铁的事实摆在他面前也无济于事。去年，中国花钱，请斯坦福大学的庄因等七个所谓中国血统的学者回国观光，他们在国内兜了一大圈儿，回到美国后写了几本小册子。我只见过庄因写的《八千里路云和月》，文字粗俗，格调低劣，只顾一味地咒骂，连秦皇墓、秦代兵马俑也不放过。不顾基本事实，是一种低廉的政治宣传品。

昨天，在斯坦福大学的座谈会上，我见到了这位庄先生，一目了然，他写出那样的"回国观感"毫不奇怪。

他坐在大学生中间。会议的主持者叫我们先做一番自我介绍，轮到我时说："作家应该以文会友，如果大家对我的作品一无所知，我纵然在这里自报一番家门，又有什么用处？！到大学里来毕竟不同于过海关，我看还是省掉填写履历卡的这道手续吧！有话即长，无话即短，谁有什么问题就请提。不过，最好问他们，别问我。"

教室的后面立刻有人喊了一声："我向蒋子龙先生提个问题。"

嘿！偏偏找到我头上，只得答腔："蒋子龙在洗耳恭听。"

"你自己认为是乔厂长好，还是金厂长好？你为什么要写个金厂长？中国社会对这个人物有什么反映？"

还是老问题，我目前的心思并不在乔光朴和金凤池身上。眼睛望着庄因这些华人学者，心里另有所想。我想起了契诃夫的一句话——大学培养各种才能，包括愚蠢在内。

骂娘是最容易的，也最容易激怒和伤害母亲。这对儿子来说并不光彩。用一个逆子或丧家之子的名声去讨好某种政治需要，或赚取一点私人名利，岂不可悲！

这种动机却是可以理解的，中国穷嘛，不是所有的人都能做到人穷志不短的。"你吃着人家，还能说人家不先进？！"不只是端人家饭碗就说人家好，而且用咒骂自己的祖宗，来陪衬人家的先进。

其实，正因为中国"落后"，才养活了一批文人。他们骂落后，嘲笑落后，著书立说，迎合外人，吃的是祖宗饭，赚的是"中国落后"的钱。我们自己似乎也应该学灵一点，不要尽干花钱买骂的事情！

我在参观洛阳龙门石窟的时候，看到许多珍贵的石雕佛像被人偷走了脑袋，深感惋惜，也爆发出一股无可名状的愤怒。这次在美国圣母大学的博物馆里却看到了一个龙门的佛头。

用别人的佛头装潢自己，这叫"雅兴"，还是"雅贼"？当然，佛头不一定准是洋人所偷，也可能是佛的子孙把老祖宗的脑袋偷去，然后又卖给了洋人。

摩门教义上规定人有两重性：灵魂和肉体。肉体是外壳，灵魂是生命。灵魂就是个性，它的归宿是在上帝生活的地方。那么人的灵魂都是一样的吗？

美洲银行大厦，是旧金山最高最漂亮的一所建筑，在楼前有一块巨大的黑色大理石雕塑，它是一件抽象派的艺术品，呈心状。据说这是象征资本家的心是黑的。而资本家也不在乎，就花钱买下来摆在自己的门前。

看来西方世界有人并不把灵魂看得很重，死后也不想去上帝所在的地方。心的价值不在其颜色，而在它占有多少财富。那个资本家的胸襟还是值得称道的。

我想打个比喻来解释美国的社会。老虎怕大象，大象怕老鼠，老鼠怕猫，猫怕老虎，基本能维持这个世界的自然平衡。美国的社会就很有点类似这样的平衡。

政府控制着美国对内对外的政策，实行什么样的政策直接关系着资本家的利益。资本家们，比如大的财阀，又可以影响政府，甚至直接向制定政策的人施加压力。资本家又不能完全置工人和顾客于不顾。比如一个商店的老板，实行计算机收账，不再为每一件小商品标出价格。这对顾客是不方便的，人们不知道价格就无法决定购买还是不购买，于是大家都不买这个商店的东西。商店老板只好再改回来，他宁愿自己麻烦一点，也要为每件商品标出价格。

商人离不开顾客，又捉弄顾客。一件商品他想卖二十元，就标价十九元七角，买主一看还不到二十元，认为便宜，就买下来。想卖十元，就标价九元九角。所以美国商品的价格带“九”字的特别多。

电视、报纸、广播控制着社会。电视广告上吹嘘一种药有奇效，大家一窝蜂都买这种药。前不久，一个公司生产的感冒药毒死了七个人，电视上一播放这条新闻，这个公司的药再也甭想卖出去了。

美国是个开放的社会，美国人的灵魂却是闭塞的。大家都很匆忙，谁也不管谁，上班玩命，下班玩乐，不开会，不串门。没有时间，也没有条件对生活中的一些事物做出选择，只好听任电视和报纸出主意。

谁能控制电视和报纸呢？政府和资本家。

美国是重法制的，什么事情都有法律管着。然而法律有好几大本，五花八门，一般人很难吃透。有的教授填个表格也需要请律师帮忙。可是刺杀总统的凶手，因为他父亲有钱，花六十万美元雇请大律师，就把凶手判为精神失常，无罪开释。倘若凶手的父亲拿不出这六十万美元，岂不要掉脑袋？

六十万元不仅买了一颗人头,也买走了美国的法律!法律和金钱共同调节着美国社会和人与人的关系。

身为一国之主的里根总统,见刺杀他的凶手逍遥法外,并未怒火中烧或利用职权横加干涉。这是无可奈何,还是宽宏大量?

美国的高速公路网很发达,可是路不熟的人上了高速公路就下不来了,走错一个岔道,一绕就是几个小时,不是“高速”,而成了“慢”。

美国的社会就是这样一环咬一环,连锁运行。其中一个环节出了毛病,换上一节新的,整个链条照常运行。没有一个环节能拥有至高无上的权力,它一坏便使整个机器瘫痪。这样的链条上不容易出“独裁”,不至于因一时一地一人的错误而造成大的历史性倒退。所以,美国这个社会尽管无奇不有,甚至很荒唐,却仍旧能维持下去,原因就在于此。

我不愿再想下去了,因为这一切已不再引起我的兴趣。我的心没有留在美国,而是提前飞回了家乡。胸腔里鼓荡着新的激动、新的兴奋,迫不及待地想见到自己的亲人,站到生我养我的土地上,用家乡话大声说笑。

任何旅行,最愉快的还是回家的这一段路程。

重会金斯伯格

北京竹园宾馆的听松楼，幽深、清雅，古典式的建筑和装潢，配上现代化的设备，让人感到很舒适。我略作休整便去开会，路过服务台的时候，听到从酒吧里传出一阵明快的乐声，在我身后突然也飞来三个音符，听上去像是在叫我，却又不敢肯定……那音符飘飘忽忽似乎同我的名字中的三个字有点接近。

对这种刚学会几个中国字的外国朋友的呼唤，单靠耳朵听是不行的，还要借助心灵的感应，我犹犹豫豫地转过身去：哎呀，是你，艾伦·金斯伯格先生。

"你好！"——我的双肩被他的两手抱住了。

金斯伯格这种扳肩膀头式的拥抱，极其自然、粗放和坦诚。一九八二年十月，我们在洛杉矶中美作家会议上相识，那时他不修边幅，衣着随便。今天却服装整洁，至少叫人感觉不再零乱，头大额高，面色红润。他已接近六十岁，但精神、行动和趣味，还像个年轻人。

他可以说历尽沧桑……

当年在哥伦比亚大学，金斯伯格未读完一年级便被开除。但他并不是没有收获，此时结识了杰克·克罗艾奇和威廉·巴若这样一些诗人。他们向金斯伯格介绍了卡夫卡、赛林和里姆博，金斯伯格的转变即由此开始。他受克罗艾奇和巴若的影响很深，尤其对巴若那种自由浪漫的生活方式很欣赏，对巴若关于美国社会喜剧式的末日来临的看法，对巴若大胆地使用自传体的手法描述自己吸毒以及和吸毒者交往的经验尤其感兴趣。在此期间金斯伯格做过各种各样的工作：油船上的厨师、电焊工、洗碟工和夜间搬运工。

一九四八年，金斯伯格终于以优异的成绩从哥伦比亚大学毕业，洗雪前耻。可是由于他的朋友赫伯特·汉克利用他的住所窝藏毒品，他为了逃避起诉，不得不承认自己精神失常，在哥伦比亚精神分析研究院关了八个月。

一九五四年，金斯伯格迁到旧金山。据他自己讲，旧金山吸引他的是："波希米亚——佛教——国际产业工人联合会——神秘——无政府主义等光荣传统。"他在这里结识了加里·斯奈德等一批活跃的美国诗人。当时正值美国的经济不够景气，群众厌战、反战的情绪很强烈，尤其在青年当中，酝酿着一股强烈的对现实不满的浪潮。就在这时候，金斯伯格的成名作《嚎叫》问世了，它表达了群众对社会不满的呼声，尤其是强烈地表达了青年人精神上的不满，立刻引起轰动。

他还在一首诗里使用了一个不太高雅的动词，大意是：美国，你用导弹操你自己吧。美国有一条法律，不许用下流语言咒骂美国，于是被起诉，发表他的诗的刊物被扣压。但美国还有一条法律，因对国家的政治、政策不满而咒骂政府则无罪。律师根据这一条法律使金斯伯格胜诉，被关押了一天反而使他成了英雄，成了青年人崇拜的偶像。那家发表他的诗的刊物被一扣一放，也声名大噪。

金斯伯格就开始到群众集会上、到大学里去朗诵自己的诗。这样的集会少则几十人几百人，多至几万人。他的朗诵常常是先从念佛经开始，青年们把他抬起来，把他的朗诵和歌声录下来，到处播放。他成了美国"垮掉的一代的父亲"。人们把他第一次朗诵《嚎叫》的那个晚上称为"垮掉的一代诞生时的阵痛"……

金斯伯格不仅在国内朗诵，还到过世界许多国家，朗诵诗歌，追寻宗教。他跟我讲，不是所有的国家都欢迎他，古巴就曾把他"驱逐出境"，还有的国家拘留过他，两年前他就向我表示，很想到中国来。我立刻告诉他，如果他来中国，一定会受到欢迎和友好接待。这样一位浪迹天涯的诗人，心为什么老是年轻的呢？他好像对生活总是那么坦率、真诚，诗人的气质不变。

艾伦·金斯伯格，这次是作为美国作家代表团的成员来北京参加第二次中美作家会议的。我们都下榻在竹园宾馆，我问他对中国、对北京的初步印象如何？他说昨天深夜下飞机——上汽车——进宾馆，还没有看到中国，没有看到北京。但是对竹园宾馆很满意，迷魂阵一样的庭院，小巧玲珑，整洁幽美。古色古香的风格，还有为亭台楼阁起的这些高雅的名字，墙壁上的名家字画，都不同凡俗。可这幅美妙的油画上也有败笔：在听松楼前那棵很有特色的大树上，挂了许多涂上五彩油漆的电灯泡，电线滴里当啷，到夜晚颇有点火树银花的味道，在白天却是大煞风景，破坏了宾馆的格调。我不能不赞成他的批评，那满树的电灯泡确实令人不太舒服，有点像二十多年前农民庆祝公社化的水平。

金斯伯格要求我找时间带他去逛大街，看看青年俱乐部。我理应尽点地主之谊，况且在这方面我还欠他的情。在洛杉矶的时候，他曾领我参加过一个青年俱乐部的联欢，不知北京有没有他理解的那种青年俱乐部。这次与他同行的美国作家，大都带来了夫人或丈夫，而金斯伯格是单身，我理应多陪他。

我们一起走进会堂，这次中美作家讨论的共同题目是："作家创作的源泉"。金斯伯格的发言排得很靠前，中方的会议主席冯牧先生致开幕词之后，就轮到了他。我记得在第一次中美作家会议上，满脸大胡子的金斯伯格曾张口就说"我爱男人不爱女人"，着实让我长了见识。在这次会议上，他仍然用这种坦直的语气使与会者耳目一新——

"我的基因和染色体决定我爱年轻人，是年轻的男人，不是年轻的女人。

"我写诗——是因为我把自己的思想看作是外部世界的一部分。我写诗——是因为我的思想在不同的思路上徘徊，一会儿在纽约，一会儿在泰山……我写诗——是因为我终究是要死的，我正在受罪，其他人也在受罪。我写诗——是因为我的愤怒和贪婪是无限的。我写诗——是因为我想和惠特曼谈谈……我写诗——是因为人除了躯壳，没有思想。我写诗——是因为我不喜欢里根、尼克松、基辛格……我写诗——是因为我充满了矛盾,我和自己矛盾吗?那么好吧,就矛盾一下吧!我写诗——是因为我很大,包括了万事万物……"

果然不同凡响,很精彩。你可以不同意他的观点,却不能不承认他独特的才气和诗人的气质。在某种意义上,金斯伯格不承认诗是人创造出来的客观事物,不承认诗是人工创造出来的东西。而认为诗是一种精神的变化过程,是一种启发,是"人的完整叙述",是"自我预言的"能力。或再简单地说,他——就是诗!他宣称"不要把疯狂藏起来",人们如果按一般的评论标准来衡量他的诗,就很难理解,他的诗在感染力、力量和灵感方面都是很特殊的。

金斯伯格的鼎盛时代是六十年代初期,他的公众形象与当时美国轰轰烈烈的自由化运动联系在一起,他的思想和诗作正好反映了青年人的反传统思想和群众对经济萧条以及越南战争的不满情绪。对他来说,诗歌源于各种形式的生活冲动——吸毒、同性恋、民权运动、反越战、超然、东方宗教思想等等,所以他才有大量的追随者,对他崇拜至极。现在他已接近老年,不可能再具有他青年时期那种难以忍受的节奏和紧张感了。

金斯伯格崇拜惠特曼,口头上经常挂着惠特曼。他的诗集《嚎叫》及其他诗中的许多长诗行,就是从《圣经》文体,特别是从惠特曼和布莱克学来的。他的《加利福尼亚一家超级市场》,表达了对惠特曼带有感伤意味的回忆——

我今晚是怎样地想着你哟,沃尔特·惠特曼
我沿着人行道在树下走着
凝望一轮满月,陷入烦人的自我意识之中
又饿又累,我走进一家市场,想买些形象
霓虹灯直晃眼,我幻想着你笔下各种人物的模样
……
我看见你,沃尔特·惠特曼
无儿无女,孤零零,闲不住的老头儿

你在翻弄冰箱里的肉，瞟着卖肉的男孩
我听见你在问：是谁宰猪剁块？香蕉什么价钱？
你是我的天使吗？
……

我在五花八门的罐头架里进进出出，跟随着你。我想象着市场侦探也在跟踪着我。在孤独的幻想中我们一块儿走到货摊边，我们品尝着洋姜，拣着种种冰冻佳肴，但一直不越过柜台。我们上哪去呢，沃尔特·惠特曼？再过一小时就关门了，今晚你的胡须指向哪儿呢？（我摸着你的书，幻想着市场，觉得真荒唐）……我们是不是边逛边梦想着自己逝去的充满爱的美国？啊，亲爱的父亲，灰胡须的、寂寞的勇敢者教师，当卡伦不再撑船，你站在冒烟的岸上，眺望小船消逝在列达河泛黑的水面上，那时的美国是什么样儿呢？

金斯伯格拿着一本中文的《美国文学丛书》找到我，上面翻译了一首他的诗《嚎叫》。他对我说："我的全部诗集加在一起所得的报酬，相当于美国一个小学教员一年的收入。因此我是很穷的，主要靠朗诵挣钱，我想在中国多旅游一段时间，但带的钱不多，你能不能让这家杂志付给我稿酬？"

也许有人对此大不以为然，觉得那么有名气的一个美国诗人，竟到中国来哭穷，斤斤计较那点稿费，难道不怕别人笑话他有失"身份"吗？

笑话他的人是不应该、不公正的。我听了他的话就很感动，金斯伯格并不因为来到中国就变得虚伪些，就故意装假，这正是他的优点。作为一个不了解中国出版情况的外国朋友，提出这样的要求是正当的、合情合理的。我向他解释说："中国还没有参加世界版权组织，因此我们翻译外国作家的作品不给稿酬，正像国外出版社印刷中国作家的作品不给稿酬一样。而且我们的稿酬比你们的还要低，每二十行诗算一千字，按最高标准给十元稿酬，你这首《嚎叫》顶多拿五十元钱，够你在小饭馆里吃顿饭,靠这点钱旅游是不行的。”

有些中国作家在国内是很少逛商店的,到国外却不能不逛商场,我就是如此。想不到这些美国作家来到中国,跟我们到美国去一样,甚至比我们还要积极。利用中午休息的那一个多小时也跑到商场里去,大包小包地买回来。印第安人女作家莱斯·马蒙·西尔科,买了一身蒙古族服装,当场就穿戴起来,像穿着节日盛装一样去参加胡乔木同志的接见。十位美国作家,再加上他们的家属和随员,将近二十个人,不论跑到什么地方去采购,却准时回来开会。就连自由浪漫的金斯伯格也从不迟到。他们这样有组织守纪律,真叫人对作家的队伍刮目相看。金斯伯格告诉我,他极少过这种整齐划一的生活……

这次在北京重逢,使我对一些美国同行加深了理解,更加尊敬他们。

女作家弗朗西妮·格雷,在发言时声称:“我写作是为了向现实报复,是由于仇恨,我渴望向所有压迫过我、凌辱过我的男人复仇。”她愿做个“时代的见证人”,“我把鼻子紧紧顶在美国社会的玻璃窗上,我的孤独迫使我写作。良心是犹太人发明的,留给我的只是慕尼黑的悲剧……”

这位五十四岁的纽约市立大学“杰出的客座教授”,喜欢谈论女权运动。然而当她听说我的衣服上掉了一个纽扣时,就掏出随身携带的针线包,利用休息时间为我缝好了扣子。这虽然不是什么大事,却令我动容。人与人之间常常是通过这些小事,加深了解,引起敬重。她的两部长篇小说都以十二种外国文字出版。我久久地思索着她的经历、她的思想……

两年前曾对我自称是工人诗人的加里·斯奈德,把“国破山河在”这句中国古诗,改成“山河破国在”,来抗议现代技术对大自然的破坏。他在自己的村子上是一位精神领袖,但他厌恶现代社会中的污染、贫困、战争。他有两个儿子,一个十六岁,一个十八岁,他从未让他们看过一次电视,以此来对抗现代文明。

他们是一些具备鲜明个性的人物。你尽管跟他们相处短短几天,对他们的了解远不够深刻,但决不会把他们混同起来。

我同金斯伯格是在歌声中握手告别的。那是美国作家代表团举行答谢宴会,接近尾声的时候,金斯伯格从提包里掏出自备的风琴,边拉边唱。他们明天就要去西安参观访问,金斯伯格还将去几个大学里讲学。他准备向中国青年介绍几个美国诗人,这些诗人都没有钱,各有自己特殊的痛苦和欢乐。问我讲这些内容行不行,我告诉他,他的讲学一定会受到欢迎,还劝他多讲点自己,甚至在讲台上朗诵自己的诗或自拉自唱。

现在,他已经离开了中国,经过这一个多月的讲学和旅游,我真想问他一句:“喜不喜欢中国的年轻人?”

1984年12月于芥园里

日本的路

世人皆知日本是岛国。

一般说来，岛国容易让人感到隔绝、闭塞、交通不便。

然而当你踏上日本的土地，绝无隔绝、闭塞和不便的感觉。经济上自不必说，政治、文化上也如此。我想这得益于日本有一个发达的立体的密布全国的交通网。

所谓“立体”——航空、铁路（新干线上的火车最高时速可达二百五十公里）、高速公路、地铁（据说东京的地铁有四层），再加上水运。名副其实的蛛网。任何一个人在日本的土地上活动都像蜘蛛在自己的网上一样轻便自如。

经济学家曾把美国的统一和发达归功于通畅全国的高速公路。交通成了一个国家发达的基础和标志。发达国家必有发达的交通。

以东京为例。可以称它为“空中城市”，也可以把它视为“地下城市”。怎么称呼它都对。因为它的下面被掏空，上面一个东京，地下还有一个东京。电车道、地铁道、高速公路像血管一样爬满它的全身。初到日本的外国人走进地铁站（尤其是新宿等繁华大站），觉得眼晕，感到恐怖。几个层次，成辐射状的几十个通道，令人眼花缭乱的线路，你不知该往哪儿走，该上哪趟车。我们的翻译是“日本通”，先后十一次访问日本，居然在新宿车站迷了四十五分钟找不到出口。

日本人在他们自己建造的交通迷宫里却如鱼得水。我喜欢在地铁站里观察日本人的节奏。上下班的时间真如洪水暴发，急速汇合，急速流动，急速分流。数不清的头颅像泡沫一样飞快涌动。我老是想起南极那成群结队的企鹅集体奔跑的情景。并不嘈杂,因为没有人说话,都在低着头或仰着头奔自己的路。更没有打架吵嘴的。半个月里我没有碰上一起吵架的。无论是大街上、公路上、地铁站台上和车厢里,都很干净。见不到一点脏东西。甚至可以称得上是一尘不染。但看不见有清洁工人在打扫——我想他们是在神不知鬼不觉的时候出动搞"突然袭击"。最重要的是靠公民的自觉性。我们在火车上、飞机上用过的饭盒、饮料筒都由陪同我们的原先生小心地收回,放进兜里,回到地面统一扔进"护美箱"。他自称是"护美队队员",日本人大都是这样的"队员"。所有的城市都一样地干净。东京是世界上有名的大城市,大于北京、天津,人口密度很大。日本人的这份教养不能不让人钦佩。确实是个教养问题,我在一个郊区小站上就看见了烟蒂和痰。

早晨乘"光之号"沿新干线从京都出发,一天的时间可以游历奈良、神户两个著名的城市。乘电车(其实是电动机车)从东京出发,一个多小时可横穿川崎、横滨两座城市。我们白天在本州的南部城市大阪参观,晚上就可以飞到北海道的首府札幌,历程一千多公里。我们尚未到达日本,按照双方商定的日程安排,主人在东京就把半个月内参观日本九个城市所需要的各种车票、机票全买好了。半个月跑下来没有一次差错,严密、可靠。在我们看来最令人头疼、最没有把握的"行"和"住",在日本却不是问题。只一个局长助理陪同我们,又当导游,又当生活秘书,又当翻译,还游刃有余。看上去并不比我们更辛苦。因为我们还要严肃认真地应付各种欢迎仪式,发表讲演,做采访笔记等。

我虽然出过几次国,也到过当今世界上最发达的国家,引为遗憾的是始终没有看到发达国家是怎样发达的、怎样建设的。日本也如此,它是怎样在战后的一片废墟上建成现在这个样子的呢?它的尘土飞扬、泥沙遍地的土建过程有多长?日本可曾有过那种混乱、肮脏和到处阻塞的大兴土木的阶段?

我看到的是已经建设好的表面成果,不是建设的过程。一切都按部就班,人们在尽情享用现代物质文明。跑了大半个日本,只在奈良看到一处盖房子的(京都、奈良这些古城法律规定不许建造六层以上的楼房,要保留古都的风韵)。用绿色塑料布罩起来,看不见里面搞什么名堂,不知日本人是怎样把砖瓦灰沙石堆成房屋的。没有水泥粉弥漫,没有泥水流淌,没有搅拌机嘎嘎轰响。旁边的便道干干净净,照样行人跑车(日本的自行车只能在便道上跑,不许上马路影响机动车辆的行驶和速度)。我联想自己有一种矛盾而奇怪的心境,又希望国家建设得漂亮,又厌恶土建。从打记事的时候起就看见挖马路、拆房子,泥沙铺陈,尘土狼烟,几十年过去了,还在挖路、拆房子。我们什么时候能够安居乐业呢?

发达的交通网要有强大的电力支撑。日本没有节电的概念。设计不考虑节电,使用也没有节电的习惯。城市是不夜城,日本是不夜国。充足的电流装饰了日本炫目的色彩。每个城市的地下部分灯光通亮,五彩闪烁,胜过白昼,是永恒的有颜色的白昼。所以日本人最怕地震和停电。发达也有发达的忧虑和烦恼。

当今世界上有没有烦恼的人吗?

我们也一样,在异国他乡,乘车住店的事不用操心。一回到祖国怀抱倒有点玩不转,提着箱子挤公共汽车——立刻就意识到:回家了!

1989年8月3日

穿和服的日本

日本只相当于一个云南省。我以日本人的节奏和效率在这个云南省大小的日本考察了半个月,工厂、农村以及日本的主要城市差不多都去了。倘若只用一句话来概括我的感受,这就是:“我没有看到日本!”如果说美国是裸露的,日本则是包裹得很严实的,穿着肥大的充满传统的神秘感和多饰物的和服。

日本,是个理智的重礼仪讲形式善微笑的民族。以此获得成功,也以此把自己包裹得紧紧的。日本人的微笑很有学问,这是那种看似谦卑实则神秘莫测的永恒的微笑。面挂微笑,心里是怎么回事谁也无法知道。我怀疑连他们自己也未必清楚。到处都彬彬有礼,男人们尤其周吴郑王、西装革履,比西方人更喜欢穿西服(我却认为男人的和服很庄重、大方,有特殊风度)。日本人习惯把微笑留给别人,留给同业,把痛苦、不快和一切秘密留给自己。

因此,我感到日本人是压抑的。

作为一个经济落后国家的公民,我有足够的理由应该羡慕他们,奇怪的是我没有这种感觉,相反,倒莫名其妙地深深地同情他们。许多职员下了班都去喝酒,不是在一个酒馆里喝醉为止,而是要进出好几家酒馆,在每个馆子里都喝一点,耗到九十点钟,甚至更晚。只见城市里一个挨一个的饭店酒馆,没见过有哪一家不生意兴隆的。我在地铁车站的长椅上见过酒醉后沉沉大睡的男人,没见过撒酒疯打架吵嘴的。日本人似乎在酒后也有力地控制着自己。

日本人以其礼貌周全、形式主义、永恒微笑、绝对服从,黏合着一个个集团,黏合着社会整体。并想以此培育一种“养德”机制,挖掘“缺德”土壤。这使现代人类尖锐复杂的人际关系变得单纯了,至少表面上是如此。世界上不是流传着许多关于日本的神话吗？一个日本人毫不足惧,三个以上的日本人就不可战胜等等,跟他们独有的这种黏合剂有关。

世界上社会化程度最强的是中国人。日本人没有我们这么强的社会性,但有集体性、企业性。有一种集团,认为自己干的工作是神圣的,自己所在的单位是好的,愈是下层职员城府愈深,像可爱的含笑的兢兢业业的机器人。下级绝对服从上级。企业集团的领导人的绝对权力没有导致绝对的腐败——真是奇迹!

我想也许有这样一条原因:决策人是内行,虽武断但基本正确,下级不得不服。

政治是另外一回事。里库路特事件搞得自民党狼狈不堪。但资产阶级政治家讲究输了也要输得有风度。秘书以自杀谢罪,竹下登提前好几个月就宣布辞职,不仅起到平息民愤、安定社会的作用,在一定程度上也保全了一部分政治家的品格。在里库路特事件闹得最热闹的时候,我见到的日本社会却极其安定,人民该干什么还干什么。世界上领袖人物辞职的很多,尼克松、田中角荣等。有些还是于国于民有殊功的伟大角色,如戴高乐。当人民对他们的支持率低于应有的水准时,便大大方方地告退,不失大局,不失风度,于国于民于己都有好处。现实的复杂性、现代政治的多变,都和政治领袖的终身制无法协调。

日本人的细致、周到是心灵的一块挡板。

我在采访中提出的问题难得会得到正面的直率的回答,这跟日本语言的含蓄和喜欢绕弯子有关。

“护美箱”——就是垃圾桶,绕了一个弯从另一个角度命名,不是美得多秀气得多吗?

“立小便禁止”——并不意味着蹲下小便就可以。

“每日火灾”——不是每天都发生火灾,而是“每日火灾保险公司”

的广告。

日本人创造了自己的语言,语言又影响了日本人的性格。

日本是个极其复杂的民族。一方面节奏最快,办事最讲效率、最讲实际;另一方面又是最讲虚礼、最烦琐、最拖沓。比如吃饭喝酒、茶道,还有那个国技"大相扑",真正的比赛不过是几秒钟最多一两分钟的事情,前面的虚张声势、摆架子要五六分钟甚至十几分钟。比中国京剧里大将出马的气势还要啰唆。

日本是看不透的。唯其看不透才更有一种神秘的力量。中国从封建时代到孙中山,几次变法改革都失败了,日本的明治维新却成功了。第二次世界大战之后,日本和中国有相同的机会,日本又成功了。尽管美国给他们扔了两颗原子弹,出兵占领日本,日本人却不憎恨美国人,认为美国给他们带来西方文化,帮助了他们。倒是瞧不起被他们欺侮过的中国人(当然不是所有日本人都这样,日本有一大批真诚愿意日中友好、热爱中国的人,我为之深受感动)。当今的世界都在用复杂的心情猜度"日本世纪"会不会到来。美国人担心日本会"经济偷袭珍珠港"。英国经济学家则猜不透日本人到底是"优等种族"还是"笨蛋"……

一位日本人难得地对他认识多年的一位中国学者讲出了这样一种忧虑:"中国来日本留学的人很多,来一个留学生就多一个抗日派。去美国留学正相反,多一个留美学生就多一个亲美派。"我为这种忧虑的深刻感到震惊。日本人会认真思索这种现象吗?

1989年8月8日

日本人的“小气”

我们一行五人是应日中文化交流协会之邀访问日本的。在日本的一切费用全部由他们承担。也是一种“大锅饭”。

我外出是非常随和的,坚决奉行“入乡随俗”、“客随主便”的原则。无非是想过几天松心日子,吃几天省心饭。日本对我们的接待无可挑剔,吃饭更没有说的,这个请那个请,基本上是大宴会接小宴会。自己在宾馆或到大街上的饭店里点菜吃饭只是有数的几次,而且也不用我们付账,或在账单上签个字,或由日中文化交流协会“实报实销”。这是多么省心!以往遇到这种情况,总是根据自己的胃口挑选新鲜的感兴趣的饭菜。这次日本之行却没有吃“省心饭”的感觉。每逢自己点菜时总要动脑子斟酌一番,不光考虑口味,还要考虑价格,尽量给主人省一点。

为什么一个外国人在十几天里就能形成这样的心理?

日本不是世界上最富的国家吗?

不错,世界上没有人能否认日本的富裕,日本人自己也不否认。日本有几个世界第一:

经济增长率世界第一,百分之三点七。

在海外投资世界第一,一千二百九十八亿美元。第二位的英国只有九百亿美元。

机器人在工业上的应用世界第一,九万三千个。

人均收入世界第一,一九八七年就达到二万五千美元。其次才是联邦德国、美国、法国、意大利、英国。

储蓄率世界第一，百分之十六点五。美国只有百分之五点八。

平均寿命之长也超过所有发达国家，如瑞典、挪威、美国、法国、德国等。

还有两个世界最低，失业率和离婚率。

一九八八年日本的国民生产总值占世界国民生产总值的百分之十五，而人口只占世界人口的百分之二左右。

简直是富得惊人！

然而日本人的节省也令人震惊，有时甚至让人难以理解。

不管是别人请客还是文化交流协会自己请我们吃饭，几个很辛苦的普通干部从来没有份儿。把我们送进餐厅他们就走开了，我们的酒菜还没有上齐，他们不知到什么地方已经吃完回来了。可想而知那饭菜一定是相当简单便捷，也许就在宾馆的房间里吃盒饭。

我们离开东京到外地几个城市去访问，日方派一位“局级干部”陪同。每到一地，凡当地的主人设宴请客（也就是说不花他自己单位的钱），他都陪着一块吃。没有人请客，当我们自己用餐的时候，他把我们领进餐厅，嘱咐我们想吃什么就要什么，然后就消失了。不知他到底吃不吃饭，吃什么，到哪里去吃。很神秘，也弄得我们很尴尬。我们是他请来的客人，吃饭的时候主人竟然不陪同。我们就真诚地让他一块吃，他当然不肯，也许是不敢。倒好像我们是主他是客。以后就习惯了，也不再让他。但点菜时不自觉地就注意到节省了。

我想这是文化交流协会的制度。定这制度的目的当然是为了节省。如果说这个组织不是很有钱，那么大名鼎鼎的世界最富有的丰田汽车公司，职员们每次只能申请领到一支钢笔，足可作为佳话流传。

一个月薪三十万日元（折合人民币约近九千元）的职员，在神户参加一个丰盛宴会，饭菜剩得很多，“打包”后带回京都。当晚由京都快件邮回东京给家人吃。

这大概就是日本人被世人指责为“小气”的地方。然而这“小气”，却大有研究的必要，一个穷国倘若也敢如此“小气”，肯定也能富起来。

日本人为什么会如此“小气”？

在日本人传统的价值观念里,从小就灌输一种"贫国心态"与"危机意识"——日本是资源贫乏的岛国,人口密度大,必须兢兢业业,严密保护自己的市场,外国产品不要多买,工作不能松懈,精神不能放松,收入要尽量储蓄。总之,"日本时刻准备应付不可预测的经济及其他大地震"。

在困难时期,这种"危机意识"正是日本民族急起直追的重要动力。现在日本成了"世界第一金融大国","世界首屈一指的财主",仍然是这种心态,且对自己的经济行为不做大的调整,难免会引起国际上的妒忌和指责。

当一些落后而又没有危机感的国家指责日本时,就不能不深思一下了。

我也认为日本人的生活质量低于其他许多发达的国家,用他们自己的话说是"刚刚开始学习生活,过去在物质的大循环中人是机器"。根据我的观察,目前普通日本人的主要娱乐形式就是喝酒和电子游戏,电子游戏可以用钱买到自己需要的梦幻,在想象中自己很快成为"大明星、勇敢的武士,或与美貌热情的恋人相见,或享受慈母的爱抚"。喝酒几乎又是工作的延续。一家保险公司证实,东京百分之八十的大公司职员"经常处于疲劳状态",三分之一的人称他们"是用酒同疲倦斗争"。厚生省一位官员说:"日本人天生腼腆、规避。酒精可使他们轻松愉快。"

在酒肉之间,同事的关系得到加强,新职员借着酒劲儿敢于批评其公司和上司。同时,他们也得到告诫,不要把太多的时间花在女友或公司之外的朋友身上,而应把精力集中在公司的繁荣上。这渐渐地变成一种习惯,成了日常工作的一部分,家只是睡觉的地方。日本百分之十二的家庭妇女每天只有十分钟时间与丈夫说话,另有百分之三十,每天只有一个小时能见到丈夫。

而酒吧,仅在东京的银座区(相当于北京的王府井)就有两千六百九十个,全国有十万个,女招待至少有一百万。每个公司都有一份允许其职员光顾的酒吧名单,人们在那里可受到等级相应的招待,有时还可以把费用纳入公司的账号。

日本人拼命工作、拼命存钱干什么用呢?

他们的老板们有想法:高价收买和兼并外国企业;进军新行业,多元化经营和发展自己的公司;增加研究开发费用;向慈善机构捐款改变自己的形象。

再过十几年就可实现“日本世纪”的构想,依靠强大的经济、金融和技术的综合力量,领导世界潮流,驱动世界经济。

日本人既然为自己制定出了诱人的目标,就没有什么力量能阻止他们。为了这一目标,他们“小气”得可敬可畏。

1989年8月14日

追踪历史之魂

——在日本看碑

要到日本去，我提出来想看的碑非看不可的只有一块，那就是京都岚山的周恩来总理的诗碑。到了日本才知道日本多碑。

日本的碑多不是古代遗留下来的，是现代人造的。并非那种"宫必有碑，所以识日景(影)，引阴阳"的碑，也不是像墓碑那样普及得人皆可造的小碑。让我感受深刻值得一书的当然是那种成为社会一景并有历史的隆重的或奇特的纪念意义的碑。

大城、古城且不说。以北海道一座海滨小城小樽为例，仅有十七万人口，却有近十家博物馆、文学馆、美术馆；只文学纪念碑就有十五座。每一座都有构思独特的造型，其本身就是一件珍贵的艺术品。日本无产阶级文学的先驱小林多喜二的纪念碑建在风景优美的山坡上，周围是野树野草野花，前面可俯瞰大海波涛，后面是大山，远处可见积雪，在阳光下闪烁耀眼。风水相当不错。纪念碑本身则像一本打开的书，厚重，辉煌，呈铁红色。

小林多喜二是有成就的名人，不管他属于哪个阶级，享受发达资本主义物质文明的现代日本人都视他为自己民族的骄傲。纪念碑之外还另有小林多喜二的纪念馆、故居可供游人、后人、崇敬者参观瞻仰。

日本的纪念碑有国家或地方政府修建的，有私人集资造的；有铁碑、石碑；有巨碑、怪碑。

丰碑者如北海道开发一百年纪念碑。一个庄严雄伟的黑色"人"字，人头如利剑，拔地一百米，直插青空。脚下是色彩纷呈的大地，名为“野幌森林公园”。

东京塔则是日本现代化的丰碑。全高三百多米，红白相间的巍峨铁碑。乘电梯可升至二百五十米高处鸟瞰东京全貌。在地面上看色彩丰富、旗帜招展、干净漂亮的东京城，在高空看则是一片拥挤不堪的高低不等的形状和大小不一的灰白色水泥堆块。这是现代文明的骄傲，还是现代文明的垃圾？只有皇宫四周被绿色包围。塔底有许多游乐场所，如水族馆、餐厅、电子游戏室、蜡人馆。我进了蜡人馆，据说明书介绍，这里再现了许多世界著名人物的形神。每一个蜡人不也是一个名人的生动纪念碑吗？进去以后却颇有些失望，看完全馆只有布什和林肯很像真人。最不像的是毛泽东，个子很矮，神情全失，站在蒋介石和胡志明的身边，蒋、胡倒坐在太师椅上。奇怪的是没有一个日本的伟人或历史名人，只有一两个外国人不太了解的日本歌星。我问陪同的横川健先生（日中文化交流协会事务局副局长），他也说不出所以然。后半个馆倒是塑了不少欧美的影星、歌星以及强盗杀人的惨烈恐怖的场面，颇不伦不类。

怪碑如东京的一繁华大街上竖起一块巨石，上刻“殉国小次郎”。非常招眼，像个大公司的广告招牌。小次郎乃一“暴走族”（喜欢骑着不装消音器的摩托车在马路上风驰电掣的年轻人）成员，骑车在此撞死。他的同伴们为了纪念他，在他出事故的地方立了这块碑。我感到新鲜的是日本社会的包容性，竟然在繁华区允许这样一块碑存在。它能提醒所有驾车的人注意安全，也可警戒“暴走族”。遇有像我这种不肯忽视自己的感觉又爱寻根问底的人，东京人大大方方地公正地介绍“暴走族”的情况……

后乐体育馆门前有两块横放的粗粝而不规则的大石，在上面磨光了几个地方，刻上一些在战争中殉难的著名棒球运动员的名字，名为“安魂碑”——他们不能再参加比赛了，让他们喜欢运动的灵魂安息吧！当后人来看球赛的时候，自然会想到他们。遇有好的比赛，年轻的球迷们就带着背包、毯子或塑料布提前一天乃至几天在这“安魂碑”前安营扎寨，排队等待买票。这是很简单很容易建造又意味深远的纪念碑。

严肃的注重感情的民族多立碑。

注重历史注重未来充满信心和希望的民族多立碑。

发达的注重文化的民族多立碑。

碑是民心,是历史之魂。

我就是怀着这般深沉而复杂的感情去寻找周恩来总理的诗魂。他在一连串神秘的事件和氛围中迎接了我——

干燥的五月的一个黑色早晨。我向来一睁开眼便很清醒,决不迷糊。但神差鬼使般在刮胡子的时候不在意不觉疼地刮掉了七块皮,血从嘴的四周渗出来,很快弄红了半个脸和脖子。可谓大面积受伤,只差没有把嘴刮掉。

我感到震惊。——不是因为疼痛和难堪。

刮了几十年的脸从未有过这样的失误。何况这是在国外,一向还比较注意自己的形象,不肯太马虎。

不会是要出什么事情吧?

我重看已经烂熟于心的日程安排,没错,全天的活动就是游览京都,拜谒周总理诗碑。

哦! 我心有所动。向窗外望去,京都陷在一片浓重的灰暗里,空气潮湿。自然界已经为大哭一场作好了充分的铺垫。我们吃完早饭出门的时候,雨果然泼洒下来了,不大不小,气氛是足够了。日本的司机无可挑剔,看我们一露面就把汽车开到眼前,非常麻利地跳下驾驶室,绕到另一侧打开车门,为我们撑着伞。从宾馆门到汽车只三五步远,他也要弯腰施礼,毕恭毕敬地一个个护送,决不让雨滴落到你身上。汽车里收拾得像豪华客厅,使你不忍心把鞋子踏上去,再没有教养的人坐进这样的汽车也会检点自己的行为,注意卫生。

岚山在京都郊外。我们到达时,雨恰恰停了。山川树木无比洁净,挂着青翠的水珠,像婴儿的眼泪晶莹透明。岚山莽莽苍苍,树木茂密,在一片碧绿中有星星点点娇嫩的淡红。顺山势奔跑着一条桂川,急水如云,其声潺潺。周总理的诗碑坐落在桂川岸边的山坡上,一丛

绿树包围着一块浑圆的青色巨石,上面刻着廖承志书写的周总理的诗《雨中岚山》:

雨中二次游岚山、
两岸苍松、夹着几株樱。
到尽处突见一山高、
流出泉水绿如许、绕石照人。
潇潇雨、雾朦胧、
一线阳光穿云出,愈见姣妍。
人间的万象真理、愈求愈模糊、
模糊中偶然见着一点光明、
真愈觉姣妍。

一九一九年四月五日

我揣摩诗人当时的心境。距离五四运动还有一个月。“五四”、“四五”,是两个神奇的不论怎样组合都有伟大魅力的数字。

周恩来首先是一个伟大的政治家、世界事务活动家,中国历史上一位功高盖世的国务院总理。没想到竖了一块他的诗碑。而且不是“真理愈求愈明白”,是真理“愈求愈模糊”。模糊中还偶尔能见着“一点光明”。第一次世界大战结束了,以德国为首的同盟国集团向有中国北洋军阀政府参加的协约国集团投降。美、英、法、日等国在巴黎召开“和平会议”,名曰建立战后和平,实则重新瓜分世界。也算是战胜国之一的中国军阀政府向“和平会议”提出希望帝国主义放弃在中国的特权,废除臭名昭著的“二十一条”,收回日本在山东夺去的一切权利,却遭到人家的蛮横拒绝。贫弱和落后酿成了民族的奇耻大辱,六十多年后又恰恰是日本竖立了这块周恩来的诗碑。

陈独秀发出呼喊:“社会遵新陈代谢之道则盛,陈腐朽败之分子充塞社会则社会亡”,“吾宁忍过去国粹之消亡,而不忍现在及将来之民族不适世界之生存而归消灭”。

李大钊则号召:“多难兴邦,殷忧启圣,再造神州。”

民族精英的呼号呐喊引发了全国规模的群众运动。当时的军阀政府把这种公众的愤慨视作无政府状态。其实,公众的麻木、沉默才是更危险更隐蔽的无政府状态。

周总理就是在这种情势下东渡扶桑,写下了《雨中岚山》。之后不久,李大钊、陈独秀就思考应该建立中国共产党。

雨又下起来了,紧一阵缓一阵。雨滴时大时小,迟迟寂寂。诗碑前的花束被打散了,花瓣飘落。我的伞丢在汽车里,倘若手里有把伞一定支起来护住花束,护住周总理的诗魂。

无边无际的雨丝散发出无边无际的包围感。默中藏雷,静得神往,让雨水洗刷这污染重重和忧患纵横的世界吧,有死亡和鲜血做伴才叫历史。

伤痕累累的历史也须向巨人般的诗碑屈下一膝。天地同泣,悲叹一个伟大的英灵消失了!

然而他那明智的力量、灵活的缜密、钢一样的弹性、行动的果敢、遏制不住的仁慈和纤细、大智大慧忍辱负重富于变化的气质,幻化成这座丰碑,“遗世独立,与天为徒”,托起人类精神的一块天空,像历史一样默默无言,又胜过千言万语。这硕大圆石的坚实和悠久像大地、天空、太阳、空气和雨水一样。

雨水浇湿了我的头发,打湿了我的西装,仍不想离开,不忍离去。且管束不住自己那狂野的思想。在静默里看到一个深邃的世界,不再习惯生命的麻木和肤浅,想随心所欲地表达对生命深层自由的欲望和冲动。

陪同我们的人说:“凡有重要人物来拜谒周总理诗碑,都要下雨。”

我不是什么重要人物,但赤裸裸的真诚同样有感天动地之力,呼风唤雨之功。我的真诚太死、太沉,和着雨水在流,流不尽。山下的桂川,便是真诚的一道伤口。

心里再次涨满无可名状的悲怆。对生活的信念忽然又增加了一种游移而模糊的意义。

我将深味这悲凉和浓雾般的迷离。

周总理的诗魂并不寂寞。他也没有沉默。倒是我的想象和思索成了自己的一种负担,仿佛能拉我坠入一种无法自拔的冷酷的深渊。

愿我的这些想象和思索,再加上良知,编织成一个不凋谢的花环,常献于诗碑之前。

模糊中偶然见着一点光明、
真愈觉姣妍。

1989年9月

形式的魅力

日 本 戏

我是戏迷，除去评剧没有不喜欢的。对音乐舞蹈也有特殊的爱好。即便是对听不懂的中国许多少数民族的歌舞和外国一些传统的具有强烈的民族特色的艺术也有浓厚的兴趣，如黑人的、印第安人的、塞尔维亚人的歌舞，等等。我喜欢那种原始的质朴的狂烈的摇撼力和人类所共有的美好情感的坦诚流露。

每逢外出，总要想方设法欣赏到最有当地特色的戏剧或音乐。出国更是如此——我提出这种要求一般也会得到主人的支持与欢迎，会千方百计地满足我的艺术好奇心。

在日本，这种愿望则受到了阻挠。

首先是我们的翻译，他是日本通。劝我说：

"可别受那份洋罪，嗷嗷怪叫，要唱没有唱，要武没有武。一坐四五个小时，睡觉不礼貌，不睡觉又睁不开眼。"

有这么可怕吗？日本的现代艺术，如文学、电影，在世界上都享有较高的声誉。日本的传统艺术竟会那么惨不忍睹吗？

主人对我想看日本戏的要求反应也不是很积极。他们不是对自己的传统戏没信心，显然是对我们这些观众没信心。

在京都找到了一个折中的办法。有个剧院专门上演各种传统戏的片断，很像中国的折子戏专场。大概是专门为了应付好奇的外国人，一共才一个半小时左右。同行中连不爱看戏的人也愿意去开开眼。

第一个节目——我只能称它是节目，实在不能称其为戏。当然戏也是节目——叫《琴》。台上摆着两张类似中国古筝样的琴，两个穿和服的女演员操琴合奏。说明书介绍这琴是从中国传来的。琴声悠扬，颇有古韵。

看不出有什么惊人之处，无论是演员的技法还是乐曲，都像一碗温吞水。平稳无差错，无激情，演员从始至终一个表情，庄重得近乎死板，一板到底，决不变化。

《雅乐》——名为乐，其实是舞。在日本圣德太子时代（公元593—622年），吸收了中国和印度的音乐，改为日本的宫廷音乐。有几个伴奏的坐在台角，一个演员（不知是男是女）穿着古代奇怪的衣服，戴着凶恶得十分古怪的面具，随音乐而舞。没有像样的或者叫高难度的舞蹈动作，甚至也算不上多么优美，只是用缓慢的动作连接一连串的造型。演员穿着那么肥大臃繁的服饰，不可能做出什么真正的舞蹈动作，充其量是一系列莫名其妙的比比画画，摆架式。

《狂言》——滑稽剧，或者叫通俗闹剧。连说带做。说是用洪亮的假嗓，类似京剧里的花脸。故事很简单，一个嗜酒如命的主人要外出，怕他的两个仆人在家里偷喝他的酒。便把两个人都捆了起来。两个仆人想尽办法，一个脑袋能活动，一个手腕能活动，两个合作照样喝了个酩酊大醉，这时主人回来了。

《京舞》——两个女演员缓慢舞蹈。

《文乐》——木偶戏。

一个多小时过去了，我没有受到深刻的感染。可能是语言的障碍，我始终不能进戏。除去那场面、那气氛，几乎没留下什么印象。只能说简单地满足一下对日本传统艺术的好奇心。

日本值得称道的是现代科技、现代经济、现代文化、现代意识。至于传统文化，只剩下一个浮华的躯壳，实在不敢恭维。

这结论难免失之偏颇和肤浅，却是我看完这场演出后的真实感觉。倒不如以前看日本小说对舞女、武士、歌舞伎留下的印象更深刻，更有新鲜感。

茶 道

日本茶道世界有名。为什么有名？

提起日本茶道我也肃然起敬——这是那种茫无所知的“起敬”。既没有真实的好感，也无确切的恶感。只是通过屏幕和照片感到那喝茶的仪式、那气氛不一般，也许真有什么讲究……

日本茶道首推千宗室，俗称茶道王国的国王。千家大概又分里千家和外千家。请我们去喝茶的是里千家。

一条长满青苔的石子小路通向绿色灌木丛的深处。走进去便见一所漂亮的木房子掩映在茂密的绿树林中，门口立着一块石碑：

千宗旦居十遗迹　　今日庵

千宗旦是里千家第三世的宗室。如今的鹏云斋已是里千家的第十五世宗室。主人在门口跪着迎接，我感到不安，急忙脱鞋进屋。主人先领我们来到一间十分昏暗的房间，没有窗户也没有电灯或蜡烛，笼罩着一股神秘而紧张的气氛。主人再次冲着我们跪下，我们也只好相对而跪。眼睛逐渐适应了黑暗，勉强能看清主人的面目，我感到有点不对劲儿。根据照片我猜测里千家的十五世主人应六十岁以上，眼前这位下跪者不过四十几岁。他看出我的疑惑，递过名片，原来他是里千家今日庵茶室的国际局局长。

天哪，这里还设有国际局，一共有多少局？

局长再次把头埋下去表示歉意，他说主人临时有急事被召到东京去了……我反倒松了一口气，倘若他家主人在，一个六十多岁的老人，也这样起来跪下，跪下起来，他受得了，我们受不了；膝盖受得了，精神受不了。既然邀请我们的主人不在，我就可以见机告退，或者叫这位国际局长仪式从简，符合“国际惯例”。

我们没有在那间小黑屋里跪得太久，便开始参观今日庵。

从外面看，像个坐落在原始森林里的守林人小屋，进到里面却大得很，像个封闭的木结构小城。转了一圈我也没有弄清它的结构，也看不出共有多少间房子。一个屋接一个屋，地板上铺着榻榻米，优雅，洁净。每间屋子都空荡荡，没有家具，没有摆设。有间屋子里立着千家的祖宗牌位，还有一间屋里摆着端午节的木娃娃和粽子。窗户上不安玻璃，糊着绵纸。

我突然想起京都的二条城，它差不多等于古代的皇宫，规模很大。但建筑工艺粗糙，一座又一座的大房子，每间屋子里同样空空荡荡。除去墙上有壁画，地上铺着榻榻米，什么东西也没有。没有其他国家的皇宫或贵族之家里少不了的古玩珍宝和值钱的摆设物。是过去很穷，还是日本人天生生活简单喜欢节俭？

今日庵也是京都的一处“名胜古迹”，门口挂着“重要文化财”即重点文物保护单位的牌子。庵里一些重要的地方都有一个清雅的名号，如过堂门叫大玄关。还有：无色轩、又隐、寒云亭、咄咄斋、抛筌斋、又新、对流轩等。我却分不出它们的差别，房子一样，格式一样，榻榻米一样，又很少有装饰物区分，外国人很难一下子看出它们的不同之处。

倒是里千家流祖（一世）千利休书写的四个大字：“和敬清寂”，给我以深刻的印象。千利休说茶道的根本精神就是这四个字。

千宗室这样解释这四个字：

和——平和、人和，地球上的所有生命都以“和”为最高理想，它是永久不变的任何时代都不会灭亡的真理。

敬——尊敬长者，敬爱朋友和晚辈。

清——洁净、幽静，心平气静的境界。

寂——茶道美学的最高境界，即闲寂，幽雅。“知己去欲，凝神沉思”之后达到的心满意足的幽闲境界。

千利休似乎深谙禅学，他的理论帮助我忽然间一下子提起了对茶道的兴趣。日本人是想通过茶道提高精神生活的质量，从而找到一个正确生活的答案。

我们被领进“又新”茶室，这里为了照顾外国人设置了古朴而精美的小桌小凳，不必跪着喝茶，气氛愈加肃穆和神圣，真是敬茶如神。

仆人先端上来点心。也许不是仆人，而是主人的儿子或者是国际局的干部，一个个五官端正，身着和服，有武士的风度和顺从。

国际局长见缝插针地介绍茶道的历史。

大约八百年前，相当于中国的宋朝时期，日本的僧侣茶西到中国留学，主要学习禅宗临济宗。学成归来把茶籽也带回日本。最早，日本把茶当做僧侣坐禅用的兴奋剂和当草药使用。后来茶西写了一本书《吃茶养生记》，喝茶的习惯开始慢慢传开，并和佛教禅宗结合，以宗教精神为本逐渐发展下来。一五二二年，里千家一世千利休提出“吃一碗之茶”，确立了日本茶道。

在局长的讲解中一个庄重的中年男人出场，坐在烧茶的位子上。他眼前摆着两只用黑色大漆漆得锃亮的木箱子，每只箱子两侧用橘红色的丝绳系着漂亮的蝴蝶结，像中国古典戏法的魔箱。一只箱子上放着蓝色的木水桶，一只箱子上放着水壶。中间的小桌上放着长把儿木勺、碗、茶叶罐、刷子等物。

那中年男人沏茶的动作极其优美、潇洒、准确，形成规范和程式。像舞台上的戏剧演员，一举手一投足都有一定之规，舀一小勺茶叶(其实是茶叶粉)，放进碗里，再用木勺舀一点开水放进去，然后用竹刷子像搅粥一样搅匀。名为茶，实际是茶粥，在碗底一点点。

仆人把它毕恭毕敬地端给我。

国际局局长在旁边提醒我，为了表示对主人的尊敬和感谢，不能他怎么递给你你就怎么喝，要将碗向右旋转一百八十度，左手托着碗底儿，右手扶着碗帮，一饮而尽。最好嘴里发出嗞儿嗞儿的声音，表示这茶很香。

隆重，烦琐，故作神秘。

充其量不足一口，略有苦味。喝进去很容易，发出香甜的声音则很难。

最初茶道只限于贵族、武士、僧侣等上层阶级享用。自明治维新

(公元1868年)以后才开始在民间普及。千宗室的茶道是日本独特的综合性文化传统之一,包含着艺术、宗教、哲学、道德等多方面的素养。应该主客之间边饮边谈,即所谓"一碗茶中的和平"、"一碗茶中的友爱"——这才是茶道的真正涵义,通过茶和语言追求人类友爱的本性。

只有一碗茶,看来只能靠"谈"和烦琐的形式去寻找爱和美。

喝茶这道主要的程序完成之后,仆人又为我们每人端上来一碗清茶,可能学名叫酶茶,这就难以下咽了。出来后有人说像方便面条里的调料,有人说像味精。

我早就想起身告辞了,国际局局长却坚定不移地贯彻喝茶和谈话相结合的方针,继续介绍茶道文化:

"中国是日本茶道的故乡。鹏云斋宗室曾在一九八〇年与一九八四年两次率领由五百人组成的'日中文化交流里千家之船'访问中国。曾在人民大会堂举行茶会,介绍日本茶道……"

为了喝上半口茶粥用去好几个小时。

又觉得很有收益。听日本懂茶道的人讲茶道比喝茶本身更有味。中国南方的茶馆文化,尤其是功夫茶和广东的早茶,似乎也应该从理论上总结提高一下,特别要提到艺术、宗教、哲学、道德的高度来认识,来加以宣扬……什么事一旦形成一套完整的理论就不一般了。

日本的许多东西是从中国传过去的,中国早就丢失了,日本却保存着并发扬光大了。

日本是最讲效率的,最讲"时间就是金钱"的,同时也是最善摆花架子,玩弄玄虚的。茶道不是很能消磨时间吗?

有一点可以肯定,日本人并未喝茶丧志。

大相扑

日本视大相扑为"国技"。我从一开始就不把它只看作是体育比赛项目,它非常典型地表现了日本民族文化中形式主义至上的特点。

五月是大相扑比赛的季节。各地的电视台每天下午要用四五个小时转播比赛实况。发达商业社会的广告是无孔不入的,但在转播大相扑比赛时,四五个小时内不插播一个广告,更不会在比赛中插播其他与大相扑无关的新闻。

轰动世界的闹得竹下登内阁倒台的里库路特案件,也没有受到电视台的如此青睐。大相扑压倒一切。可见日本人多么重视它。

我对大相扑由开始的厌恶到最后喜欢它,甚至看起来还有点入迷,这种心理变化也很有意思,追寻这种变化,可看到日本传统文化形式至上的魅力。

大相扑比赛在国技馆进行,人山人海,女人还很多。快节奏的日本人看相扑倒不着急,一坐多半天。我没见过任何一种体育比赛、一种文艺演出像大相扑这样故弄玄虚、大肆渲染、极尽铺张的。出场式很像中国京剧里的两国交兵。比赛双方的主帅横纲(大相扑里级别最高的运动员,类似拳王、棋王,日本相扑运动员里只有四个横纲)走在前面,手里托着一物,似剑非剑似刀非刀似棍非棍,我想是一种具有象征意义的吉祥物。其他运动员按照级别高低排成一溜跟在后面。双方从相对的休息室里走出来,穿过拥挤的看台,来到国技馆中央半米高的土台子上,双方照面,走一番过场。运动员赤裸着身子,腰里系着一根又宽又硬的彩带,裆里兜着一根同样颜色的带子,勉强能遮住不该暴露的部位。令人大吃一惊的肥肉,松弛地垂挂着,像烤化的奶油,摇摇摆摆,简直就是一队两条腿直立起来行走的大象。尽管每个运动员的脸上也堆满肥肉,由于身躯庞大,脖子粗如车轴,脑袋就显得很小。乌黑油亮的头发梳成个盘子倒扣头顶上,盘底儿上有个鬏儿,像瓜蒂。他们非常庄重却给人以滑稽之感,愈显其笨拙,可怕、可爱、可笑。每个人的腹部都吊着一个漂亮的织锦帘子,规格一样,颜色图案各不相同。这是每个人的旗帜和徽记,上面绣着自己的名字和喜爱的图案或象征物。如龙、马、富士山、大海、太阳等。还有的只绣一个大字,如忍、胜、武等。有些运动员的名字也很有气势,如雷炮、巨炮、鬼雷炮、鬼雷、斗龙、北狮子、太刀光、多贺龙、北吹雪等等。

运动员们亮完相之后都回到国技馆的后台去了。双方的横纲再单独出来,手持吉祥物到土台子上耍巴一番。无非是举手、抬腿、转身、下蹲之类的简单动作。尽管简单他们也不能做得很地道,只能摆摆花架子点到为止,看上去像举手、像抬腿就行了。但神态庄严,只要他们的动作做得稍微规范一点就会赢得观众的热烈掌声。可见日本人多么喜爱大相扑,多么喜爱肉嘟嘟的相扑运动员。

十分排场的令人眼花缭乱的比赛仪式终于结束了(每次比赛前都要来这一套)。真正的比赛却非常简单,也许是在所有大型体育比赛中最简单最容易决出输赢的项目。土台子中央画着一个直径约一丈左右的白圈儿,把对方推出白圈儿或摔倒了都算获胜,往往是交手后几秒钟就决出胜负。可运动员就是不肯轻易交手,那套赛前准备,虚张声势,越发磨观众的性子。

先由级别最低的运动员上场,挂在肚子的锦帘已摘掉。每一方在擂台的下面都有一个服务班子,守着一桶水一筐盐。每个运动员上台前都要从前一个人手里接过一个文件和一竹勺水,象征性地喝上一口。那文件大概是战表一类的东西。然后走上台去,一个对一个,摆好架势蹲下去,上身前倾,做好扑的准备。两双眼睛对视,是一种意志的较量,一触即发,眼看就要交手了,不知为什么又站了起来,局势和缓。大概在对视当中,一方的意志有所动摇,感到准备不足。或者感到观众的情绪还没有被挑逗起来,通过眼神达到默契,各自走回自己的阵营,或喝口水漱漱口,把水狠命地吐在擂台上,或抓把盐气势汹汹地撒向擂台中央。用手使劲拍拍腰带,或拍拍腰部的肥肉膘。这一切都是一种示威,想在气势上压倒对方。有时还像大熊耍杂技一样抬抬左腿,再抬抬右腿。重要的运动员要蹲下起来,起来蹲下,反复折腾六七次,直到观众等得不耐烦了,多次鼓掌,他们才交手。一交手则三下五除二就完了。

一开始也许由于我不习惯不耐烦大相扑过于繁琐的形式,认为大相扑是日本人心理变态的一种反映。观众不在乎谁胜谁负,看的是运动员那一身肥肉,那副蠢样子。得胜的运动员退场时观众欢呼,走道附近的看台上的女人们喜欢凑上去,摸一摸或拍一拍他们的肥肉。他们都十分傲慢或麻木,不理不睬,一踱一踱地进去了。仿佛女人们拍打的不是他们的肉,而是象皮。

大相扑的裁判员像戏台上的老道,长袍飘甩,道士帽岸然,手抡一把木扇,口里一个劲儿地高叫:“不要出圈儿!不要出圈儿!”“出圈了!”

获胜的运动员蹲在裁判面前,经过一个简单的仪式,从裁判手里拿到一个纸包,据说里面是奖金。谁的肉多,谁的块头大,谁取胜的机会就多。分量重的很容易把分量轻的撞出圈子,小的推大的则如推一座山。

到后来我不知不觉地对大相扑发生了兴趣,还是那些运动员,却不再觉得他们是可怜的笑料,不是小丑是大丑。他们需要肉,需要分量,也需要技巧和力量。在一九八九年五月的前半个赛季里唯一不输一场的横纲大刀国,脸长得似乎还有几分秀气,那身肥肉也是全国第一,像瀑布一样从脖子下面垂下来,双下巴,双乳房,多层次的肚皮。比赛时有一种大将风度,沉稳,不张狂,却成竹在胸。他常常是最后一个出场,漫长的比赛又总是以他的胜利告终。他回到后台,挂上自己的帘子,手持吉祥物再出来耍巴半天,是扬威,也是谢场。

试想,大相扑如果没有这么多名目繁杂的规矩和仪式,只是简单地一推一撞一摔了事,就不会有这种神秘的传奇味道。运动员那一身触目惊心的肉也因缺少艺术的渲染和铺垫而失去魅力。它所以成为日本的“国技”,决不会因为它那像小孩做游戏一样把对方推出白圈儿就了事的比赛本身,大相扑代表了日本文化中某种传统的大众的根深蒂固的东西,所以才这么兴旺发达,长盛不衰,受到各个阶层的喜爱。它不单是体育,也是一种大众艺术。

相扑运动员有点像古代的武士一样受到人们的尊重,社会地位很高。据说他们的训练极其刻苦。小孩子要学相扑,必须走后门,拜师傅,送重礼。

大相扑更说明日本是个注重形式的民族。对某些艺术来说形式就是内容,没有形式,艺术本身就失去了存在的空间,甚至失去了存在的意义。

1989年9月

日本作家速写

当中国正查出“偷税漏税大王”是歌星或电影明星的时候，日本一年一度的“纳税英雄榜”也公布了。高居榜首的纳税英雄是两位作家：赤川次郎和西村京太郎。

他们是大众文学作家。之所以钱多，一是因为“日本文章值钱”；二是因为产量高。地铁站、火车站、飞机场和大街上随处可见的报刊亭里几乎都摆着他们的小说，而且常常是摆着一大溜同一个人的几十种不同的书。

我不知道这两个人各自写了几百本书，我结识了不少产量比较少的纯文学作家，但出版著作少于一百本的还没有碰到。

他们是怎么写的呢？

陈舜臣

他是中国人，生在日本，长在日本，用日文写作，在日本也大名鼎鼎。六十四岁，出版了五百多本书。已经不是“著作等身”的问题了，他写的书从地板垒到房顶，还垒不下。翻译成中文的有《鸦片战争》、《太平天国》、《新西游记》、《郑成功》、《中国古今游》等。

他写作的三大法宝：题材丰富——从历史到现实，从天上到地下，笔底敢于包容世间万事万物。没有他不能写的，没有什么是他不可以写成畅销书的。别人的游记只能卖出两三千册，他的一本《敦煌之旅》售出二十万册。

知识渊博——上下五千年,通古知今,占有大量资料。一套《中国历史》十五卷,一套《中国五千年》二卷;长篇历史小说《曼陀罗人》二卷、《秘本三国志》;推理小说《方壶国》、《青玉狮子香炉》;熔文化和科技于一炉的《皇上之页》,及《三藏法师之路》、《茶事遍路》。列出这仅仅是陈舜臣著作百分之一的书名,只为了便于读者通过一斑窥其丰富题材的全豹。

文字优美——不论他写什么都用的是文学语言,极富魅力。有了这过人的语言功力,才能写什么什么畅销。只要写了就卖得出去,才能出版那么多书。写一本赔一本,出版社是不会给他印五百多本的。

五月八日,陈舜臣先生在神户"天下第一楼"请我们吃中国饭。我们到得晚了一点,他或许担心我们迷路,一个人到大街上来迎接。一个很有特点、亲切随和的"小老头儿"。叫他"小老头儿"是由于他的年龄。他面色红润,神情举止没有一丝老态,也不带一丝创作劳苦的倦容。着一身考究的近乎草绿色的西装,一头浓密的灰色卷发。也许是因为汉语说得不好,席间他很少说话,偶尔说一两句话也是轻声细语。好在其弟陈谦臣(龙谷大学教授)、公子陈立人(一家出版社的社长)和陈舜臣先生的夫人都相当健谈,有一种老乡相聚的自由和欢快。这是我到日本一周来吃得最轻松的一次宴会。主人很随便,不说什么欢迎词,我也就不必致答词说客套。想说话就说,不想说话也没关系。日本等级观念森严,礼仪太多,大会小会,大宴小宴,都那么一本正经,有时还摆出中日两国的国旗。我一点不能出疏漏,不想说话也得说,还要说得有规格有作家的灵气和幽默感,真是又苦又累。跟陈舜臣是文人聚会,省心多了,我也可以偷懒少说话多观察。

流落到日本列岛操"三刀"(菜刀、剪刀、剃头刀)为生的中国人,到第二代、第三代出现了一些从事所谓"高等职业"的人,如医生、讲师、实业家等等。但跻身文坛以卖文为生,且成了大气候大规模的除了陈先生没有第二人。"陈舜臣现象"是个奇迹。

他身材不高却负载着数百个乃至数千个构思。他不擅辞令,好像灵光永远都留在自己的作品里出不来。对现实生活马马虎虎,神不守舍，不拘小节。因此就必须有夫人在旁边指挥一切，调动一切。夫人是典型的中国那种可敬可爱能说能干的贤惠老太太。

出租车来了，陈舜臣老老实实地先坐了进去。夫人又把他拉出来："客人还没上，你怎么先钻进去了。"老先生下来，再让我进去。

合影的时候陈舜臣该站在什么位置，也一律听夫人调度。他很顺从，单纯得像个孩子，却让人觉得他是个幸运的老头儿，这是个幸福的家庭。谁知道他还能再写出多少本书？尽管写了五百多本，看上去他并不是很吃力。

井 上 靖

东京的东南部，算得上是比较好的私人住宅区。幽静，优雅，典型的日本风韵。街道笔直细长，打扫得非常干净。两旁是漂亮的式样各异的小洋房，多是木结构，玲珑耐看。每家都有个院子，院子里根据主人的情趣突出某一种花草树木。或以花为主，姹紫嫣红；或以树为主，绿影扶疏。别出心裁的院门上写着主人的姓名。

一白发老太太在门外鞠躬迎候，脸色慈和，略显发胖。她是井上先生的夫人。井上靖听到寒暄声也迎了出来，着一身黑灰色和服，儒雅庄重。八十有二的老先生，精神健旺，谈吐敏捷。我和井上先生相对而坐——谁坐什么位子都是有一定之规的——先到一步的日中文化交流协会的事务局长安藤女士早就安排好了。

我用一小半心思说着客气话——这是必不可少的（井上靖先生是日本笔会会长，日中文化交流协会会长，我们正是应"文协"的邀请来日本的）。主要精力用来观察这位享有世界声誉、在日本当代受之无愧的"文坛巨擘"，想办法把谈话尽快引到我感兴趣的问题上和我想要了解的领域。

井上靖的成名作《斗牛》荣登一九四九年下半届芥川文学奖的榜首。连同《天平之甍》、《猎枪》、《夜之声》等小说先后被译成中文。根据他的长篇小说《敦煌》改编的电影也曾在中国上映，读者更不会陌生。老先生有多方面的才华,出版过不少诗集,因此能集诗人恣肆汪洋的浪漫热情和小说家敏锐观察冷静分析于一身,形成雄浑、深婉、狂烈和孤寂的风格。这自然也跟他的生活道路有关。他出生军医家庭,年轻时喜欢柔道,当过十五年记者。丰富的阅历积累了经验和感觉,也积累了丰富的创作素材。他洞悉人情世态,不论驾驭什么题材都能轻而易举地引发对广泛人生和社会的批评。即使素材不新,也可立意出新。纵然表现的不是现实生活,却能具有现实意义。

让我惊奇的是他的历史小说,而且多以中国古代历史为题材。《天平之甍》取材于中国高僧鉴真法师东渡扶桑讲学的史实。《敦煌》的主人公则是中国宋代天圣年间赶考进士不第的举人赵行德,颂扬灿烂的敦煌文化。作家可以靠资料写作,不足为怪,但哪来的中国古代文明的神韵?可以想见他善于吸取本民族文化遗产中的精华,以丰富自己的创作。但又是怎样采撷中国古代思想和艺术的宝珠呢?

井上先生不停地吃着小点心和浇了奶油的杨梅。他的兴致很高,话也不断。但话题老也离不开孔子。他自称准备了二十年,写了两年,刚刚完成了二十万字的历史小说《孔子》。拿出珍藏的孔子像给我,据说是唐代吴道子的画。他讲世界上许多国家对孔子感兴趣的学者都给他来信,向他请教有关孔子的问题。他俨然是孔学权威,掌握着大量有关孔子的资料,他的书房是“世界孔子研究中心”。

他从京都大学哲学系美学专业毕业后,在《每日新闻》社担任宗教栏记者,每周必须写一篇关于宗教的文章。工作迫使他必须研究《般若心经》、《华严经》、《净土三部经》等宗教经典。我想这于他后来的历史小说创作大有裨益。二十年前,他在《中央公论》上见到一位日本学者发表的关于孔子的文章,引起兴趣,开始收集资料,准备写孔子。他和夫人曾访问过山东曲阜,看了孔庙、孔府、孔林。他说:

“孔子是一个思想家,不是一个宗教家。他的思想能流传下来,在世界历史上是罕见的。他为什么受到尊重?我认为他从人的共性出发,发表了很好的意见。”

我问到他的身体状况以及今后的创作打算。

井上夫人接过话题,说井上以前爱喝酒,三年前她发现他有食道癌,安排他做了手术。井上恢复得很快,至今身体很好。老太太引为自豪,自称是她的功劳。老夫老妻,可亲可爱。

井上靖又把话题扯到孔子身上:

"日本人很喜欢孔子的一句话:'逝者如斯夫,不舍昼夜。'中国五六世纪,认为时间如滔滔河水,滚滚而去。到十五六世纪,对于人生的咏叹就不一样了,认为应该做一点有意义的事情。到了近代,有人考证说,孔子老时回到鲁国,壮志未酬,感到悲伤,发出了慨叹。我认为应该有现代的解释:河水在弯弯曲曲地流,人生也是曲曲折折的。但人们所创造的历史,正像河水一样,尽管千折百回,终究总要流入大海,实现人类的共同理想。所以,孔子的思想最根本的东西就是对人的肯定……"

说到激动处老先生就向我们介绍他搜集的关于孔子的资料。

他有两幢双层小楼,一幢楼专用做书库,藏书很多。楼上楼下,到处是书,满眼是书。

楼后有个长条形的院子,种着菜,有花有树,成一种田园的野趣。我想象着井上先生在写作之余到小院子里散散步,逗逗狗,独倚绿树,尽吸花香。或发思古之幽情,或超然于物外。他没有辜负生活,生活也没有亏待他。

尾崎秀树

批评家。出版过一百本著作。

五十岁出头,微胖,灰白长发,黑白线的厚布和服,外套一藕荷色上衣,系浅绿色宽腰带,雪白的线袜,脚板上挂着一双木屐。典型的一派日本绅士风采。

我问:"日本作家都高产,日本作家自己怎样评价这一现象?"

尾崎秀树:"日本作家都是独立的,靠稿费和版税生活。没有生活上的保证,必须不停地写,一个作品一个作品地斗争。出版社不约你的稿,想发表作品是很难的。有些人搞别的工作赚了钱,自费出版自己的书。保证自己的生活很重要,因此出版社要什么就写什么。”

“日本的专业作家有多少?”

“从事文学工作的专业作家一千几百人。有两个组织,一个是日本文艺家协会;一个是日本笔会。组织的功能就是保护版权,保护言论自由。”

“你们也有言论自由的问题吗?”

“基本上是自由的,但常常发生问题。你有言论的自由,他也有反对的自由。比如关于天皇的战争责任问题,长崎市长说天皇有战争责任。我也相信这一点。但他接到许多威吓信。”

“当前日本纯文学的境况如何?”

“日本现代文学有一百年的历史,十九世纪后期开始向外国文学学习,发展成知识分子文学。他们的作品跟一般老百姓要求的文学有距离,借助西方手法,写自我,写封建宗族的宗法斗争,感觉性很强,凭感觉把握文学。

“七十年代,日本经济进入高速发展的时期。但回头一看后面有一个很大的文化空洞。人应该怎样生活?日本将怎样发展?现代化、电气化忽视了人性,带来了公害和自然灾害。文学在思考人是什么?人的存在有什么意义?统一的价值观没有了。目前日本文学面临着危机。”

“日本的大众文学是不是呈上升趋势?”

“卖得多是流行,存得久才是文学。日本的大众文学范围很广,包罗了历史小说、反映现代家庭和爱情生活的小说、推理小说、科幻小说、滑稽、明朗小说、纪实小说等。大众文学的确是在关东大地震(1923年)之后上升。

“大众文学,在形态上是大量生产、大量传递、大量消费的大规模传播文学。纯文学是为作家本人的文学,而大众文学是作家与读者共同创作的文学。优秀的作家总是在考虑大众的需要,将这种需要在作品中具象化,再供给读者。可以说大众文学作家是以创作的形式来表达大众喜好和愿望的代言人。

“别看日本现在很发达，其实日本在近代化的道路上起步较晚。然后以先进的西方为模式，奋力赶超，从上层强行推进近代化。在文学上也追求近代化。知识阶层和大众之间在文学志趣上出现了差异，各自所需要的东西愈来愈隔绝。知识分子文学以确立近代的自我为命题。历史小说、通俗小说、侦探小说及社会评书则形成巨大的文学山脉。同时受雨果、大仲马、狄更斯等人的作品的影响，以大众性歹徒小说和中国传奇的刺激，大众文学的内容更充实起来。

“日本的大众文学发轫于历史小说。由于大正时代民主主义高涨，民众开始具有社会意识，他们要求用文艺来发泄第一次世界大战后经济衰退所带来的不满。家庭爱情小说倾向于描写风俗，能引起读者共鸣，但未达到消解不满，便转向历史小说。历史上的空白很多，可借古讽今。历史小说是剑的文学，但那不是残杀，是铲除邪恶的反抗之剑。

“战后的大众文学从天皇制禁锢下解放出来，向传统的秩序和道德挑战。有人认为‘排斥虚构性和偶然性的艺术观已过时，应该恢复小说的趣味性’。‘趣味性本身毫无通俗与纯粹之分，纯粹性绝不会因趣味性而通俗化。’意在构筑社会人的文学宗旨，把基点较高的小说从狭小的实验室里解放出来，为更大的多数所有。既不堕入通俗，又不附庸风雅。

“大众文学增强了现代性、风俗性、记录性，进而还产生了具有国际视野的作品。体验过漫长战争的日本读者需要有现实感的作品，电视的临场感更激起读者对纪实作品的关心，因此‘调查而来的小说’诞生。历史小说提高了现代性，更加注意以现代感觉去捕捉历史事件和历史人物。社会派推理小说开始趋向风俗性，为了深化主题，更加关心风土性和传统性。

“于是，区分大众文学和纯文学的界限不明确了，两者都增强了大规模传播文学的性格。如此纷纭，想以一维的形式来把握其全貌是不容易的。但大众文学的主要目的并未改变，仍然取决于大众之所好，慰藉大众。”

尾崎秀树先生不愧是日本大众文学研究会的负责人，他对日本大众文学的介绍简练、概括，把握得很准。又有许多精辟之语，对我颇多启示。

（注：为这次纯学术交谈担任翻译的是日本早稻田大学历史系毕业的原倍之先生。谈话结束后尾崎先生送我一本李翟译的《日本的大众文学》，里面的许多观点比他口述的更准确，我成文时采用了李的译本里的某些话。）

中野孝次

我喜欢他。这是我在日本碰到的第一个坦率真诚、不拘泥、一见如故的人。

年已六十四岁，看上去不过五十岁左右。不是我见惯了的西装革履，也未穿严肃的和服，下身直筒裤，上身运动衫，显得很帅，又亲切随便。谈吐举止都显得敏捷，神态年轻，无论如何也看不出是六十多岁的人。

自己一栋洋楼，客厅宽敞而舒适。隔着大玻璃门可看见一个颇具原始味道的花园。他见我对花园感兴趣就领我先到院子里参观。

院子不是很大，却树木茂密，遮天蔽日，故意创造一种原始森林的情趣。地上堆满腐烂的落叶，腐殖土松软。只有一条弯弯曲曲的石子路通向园林深处。路边有一小小荷花池，荷叶摇摆，荷池里的水像一汪稠稠的黑粥。细看原来是挤满了蝌蚪。中野从盆里舀了一勺食撒进荷池。我说：“有朝一日这些蝌蚪全变成青蛙，你这院子里就热闹了。”

小路的顶端，在绿树的遮盖下有一座奇特的小坟墓。墓碑上写着：“哈拉斯睡在这里。”“哈拉斯”是一条狗的名字，墓前还摆着一束鲜花。坟里埋着他的爱犬。我在这座狗墓前站了半天，愈发对中野孝次发生了兴趣。

穿过树林绕到楼的后面，有一间作坊。中野写累了写烦了或写得高兴了，就到作坊里来烧制陶器。作坊里有个木架，上面摆着他的作品，有罐、壶、碗以及一些奇形怪状的意念陶瓷制品。

他有广泛而优雅的情趣和爱好，也有条件成全自己的情趣和爱好。

中野先生指指他的夫人对我说："如果我们两个人都死了，就卖掉家产和地产，捐给公众，不留给自己的家属。遗嘱都写好了。"

他仍然保留着鲜明的个性，心直口快，什么都讲。没有我感觉到的一般日本人身上的那种压抑感。他不拘泥于虚礼，不用永恒的神秘莫测的微笑来掩饰自己、拒朋友于千里之外。

我们回到客厅，中野夫人摆上哈密瓜和点心。边吃边聊，主人客人都很轻松自如。

中野说："您的小说写了社会，很难得，也最好读。我也很努力关心社会。但日本的社会太安定了，写社会很难，很小。日本作家大部分写自己，写自己周围的事。"

我请教他，日本的社会安定富裕，作家的生活也很安逸，对文学创作有什么影响呢？

他说："生活太舒适，人的思想就会变得保守。生活里还有许多穷人。作家们很容易安逸地住在自己的小屋里。创作不是加法，不能老想着自己写了多少本书。作家经常是零，写完一本书之后就不再是自己的财产了。"

他是个严肃的多产的作家，代表作是《李子熟了》。近几年在精心创作长篇巨著，这部小说，已经写了四年尚未完成。中间还可以插进去许多别的写作任务。眼下正赶写中篇小说《存命》，二十五天写了九十章，下月在《新潮》杂志发表。

我到他书房里看九十章有多少字，相当于中国八开的大稿纸厚厚的一沓。真是快手——六十多岁的快手！

他不愿放弃刚开始的关于社会的话题：

"日本社会表面上看很安定，实际问题很多。年轻人不愿干体力劳动，机械制造业、汽车业、建筑业的繁重体力劳动靠愈来愈多的外国工人承担。日本战败以后也遇到了现在发展中国家遇到的问题。现在成了经济大国，把过去忘记了。我写小说就是叫大家知道什么是人，什么叫生活，还是那个'零'的观点。

“我对日本作家和小说不满意。我写的这个题材还没有人写过。小说的正道应该反映日本的当代生活,这样的作家很少,反映当代的小说不好写,不如写历史上的名人受欢迎。人生活了几千年几万年,人所遇到的问题,从生到死,慢慢学做人,所遇到的问题应该是共同的。日本、美国的生活过于稳定,人的问题往往被遮盖了。”

难怪我一见面就对他有好感,他的许多观点很对我的心思。现代人被现代物质包围着,人的精神在哪里?精神被非精神的东西遮挡住了。

中野提出:“作家应该在野,不能当官,要深入生活,深入自己。”

我以为作家的生存和社会的生存重叠起来,就能写出好小说。

中午,中野孝次先生和夫人请我在韩国人开的烤肉馆里吃烤牛肉。他介绍说,韩国人以前在日本没有地位,只能开餐馆和电子游戏室。这家烤肉馆在横滨很有名,夏天大家没有食欲,就到这里来吃烤肉,肉很嫩很香,一吃就会食欲大增。

我吃了几口,果然不假。

城山三郎

著名的经济小说家。一九五七年以中篇小说《输出》获新人奖,后以长篇小说《燃烧的落日》获吉川奖。看上去也有六十多岁。自己的房子由于存书太多,只能作为书库,又租了一套能看见海的公寓做工作间。他就在这套临海的工作间里接待我和翻译家陈喜儒。

我把这次谈话中有兴味的东西整理如下:

“不是客套,我对您的小说感兴趣,非常敬佩。‘乔厂长’和《赤橙黄绿青蓝紫》里的人物有声有色。工人在工厂大门外面卖煎饼的细节很有意思,吸引人,日本也有这种情况。”

(我表示惊讶,日本也会有像刘思佳那样的人物?但我不愿让话题围着我的小说打转转,他三次提到我的小说,我都礼貌地把话题岔开了。)

“六十年代，像我这样的小说也经常会遇到麻烦。《辛酸》是揭露通产省黑幕的，在《每日新闻》连载，只登了一半就停了，总编和副总编也被迫辞职。”

（我问他，写上层人物的内幕，材料哪里来？）

“日本的新闻记者很厉害，哪个部门都有专门的记者采访。我可以从记者那里得到想要的素材，还可以找从政府辞职的人采访。我自己也结交了许多上层人物，经常了解他们和观察他们。比如我喜欢散步和打高尔夫球。我是高尔夫球协会的会员，会员打一次球只收一万日元（按官价折合人民币二百七十元），不是会员打一次球要收两万日元。会员中有各色人物，中曾根也是会员。我打球不在乎输赢，只注意别人的情绪，观察我感兴趣的人物的精神状态。所以我打球的水平老也提不高。中曾根当首相的时候我多次和他一块打球。他打球不细心，经常把球打到场地外面去。我对他说：‘你是遇到困难能发挥作用的人。’我的话里有讽刺意味，他却很高兴。认为遇到困难局面能发挥作用是对他的赞扬和鼓励。

“他对我说：‘你这句话给了我很大的力量，每当遇到困难，想起城山先生这句话就挺过去了。’

“今年，里库路特事件把自民党的上层搞得焦头烂额。前不久在高尔夫球场的洗澡间又遇到中曾根，我问他：‘你今天的高尔夫球打得如意吗？’

他说：‘今年的高尔夫球是很麻烦的。’

“被里库路特事件搞得已经辞职的宫泽，常用松果练球。下个星期我将和几个画家一块打高尔夫球。”

（我想听听他是怎样看待日本的经济奇迹的。）

“日本投降后，上面的人不在了。领导日本军国主义的人也被赶下了台。中年人开始掌权，中曾根当时只有三十多岁，年轻人有条件按自己的想法去干。他们自动组织了‘青年恳谈会’，共同研究日本的前途。大家都有危机感，置之死地而后生。

“近几年，日本企业界一些退休的人都到中国去当顾问。他们讲，中国的技术和管理人才很认真，但基础太差，在讨论技术问题时，上面的官员提出一些刁难性的问题以显示自己的权力。

“日本企业界的头头不只熟悉经济界，跟政治界和文化界都有联系。经济界的人盛行‘学习会’，经常一起吃早饭，利用吃饭的时机请教授、讲师讲课。我是最怕被请去讲课了。由于我既熟悉经济界，又熟悉文化界，常常被拉去讲课。这是自发的组织，企业家们感到这种活动很有益处。还可以互相介绍自己行业的情况，交流信息和情报。

“我是一九二七年生于爱知县名古屋一个商业家庭，上了商业中学。在大学学的是理论经济学。一九六三年有一个访问中国的机会，当时日中还没有恢复邦交，我是爱知教育大学的教授。文部省有规定，不许公职人员访问没有邦交关系的国家。我辞去教授职务到中国去了，而且不后悔。

“现在每天上午九点或十点到工作室来写作，中午到外面吃点便饭。下午继续写，晚饭回家去吃。上午工作的密度大，下午轻松。因此我欢迎下午的客人。”

这场交谈恰巧是在下午进行的。

野间宏

战场上流淌着鲜血，连月亮也散发着死亡的红光。战友受伤了，他没有去扶去救，只顾自己逃命。日本战败了，他却活了下来。他交了一个漂亮的女朋友，有一张圆圆的红润的脸，像月亮。月亮——他一阵惊悸！又想起菲律宾战场上空的月亮以及死去的战友。他洗刷不掉耻辱和内疚，他鄙视自己，最后从那姑娘的身边逃走了……

——这是野间宏一九四七年创作的引起轰动的小说《脸上的红月亮》的男主人公的矛盾心态。

一九五二年发表的长篇小说《真空地带》，“奠定了他在战后派作家中举足轻重的地位”。

洋洋三百二十万字的长篇小说《青春之环》，系统地体现了他的

“全体小说”的理论。他是这样解释自己的理论:“人是肉体、精神、社会的统一体,把三者有机地结合起来全面描写的小说叫全体小说。”

这一切都说明,人们的特殊尊重也说明,野间宏是日本当代的“大作家”。

同时,他又以《文学的探索》、《感觉·欲望·物》、《创作与批评》、《萨特论》等理论著作,成为还活着的“文学理论权威”。

他要请我们在山上饭店吃饭。饭店门口的大牌子上赫然写出他的大名,表示他今天要光顾饭店,是饭店的无上光荣。

他的名字在社会上竟然也这么响亮!

老先生到我们下榻的后乐宾馆来接我们赴宴。他——就是野间宏?

穿一身在日本不多见的极朴素的灰黑色衣服,类似中国的夹克衫。初看上去,他苍老迟钝,灰白的长发披散,说话时嘴的动作很大,吐字却含混不清。腿脚沉重,走路缓慢,好像一步步在地上蹭。双手也有些颤抖。其实他只有七十三岁。二十岁应征入伍,曾到过菲律宾前线,后因参加左翼运动饱经忧患。

山上饭店好像为了迎接野间宏已经谢绝了其他顾客,非常清静。他一露面,服务员们露出恭候多时的微笑和谦恭,一直把我们领到早就准备好的房间。

老先生喜欢闭上眼睛,让眼皮抖动那么几秒钟,再睁开来,目光锐利,凝然直视你。面对面坐了一会儿,经过简短的交谈,我感到野间宏的眼睛很年轻,思维敏捷,谈吐自是不凡。

“这家山上饭店被称为作家的监狱,周围都是出版社。作家们被逼无奈就躲到这里来写稿还账,这里的房间安全隐秘。”

他笑起来很好看,像个孩子。在我的眼里他一下子变得年轻了。

他赞扬中国当代文学很有实力。说:

“作家是自己作品的第一个读者,按照自己的心思猜度读者,是不会忘记读者的。即使是纯文学作家也如此。”

当拿起一次性的清洁筷时,他的思想转到保护人类生存环境、治理工业污染上。

“日本大量地浪费木材,但不砍伐自己的森林,而是买外国的木头。还不是一样!人类任意破坏大自然,到头来终将毁灭人类自身……”

他沉浸在自己严肃宏大的意识里,别人很难干扰他,即使一时被别人打断思路,别人的话一停,他仍要按照自己的思路说下去,直至描述清楚。有时还自说自话,忘了吃饭。他几乎没吃什么东西,这顿饭却吃了三个多小时。

一个慢节奏的可敬可爱的日本老人!

水上勉和日本作家群

一九八九年五月十六日下午,日中文学交流协会在堂皇的东京会馆举行大型酒会,为我们送行。一百多位日本文学界的知名人物,整整齐齐、有板有眼地站在大厅里。有些已经须发皓然,仍不失日本绅士风度和尊严。

主持酒会的是水上勉先生——日中文化交流协会的常务理事。他首先登上大厅正面的讲台,站到话筒前开始讲演,或者叫致欢送辞。

“先生们,以蒋子龙先生为团长的中国作家代表团对日本的访问就要结束了。他们到日本来的时候我恰恰在中国。今天我们聚在一起,既是欢迎他们,又是为他们送行……”

他蓄着黑色长发,唯独前面有一束提前成为银白色,非常突出,像水上勉的旗帜,显得潇洒、深沉、睿智。

秘书长陈喜儒向我介绍过水上勉传奇般的前半生。他父亲是福井县一个偏僻小山村的穷木匠。他九岁就被送进京都相国寺当了和尚,要每天念经,走访施主,打扫寺院,擦洗走廊,还要上学,为老和尚背孩子(日本和尚可以结婚),洗尿布。每天早晨五点钟就得爬起来,老和尚怕他起不来把绳子拴在他手腕上。他忍无可忍就逃出了寺院,在社会上流浪。卖木屐,卖膏药,当服装模特,办出版社,当新闻记者,先后干过三十多种职业,却依然一贫如洗。直到四十岁发表《雾与影》,一举成名,才摆脱了困境。

“中国同行走了许多地方,看了许多东西,他们很辛苦。不知他们对日本印象如何?对日本的青年有什么感觉?”

我忽然有了灵感,等会儿轮上我致答辞的时候有话可说了。有人提出问题,我说话就有情绪,但我仍忍不住要盯着水上勉,想一字不落地听清他的话,因此也就不能在心里准备自己的讲稿。

他讲话很精彩,不愧是日本的大作家。况且还多才多艺,画画、演戏,自编自导。他曾带剧团来中国演出《文娜,从树上下来吧》。他根据自己的小说改编的电影《饥饿海峡》也给我留下了较为深刻的印象。他的著作当然也在一百部以上。据说京都的相国寺因他的《雁寺》一书而出了名,香火兴盛,走廊里还挂起他的大照片。他节衣缩食苦干十五年,积攒了一亿二千万日元(约合人民币一百五十万元)的稿费,捐赠给家乡盖起一座能藏书两万多册的文库。

——关于水上勉的佳话不少。

这时候做一个观察者,做一个遐想者是很惬意的。但掌声把我送上了孤零零的讲台。我突然想出了第一句客气话,有了这第一句就好办了,下面的话会牵出来。

“感谢日中文化交流协会和水上勉先生提供了这样一个美好的机会,让我们和在场的这么多日本同行和朋友们相识。

“任何访问都是短暂的,但记忆是深刻的,友谊是久远的,思考是深长的。中国和日本在经济上贫富悬殊,差异很大,但文学艺术所面对的问题却有许多惊人的共同之处——商品的冲击对人类生存环境的忧虑,精神被物质挤压,精神透视力正在受到考验,等等。精神或者变得更孤独,或者像商品一样流通,逐渐失去精神的真正价值……

“作家是人类精神财富的创造者,不论持有哪个国家的护照,感觉是相通的,心灵也最容易沟通。作家的良知是世界的感应神经。在文学面前我们都是志同道合的朋友。

“这半个月对我来说,是日本文化的轰炸。轰炸之后不是焦土是收获。我很想回答水上勉先生提出的那些很有意思的问题,但不能让朋友们在这里站上几个小时,只能将来用笔回答。不是一两篇文章,也许要写一本书,乃至五本书。因为我们一行是五个作家。”

我的收获不在讲演,而是走下讲台后集中认识了一批日本的作家、出版家和热衷于中日文化交流的友好人士。

作家收获的始终是艺术的感觉。

1989年冬

工业魔术和经济奇迹

——参观大阪变压器厂所想到的

我不敢说熟悉工厂，却可以说对工厂怀有一种特殊的感情，对工厂永远有好奇心。因此，每次出国——不论去社会主义国家还是去资本主义国家，都必须看他们的工厂。今年春天的日本之行也不例外。而且在参观日本的工厂时我思想最为活跃，天上地下、古今中外，想得很多。当然想得最多的还是工业发展和经济奇迹的关系……

日本的大阪变压器厂。

主要产品：近二十种不同规格和型号的变压器、各种电焊机和切割机、焊接和切割机器人。

全部从业人员：一千七百三十九人。

现有资金：七十三亿日元。

年销售额：五百多亿日元（约合四亿多美元）。

不足两千人，每年创造四亿多美元的产值，这是够惊人的。我问工厂的负责人：

“你们的产品主要是在日本国内销售，还是销往国外？”

“销往全世界。主要是欧、美一些技术发达国家。”

工厂的负责人彬彬有礼，用谦和的语调说出很狂的话。这“狂”主要是我的感觉。“销往全世界”——我在国内很少碰到敢说这种大话的厂长。对大阪变压器厂来讲这是事实，所以不能叫狂妄。只能说他对自己的事业充满自豪和自信。

工厂并不大，比我想象的还要小。用了不到两个小时就把主要车间都看完了。原来那一千七百三十九人包括遍布日本各地的二十几个营业所和生产分厂，而总厂的从业人员只有五百五十六人。

厂区内到处都一尘不染，更像个科学宫或展览馆。然而主人却说他们是家老厂，已经有六十九年的历史。日本民族崇敬历史，对自己的传统格外珍视。宣扬自己是老工厂老字号，跟老设备、旧厂房、到处都破破烂烂是两回事。古老的大阪变压器厂，一切都是新的，厂房、设备、技术、管理、产品，都是现代一流的。

就像在日本西服革履与和服木屐共存一样，谁也没感到不和谐、不舒服，不该共存。西服革履代表西方影响，和服木屐是日本的传统。

工厂开动机器的时间为上午八点半到下午五点一刻，工人基本上是白班。主人介绍说日本的技术劳动力相当值钱，第一年进厂的学徒工每月就能拿到十三万日元(约合一千一百美元)。这跟技术劳动力缺乏有关。许多有门路的家长都不希望自己的孩子进工厂当工人。

我走进每个车间都能听到一种柔和的乐声。上午十一时，下午三时，考虑到工人们有点累了，就播放半小时音乐。车间里人很少，不要说没有闲人，就连干活的人也不多，生产基本上是自动化。生产激光切割机的车间只有二十个工人，每月生产十二台，每台售价六百万日元。

跟着工厂的头头在厂里转一圈儿，总是要碰到一些人，对他们的那种秩序、气氛、人际关系(尽管是表面的)颇有感触。下级对上级的尊重、服从，同仁之间繁冗的礼节客套，是工厂的又一种润滑剂。虽然是客套，要我们这样的外国人学会它运用它却是相当困难的。我并不敢轻视日本的客套，甚至有兴趣研究它。曾读过周一良教授写的一篇关于日本文化的文章，他解释了日本人喜欢用的“义理”两个字。“义理”的核心就是“忠”，忠于君主，忠于职守，孝顺父母，下级无条件服从上级，对自己归属的团体要负责。

“义理”更包含责任和义务。认真严肃地扮演自己在社会中所担当的角色，热爱自己在社会中所处的地位。资本主义大工业经济的发展不仅没有改变日本的这个传统，恰恰相反，这个传统倒成为日本经济起飞的重要推动力，渗透在工商业管理、经营、生活的所有领域。做一个现代职员，似乎天生就要服从自己的上司，随时准备为公司献身。可想而知，日本工厂里职工的工作热情是怎样的了，带有一种疯狂的色彩和苛刻的责任感，不能不令人肃然起敬。

当然，更令我惊奇的是他们的产品。

焊接机器人用一两分钟的时间在一块不锈钢板上推出“日中友谊万岁”六个刚劲有力的中国字。激光切割机一眨眼的工夫可以在钢板上画出一个戴着极其复杂头饰的少数民族妇女的生动形象，线条无比均匀，曲线变化无穷但优美流畅。仔细看，才会发现那线条其实是切缝，只有零点五毫米粗。最大可切割十六厘米厚的钢板。如果不是亲眼所见，我实在难以想象。因为我在机械行业工作了几十年，对电焊和切割并不陌生。大阪变压器厂的电焊和切割却是对我的想象力的挑战，像变戏法。

当主人拿出一个精美的大本子要我题字的时候，我未假思索就信笔写下当时的感受：“工业魔术，名不虚传。”

正因为他们工业的发展像魔术，才有经济奇迹的诞生。早在两年前，日本就超过美国成为世界上最富的国家。国民资产总额按当时的汇率约为四十三万七千亿美元，而美国的总资产只有三十六万二千亿美元。六十年代初日本人的食品还定量供应，短短三十年就产生了奇迹，他们的奇迹是怎样发生的呢？

日本民族老有一种危机感。这危机感使他们变资源匮乏、国土狭小的劣势为优势。日本人注重实用，以“需要”和“利”作为观察问题的思想核心，喜欢技术，善于模仿，并在模仿中有所创造，尤其在科学技术方面。

我提出什么是“企业”的问题，跟大阪变压器厂的负责人探讨。在讨论中我也提到在中国的《经济社会体制比较》上看到的一篇日本人小宫隆太郎的文章，他给企业下的定义是：“所谓企业，在日本的词义中是‘筹划事业’的意思，筹划新的事业就是企业。像中国某些工厂那样只参与反复循环的定型的生产活动和只着眼于产量扩大的组织体很难称之为‘企业’。企业不该年复一年地重复生产同样的商品和提供同样的劳务。”

小宫隆太郎还提出,真正的具有活力的企业应该在以下八个方面有自主权:一、研究开发;二、新产品开发和引进;三、市场经营;四、决定扩大和缩小雇用职工的人数,解雇和录用职工,决定工资制度;五、与外国企业实行技术合作和合营事业;六、扩大生产设备的规模;七、在其他地区建设新厂,设置新的销售网点;八、与其他企业合作、合营以及吸收和新设子公司。

变压器厂的负责人基本上也赞成小宫的意见。

我则有相当的保留。不同的制度有不同的企业,不应该使用一个衡量标准。

参观日本的工厂有个令我苦恼的问题,就是不能集中精神,思路常常开小差,想到自己的工厂,想到在国内看过的一些同行业的工厂。我们喜欢谈论外国人。我的一些“国外随笔”写的全是一个中国作家怎样看外国。参观大阪变压器厂之后,突然被中日工业和经济的差异所困惑,很想知道日本人怎样看中国?他们常挂在嘴边的“友好”,是一句世界性的套语,还是一句真诚的话?“友好”到什么程度?

日中学院院长、早稻田大学经济学名誉教授安藤彦太郎谈得非常直率:

“日本政府里没有日中友好单位,政府基本上也不是很友好的,只是出于政治需要,为了赚钱,口头上说友好。日中友好单位全是民间组织,政府不给经费。日中学院就是民间的,政府不喜欢。严格地讲日本人民对中国也不一定就那么友好,真诚主张日中友好的是接近你们的人。”

我感谢这种真话,虽然到日本之后就被一种友好的气氛包围着,心里却不无疑虑。行前我看一些有关日本的资料,台湾《远见》杂志一篇文章说:“凡是有市场的地方,就有日本商品;凡是有人的地方,就有日本观光客;凡是当年日本军阀所无法征服的,今天透过日本商社都能做到;凡是谈到日本人的组织管理,没有人不佩服;凡讲到日本人小气、排外、自私,没有人不叹息。在世人心目中,日本人真是既令人尊敬又令人讨厌。”

我不愿先入为主，很想通过自己的考察否定别人强加给日本和强加给我的头脑的结论，但我心里不能不多存一问：“日本对发达国家尚且如此，何况中国贫穷落后，他们的好意从何而来？”

安藤先生是经济学家，熟悉中国，热衷日中友好事业。夫人岸阳子是汉学家，喜欢把中国文学介绍给日本读者。他们的书房里挂着郭沫若的书法真迹，印刷的毛泽东手书《沁园春·雪》，门框上贴着从北京琉璃厂花五分钱买来的红纸黑字对联：“实事求是”。从这个家庭的气氛就可以猜出他们的政治倾向。安藤健谈，继续日中友好的话题：

“日本是狭长的岛国，季节变化明显，节奏必须快。到了夏天就必须赶快穿夏天的衣，吃夏天的饭，办夏天的事，不然一眨眼夏天就过去，又该做秋天的打算了。日本又是海洋性气候，多雾，神秘，迷迷糊糊，喜欢美的短命的东西，比如日本的国花——樱花，一开就谢。也可以说美的东西往往是短命的，如闪电、彩虹。中国则讲求合理的。日本讲求怪的，不追求合理。江户时代是朝着中国一边倒，把《朱子百家》当国学进口，吸收了中国的思想文化才有基础搞明治维新。明治维新以后日本强盛起来，开始侵略亚洲各国，一般的日本人有一种侵略别人的习惯。对古代的中国很尊崇，你们要到京都、奈良参观寺庙就会感受到这一点，什么都是从中国学来的。但对现在的中国却很看不起。”

我相信这种分析，或者说这分析证实了我的某些感觉。

日本文化交流协会常务理事白土吾夫先生的一席话，代表了日本上层社会中坚定的日中友好派的观点。他说：

“中国是重型坦克，日本是自行车。一开始自行车跑得快，转弯也快，还挺得意。将来谁得意还很难说哩！

“如果爆发战争，日本三个月就没粮食吃了，半年就得瘫痪。战争打起来不靠进口仍然能支撑下去的只有中国和美国。现在日本大量浪费电和木材是罪过。人类应该生活得朴素点。”

我在日本考察了半个月，他是唯一讲到日本的困境、危机并为此不安的人。

他还说：

“当年日本侵华，杀死一千万中国人。轰炸重庆时不分目标，清扫式轰炸，包括红十字会的医院。中国不要战争索赔，这应该是一千亿美元！”

为什么不要战争索赔？该不该要？能不能要到？我知道得很少，无法就这个问题跟白土吾夫先生进行讨论。

白土吾夫仪表堂堂，有政治家的深沉、威严和机敏，眼睛极有神采，两道眉毛又重又长。他颇为欣赏自己的眉毛：

“我这个人其他方面没有什么好夸耀的，只有一双眉毛很像周恩来总理。”

我认真端详他，果然不假。岂止眉毛，连上半个脸都有点像周总理。

他到中国一百二十多次，见周总理四十三次。

这两个数字让我吃惊，让我想到很多……

东京其他一些希望日中友好的有识之士，谈起来也都多次到过中国，多次见到过周总理。

我不能不佩服周总理对日本的见识。

是周总理、鲁迅、郭沫若乃至孙中山、宋庆龄这些伟大人物的个人魅力和影响，团结了一大批日本的上层人物。尽管艰难，日本始终有一部分中上层人物在真诚地推进日中友好。

我在京都的大街上就见到过日本右翼的宣传车，有“文化大革命”中造反派的气势。车上插着两面大旗，一面是白地红太阳的日本国旗，另一面是蓝地白菊花的天皇旗（菊花是天皇家的族徽）。车头架着高音喇叭，在马路上大呼小叫，无非是“坚决保卫天皇制度”等等。

一位做日中友好工作的小姐很动感情地对我说过，在日本搞日中友好是很困难的，要钱没钱，要人没人。相比之下，做日美友好工作则很容易，人多钱也多。她急切地希望中国强盛起来，她的工作也会容易做些。

归根到底还是中国太穷太落后，不仅害了自己，也牵累了一些对中国怀有美好感情的外国朋友。这是我以前所没有认真想过的。

别人怎样看我们不是非常重要。我们毕竟有自己的立场和原则。但也不可把外国朋友的话全当耳旁风。

我倒给自己总结出一条规律:在国外不论看到什么东西也不如参观工厂的时候印象深刻。观景览胜总感到浮光掠影,在工厂的感触则是实在的深刻的。我有个梦想,希望有朝一日不是同作家们,而是跟企业家们一同出国访问,听听中国的企业家怎样议论国外的工厂。

1989年冬

缅甸的颜色

人的一生可能会到过许多地方，过许多年以后这些地方变成一片片不同的颜色储存在记忆里。卡拉奇周围是土黄色，光秃秃，寸草不生，没有一片绿叶。日本是黑色的，像大海里的一块礁石。美国是嫩绿色的，到处都是草地，经常在嫩绿中会出现一块块铁灰色，那便是居民地，如同大地上一块块发亮的疮疤。

飞机给人类提供了俯瞰地球的高度。哪儿有人类居住，哪儿的色彩就不协调，人多的地方绿色就少……这是我多次从飞机上观察大地得出的结论。按照这个经验，进入缅甸以后，我在空中便找不到居民地了。从高空看缅甸的土地，像战士的迷彩服，以绿色为主，或深或浅，或亮或暗，点缀着金点、银片和白练：金点是千万座佛塔的塔尖，银片是星罗棋布、大小不等的湖泊，白练就是密如蛛网、弯曲如蟒蛇的河流。

缅甸的土地上没有直线，没有人为的方块，所有线条都是自然的、圆润的，染不可成，画不可得。粗看都是绿，细看绿千层，恣情尽性，恬静自适，看不到地球被人类破坏的伤口。以后我们坐缅甸航空公司的小飞机在各地飞来飞去，才发现了缅甸色彩的规律：浅绿、翠绿、草绿是山野大地，浓绿、重绿、墨绿是城市和乡村。因为有人居住的地方，树木也得到了管理，得以参天，云盖障空，浓光浸绿，把大部分建筑和街道掩映其间。

真是人间福地。置身缅甸的绿色之中，立刻有洁净、舒放之感。巨树蓊郁，芳草连天，奇花层叠，洗尽俗尘，使人能很快从堆积的杂务中解脱出来，心体欢畅。缅甸作家协会邀我们在野生动物园的湖边举行座谈会，各种野生动物都可以旁听，还可以用啸叫鸣唱随意打断我们的发言。会后联欢、野餐、骑象、逗熊、遭受猴群的袭击……

缅甸的天空格外蓝，云格外轻淡洁白，太阳和月亮同时悬挂在空中。夜晚，我们坐在伊洛瓦底江边聊天，似乎只有在童话中，在遥远的童年记忆里，才见过这样的夜空，星星格外多，格外大，格外亮，空气饱含水分，带着植物的清香。我喜欢缅甸的绿色，这绿色平和、厚重，覆盖着缅甸，传播着一种福音。它不仅保护了缅甸人的生存环境，也培养了一个民族的性格。缅甸人性情和善，处处焕发流溢出宽厚仁蔼的品格，大家彬彬有礼相互谦让，安详，审慎，持重，社会呈现着一种道德之美、秩序之美。我在商店购物时由于用美元换算缅币不熟练，买了好几样东西多付了四百缅币，商店从报纸上查到我下榻的宾馆，直将多收的钱送还到我的手上。

我甚至感到连缅甸人的相貌也透着一种水灵和秀逸，漂亮的人非常多。他们的交通警察骑着摩托车在车队前面开道，其指挥两旁车辆的手势简直就是舞蹈，好看极了。人原本就诞生在森林里，森林是人类生存和发展的摇篮，爱绿色是人与生俱有的一种情愫。缅甸人有一个优美的自然生存环境，长期受到绿色的调节，受到森林的庇佑，怎么可能长得不美呢？

在曼德勒省的野生植物园里，我见到了狂欢的人群，大树参天，草地洁净，人们击鼓弹琴，载歌载舞，在草地和林间打滚儿、嬉戏。我们碰上这场面都会情不自禁地加入狂欢的人群，什么浮泛的客套，什么外国人的礼仪，全用不着。生活在这样原始的大绿之中，和爱绿的人们为伴，人就不会冷漠乏趣，不会感情枯竭。

巨大的绿色是缅甸的巨大优势。在他们这无与伦比的森林资源中，有百分之三十是珍贵的柚木，使缅甸成为世界上最大的柚木王国。不只如此，按一般的规律，长树的山里没有矿，有矿的山上不长树，如我们耳熟能详的一些风景优美、山清水秀的地方，矿产就很少。而在北方一些秃山恶岭之中却埋藏着矿物，煤都的山是秃的，镍都的山是秃的,沙漠和盐碱地下藏有石油。缅甸则不同,山上长树,山内有矿,既是植物王国,又是宝石之乡,盛产令世界垂涎的红、蓝宝石和各种美玉。

缅甸人爱绿色,绿色厚爱缅甸人。今天的人类已经明白,如果以丧失绿色为代价换取经济的发达,是文明的失败,是人类的失败。更不要说那些没有把经济搞上去反而严重地毁坏了自己的生存环境的国家……因为缅甸人的爱绿天性和得天独厚的森林资源,使他们没有走这样的弯路。在强大的绿荫下,四千万人过着没有污染的、恬静自然和富足的生活。

缅甸作为一片繁茂的绿色将永远留在我的记忆里。

1993年12月

佛　缘

一九九三年十二月一日，在皇历上这不是个很好的日子，尤其“忌出行”。然而我们飞往仰光的时间经中缅双方商议后就定在这一天，乘早晨七点多的班机。

前一天晚上，一位作家看来并无恶意，更不像开玩笑，却说出这样祝福的话：“希望你们不要发生空难！”

这段时间飞机事故确实多，但为朋友送行说出这样的话，不是失口就是缺乏教养。

为什么不前不后不早不晚偏偏在这种时候，在这种不该失口的事情上有人失口呢？

总之，是不祥之兆，搞得大家心里很别扭。

一位老友好心好意地提醒我们，要不要带点方便面和蚊香？旅游局的人又说缅甸非常好，风光绮丽，民风淳朴。

我们到底对缅甸知道多少？

我在出发的前一天上午还在赶稿子，思想尚未转到缅甸上来，没有为出访做好充足的准备，实际上也不知该如何准备。糊里糊涂、别别扭扭地就上了飞机。反正是人家请的，到了缅甸再说吧。但愿能平安到达仰光。

坐稳后系好安全带，我便闭目合十，开始念经，驱赶那位作家的失口给我们带来的晦气，让自己的心静下来。把心里的所有事情都留在国内，清清净净，空空大大地接受缅甸。

飞机准时起飞了，非常平稳。大约过了十几分钟，我感觉好多了，才睁开眼睛,停止念经。后来翻译汪晓蓝告诉我,登机后她们看我一念经,就松了一口气,也很感动。在什么人都有的公共场合能够旁若无人地打坐念经,需要真诚,也需要勇气。缅甸是个古老的佛教国家,倘若团长端着个无神论的架子,与人家格格不入,他们几位就不好办了。

我们这是个中国作家代表团,其组成还有四川的老作家王火,上海的诗人、电影剧作家冰夫,北京的老编辑王扶。冷了有“火”,热了有“冰”,倒了有人“扶”。王火说团长和翻译正好是“蒋汪合流”。这是个真正的作家团体,每个人性格不同,才华各异,谈吐诙谐多智,又相互照顾,都有很好的修养。所以大家在一起很快乐,半个月内成了好朋友。组团时客客气气,解散时难舍难分。每个人都有一串故事,以后我将分别写来——这是后话了。

飞机升入万米高空,地面已经看不见了,那种脚踏实地的安全感也随之消失了。但团团片片的祥云又制造了一个五彩缤纷的“地面”,这“地面”托浮着机身,让人感到飞机下并不虚空,没有高悬的感觉。所以云是空中航行不可缺少的伙伴。飞机飞得轻巧悠然,似乎并不在意它所负载的责任和重量,毫无压力。舷窗外的白云越来越纯净,纯得透明,白得刺眼,白到极致忽然生出色彩,红黄蓝紫,如同魔毯在飞机前面铺展开来。这魔毯瞬息万变,突然在中间托出一个滚圆的巨大的太阳,黄黄的,没有光焰,没有热度。随之云彩也幻化出亭台楼阁,山川树木,一派创世记的景象!我感到在太阳后面应该走出手拉手的亚当和夏娃……

三个多小时后飞机在昆明机场平安降落,下人上人,稍事休整。再度升空后我发现机舱里多了两个身披袈裟的大和尚。心里长舒一口气:皇历是错的,今天是好日子,就该出行!绝对会平安无事,这次缅甸之行一顺百顺,一定会很圆满。

一点不错,我们的班机准时平稳地在缅甸的首都仰光降落。近几年我多次乘坐中国民航的班机,像这样准时的时候还真不多。

在舷梯旁有一队手持鲜花的缅甸少年儿童,我猜测一定是来欢迎机上的两位大和尚的。果然是佛教之国,重佛敬佛。但不知这两位法师是缅甸的和尚访问中国归来呢,还是中国的和尚来缅甸访问?我们让出机舱内的走道,让两位大和尚先下。走在前面的一位大头圆面,沉静,慈和,真好法相,让人顿生亲切和信任之感。

下机后我向来接我们的中国驻缅甸大使馆的一等秘书韩学文打听,才知那两位大和尚是中国佛教代表团,一位来自西双版纳,一位来自德宏州。晚上还有一班机,沈阳杂技团将来缅甸演出……今天可真是黄道吉日!

仰光美得不可思议,是个绿色的城市。街道和建筑物掩映在繁茂的树木之中,红花托着白墙,草地对应着阳光和蓝天,照耀整个城市的则是大金塔。我们的车紧随在警察的开道车的后面,一进仰光就看见了这座举世无双的"瑞达光佛塔"。每个人见到它的第一眼都会情不自禁地发出一声惊呼:大金塔!它是仰光的标志,也是缅甸的象征。每年有成百上千万人从世界各地来到仰光,主要是为了参拜大金塔。它金光灿灿,突出而不孤傲,惊人而不骄人,神圣而又神秘。与整个城市的风格、气氛非常谐调。

仰光没有摩天大楼,楼房多在六层以下,式样各异,少有相同的建筑物,与品种繁多的热带植物正好相称。整座城市建设规划得很有文化品位。马路的便道上排满私人的小汽车,我想起刚才缅甸作家协会的主席吴妙丹到机场去接我们,就驾驶着自己的日本尼桑轿车。可见缅甸人是很富有的……

汽车把我们送到茵雅宾馆。宾馆大门口正在燃放鞭炮,站着一大群服饰鲜艳的人,宾馆前面的广场上停满小汽车。这里正在举行婚礼——太好了!我们到哪里不是碰上吉人,就是碰上喜事、好事,是我们有福气,还是我们来到了福地?

宾馆豪华宽敞的大堂里洋溢着喜气,但并不嘈杂,不影响宾馆的正常业务。总台照样为新来的客人办理入住登记手续,服务员照样为客人搬运行李,接来送往。一楼商场里的金银珠宝,熠熠生辉,更增加了一种富丽堂皇、吉庆欢乐的气氛。

新娘一身雪白的嫁衣,白纱在地上拖了老长。所有女宾客无论老幼都打扮得花枝招展,珠光宝气,发髻上插着鲜花。新郎一身黑礼服,显得庄重大方。男宾客一律缅式装束,上身有点类似中国老式的带疙瘩襻纽的长袖褂子,下身是筒裙,脚穿拖鞋。大约有三四百人,真是豪华婚礼。摄像机、照相机,灯光闪烁。庞大的结婚队伍跟在新郎新娘的后面,穿过大堂,进入后楼的宴会大厅。大家都彬彬有礼,很有教养,或者只笑不说话,即使说话声音也很轻很低。还有一些小孩子,也没有对这座大宾馆表现出丝毫的好奇心,并不东游西逛,也不这里摸摸那里看看,兴趣只在婚礼本身。因此几百人的婚礼不仅没有给宾馆添乱,反而成了一大景观,来自各个国家的客人看得津津有味。在宴会厅的门口摆着两个大礼品架子,类似百货商店的货架,上面摆满了亲友们送的礼品。我出于职业习惯顺便打听了一下这样的婚礼要花费多少钱?缅甸朋友说需四万元左右。我看见礼品架上有好几个直径在七十厘米左右的银盆,精美至极,既可实用,又是很富有特色的工艺品,每一个标价都是四万元(按官方汇率合六千六百美元)。

我的房间在四楼,走进去很凉爽,把三十二度的高温挡在了门外面。房间高大,宽敞,干净,舒适,应有尽有。一张宽大的柚木写字台,晚上可以在上面记点东西。电视机有十几个频道,一天二十四小时都有节目,还可收到香港的中文台。更令我满意的是窗外有个很大的阳台,可以在上面练功、做操,甚至可以跑步。最重要的是我的阳台正对着大金塔。白天它金辉耀眼,到晚上,在一片夜色中唯有它仍然光芒闪烁。每晚临睡前,我都站到阳台上对着大金塔静静地站一会儿。

神奇的佛塔建在了一个神奇的位置上,下午我们坐着车在仰光市转来转去,似乎在任何一个角度,进入任何一条陌生的街道,都能看到大金塔。它好像对我们在不断指引、提示。只要看到大金塔,就能确定我们宾馆的位置。

夜里我睡得很香,在大金塔下有一种安稳感,何况宾馆里又是这样安静。在沉沉睡乡里我忽然听到一种声音,这声音非常悦耳,又熟悉,又陌生,勾起了我一种渺远的记忆,在童年?还是在家乡……我渐渐醒来,听出是鸟的鸣叫。不知有几千只,或者几万只,才组得成这般动人的天籁之声?!

我睁开眼，屋里还是一片漆黑。打开台灯看表，刚过五点钟。但睡意全消，觉得精神很好，觉已睡得足够了，便起身走到阳台上。天际刚有一丝泛白，大金塔还在静静地闪着光。宾馆停车场后面的树林梢头落满了鸟，甚至偌大一片树林竟不够鸟来占的，你争我夺，忽起忽落，叽叽啾啾，千鸣百啭。鸟群为什么这般兴奋？莫非今天又是个好日子，又有喜事降临？

难怪缅甸的青年人都希望能在这里举行婚礼，或许茵雅宾馆正坐落在一块风水宝地上……

在这样美妙的早晨——况且这又是来缅甸后的第一个早晨，再回到床上去睡懒觉，简直是一种罪过！

我换上外出必备的游泳裤——昨天晚上回来的时候看到宾馆后面有水光，外面套一条浅色长裤，上身是短袖蓝色运动衫，学缅甸朋友赤脚穿拖鞋便下楼了。外面空气湿润而清香，天已放亮，我可以考察一下周围的环境了。

茵雅宾馆似乎是按照这样的原则修建起来的：让客人既能享受现代物质文明，又能看到原始风光的野趣。它的后面被浩大的茵雅湖拥抱，碧玉斑斑，清流泱泱，岸边长满连宾馆服务员也叫不出名字的奇树异花。宾馆的前面则像一个野生植物园，绿色是立体的，最底层的是遍地的青草，草叶像中国的韭菜一样宽大、油绿、水灵，被修剪得整整齐齐，像绿绒毯，铺满角角落落，看不见土，凡有土的地方就铺着这样的绿绒毯。青草的上面是热带灌木和一朵朵、一串串、一片片的野花。灌木和野花的上面是参天大树，有些树干之粗三五个人伸开手臂也抱不过来。在遍地皆芳草的森林深处有弯弯曲曲的石板小径，早晨时间有限，我没有走到头，不知这片森林到底有多大。这个地方太美了，豪华宾馆世界上多得很，但把豪华宾馆修在这样一个野趣天成的湖边密林深处，恐怕就极少见了。我想下湖游泳，脱了长裤才发现水面上有蛇游动，不知是否有毒，遂不敢造次——由水蛇看管这片偌大的湖面可比在岸边立个“禁止游泳”的牌子管用多了。于是穿上长裤重回林子，放开喉咙纵情长啸，加入群鸟的合唱，十分痛快。

今天的确又是个好日子,我们上午的第一项活动就是去看大金塔。

缅甸有个规矩,任何人进佛塔必须赤脚。大金塔建在一个高高的有半个足球场那么大的基座上,有东西南北四条宽阔平缓的楼梯可登上基座,进入金塔。楼梯两边都是小商店,专卖佛像、鲜花、供品、香烛和佛教的纪念品,花花绿绿,醒目又兴旺。进楼梯前就要脱鞋,四条楼梯外面各放着一片拖鞋和少量皮鞋、运动鞋。穿皮鞋、运动鞋来的都是外国人。游人不必担心,别看是一片片无人照管的鞋阵,既不会丢失,也不会拿错。除了步行的四条楼梯外,通大金塔正门还有一条电梯,我们的车队则停在电梯的入口处,大金塔管理委员会的负责人在电梯外铺了红地毯,放了一排凳子,让我们坐着脱鞋。

缅甸国家出版事业董事长陪我先登上电梯,电梯很长,渐渐地靠近大金塔,心里不觉生出一种静穆和虔诚。下了电梯,眼睛突然为之迷离,一时被大金塔的辉煌惊呆了!来不及细看,大金塔管委会的人递给我一把鲜花,应该先去拜佛然后看塔。

我走进佛塔,里面恢宏壮丽,佛陀居中而坐,法相生动可亲。我把鲜花插在佛陀脚前香案上的花瓶里,这才真是“借花献佛”。然后,点着蜡烛,点着香,陪同我的董事长不知为什么突然加快了动作,已经在佛陀前的地毯上跪倒了。我想其他陪同来的缅甸朋友和我的团员们都在后面看着我怎么办,据说有些代表团的团长到这儿就不跪,不知是不敢跪,还是不想跪?我不管别人怎样,来到佛国怎可不拜佛,不跪又怎么叫拜?我没有丝毫的犹豫,很自然地跪下去了,合十,磕头,许愿。事后王扶果然对我说:“你在前面一拜,我们就好办了!”

拜完佛,汪晓蓝代表我们向大金塔捐了款。主人请我们到另一个房间里喝茶,吃点心,拿出一个堂皇的大本子让我题字。那种场合没有时间思索,急急忙忙写了八个字:“金塔辉煌,佛光普照。”然后谢绝主人的美意,走出来仔细欣赏大金塔。

真巧得很,又碰见了在飞机上遇到的两位大和尚,来不及说话,只相互点点头。这时候,任何人站在大金塔下,其全部注意力必然被塔所吸引。岂止是吸引,它的伟力,它的完美,能够霸占人的想象力,剥夺人的想象力。面对大金塔你丧失了想象力,即使由你天马行空,拼命去想象,也不可能比眼前见到的更奇异,更壮观。让人觉得这并非人力所能为,定有神助佛帮。迎着灿烂的阳光,它比阳光更灿烂,金辉四射,夺人眼目。

大金塔高三百二十英尺,底部周长一千二百八十英尺,状如一个顶天立地的“金”字。已经挺立两千五百多年了,仍如新的一样,通身金灿灿,明晃晃,光华千丈。据传塔基下压着佛陀给的八根头发,所以会长盛永固。仅塔身上的纯金就有七吨多。塔顶有一贵金属制成的宝伞,重一点二五吨,上系直径为二十七厘米的纯金球,四周镶有数千颗钻石,六百四十四颗红宝石,五百五十一颗蓝宝石。大金塔的每个角上都挂着风铃,有一百枚金铃,一万四千九百枚银铃,在微风中玎玎玲玲,若断若续,忽强忽弱,似有佛乐自天上传来,有许多黑色的鸟在大金塔上空盘旋、鸣叫,伴乐而舞,随乐而唱。

大金塔周围还有六十八座大小不等式样各异的小塔,分红、白、黑三种颜色,拱围着主塔,组成一个巨大的塔群。从哪一个角度看都不一样,从哪一个角度看都精美绝伦!欣赏大金塔只应照相,只能绘画,用文字来描述它显得苍白无力,失之太远。

来拜佛看塔的人很多,但不乱,没有一个人往地上丢东西。有许多缅甸人是全家人一块来,烧香,磕头,许愿,捐款。大金塔各个角落,各个佛像前都有人在拜,或磕,或坐,或躺。大金塔里摆着不少捐款的钱柜,我眼看许多人都往里面放钱,每个柜里的钱都很多。当地人的风俗是挣了一百元,就应该捐给佛五十元,佛还会让你再挣一百元。过去有化缘的和尚,各家各户早晨炒的第一个菜,做熟的第一碗饭,先送给和尚吃。赤脚走在塔群中的大理石地面上,很舒服。我忽然悟出,赤脚进塔不只是表示对佛的虔诚和尊敬,对拜佛者的身体也有莫大的好处,脚掌踏在热乎乎的石板上,岂不等于足掌按摩,加快血液流通？大金塔下面的石板地大都是导热的,气温越高它就越热。唯有中间一条两米宽的白色大理石通道,永远是凉丝丝的。无论阳光多烈,就像今天这样的暴晒之下,人走上去仍然是冰凉的。我赤脚一会儿在热石上走,一会儿在凉石上走,甚觉神奇,问了几个人却得不到满意的答复。宇宙间有许多神秘的人类尚无法知道的事情!

从此,我们每到一地,主人都安排先去拜佛看塔,然后再进行其他活动。

十二月三日黄昏前,我们在蒲甘想登上他冰瑜塔顶看落日。以往我多次看过日出,还从未认真观察过落日的景观,主人既然把它作为我们的一项活动内容,必有道理。但他冰瑜佛塔非常高,楼梯又窄又陡,砖石结构很不平整,赤脚踏上去就需要很大的勇气和耐力了。许多人爬了一半就退回去了,我坚持要登上塔顶,看到落日。快接近塔顶的时候,在一段平整的塔外走廊上,放着一把长椅子,上面盖着红布,椅子上坐着的正是那位活佛样的大和尚,真是奇遇!

他含笑向我招手,让我坐在他身边。我求之不得地与他交谈起来。他法名都龙庄——也有一个龙字!是云南西双版纳允景洪坎洁总佛寺的住持,省佛教协会的副会长。比我们早一天来到蒲甘,明天飞往曼德勒,我们是后天飞往曼德勒。这就是说我们一直在跟着都龙庄法师的足迹走,是法师在前边引导着我们。

所以我们一路非常顺利,所到之处都会碰上喜事、好事:开业庆典,宝石乡的农民发财后的草地狂欢,一年一度的缅甸国家文学奖颁奖大会……

半个月里水土改换,起得早睡得晚,节奏紧张,从精神到身体没有一点不舒服。年纪最大的王火老,连头疼脑热、肠胃不和的事情都没有发生。王扶和汪晓蓝的状态最能代表全团的精神面貌——她俩一天到晚笑个没完,有说不完的话,有讲不完的笑话,似乎每时每刻都让她们碰上值得大笑一番的事情。王扶大姐说,这半个月里比以往十年里说的话都多,笑得都多。

身在佛国,心见如来,自然胸内澄净、平和、宽厚,才会觉得处处是福地,天天是好日子,经常碰见好人。

对佛国的访问结束了,但佛缘永在。

1994年春节

缅甸的作家节

在四个多小时的时间里，我们经历了三种不同的冬天：北京天寒地冻，一派肃杀的冬天；昆明和风习习，春天般的冬天；仰光骄阳如火，热气蒸腾，如盛夏般的冬天。

十二月一日，确实是缅甸的冬季，旅行的最好季节。

缅甸文化部副部长和国家出版事业董事长率领着作家协会主席、秘书长等一队人到机场迎接我们。这给了我对缅甸的第一个感觉——很重视文化。

气温高再加上主人的热情，我已大汗淋漓。因为我身上还穿着毛衣毛裤、秋衣秋裤，外套厚质西装，一副在天津过冬的装束。突然，出现在仰光炽热的阳光下，臃肿笨重得如同一头北极熊。我暗自揣度，缅甸的首都为什么叫仰光呢？光者，阳光也。仰慕阳光，信仰阳光，真个好名字。冬天到缅甸来访问实在幸运。

在机场利用等行李的空当，缅甸国家出版事业董事长吴昂奈因先生邀请我们一行五人在十二月十四日，参加他的一年一度的国家文学奖颁奖大会。这是好事、喜事，没有理由拒绝，我很高兴地代表其他几位同行接受了邀请。

但心里也并未把这个太当做一回事。当今世界盛行奖励，到处都在颁奖，文学也不例外。我们订了十五日的回程机票，十六日上午就要参加《人民文学》的一个颁奖会，下个月还要在人民大会堂参加全国的图书颁奖大会。这期间还有一些颁奖会因来缅甸而逃避了，不想来到缅甸仍然碰到颁奖会。是我们有福气，还是文学有福气？难逃奖励终归是幸事、乐事！

我请教吴昂奈因先生，他的“出版事业”是政府机构，还是企业？

他讲既是政府，又是企业。按中国的习惯也可以叫做国家出版局，负责图书的管理。领导着几家国营出版社的印刷厂，编辑出版国家级的刊物。发行量最大的是一本儿童刊物，每期十五万册——这个数字令我震惊，发行量如此之大在中国都是了不起的。但我们有十二亿人，而缅甸不足四千万人。缅甸全国有六十多种刊物，每年出版三千多种图书。这些刊物和图书并不都由“出版事业”具体领导，缅甸绝大多数出版社是私人的——这一情况又出我意料。不知从哪里得来的印象，我原以为缅甸是跟我们差不多的社会主义体制。私人出版社如果出版了有伤风化、损害公德的书籍，则由“出版事业”负责审定和处罚。但众多的私人出版社没有一家是赔钱的，不存在赔钱问题。缅甸作家协会的领导和工作人员，似乎都在“出版事业”里供职，大都做编辑工作。“出版事业”里还有一个庞大的文化宫，有两万名会员，每个会员每年缴七十元的会费，可享受到高于这个数字十几倍的福利待遇，比如免费参加各种文化活动。每月可以得到一本新书等等。

我们将访问的也许是一个文化素质相当高的民族。

按原计划我们安顿下来以后，稍事休息便去见中国驻缅甸大使梁枫，向他报到。但吴昂奈因告诉我，他们的宣传部长、国民大会副主席缪丹准将，想尽快地见到我们。

车队离开了机场，向仰光市内进发，前面有一警察骑着带警灯的摩托车开道。但他不亮警灯，也不响警笛，嘴里含着个哨子，到车辆和行人较为拥挤的地方才吹一两声；哨音柔和，好像不是为我们开道，而是提醒行人注意安全。更多的时候是用手势，或摆动左臂，或柔推右掌，示意其他车辆靠边或暂停。他的动作非常温和、优美，让我想起了刀美兰、杨丽萍在做大雁展翅或孔雀开屏时的手臂的动作，让我生出许多好感和温馨。这是个文化警察，表现出很高的文化修养，彬彬有礼，让人看着亲切、舒服。我只顾看他，甚至忘了欣赏仰光那惊人的秀丽。但已打听出“仰光”这两个字的含义，在缅语里是“战乱已平息”，古称“普迦罗婆胝”——意为“荷花城”，古代这里是一个莽草丛生的渔村。

我猜的也不算太离题，仰光是个阳光灿烂的和平城市。

实际上我们也没有时间仔细地欣赏仰光，赶到宾馆，用一刻钟的时间脱掉冬装，擦净身上的汗水，换上干净衣服，匆匆去见缪丹。

缪丹办公的地方像我们的中央机关一样，警卫森严，已有人在门口迎候。这是一幢别致的三层小楼，楼内文化气息很浓，安静、典雅，恰到好处地悬挂和摆放着一些油画和工艺品。缪丹和他的部下在会客室里整整齐齐地坐着，一见我进去他站起来，迎上两步。他身着军装，非常合体，腰身挺直，给我的印象十分强烈。但不是威武，而是精干、挺秀，英气由内而生，一派儒将风采。

他请我坐在右边的椅子上，我们俩人的椅子在最前面，是横放的。其余的椅子分成两排都是竖放，缪丹的部下在他面前笔直地坐了一长溜，一律缅式礼服，稳重、整洁。我这边却只有四个同行者再加上大使馆的一等秘书，坐了短短一小排——会客室的图形让我想到古代一个伸腿而坐的国王，只是一条腿长一条腿短。

缪丹准将的宣传部下面有五大部门：出版事业、新闻事业、电视广播局、电影局、联系群众宣传局，还有一些直属单位。一个庞大的意识形态司令部，难怪是宣传部长兼任国民大会副主席，而不是国民大会副主席兼任宣传部长。可见宣传部长这个职位是多么重要！

各部门的负责人都在座，但不插言，毕恭毕敬地听着、看着。缪丹风度俊雅，态度坦诚且十分友好，在交谈中他不经意地提到一个事实，却让我惊讶：缅甸是个没有文盲的国家，去年联合国的教科文组织来考核审定，发给了他无文盲国的证书和金牌。

我孤陋寡闻，记不得世界上还有哪个国家敢说是没有文盲的。连美国这个据称是世界头号发达国家里还有许多人不会写自己的名字。

在以后的采访中我格外留意这个问题。在蒲甘的农村，在曼德勒的山区，我询问了一些看上去比较贫穷的劳动者，他们却都上过学。一路陪同我们的吴拉阿通，只是个普通编辑，却获得过文学和商学两个学位，曾留学荷兰，通晓英语。我接触到的一般机关工作人员或商店、旅店的服务员，似乎都懂一门外语。在一些看似很偏僻又不很大的单位，却很容易碰到从国外学成归来的年轻人。

仰光有一家英文报纸《缅甸之光》，每天发行两万份。缅文版的《缅甸之光》和《镜报》每天各发行二十万份。我们的活动经常受到各家报社记者的关注，然而我们要想买报纸，必须在早晨一起床就动手，到九点钟以后再想买当天的日报就没有了。国家宣传部副部长吴登盛告诉我，由于纸张缺乏，报纸必须限量发行，他经常接到基层一些部门领导人的电话或信，想走他的后门多买几十份报纸。

走后门买报纸——这是个喜欢读书看报的民族。全国各地到处都有租书店，仅仰光就有一万家租书店，租一本书看一天只要一两元。《缅英词典》第一版印两万册，第一天售书出动警察维持秩序。

按理说，每天印行二十万份，对于一个四千万人口的国家来说不算少了。在半个月的时间里我走了许多地方，没见过有人用报纸、杂志擦东西、包东西或垫屁股……

缅甸人尊重文化。作家沾文化的光，也格外受到社会的敬重。一个作家可以到电影院去讲演，听众挤满了电影院，比放一般的电影还叫座。

国家的文学奖颁奖大会之所以定在十二月十四日，因为这一天是缅甸的作家节。

我不知道世界上还有哪个国家设立了作家节？反正中国时下是世界上节日最多的国家，已创造出三百八十七个节日，一天一个还过不完，大有把白菜、萝卜、高粱、玉米都弄成节日的趋势，却唯独没有文学的位置。缅甸的节日并不多，比中国少几十倍，却专门给作家设立一个节日，怎不令其他国家的同行羡慕。

我们有幸赶上了，是沾了缅甸同行的光。十四日早晨八点钟，我们来到仰光的国家剧院，有一千五百个座位的剧院已经坐满了人，都是作家、文化宫的会员，或许还有文学爱好者。时间这么早，人来得这么整齐，大家情绪这么热烈，真是一派节日气氛。在缅甸，文学竟然有如此大的魅力和号召力，令人感动。

我们刚坐好，剧场的侧门打开，一队军人排着整齐的队伍入场、就座，而且是一队将军们。他们是缅甸的国家领导人，要和作家们一块儿过节。走在前面的是缅甸恢复法律与秩序委员会的秘书长钦纽中将，用我们熟悉的说法是国家领导班子中的二把手。看上去五十岁出头，沉稳、睿智。

大会由作家协会主席吴妙丹和诗人吴文佩共同主持，宣传部长缪丹准将讲话并给八名国家文学大奖的获得者颁奖。

颁奖是大会的高潮，却并不一窝蜂地拥上台，领奖的一大群，颁奖的一大群，一哄而起，一哄而散。大会的组织者到了高潮，便要精雕细刻，采用电影里的慢镜头手法，喊到一个获奖者的名字，获奖者从台下走到台口，稳重地登上舞台左侧的梯子，穿过摆满鲜花的大舞台，从宣传部长手里接过奖品，握手，鞠躬；然后从右侧的梯子下台，再回到座位上。整个过程自然，缓慢，需要两三分钟，只突出一个获奖者。全场的目光、灯光、照相机镜头、摄像机镜头都对准获奖者，让他（或她）充分享受属于自己的辉煌时刻。

获奖的男作家一律着缅式礼服，里面是雪白的带疙瘩襻的小褂，疙瘩襻是系上的。外面套一件颜色稍微深些、式样相同的外衣，疙瘩襻不系，敞着怀。下身是筒裙，称为“笼基”，脚上是拖鞋。步履飘逸，从容自若，一派绅士风度。

女作家的衣着鲜丽，一个个都打扮得非常漂亮，尤其是头发，乌黑发亮，挽成各式各样的发髻，插着带香味的鲜花。据说缅甸妇女格外重视头发，大都留长发，倘若在万不得已的情况下，宁愿割鼻子，也不剪头发。认为“大丈夫的威严是手臂，女人的尊严是发髻”。

蒲丹一位老作家去世了，由他儿子上台代父领奖。一位叫貌漂彬的儿童作家去世，由他的夫人上台领奖。当宣传部长把奖品送到她手里时，并说：“我怀念你的丈夫。”她站在台上哭，全场的人无不动容！

国家文学大奖的奖金是五万元，按官方汇率合八千美元。

继缪丹准将之后，宣传部副部长吴登盛又上台为二十一名作家颁发了二等奖。二等奖奖金为二万五千元。

缅甸文学奖共分五项十四奖。这五项是：一、国家文学大奖；二、吴恩佩文学奖(吴恩佩是个诗人，死时捐出八百八十万元设立此奖)；三、手稿奖(不论是作家还是未成名的文学青年，由于各种各样的原因自己的作品不能出版，便可把手稿送到评委会，倘得了手稿奖，出版就不成问题了。我见今年获此奖的多为青年人，中国管他们叫“业余作者”。此奖实在功德无量，鼓励创作，发现人才)；四、爱国主义题材奖；五、建军节文学奖。

发奖仪式结束后，吴妙丹宣布休息三十分钟。在剧场前面的大厅和两侧的休息厅里，摆了许多长条桌和长条凳，桌上摆满小菜、点心，每人还有一碗凉拌面条，香、酸、咸、甜、辣都有一点，味道奇佳。国家领导人也和到会者坐一样的凳子，在同一个熙熙攘攘的大厅里吃同样的面条儿，边吃边和作家们聊天。

缪丹请我坐到钦纽的旁边，中将向我问好，询问我来缅甸半个月的感受。

我坦率而简略地介绍了在缅甸的主要见闻和对这个颁奖大会的印象：“当作家几十年，能在缅甸过上一个作家节，很高兴也很荣幸……”

钦纽中将反应机敏，说话很干脆：“我们执政五年来关心文化事业，扶持文学创作，可以说文学艺术已进入繁荣时代，也可以叫获奖的时代，发奖多，资助出版多……”

他讲了一个故事，东枝省一个年轻的作家叫勃欧，前年来参加颁奖会，利用休息时间向钦纽反映他写了一部小说，出版商怕赔钱不肯出版。钦纽当场责成宣传部请专家鉴定勃欧的手稿，如确有价值就由宣传部资助出版。宣传部每年有经费三亿元，可资助出版二十多种图书，近三万册。勃欧的书出版后受到读者的欢迎和文学界的好评，今年获得了国家文学奖——我在东枝曾采访过这个作家，这部书使他一举成名，总共可给他带来十几万元的收入。

钦纽中将高屋建瓴地从文学艺术又谈到经济形势、社会现状，对许多我所关心的问题作了解释。这是我在缅甸的采访中极重要的一次谈话，是我在缅甸的采访中最重要的一次采访，对我了解缅甸，将来描写缅甸有很大的帮助。

可惜，当我们谈得兴趣正浓的时候，铃声响了，我们只得握手作别，希望后会有期。

1994年3月

偷游伊洛瓦底江

一个喜欢水且每天都要游上千把米的人，有几天不游泳就会觉得身上发干、发紧，甚不舒服。所以我外出必带游泳裤，无论江、河、湖、海、池，只要有下水的机会就绝不放过。

一九九三年十二月三日，我们来到缅甸历史上最著名的都城蒲甘，蒲甘又是缅甸著名的佛教圣地，曾有四百多万座佛塔，形式各异，大小不等，千姿百态，雕刻精巧。你站在任何一个位置，随便向任何一个方向一指，都会指上佛塔，佛塔可谓无处不在。蒲甘的原野铺满热带植物，槟榔树扫天，棕榈树扇地，落落出群，青青不朽。仙人掌、万年红这些北方的盆栽植物，在这里也长成巨树，排成高墙，围在农田的四周或大道两旁。绿草碧树托衬着座座佛塔，或尖顶披金，或粉雕玉琢，或红砖砌就，或黑如铁铸，错叠间置，仙姿灵态，既壮丽奇伟，又恬澹幽静。

我们下榻在底律毕萨耶宾馆，译成中文就是吉祥宾馆。住在"万塔之城"，有佛佑护，又怎能不吉祥如意！

吉祥宾馆就坐落在伊洛瓦底江边，真是天意要成全我。而且宾馆是一片散落的别墅式建筑，在红岸上边的滑坡上，芳草连绵，奇花层层，异树蔽空，在疏影微香里有一幢幢美妙可爱的小楼。我们几个人分别住在不同的小楼里，楼跟楼之间隔着草地、花圃、大树，我去游泳不会惊动了别人，行动极为方便。

不惊动别人这一点很重要。缅甸政府十分好客，我们一离开宾馆的房间就有警车在前面开道，警卫战士随行，不是出于需要，纯粹是一种礼仪。蒲甘城总共只有三万多人，车辆并不很多，前面不要警车，道路也是开通的。至于警卫就更用不着，缅甸社会富庶安定，来了这些天没有看见有人打架、吵嘴或聚众围观，甚至听不到有人在公共场所高声喧哗。你想丢点东西却丢不了，我的眼镜丢在了商店的柜台上，而且彻底忘记了，直到售货员还给我时才记起来。钱放在写字台上忘记收起来了，出外活动一天回来分文不少。倘若让这么好客的主人知道了我要下江游泳，他们很可能会阻拦。如果不阻拦就会前呼后拥地跟到江边保护我，那我宁可不去。唯一的办法就是一个人悄悄地下水，一切后果自负。我对自己的水里功夫还是很自信的，虎穴不能说敢闯，到龙潭里游一游谅也无妨，何况只是一条江。

但这毕竟是在外国，我身为中国作家代表团的团长，不怕一万，就怕万一。第一天没有机会，第二天上午游览布巴山，往返九十六英里，中午回到宾馆大家都很累了，要多休息一会儿。而下江游泳是解除疲劳的最好方法。我将此意悄悄地告诉了翻译，我以为一个出国代表团的真正领导者是翻译。我们的翻译是刚从大学毕业的年轻姑娘，不会游泳，即使我真的在江里出了什么事情，她也不能救援，只是作个见证，是我自愿投江，与他人无关，更与对我们照顾细致周全的主人无关。

回到房间休息了一会儿，换好游泳裤，外面用浴巾一围，倒有点像缅甸男人穿的筒裙。赤脚穿拖鞋，头上戴草帽，拿着从布巴山买的缅甸竹笛，一路吹着，好不惬意，直奔江边。

虽是冬天，蒲甘中午的气温仍接近摄氏三十度，骄阳烈烈，空气燥热。江边野旷、幽静，泥滩上长满灌木和齐腰深的粗草。宽阔的江面上没有船，更没有游泳者。不远处有一株巨大的椿树，浓荫翳日，树下坐着几个缅甸青年，突然都转过头来，有两个还站了起来。大概我的样子太古怪了，引起了他们的疑虑。而我的笛声又告诉他们我是个快乐的人，是来戏水的，不是想自尽的，他们终于没有走过来。我把草帽放在拖鞋上，将T恤衫、浴巾、竹笛放在草帽里，小心翼翼地拨开灌木丛，走过烂泥，扑进了伊洛瓦底江。

江水不算太凉,但力道很大!从各个方位绞缠着我,推我,拉我,让我服从它的方向。而我的方向是横渡,和江流的方向正好十字交叉。因为几天没游泳了,又是刚下水,我的力道也不小,瞄准对岸目标用自由泳的姿势急游。越接近江心水流越急,我听到了一种声音,这声音从我的身体下面发出,在我的四面八方响起,轰轰隆隆。是伊洛瓦底江在呼吸、在吟唱,“飞湍鸣金石,游流鼓雷风”。我不觉对缅甸这条最大的河流肃然起敬!在旱季它的水势尚且如此汹涌澎湃,到夏天进入雨季它的气魄又当如何?

这些水是从哪里来的呢?此时我对有关伊洛瓦底江的数字才有了真切的感受,每秒钟它的流量是一点三六万立方米,全年的总流量是四百三十立方公里,接近著名的密西西比河全年的流量——我之所以能记住这些数字,是因为第一次见到用立方公里作单位来计算一种物质的体积,想象不出一立方公里是个多么大的四方块!难怪缅甸人称它是“生命之河”,伊江从北到南流贯缅甸全境,全长约两千一百五十公里。源头是中国青藏高原的察隅地区。陈老总的诗真是传神:“我住江之头,君住江之尾。彼此情无限,共饮一江水。”

不投身水流之中,是难以真正认识一条江河的。在江水里游泳才能跟江水交谈,才能阅读激流。我在飞机上,在江岸上看伊洛瓦底江,觉得江面平缓,像缅甸人一样温文尔雅。想不到它的体内蕴蓄着这么大的力量,这么有主见。“逝者如斯夫,不舍昼夜”,它这样流了千百年,还会继续这样流下去。我感到了自己的孤单和渺小,前面浪滔滔,后面滔滔浪,身体被激流涌浪所夹裹,如同一根树枝,一片落叶。如果我放任自流,很容易被江流吞没,或者随波逐流被冲进安达曼海。

我是学测绘的,目测伊洛瓦底江在蒲甘的江面宽度不过两千米左右。我曾在风雨中不停歇地连续四次渡永定河,然后又顺流而下游了近十公里。一个常游泳的人在活水里借助水流的力量是不容易疲劳的。今天我如果游到对岸再游回来,至少要向下游冲出去五公里,下午三点钟集合外出是赶不上了,会打乱全团的活动安排。唯一的选择是“回头是岸”。

翻译不知什么时候来到了河滩上，表情深奥，似乎批评我不合适，不批评我几句也不合适，万一我出事她也难逃干系。我赶紧在河边捡了几块石子送给她，希望能堵住她的嘴。

江岸上的树荫下聚集了一群不同国籍的游客，有人还用生硬的中国话说："带劲！"不知他们是指什么"带劲"？此时我的心里只有惭愧和遗憾——

失敬了，伊洛瓦底江！这次未能横渡过去，未能对你进行更深刻更全面的了解，却永远不会忘记你。希望我们会后有期！

1994年4月8日

草的级别

我在农村长大，自小就对草有着特殊的感情，小小年纪就能辨认各种各样的草，不认识草又怎么能分得清苗呢？待长到能帮助家里做活了，干的第一件事就是下洼打草。知道什么样的草硬，什么样的草嫩，哪些草牲口爱吃，哪些草牲口吃了不长膘……

草可是好东西，农村不能没有草，农民也不能没有草。但草不能长到庄稼地里，无论什么草长到地里都要锄掉。

后来到城里上学，经历了一九五七年，城里人见不着草，却知道有一种草叫“毒草”。我的老家没有毒草，查《本草纲目》才知道有些草药带毒。后来参军，每到学雷锋的日子就去帮着当地农民锄草。再后来复员回到工厂，工厂在郊区，占地数千亩，不能地尽其用，凡没有钢铁和水泥的地方就长满了草。每有领导人物来视察或有外宾来参观，全体职工就要在厂区内拔草，把房前屋后以及所有空地方的草都拔掉，让工厂变得光秃秃，再撒上石灰，就算干净了。

总之，城里人不喜欢草，因为城里人只吃牲口而不养牲口。

一九八二年我第一次去美国，令我惊异的不是他们的高楼大厦，而是他们的草。农村自不必说，就是城市里也种着大片大片的青草，有些中小城市，草地比建筑物还要多。我不免生出疑惑：一个国家发达与否，是表现在楼上，还是表现在草上呢？

将近二十年过去了，中国人对草的认识也变了。城里人买房先看小区里有没有草，旁边没有草的楼没人要，拥有较大的草地的住宅小区，楼房也就特别值钱。你说是楼贵，还是草贵？好像还是草贵——

因为现代社会的等级，是以草来划分的。如前面说过的，大凡富裕的国家，无一例外的草也最多。穷地方才缺草，叫“寸草不长”！现代人的贫富差距极其悬殊，可在吃上穿上不大容易区分开来，也要靠草来标明阶级——人的级别高低贫富差异全取决于占有多少草！

在西方私有制国家，贵族和有钱的人都有自己的私人草场，草场的大小要看财富的多少和贵族头衔的大小。最底层的贫民则没有属于自己的草坪，眼馋草了就只能到公共草地上去待一会儿。社会主义的中国，也有了带草坪的私人豪宅，和有大面积草地的豪华住宅区……草——在中国岂不是同样也正在变成“富贵标志”！

有些城市漂亮，还不就是草多？草多了，有钱的人就去投资，就去住……如今的草是真正的富贵草！有人说此草非彼草，这都是从国外引进的洋草，并不是你在农村时割下来能喂牲口的野草。我当然知道这一点，买进这些外国的富贵草，不仅要花大价钱，而且无比娇气，老是水土不服，许看不许碰。实际上连人们多看它几眼也受不了，不知怎么就打蔫了，半死不活，赖吧啦叽。

真是邪门儿，如今的草竟然比人还娇贵！越娇贵就越脆弱，死了换，换了死，为了移植成富贵草，为了显示一点富贵气，钱可糟蹋海了去了。我不免又瞎操心了，我们这么大的国家，靠买进外国的富贵草到多咱才能把黄土都盖过来？

再有了出国的机会，我对洋草比洋人还上心。看了世界上草化比例最高的英国，感觉又是不同，他们不提绿化——也许是因为已经绿了，而是有意识地倡导“野草化”。何谓野草化？以自生自长、野性十足的杂草，取代那种品种单一、整齐娇弱的富贵草。我在一位爵士的庄园里住过，他有九公顷的私人草场，除去中间一块用来野炊和嬉戏的草坪是要修剪的，四周都是荒草地，各种各样的杂草异常茂密，人一走进去就会惊扰野兔、松鼠和其他小动物乱跑乱窜。我在爱丁堡住过的一家私人旅馆的草坪，干脆就是荆棘丛生的野草坡！

剑桥是一座名城，有一条剑河款款地从城中流过，河的两岸除去校舍就是草坪，有的草坪是修剪整齐的富贵草，有些大片的草地就呈现着杂草丛生、野花怒放的自然生态,深处荆棘挂衣,古木森森。距离灯红酒绿的城市中心没有几步,就像进入了荒无人烟的原始地带。剑桥有个“果园”,是当年令徐志摩流连忘返的去处。有天早晨我和妻子遛早想进去看看,走到门口却看不到门,野草野花竟有一人多高,掩藏着一条窄窄的土径。我不知这小径是不是能走得通,也不知闯进这野草阵中还能不能再闯出来,愣了一会儿终究没有敢进去。

第二天,由法学博士单文华先生领路,二闯果园,果然就是从那条野草丛生的小径走进去。所谓果园,也完全像一片野生园林,地上铺着厚厚的落叶和各色干枯的花瓣,四周有天然的灌木和粗大的原始林木,包围着枝干弯曲而低垂的苹果、桃、梨等果树。单博士买了一壶茶和几样小点心,我们便坐在树下享受这恬静的野趣,居然会有小鸟落到我们的木桌上,争食盘子里的点心渣。小鸟可不是广场上的鸽子,它们极为敏感灵巧,你稍微弄出一点声响就嗖地飞走。但很快又有其他的鸟落下来。能与鸟共食,在我还是平生第一遭。

旁边的剑河里有不怕人的野鸭,两岸长着齐腰深的茅草,间或会挺出一蓬蓬的荆棘和哩啦歪斜的杂树。我请教单博士,这么好的自然条件是没有人管呢,还是不想管?他回答说:这是精心维护成好像没有人管的样子,追求一种完全自然的野性生态。

谁能想得到呢?我们学西方,锄尽自己的野草改种他们的富贵草,谁料他们又把富贵的标志改为养野草。

这才叫折腾人哪!可,为什么挨折腾的老是我们呢?

2000年8月5日

大 本 钟

钟就是钟,为什么叫这么个名字?难道它是最大的根本之钟?

无疑,它是伦敦的象征,是英国的骄傲。矗立在泰晤士河西岸、威斯敏斯特大桥的桥头,它的钟声每天通过英国广播公司将格林威治时间传向世界各地。特别是,大本钟是和英国的国会连在一起。这似乎意味着大本钟能够发出什么样的声音,要取决于钟楼下那一片森林般的建筑——英国议会大厦。

一八三四年曾被大火烧毁,一八四〇年重建,一八四七年建成现在的大厦。它在奇特的古建筑群落非常多的伦敦,仍然显得十分突出,像由无数根巨大的毛竹捆绑而成,挺拔尖锐、锋芒直指苍穹,又相互依赖连成一体,既巍巍然雄浑壮阔,又如王冠般玲珑剔透璀璨夺目。英国人讲,无论将议会大厦建造得多么富丽堂皇都不能充分展示出它的重要性,以及对英国历史乃至世界文明史的贡献。

——好大的口气。这是什么意思呢?英国人认为,他们对人类文明史的最大贡献,就是创造了国会制度。今天世界各个国家的议会民主政治制度都源自于英国。大本钟钟楼下的英国议会大厦,是在当今世界广为实行的议会政治的发祥地!英国人也许有理由为此骄傲。但正如休谟在《英国史》中说的:“追求完美而不朽的国家体制,就像人追求完美而不朽一样纯属是人类自身的幻想,绝难寻觅。”这就让人想起了很多事情,为了政治的民主,哪个民族没有争斗过,没有流过血死过人?有的国家经历了几十年甚至几百年的跌跌撞撞,也未能将政治体制捋顺。英国为什么有幸最先找到了议会民主这种形式呢?

对国王来说,长期的权力崇拜会玷污政治判断力。对能够接近权力的人来说,久而久之会产生分享权力的欲望。于是,到了中世纪,英国就产生了帮助国王决策的“贵族委员会”——这就是英国国会的前身。到一二一五年,英国贵族迫使英王约翰签署了历史上著名的《大宪章》,以法律形式承认了“贵族委员会”(后来改为国会)的权力,规定英国国王不得独断专行。人类的历史,本质上还不就是政治制度史?国王精明强大,就会削弱国会的权力,国会里出了精明强大的人物,同样也会千方百计地限制国王的权力。

后来,英国国会出现了一位强有力的人物西蒙·德·蒙福特伯爵,他的姐姐嫁给了当时的英王亨利三世,他却质疑君主独裁的权力,于是领导国会进行了改革,使其变成了掌握英国财政和立法大权的机构,这个机构是由各地贵族选出的代表组成。而英国国王,必须通过征询国会的意见实行统治。让国王和世人都认识到一个事实:比起国王本身,在王位背后的东西更大。“乱世出英雄”,在十四至十五世纪的英法百年战争中,各式各样的人物涌现得更多。为了适应战争的需要,国家必须要动员民众,民众也因之有了更多表达自己意见的机会。待到这一场拖泥带水的战争打完,却把英国的国会改造成“两块半”:一块是由非贵族组成的下议院,另一块是由贵族组成的上议院,剩下的那半块就是成立了一个小型的为国王决策提供咨询的常设委员会。

此后又经过了一百多年,在国王和那“两块半”之间展开了三角、有时是四角的权力争夺战和拉锯战。到一六八九年,英国经历了一场“光荣革命”,国会用不流血的方式战胜国王,确立了君主立宪的国家体制:国王继续是国家的元首,但国家的权力则掌握在由公众选举产生的国会下议院。国会的上议院仍由世袭贵族组成,只要你是贵族就可以成为上议院的议员,其主要工作就是审议通过下议院提交的各种法案,但没有权力否决。这就是说上议院基本没有什么权力,类似于摆设和橡皮图章。

别以为被选进下议院就会多么风光。从外面看议会大厦是何等的宏伟壮丽，下议院的议事厅却比人们想象的要小得多，而且装饰得朴实无华，具有平民本色。现在的下议院明明是有六百五十九名议员，议事厅却只设四百三十七个座位，每到开会的时候有近三分之一的议员得站着。这就叫“站着说话不腰痛”！别让他们以为参政议政就那么美，就那么舒服！而且，每到开会的日子，大凡英国国民和从世界各地合法进入英国的人士，都可以进到下议院议事厅旁听议员们的争论和观察议事程序——这才叫监督呢！

而同在议会大厦里的上议院议事厅，却装饰得富丽奢华，一派尊贵气象。大厅正面是金碧辉煌的国王宝座，通向国王坐席的台阶上铺着鲜红的丝绒地毯——越是没有实权，越要摆摆空架子，讲究排场，也是一种心理平衡嘛。

从此，英国的政治体制就算固定下来了，一直延续至今，而且越走越顺。贵族保留着说空话发牢骚的权利，而实权掌握在下议院。下议院中占多数席位的党就是执政党，执政党组织内阁，形成英国的最高行政机构——英国政府。

有执政党就有在野党，政府正因为有着强有力的在野党，反而容易保持活力，不能不顾及选民的利益。因为哪个党能够执政，在一定程度上要取决于是否得民心。二〇〇一年的英国大选工党之所以能够胜出，就因为他们的政策照顾到了普通阶层的利益。比如，增加公共开支，改革公共服务体系，为百姓提供最佳的公共服务，却又不增加税收。保守党却被描绘成只代表富人的利益，焉有不败之理！

——这就是大本钟的钟声每天都在讲述的历史。

2000年8月13日

英国哪儿来的钱?

英国曾经是世界上工业发达的头号资本主义大国,自称“日不落帝国”。过去人们在谈论国际事务的时候,总是习惯说“英美如何如何……”——把英国排在了美国的前面。如今,“大英帝国”已经衰落,可仍然是发达世界的重要成员,人们在谈论西方的时候不过是把口头语改成了“美英如何如何……”——英国仅次于暴发户大老美。

我在英国从南到北地兜了一圈儿之后,心里生出的最大疑惑就是:英国的钱是从哪儿来的?

因为,他们的田野里很少有庄稼,满眼是一片接一片的草场。既无太高的山,也没有太平的地,略呈起伏,绿野开阔,色泽油油。只在中南部间或能看到小麦和油菜——一大块四四方方的墨绿,镶嵌着一片整整齐齐的金黄,或者一片墨绿连接着一片金黄。英国人像是用植物编织地毯,打扮田野,本意并不在乎能打多少粮食。不然,他们怎么可能一年到头地就只以菜籽油炒小麦为食呢?

难怪当今世界上流行着一种说法:现代人最大的福气或曰最大的享受,就是吃中国饭,娶日本老婆,坐德国汽车,住在英国乡间……可见英国乡间的漂亮和舒服已是举世公认。在我的印象里,英国的乡间也的确要比英国的城市里更幽美干净。城市的大街上常会见到狗屎、鸟粪和烟蒂之类的脏东西,英国人在大街上吸烟的太多了,尤其是年轻姑娘。而乡间就不同了,由于英国属海洋性温带阔叶林气候,一年四季雨水充沛,却极少会有洪涝灾害,四周都是海洋,却没有台风。五月初,我的双脚刚一登上英国的土地,就赶上了一场好雨。等我走出伦敦机场，迎面已经搭起了一抹鲜艳的彩虹，像是在欢迎我。

我已经记不得在天津有多少年没有见到过彩虹了。当我乘车从伦敦去剑桥的路上，一会儿一阵雨，一会儿又雨过天晴，彩虹一直陪伴了我一路。

论纬度，伦敦和中国最北边的城市漠河差不多，可英国冬天并不是很冷，至少比北京的冬天要暖和得多。夏天又不是很热，而且很短，没有蚊子，可以不开空调……你说，这不是造物主格外垂青他们这块土地吗？大自然何以竟如此的厚此薄彼？有了这样的自然条件，而土地又不必为人们的肚子饥饱承担责任，只随意长些让人看着好看的花草，怎么能不漂亮？据说英国政府鼓励农民不种庄稼，谁家若是将土地撂荒长草，政府还要发给补贴。

——这真令我们这些地少人多的国家里的人难以理解，世界上居然会有这样的政府，会有这种奖励懒汉的政策！我们耳熟能详的治国方略似乎是："手里有粮，心中不慌。"是啊，我们有十三亿人口，如果肚子吃不饱，惶惶不可终日，那就会热闹了！土地不种庄稼，那么英国人吃什么呢？他们总不至于是靠喝西北风强大的吧？

我到英国的超市里去看，很少能见到英国本土出产的农产品，大米是泰国的，草莓是西班牙的，香蕉是巴西的……英国人吃百家饭，全世界的土地都是他们的果园和庄稼地。英国毕竟还不足六千万人，比我们的一个江苏省还少一千多万人。他们有钱，自然什么都可以买着吃！

可他们的钱是从哪儿来的呢？土地不打粮食，就只有靠工业了。英国是老牌工业帝国，就是他们靠发明蒸汽机掀起了第一次世界工业革命。可我在英国跑了不少城市，有大的中的小的，有所谓的工业城市、港口城市、文化名城……却只看到了有数的几个企业。越是这样我就越像中了魔一样，每到一地都要反复向当地人打听他们的工业状况，有多少像样的企业？遗憾的是，他们中能说出个一二三的人很少。越问不出结果就越想问，问得急了人家就以为我是专门来访贫问苦的，想考察英国工人下岗的情况。

我只好一再重复自己那个非常简单的问题:你们的土地不打粮食,城里没有多少工业,而你们又这么富,钱是从哪儿来的?这在世界上也是极其特殊的,如美国、德国、日本等其他经济大国,都有强大的工业,包括许多全球知名的企业和品牌……

爱丁堡大学的一位经济学教授给了我一个比较有说服力的解释:英国的工业确曾长期居世界首位,进入二十世纪开始衰落。特别是第二次世界大战之后,造船、煤炭、棉纺等工业急剧萎缩。近几十年,在汽车、飞机、化学、电子、石油精炼等工业项目上,又遭到来自美国、日本和其他西欧国家的竞争,发展艰难而缓慢。目前在国际上能打得响的是汽车和飞机的发动机,还有一部分高科技产业,如光电子技术等,大约占到国民总产值的百分之三十左右。但现代英国的主要经济收入是服务业,特别是金融服务业。伦敦是欧洲的金融中心,伦敦的证券交易市场在世界上也是举足轻重的……

我似有所悟,是自己太老赶了,以为只有城里"工厂林立",乡村把每一寸土地都种上庄稼,甚至要"开山造田"、"围海造田",才能有饭吃,有钱赚。那真是笨死了!现在赚钱就像变魔术一样,你看着人家成天像什么事都不干,钱就赚到手了。其实这个道理中国的古人也早就说过了:靠卖大力气只能挣小钱,靠技术只能挣中等的钱,靠钱挣钱才能挣大钱。"靠钱挣钱"——不就是"金融服务"、"证券交易"吗?

可是,这个世界倘若都不卖力气去搞产业,大家都一窝蜂地靠变魔术般的手段赚钱,都去搞"金融服务",搞"证券交易",那支撑"金融"的钱,那可以拿来做"证券交易"的钱,又从哪儿来呢?

2000年9月

英国的历史感

前些年,香港民间流传着这样的说法:如鹤立鸡群的香港中银大厦,是一把直插青空的多刃剑,从哪个方位看都是锋利的剑刃。英国驻香港的总督府,觉得抬头就面对剑刃很不吉利,便向风水先生讨教。风水先生让总督府栽种柳树,柳枝柔软,随风而舞,说是能以柔克刚。

我不大相信中银大厦的设计者贝聿铭先生的原意是要竖起一把利刃,把香港总督府和别的什么单位全都镇唬住,也不大相信英国人会请中国的风水先生替自己辟邪。从这段民间传说中却可以看出香港的市民和大陆老百姓的想法有许多相同的地方,认为银行的大楼建得越高越大越座实,储户就越有牢靠感。于是,中国各地最突出最堂皇的建筑,往往都是金融业的。在中国找银行、找保险公司最容易,看见哪栋楼好就往里边钻,大致错不了。

人需要象征性的东西,单位大、权力大或者金钱多,似乎房子就得大。财大气粗,也要在建筑上体现出一种霸气。当然也有为虚荣心打肿脸充胖子,在建筑上一争高下,不是有些大楼盖了一半单位就垮了吗?要不哪来那么多烂尾楼?许多年前世界上也曾时兴摩天大厦越建越高,这股风最早是由美国人带起来的,芝加哥就被称为“高层建筑的故乡”。早在一八八五年,他们建造了世界上第一栋高五十五米的十层大楼。一九三一年三月,又以平均每天建造一层的高速度建成了高三百八十一米、共一百零二层的帝国大厦。以后又是高四百一十五米的世界贸易中心、四百四十三米的芝加哥西尔斯大厦……到上个世纪的七十年代,美国便不再建摩天大楼了。

发展中国家的人,没有仔细琢磨琢磨一贯张狂并有资本好大喜“高”的美国人,为什么不再让自己的房子向高空伸展?倒似乎乐不得美国人歇手了,区区一个马来西亚,赶紧于一九九八年建成了排名世界第一的双子塔,高四百五十二米。中国自然也不甘落后,一九八五年“以三天一层”的速度先竖起了一百五十多米高的深圳国贸大厦;五年后,北京京广中心突破了二百米;一九九六年,深圳地王大厦将纪录拔高到三百八十三点九五米;仅过了两年,上海金贸大厦以四百二十点五米的高度排名世界第三……真是你追我赶,要与天公比高!如今在世界排名前十二位的摩天大楼中,中国(包括香港、台湾)占一半。这还不算正在规划中的三百米的望京大厦,五百一十米的北京世贸中心……今年五月二日,中央电视台报道:在北京国际周的首批签约活动中,一项在北京建摩天大楼的协议格外引人瞩目。这座世界第一高楼将建在北京亦庄经济技术开发区,高五百二十米,一百二十层,将成为北京的标志性建筑。

真厉害,我们要后来居上。看谁还敢说中国贫穷落后?

可到了苏格兰首府、国际文化名城爱丁堡,全市只在爱丁堡大学有一幢白色现代高楼,那是六十年代大学生员剧增,为弥补校舍不足而修建的。在我看来那并不是一幢很难看的建筑,可爱丁堡人一直视其为“现代垃圾”,并终于说服议会形成决议,要在今年的文化节之后炸掉它!爱丁堡人引以为荣的是十三世纪的古堡,至今仍是一年一度的国际民族文化节的中心会场。还有建于十三世纪的神学院大教堂,十四世纪落成的英王夏宫,以及诸多两三百年或四五百年以前的老建筑。有的因年代久远已经变黑,这反而成了更为亮丽的风景。我不相信近一个世纪或近半个世纪以来他们会不盖新房子,只是把现代房子建得和爱丁堡的整体城市风格相协调,决不让它遮挡和破坏了珍贵的古代建筑的美感。

我在天津住着过去是属于“英租借地”的房子,至少已经有了七八十年的历史。无论我本人还是去串门的朋友们都觉得房子太老了，而老——就意味着旧和破。可在英国，七八十年的建筑还算是新房子，在他们的眼里房子越老越宝贵，越是有钱人或贵族，越要住老房子，而收入低的下层人才住在新式的多层公寓里。伦敦的高层建筑比天津还要少得多，他们引以为荣的大本钟、议会大厦、白金汉宫、威斯敏斯特大教堂等等，至少都是十八世纪以前的建筑。这些优美的古老建筑提升了城市的文化品位，让生活在其中的人们有意无意地接受了历史和文化的熏陶。

我有一问题不解，请教了许多英国人也没有听出个所以然。英国虽然没有经历过如我们所经历过的“文化大革命”，可他们的历史上战乱也不少，但所有古建筑都保护得非常好，从南到北各地都有自己完整而连贯的历史、文化遗迹。如曾经出任过英国首相的丘吉尔家族的庄园，这个家族的祖上是英国的公爵，丘氏一世公爵率英军第一次打败了法国军队，安妮女王便给他划了一块地，拨了两千四百英镑，让他建一个庄园。一世和二世两代公爵共用了二十八年的时间才建成了有巨大城堡的庄园，然后就一代一代地传了下来，今天里面还住着十世公爵。城堡巍峨壮观，富丽堂皇，里面存放着一代一代传下来的珍贵文物，都完好无损，如一世公爵战胜法国后法军投降的白旗。又岂止是一个丘吉尔庄园，整个英国的建筑都让你感觉到这个国家的历史和文化就从来没有中断过！

美国芝加哥大学的研究员马克·利拉在今年六月四日出版的《新闻周刊》上著文说，在文化上英国及整个欧洲都是趋向保守的，在世界动荡的六十年代，中国搞了“文化大革命”，美国也发动了一场支配社会生活的“文化战争”——性解放、家庭危机、吸毒……而欧洲几乎没有受到什么触动，没有出现大的社会分裂。而美国，在文化上不保守，美国人非常怀疑遗传的权威，坚信个人决定命运，在经济和技术上是务实的，在政治问题和文化问题上往往武断而顽固，因为他们认为这些问题涉及民主原则。好了，现在保守的欧洲和武断张狂的美国，都不再建摩天大楼，不再在房子的高矮上争强好胜，甚至抱一种不解的有几分幸灾乐祸的心态看着相对不发达的国家猛建高楼。

也许正因为国家不太发达，才以高楼大厦显示自己的虚荣心。用成都规划设计所所长郭世伟的话说，八十年代，中国在建筑设计规划领域还没有准备好就开始了大规模的建设，突如其来的五花八门的“商标式”建筑充斥了城市，使城市失去了原有的个性，千篇一律地变成“石屎森林”，其实是正在重复西方二十年前的错误！

也许，人总是最想得到自己所没有的。中国有悠久的历史和灿烂的文化，所以就不太重视历史和文化，只重视现代感。而美国及欧洲，他们已经度过了那个靠拔高大楼显示富有的虚荣时期，相对来说，他们的历史也较短，于是就更重视历史和文化感。

2000年10月

人流涌动被潮吹

移民像潮，是怎样的一种景象呢？白居易唱过："早潮才落晚潮来，一月周流六十回。不独光阴朝复暮，杭州老去被潮催。"几年前，我见过天津市一个有着几万住户的老棚户区大拆迁，鞭炮齐鸣，人声鼎沸，车拉肩扛，烟尘滚滚……简直就是重演一场淮海战役！

——那也是一种"移民"，不过移动的距离较短。

如今，拥向国外的移民潮，也有类似的壮观。我碰巧就赶上了一次这样的大潮，被夹裹其中，可谓大开眼界。那是二〇〇二年九月中旬，我们一行五人乘加拿大航空公司的航班赴渥太华参加国际作家节。按机场新规定，提前近两个小时赶到北京机场办理登机手续，机场工作人员验完了我们的机票、护照，托运了行李，却不发给登机牌。说机票卖多了，飞机严重超员，叫我们到另一个地方去重新排队，等候领取座位号。

这可真够新鲜的，坐飞机几十年还从来没有遇到过这种事！加航赚钱赚疯了，没有座位也敢卖票，难道让乘客在飞机上站到加拿大？

还好，我们又等了一个多小时，终于拿到了座位号。五个人被塞到了不同方位的五个地方，好像是临时挤出来的位子，有一种加塞的感觉。为了更便于赚中国移民的钱，加航的服务员都能讲中国话，放眼看去飞机里也净是中国人，满满登登，熙熙攘攘，大人叫，孩子哭，比国内的航班更拥挤，更富有中国气息。

这就是移民潮——我油然而生一种自豪感。政府打开国门算是做对了，我们有这么多人，都挤在一堆儿干什么？能往外移就多移一点吧,移出去三亿还剩下十亿哪。如果能移出去一半人,中国立马就是发达国家!

不巧我的座位靠背还是坏的,身子一碰就自动放倒。这苦了我,也苦了我身后的乘客。到吃饭的时候只能小心翼翼地挺直身子,不敢碰上椅背怕将后面乘客的饭菜弄翻。飞机也似不堪负重,摇摇荡荡、吱吱嘎嘎地艰苦飞行了十一个小时,才降落在加拿大东海岸的温哥华机场。中国乘客呼啦啦拥向机场的海关,霎时间将所有的通道都塞得满满的,更使我加深了看到潮水的感觉。熟识的人相互打着招呼,并乘机加塞,你拥我挤,机场变成了过年抢购的超级市场!

加拿大海关的工作效率也不敢恭维,慢腾腾倒有点计划经济的特色。我怀疑他们是用社会主义的节奏来对待从社会主义国家来的移民,人反正已经来到了他们的国家,无论他们怎么磨蹭,这些人都得等着。而且这些人的态度也不够友好,显得生硬和烦躁,我在一旁却看得直想笑:加拿大还是世界发达国家俱乐部的成员,看来也不过如此,中国人来给他们大把大把地送钞票,他们还这般不耐烦!

本来从根上说加拿大就是个移民国家。我参观他们的文明博物馆时,看到加拿大的原住民在相貌上很像蒙古人种,与现在的加拿大白人绝不相同。他们自己也承认,最早的居民是远古时期从亚洲东北部越过白令海峡迁徙过来的,多以狩猎和捕鱼为生。十六世纪,法国航海家到加拿大东海岸探险,将其称为“新法兰西”,并逐渐地开始殖民加拿大。到一六六三年,加拿大就成了法国的一个行省。进入十七世纪后,强大起来的英国展开了和法国争夺加拿大的战争,并最终获胜,加拿大转属成为英国殖民地。于是从十九世纪开始,英国便大量向加拿大移民……

现在,加拿大的外来移民及其后裔已经占了总人口的百分之九十七,其中英裔居民约占总人口的百分之四十二,法裔居民为百分之二十七。据说华裔居民也已经超过百万,约占总人口的百分之三,可算得上是加拿大的第三大民族了。

有位金先生对我讲,他走过许多地方,比较一下加拿大是对华人最好的。只是近几年就业太难了，大约只有百分之二十的移民能找到工作。他是化学博士，却靠开出租车、做导游养家，他的太太是文学博士，也找不到正式的工作，只能做临时工。他说在加拿大工厂的生产流水线上，华裔工人的平均学历是硕士毕业。有位在国内很优秀的医生，全家移民加拿大后长期找不到工作，这位医生就不得不到农场去采蘑菇，每天早晨三点钟起床，整个人都累得走了形，骨瘦如柴，精神委顿。

论面积加拿大是世界第二大国，人口却只有三千零五十七万，而且多集中在南部与美国接壤的那一狭长地带，北部占国土面积百分之八十九的地方却没有常住居民。人气不旺就影响消费，消费不行自然影响到经济的发展，又能有多少就业的机会呢？另一个原因就是美国“9·11”事件之后，西方经济下滑，失业者骤增，这当然也影响到美国的近邻加拿大。那么在企业里不好找工作，能不能报考政府的公务员呢？加拿大政府规定，在政府工作需要能熟练地掌握英、法两种语言，这两种语言都是加拿大通用的官方语言。对于一般移民来说，这也不是一件短时间能够办得到的事。

所以，有些年轻有本事的中国移民，到加拿大后找不到满意的工作，就又回到了中国。可同时又有许多有钱的华人去加拿大买房置地……如果手里有钱，生活在加拿大确是很舒服，空气新鲜，环境幽静。孩子在十八岁之前免费接受教育，人到老了还有保险……但要享受这份养老保险是有条件的，移民过去后需在加拿大住满十年，年龄在七十岁以上。

我们每到一地都要参加一些华侨的聚会，六十岁以上的人见了我们格外亲近，可谓有说不完的话，提不完的问题，分手时会送了一程又一程。在多伦多有位年近七旬的老先生，晚宴后已经十点多钟，还要坚持送我们到下榻的宾馆，然后才搭乘出租车返回坐落在郊区的家，令我十分地不放心。在渥太华有位从上海去的八十多岁的老人，凡有我们的讲座或活动，他必早早地到场，最后一个离开。这当然是出于对祖国的思念和亲情。但也常听到华侨讲，在海外最难熬的就是孤独,就是见见你们、听听你们说话也好!

我在加拿大只待了十几天,浮光掠影,道听途说,感受未必准确,或许只比那些对加拿大一无所知的人略强一点。可就有一些对加拿大一无所知的人,竟也赶潮似的拉家带口投奔加拿大,我在飞机上和机场里曾跟这些人做过简短地交谈,真为他们担了一份心。

改革开放使中国人的胆子格外大起来,没有不敢想的事,没有不敢干的事,也没有不敢去的地方。人往高处走嘛,世界上的好地方很多,谁不想找个好地方待着?问题是那些好地方是不是就属于你?反正车到山前必有路,我为人家担心,人家说不定正高兴还来不及呢。这就叫:"猪向前拱,鸡往后刨——各有各的活法!"

2000年11月

越南人的性格

1. 敏　感

越南人的敏感,体现在能非常精确地理解我们的敏感,决不使自己和对方有丝毫的难堪。

我们在出发前,自恃有多年对外工作经验的领导同志对我们耳提面命:当越南人提一些敏感问题时该怎样回答。可访越十天,从北到南,从他们的国家部长到一般办事员,从敏感的作家到普通百姓,没有一个人向我们提一些有丁点敏感的问题。

因为,他们用不着问。

也许,他们对这些事情比我们还清楚。一般我们上午发生的事情,越南下午就知道了。越南作家对中国政治的关心程度常令我自愧不如,就像那位越南作家协会的二号人物范进聿,除去能背诵一些我们国家领导人的讲话以外,还认真地向我介绍他学习《在延安文艺座谈会上的讲话》的体会,一勺烩地把雷锋甘当螺丝钉的精神也加进来,说毛泽东要求作家都要当螺丝钉——你也不能说他这样理解有什么不妥。有一次饭后闲谈,有人问天津市有多大,我正调动记忆力准备回答,一位越南诗人却不假思索地脱口而出:市内人口九百万,加上郊区共有一千二百万人,正好等于两个胡志明市。

我以前出国,特别是去欧美,常有一种轻松感或者叫做优越感,那就是我对他们的了解远远胜过他们对中国的了解,在任何场合讲话都不犯憷。在越南可就不一样了,我对越南文坛的了解无法跟他们对中国文坛的了解相比,时时让我感到惭愧和不安。在一次次的座谈和闲聊中,越南作家津津乐道于中国文坛这几十年来的一个个浪潮、一场场争辩,直至一桩桩趣闻轶事和谁跟谁打过官司。他们还可以哼唱一首首中国民歌,讲中国笑话……

在一次酒会上我曾为自己对越南文学的无知表示了歉意。饭后,一位越南翻译家就向我解释,他说中国的专家学者对越南文学是非常了解的,还当即举出中国的某某刊物翻译介绍了越南的某某作品……我很快就理解了他的敏感:他可能认为在相互了解的多少上存在着一种不平等,一般规律都是小国了解大国多,大国往往了解小国少,这或许由于不屑,或许由于傲慢。所以,了解对方多于对方了解自己并不是什么值得夸耀的事。因此他要反复证明,中国了解越南也跟越南了解中国一样多。

我接受了他的赠书,并称许他把中国当代一些优秀文学作品翻译介绍给越南读者,同时也在心里记住了他的敏感。越南人的这种敏感是很普遍的,也是有传统的,一个外国人应该特别注意尊重这种敏感。比如,中国人几乎遍布世界各地,无论加入了哪一国的国籍,都叫华侨或华人。唯独在越南,只能称“华族”——越南的一个少数民族。而越南人无论加入了哪一国的国籍,他们都通称“越侨”。有意思吧?

我还记得几年前第一次去越南回来写过一篇文章,讲越南给我印象最深的是一个个的陵园,那是在越南见到的最触目惊心的一种景观。在公路两侧,除去村庄就是墓地,一片村庄一片墓地,足见这是一个多战祸的国家。仅回忆近百年的历史就能证实这一点:一八八四年沦为法国的“保护国”,一九四〇年被日军侵占,一九四五年日本败撤,越南建国。但建国后又进行了九年的抗法战争,到一九五四年才让法国人承认了越南的独立。旋即美国又扶植傀儡占了南方,一九六四年北部湾战争爆发,将越南全面推进战火,打了九年,一九七三年美国撤出。再打两年,一九七五年南方傀儡政权垮台,全国统一。一九七九年,在跟中国接壤的地方爆发了边界冲突,此后断断续续地将战争又持续了近十年……

这样一个国家，陵园能少得了吗？这样一个民族又怎么可能不敏感？

频繁的战争毁坏的不仅是人们的生活，还影响了人的性格，也许还不止是一代人的性格。

2. 多　情

在胡志明市有条“情人街”，又叫“恋爱一条街”，举世闻名。

凡到了胡志明市的外国人，没有不参观这条街的。恋爱能成为一种景观，恐在世界上也不多见。因为它确实代表了越南民族一个非常突出的特点：浪漫多情。

每晚自华灯初放至次日凌晨，一对对情侣从四面八方拥到一条原叫阮惠街的大道上，或站，或坐，或相拥，或相依，或两头相抵，或贴着面颊，软语温存，卿卿我我，间或也有窃笑，也有娇骂。情侣们一对挨一对，一对挤一对，却互不干扰，各自沉浸在自己的小温柔乡里。灯光柔和，星空迷蒙，整条大街弥漫在浓浓的柔情蜜意里。从世界各地慕名拥来的参观者，一见这场景立刻都放轻了脚步，脸上绽开笑容，心里泛滥着温情，手臂会情不自禁地伸向同行的异性伙伴，仿佛自己也成了恋爱街上的成员……

在越南期间，我们听到的最多的一个词就是“米粉”——越南的男人把妻子叫做“米饭”——老得快死得慢，牢靠实在，搪饱解饿。把情人则称为“米粉”——流光水滑，色彩丰富，好吃却不搪时候。社会上流行的顺口溜是：“早上带着米饭吃米粉，中午陪着米粉吃米饭，晚上先吃米粉后吃米饭。打起架来，站在米饭的立场上坚决保护米粉的利益。”

刚开始我很不理解这个绕口令的含义，后经越南朋友反复讲解，才明白这非常典型地表达了越南多情男人的性格：既要“米粉”，又要“米饭”，并且还要千方百计地让她们能和平共处，而不是变成冤家对头。所以才会带着这个吃那个,帮着那个吃这个,发生了摩擦还要在中间和稀泥,站在这个立场上坚决保护那个的利益,也就是哪一个都不得罪。

越南哥们儿可真是高,这能做得到吗?

有位诗人,晚上跟我们告别的时候脸上还光洁无损,第二天一早陪我们外出时,大家都发现他的额头多了一道醒目的血痕。他的朋友小声告诉我,诗人昨天晚上站在“米饭”的立场上没有保护好“米粉”的利益,被“米粉”狠抓了一把。

我们曾采访过一位多年做妇女工作的领导干部,她说越南妇女最头痛的就是男人们下班不回家,在外面不管卫生不卫生地乱吃!

吃什么呢?

这还用问吗,当然是米粉啦!

这次我们访问越南的作家代表团里有一位年轻俊丽、风度清雅的女作家,这是近二十多年来第一次有中国女作家访越,每到一地受到的特殊礼遇可想而知。有位男诗人在喝了酒之后竟当众向她求爱:“如果你的先生对你好,我也很高兴;如果他对你不好,我立刻就去!”

对我们来说最苦的是第一次告别。越南一些格外多情的男作家,想借告别之机能拥抱我们这位女作家和亲吻她的面颊,但又不能直奔主题,就假模假式地先向我们这四个男陪同进攻。有位北京的年轻男作家,特别不习惯男人嘴里喷出的烟酒臭气,每次告别之后回到房间,都用肥皂狠搓自己的面颊。待我们到了南方,没有一个北越的作家给我们这几个男士打电话,我们的女作家却每天晚上都能收到越南作家的问候……不知我们回国后越南的电话会不会打到她的家里去?

上面说的这一切,作为一个成年人来说,完全可以接受、可以理解,里面有逢场作戏的成分,不必过于认真。但是,在西贡河边我们看到的一幕,就不是很容易理解的了。

在临离开胡志明市的前一天,我们要游西贡河,在河边等船。河边公园的热带园林极富异国情调,又非常幽静,我们的女作家坐到草地上想拍照。这时远处一个刚刚学会走路的越南男孩儿,挣脱父母的手，摇摇摆摆地走到女作家的身后，伸出两只小手搂住了女作家的脖子，整个脸趴了上去。倘若仅仅是这么一搂一趴，也不足为奇。问题是这个小男孩儿的父母觉得不够礼貌，就高声喊他回去，小男孩儿便抬起脸，用两只小手开始细细地抚摩女作家的脖子，由下而上，然后是下颌、嘴唇、脸颊，直至额头发髻……那双小手竟是那么地老到熟练、轻柔细腻。一开始我们都非常欣赏孩子的童稚可爱和大胆不认生，大家都笑得很开心，数女作家本人笑得最响。渐渐地随着男孩子那情种般精到的抚摩，大家全惊住了，女作家自己的笑容也变得僵硬了，大概她感觉到了那抚摩的味道不太像是一个小孩子了。

我绝对相信那个孩子的心里是不会有一点邪念的。他的这种令成年人大吃一惊的抚摩是出自天性，出于自然，可能是热带人成熟得早，看到一个如此漂亮的中国女人便情不自禁地无师自通。这也更证明越南人一生下来就多情，天生多情。

3. 随　意

我们在国内接待外国作家代表团，没有极端特殊的情况都要严格履行双方事先商定的程序表。可到了越南就不一样了，他们很热情，又很灵活，灵活到随意的程度。我却从这种随意中看到了越南人性格中的幽默。

我们要离开河内的时候，越南文化通讯部部长阮科恬主持了隆重的送行酒会，还把我们驻越南的李家忠大使也请来，大家该敬的酒敬过了，该说的话说完了，该交换礼品的也交换过了，该拥抱的也抱过了，等我们到了机场，日程又变了。按原计划应该去越南中部的顺化省，可飞顺化的小飞机出了技术故障，从昨天就没有飞，而且机场的答复是再有两天飞机的故障也未必能排除……咦？这叫什么话？莫非要我们在河内无限期地等下去？难道还能再把越南作家协会的领导人物重新惊动出来，重新找话说，两天后再重新告别？这太尴尬了。

根据日程安排，我们在顺化一共就活动两天，等飞机能够起飞了我们也该去胡志明市了……与其被困在河内搞得大家都很尴尬,还不如提前飞去胡志明市。越南作协派出陪同我们的干部就改机票,带着我们于当天晚上飞到了胡志明市。好在于许多天以前就在胡志明市订好了下榻的饭店,还不至于无处投奔。可带领我们的那位越南同行,听信了汽车司机的话,拉着我们去找一个条件最好价格还便宜的饭店,在胡志明市就兜开了圈子……

问题是这位越南同行既没把这个变更告诉河内作家协会本部,更没有通知顺化省,害得顺化省的领导和顺化师范大学及作家协会的领导在机场整整等了一天,因为河内机场也没把飞机延误的原因通知顺化机场,他们不知道原因自然也就不敢离开机场。只能翘首蓝天,希望能突然发现飞机的影子。最着急的当然是河内的越南作家协会总部了,好生生的一个中国作家代表团竟突然失踪了……直到第二天才跟我们联系上。

这只是许多变更中的比较典型的一次,各种随意性的小变更是经常发生,有时上午安排的活动到下午就又变了。当我们适应了这种越南式的风格以后,抱一种欣赏的态度,以不变应万变,就能歪打正着,常有意想不到的惊喜,让我们看到了许多更真实的东西。感动固然能通向美好,而一波三折往往会引向深刻和丰富。

一位老华侨知道了我们的诸多奇遇,他笑着提醒我:在越南凡事不要太认真,认真也真不起来,只能气死你。更不能生气,生气只能伤你自己,人家可是不往心里去。我想想还真是那么回事,陪同我们的那位同行把他的四面八方的领导都急得够戗,他却慢条斯理,大口喝酒,大声说笑,仿佛什么事都没有发生。我忽然又生出疑问:他的那些领导就真的会着急生气吗?

后来我们到西宁省参观了高台教的大殿,对形成越南人性格的文化传统似乎有所领悟。越南盛行的佛教、道教、基督教和天主教,似乎不能算是越南自己的宗教,唯高台教才是越南独有的。此教信奉三教(佛教、圣教、仙教)五道,主张“万教大同”。在大殿的墙壁和中央,画着一只只眼睛,称作“天眼”。正面墙逐个供奉的神像是:释迦牟尼、孔子、耶稣、姜子牙、关公、李太白。对面墙上画着高台教的“三圣”图像：孙中山、法国作家雨果和一个越南人叫阮某某（恕我没有记住全名）。

能用的都拿来，兼容并蓄。把那么多的神仙、圣人聚集到一起，大写意般地体现了越南人的随意性。可面对这么多神仙、圣人，把这么多互不相干的体系凑在一块，你叫越南人怎么个认真法呢？该往哪个“真”上“认”呢？

在一个星期六的上午，我们参观了当年吴廷艳和阮文绍的伪总统府，外表是一座颇为堂皇的大厦，里面更像一个部队的地下指挥部。所谓总统府里，有类似古代皇帝使用的龙椅、龙榻、龙书案，也有高靠背的现代沙发、美国制造的通讯设备，餐厅简直就是一个营的食堂。伪总统府外面的草地上，集结了数千名小学生在进行智力测验，优胜者按中国古代科举的规矩在伪总统府大门前张榜公布，第一名叫状元，第二名叫榜眼，第三名叫探花……

你说，这是越南人的随意呢，还是他们的幽默？

4. 人 情 味

在越南人的称呼中没有第二人称：“你”。

日常习惯的称呼是哥、弟、姐、妹。我们到越南后，很快就被越南作家论资排辈地呼哥唤弟了。我们团里那位唯一的女作家就成了许多越南人的“小妹”。

我请教越南一位老资格的翻译家：越南高层人物之间也像老百姓这样称兄道弟吗？他说都一样。在越南只要一提起胡志明，无论男女老幼，一律称呼“胡伯伯”，或只叫“伯伯”。有一回他给一个高级政府代表团当翻译访问中国，在天安门广场人民英雄纪念碑献完鲜花以后，要分头活动，秘书长就在人民英雄纪念碑前大声宣布：跟五哥去的往这边来，跟八哥走的到那边去。陪同的中国领导人听得满头雾水，其实五哥就是书记，八哥就是总理。

越南人的人情味儿不仅体现在称呼上,还在说话的腔调上有更淋漓尽致的体现。中国的语音分四声,越南的语音是六声,格外婉转柔媚,因此越南作家格外喜欢朗诵中国的古诗词,而听他们朗诵唐诗,那真是一种特殊的享受。

越南最早是使用中国文字的,在被法国占领期间一位法国传教士帮着越南人改革成了现在的文字。有些词句在含义或发音上还保留着中国文字的影响,比如中国人说谢谢——越南人叫"感恩",同志——"秃鸡",首都——"都兜",文化——"温嘎"。还有些词句则故意跟中国话闹别扭,如卫生间——越南文叫"间卫生",外交部——"部外交",国防部——"部国防"……

越南的诗人非常多,我们从北到南,凡在作家协会碰到的人极少有不是诗人的,特别是相当多的政府官员,在介绍给我们认识的时候都格外强调其诗人的头衔。我以为,越南之所以盛产诗人有两个原因:一是越南人天生浪漫多情;二是越南语有助于写诗。正由于大家都写诗,就给越南的人际关系又增加了另一种别有情趣的人情味儿——赠诗和背诵对方的诗。

赠诗——诗人们一般都要经常在口袋里装着几首自己的诗,在一定的场合,兴之所至就可以把诗献给自己喜欢或尊重的人。有位曾陪同过我们的诗人,在旅游景点很会和女孩子们搭话,搭上话以后说到高兴处,就当场写一首诗献给女孩子,常能令女孩子们惊喜异常。他并无非分之想,也不是借诗调情或揩女孩子的油,看上去是一种很自然的交往。

长此以往难免也有闹笑话的时候,赶上了想赠诗的人多,而自己偏偏才思阻滞,或出门时带的诗少,就把同一首诗分别献给了相互认识的几个姑娘,她们发现之后就会拿诗人取笑。这又有什么关系呢?

背诵别人的诗——越南人喜欢诗,似乎人人都能背诵几首别人的诗,特别是自己顶头上司的诗。无论是轻松的交谈,还是严肃的会见,都不会缺少这样一个节目:即席给我们朗诵在场的越方级别最高的一个人的诗,朗诵者往往是这个级别最高者的下级或副手。可想而知那位上级心里会多舒服!

经历过那么多的即兴朗诵,我没见有一个上级阻拦、责怪朗诵者,或谦虚地解释一番,推让一番。即使把这个看作是给上司拍马屁,这马屁也拍得灵巧得体,拍得有情调,比当着客人说一堆肉麻的吹捧话或一大套空话强多了。

2003年5月

自杀的胜地

世界的自杀者,竟然制造出了令人向往的死亡胜地,足见当今自杀者的规模和声势。

伦敦桥的桥塔,是英国人自杀的理想场地,站在桥上往下看,雾气萦绕,很容易产生幻觉。大桥、高桥总是最容易受到自杀者的青睐,桥下水面平洁,柔静,舒缓,人躺上去会很干净。美国旧金山的金门大桥,自一九三七年建成至今,已经有一千二百人选择了跳桥自杀,是美国西部自杀者的胜地。而南京长江大桥,则是中国自杀者喜欢挑选的好地方。自一九六八年建成至今,仅有案可查的自杀者就达一千八百人。没人看见就跳下去,后来又找不到号的还不知有多少。其实,自杀者以为从桥上纵身一跳,会落到柔软的水面上,岂知从桥面到水面七十多米高,人掉到水面会跟摔在水泥地面一样坚硬,内脏会全部破碎。

纽约帝国大厦的八十六层观望台,是美国东部自杀者的经典高度。医学上认为,人从这样的高度坠下,等不到落地,在半空中就因极度恐惧心脏骤停,窒息而亡。日本的自杀胜地有三处。一处是瀑布,自杀者借着水流从高空坠下,灵魂飘然而逝,简单洁净。另一处是樱花河,每到三月,河两岸的樱花树开过花之后,飘落的花瓣便铺满河面,自杀者投水而死,待身体漂浮起来之后,身上会盖满樱花,或躺在樱花之上。死出了一种意境,凄绝而冷艳。

但,所有上面说的这些地方,都不及日本的青木原更出名。

我们去探访青木原的时候,天气时阴时晴,空中云卷云舒,地上忽明忽暗。公路两边看不到大山，也没有大片的平野，地形显得十分破碎，到处布满褶皱和断层。车头右前方一片起伏的山岚雾霭之中，挺出一个巨大的圆锥体，尖端雪白，像扣着一顶小白帽儿。帽子下面是明显的灰褐色，越往下颜色越深，山腰以下就变成一片墨黑。圆锥形的山体上分布着一道道竖纹，应是一条条雪沟，宛若飘带自山顶垂悬而下，摇荡生姿。如果你不靠近它，只是远远地望去，富士山显得异常的端庄秀丽，并随着气候和天象在不停地变化着自己的姿容，亦真亦幻，时隐时现。我们的汽车明明是迎着它前进，却越到近前就越难看清它的面目，汽车东拐西旋，上盘下绕，富士山一会儿在左，一会儿靠右，渐渐地让你觉得已经来到了富士山跟前，它却突然在车头前消失了，一片浓烟似的黑森林遮住了我的视野——这就是“死亡之林”青木原！

我们下了车，两位日本陪同忽然都变得格外严肃和谨慎起来，一遍又一遍地强调大家必须走在一起，万不可分散，好像一分散就是永久的分别。而且我们只能沿着踩出来的一条小路稍微走进去看一看，象征性地感受一下青木原的气氛，绝不可以深入进去。陪同说一旦钻进森林深处，就会失去方向感，迷了路就是想不自杀也出不来了……厉害，青木原已经形成了一种死亡效应，人们只要一接近它脑子里就再也抹不掉这个“死”字，在心理学上这叫潜藏的死亡倾向被唤醒，有了死的意识，离死也就不远了。仿佛凡是到这儿来的人都是活腻了的，瞅个冷子就会寻短见。

青木原莽莽苍苍，遮天蔽日，走近它身上不禁一激灵。阴森森，黑幽幽，暗影浮动，冷气搜身，刚刚还晴空万里，阳光强烈，眨眼间四周一片昏暗，真是一片奇怪的森林。脚下没有平地，全是乌黑的乱石，七棱八角，牛拐别棒，横躺竖卧，鬼魅狰狞，上面长着苔藓，下面铺满腐叶，脚踏下去噗噗地能踩出水来。而一根根笔直参天的大树就生长在这怪石之上，浓密而茂盛。更有乱丝般的藤萝缠绕其间，万树连网，宛若龙盘蛇绕，令人毛骨悚然。树恶石凶，阴冷湿滑，处处都藏有杀机，抬脚动步须格外提防陷阱。脚下这条所谓由日本警方开辟出来的小路，其实哪里有路，不过是把藤蔓、树枝砍掉一些，勉强弄出一条能过人的空间，脚下却还是叽里咕噜，磕磕绊绊。每隔几步，树上就挂一个日本警方的“警示盒”，上面写着相同的话，劝告那些想自杀的人：生命是宝贵的，你的亲人和朋友在等着你回去……

阵阵阴气袭来，眼前似有鬼影幢幢，我觉得脊背阵阵发凉，便对着森林深处大喊几声……长声从我的喉咙喷发出去竟没有一丝回音，吼叫完完全全地被吸纳、被弱化……非典期间我不能游泳，便天天早晨到公园里跟着几位喊嗓子的人学长啸，有时候吼上几声立刻就能气流通畅，心神大快。今天喊上几声原想给自己身上增加点热度，轰赶一下鬼鬼祟祟的“死魂灵”，却想不到没有喊出威势，反倒让自己头皮越发地紧了。

实际上，青木原是富士山喷发后留下的一片火成岩，由于这里气候湿润，水量充足，加上火山灰原本就可以做肥料，久而久之就形成了这片特殊的森林，被自杀者相中选为生命的归宿地。正因为它有了这样一个著名的死亡招牌，便给人以强大的死亡暗示，心有苦痛，精神抑郁，原本还没有想到要死的人，接受了它的暗示就很容易走进青木原的死亡陷阱。

每隔几个月，日本警方就要到这里来搜索一遍，把自杀者的尸骸清理走。去年年底一次就找到了七十六具自杀者的尸骸。青木原林深树密，没有找到的还不知有多少！

2003年冬

日本的地震性格

你看过日本电影《东京大地震》吗？我以为那是至今世界上对地震的恐怖表现得最为惨烈的一部灾难片。但它并非出自虚构，一九二三年的关东大地震是世界著名的一震，顷刻间将东京都化为废墟，死亡近三十万人。那个时候的东京都总共才有多少人哪?!

如果没有看过那部电影，现在你随时去东京，还照样能感受得到那次大震的余绪。我于二〇〇三年十一月中旬在东京停留了五天，五天里竟赶上了两次5级左右的地震，真可谓三天两头的就要晃悠一下。

一次是刚到东京的第二天下午，我们正在一个日本作家的客厅里聊天，房子突然稀里哗啦地摇荡起来，我身后有个精致的柜子，感到有小东西落到后背上。但对面的主人面带微笑，纹丝不动，只是怕柜子倒了会砸伤我，请我站起来用后背顶住它。摇荡结束后像什么都没有发生过一样继续我们的谈话。

第二次是在隔了两天之后的夜里，睡得好好的猛然被惊醒，门窗乱响，床铺摇晃……我住在新大谷饭店的十五楼，是洁净舒适的套房，厅倒是靠里，卧室则贴近窗户，不晃的时候看东京都的夜景很不错，碰上闹地震悬在这样的高度就不好玩了。要知道我是经历过唐山大地震的，夜里抱着一双儿女向外跑，赤脚踢上了木头，竟把右脚大拇指的指甲掀掉了……你想想，在异国他乡又这样被晃悠醒了，还能再睡得着吗？开灯看表是凌晨四点，外面很安静，饭店的总服务台也没有通知或压惊之类的电话打来，我只好打开电视机，日本的新闻播报倒很及时，通报了刚才的地震是5.0级，震源是哪里、震中是哪里我已经记不住了。

之后我离开东京都去关西,在大阪又赶上了一回地震。这些是我感觉出来的,我没有感觉到的还不知道有多少次,据日本的统计资料显示,他们全国每天平均要发生四次地震。不然也不会被称为"地震之国"。

我在日期间一直想一个问题:这么频繁的震荡,对这个国家以及这个民族的性格不可能没有影响。这是些什么样的影响呢?

外人说的不算,先看看日本人自己是怎么说的。日本著名思想史和文化论学者、日本思想史学会会长源了圆,在《日本文化与日本人性格的形成》一书中说:纵断日本本土的中央山脉,由此派生出的众多支脉和与之交错的无数火山,把日本分割成几个部分,在气象上兼有热带性和寒带性双重特征。突发的台风,频繁的地震,又带有很强的季节性和突发性,这就培养了日本人"台风式的忍从,在持续反复的忍从中每一瞬间都隐藏着突然爆发的可能。总结日本人的国民性格,便是静穆的激情,战斗的恬淡。丰富而外露,活泼敏感,于变化中见沉静,且持久。相反,也造就了日本人易疲劳、无持久性,崇尚昂扬的感情,又忌讳执拗……这使日本人的性格具有柔软的、适应力强的特征,也削弱了日本人的长期计划力。因而不会产生耗费千百年才完成的万里长城和大圣堂式的建筑"。

难怪日本人喜欢榻榻米,凉席一铺,进门都是炕,省却了床和许多箱子、柜子。一是不怕震,二是震坏了不心疼,重建起来也简单方便。即便是京都德川家康的二条城,又称"元离宫",并被列为"世界文化遗产",其实就是一座巨大的木房子,里面用木隔断根据居住者的级别分成大小不等的房间,不论什么房间无一例外都铺着榻榻米。木板墙上有壁画,但屋内没有多少摆设,不要说和中国的一些王宫相比,就是和一些大财主的豪宅相比都显得非常俭朴、洁净。

这倒在其次,是外在的,并不重要,重要的是生活在这种环境下的日本性格,源了圆所说的"台风式的忍从,在持续反复的忍从中每一瞬间都隐藏着突然爆发的可能"……一九四五年战败之后,日本"忍"了许多年，尽管“心里对历史问题一直有很多想法，却认为还是不说为好而保持了沉默”。现在则觉得可以把自己的想法说出来了，又是要改宪法，又是出兵伊拉克……再加上过去经济上的成功，这便染上了“大国病”。鉴于日本人是世界“步行速度最快的”民族，有人就说他们是“慌慌张张地建成大国”。那他们为什么要当大国？为什么非要争世界第一？莫不是又要“爆发”点什么？

还有，日本对其在“二战”中的恶行，几乎从没做过真正的忏悔。有时不得不说上几句，过后又推翻，半个多世纪以来就这么反三复四，惹得深受其害的东南亚诸国十分恼火。我也一直想不明白，日本为什么会这样呢？读了源了圆的书才知道，“地震性格”也表现在日本人缺乏罪恶意识上：“战争中，盛行的‘拨释’人们大概仍记忆犹新吧。这种将罪与恶‘随波流去’的生活态度至今仍未消失。在这里看不到祈神释罪的深深忏悔……”（见北京出版社1992年版第57页）

日本前首相中曾根康弘在接受新加坡记者采访时说：“日本硬得像一根铅笔芯，但这根铅笔芯太狭窄。与中国相比，日本给人一种难以理解和没有明确方向的印象。”是啊，地震的晃悠不是人工的定向爆破，会砸向哪里谁能说得准呀？经常生活在晃悠中的人，想要脾气不乖戾、不反复无常，恐怕也是相当困难的。

2003年冬

日中文协的办公室

我必须小心翼翼地用最平实的语言写出对这间办公室的感觉。夸饰会损害它，而简慢又会伤害我对它的敬意。它就是日本中国文化交流协会办公的地方，位于东京都银座附近一栋楼的七层，有一间大屋子，我估摸有五十平方米上下。整个事务局，包括专务理事、常务理事以及普通干事共计十三个人，都在这间屋子里办公。

我跨进门的第一感觉是受到冲击般地眼前一亮，继而是被震撼，并由衷地感动了，心里热热的。是因为它的简朴和拥挤吗？或许是吧，但它拥而不挤，十三张办公桌被一架架一排排一摞摞的图书、资料和文件环护着，烘托着，墙上和书柜上贴满了有关日中文化交流方面的图表和招贴画，在它四面墙的最上方留出半米高的地方，摆满日中文协历任会长和代表理事的大幅照片、奖状、塑像、海报等纪念物：中岛健藏、井上靖、水上勉、高山辰雄、团伊玖磨……

这让我想起上次来日本（1989年），井上靖先生还风神健朗，请我们一行到家里做客，在小庭院里散步、聊天。团伊玖磨先生也在一次聚会上一边喝着酒一边生动地向我描述了六次拜见周恩来总理的细节……如今竟都已作古了，就连白土吾夫先生也坐进了轮椅。

近四十年来，日中文协邀请了二十批共一百多名中国作家访日，就是在这间办公室里筹划和处理了所有的事物性工作。一些当代中国文坛上泰山北斗式的人物，诸如巴金、冰心、曹禺、周扬、老舍、张光年等等，都曾造访过这间办公室。这里真称得上是气象万千，一片辉煌，这才是名副其实的日中文协的办公室。它丰富实用，运转迅捷，多色彩,多功能。

可是,日中文协的专务理事佐藤纯子先生却说:“现在中国变化很大,有些人只认钱,看我们办公条件差,马上想到这个组织很穷,干不了什么事,所以现在有人要求拜会,我们都婉拒。”(《人民文学》2003年11期陈喜儒《佐藤大姐》)我对日本的办公条件不甚了解,在中国或许真的很难在大机关和大企业里再找得到这样的办公室了。当今世界的潮流是隔离,每个人都要求有自己独占的空间,即使万不得已大家挤在一间房子里,也要用墙板分成许多鸽子窝。我曾进过一家保险公司的豪华大楼,总经理占据了三楼的整整一层,有按五星级饭店标准装修成的卫生间和供中午休息一会儿的卧室,他的办公室足有排球场那么大,我当时对那位老总说了句被认为是冒酸水的话:“你一个人占这么大地方就不怕闹鬼呀?”

而这里却有另外一种和谐,一种精神,一种忙碌的文化氛围,似乎只有在这样的地方才能办好日中文化交流上的事情。尽管这间办公室里的空间已经非常珍贵,却仍然留出一块地方摆放着一张长条桌,我进去以后大家都围坐过来,一杯热茶,几块小点心,气氛融融,心也融融,有一股浓浓的人情味。我猜他们平时也是这样开会和会客的,但我想不出是什么样的人坐在这儿会不温暖,不动情,反而敢傲慢。

已经离不开轮椅的代表理事白土吾夫,每周还要到办公室来一次。被陈喜儒先生尊为大姐、要天天上班指挥和调度办公室事务的佐藤纯子先生,也已经六十九岁了,且独身一人。她对我说:“二十三年前丈夫就病故了,年轻的时候因工作压力大也没有要孩子,想想真没有资格做女人。”听了这话我有些伤感,更多的却是敬佩。她于一九五七年毕业于昭和女子大学英语系,然后就投身于刚刚成立的日中文化交流协会的工作,“当时协会里加上她也只有三个人,右翼势力猖獗,协会经济拮据,曾连续三年发不出工资”。然而她始终毫不动摇地把最美好的青春年华贡献出来,可以说她这一生就做了日中文化交流这一件事。

然而这是一件大事,如今的日本中国文化交流协会广泛地团结了要求日中友好的日本文化界人士和团体,曾开展过著名的“乒乓外交”,为实现两国邦交正常化做出过重要贡献。协会现有五千多个人和团体会员,如日本第一次建国的都城、被誉为“日本人精神的故乡和心灵的家园”的奈良市政府,多年来就一直是日中文协的团体会员。人活一世能干成一件事就不容易,特别是终生坚持了自己的信仰,生命是充实的,到老来也足堪欣慰。其实若没有强大的信仰,也是很难坚持一生的。

最可喜的是这一信仰传承下来,协会本部吸收了一大批青年才俊,让我沉实地感觉到了这间大办公室里所孕育出的希望。希望是种子,有种子就会发芽。希望也能唤醒勇气,没有任何势力能毁灭坚毅的希望。所以,日中文协的办公室里不断地增加新面孔,而且是非常年轻的面孔。娇俏柔和的长野微,北京话说得那叫地道,活脱脱就像个北京姑娘。原来她初中毕业后就单身闯北京,用八年时间在北京完成了高中和大学的学业,回国后就成了日中文化交流协会中一名年龄最小的成员。她少年稳重,办事机敏干练,十分招人喜欢。事务局局长助理小阪裕二,和未婚妻是在中国相识并一见钟情的,中国成了他们的福地,成全并见证了他们的爱情。事务局次长中野晓曾是大学帆船比赛的冠军,当年是靠一个字一个字地死记硬背“老三篇”和《在延安文艺座谈会上的讲话》学会了中文,现在还能流畅地整段整段地背诵毛主席的文章。已经到过中国一百三十七次之多,对中国可谓百看不厌……

可我在参观神奈川近代文学馆井上靖展时,馆内事务局长国正道夫介绍说,该馆在节假日平均每天接待参观者二百人左右,但鲜有五十岁以下的年轻人,这就是说现在的年轻人对文学的热情正在减弱。却有一批二十几岁、三十几岁、四十几岁的人加入到日中文协的行列中来,热衷于日中文化交流事业,为信仰而努力。这怎不令人感动,甚至会情不自禁地检讨自己:你为信仰又坚持得如何?

一个多月前我在刚接到邀访通知时还有些犹豫,一是手头正被一部长篇缠着,进展还算顺利,不想耽搁。二是想到目前国际上的诸多事端和民间情绪,对出访没有应有的热情。当迈进了日中文协的办公室,就知道自己不虚此行。重访日本跟第一次来的感受不一样,我开始试着理解许多中国学者和日本作家们为什么会几次几十次地你到我这里来,我到你那里去。日本作家对中国文学有相当广泛的了解,中国作家对日本文学也了解得不少,你知道我跟我知道你差不多,见了面有话可说,有话想说,这在国际文化交流中是相当独特的,甚至是唯一的。又熟悉又陌生,越是了解得多,越会感到两国文化上的深刻差异。

人的交往也是如此,第一次相识只说明有缘,有了第二次会面才能续缘、结缘。我在机场一见到协会的常务理事横川健先生仍然身板笔直,动作敏捷,立刻就生出一种亲切感,刚踏上异国的陌生情绪顿时消散。十几年来我想到日本就想到他,谦恭有理,面面俱到,说一口流利的普通话,是四川大学政治经济系一九五八届的高才生。那年在东京会馆的隆重欢迎会上他为我当翻译,我是认真做了准备的,作家又常患"语不惊人死不休"的臭毛病,真难为他竟没有卡壳,我一直心存感激。还有袁信之先生,在我的印象里他应该是个小伙子,我上一次访日他整整陪同了我半个月,从关东到关西,又从关西到北海道,他是日本的活地图、活字典,思维精细,对我照顾有加。十四年未见,竟然头发花白,开始驼背,人也有些消瘦,我忽然有一种想拥抱他的冲动,却只能客气地伸出右手……

这就是日中文协,在这个以跳来跳去为时尚的现代社会,文协虽然增加了许多新人,老人却都还在,没有人辞职,没有人跳槽。文协中不止一个人向我介绍已去世的会长团伊玖磨先生的公子,说他是个优秀的建筑师,最近还出版一部颇受好评的长篇小说。那神情那口吻就像是在说自己的家里出了个天才,仿佛整个日中文协都为会长有这样的公子感到欣慰,感到自豪。难怪这个团队能留得住人,能容得下人,会员们宁愿付费也要参加它的活动。

日中文协的人让我认识了日本的另一面,改变了我对日本的一些看法。我想不仅中国会感谢他们的工作,日本更应该感谢他们的努力。

2003年冬

日本的行走作家

我没有认真读过“日本学”方面的著作，对日本文学史也所知甚少，只想写出两次访日都未能解开的一点疑惑：为什么有那么多的日本作家从中国汲取创作资源？

如日本文坛泰斗级的人物芥川龙之介，就有一部著名的小说叫《南京的基督》，是写秦淮河畔一个妓女凄美的传奇经历。

一九八九年我到井上靖先生的府上拜访，他曾细致地跟我讲过二十七次到中国采访的一些重要细节和心得，对自己晚年所创作的两部中国题材的长篇作品非常重视，这就是《敦煌》和《孔子》。二〇〇三年初冬我再次访日，在参观井上靖展时他的女儿跟我说：“我多次听父亲讲过，小时候读四书五经和背诵《论语》对他后来成为作家有很大的影响。一部《论语》读了三十年才读懂，到六十岁时简直迷上了《论语》，所以要下大功夫写《孔子》。”

神奈川文学馆馆长中野孝次先生对我说：“我们已经有十四年没有见面了，在这段时间里我出版了五十六本书，最多的时候一年能写出七八本，每本的印数都在万册以上。有一本采用了《论语》的形式，书名就叫《中野孝次的论语》，已经印到了第八版。还有一本随笔集《清贫的思想》，借禅家的思想分析当代日本社会存在的种种问题，以及现代人的诸多困惑，印了十三次，卖出七十五万册。”

他已经七十八岁了，怎么还能保持如此旺盛的写作势头？是什么样的书一年能写出七八本？莫非其中有些是小薄册子……刚见面时我问候完了他也曾礼貌地问候他夫人好吗？当年他们夫妇陪我在大街上寻找中餐馆,走路极快。中野先生以一个老人的敏感回答说:“我夫人很好,我也很好,现在我走路仍然很快。每天晚上七点到凌晨四点是我休息的时间,从凌晨四点到十点写作,每天三千字。不看电视,不接电话,不参加一切招待会,包括葬礼。”

这简直就是一部写作机器,他拿出《清贫的思想》赠给我,并非是小薄册子,有二百三十多页,精装,印制很大气,在版权页上明确地标出了版次和印数。日本的人口只相当于中国人口的十分之一,书籍报刊的发行量却大得惊人。前不久世界发布了全球报纸发行量的排行榜,排在前两名的都是日本报纸——《朝日新闻》和《读卖新闻》,日发行量都在千万份以上。中国只有每天发行近二百万份的《羊城晚报》榜上有名,名列第二十位。

日中文化交流协会的代表理事辻井乔,是个思想深刻的作家,也多次到中国来,去年在北京现代文学馆以《日本文学的现状》为题进行了一场讲演,将当代日本文坛的现状归结为四点:“一、富裕社会的惰性。由于生活富裕,反映人们要求改善社会和自我生活环境的文学意识正在减弱,把自我封闭在小集团中,或处于冷漠的自我疏离状态中。二、通俗音像作品泛滥,把人们包围在虚拟的人际关系的网络中,丧失了原本是通过身体语言、表情、知识和思想联系起来的人与人之间的关系。三、重大社会主题的消亡。文学的素材和读者的关注点转向身边琐事和男女间微小的差异上,热衷于表现性,而缺乏对人性的本质及其矛盾进行深刻的发掘,丧失了对现实的批判精神。四、紧张感的消失。终日处在一种松弛之中,关心的只是如何享乐,忽略了资本主义是如何改变人性的这一优秀文学的重大使命。”(李锦琦译)正是这样一位优秀的小说家,最近出版的《桃园记》,却是一部以中国汉代名将李陵为主角的历史小说。

日本笔会副会长三好彻,十三次来中国采风,最新的一部长篇小说《革命浪人》,是写孙中山的(学林出版社已出版了中译本)……在我所接触的范围内还有一些日本作家也经常到中国来,从中国的历史中汲取文学营养乃至直接引为创作素材,比如《华丽家族》的作者就曾两次来天津采访过我。这无可厚非,中国历史也是人类历史的一部分,中国作家可以写,外国作家也可以写。我不知在世界文学史上,除日本之外还有没有第二个国家会有这么多作家热衷于写邻国的故事?

日本文学界有一种称号叫“行走作家”,不停地行走,不停地写作。不少作家喜欢到中国行走,然后大量写中国,这当然跟中日两国在历史和文化上的渊源有关。同时,也不能否认这些行走作家和行走作品有两大优势:一是受日本读者的欢迎,日本读者喜欢中国的历史故事和传统文化,相当多的人能对《三国演义》、《水浒传》里的故事津津乐道;二是这些作品都极有可能会被译成中文,我想没有一个外国作家会对进入中国这样一个有着十几亿人口的图书市场不重视。但是,日本作家对中国的兴趣多界定在历史题材范围内,他们来中国行走也只是想进入历史隧道,观光和考察丰富多彩的中国历史文化。

早稻田大学中国现代文学研究所的岸阳子教授曾向我介绍说,两年前她挑选了六位在中国当代文坛上正活跃的作家,组织人将他们的部分作品译成日文,每人一本,每本只印一千册,至今除去其中的一本卖得差不多了,其余五本还都积压在仓库里销不动。而岸阳子教授自己编写了一本解释《三国演义》的书,却印了一版又一版,销路甚佳。这或许和文学本身关系不大,我不相信中国作家写中国会不如日本作家写中国写得好。有什么读者就有什么作家,是读者培养了图书市场,而市场左右着图书的销售。市场永远都是一只喂不熟的狼,一贯奉行实用主义、拿来主义,有用就拿来,不喜欢的就扔到一边。

韩国人李御宁在《日本人的缩小意识》一书中说:“日本文化是一种拿来主义式的文化,这种文化是把外部的东西拉至内部,呈现出典型的缩小意识。所以在历史上日本把自己的文化教授给外国的很少,日本文化史又被称为外国文化学习史,起初从朝鲜学习汉字和历法,后来又从中国直接学习,接受了诸多文化。到德川时代,向荷兰学习,继之又向以英国为首的欧洲诸国学习。太平洋战争之后又被美国文化淹没。”(张乃丽译)此书在日本成了畅销书,这说明日本人赞赏至少是接受了李御宁的观点。日本思想史学会会长源了圆在《日本文化与日本人性格的形成》(1992年北京出版社)一书中也说:“日本的传统文化,在某种意义上是中国的‘卫星文明’。”

既然如此,喜欢行走于现代中国土地上的日本作家,为什么不反映现实的中国生活呢?辻井乔说:“日本在激进的近代化过程中,认为欧美的思想是先进的、优秀的,明治维新以前日本固有的思想都是落后的、可耻的,而当时的许多思想是源自中国大陆。这也许就是造成否定、歪曲中国现代文化的原因之一。”还有如日本民族学会会长江孝勇等一批日本学者认为:由于战败的打击,刺激了日本人的自尊心持续增长,本来心里就对历史问题有很多想法,以前是觉得不说为好,一直保持沉默,现在则有一种想把自己的想法说出来的倾向。巨大主义、膨胀主义思想正在日本盛行,到处都标榜是“经济大国”,在国家前面加一个“大”字,便意味着将要有尴尬的事情发生……

这就是现实,日本的行走作家之所以纷纷走进古代的中国,正是受了这种现实的影响。任何国与国之间的文化交往,必然会受到两国关系以及政治、经济、民族情绪等诸多因素的左右。

2004年早春

泰国“李屁”

我们无疑是生活在一个宣讲的时代，到处都在大开“讲坛”，电视上、会场上、饭桌旁、街边炕头、旅游车上……可以听到各式各样的讲演。谁掌握了话语权，都要竭尽全力滔滔不绝，大过嘴瘾。我有幸刚聆听过一位泰国导游的口才，印象深刻，追记出来与大家共享。

这绝对是个人物，身材中等偏下，黝黑精瘦，窄脸尖腮，给人的第一印象是个烟鬼，或者说像个“管儿痨”。唯两眼有神，嘴唇飞薄，脖颈上戴着一条粗重的金项链，项链下方挂着三尊镶嵌在三角形佛龛里的金佛。左右两个无名指上各戴着一枚硕大的浅蓝色宝石戒指。

请听他跟我们刚见面时的开场白：“欢迎大家来到泰国。我是李应财，今年四十八岁，有三个老婆。现在先教大家几句泰语：大哥、大姐叫‘屁’，小弟、小妹叫‘龙’。所以年纪比我大的叫我李龙，年纪比我小的叫我李屁。跟我共同为大家服务的姓马的大姐叫‘马屁’。这辆车上的司机叫‘路屁’。在泰国问价格，比如这件东西多少钱？叫‘偷来’。面包叫‘干你娘’。厕所叫‘歌厅’。大便叫‘唱歌’。小便叫‘站起来’、‘起来’。恭维小姐长得漂亮、帅哥长得酷，叫‘老妈妈’。问候早晨好、晚安、道谢，叫‘萨瓦底卡’……”

这个“李屁”教的泰语，谁敢对外讲呢？也许只有最后一个词还贴着点谱儿。

紧接着，他出其不意地对着诸多年轻的女士讲了个粗俗的黄色故事。大轿车内一阵短暂的沉寂过后，爆发出一阵大笑。

“李屁”这一招儿很厉害，我猜测他不单是为了逗趣或宣泄自己的某种欲望才讲荤笑话的。他不知道自己将率领的这个旅游团里都有些什么样的人物,或许藏龙卧虎,什么样的角色都有,他无法就高不就低,适应每一个人、每一种性格和不同的教养。这样先用脏话把每一个人都弄脏,把一个由五花八门的人组成的旅游团涂成一个德性,不管是真正经的、假正经的,全都正经不起来了。不管老的、少的、男的、女的,衣服全叫他给扒下来了,大家赤裸裸地变成了自然人、异乡客,谁也无法再装腔作势拿架子。这样他领导起来就容易多了,可以自自然然,轻轻松松,随心所欲。

我私下里问“李屁”:“你是真的有三个老婆吗?还是开玩笑?”

他一下子变得非常严肃:“你看我像开玩笑的吗?我以前有六个老婆,嫌麻烦赶跑了三个。”

“泰国的国王可是只有一个王后啊!”

“要是叫我当国王我也只娶一个老婆。”

“你娶这么多老婆养得起吗?”

“还凑合,我的家产有一千四百万铢。”

我一惊,不得不承认在此之前小瞧他了。按时下的汇率折合成人民币,他差不多拥有三百三十多万元人民币的资产,在中国算是一个不大不小的富翁了!

我问他:“你有这么多钱为什么还要当导游?干吗不集中精力去经营自己的产业呢?”

他说:“我的产业有果园、饭店和房产,不需要我去经营。我干导游每月可收入三万铢,这不比闲着好吗!”

“在亚洲金融风暴中你的财产有没有受损失?”

“没有,我的财产是实实在在的产业,不是投机买卖,不是股票、证券,怎么会受损失?”

“你跟三个老婆怎样和平相处呢?”

“在泰国,你找第一个老婆的时候千万不要找中国女人,如果讨了个中国老婆,以后再想找小老婆可就麻烦大了,中国老婆会没完没了地跟你吵架。大老婆找个泰国女人,以后你愿意再找多少小老婆她也不管你。我的二老婆和三老婆各自住在别处,大老婆跟我住在一起。有两个儿子,都在上私立学校,每人每年的学费就是二十六万株……”

我不知道对他的这些话是该全信呢,还是只相信其中的一部分?

他不只是会讲荤话开玩笑,也能很正经地讲解泰国的历史、文化和风土民俗,其间还很巧妙地穿插了他个人的经历——他是台湾人,当兵来到泰国,为剿匪和保卫泰国的边防打过恶仗,立过功,也逃过兵役,当过没有户口的“黑人”。他把自己的身世讲得像评书,颇有几分悲壮,起伏跌宕,环环紧扣,用词丰富而生动。不论大家多么困乏,只要他不想让大家打盹儿,拿起话筒一说话,立刻就能逗得大家来了精神。

他能雅能俗,能悲能欢,能粗能细,能放能收。从古到今,从人到妖,天文地理,飞禽走兽,把什么都编织到一块儿,说得娓娓动听,到最后总能逗得你开怀大笑。

是“李屁”让我这个并非是第一次出国的人,却是第一次感受到,出国原来可以这么省心。路线非常明确:坐车——看景点——购物。目标非常单纯:找乐——找乐——还是找乐!

以至于十几天的工夫,我的体重竟增加了三公斤。

在从这个城市到下一个城市,或者从这个景点到下一个景点的途中,就听“李屁”侃大山。由于是在特殊的境地当中,其感觉似乎胜过看国内的相声或小品。有时甚至觉得看景观也变得不那么重要了,往往看见的真实风景,还不如听他在车上讲解这种风景更有趣。

再有,就是买东西——外出似乎必须得买点什么。

我向来羡慕会买东西的人,以为买东西是一门难得的生活学问。在国内我就最懂头买东西,进了商场如同瞎鸟撞笼,不知自己需要的东西在哪里。常常是花好价钱买次货,或是买了根本用不上的东西。以往出国也都是在行程快结束的时候,请当地的朋友做参谋,买一点纪念品。当地的朋友常常也是一头雾水,参谋不到点子上,我买的也没有信心,权当完成一项不能不办的任务。这次因为有了“李屁”,不用动脑子,就大大地尝到了购物的快乐——原来买东西还能给人以这样的满足!

导游的任务之一,就是引导游客购物。游客花了钱,泰国的旅游业就增收。且看“李屁”是怎样让我们享受购物的快乐,只举一个小例子。

在我们去国立毒蛇研究中心的路上,他向大家提问:“谁知道世界上哪种动物的鞭最厉害?”

这是他讲话的技巧,想说什么先提问,不论大家答不答得上来,一下子都得动脑筋,集中起精神听他的答案。沉默了一会儿,有人说是鹿鞭。“李屁”摇头:“不对,那只是因为鹿鞭相对来说比较容易搞得到,人们退而求其次。世界上最厉害的鞭有两种,一种是虎鞭,是带刺儿的,像狼牙棒一样。再有就是毒蛇的鞭,带叉儿,交配的时候一个叉儿累了另一个叉儿上,一年交配一次,一交配就是三十六个小时。毒蛇中心有用蛇鞭研制的壮阳药,其效果可想而知,不然泰国男人三个五个地娶老婆,怎么顶得住?”

先生们一阵兴奋,心里大概都活动了。女士们嘴上不说,可能也想给自己的先生捎一瓶回去。

他继续说:“世界上最毒的蛇是金刚王蛇,它只吃活的眼镜王蛇,以毒养毒,眼镜王蛇咬了它,它没有事,它咬了眼镜王蛇,对方却立刻就死。这种金刚王蛇只有泰国有,一会儿你们就可以看到。用蛇毒制成的排毒丸,治痔疮一绝,抹几次就能根除。我以前当兵打仗,睡湿草地,饱一顿饿一顿,痔疮非常厉害,现在彻底好了,天天带团东跑西颠,没有一点事儿。”

好了,我肯定要买这种药。

“蛇胆是明目的,这大家都知道。我想问你们,来泰国这么多天了,可看见过泰国人有戴眼镜儿的?”

大家一激灵,当时被他问蒙了,似乎还真的没看见过戴眼镜儿的泰国人。

我立刻想到女儿的眼睛有些近视……

还有治腰酸背疼的,让我想起老伴儿在拖完地板或洗了太多的衣服之后闹过腰疼……

他介绍完蛇园及副产品之后，口气一转变得严肃了：“泰国的国王在老百姓心目中威望很高，他对全国发表讲话，要求制药行业不能作假。这意思很明确，现在作假的东西太多了，他管也管不过来，只拜托国民别做假药，这是人命关天的事。所以大家要买药尽管放心。这是国立蛇园，言无二价，所有的药都是八十美元一瓶，大家不要讨价还价，那是不管用的，白自找没趣。”

这家伙厉害。

“李屁”把我们领进蛇园，像领进珠宝店或其他购物场所一样，他就不管了，自己找个地方抽烟喝茶聊天儿，你们爱买不买，没有一丝他要从游客的消费中拿回扣的样子。也许泰国没有导游吃回扣的习惯，也许是“李屁”做得太高明了，他相信自己领来的客人是不可能不解囊的。

我甚至相信，他就是把旅游团带进棺材铺，没准也会有人买个棺材背回去。

我却要感谢他，让我知道了所谓购物的快乐，并不在于买了便宜货，或是买到了让接受这些东西的家人和朋友大喜过望，而是快乐来自购物时自己的感觉——那种自认为物有所值、买到了宝贝的感觉，有一种买得称心如意的痛快和把钱花光的轻松感！

——这就是“李屁”的导游术和导购术。他逗你，吸引你，改造你，征服你，然后才是引导你，让你心服口服地跟着他游，跟着他买，不知不觉地把在泰国的时间全部给了他。他就是泰国，游客对泰国的好奇，想了解泰国的欲望，都转化到他的身上。

“李屁”是旅游业发达的泰国培养出来的尤物。

泰国不知有多少像“李屁”这样的导游，或许就像人妖一样多。

等我坐上回国班机的时候，突然意识到一个问题：在国外跟着旅游团行动，最大的好处是没有任何压力，轻松愉快，只要跟着大流走就是了。最大的局限是，在泰国待了那么几天，几乎没有跟真正的泰国人交谈过，更谈不上结交一个泰国朋友了，除去看到了一些泰国风情,花光了带出去的钱,说的是中国话,见的是中国人,跟没有出国差不多。

好的导游是一道风景,也是一堵墙,他挡在了你和泰国之间。你看到的是他想让你看到的,你所了解的是他已经知道的。你无法看到和了解他不知道的,或者是他不想让你了解到的东西。

“李屁”——果真是个“屁屁”。

2008年秋

人妖工业

我从泰国回来，到机场接我的司机向我问的第一句话是："跟人妖照相了吗？"

呜呼呀！泰国的人妖竟然在中国如此地深入人心。

中国人去泰国，不和人妖合个影，似乎就不能说你是真正地去了泰国。

当司机知道我没有跟人妖照相，他感到失望和不解。

我告诉他，我是认真地观察和了解了人妖的，没有跟她们照相实在是不想照……在暹罗湾里，停泊着一艘大船，叫"东方公主号"。每隔一个小时，由几条小船将提前买好票等候在岸边的游客，送到"东方公主号"上，去和人妖联欢。

每一场的联欢时间为一个小时，场与场之间休息十五分钟，是流水作业，各个环节衔接得都很紧凑。钱也像流水一样从无数游客的腰包流向泰国人的腰包。每个人的票价为六百铢——泰国人不搞五百九十九或五百九十八之类的心理数字游戏，所有游乐项目的价格一律是整数，游金沙岛每人一千二百铢，看气功表演每人四百铢……

我们的陪同提前三天订票，结果还只能订到晚上十一点半的这一场。偏偏天公不作美，风如黑雾，海似虎啸，空中暗无点光，岸边和海面上，倒是灯影一片，闪闪烁烁，摇摇荡荡。

我们登上"东方公主号"的主甲板，见联欢的场面已经摆好——在甲板两侧摆着长条桌，每张桌上放一个热气腾腾的火锅，几碟生菜、生肉和小零食，啤酒随便喝，一切都是免费的。这六百铢（折合人民币一百四十二元),真不算贵。泰国人在接待游客的效率上是一流的,上一拨客人刚退场几分钟,就把这一切又重新准备停当,这碗筷杯盏洗干净了吗?好在是火锅,想吃什么自己用滚水消毒吧。

各个桌都说中国话,这一场显然是“中国专场”。谁知道呢?也许场场都是以中国人为主。中国的游客刚坐好,泰国的人妖就从船舱里出来了,大约有五六个,穿着妖艳,但质地和做工都不讲究,甚至也不算太干净的连衣裙。款式简单,极为节省布料,按正常人的习惯不该裸露的部位她们基本都裸露着:高耸丰乳,披散长发,浓施粉黛,扭腰摆臀,极尽女儿态。但她们的脸,她们的身架,她们说话的声音,以及她们骨子里的某种东西,又始终让我无法将她们视为女人。

她们的心态也以为仍然是男人的……

她们在甲板中间招摇地扭来扭去,飞眼吊膀,过于张扬,看中一个目标,就一下子坐到人家的怀里,紧紧地搂抱着纠缠,或者随便将一个男人的脸摁在自己的乳房上狠命揉搓……此时人妖的神情是恶作剧,是找乐儿、逗趣,疯狂而不风骚,做戏而不是调戏,挑战而不是挑逗。真实的女人不会是这样的。

原来所谓的“联欢”这就算开始了。待人妖们把近前的男客逐个戏弄了一番之后,乐声响起,人妖们开始拉男性客人到甲板中间跳舞,迪斯科、贴面舞……什么姿势都行,多么疯狂都行。有两个年纪看上去至少有五十多岁的中国人最出风头,他们和人妖以疯对疯,以狂对狂,以妖对妖,以纠缠对纠缠。他们的衣着、谈吐,不像是企业家。那种带有几分土相的自命不凡、大开洋荤后的贪婪和满足,以及同行的人对他们的恭维,我猜测他们是中国的中级官员,比如处长、副厅长之类的人物。

跟我同行的人也鼓动我下场放松一下。我并非不想放松,也不是不喜欢热闹,就是找不到感觉,人妖一凑近我就浑身鸡皮。幸好我坐在甲板最外面的一排凳子上,中间隔着桌子和沸腾的火锅,人妖无法跟我接近或拉我下场。

跳舞开始以后,“东方公主号”就起锚航行,我将脸转向大海,顿觉一阵清爽，双眼为之迷离……只顾看人妖耍吧了，差一点忘了欣赏暹罗湾的夜景。远处渔火点点，猛风飘电挟雨行；身下浪涌涛急，水翻海立声声雷。

在回宾馆的路上，泰国的陪同告诉我，这是比较低档的人妖表演，她们每个人每月可收入四五万铢。

两天后我们在芭堤雅新的人妖表演馆看到了所谓"高级的人妖表演"。

门票很贵，却一律不对号入座，观众提前一个多小时就在剧院的大门外排起了长龙，待到大门一开，长龙变做潮水，一拥而进，很像困难时期冲进商店里抢购一样……

据说，这是一座刚落成不久的设备最好的专供人妖表演的场所，实际就是一座歌舞剧院。人妖表演团特别聘请了澳大利亚的导演重新编排了节目，设计了灯光布景。果然场面豪华，服饰鲜丽。整场表演一个多小时，在我看来，顶多算是一台三流的歌舞演出。

歌——全部是假唱，舞——毫无特色。人妖们浓妆盛服，举着话筒一丝不苟地跟着扩音器里的乐声对口形，或者手之舞之，足之蹈之，谈不上有什么个人技巧，企图以场面的调度变化和服饰的华丽多彩引人。偶尔也有几个真正的男人上场伴舞，或跑跑龙套，他们反而显得瘦小枯干，不成体统。在这样的舞台上，正常人名副其实地成了人妖的陪衬。

如果不是知道舞台上这些衣饰华美、装扮艳丽的年轻女子是人妖，即便是剧院倒贴给观众八百铢，恐怕也会有许多人不看这样的歌舞演出。

每一场表演结束后，有十五分钟的休息时间，人妖们站到大门外供人照相，照一次二十铢。她们手里接着从四面八方递过来的钞票，脸上挂着习惯性的职业微笑，嘴里却不停地催促着想跟她合影的人："动作快一点，时间有限。"

我到近前观察，这些所谓高级的人妖，大部分看上去仍然没有完全蜕尽男人的特征。只有两三个人，已经脱胎换骨，彻底女性化了，确实比一般的泰国姑娘要漂亮得多。

据陪同介绍,这些人妖的月收入当在十二万铢左右。

她们的平均寿命却只有四十五岁。一般规律是十二三岁开始下场表演,干到三十多岁,当人老珠黄,引不起观众的兴趣了,自己也有了相当的积蓄,就躲到一个陌生的地方去过隐居的生活。或者嫁人——某些有钱的人很愿意娶个人妖为妻,据说人妖除去不能生孩子以外,在其他方面对男人的服侍胜过真正的女人。

所有人妖都是从小培养的。有的人一生下来就有变性要求,那是天生的人妖。有的是因为家境贫寒,从小开始注射变性药物,报考专门培养人妖的学校,长到一定的年龄再通过手术变成人妖。

有人说,世界上出现第一个人妖的国家是德国。如果仅仅局限于男扮女装或女扮男装地在舞台上演出,那世界上人妖的老祖宗肯定是在中国!

目前,泰国有五千五百万人,人妖的数量是一万三千人。

在泰国,人妖不仅仅是人的一种生理现象,而是变成了一种工业。是人妖带动了整个泰国的旅游业。即使亚洲的金融风暴使泰国的经济陷入大萧条之后,泰国的旅游业仍然兴盛不衰,拥挤不堪。其奥妙就在于有人妖表演和“类人妖”或者叫“动物妖”的表演——这是泰国人为全世界的游客提供的保留节目。

人妖带动了性开放,泰国游变成性旅游,给人的感觉似乎是无处无性,无处不妖。泰国成了全世界的大“红灯区”和合法“三陪歌舞厅”,从人到动物,展示了各种各样的“性”趣,尤其是畸形的变态的“性”趣。世界各地的游客,只要是花钱来到泰国,就可以看到各种离奇古怪的“性”表演。

然而,泰国又是佛教国家,奉佛教为国教。难怪有人说亚洲金融风暴首先在泰国刮起来,是一种必然……

阿弥陀佛。

2008年9月18日

动物表演

人人怕鬼，人人又渴望在确保安全的前提下，能见识一下鬼是什么样子。

同样，人类憎恨妖孽——泰国人正是抓住了人的这一心态，不仅非常富于创造性地把人变成“妖”，还把原本可爱或凶残的动物也变成“妖”，让其大做表演，以广招徕。

大象、鳄鱼和毒蛇，可以说是对人类极富刺激性和诱惑力的三种动物。泰国恰好盛产这三种动物，于是就在这三种动物身上大做文章……

大象的表演场地比足球场略小一些，三面是看台，可容纳数千名看客。

随着讲解员一声令下，几十头大小不等、高矮不等的灰象，有的披红挂彩，有的赤身露体，踏着斗牛士的乐曲，像一股巨大的旋风从没有看台的那一面冲进场地，卷动着气流和尘土，眨眼就奔到看台近前。长鼻子如闪电一般插进人群，把看客手里拿的和怀里抱的香蕉、西瓜，一股脑儿全卷进自己的大嘴。纵然是坐在后排高处的看客，如果手里有水果，也难以躲避大象的长鼻子，那简直就是一个个灵巧无比、上下翻飞的长钩子，它想要的东西，没有人能躲闪得过。往往还没等你看清是怎么回事，自己手里的水果已经到它的嘴里了。必要时它的前腿会踏上看台，尽管它的体魄看上去是那样的巨大和笨重，却绝不会伤着人。

在看台的最前面有个卖香蕉的摊子，上面堆满了香蕉和其他水果，大象却连看都不看一眼，还有一些泰国的小孩子，挎着水果篮子在场地四周来回走动，向观众兜售香蕉，大象也绝不去碰。它甩动着活像有魔法的鼻子，只在观众中搜寻自己需要的东西，看来它很精明，讲究内外有别，“兔子不吃窝边草”。

有人给大象甩小费，倘是硬币，它就用鼻子吸起来递给背上的主人，如果是纸币，就用鼻子卷着送到卖水果的摊主跟前，买成香蕉填进自己的嘴里。

它的灵活、狡猾、贪嘴、爱钱，激起了人们一阵阵会心的哄然大笑。人类看到动物具备了自己的品质，总是会兴奋不已。

精明的泰国人就是这样既逗得大家开心，又掏了游客的口袋。

工作人员在场地上铺了许多小毯子，显然是要表演大象从人身上踏过的节目。领队小姐鼓动跟我同行的王先生躺到毯子上去，他未假思索就下了场子。

此君有过类似“西部歌王”王洛宾一样的经历，后来攻读人类学，当过记者，为一些名牌企业进行过成功的策划，是个通才，同行的人都喜欢他。岂料那头雄壮的母象也对他情有独钟，当前腿从他身上迈过之后，忽然觉得不该就这么跟他失之交臂，又把前蹄收了回来，伸下长长的柔软的鼻子，在他的脸上和身上嗅来嗅去，当嗅到他下体的敏感部位时，母象立刻风情万种，那长鼻子变成了温柔的手、火烫的唇，就在王先生的命根子上长时间地抚摸、揉搓、挑逗。一只前蹄还悬在他身体上空，大概是供王先生兴奋起来之后也好有个抓摸搂抱的东西，以便发泄情欲。

看上去王先生似乎丝毫也没有要兴奋的样子，浑身僵硬，一动不敢动。他更担心的，是悬在额头上方的如磨盘一般大的象蹄子，不知它下一步还会干些什么？那只悬着的大象蹄子，看来也不是供他兴奋起来的时候享用，而是防备他反抗或逃走。

这是在光天化日之下，在数千人的注视之下，一头大象对一个男人进行性骚扰。躺在场地上的当事人没有兴奋，看台上的人倒兴奋起来了，鼓掌欢呼，为大象叫好、加油。

大象堂而皇之地对人类进行性骚扰，做着人类偷偷摸摸才敢做的事，还受到了人类的鼓励，它也就越发得意地卖弄起来……

等这边的骚扰结束以后，工作人员又在场地的另一边铺上毯子。有些年轻的女人叽叽喳喳地争相躺到毯子上去，她们的愿望很快就得到满足，当然不是男士们让她们满足，而是新上场的一头公象，用鼻子在她们的乳房和私处没完没了地按摩……

看台上的人们却不大笑得出来了，屏息专注且感到了些许尴尬。

鳄鱼表演也差不多，这种丑陋、凶恶的食肉动物，张着血盆大口，把观众投下的钱全都吞进去，表演结束后再吐出来交给主人。只要你给钱，它就乖乖地跟你照相。

在曼谷国立蛇园里见到的就更加触目惊心了，蛇园的工作人员捉住一条眼镜王蛇，翻转过来，挤出毒蛇小小的带叉的生殖器，让男男女女每个游客上前去摸一摸。那粉色的，柔嫩的毒蛇鞭，在人们的手下战栗。

看看，倘若不到泰国来，你怎么能摸得到毒蛇的生殖器！

只是不知道那条毒蛇会有什么样的感受？它被迫向人类展示自己的性器官，而人类的男男女女、老老少少竟然都喜欢摸一摸它的那个小东西……世界动物保护协会，只知道保护动物不被杀害，毒蛇的性隐秘该不该受到保护呢？大象被训练成流氓，鳄鱼被训练成财迷，从事于动物保护的专家们又作何感想？

动物为了繁殖后代，只对同类有性要求。让它们对人类有“性趣”，是人培养出来的。不知这是文明的进步，还是文明的倒退？

现代人的意识里最发达的是“钱”和“性”。于是也用这两种意识训练动物，让男男女女和动物进行“性接触”、“性表演”、“性骚扰”，真亏人想得出来。叫你不能不佩服外国人赚钱的手段，高！

2008年深秋

俄罗斯的大和小

俄罗斯是世界上面积最大的国家，在国际舞台上也曾扮演过“超级大国”的角色。可在俄国人的生活中，却有一些“小”的现象，颇值得玩味。

如大房子——小电梯。俄罗斯无论是住宅、办公室，或宾馆的房间，屋顶都建得很高，让住惯了矮房的人看着眼晕，但喘气则意外地敞快透亮。可楼里的电梯却非常小，空身站四五个人就很挤了。像中国那种到处都是能站十几个人的大电梯太少了，在莫斯科的中国驻俄罗斯大使馆里倒有一部大电梯，但平常基本不开，只在有重要活动，比如举办大型招待会时才会启动。我就此请教了几个人，第一反应都是没有想过这个问题，反倒显得我太少见多怪。问得多了便终于听到一种能说得过去的解释：俄罗斯人口少，而且还在继续下降，这也是令俄罗斯领导人头痛的问题。叶利钦时代俄国人的平均寿命只有六十岁，现在可能略有回升。这么大个国家，五百万人口以上的城市，就只有莫斯科和圣彼得堡，而中国则有几十个。对他们来说，小电梯够用的，又何必造大的呢？

大厚墙——小窄床。俄罗斯的房屋，墙壁都奇厚，无论平房、楼房还是别墅，墙的厚度都在一米五以上。这很好解释，为了防寒、隔音。不好解释的是，屋里的床铺却很小，而且窄。我看过托尔斯泰、普希金、陀思妥耶夫斯基以及高尔基的睡床，都比中国现代的儿童床还要窄半尺。我早晨醒来喜欢先在床上活动几下再下地，在莫斯科国防宾馆的床上做仰卧起坐，一没留神身体略偏了一点，就掉到了床下，可想而知那张床有多窄巴。再举个例子，托尔斯泰本人以及他的十三个孩子，都是在卧室的沙发上出生的，我看过那张功劳巨大的沙发，就是很一般的能坐下三个人的沙发。卧室里有床，为什么到临盆时产妇要上沙发呢？还不是因为沙发比床上更舒服宽敞。

那么，俄罗斯人为什么要把床弄得这么小呢？我继续请教各色人等，但没有问出个所以然，只好自己揣摩。后来还真让我想出一个理由：床的大小跟作家的成就成反比，床大作家成就小，床小作家成就大。因床铺小而不舒服，人就不会在上面睡懒觉，有利于造就大作家。有人说中国目前缺少大作家，恐怕也跟床铺太大有关系，作家们都睡得太舒服了。

大笔写小字。我第一次见到托尔斯泰的手稿时吃了一惊，字小得让我不得不尽力凑得无法再近了，方能看得清楚。这已经不是“蝇头小字”，简直就像蚂蚁爬出来的。可看托翁写字台上的蘸水钢笔却很大，比我以前见过的所有蘸水笔都要大得多，的确像个大作家的武器。于是询问讲解员：这真是托尔斯泰的原稿，还是经过缩小的复印件？回答是百分之百的手稿原件。以后又见识了高尔基、普希金等人的手稿，差不多也都是“蚁爬的小字”。于是我怀疑，俄国的大家们创作时都喜欢写小字，与他们用大笔无关，可能与眼睛有关。那么，俄罗斯人的眼睛到底有什么特别之处呢？

询问了不少人，却都不明所以。有一天因气温太低我的眼镜片被冻得掉了下来(镜片和镜框遇冷收缩不一致造成的)，到圣彼得堡一家很大的眼镜店去修理，趁等候的时间我又提出俄国作家写小字的问题，得到了这样的答复：比起东方人，俄国人的眼睛确实要好一些，这得益于遗传基因和饮食结构的不同。具体说是眼睛的结构有些差异，眼球差不多，主要是在眼膜上，比黄种人要厚一些。眼膜的差异就跟脸皮的差异一样，西方人的脸皮也比东方人厚一些。脸皮厚适合做美容，西方人做完美容很漂亮，而且耐久。但脸皮厚就老得快，同等的年龄会显得更苍老。东方人脸皮薄，不显老，但不适合做美容，做了美容也难于经久。

大博物馆里的小孩子。俄罗斯的博物馆很多，几乎可以称得上是遍地博物馆。有些博物馆也非常大，比如冬宫博物馆，从头到尾走一趟是二十四公里，在每一件展品前停留一分钟，需八年才能看完。还有一些艺术或专门的绘画博物馆也很大，要仔细看完没有几天的时间也不行。只有一些私人博物馆或名人的故居博物馆，要相对小一些。我们有时一天要看三四家博物馆，不论到哪里，参观什么样的博物馆，都少不了会碰上一队队的小孩子，由老师带领着，鸦雀无声地认真听，认真看。我曾站在旁边听到了一位老师的开场白："我敢保证，这里面的地板比你们的裤子干净，男同学坐到前面的地板上，女同学坐在后面的凳子上……"

没有凳子的展厅，就让女同学坐前面，男同学坐后面。孩子们都非常安静，非常守纪律，常常比一些成年散客看得更仔细。有些大点孩子还带着本子和笔，一边听一边记。正是博物馆里的这些孩子，令我对俄罗斯民族的未来充满信心。原来他们建了那么多的博物馆，不但是为了记住历史、纪念文化名人，更重要的是为了教育和培养自己的后代。这些博物馆是孩子们的第二课堂，甚或是他们终生的课堂。

俄罗斯的许多"小"里，孕育着一种"大"，成就了一种"大"。

2009年9月

巨人动手的能力

一个谈笑风生的场合，有人话赶话地调侃托尔斯泰：你除去会写小说还能干什么？

当时在场的人都觉得这句玩笑话说得有点过分，而且也不是事实。大家都知道偌大的一个雅斯纳亚·波良纳庄园里的每一项农活，托尔斯泰都能拿得起来，不然他怎么管理近百名农奴，并为他们指派活计？俄国绘画大师列宾曾画过一幅闻名世界的“托翁犁地”的油画，列宾为这幅画准备了三个月，每天躲在一条壕沟里，靠沟沿上的灌木遮挡着偷看托尔斯泰犁地。因为托翁不喜欢别人为他画像。

托尔斯泰一向都教导家人自己的生活自己打理，凡是自己能干的都要自己动手。他每天早晨都要自己拖着雪橇为楼里送水。他家的桌布、沙发垫也是他同为贵族出身的妻子索菲娅·安德烈耶芙娜亲手织的。托尔斯泰还曾经是一名出色的军官，指挥一个连队“英勇地参加了塞瓦斯托波尔保卫战，并获得了四级安娜勋章”，以及“保卫塞纳斯托尔”、“1853—1856战争纪念奖章”……

可当时已年近花甲的托尔斯泰，并没有对朋友的嘲讽还嘴，未吭一声地回到家里，回到家就忙起来了。他的“车间”紧挨着他的书房，当中一张大木台子上摆放着榔头、钳子、钢锯、锉刀等工具，墙上挂着干活时戴的围裙……他为回应朋友的调侃，亲手制作了一双漂亮而结实的高勒牛皮靴，郑重地送给了大女婿苏霍京。苏霍京哪舍得将老岳丈这么珍贵的礼物穿在脚上，便将皮靴摆上了书架。当时《托尔斯泰文集》已经出版了十二卷，他给这双皮靴贴上标签：“第十三卷”。此举在文化圈里立刻传为佳话，托翁知道后哈哈大笑，并说："那是我自己最喜欢的一卷。"

托翁乘兴又做了一双半高靿牛皮靴，送给了好友、诗人费特。费特灵机一动，当即付给托尔斯泰六卢布，并开了一张收据："《战争与和平》的作者列夫·尼古拉耶维奇·托尔斯泰伯爵，按鄙人订货，制成皮靴一双，厚底，矮跟，圆靿。今年1月8日他将此靴送来我家，为此收到鄙人付费六卢布。从翌日起鄙人即开始穿用，足以说明此靴手工之佳。空口无凭，立字为证。1885年1月15日。"后面还有费特的亲笔签名，并加盖了印章。

手艺是精神的标记，行为体现了一个人的思想面貌。现代年轻人厌恶体力劳动，拒绝学习和掌握一门手艺，不管喜欢不喜欢读书，读得好和读不好书的人，都一窝蜂地往上大学一条道上挤，正应了俄罗斯的另一位大作家契诃夫的话："大学培养各种才能，包括愚蠢在内。"

而托尔斯泰，被誉为"全人类的骄傲"。他的全集出版了九十卷，是"每一个作家必读的百科全书"、"文学艺术中的世界性学校"，其精神之丰富、深邃和博大，为世人所叹服。况且又是出身贵族，可以顺理成章地当个令现代人无比羡慕的"精神贵族"。

而最让托翁深恶痛绝的也正是这个。

列宁称"在这位伯爵以前的文学里，就没有一个真正的农民"。

他比国家废除农奴制早四年就解放了自己庄园里的农奴，还一直想把属于自己的土地转赠给农民，让自己的作品自由地无报偿地任由想出版它们的人去出版，为此不惜跟家人一次次闹僵。到八十二岁时还离家出走，想去当个农民，过一种自食其力的生活，在普通的劳动者中间度过残年。

他到临死都信奉："劳动，只有在劳动中才包含着真正的幸福。"

有一次托翁路过码头，被一位贵夫人当做搬运工叫过去扛箱子。他为贵夫人搬运完箱子还得到了五戈比的奖赏。这时码头上有人认出了托尔斯泰，许多人围过来向他问好，那位贵夫人无地自容，想讨回那让她含羞的五戈比，却被托尔斯泰拒绝了："这是我的劳动所得，我很看重这个钱,不在乎有多少。”

伟大的精神导致伟大的劳动,强有力的劳作培养强有力的精神,正如钻石研磨钻石。本是伟大作家的托尔斯泰,却用自己的一生证实:体力劳动是高贵而有益的。轻视体力劳动和手艺,只说明精神贫弱,思想空虚。

2009年9月

“托尔斯泰灯”

最早这是一盏大号的煤油灯，吊挂在图拉州托尔斯泰故居（雅斯纳亚·波良纳庄园）的屋顶上。灯罩巨大，比灯罩更大的是下方一张直径近两米的圆桌，桌面上等距离地立着十几块隔板，隔板直接与灯罩连接，均匀地平分了灯光。

——这就是矗立在十九世纪俄罗斯文学高峰上的巨人列夫·托尔斯泰的发明。

孩子长到三四岁就要开始识字读书，怎样培养孩子的阅读习惯，并从阅读中发现快乐？当了父亲的托尔斯泰就构思这盏“连桌灯”，或者叫“桌连灯”。最初这张大桌子上只有三块隔板，宽宽敞敞地坐着他们夫妇和一个孩子。后来他的夫人陆续地为他生下了十三个孩子，其中有两个夭折，到最后这张大桌子上均匀地分布了十三块隔板。

每到晚上，全家人必须都坐到这同一盏灯下开始阅读，可以读《圣经》，读课文或其他自己喜欢的书，找不到书读的孩子就得读托尔斯泰的手稿。教育的意义不全在内容，而是教育的手段和方式。这捎带着也是一种测试，看哪些孩子或哪个年龄段的孩子，喜欢或不喜欢他的手稿，他的哪部小说的手稿受到了孩子们的欢迎，或者相反。

这一习惯一直延续下来，煤油灯曾改成汽油灯，再后来有了电，灯就更亮多了。即使托尔斯泰不在家的时候，孩子们围着他们的母亲阅读，父母都不在的时候孩子们自己围着灯阅读，他们“常常是充满期待地等着晚上的全家共同阅读”。

于是，久而久之便在每个人心里都有了一盏灯。人不是由于决心才有毅力,应该是由于习惯而有毅力。一个人的精神成长史,取决于他的阅读史。只有阅读能最有效地培养精神生活习惯,而好的习惯又培养性格,性格决定人生。

教育孩子的目的就在于性格的培养。

这需要有“长性”。而托尔斯泰正好是个有“长性”的人,他从十二岁开始写日记,直到八十二岁去世,没有一天中断过。他的后人因得益于他的教育,至今还兴旺发达地生活在俄罗斯和欧洲。

2009年9月

泪　厅

一般的战争纪念馆，纪念的多是辉煌的胜利，英雄们的壮烈。而莫斯科的“二战纪念馆”里，竟有个庞大而奇特的“泪厅”。

自高大而浑圆的穹顶，垂挂下数千万条泪流般的金丝线，每一根金丝线上又都挂着一串串泪滴般的水晶珠……仿佛整个大厅里都是眼泪，滂沱而下，纵横交迸。从四面八方飞洒过来的眼泪，打到每个人的脸上、身上，凡置身其中不可能不心惊眼潮，犹如翻江倒海，波涛汹涌。

丘吉尔说过，战争所能提供的只能是血、痛苦和眼泪。苏联在卫国战争(第二次世界大战)中死了两千七百万人，其血和泪真可汇成一条江河。据说这个纪念馆是在苏联解体后，由俄罗斯第一任总统叶利钦建议兴建的。

凡来此参观的人几乎都要提一个大致相同的问题：为什么要格外突出地建一个泪厅？是不是因为苏联在“二战”中死人太多？中国的参观者似乎在心里还要多加上一问，当然是问自己：在“二战”中我们死的人更多，却为什么没有这样突出眼泪？

请听俄罗斯的讲解员是怎样回答这个问题的：对战争最好的纪念就是记住这些眼泪。在这个厅里不为战争评功摆好，那是将军和英雄们的事情。人民对战争的记忆就是眼泪和痛苦。眼泪是柔软的，又最有力量，是一种无声的语言。这些眼泪倾诉了我们这个民族的苦难，还有教训和痛悔。在德国入侵苏联之前我们并非没有得到情报和警告，只是当时的国家领导人没有重视，而且利用大清洗倒先把自己的军官杀了大半。

好像是这么回事,“泪厅”里可以随便拿的文字材料上详细介绍了这方面的情况:首批被任命的五位元帅中,“二战”前被枪决了三位,十五位集团军司令被枪决了十三位,八十五位军长被枪决了五十七位,一百九十六位师长被枪决了一百一十位……“是我们自己在战争初期没有打好,才节节溃败,甚至有成千上万的士兵向德军投降,凡投降者都被德国人杀了。当不得已的战争强加到你的头上,除了武器则别无希望,放下武器就只有眼泪了。”

“泪厅”的讲解员,在引导我们参观完毕后总结说:“最后还要提请大家不可忽略一个事实,眼泪有时也是一种欢乐。不管多么的艰难,我们最终还是胜利了。所以说‘泪厅’也是对卫国战争最好的纪念!”

重视眼泪,不为流泪羞怯,眼泪就不会白流。在这个很特别的“泪厅”里,听到了俄罗斯人对“战争”的特别讲解,我忽然对眼泪也多了一种特别的认识。

顺便提一下,俄罗斯的各种博物馆、纪念馆很多,里面的讲解员百分之九十以上是老太太,且个顶个地博闻强记,滔滔不绝。她们本身就构成一景,并与博物馆的氛围十分协调。由她们来讲解眼泪的故事,有沉重动心的沧桑感,格外给人一种命运的启示。

2009年9月

莫斯科的“假牙”

上个世纪的六十年代初，东西方还处于冷战状态，口水仗却打得热火朝天。资本主义世界嘲讽社会主义阵营贫穷落后，社会主义阵营怒骂资本主义腐朽没落……

说归说，骂归骂，社会主义阵营虽然口气很大，但心里却真有点不那么自信。最明显的是前苏联国家领导人为了表示自己并不贫穷落后，就在莫斯科市的中心地段——新阿尔巴特街上，瞄着纽约百老汇大街的样子，建造了几幢“现代化高楼”。

不想高楼建成后，怎么看怎么别扭，又觉得有点尴尬。这几幢现代化的幌子，打乱了莫斯科的建筑秩序，与俄罗斯民族的传统建筑格格不入。

莫斯科原有的建筑风格是厚重、辉煌、精致。

厚重——是历史，是时间，是民族传统文化的积淀。以前这里没有太高的建筑（像克里姆林宫等哥特式的锥体除外），楼房多在四层以下，墙壁倒有一米半至两米厚，防寒、隔音。

辉煌——是建筑的外表和轮廓。俄罗斯建筑敢于用色，金碧辉煌，如梦如幻。

精致——是建筑的局部，是细节，精雕细刻，美轮美奂。

俄国人有足够的耐心，动辄几年几十年造一栋房子，甚至不惜花费几百年的时间建造一座城市。突然在这样的城市中麻秆般地挺立起标志着西方现代化的大板楼，连他们自己都觉得不顺眼，外人看着就更扎眼了。本来是要向外人显摆自己也先进、也新潮，等大楼建好后却又不想示人了,在前苏联和现在俄罗斯的各种画报、图片上,都还是以从前的老建筑为荣,绝不提及这些“现代化高楼”。

分明是要表明自己的现代化成就,却成了一种寒碜、一种贫乏,显得单薄而危险。为此尴尬的是决策者,老百姓只觉得滑稽可笑,不伦不类,并把那几栋现代化的幌子称为:“莫斯科假牙”。

莫斯科人的幽默真是贴切又妙绝。我听到这个称呼时却笑不出来,只觉得心中一凛。有“假牙”的又何止莫斯科,何止俄罗斯?我们的城市里就没有这样的“假牙”吗?

更可悲的是有人还把“假牙”当“金牙”来炫耀。想想我们的影视作品中,是哪些人成天龇着嘴,故意露出闪闪发光的金牙呀?

难道我们就那个水准?

2009年9月

生动而温暖的墓地

我们是夜里到达莫斯科的，什么都没看到只看到了大雪。好在大雪在我生活的天津也不常见。第二天上午，雪还在下，俄罗斯作家协会的朋友却领我们先来到莫斯科的新圣母公墓，并说让我们先通过死人来认识这座城市。我不免心头一惊，不远万里冒雪来到俄罗斯，竟要先看他们的坟地，难道这片坟地有什么惊人之处，是来到莫斯科所不能忽略的？

大雪中的新圣母公墓，洁白而安静，却并不觉得特别寒冷，更没有一般墓地里惯有的森森死气，飒飒阴风，甚至给人一种别样的生动和温暖。对，我斟酌再三，用“生动和温暖”来概括当时的感受，是比较准确的。

同行者很快就兴奋起来，在墓地里跑来跑去地寻找自己所熟悉的作家和名流们的墓碑。每个墓碑都有着鲜明的个性，就仿佛他们的灵魂还活着……

没有人不知道这里是埋葬死人的，可奇怪的是“百花齐放”般的墓碑传导出一种生气和活力，盖住了墓地里的死亡气息。葬在这里的人活着是什么样，死后就还是什么样，而且选其生前最精彩的瞬间凝固住，移植到这儿。让死亡自然而然地显现出生的活力、生的燃烧，当然也就有了生的温暖，使这里更像是俄罗斯现实社会的一个浓缩版。

比如赖莎，作为前苏联国家领导人戈尔巴乔夫的夫人，生前可谓风光无限，曾被评为“世界最有魅力的女人”、“着装最时尚的女人”等等。新圣母公墓里的赖莎仍然风姿绰约地站在镜头或众人前，神采飞扬地在说着什么,依旧非常醒目,引人驻足。

再比如俄罗斯的“芭蕾舞女皇”乌兰诺娃,她墓碑前的雕像依然着舞衣、穿舞鞋,定型在一个最优美的舞姿上。她的死就仿佛是生的继续。

此时,耳边不由得回响起经典诗人的名句:“没有比由生带来的死更加绚丽,没有比死里孕育的生更加高贵!”卓娅墓碑上的形象是在激烈地扭动、抗争,那也应该是她生前面对敌人时最典型的神情。她之所以不朽,留给人们的记忆就该是这个样子。

而俄罗斯的前总统叶利钦的墓,却建在整个墓地中央的空场边上,使这块原本四四方方的墓地广场不再规则。陪同的一位俄罗斯作家大概不喜欢叶利钦,便发牢骚说:“他活着破坏国家的完整,死后破坏墓地的秩序。”这不也正是老叶的性格吗?

在这里,每个死者都极好地保留了生前的个性,性格张扬者还自管张扬,性格内向的就静静地看着别人张扬,各随其所好。因为每个墓碑的设计者都是死者生前亲自选定的,或死后由亲属代为选定的,而设计者又都想在墓碑上体现死者生前的特点。比如老外交家莫洛托夫的墓碑上,雕刻了他凹凸两副面孔。设计者是想揭示他职业上的双面性,还是做人上的两面性?无论是哪一种,这墓碑都是获得了莫洛托夫家人认可的。

赫鲁晓夫的墓碑就更为引人注目,用黑白分明的大理石,凹凸无规则地包捧着他的大脑袋,强烈地突显了赫氏性情急躁、喜怒形于色的个性,以及大起大落的人生命运,和人们对他像黑与白般截然不同的评价。而这个设计者恰恰是痛恨赫鲁晓夫的人。赫氏在当政时曾公开批评过这个艺术家的一幅作品,并挖苦他不懂艺术。后来他可能意识到自己的批评有误,在死前留下遗嘱,自己墓碑就要请这个人设计。艺术家起初不想答应,但死者的遗愿怎好违背,便提出条件:“想叫我设计也可以,那就得我设计成什么样就是什么样,政府和家属都不得改动。”

事实证明这位墓碑设计者与赫鲁晓夫是一对知音,这块墓碑设计得新颖奇特，在墓园里广受赞誉，甚至成为一段佳话在社会上流传。罗马哲人奥维德说："人在入墓地之前，是不能宣称自己是幸福的。"一个人临终的时候从不流泪，只有出生时才会哭泣，越是生得充实，就越不怕死。赫鲁晓夫进了这样一个墓地，并有了这样一块墓碑，他可以含笑九泉，称自己是幸福的。

墓地能让人有幸福感，这是怎样一片神奇的墓地！

这也正是在大雪中我还能说它给人以温暖之感的原因。这甚至是一种在人间也少有的温暖，因为在这里不仅埋葬着大人物及各界名流，还埋葬着许多普通百姓，他们有不同的宗教信仰，属于各种不同的政治流派，有的生前是政敌、是冤家，谁曾整过谁，谁曾陷害过谁，相互曾折腾得你死我活……但死后大家共处一个墓园，完全平等了。公墓里保留了每个人的人性特点，大家都相安无事了，平和而安静。

特别是看到王明一家人的墓碑，不能不让一个中国游客在心里泛起一种特别的欣慰。不管历史怎么评价他，一家人能在这个著名的公墓里团聚，岂不是获得了一种心的满足？李白有诗句："生者为过客，死者为归人"。王明以一种依赖的无比亲近的目光望着妻子和女儿，那娘俩也用近乎崇敬抑或是怜爱的眼光回应着他，中间隔着一条小路。

世俗的死的观念，常常会欺骗人们，让活着的人怕死，消磨生存的意志。其实达·芬奇有言："我以为我在学习如何生存，而实际上我一直在学习如何死去。"死是有素质的，新圣母公墓里的死，素质就很高，让人感到这里是很好的最终归宿。长眠于此，便能获得一种长久的生动和温暖。

2009年冬

作家协会的房子

苏联解体后，原苏联文坛一时陷于“春秋战国”般的状态，作家协会真正成了自发的民间组织，仅俄罗斯，现在就还有五六个作协。而冠名“俄罗斯”的作家协会，牌子则挂在前苏联作协的老房子里。不管任何人，怎样对俄罗斯文坛的现状说三道四，一旦站到这座老房子跟前，就不能不安静下来，肃然唤起许多记忆，还包括敬意。

即使你再现代，如果不知道托尔斯泰的《战争与和平》，恐怕也不是值得炫耀的事。《战争与和平》里的罗斯托夫庄园，就是现在俄罗斯作协的所在地。从外面看已经陈旧不堪，门可罗雀，进得门去竟还有一个不算小的圆形花园，园中大树挺拔，巍巍然铁皮硬枝。在花园中央是比真人还要大许多的托尔斯泰青铜坐像，脸型棱角分明，鹰眸长须，凝神有思，面对着所有进门来的人。花园两侧的平房冷清而破败，缺少管理和烟火气。花园后面是一座乳白色的三层楼，尽管古老失修，却仍给人以敦敦实实的厚重之感。

进得楼去，有警卫把守楼道，负责检查证件，让来宾登记……而整个上午似乎就只有我们这几个人进出，警卫却仍旧服装整齐，履行职责一丝不苟。我不知为什么脑子里忽然冒出一句歇后语：卖豆腐干的掉河里——人死架子不倒！

一登上二楼，便确信这幢楼是该有点架子。楼道和大厅的墙上挂满大幅作家照片，神采各异，个性突出，他们都跟这所房子有着各种各样的渊源。如诺贝尔文学奖得主：肖洛霍夫、索尔仁尼琴，已经获得了诺奖、迫于无奈不得不放弃的《日瓦戈医生》的作者帕斯捷尔纳克，还有马雅可夫斯基、阿赫玛托娃、波列伏依、艾特马托夫等等。进了主席办公室，墙上挂着曾经在这间房子里办过公的人：高尔基、法捷耶夫……里边一间屋的墙上竟挂着斯大林的照片。不错，就是斯大林，于苏联卫国战争时期，他曾在这里指挥过反法西斯的血战。

如果说世界上真有一栋最适合安顿作家协会的房子，那就是这一栋。俄罗斯作协的大本营设在这栋房子里，就会在任何情况下都能做到处变不惊。皆因他们的作协曾有过辉煌的历史，作家的阵容曾经是何等的强大，文学的传统资本是如此的雄厚，在这样一批伟大作家的目光注视之下，难道还会缺少定力，六神无主吗？

看重作家，或许是太过看重作家，正是俄罗斯民族根深蒂固的一个文化传统。还是在沙皇时代，普希金、莱蒙托夫的一首短诗，就能让沙皇惶惶不安。苏维埃政权成立不久，列宁就颁令将托尔斯泰在莫斯科的住所收归国有，开辟为“托尔斯泰故居博物馆”，与托翁有关的一草一木都妥善地保管起来。现在参观者络绎不绝的普希金、陀思妥耶夫斯基、阿赫玛托娃等故居博物馆，其实当初并不是他们自己的房子，都是在生前或租或借的别人房子，死后便被国家收购，永久性地冠以他们的名字被保护起来。

现在被叫做“高尔基故居博物馆”的房子，是一九三〇年斯大林专门下令为高尔基修建的。来年高尔基要从国外回来，莫斯科为他找的几处房子都太过豪华，被他拒绝。斯大林知道后便下令在卡恰洛夫大街特为他建造了一幢别致的两层小楼，里面的设计和装潢尽量符合高尔基作品和为人的风格等等，等等。当然，作家也有因其作品而被监禁、流放、驱逐出境，乃至被害死的，那也是另一种“看重”，或者叫重视过头了。

传统如此，作家神态各异的雕像，便成为俄罗斯的一种重要文化景观。人们只要走上大街，想不碰到作家、不认识作家是很难的，重要街道都有比作家真人还大许多的青铜铸像，或在街边“站岗”，或观察着什么，或在与他们生前有关联的地方跟人交谈，或含笑看着过往行人。普希金和他被称为“俄罗斯第一美人”的新娘子并肩站在他们结婚的教堂外面,有的作家甚至是在“表演”……如果戈里的雕像,像他作品中的人物一样挺立在果戈里大街的街口,拐个弯是一条斜坡绿化带,雕塑家就把这个狭长的斜坡当做波涛汹涌的顿河,让肖洛霍夫划着小船激流勇进,船头前露着几匹奋力渡河的战马的马头……

名作家的雕像不止一个,有的好几个,这个街道有,那个街道也有,这个城市有,那个城市还有。我甚至怀疑,俄罗斯的百姓在大街上能很容易就认出一个作家,并对作家们有那么高的热情,或许跟这些作家的雕像有关。

一九〇九年秋天,托尔斯泰最后一次来到莫斯科,立刻引起全市的轰动。谢尔盖延科的《送别》里有这样的描述:“车站广场上挤满了人,数目至少上万,也可能是一万五、两万……所有的人如同一个人一样,全脱下帽子,向前移动着,喧闹着,空气中充满了欢呼声……突然间响起一个青年男子有力的、带命令口吻的声音:拉起手来！人群像被一种魔力指挥着,挤在托尔斯泰前面的群众都往一旁闪开,刹那间从他眼前出现了一条狭长的通道,人们站立两旁,手挽着手,让他通过……”

或许有人会说,人家托翁是世界级的大家,当得起这样的尊敬和热情。没有这样的大作家,叫群众如何会有这样大的热情？这话也可以反过来说,一个民族如果不怎么喜欢或不尊重作家,这个民族又怎么可能会产生大作家？

2009年冬

后　记

此生让我付出心血和精力最多的，就是建构了属于自己的“文学家族”。感谢人民文学出版社提供机会，能将这个“家族”召集起来，编成队列。

——这就是整理《蒋子龙文集》。

整理文集确实像召开家族大会。将我亲手创作的各色人物，聚集到一起，大大小小，林林总总，他们的风貌、灵魂、故事（即便是散文随笔中也有人物、事件和思想）……一下子勾起我许多回忆，感慨万端。

有的令我欣慰，有的曾给我惹过大麻烦。如今竟都让我感到了一种“亲情”，不仅不后悔，甚至庆幸当初创造了他们。

将他们收拾停当，排出先后次序，送到人民文学出版社这个“大广场”上，像所有等待检阅的人一样，有兴奋，有期待，还有紧张。

首先将检阅我这个“家族方阵”的是责任编辑包兰英，然后是出版社的老总。他们是我写作上的贵人。而人民文学出版社则是我的文学福地。

“文革”结束后，我头一次住在出版社的招待所里改稿子，就是在人民文学出版社。

我在文学讲习所读书时，导师是人民文学出版社的秦兆阳先生，他看了我的《赤橙黄绿青蓝紫》后，给我写过一封长信，那是我收藏中的珍品。

我的第一部长篇小说《蛇神》在人民文学出版社《当代》杂志上发表；我下功夫最大也是自己最看重的长篇小说《农民帝国》，也是在人民文学出版社出版。

写了大半生，能在人民文学出版社出版文集，我视为是一种“终身成就奖”。

由衷地感谢包兰英先生的举荐，感谢人民文学出版社的厚意。

蒋子龙

2012年12月31日于天津